本书列为国家"十五"重点图书选题出版规划

长江文化研究文库

总主编 季羡林

副总主编（以姓氏笔画为序）
　　　　冯天瑜　汤一介　李学勤　张正明
　　　　俞伟超　袁行霈　章开沅
执行副总主编　陈　昕　刘玉堂

长江流域文章风格的流变
CHANGJIANGLIUYU WENZHANGFENGGE DE LIUBIAN

著／王齐洲

文学艺术系列
主　编　袁行霈
副主编　蔡靖泉

湖北教育出版社

顾　问（以姓氏笔画为序）
　　　　王元化（华东师范大学教授）　任继愈（国家图书馆馆长）
　　　　许倬云（美国匹茨堡大学教授）　张光直（美国哈佛大学教授）
　　　　柳存仁（澳大利亚国立大学教授）　饶宗颐（香港中文大学教授）
　　　　梅原猛（日本国际文化研究所顾问）　清水茂（日本京都大学教授）

总主编　季羡林
副总主编（以姓氏笔画为序）
　　　　冯天瑜　汤一介　李学勤　张正明
　　　　俞伟超　袁行霈　章开沅
执行副总主编
　　　　陈　昕　刘玉堂

文学艺术系列
主　编　袁行霈
副主编　蔡靖泉

编辑出版委员会
主　任　密加凡
副主任　邓剑秋　邱久钦
委　员（以姓氏笔画为序）
　　　　王建辉　史可荣　刘玉堂　杨中岳　陈　昕
　　　　陆才坚　金德万　胡治洪　娄齐贵　袁定坤

编辑部（以姓氏笔画为序）
　　　　史可荣　刘玉堂　孙艳魁　杨唐轩　陈　昕　陈雅峰
　　　　陆才坚　尚甫署　郑保荣　胡治洪　袁定坤　徐耀明
　　　　章宗裕　漆咏德　鞠继元　魏天无
编　务　鞠继元

出 版 说 明

长期以来,长江文化在中华文明史乃至世界文明史上的重要地位,并未得到学术界应有的重视。已有的中国历史文化著述对中国传统文化的认识似乎形成了一种定势,认为黄河是中华文明的唯一"摇篮",即黄河中心论或中原中心论。

20世纪80年代以来,长江流域越来越多的考古发现,引起众多学者对长江流域各地区文化形态研究的重视和参与,学界对巴、蜀、楚、吴、越文化及徽州、湖湘、岭南、海派等亚文化的研究方兴未艾,发表了不少有影响的著述,形成了研究长江文化的热潮。

1993年,著名学者季羡林在参观荆州博物馆和湖北省博物馆后,受到震动,撰写了题为《中国古史应当重写》的文章,指出:长江流域古文化,至少可与同期的黄河文化并驾齐驱。1997年,他再撰《中国历史必须重写》,重申应将这一观点贯穿于中国通史的研究。近年来,学术界的研究表明:奇丽弘深的长江文化也是中华民族优秀传统文化的重要源头之一,她和黄河文化南北交会,澎湃激荡,形成奔涌不息的中华文化之巨流,汇入古代世界文明的海洋。

长江文化研究的兴起,有其历史的必然和现实的缘由。根据20世纪90年代的资料,作为亚洲第一大河,长江流域面积占全国陆地面积的19%,人口占全国总人口的33%,国民生产总值约占全国的40%,历史文化名城和重点文物保护单位亦占全国的30%以上。随着国家经济建设重心向内地转移以及长江开发战略的实施,长江文化研究日益受到海内外学术界的关注。1995年8月在武汉举行的长江文化暨楚文化国际学术讨论会,把多学科、多层面、全方位研究长江文化提上了议事日程。与会代表普遍认为,离开了长江文化,就没有中华文化;全面深入地研究长江文化,不仅有利于对中华文明起源的探索,而且对于从整体上认识长江流域历史上政治、经济、文化的状况及其与东南亚、南亚、中亚乃至环太平洋地区的交流,对于弘扬中华民族优秀文化,加速我国的物质文明、政治文明和精神文明建设,促进长江经济文化带的生成与发育,都有重要的理论意义和巨大的实践价值。

在20世纪90年代中期初步酝酿的基础上,1998年12月,经湖北省社会科学院长江文化研究中心策划,湖北省新闻出版局决定由湖北教育出版社组织实施,编辑出版《长江文化研究文库》。季羡林先生欣然应允担任总主编,并亲自为《文库》撰写了"总序";十多位著名学者应聘担任《文库》副总主编;海内外近两百位专家学者参与了《文库》的撰写工作。这一工程涉及的学术领域十分广泛,其研究成果对长江文化研究的深入展开将发挥巨大的推动作用。

芳菲菲兮满堂,五音纷兮繁会。六年来,经过全体作者和编辑出版人员的努力,七大系列,五十余种,图文并茂,洋洋二千余万字的《长江文化研究文库》杀青付梓了。欣喜之余,我们也不无遗憾。《文库》原定六十多种,由于种种原因,其中十几种未能按计划推出。在《文库》出版之际,我们期待着海内外专家学者的批评指正,更期盼着长江文化和中华传统文化的研究出现新的繁荣。

《长江文化研究文库》
编辑出版委员会
2004年6月1日

目录

总　序 ·································· 季羡林

第一章　概论 ························· 1
　第一节　长江文明的发生与演进 ············· 1
　第二节　长江文化特点与审美追求 ··········· 15
　第三节　文学发展与文体辨析 ··············· 37
　第四节　本书论述的对象和范围 ············· 63

第二章　大象无形　得意忘言 ············· 78
　第一节　长江文章风格的孕育与形成 ········· 78
　第二节　《老子》的文章风格 ··············· 98
　第三节　《庄子》的文章风格 ··············· 116
　第四节　老庄文风的影响 ··················· 131

第三章　赋家之心　苞括宇宙 ············· 145
　第一节　赋体起源和宋玉的文体创造 ········· 145
　第二节　楚声兴隆与汉赋的崛起 ············· 172
　第三节　司马相如与汉大赋的成熟 ··········· 182

第四节　长江流域的其他汉赋作家 192
　　第五节　长江文风对汉赋发展的影响 209

第四章　平易流畅　随物宛转 219
　　第一节　骈文的历史命运 219
　　第二节　欧阳修与新古文运动 238
　　第三节　王安石、曾巩的文风 259
　　第四节　苏轼和苏洵、苏辙的文风 271
　　第五节　北宋长江文风的深远影响 294

第五章　师心匠意　独抒性灵 303
　　第一节　长江经济发展与明中后期个性解放思潮 303
　　第二节　公安派的文学思想 322
　　第三节　公安派的文章风格 334
　　第四节　竟陵派的文学理论与实践 350
　　第五节　公安派和竟陵派对长江文风的影响 367

第六章　义法神气　清通雅洁 385
　　第一节　桐城派的崛起 385
　　第二节　桐城三祖的文学思想 409
　　第三节　桐城三祖的文章风格 422
　　第四节　桐城派的流播和衍生 436

第五节　桐城派的改良和复兴 463
第六节　桐城派的衰落 477

余　论 492

参考文献 504
后　记 511

总序

一 缘 起

中国是世界文明古国之一,这一点并不稀奇,世界文明古国颇有几个。但是,中华民族最爱历史,简直可以说有"历史癖",我们有几千年之久的历史典籍,联绵不断。每一次朝代更换,下一个朝代在百废待举的情况下,第一批要做的事情中往往就有为前代修史。这在世界上是独一无二的,真可以算得上稀奇了。

中国旧日把所有的典籍分为四大部分:经、史、子、集,名之曰"四库",史学典籍是其中之一。四库中有关文化的记载,比比皆是。再加上考古发掘,因此对研究中国文化史或文明史是十分有利的。然而,在欧风东渐以及日本风西渐以前,在漫长的历史时期中,专门研究文化或文明的著作,如凤毛麟角,绝无仅有。其原因何在呢?

根据我个人的看法,"文化"和"文明"两词,都是古已有之的,然而涵义却同我们今天使用的不无差异。今天的涵义,多少有点"出口转内销"的意味,有点受了西方或日本的影响。名词是旧名词,却增添了新的内容,在一定程度上是"旧瓶装新酒"。中国旧日学者往往不把文化或文明作为独立研究的对象,所以这一方面的专著就只好付诸阙如了。

我不是研究中国文化史的专家,在这一方面读过一些书。但并没有真正下过工夫。根据我的推测,赋予"文化"或"文明"以新的涵义的时期,可能是在20世纪初叶,极有可能是受了外来的影响。其后间有以文化史或文明史名书名文者。在我上大学的时期,也就是30年代初至中叶,最著名的一部书是柳诒徵的《中国文化史》。此书原系大学讲义,后连载于《学衡》,最后成书,于1932年出版。此书总起来看,走的还是旧的路数,但是材料颇为丰富,间亦有新观点,而且规模颇大,不愧是筚路蓝缕之作。书中对黄河文化,也就是北方文化,和长江文化,也就是南方文化,都有所涉及,对于两方面的交流,也举了一些例证,可供我们今天参考。

建国以来,有相当长的一段时间,由于众所周知的原因,学术界表面上轰轰烈烈,实质上则是"万马齐喑"。真正文化研究是谈不上的。改革开放以后,知识分子头上的紧箍宽松了一点,思想解放了一些,真正的研究工作开始了。对文化的认真的研究也提到日程上来了。80年代腾涌于全国的"文化热",是顺应时势的壮举。这大大地推动了文化的研究。从整体文化研究一直到地区文化研究,都是百花齐放,灿烂辉煌。地区文化研究更是空前兴旺。楚文化、齐文化、吴文化等等,都推出了规模大、质量高的专著,令人耳目为之一新。长江文化研究,更不敢后人。有关机构邀集了与长江文化有关的各方面的专家,共同努力,用了将近两年的时间,写成了一部由李学勤教授和徐吉军教授主编的《长江文化史》(江西教育出版社1995年12月第1版),资料丰富,探讨深入,论点鲜明,成为空前巨著。在这样一个坚牢的基础上,湖北社会科学院,更上一层楼,扩大了邀请专家学者的范围,以全国为目标,敦请对长江文化研究有兴趣,有造诣的著名学者,担任编写工作,编成了这样一套《长江文化研究文库》,包括一个"综论"系列和其他六个系列,共五十多部,真可谓洋洋大观,前无古人了。从内容上来看,这套《文库》综合了过去的研究成果,又加以扩大和加深;从时机上来看,我们正处在一个新旧世纪和新旧千纪转换之际。从这两个方面来说,这套《文库》都有承前启后、继往开来的作用,为20世纪做了总结,为21世纪导夫先路。我相信,它会受到全国甚至全世界对长江文化有兴趣的读者欢迎的。

二 文化中心或重心问题

我是主张文化产生多元论的,意思就是,全世界文化是全世界各国家、各民族共同创造的。中华文化是中国各民族共同创造的。国家有大小,民族有众寡,因此创造的文化有多有少,有轻有重,不能一概而论。但是,每一个民族都有所创造,有所贡献,则是不容怀疑的事实。那种认为只有一个民族能创造文化,而其他民族则都是文化的破坏者,是法西斯论调,有识者只能嗤之以鼻。

世界各地,中国各地,虽然都能产生文化,但是,由于人类生存的地理条件和气候条件相差悬殊,这就导致了经济发展的不平衡;经济发展的不平衡导致了文化发展的不平衡,于是就产生了文化中心或重心。这是世界和中国共有的现象,不足为怪。

英国著名的史学家汤因比,穷毕生之力,写成了一部巨著《历史研究》(Historical Studets)(曹未风译,上海人民出版社1997年新1版),从最广阔的宏观上,上下五千年,纵横千万里,探讨了世界历史发展的情况和规律。他把世界文明分为二十几个,名之曰"社会"或"文化",实际上也就是世界文化的中心或者重心。关于中国文化,他在该书中前后看法就有改变。他先列了二十个"社会"。其中第六个为"远东社会",第十个为"古代中国社会"。后来又把"远东社会"分为"中国社会"和"朝鲜—日本社会",最后他又增加了一个"黄河流域古代中国文明以前的商代文化"。可见他对中国文化的分类或者分区有点拿不定主意。

汤因比对中国文化有下列一些论述。《历史研究》（上），第28页，他说："古代中国社会的策源地是在黄河流域，它从这里扩展到长江流域。远东社会的策源地把这两个流域都包括在内，然后一方面沿着中国海岸向西南方扩展，另一方面向东北扩展到了朝鲜和日本。"他这些意见，我们不见得都能同意，抄在这里，聊备一格而已。

同书，第92页，在"古代中国文明的起源"一节中，汤因比写道："古代中国文明的祖先们，从种族上看来，好像同南方和西南方广大地区的居民——从黄河到雅鲁藏布江之间，从西藏高原到东海和南海——没有什么差别。如果说在这样一片广大的人群当中，有一部分人创造了文明，而其余人都在文化上毫无所有，我想这个理由也许是他们虽然全有潜伏的创造才能，可是由于某些人遇到了一种挑战，而其余人等却没有遇到的缘故。……我们所能肯定的仅有这么一点，就是在黄河岸上居住的古代中国文明的祖先们，没有像那些居住在南方的人们那样享有一种安逸而易于为生的环境。事实上也确是如此，南方的居民，例如在长江流域的居民，他们没有创造文明，他们为生活而斗争的艰苦性也的确比不上黄河流域的人。"在同书第109—110页，汤因比比较了黄河和长江的自然条件，认为长江条件比黄河优越，"然而古代中国文明却诞生在黄河岸上而不是诞生在长江流域"。这些说法显然是自相矛盾的：既然长江流域条件优于黄河流域，为什么后者能创造文化而前者不能呢？

汤因比能够把中国文化放在全世界众多的文化中心中来加以审视，加以比较，这是他的贡献；然而他毕竟是一个并非汉学家的外国学者，对中国古代文化了解得不够深入，再加上他写《历史研究》时，中国的考古工作还很滞后，中国学者本身对长江文化了解得也颇为肤浅，因此不能苛求于一个外国学者。汤因比能把中国文化研究到这个水平,我们对他也只能表示敬意了。他提到的黄河文化与长江文化的关系,下面我还将要谈到。

继汤因比之后,我想再介绍一位外国学者,这就是美国哲学家、史学家杜兰。他穷四十年之力,著成了一部规模大大超过汤因比《历史研究》的力作,原文名叫 The Story of Civilization,直译应该是《文明的故事》,现译为《世界文明史》,全书共分十一卷,再加上一个"结论"。每一卷内容都异常丰富。重点是放在欧洲文明上的,只在第一卷"东方的遗产"中讲了埃及、近东、印度、中国、日本等国。对中国文明讲得不算多,我不打算介绍。但是,第一卷第一章"文明的条件",却很值得介绍。杜兰先给"文明"下了一个定义:"文明是增进文化创造的社会秩序。它包含了四大因素:经济的供应,政治的组织,伦理的传统,以及知识与艺术的追求。"紧接着他又讲了五个条件:地质的条件,地理的条件,经济的条件,种族的条件,心理的条件,最后还讲了文明衰退的原因。

这些对我们研究长江文化都有参考作用。我之所以在这里介绍两位外国学者的学说,是因为我最近几年来深感中国学者对外国有关学者的研究成果不够重视。时至今日,地球已经变成了"地球村",鸡犬之声相闻。如果我们仍然不闻不问,坐井观天,抱残守缺,对我们的研究工作是极为不利的。外国学者的意见,不见得都正确,正和我们本国学者一样;但是,他们往往能够从一个新的我们注意不到的角度上来看中国问题,即使是肤浅或者甚至荒谬,对我们也是有启发的。

杜兰给"文明"下了一个定义。据说世界学者对"文化"或"文明"下的定义有数百个之多,那就等于没有定义。杜兰的定义也只能是一家之言。但是,"文明"和"文化"两个词儿他都使用了。这就使我们也不得不考虑这两个词儿的涵义。就我个人浅见所及,"文明"的对立面是"野蛮";"文化"的对立面是"愚昧"。消灭了野蛮就是文明;消灭了愚昧就是文化。由此可见,文化和文明两个词儿你中有我,我中有你,有时候颇难以区别。在欧美,这两个词儿有时也是混用的。

现在再回头来谈我们的文化中心问题。我常常想,就世界范围来说,文化的分野是东方文化和西方文化。就中国来说,文化的分野却是北方文化与南方文化。这个现象也许可以用杜兰的"地理的条件"来解释吧。

中国的北方文化源于黄河流域,南方文化源于长江流域,更南的则产生于珠江流域。南北文化的特点还是比较明显的。专就文学而论,北方可以《诗经》为代表,南方可以《楚辞》为代表。艺术风格和思想内容,都是不同的。如果用几个现有的词儿来说明的话,则北方文学可以说是现实主义的,而南方文学则可以说是浪漫主义的。这从地理环境方面也是可以解释清楚的。给一隅而以反三隅,南北文化的特点也大体上可以推断出来了。

过去的中国典籍,以及近代的历史著作,一讲到中国文化,往往把中心或重心放在北方的黄河流域文化上。这并不奇怪,不能说是没有历史根据和事实根据。根据传说和历史记载,虞夏商周各个朝代,建都都在黄河流域。当时的政治中心,也往往就是文化中心。因此,说中国古代中心或者重心是在北方黄河流域,不能轻率地称之为偏见。但也不能说,其中毫无问题,不能说这种说法完全正确。我的意见是,原因在于研究不够。现在根据历史记载,特别是根据考古发掘工作的结果,南方早就发展起来了水平相当高的文化。长江流域无论矣,吴、越、楚、蜀等文化不都是长江文化吗?远在长江之南的广东、福建等地在很早的时期也都有了可观的文化。连无法解释为什么"享有一种安逸而易于为生的环境"的南方人没有创造文化的汤因比也不得不承认他们"全有潜伏的创造才能"。汤因比由于对历史情况了解得不够多,所以才做出了错误的结论。

三　文化交流

这里包含两个内容：一、中外交流；二、南北交流。

文化这种东西是具有很多特点的，最鲜明的特点就是扩散。也可以称之为交流。文化，一旦被创造出来，特别是与人类生活有密切联系的发明创造，立即自动地传播开去。最古的例子，比如采集技术、狩猎手段、种植技术，等等，都是最容易交流的。意识形态领域内的东西，比如神话、传说等次之。以后，人口日益增多，交通日益方便，于是文化交流也就随之而日益频繁。即使在蒙昧的远古，在有文字记载以前，文化已经以惊人的速度传播开来，无孔不入，无远弗届。中国同美洲隔着烟波浩渺的太平洋，但是中国人早已到了美洲。至于具体的时间和具体的路程，则还不清楚，有很多争论，我相信，总有一天会弄清楚的。

谈到先秦时代的对外文化交流，十分坚牢的事实根据现在我们还没有。但是交流的迹象却是不少的。《战国策·楚策一》中的"狐假虎威"的说法，有人研究，认为可能不是中国土产。先秦典籍中，类似的例子还可以找出一些来。《楚辞》中的例子就更多。《天问》中的许多神话都带有"异域"的色彩。《离骚》一开始的几句话："帝高阳之苗裔兮，朕皇考曰伯庸。摄提贞于孟陬兮，唯庚寅吾以降。"其中"摄提"这样的名词无论如何也看不出是中国土生土长的。现代学者们研究的结果证明，在很古的时代，长江流域的楚国和巴蜀地区就有一条通过云南到达缅甸和印度等地的道路。尽管地势险阻，行旅困难，但毕竟是能够通过的。

在北方，齐国濒临大海，尽管在最早的时候只有独木舟作交通工具，但毕竟能与海外联系，知道一些海外的信息。齐国的驺衍之所以独能倡大九州之说，良有以也。到了秦代，对外交通更方便了,徐福东渡瀛洲的传说,不是没有根据的。陈寅恪先生在《天师道与滨海地域之关系》一文中说:"自战国驺衍传大九州之说,至秦始皇,汉武帝时方士迂怪之论,据太史公书所载(始皇本纪封禅书孟子荀卿列传等),皆出于燕齐之域。盖滨海之地应早有海上交通,受外来之影响。以其不易证明,姑置不论。但神仙学说之起源及其道术之传播,必与此滨海地域有连,则无可疑者,故汉末黄巾之乱亦不能与此区域无关系。"这是一个很好的概括。

现在再谈中国国内的文化交流,具体地说,就是黄河文化与长江文化或者比长江更南的文化的交流。这种交流,由于没有大海大山的阻挡,起源应当更早,交流应当更频繁。因为头绪过多,我无法详细叙述,只能笼统地谈一谈。资料过于丰富,没有可能,也没有必要——征引。我现在仅仅根据现有的两部书:一部是柳诒徵的《中国文化史》,一部是李学勤、徐吉军主编的《长江文化史》,前者出版于将近七十年前,后者出版于1995年,一新一旧,可以看出观点之异同,也可以看出学术研究之进步。

柳书中颇多讲南北文化交流的地方。我只能极其简略地加以介绍。上册,第274页,柳先生说:"隐桓之世,齐郑最强。郑居中原,齐则东方之大国也。庄僖之世,齐桓称霸,而晋楚秦三国相继而兴,其势渐趋于西南矣。成哀而后,吴越复兴,天下大势,偏重南服。故春秋之时,实为文化自北而南之时。楚之先出自颛顼,固亦神明之胄,然自初封于丹阳今湖北秭归县,传至熊渠已五叶六君,而熊渠犹自居于蛮夷。"这里脉络讲得简洁明了,文化自北而南,说得也有道理。

第284—286页,讲老子与孔子的关系。柳说:"老子生于陈而仕于周,并非楚人。世之论者,以史记有楚苦县人一语,遂以老子为楚人。因以其文学思想,为春秋时南方学者之首领,并谓与孔子之在北方者对峙。"柳先生不以此说为然,说:"其说倡于日本人,而梁启超盛称之。"他接着说:"实则苦县故属陈,老子生时,尚未属楚,史记索隐正义言之甚明。(中略)藉令其地属楚,亦在淮水流域,距中夏诸国甚迩,未可以南北判之也。"这个公案,由专家们去审断吧,我在这里不想进行论证。

柳书,第213—215页,还指出孔子众多的弟子中有南人,这一方面表示,孔子生时影响已经极大,同时也能表示南北文化的交流。同书,上册,第二编,第四章"南北之对峙",主要讲的是三国时吴魏对峙的情况。一直到晋代,南方长江流域人才辈出。吴人入洛,虽为北人所轻,然而南方文化人的光辉是掩盖不住的。惠愍之际,北方胡人大举入侵,北方的文化人大量南渡,有人称之为"衣冠南渡",北方文化因之大规模地流入南方长江流域,其影响是深远的。这可能是中国史上规模最大的一次文化交流。这不禁令我想起了印度历史上北方穆斯林进入,大量的文化人婆罗门逃往南印,其影响也是极其巨大的。在晋以后一直到今天一千多年的时间内,由于交通更加方便,南北来往更加容易,黄河文化与长江文化之交流,日益频繁,柳书都有所涉及,我就不再抄录了。

现在再谈一本最新的书《长江文化史》,这部书同柳诒徵的《中国文化史》比较起来,尽管后者之功不可泯,却是不可同日而语的。我在下面简略地介绍一下书中有关南北文化交流的论述。

史前的情况不介绍了,我的介绍从春秋战国时代起。该书第二章,第七节,第173页"超越中原",讲到春秋中晚期楚文化发展的情况。文中说:"中原的文化本来就比较发达,因此,楚人对中原既有侵吞之意,也有歆羡之情。春秋五霸,主要是两霸:一为楚,一为晋。楚晋角逐,究其实,就是长江中游文化与黄河中游文化的碰撞和交融。"下面又讲到楚国一些国王对战争的见解,都是极为难得的。特别是楚庄王,更是一个了不起的人物。在他统治时期,楚国的精神文化,决不让中原文化专美于前。文中说:"楚庄王克敌制胜,不以功自矜,而以暴自责,这样的见识和气度是古今中外所罕见的。他对战争与和平、武功与文治的辩证关系有透彻的理解,在春秋战国时代为数众多的明君、贤臣、良将中如鹤立鸡群,在世界军事理论史上也是破天荒的创见。"(第174页)从这一点就可以看到,说当时楚文化,也就是长江文化,超越北方黄河文化,决不是无的放矢的。

该书在下面又论到淮夷文化、吴越文化、扬越文化及其楚化。到了楚文化鼎盛时期,又出现了富有浪漫色彩的文学,彪炳千秋。下面(第206页)又论到东周时期的蜀文化、巴文化和西南夷文化,基本上都属于长江文化范围,我就不介绍了。

第四章,标题是"南北对峙与文化交融",主要是讲南北文化交流的,是很重要的一章。书中讲了三国时期、西晋时期和东晋南朝时期长江文化发展的情况,以及南北文化交流的情况。第二节"西晋时期的长江文化",下分三目:一、"长江流域行政建置的增设与经济文化的发展";二、"蜀、吴人士入仕中朝及其文化影响",讲的是长江文化对北方文化的影响;三、"永嘉之乱与中国封建社会文化重心的第一次南移"(第362—364页),这个问题,我在上面介绍柳诒徵的《中国文化史》时已经谈过。北方战乱肆虐,不仅是"衣冠南渡",一般老百姓南逃的人数也大得惊人,根据谭其骧先生的估计,约有90万人,占当时北方人口的八分之一强。"衣冠"泛指文化人,他们的"南渡",造成了中国文化重心的第一次由北向南的大转移,其意义是重大的,影响是深远的。

该书在西晋后的许多章节里面详尽地介绍了长江文化发展的情况,以及黄河文化与长江文化交流的情况,写得都很精彩。如在此介绍起来会占去很多篇幅,而且同我现在要讨论的问题关系不大,读者自己去读吧。

到了该书第七章"宋元长江文化的成熟",其中第二节"中国封建社会文化重心南移的完成",是非常重要的一节。书中(第719页)说:"长江流域经济的繁荣、文教的昌盛、私人讲学风气的流行和社会环境的相对安定,使宋元时期的长江文化终于确立了中华文化中的主导地位。"这个结论是正确的,也是重要的。下面第三节(第729—742页)"宋室南迁对长江文化的影响",讲到"靖康之难"(1126年),南迁的人口在150万至200万人之间。我认为,这是继"永嘉之乱"以后的第二次"衣冠南渡",其意义是无比重大的。从那以后,800多年的时间内,朝代变了几个,虽然北京始终是首都,可以说是政治的中心,但是,经济和文化的中心或重心,始终在南方,主要是在长江流域。我现在立一个假说:经济和文化没有南北重心而是南北均衡地发展,始自中华人民共和国的建立。这种均衡发展是中国经济和文化发展的一个更高的阶段,其意义是极其重大的。我这个假说能否成立,请专家们加以评断。

南北文化交流就介绍到这里。

我之所以这样刺刺不休地讨论南北文化交流的问题是有我的用意的。我个人认为,中华民族已经有了五千年的文化,而文化又是立国之本,我在上面已经说过,在中国,古代文化的差异是南北问题,南方以长江文化为代表,北方则以黄河文化为代表。按时间的先后,北方文化可能发展早一些,而南方文化也从极早的时代起就发展了起来,这一点往往被人所忽视。在漫长的历史时期内,南北文化的交流,促进了中华文化整体的发展,促进了社会向前发展。我在上面谈到文化中心或重心的问题,通过我的叙述,我们可以看到,中心并不总是固定的,一个时期在北方,另一个时期又在南方。把南北两大区域文化研究清楚,中华文化的总体也就清楚了。从宏观上来看,文化中心先在北,宋元时期始,移向南方,虽然在政治上北方仍是中心,因为首都是在北京。有没有南北文化均衡地发展的时期呢？有的，我个人的一个假说，上面已经谈过了。从那以后，中国56个民族真正团结起来了，文化是众民族共同创造的事实也日益显著了。只要能保持安定团结，则共同创造的文化必能共同发展下去，达到更高更辉煌的阶段。

四　中华民族立国之本

我在上面已经谈到，文化是中华民族立国之本，现在再进一步加以阐释。

北京正在建造一座中华故土园。园中立一巨大石碑，碑文是我撰写的，欧阳中石教授书丹。我的碑文的内容大体上是：1. 爱国主义；2. 凝聚力；3. 文化积淀。前二者是中华民族的特点，后一者则是前二者的基础。三者实一而三、三而一者也。

爱国主义不是中国一国的专利，世界各国都讲。但是，我们必须认真严肃地分清两类不同性质的爱国主义：一真，一假；一正义，一邪恶。所谓真的正义的爱国主义是指被侵略、被压迫、被虐待、被屠杀的民族的爱国之情。反之，侵略人、压迫人、虐待人、屠杀人的民族的爱国主义是假的、邪恶的。二者泾渭分明，不容混淆。中国的爱国主义属于前者。因为自先秦时代起，中国就边患不断，垂两千多年之久。存在决定意识，真的正义的爱国主义从而产生。历史上出了像苏武、岳飞、文天祥、林则徐等一大批受人尊敬的爱国者。有人主张，中国历史上那些制造边患的民族到了今天已经大多融入中华民族共同体内，因此中国历史上只有内战，而没有侵略，来自东方的南方的西方的敌人，其中包括倭和西方殖民主义者，是比较晚的事情。这个说法是不能成立的，他们把古代史近代化了。当时屠杀侵略中原人民的民族，确是地地道道的敌人。否则一部中国历史就只有内战牺牲者，而没有一个爱国者,西湖的岳飞庙,以及布满全国各地的文丞相祠就都应该统统拆掉了,岂非天大的笑话!

至于凝聚力,则与爱国主义大有关联。《三国演义》上虽然说"话说天下大势,分久必合,合久必分",但是,统计起来,中国有文字记载的几千年的历史都是合多而分少。到了今天,建成了这样一个包括 56 个(这个数字可能还要增加)民族的统一的大国,巍然屹立于世界民族之林中,成为空前的壮举,连反对我们的人也是不得不承认的。

有一个颇为奇特的现象,我必须在这里提一提,我没有研究过国际法,我不知道,国际法中对国籍是怎样规定的。听说有的国家,比如美国,不管是哪一个国家的人的后嗣,只要在美国诞生,就自动有了美国国籍。但是,国籍决不是一成不变的,是可以获得,也能够主动放弃的。中国人以及其他国家的人,有的就放弃了本国的国籍。这纯是个人行动,无可厚非。可是独有一些中国人,即使已经放弃了中国国籍,仍然爱着中国,尽上一切力量帮助中国。这在别的国家是极为罕见的。我认为,这也是中华民族凝聚力表现之一端。我曾再三说,中国知识分子是世界上最好的最爱国的知识分子,决非无稽之谈。现在有人出国,甚至改变国籍,我们,特别是我们的领导人,大可不必大惊小怪,寝食难安。设法留住人才,倒是我们的当务之急。

我在上面说过,爱国主义和凝聚力的基础是深厚的文化积淀。这话有点太空洞,需要具体加以解释。

从先秦春秋战国的形势来看,中国本来很有可能走欧洲以后走的路子。但是,为什么竟没有走上去,原因就在于我们有统一的文化背景。约略言之,可有以下几端。首先,尽管我们全国方言极多,但是我们从先秦起就有一种统一的文字。字体有过变化,从大篆到小篆,从小篆到隶书,从隶书到草书、楷书,至今全国皆通行。五四运动以后,文言改成了以北方方言为基础的白话文,仍然是全国皆通。这大大地便利了思想的交流与沟通。其次,我们有统一的道德规范,这就是以儒家伦理为基础的道德规范,连宗教的不同都没能阻碍这种规范的通行。再次,占人口绝大部分的汉族有基本上统一的宗教信仰。中国汉族是一个没有多大宗教需要的民族,对宗教信仰有点马马虎虎,他们是儒、释、道兼信,而以祖先崇拜为中心。中国历史上没有像欧洲那样的宗教战争。我认为,这是我们民族的优越之处。我们相信的是一个各种宗教的混合体,并不追求泾渭分明。更次,我们有统一的艺术欣赏。中国在世界上占有独特地位的书法和绘画,为全体人民,不管其宗教信仰如何,所共同欣赏。在音乐方面,欣赏稍有区别,但并不严重。许多少数民族的音乐汉族也能欣赏。最后,我们有基本上统一的哲学思想。这种哲学思想,表面上纷然杂陈,其实却有一个共同的特点,这就是"天人合一"的思想,以综合思维模式为基础的思想,与西方的分析思维模式迥异其趣。从本体论上来看,宋张载的"民吾同胞,物吾与也",可以为代表。从方法论上来看,我们主张"整体概念,普遍联系"。还可以举出一些特点来,以上五点不过是代表而已。这就是我所说的以文化深厚的积淀为基础的根据。

五 21 世纪研究工作的展望

再过一年,一个新的世纪和千纪就会来到人间了。在新的世纪里,我们的文化研究,特别是长江文化研究,会是什么样子呢? 能够起什么样的作用,产生什么样的影响呢? 我想,这是我们大家都会关心的问题。

我想先从文化研究的目的谈起。学术研究,一般说来,目的是探讨真理,为研究而研究也是未可厚非的。但是从事学术研究而抱有一定的实用目的,也同样是可取的。我想,我们研究中国文化，其中包括长江文化，是有目的的。首先是弘扬中华民族优秀文化，对内能够提高人民素质，对外则能使外国了解中国，我们不能抱瑰宝而自秘，我们想提高全世界人民的文化素质，使天下共此凉热。其次，特别是区域文化的研究，能促进中国各民族的相互了解，加强我们的团结。再次，文化研究能提高中华民族在世界民族之林中的地位，大大有利于维护世界和平。这一点与上面的第二项有关。最后，对中国文化的研究能济西方文化之穷。西方文化辉煌了几百年，现在弊端百出，全世界都大呼"保卫环境"，其根源就在这里。这种弊端必济之以东方文化，其中以中国文化为主，才有可能减少。我们的文化研究，至少有以上四个目的。

长江文化研究属于区域文化研究的范畴。我在上面提到的楚文化、吴文化等等的研究，都是长江文化。今后地区文化的研究还会日益发展。专就目前来看，长江文化研究实居领先的地位。地域文化加在一起，就成为一个中华民族文化的整体。地域文化搞清楚了，整体文化也会因之而充实，而丰富。地域文化的研究离不开考古工作，而从目前情况来看，考古工作还将日益加强。到了新的世纪，考古工作的规模一定会日益加大，地区一定会日益加广，成果一定会日益丰富。其直接影响会使我们中华民族的历史越来越长。这里需要做一点解释。历史是已经存在的东西，已经完成的东西，已经过去了的东西，怎样还能延长呢？这样问，一点没错。但是我们对已经存在的、已经完成的、已经过去的东西的理解，却永远也不会圆满完成，永远也不可能划上句号。历史就属于这一类。如果没有近代的考古发掘工作，没有把地上资料，比如古代典籍之类，同考古结果加以对比研究，加以综合研究，我们对于古代史的了解能有现在这个水平吗？试举一个小小的例子。五四运动时，北大的疑古学派的代表学者顾颉刚说大禹只是一条虫，但是现在怎样了呢？大禹早就由虫变成了人，恢复了他的"人权"。现在夏、商、周断代工程已经启动。将来对唐、虞,我相信我们也会有更深入更具体的了解,这是毫无疑问的。

我在这里想加一段插曲。在一次座谈会上,我又发表我那中国的历史将越来越长的看法。不意在座的有一位某大学历史系教授,以鄙夷的口气说道:"神话(按指大禹是条虫的神话)在成为历史事实之前,仍然只是神话!"我大吃一惊:如果人们不去利用考古和古籍等手段把神话变为历史事实,神话能自己变吗?这样的教授怎样教学生,我真担心!

我想谈另外一个与考古工作有关的问题,这问题更与长江文化有关。我讲的就是"震撼世界的'巫山人'"(见《科技潮》1998年第11—12期)。1985年10月13日,考古学家黄万波等人在重庆市巫山县庙宇镇发现了"巫山人"化石。以后历经许多专家学者研究探讨,经过严格地科学考察,证明了200万年以前,我国就出现了在长江三峡一带活动的人类,从而进一步动摇了"人类起源于非洲"的学说。至于"人类起源于中国"的学说能否成立,我看为时尚早。不管怎样,就目前研究水平,"巫山人"早于北京周口店猿人,是完全可以肯定的;长江文化起源很早,这也是完全可以肯定的。

这样的研究,还能够纠正目前流行的大部分中国通史对中国古代文化描述的偏颇,即:重心放在北方黄河文化上,对长江文化注意不够。在最古的一段时期,黄河文化确是比较发展;但南方也并没有停止发展,近年来的考古越来越证实了这一点,将来证实得还会更多。无论如何,我们也不能给中国的大中小学学生和一般读者,以及外国的读者留下一个印象,认为中国历史已经铁板一块,不能变动了,这是不符合事实的。

我们的研究在对外方面也会起越来越大的作用,这一点我在上面已略有涉及。从目前形势看起来,我们中国人对外国,特别是对西方的经济发达的大国,了解得相当透彻。过去我们采用了鲁迅所说的"拿来主义",现在已经见了成效。反观外国对中国的了解,简直少得可怜。他们以"天之骄子"自居,鄙视中国,甚至有人认为中国人现在还在缠小脚,拖辫子,简直是荒谬透顶。孙子说:"知彼知己者,百战不殆"。将来世界一旦有事,我们中国是站在优势的地位上的,这是毫无问题的。外国人不来拿,怎么办呢?我认为,我们要采取"送去主义",我们主动送货上门,把我们研究中国优秀文化的成果,其中当然包括对长江文化的研究,译成外国文,拱手送上。这就是我所谓的爱国主义与国际主义相结合的最佳方式。

21世纪将会是世界文化融合的世纪。美国学者亨廷顿主张未来的战争将会是文化冲突的战争。这说明他既不懂东方文化,也不懂西方文化。将来文化融合中不可避免地会有矛盾和冲突,但是最终必然是融合。不过,我认为,融合必有主有次。过去的几百年,世界文化是以西方文化为主东方文化为次的。中国俗话说:"三十年河东,三十年河西。"我认为,将来东方文化必然会重现辉煌。它一方面汲取了西方文化的精华,另一方面又发展自己的特点,把人类文化发展推向一个新的高潮,前所未有的高潮。

我多年胡思乱想的结果,让我发现,东西文化有根本不同之处。西方文化以分析的思维模式为基础,对事物分析,分析,再分析,把"一分为二"的思想方法推到了无休无止的境地。表现在对大自然的态度上就是"征服自然"。自然虽无言,孔子说:"天何言哉!天何言哉!"指的就是这一点,但它却能惩罚和报复,眼前全球人类社会所面临的许多灾害和危机,大多是大自然惩罚的表现。中国文化是以综合的思维模式为基础的,表现在哲学上就是"天人合一",我们主张与大自然和一切动植物和睦相处,张皇祥和的思想,扬弃"征服"的狂妄。人类如果还想继续生存下去,必须改邪归正,丢掉过去错误的想法和做法,也就是说,必须以东方思想、东方文化为依归,走上"三十年河东"的道路。这就是我的看法。但是,我必须声明,我们中国虽然有这种高明正确的哲学思想,但是在行动上我们也没有完全做到,因此我们也受到了大自然的惩罚。我觉得,在新的世纪中,中国人要把思想转化为行动,而西方人则首先要进行一场思想启蒙运动,先纠正错误的看法,然后再让行动跟上去,这样一来,人类就能顺利幸福地活下去,人类将有一个辉煌的前途。

我们中国的文化研究者,其中当然包括长江文化研究者,首先都应该有上述我讲的那样远大的眼光和心胸,决不应鼠目寸光,然后来进行研究工作,这样一来,视角宽广而又全面了,必能做出更大的更辉煌的成绩,必能对中国人民,对世界人民有更大的更有深远意义的贡献。

我虽衰朽,愿与同志们共勉之,是为序。

季羡林

1999 年 1 月 17 日

第一章

概 论

以前人们常说,黄河是我们的母亲,是中华民族的摇篮。20世纪的考古证实,长江也是我们的母亲,也是中华民族的摇篮。是长江和黄河,共同哺育了伟大的中华民族,给她以生命、力量、智慧和灵感,让她创造出有别于世界其他民族的悠久而灿烂的文化。由于中国地域辽阔,人口众多,中华民族也是由多民族组成的民族大家庭,在不同历史时期不同地域范围内,各民族在生存和发展的过程中创造着各具特色的民族文化和地域文化,使得中华文化多姿多彩,生机盎然。人们所说的长江文化实际上包括了不同时期不同民族在长江流域所创造的方方面面,内容极其丰富。本书拟从文章风格的流变入手,清理长江文学发展的历史轨迹,以加深我们对长江文化的理解和对中华民族文学特点的认识。

第一节 长江文明的发生与演进

由于20世纪上半叶在北京房山县周口店洞穴遗址发现了北京猿人化石和山顶洞人化石,20世纪中叶又在陕西蓝田县陈家窝子和王公岭发现了蓝田猿人化石,这些人类都生活在遥远的旧石器时代。而在同一个时期,人们发现的长江流域的古人类活动遗址非常稀少和零乱,由此造成一种错觉,以为中华民族诞生于黄河流域,黄河是中华文明的摇篮。然而,20世纪下半叶特别是近20年来,长江考古却有惊人的发现:无论是在长江上游、中游,还是在长江下游,都发现了与黄河流域一样古老甚或更早的中华民族祖先活动的踪迹,以致使这一地区成为研究早期人类在中国以及东亚地区演化发展的重要地区,也使人们对中华文明的源头有了新的理解和新的认识。

一 长江流域的远古文明

长江文明是中华文明的重要组成部分。要了解长江文明并进而理解长江文学的发展,有必要对长江远古人类活动的情况以及他们所创造的远古文明做一鸟瞰,以建立长江文明发展的地域观念和长江文学的发展的历史观念。因此,我们的话题从长江流域古人类的活动开始。

先说长江上游。

长江上游的早期人类是云南"元谋人"。1965年5月,在云南元谋县大那乌村西北小山岗的褐色粘土层发现了一个成人个体的两枚牙齿化石,随同出土的还有7件打制石器,28种动物化石和木炭屑。据中国地质科学院地质力学研究所用古地磁方法测定为距今170±10万年,而炭屑被考古学家鉴定认为是人工用火的痕迹,比"北京人"用火要早100万年。[①] 考古学界比较一致的意见是,"元谋人"是迄今所知我国境内最古老的直立猿人,它的发现证明了长江上游的远古人类可能是中国人的最早祖先。从现有资料分析,中国境内的早期人类是从长江上游的云贵高

[①] 参见贾兰坡:《中国大陆上的远古居民》,天津人民出版社1978年版,《从工具和用火看早期人类对物质的认识和利用》,载《自然杂志》,1978年第5期。

原逐渐向长江中下游和黄河流域扩散、迁徙的。①

此外,长江上游的三峡地区和鄂西北也是中国早期人类活动的重要区域。

为了配合三峡工程建设,考古工作者对三峡一带进行了两次广泛调查,发现和发掘了一系列古人类文化遗址。1958年考古调查,发现了新石器时代的大溪文化及商、周文化遗址若干处。1986年—1990年,四川巫山县龙骨坡发现了"巫山猿人"遗址,出土了10多颗猿人牙齿,同时出土的还有古脊椎动物化石100多种。有专家认为,"巫山人"属直立人,其遗址年代为早更新世,距今已有200多万年,不仅比中更新世的"北京人"遗址要早得多,而且可能比元谋人年代略早。如果此说成立,"巫山人"将为人类起源提供新的重要线索。②

1975年和1976年,在鄂西北的郧县和郧西县发现了多处猿人化石。1975年在郧县梅铺杜家沟口的龙骨洞中发现猿人牙齿化石,与化石共生的哺乳动物化石中,有第三纪残存的剑齿象,有早更新世的桑氏鬣狗,还有生于早更新世到中更新世的猪,据此可知,湖北郧县人应与陕西蓝田猿人化石年代相当或更早,距今约七八十万年。发现于郧西县神雾岭白龙洞中的猿人化石和发现于郧县曲远河口学堂梁子的猿人化石,与北京猿人化石年代相当或更早,距今约四五十万年。与这些人类化石伴随出土的还有丰富的哺乳动物化石和石质工具,以及大量制作这些工具的副产品。③

---

① 参见张之恒、吴建民:《中国旧石器时代文化》,第141页,南京:南京大学出版社,1991年版。
② 参见黄万波:《三峡地区可能揭开早期人类活动的奥秘》,载《四川文物》,1985年第2期;陈福明:《巫山猿人研究工作取得新突破》,载《中国文化报》,1992年9月20日。
③ 参见《湖北郧县猿人化石地点的发掘》,载《古人类论文集》。

1956年,在离巫山不远的湖北长阳县下钟家湾一个洞穴中发现了猿人头骨化石,同时伴随出土的有剑齿象、中国犀、中国狗、虎和猫等动物化石。1980年又在该县龙舟坪对岸的一个石灰岩洞中发现了猿人化石。这些猿人化石与陕西大荔人、山西丁村人时代相当,距今约十万年,同属早期智人。[①]

　　1951年,在四川资阳县城南半公里的黄鳝溪砂砾层中发现了一老年女性头骨化石,伴随出土的有骨锥和三棱形骨片,以及东方剑齿象、中国犀水鹿、猛玛象等动物化石,资阳人与北京山顶洞人和内蒙古河套人的年代相当,属旧石器时代晚期的新人类型。[②]

　　以上材料,涉及到旧石器时代早、中、晚各个时期,人类化石也涉及直立人、智人和新人各个阶段,已经能够充分反映出长江上游一带早期人类活动的基本面貌。除了随同这些人类化石出土的人类活动遗址外,长江上游还发现了许多旧石器时代的人类活动遗址。例如,1961年,在四川汉源县富林镇附近粉砂堆积层内发现大量打制石器,以及火烧灰烬、木炭、烧骨和动物化石。1981年,在四川铜梁县张二塘泥炭层下,出土了300余件打制石器和一些动物化石。1993年—1994年,湖北秭归县和兴山县还分别发现了玉虚洞、水田坝、李家园、锁龙坪、崔家湾、尤家河、古夫镇、万家岭、深度河等旧石器时代遗址,涉及旧石器考古学文化的早、中、晚各个时期,距今约70万年—30万年。

　　再说长江中下游。

　　长江中下游也是古人类活动集中的地域。

　　1980年在江西和县陶店镇汪家山龙潭洞发现了一个完整的

[①] 参见《长阳人化石及共生的哺乳动物群》,载《古脊椎动物学报》,1957年第1卷第3期。

[②] 参见《资阳人》,北京:科学出版社,1957年版。

直立人头盖骨化石,另有几件头骨残片和几枚牙齿,代表着三个不同个体,伴随出土的有打制石器、骨器和火烧的骨头与灰烬,还有约40种动物化石。和县猿人化石的体质特征与北京猿人相近,时代也基本相当,为旧石器时代早期。两年后,在距和县不到百里的巢县银山发现了另外的古人类化石,从化石头骨残片分析,巢县人属早期智人而非直立人,但考古年代测定结果却说明他与和县人生活在同一时代。①

1993年在南京江宁县汤山镇雷公山葫芦洞发现古人类颅骨化石,从化石体质特征分析,属于时代较晚的直立人。同时出土了大量脊椎动物化石,已鉴定的15个种类动物绝大部分在北京周口店的北京人动物群中均可见到。凡此种种,说明南京人与北京人生活环境相似,考古年代测定也证实二者的时代相近。②

1978年在河南南召县云阳镇杏花山的中更新世红色粘土层中发现的一颗猿人牙齿化石,具有旧石器时代早期猿人的牙齿特征,伴随出土的有剑齿象、剑齿虎、肿骨鹿和中国鬣狗等动物化石。在杏花山附近的小空山,还发现了一处旧石器时代早期的洞穴遗址,发现有灰烬和打制石器。从石器制作特点来看,也为旧石器时代早期中偏晚。③

1954年在江苏泗洪县双沟镇下草湾发现一段古人类右侧股骨化石,经鉴定为更新世晚期人类化石,属旧石器考古文化晚期,与北京周口店山顶洞人时代相当,因此被命名为"下草湾新人"。④

除原始人类化石外,在长江中下游还发现了许多旧石器文

---

① 参见《安徽和县猿人化石的初步研究》,载《人类学学报》,1982年第20卷第1期。
② 参见王桂芳主编:《金陵文化概观》,第25页,南京师范大学出版社1996年版。
③ 参见《南召发现的人类和哺乳类化石》,载《人类学学报》,1982年第1卷第2期。
④ 参见《下草湾的人类股骨化石》,载《古生物学报》,1955年第3卷第1期。

化遗址。20世纪80年代以来,先后在湖南、湖北、安徽、江西、江苏等地发现数百处旧石器遗址,如在湖南的沅水及其支流、澧水中下游的河谷地带、皖南及江西部分地区,都有较密集的分布。少数遗址经过了系统发掘和科学研究,如湖南津市虎爪山、湖北荆州鸡公山、安徽宣州陈山、江苏太湖中的三山岛,都有很多重要发现。

以上是长江流域旧石器时代考古发现的主要材料。由于这些材料的重要部分发现的时间不长,研究工作没有能够充分展开,因而对这些材料的重要性的认识还有待加强。不过,仅以现在的理解与认识,人们已经普遍承认,长江流域是中国早期人类活动的重要地区之一,是中华文明的又一摇篮。

二 长江远古文明的地域特色

无论是从人类进化来看,还是从文化发展来看,长江流域都与黄河流域有着不同的特点。正是这些不同的特点,成为后来地域文化发展的最坚实最深厚的文化根基。

从人类进化而言,黄河流域的人类化石有着从直立人到智人到新人的比较清晰的演化线索,因而传统观点认为直立人与早期智人是祖裔关系,从直立人到早期智人是直线演化。然而,长江流域发现的人类化石却对这一结论提出了挑战。例如,和县人与巢县人都生活在旧石器时代早期,但一为直立人,一为早期智人,且相距不过百里;郧县人到底是直立人还是早期智人,学术界一直存在争论,说明其体质特征确有模糊处。这些情况表明,人类进化存在着比较普遍的不平衡性和内涵的无限丰富性。如果将同一时代的人类化石进行比较,例如,将和县猿人头骨化石与北京猿人头骨化石进行比较,两者之间虽有相同之处,如额部低平,眉脊与额部之间有明显沟槽,后部有较发达的枕骨圆枕等。但二者的差别也较明显,如和县人头骨最宽点在两耳平面,而北京人最宽点在两耳孔稍上处;和县人眉脊两侧平缓,北京人眉脊外侧一端却较粗厚。显然,在旧石器时代,南北人类体质的差异就已经开始出现,这些差异可能是后来形成南方人与北方人的体质差异的最原始的基因。

从文化发展而言,长江流域旧石器时代的石器都是利用遗址附近的砾石加工而成,大部分石器保留着砾石面,因而可称为砾石石器文化。在长江中下游各石器遗址中,最多的是适合于做砍砸工作的砍砸器和一些大型尖状工具,有的遗址还发现许多球状的石制品,而适合做切割、刮削工作的小型石制工具却少见。这些特点与以往在北方发现的以石片石器占主导地位的旧石器时代文化遗存很不相同。长江流域的砾石石器不仅分布范围广,而且延续时间也十分久远,从早更新世开始到晚更新世,都是砾石石器文化占据主导地位,直到晚更新世晚期,才出现砾石石器被石片石器所代替的现象。即是说,整个旧石器时代,长江流域基本上属于砾石石器文化。这种文化的连续性即使在同一遗址的剖面上也有十分鲜明的反映,皖南宣州陈山遗址的剖面就是极好的例证。这种情况在黄河流域尚未发现。在北方发现的旧石器时代文化遗址,主要分布在气候比较温暖的时段,当气候变冷或称冰期阶段则很少有发现,而在长江流域,气候比北方温暖,即使在冰期来临之际,早期人类活动也没有受到明显影响而出现间断,他们居住在水源河流附近,利用河滩的砾石打制石器,沿河谷活动,采集各种食物和捕猎动物为食,因而留下了众多的文化遗存。相对优越的自然环境和生存条件,正是长江流域早期人类创造文明发展文化而从未间断的重要原因。

在早期人类文化史上,有两次重大转折改变了人类的生存方式。一次是学会控制火,人类从此获得了光明、温暖和熟食;另一次则是食物的生产,人类社会从此由攫取性经济向生产性经济转变,人类进入了改造自然、征服自然的新时代。前一次转变是在旧石器时代完成的,而后一次转变则发生在全新世初期,即考古学上的新石器时代早期。而在这两次重大而关键的转变中,长江文明都发挥了十分积极而重要的作用,在中华民族发展史和中华文化发展史上写下了辉煌的一页。

　　1977年在河南新郑县裴李岗、河北武安县磁山等遗址分别发现粟的炭化遗存,距今约8000年—7000年,这不仅确立了华北地区是粟类作物的发生地,而且将黄河流域的新石器时代起始时间向前推进到距今9000年左右。而1993年和1995年,在江西万年县仙人洞和湖南道县玉蟾宫分别发现了距今10000年或接近12000年的栽培稻植硅石和稻谷遗存。这两处的地理位置处于长江中下游之间,当江西东北部的环玉山至南岭北麓,属我国南方的腹心地带。这里丘陵、盆地、平原、河流、湖泊相间分布,气候湿润,可食性野生动植物丰富,适宜人类从事较为稳定的采集、捕捞和狩猎活动。如果联系1988年在湖南澧县彭头山发现的距今8000多年的上万粒栽培稻谷及聚落遗址、1980年在浙江余姚县河姆渡发现的距今7000年左右的成堆栽培稻谷遗存及其发达的农业生产工具和木结构房屋,以及河南南部舞阳县贾湖遗址发现的距今约8000年的栽培稻谷遗存,这些材料足以证明,长江中下游地区是我国人工栽培水稻的发生地,中国也因此成为世界上种植水稻最早的国家之一,长江流域的新石器时代起始时间也因此推进到距今12000年。

　　长江流域的新石器时代文化仍然有很强的地域特色。如果不做细致区别,大体可以分为以成都平原为中心的长江上游新石器时代文化、以江汉平原为中心的长江中游新石器时代文化和以太湖流域为中心的长江下游新石器时代文化,长江上游文化发展序列为宝墩村文化——三星堆文化——十二桥文化——新一村文化,长江中游文化发展序列为澧县新石器时代早期遗存——大溪文化——屈家岭文化——石家河文化,长江下游文化发展序列为罗家角新石器时代文化早期遗存——马家浜文化——崧泽文化——良渚文化。① 这些文化各有其特色,形成后世长江文化和长江文学发展的地域文化基础。

在新石器时代,长江流域的先人们不仅学会了栽培稻谷、磨制石器和骨器,学会了建筑房屋、烧制陶器、制作木器,而且开始豢养牛、羊、猪等家畜,制作木质或玉质的工艺品、装饰品,纺织麻织品和丝织品。总之,他们懂得了创造生活和美化生活。从墓葬情况来看,新石器时代晚期,已经出现贫富差别,并呈逐渐扩大趋势,人类开始进入阶级社会。

不过,新石器时代后期长江流域的阶级差别明显小于黄河流域。从墓葬所反映的文化发达程度来看,长江流域的文明水平已经明显落后于黄河流域的文明水平。当北方阶级矛盾发展到难以调和而在经济上占统治地位的阶级需要建立国家来保护他们利益的时候,夏王朝得以在中原建立。国家的建立使人类社会发展进入一个新的历史时期。然而,长江流域似乎没有建立国家的迫切需要,在相当长的时间里,这里的人们仍然聚族而居,过着传统的氏族社会生活。南北文化的这种差异,可能与自然条件和生产工具有关。在旧石器时代,人类生活主要依靠采集、捕捞和狩猎,长江流域的植物和动物资源比黄河流域更为丰富,因而长江流域的旧石器时代文化与黄河流域的旧石器时代相比,有着一定的地域优势。即使在新石器时代早期,种植业还只是传统采集与狩猎的补充,长江文化仍然占有相对的优势地位。例如,20 世纪 90 年代在长江下游发掘的距今 6500 年—5500 年的江苏金坛市三星村新石器时代遗址,其规模之大,墓葬之多,随葬器物之精巧丰富,在国内考古史上为罕见,充分证明

---

① 如做细致区分尚有许多区域文化,如长江下游还有宁绍平原的河姆渡文化、宁镇地区的北阴阳营文化、皖南地区的薛家岗文化等。

了长江下游新石器时代早期文化已经具有较高的水平。然而，新石器时代毕竟是向耕作农业发展的时代，使用石器从事农业耕作对于黄河流域的疏松土壤是十分适宜的，而长江流域森林广被，河流纵横，使用石器砍伐森林和开垦荒地肯定效率不高，因而到了新石器后期，南方文化发展已经明显落后于北方，黄河流域文明对长江流域文明的影响也日益增强。从长江中游屈家岭文化的鼎盛到石家河文化的衰落中，从尧、舜、禹南征三苗并最终打败三苗的历史传说中，都能发现长江流域文化所面临的前所未有的挑战。

夏、商两代，北方在阶级矛盾和民族冲突中不断进行文化整合，加强管理与教育，发展出相当成熟的社会政治伦理和制度文化，创造出适合于语言书面表达的文字符号系统，促进着社会生产力的发展和文化的全面进步。而在南方，在长江流域，与北方相比，这一时期的文化发展则要缓慢得多。当然，这绝不是说长江文化停止了前进的脚步。事实上，由于南北文化很早就开始了交流，如长江中游的石家河文化就有中原龙山文化的因素，因而考古学界有人称之为湖北龙山文化；长江下游的良渚文化中的兽面纹饰对商周青铜器上的饕餮纹也有明显影响。尧、舜、禹南征三苗，既是文化冲突，也是文化交流。传说大禹曾到太湖治水，疏浚三江五湖，使之东流入海，"三江既入，震泽（即太湖）底定"[①]，这也是一次文化交流。商、周之际，北方文化对南方的影响进一步增强。在长江中游，这种影响主要是通过楚人来实现的。在长江下游，这种影响则直接来源于周人。在北方文化的影响下，长江文化得以迅速成长，并形成自己的独特风格。

[①] 《尚书·禹贡》，影印阮元校刊《十三经注疏》本，第148页，北京：中华书局1980年版。下引此书只注篇名。

三 楚人对长江文化的贡献

楚人对长江文化发展的贡献可以说是最为巨大的。

楚人先祖祝融部落原本生活在伊、洛二水之间，即今河南嵩山、新郑一带，属于颛顼部落联盟成员，并担任这一联盟的火正及司天之官，与中原各族有着深入而密切的交往，深受中原文化的影响。然而，由于祝融部落并非虞、夏二族，所以当夏人南征三苗时，祝融部落虽然予以协助，但夏人仍然将祝融八姓中的己姓和董姓翦灭，迫使祝融部落南迁。祝融部落与南方各氏族部落朝夕相处，南方文化对他们的影响可谓深入骨髓。正因为如此，殷人灭夏建立商朝后，称以祝融部落为代表的长江中游部落为荆或荆楚，实际上把他们当做南蛮。《诗·商颂·殷武》记载了殷人南征荆楚之事，祝融八姓中的彭姓又为殷人所灭。在巨大的生存压力下，祝融八姓中的芈姓后裔迁至丹水和淅水一带，开始艰苦的创业。在商、周之交，芈姓酋长鬻熊归附周文王，相传为文王之师，大概为周的建国提供了许多好的意见。约公元前11世纪，周成王封赏功臣后裔，鬻熊曾孙熊绎被封于楚，居丹阳（今湖北秭归）①，楚正式成为周天子的封国，鬻熊后裔也从此以楚作为族名，尊鬻熊为始祖。这个在号为"子男五十里"的弹丸之地上建立的封国经过几代人"筚路蓝缕"的不懈努力，迅速发展壮大起来。到约公元前9世纪周夷王时，王室式微，诸侯或不朝，或相伐，楚子熊渠兴兵伐庸（今湖北竹山一带），至于鄂（今湖北鄂州），控制了包括富饶的江汉平原在内的湖北大部地区。熊渠还封自己的三个儿子为王，并公然宣称："我蛮夷也，不

---

① 熊绎所居之丹阳有今湖北秭归说，今湖北枝江和当阳说，今河南西南部丹水、淅水会合处说，今安徽当涂境内说，先居秭归而迁枝江说，先在汉水之北后迁秭归和枝江说多种，但多数意见认为应在今湖北西北部，属长江上游接近长江中游的地区。

与中国之号谥!"尽管后来因害怕周厉王讨伐,熊渠主动去掉了儿子们的王号,但他那种标新立异、勇于进取的精神却一代一代传了下去。楚国在迅速发展,楚文化也在迅速成长。楚文王熊赀将国都迁至郢(今湖北荆州)后,楚国的政治、经济、文化得到了空前的繁荣和发展。到楚庄王时,楚国终于主盟会坛,称霸诸侯。春秋 300 年间,楚国先后灭掉 40 余国,到战国时期,楚疆域之广,人口之众,形胜之利,出产之饶,均居列国之首,成为列国中最有实力与秦争夺天下的国家。

　　楚国在创造政治奇迹的同时,也创造着经济、文化的奇迹。近半个世纪的出土文物证实,楚国不仅农业发达,商业繁荣,而且有先进的纺织业和冶铸业,其髹漆、竹编、木雕等工艺更是精妙绝伦,举世无匹。迄今发现的最早的一批精美逾常、完好如新的丝织丝绣衣衾,出自湖北江陵马山的一座战国时期的小型墓葬。最早用失蜡法或漏铅法铸造的青铜器,是 20 年前发现的楚器。最早的一批铁器包括农具、兵器等,除个别外,都是近 40 年间出土的楚器。先秦的金币和银币,无一不是楚币。先秦的漆器,就出土数量之大、类型之多、制作之精、图案之美而言,无过于楚器。竹编工艺和木雕工艺品,凡已面世的,几乎全部出自楚墓。就文化艺术而言,先秦的竹简,几乎都是楚简,1993 年荆门楚墓出土的简书简直就是一座先秦文化宝库。先秦帛书已见一幅,帛画已见两幅,全部出自楚墓。毛笔从楚墓中出土多支,可见世传秦代蒙恬始造毛笔之说不可信。从位于楚国腹地的湖北随州市擂鼓墩一号墓发掘出土的曾侯乙编钟,其阵营之壮观,性能之精良,令人叹为观止。即使在日常生活方面,楚人也能领先潮流,有很高的文化品位。先秦的惟一一双竹筷出自楚墓,最早的一架木床也是楚人的遗物。凡此种种无不证明,楚文化是先秦时期最有成就最具特色的地域文化之一,也是当时世界上屈指可数的最为优秀最具活力的民族文化之一。长江文明为楚文化的辉煌提供了深厚而坚实的文化基础,楚文化的光焰也照亮了朦胧而神秘的长江远古文明。

除长江中游以外,长江上游的巴、蜀,长江下游的吴、越,在与楚发生密切交往的同时,也与北方各民族交往频繁,不同程度地受到北方文化的影响。

巴、蜀是长江上游的文明古国,有着悠久的文化传统。这不仅是因为有蚕丛、柏灌、鱼凫、杜宇、开明等蜀王的传说,而且20世纪在四川广汉发现的大量三星堆遗址和出土文物也证明了这一点。特别是1986年以来发现的三星堆祭祀坑中的成堆的青铜人像、铜器、金器、玉器和石器,以及1998年发现的与河南郑州商城遗址面积相当且时间接近的我国最早的土坯垒筑城墙遗址,证明的确存在一个有着灿烂文明的古蜀王国及其城邦体系,在一定意义上可与中原的殷商文化相媲美。

巴、蜀与北方民族的交往,至迟在殷商末期就已经开始,从四川出土的陶器和铜兵器具有殷代器物的形制即可得到证明。《尚书·牧誓》中提到参与武王伐纣的有"庸、蜀、羌、髳、微、卢、彭、濮人",以前的注家一致以为这里提到的八族均在西南,《华阳国志·巴志》说"周武王伐纣,实得巴、蜀之师,著乎《尚书》",大体不错。《左传》和《史记》也有春秋、战国时期巴、蜀与中原各国交往的记载。这些交往,对巴、蜀文化的发展无疑是十分有益的。

长江下游,古为百越聚居之地。后来的吴国与越国,其实都是古百越的分支,所谓"吴之与越也,接土邻境,壤交通属,习俗同,言语通"①。不过,关于吴与越的来历,却各有不同的说法。据《史记·吴太伯世家》记载:"吴太伯、太伯弟仲雍,皆周太王之

---

① 吕不韦:《吕氏春秋》,影印浙江书局辑刊《二十二子》本,第716页,上海古籍出版社1986年版。

子,而王季历之兄也。季历贤,而有圣子昌;太王欲立季历以及昌。于是太伯、仲雍二人乃奔荆蛮,文身断发,示不可用,以避季历。季历果立,是为王季,而昌为文王。太伯之奔荆蛮,自号句吴,荆蛮义之,从而归之者千余家,立为吴太伯。太伯卒,无子,弟仲雍立,是为吴仲雍。"[1]即是说,吴实为周太伯、仲雍之后代。关于越的来历,《史记·越王勾践世家》说:"越王勾践,其先禹之苗裔,而夏后帝少康之庶子也,封于会稽,以奉守禹之祀。"即是说,越为大禹之苗裔。对于吴为周后,学术界多持肯定意见,考古学已经证实,宁镇地区早期吴文化有明显的周文化色彩。对于越为夏裔,由于史迹渺茫,学术界颇多争议。即使按照怀疑论者的说法,"越为禹后说"乃是越人灭吴后为抬高身价而编造出来的,它也说明了越人对于中原文化的向往与关注,自然也就不能否定中原文化对越文化的影响。

尽管巴、蜀和吴、越都曾接受过北方文化的影响,然而,无论是巴、蜀,还是吴、越,它们与楚的关系之密切和接受楚文化的影响之深刻都是远远超出其与北方民族的关系和接受北方文化影响的。弱小的巴、蜀本无力与中原抗衡,巴在春秋时期一直依靠楚的保护,成为楚国的附庸。吴、越虽曾盛极一时,但其实力和影响实不能与楚相提并论。吴与楚多次发生冲突,越曾作为楚的盟国参与伐吴,吴敢与楚为敌,自身确有一定实力,吴王阖闾(一作阖庐)甚至于楚昭王十年(公元前506年)带兵攻破楚都郢城,其子夫差也曾"北会诸侯于黄池,欲霸中国以全周室"(《史记·吴太伯世家》),以至"九夷之国,莫不宾服"(《墨子·非攻中》),但其称雄的时间并不太长,很快就被越国所灭。到了战国时期,虽然越国也曾有过短暂的强盛,但越王勾践灭吴(公元前473年)

---

[1] 司马迁:《史记》,新编《二十五史》影印清乾隆武英殿本,第180—181页,上海古籍出版社、上海书店1986年版。下引此书只注篇名。

后8年去世,到战国中后期为楚所灭(公元前334年,一说公元前306年),其间100多年越国始终处于无足轻重的小国地位,无论是政治影响力,还是文化影响力,都远没有楚国强大。并且无论是吴还是越,强盛时期主宰政坛的大臣几乎都是楚人,如吴国的伍员、伯嚭和越国的范蠡、文种都是从楚国去的,这也可以说明楚对吴、越的实际影响。楚人创造了足以和中原各国相媲美的灿烂文化,楚文化作为先秦长江文化的代表是当之无愧的。

楚人不仅创造了令人叹为观止的楚文化,而且创造了令人叹为观止的楚文学。以老聃、庄周作品为代表的楚文,以屈原、宋玉作品为代表的楚辞,还有散见于先秦文献中的许多楚歌,都反映出楚文学的灿烂辉煌,不可企及。

文学是文化的重要组成部分,是文化精神、文化情感、文化心理和文化性格的感性显现。既然楚文化是先秦长江文化的典型代表,并且体现了先秦长江文化的文化精神,那么,楚文学自然也是先秦长江文学的当然代表,我们讨论长江文学,也就可以把楚文学作为长江文学发展的逻辑起点。我们这里所说的楚文学,是指见诸文字记载的楚文学。尽管楚文学在有文学文本出现之前,理论上存在着一个没有文字记载的口头文学时代,然而由于这一时代邈远而不可复现,我们今天已经无法对它加以讨论。况且口头文学由于受时间和空间的局限,其对后世文学的影响远没有具有文本形态的文学作品对后世的影响那么具体而深远。因此,立足于现有文学史料来探讨长江文学的文风流变,无疑是切实可行的。

第二节 长江文化特点与审美追求

文学活动从根本上说是审美活动。审美活动是人类最复杂也最具个性特点的精神活动,个体的审美心理总是千差万别的。

然而，如果因此就认为审美活动是一种纯粹的个人主观感受，也不符合客观实际。且不说对于美丑，一个社会的绝大多数人一般都有大致相同的看法；不同历史时期，人们的审美标准存在很大差异，也说明了审美活动具有明显的社会和时代属性。至于不同地域的不同民族，由于生活环境不同，文化传统各异，他们对于美的感受和判断就更是不可同日而语了。中国是一个多民族的国家，南北地理差异巨大，在秦统一中国之前，各地方文化差别明显，审美好尚也各不相同。秦统一中国之后，文化交融虽是大势所趋，但由于文化传统和地理环境的差别客观存在，南北的审美趣尚和文学风格仍然各具特色。这正是我们研究长江流域文章风格的客观基础和理论前提。

一　南北自然环境和文化差异

关于人们的审美意识与生活环境包括自然环境与社会环境的关系，国内外有不少学者进行过探讨，发表过许多深刻的见解。法国的艺术哲学家丹纳在研究艺术作品生产的规律时指出："作品的产生取决于时代精神和周围的风俗。"[①]并对意大利文艺复兴期的绘画、尼德兰的绘画、希腊的雕塑进行了鞭辟入里的分析，给人以深刻的启迪。例如，他认为希腊雕塑是"自然界的结构留在民族精神上的印记"，他说：

> 希腊境内没有一样巨大的东西；外界的事物绝对没有比例不称，压倒一切的体积。既没有巨妖式的喜马拉雅，错综复杂，密密层层的草木，巨大的河流，像印度诗歌中描写的那样；也没有无穷的森林，无垠的平原，面目狰狞的无边的海洋，像北欧那样。眼睛在这儿能毫不费事地捕捉事物的外形，留下一个明确

[①]　丹纳：《艺术哲学》，第76页，329—330页，合肥：安徽文艺出版社1991年版。

的形象。一切都大小适中,恰如其分,简单明了,容易为感官接受。科林斯,阿提卡,培奥提,伯罗奔尼撒各处的山,高不过九百多公尺到一千四百公尺;只有几座山高达一千九百多公尺;直到希腊的尽头,极北的地方,才有像庇来南 Pyrenees(法国与西班牙交界的大山)和阿尔卑斯山脉中的高峰,那是奥林泼斯山 Olympe,已经被希腊人当作神仙洞府了。最大的河流,贝南和阿基罗阿斯,至多不过一百二十或一百六十公里;其余只是些小溪和急流。便是大海吧,在北方那么凶猛那么可怕,在这里却像湖泊一般,毫无苍茫寂寞之感;到处望得见海岸或岛屿;没有阴森可怖的印象,不像一头破坏成性的残暴的野兽;没有惨白的,死尸般的或是青灰的色调,海并不侵蚀岸,没有卷着小石子与污泥翻腾的潮汐。海水光艳照人,用荷马的说法是"鲜明灿烂,像酒的颜色或紫罗兰的颜色";岸上土红的岩石环绕着闪闪发光的海面,赛过镂刻精工的一条边,有如图画的框子。——知识初开的原始心灵,全部的日常教育就是与这样的风光接触。人看惯明确的形象,绝对没有对于他世界的茫茫然的恐惧,没有太多的幻想和不安的猜测。这便形成了希腊人的精神模子,为他后来面目清楚的思想打下基础。——最后还有土地与气候的许多特色共同铸成这个模子。①

这里主要谈到的是自然环境对形成民族"精神模子"的巨大影响。所谓"精神模子",主要是指这个民族的思想方法、生活态度、文化心理和文化性格,当然也包括审美意识。丹纳从探讨自然环境铸成民族的"精神模子"入手研究希腊雕塑的艺术特点,对我们研究长江流域人们的审美意识提供了极好的借鉴。

从中国文化的实际发展来看,以黄河中下游为中心的北方

---

① 丹纳:《艺术哲学》,第 76 页,329—330 页,合肥:安徽文艺出版社 1991 年版。

文化和以长江中下游为中心的南方文化在新石器时代就已形成各自的地域特色。这种地域文化特色是人类对其生存环境（包括自然和气候等）挑战和反应的结果。① 梁启超在《中国古代思潮》一文中说："凡人群第一期之文化，必依河流而起，此万国之所同也。我中国有黄河扬子江两大流，其位置性质各殊，故各自有其本来之文明，为独立发展之观，虽屡相调和混合，而其差别相自有不可掩者。"② 这一看法是符合客观实际的。

据当代气象资料统计，作为北方文化核心地带的黄河中下游，气候寒冷而干燥，1月份的平均气温在 -8℃ — 0℃ 之间，7月份平均气温在 22℃ — 27℃ 之间，年平均降雨量在 600 毫米上下，其中三分之二集中在 6月—9月。从地理环境来看，这一地区最重要最特殊的地理特征是黄土的广泛分布，黄土中虽然缺少腐殖质，但却土质疏松，含有大量碳酸钙和钾、硫、磷等元素，具有一定的土壤肥力，且孔隙度高，具有良好的水溶液毛管上升能力。这种土壤虽然适合耐旱作物生长，但干燥的气候又限制着谷物产量的提高，在缺少灌溉条件的古代尤其如此。根据考古工作者对西安半坡遗址的孢粉分析可以得知，西安一带在新石器时代的气候也属于半干旱气候，与现在的气候条件差别不大。③ 黄河以北，则是广袤无垠的蒙古大草原，草原游牧民族需要谷物、纺织品、金属制品和奢侈品，当他们不能用和平手段来交换这些物品时，便常常采用掠夺的手段来获取，冲突在所难免。可以想见，在这样的生存环境中形成的北方文化肯定具有坚韧朴实粗犷豪放的品格。

南方气候、地理条件与北方迥别。南方文化发展最有代表

---

① 汤因比认为，人类文明是挑战与反应产生的结果。参见汤因比《历史研究》第七章，上海人民出版社1966年版。
② 转引自陈序经：《中国南北文化观》，第33页，台北：牧童出版社1976年版。
③ 参见周昆叔：《西安半坡新石器时代遗址的孢粉分析》，《考古》1963年第9期。

性的长江流域,基本上是沿着北纬30度的丘陵和盆地分布的,为亚热带温润森林地带,1月份的平均气温在0℃上下,7月份平均气温则在30℃左右,每年日平均气温高于15℃的持续时间大约在175天左右,年平均降雨量在1000—1200毫米之间,超过黄河流域一倍,加上江河纵横、湖泊星布,为喜暖需水的作物的生长和水生动物的繁殖提供了优越的气候条件。这一地区的土壤主要为黄壤和红壤,有机质含量丰富,天然肥力较高,作物产量能够满足生活需要。根据考古学者对上海崧泽遗址的孢粉分析可以得知,在公元前三千纪的新石器时代,上海一带的气温比现在大约高1℃—2℃,这一差别是很小的①。在这一带生活的民族,基本上自给自足,无生活之虞,相对充裕的物质条件使他们容易安于现状,而浩森的江湖和瞬息万变的天气又容易引发他们的遐想。在这样的环境中形成的南方文化难免会有轻灵活泼耽于玄想的特点。

中国是一个多民族的国家,在其漫长的发展过程中,南北文化所给予中国文化整合的影响,在不同的历史时期是不一样的。在中国进入文明社会的初始阶段(考古学界和历史学界一般认为在公元前第二千纪前后),北方文化表现出了比南方文化旺盛得多的生长力。从考古学界所发现的黄河流域的龙山文化遗址、长江中游的石家河文化遗址和长江下游的良渚文化遗址的文化遗存分析,"在公元前第三千纪的后半期,中国北方和南方的主要地区,都进入了新石器时代的晚期;它们都是以农业为主、狩猎采集为辅的社会,不过狩猎和采集在经济中所占的比重,特别是采集鱼、蚌之类水生动物的比重,南方似乎多于北方;它们都使用角、骨、蚌等原料制作工具,过着定居的聚落生活。这也就是说,它们的生产力水平和生活方式,都是大致相同的。

---

① 见上海文物管理委员会编:《崧泽》,第135页,北京:文物出版社1987年版。

在社会性质方面,龙山文化和良渚文化均处于原始社会的最后一个阶段——酋邦阶段。石家河文化的社会,也到了部落社会的晚期。但是从另一方面来看,它们以后的社会发展轨迹,却又存在着很大的差异"①。正是这种差异,形成了南北文明对铸造中华民族"精神模子"的不同影响。

黄河中下游龙山文化的遗存,可以和古史记载相印证。龙山文化的居民逐渐以部落为主体,以"城"为核心,发展成古史中所谓的"国"或"邦",与《史记·五帝本纪》所云黄帝有"万国"和《尚书·尧典》所云尧有"万邦"相一致。从龙山文化在黄河中下游的序列分布及其相互联系来看,也与《史记·五帝本纪》所云"自黄帝至尧舜,皆同姓而异其国号"的记载相吻合。北方文化的整合过程,应该不是一种自发的演变,而是一种人为的强制。《史记·五帝本纪》所云"天下有不顺者,黄帝从而征之",尧舜"流共工于幽陵","放驩兜于崇山","迁三苗于三危","殛鲧于羽山",应是对这一过程的描述。正是这种文化的整合,表明北方正大踏步地走向文明社会的门槛。夏禹所建立的王朝,终于将中国社会推向文明。

长江中下游的石家河文化和良渚文化并没有像中原龙山文化那样发展,尽管长江中游和长江下游的文化互有影响,但是总的来说,它们并没有一种整合的趋势,仍然各自独立发展着,这说明它们没有整合的动力。因而,当中原已经进入文明社会,国家组织已经高度发展以后,南方仍然徘徊在文明社会的门槛,需要借助外力的推动来促进社会的发展。事实上,南方社会后来的发展也是靠北方强力推动的结果。不仅殷商、西周均有征讨三苗、荆蛮的记载,就是使南方振兴的楚人其实也是从中原迁徙

---

① 童恩正:《中国北方与南方古代文明发展轨迹之异同》,载《中国社会科学》,1994年第5期。

而来的。

造成文明时代南北社会发展差异的原因是多方面的。童恩正在《中国北方与南方古代文明发展轨迹之异同》一文中进行了比较全面的分析,他指出:北方便利的交通有利于文化的交流和物质的交换,而较差的自然条件能够激发文明的创造,南方交通不便,生活资料易得,酋邦的出现即能满足社会要求,不必也不能自动地再向国家发展;北方的主要农作物是粟而南方是稻,粟是耐旱作物,可以单纯依靠扩大耕地面积而增加产量,而稻对地势和水源有较高要求,南方的山林不容易改造成为稻田,难以满足社会分工发展的需要;中原以北是蒙古大草原,农业民族与游牧民族冲突频繁,黄河流域早期城市的出现,政权的集中和阶级的分化,均与民族冲突有关,而南方族群分散在山林溪谷、河湖沼泽之间,没有经常性的外界威胁,缺少北方那样促进民族团结整合的力量;北方水患频仍,治理黄河需要有权威的集中领导,中国国家权力的形成,极有可能与集体的水利事业有关,所以夏禹治水成为妇孺皆知的传说,而南方虽有水患,却山高土广,容易避免,除蜀地外,不存在大规模治水的传说和史实;北方存在以氏族为基础的农业生产组织,比较容易联合而成更高级的政治团体,当这种团体出现以后,也比较容易统治与管理,南方则是以家庭作为生产单位,经济上的分散性必然影响到政治上的分散性,不利于国家的整合和文明的出现;北方以共同生产为基础的氏族意识浓厚,祖先崇拜盛行,如果这一氏族或家族成为一个政治团体的统治者,那么他们崇拜的祖先就可能成为全政治团体的神,这种神灵崇拜能够增强这个政治实体的凝聚力,南方的宗教信仰与此不同,良渚文化的祖先崇拜没有发展到地区性的神灵崇拜或政治实体的神灵崇拜,反之,落后的动物崇拜和鬼神崇拜则长期存在;北方很早就出现尊卑等级和社会分工,中国礼乐制度的源头,可追溯到龙山文化时期,先秦北方学者都肯定国家管理、阶级划分、社会分工和礼乐制度,而南方在政治思想方面则比较落后,老子小国寡民思想的基础,就是南方长期存在的分散的家庭经济,这种经济不但没有向更大的政治实体发展的要求,反而拒斥北方从公元前第三千纪就开始了的深刻的社会变迁,力图维护历史上形成的封闭、停滞的经济和政治局面。童恩正先生的这些认识是颇有见地的。

中国早期南北文化的差异对后来南北文化的发展有着基础性的甚至是决定性的影响。尽管随着社会的进步,南北文化的交流日益频繁,然而,南北文化的地域差别并没有完全消失。《淮南子·坠形训》认为:"土地各以其类生。……是故坚土人刚,弱土人肥,垆土人大,沙土人细,息土人美,耗土人丑。"①强调了自然环境对人的文化性格的制约。班固《汉书·地理志》则云:"凡民函五常之性,而其刚柔缓急音声不同,系水土之风气,故谓之风;好恶取舍动静亡常,随君上之情欲,故谓之俗。"②他还在《地理志》末附载了朱赣对各地风俗的条陈。说明班固等人不仅意识到水土(自然环境)对民情风俗的影响,也认识到君情(社会环境)对民情风俗的影响。

东汉末年,社会动荡,战争频繁,三国鼎立,形成南北分治局面。西晋统一,不过半个世纪,战乱又起。晋室南渡,又成南北分治局面。尽管许多北方士族随着晋室南迁,但定居南方的北方士族很快就被南方文化所同化,真所谓"桔生淮北则为桔,生于淮南则为枳"。因此,六朝时期南北文化的差异仍然十分明显。《世说新语·文学》载:

---

① 刘安:《淮南子》,影印浙江书局《二十二子》本,第1222页,上海古籍出版社1986年版。
② 班固:《汉书》,新编《二十五史》影印清乾隆武英殿本,157页,上海古籍出版社、上海书店1986年版。下引此书只注篇名。

褚季野语孙安国云:"北人学问渊综广博。"孙答曰:"南人学问清通简要。"支道林闻之曰:"圣贤因所忘言,自中人以还,北人看书如显处视月,南人学问如牖中窥日。"①

《隋书·儒林传序》也说:"南人约简,得其精华;北学深芜,穷其枝叶。"②由此可见,当时人对南北文风的差异都有比较清醒的认识和比较准确的把握。唐长孺先生总结六朝南北学风的差异说:"自永嘉后晋室东迁,政治上南北对峙,学术风气亦出现显著差异。概括而言,即是南方注重义理,上承魏晋玄学新风,北方继承汉代传统,经学重章句训诂,杂以谶纬,佛教重宗教行为,有佛道遗风。所谓南学与北学的区别,有地理上的分野,但首先是学风的差异。"③而所谓学风的差异,其实就是南北文化的差异。

经过魏晋南北朝的政治变动和文化交流,南北各地文化风俗的差异依然存在。《隋书·经籍志》记载了南北各大州郡文化风俗的特点,这些特点所体现的风俗习性的差异,正是文化差异的一种表征。这种文化上的差异主要还不是民族性的差异,而是地域性的差异。就民风而言,北方一般"质直"、"刚强"、"迟重"、"舒缓",南方一般"敏慧"、"劲悍"、"轻剽"、"工巧"。尽管这种差异并不是绝对的,在具体对象身上更是千差万别,但作为地域文化特征的整体描述,却是完全可以成立的。王国维曾对南北思想文化的差异做过如下分析:

> 北方派之理想,置于当日之社会中;南方派之理想,则树于当日之社会外。易言以明之,北方派之理想,在改作旧社会;南

---

① 刘义庆:《世说新语》(徐震堮校笺)卷上,第117页,北京:中华书局1984年版。
② 长孙无忌等:《隋书》,新编《二十五史》影印清乾隆武英殿本,第204页,上海古籍出版社、上海书店1986年版。下引此书只注篇名。
③ 唐长孺:《魏晋南北朝隋唐史三论》,第237页,武汉大学出版社1992年版。

方派之理想,在创造新社会。然改作与创造,皆当日社会之所不许也。南方之人,以长于思辨,而短于实行,故知实践之不可能,而即于其理想中求其安慰之地,故有遁世无闷,嚣然自得以没齿者矣。若北方之人,则往往以坚忍之志,强毅之气,持其改作之理想,以与当日之社会争;而社会之仇视之也亦与其仇视南方学者无异,或有甚焉。①

无论我们是否赞同王国维的上述论断,恐怕谁也无法否认南北文化事实上存在的明显地域差异及其对南北文人的潜在影响。虽然在唐以前和唐以后,这种差异无论是性质上还是程度上都是颇不一致的,我们却不能不去认真地对待它,细心地研究它,科学地说明它。

二 文学审美的地域差别

文学是文化的重要组成部分。中国文化存在南北地域差异,中国文学也同样存在南北地域差异。这种差异既表现为对文学理解的差异,也表现为审美情趣和文学风格的差异。古往今来,许多学者对此都有清醒的认识,一些学者还就此做过深入分析。近人刘师培在《南北文学不同论》文中从声音、地理、创作等方面考察了南北文学的差异,他说:

> 夫声律之始,本乎声音。发喉引声,和言中宫,危言中商,疾言中角,微言中徵、羽。商、角响高,宫、羽声下,高下既区,清浊旋别。……陆法言有言:"吴、楚之音时伤清浅,燕、赵之音多伤重浊。"此言分南、北之确证也。声能成章者谓之言,言之成

---

① 王国维:《屈子文学之精神》,见《王国维论学集》,第316页,北京:中国社会科学出版社1997年版。

章者谓之文。古代音分南、北。河、济之间古称中夏,故北音谓之夏声,又谓之雅言。江、汉之间古称荆、楚,故南音谓之楚声,或斥为"南蛮鴂舌"(《孟子》)。《荀子》有言:"君子居楚而楚,居夏而夏。"夏为北音,楚为南音,音分南北,此为明证。

声音既殊,故南方之文亦与北方迥别。大抵北方之地,土厚水深,民生其间,多尚实际;南方之地,水势浩洋,民生其间,多尚虚无。民尚实际,故所著之文不外记事、析理二端;民尚虚无,故所作之文或为言志、抒情之体。①

前人论述南北文学的差异多从自然地理环境和社会人文背景的差异着手,刘师培先生则特重南北声音的差别对文学发展的影响,也可谓独具只眼。

从中国文学发展的实际来看,刘师培对南北文学不同特点的概括也是精练而深刻的。前面我们已经说过,中国文学观念的成熟在春秋末期,但中国文学思想的滥觞或曰"开山的纲领"还是西周的"诗言志"②,中国文学的方法也导源于《诗经》的"六义",而儒家所总结的"温柔敦厚"的诗教就成了中国文学最基本的审美追求。然而这一切,都只是从总体状况而言,而且主要是指儒家思想影响下的中国文学的发展。从某种意义上说,这种文学传统其实是以北方文化为主导的北方文学传统。在思想上,它强调文学的政治伦理教化功能而忽视文学的审美娱乐功能;在内容上,它偏重于现实关照而缺少终极关怀;在形式上,它

---

① 刘师培:《南北文学不同论》,见《刘师培中古文学论集》,第260—261页,北京:中国社会科学出版社1997年版。原文有夹注,为节省篇幅,今略。
② 朱自清认为:"'诗'这个字不见于甲骨文、金文,《易经》中也没有。《今文尚书》中也只见了两次,就是《尧典》的'诗言志',还有《金縢》云:'于后(周)公乃为诗以诒(成)王,名之曰《鸱鸮》。'《尧典》晚出,这个字大概是周代才有的。"(见《诗言志辨》,第12页,上海:华东师范大学出版社1996年版。)

凝重整饬而少活泼变化；在方法上，它长于析理而短于抒情。正如刘师培所言，北方"民尚实际，故所著之文不外记事、析理二端"。这不仅在代表北方文学的《尚书》、《春秋》、《论语》、《孟子》等著作中可以看出，而且在《诗经》雅、颂和绝大部分风诗中也可以看出。当然，《诗经》中的记事、析理不能如散文那样直说，但风、雅、颂中都有几近典谟的记事之什，如《豳风·七月》之叙劳作，《小雅·车攻》之言田猎，《大雅·公刘》之咏周史，《周颂·载芟》之庆年丰。即使是那些言志抒情之作，也是因日常生活有感而发，所咏也常常不离生活中的具体事件，如《卫风·氓》乃弃妇之怨诗，但全诗忆事抒怀，几乎追述了全部爱情经过，很像一首叙事诗。

南方文学则与北方文学迥然有别。《诗经》中十五国风有"二《南》"（即《周南》、《召南》），其他风诗之国均在北方，惟《周南》、《召南》之地近于南方，郦道元《水经注》引《韩诗序》云："二南其地在南郡、南阳之间。"从"二南"内容来考察，《周南》所采，北至汝水，南至武汉以北，相当于今河南临汝、南阳及湖北襄阳、光化等地；《召南》所采，多在武汉以上、三峡以下的长江北岸地区，即今湖北荆州、荆门、宜昌等地。这一地区，春秋时为楚的势力范围，在文化形态上也属南方文化覆盖的长江中游地区。因此有人认为"二《南》"即是南方最早的诗歌。例如，宋郑樵《通志·昆虫草木略序》云："周为河、洛，召为岐、雍，河、洛之南濒江，岐、雍之南濒汉，江汉之间，二南之地，诗之所起在于此。屈、宋以来，骚人墨客，多生在汉，故仲尼以二南之地为作诗之始。"[①]宋人王应麟《困学纪闻》亦云："艾轩谓诗之萌芽，自楚人发之，故云江汉之域，诗一变而为楚辞，屈原为之唱。是文章鼓吹，多出

---

① 郑樵：《昆虫草木略序》，见《通志》卷七十五，影印万有文库"十通"本，第865页，北京：中华书局1987年版。

于楚地。"① "二《南》"不以国名而以地名,也证明它们是《诗经》中的另一类诗歌,说它们是南方诗歌的代表是可以成立的。② 刘师培也认为:"周、召之地在南阳、南郡之间,故二《南》之诗感物兴怀,引辞表旨,譬物连类,比兴二体,厥制益繁,构造虚词,不标实迹,与二《雅》迥殊。至于哀窈窕而思贤才,咏汉广而思游女,屈宋之作于此起源。"③

如果说"二《南》"作为南方诗歌的滥觞显示了不同于北方诗歌的地域特色,那么,以屈原、宋玉作品为代表的《楚辞》则进一步突显了南方文学的地域特色。屈原所标举的"发愤以抒情"(《九章·惜诵》)与北方学者所理解的"诗言志"(《尚书·尧典》)在诗歌观念上很不一致。屈原作品中充满幻想的形象,瑰丽绮诡的语言,譬物连类的手法,忧愁幽思的情感,在北方文学中是很少具备或虽有类似因素却不甚显明的。清人王夫之在其《楚辞通释·序例》中说:"楚,泽国也。其南沅、湘之处,抑山国也。迭波旷宇,以荡遥情,而迫以崟嶔戍削之幽菀,故推宕无涯,而天采矗发,江山光怪之气,莫能掩抑。"④作为对屈原作品艺术风格形成原因的探讨,王夫之把眼光投向屈原生活的自然环境,无疑是颇有见地的。因为从政治上的遭遇来说,像屈原类似的"信而见疑,忠而被谤"的忠贞耿介之士,北方并不比南方少,而北方作者却写不出《离骚》似的政治抒情长诗。这便说明,屈原的风格既是他自己的,也是南方文化熏陶的结果。屈原的作品书楚语,作楚声,纪楚地,名楚物,本来就是充分地方化的,其《九歌》等采

---

① 王应麟:《困学纪闻》,四库全书本。
② 参见拙著《湖北文学史》第三章《二南诗始》,武汉:华中理工大学出版社1995年版。
③ 刘师培:《南北文学不同论》,见《刘师培中古文学论集》,第261—262页,北京:中国社会科学出版社1997年版。
④ 王夫之:《楚辞通释》,中华书局上海编辑所1961年版。

用的完全是地方祭祀乐歌的形式和节奏①,这足以说明屈原的文学风格是南方文学风格的典型代表。王国维在《屈子文学之精神》中说:

> 南人想像力之伟大丰富,胜于北人远甚。彼等巧于比类,而善于滑稽,故言大则有若北溟之鱼,语小则有若蜗角之国;语久则大椿冥灵,语短则蟪蛄朝菌;至于襄城之野,七圣皆迷;汾水之阳,四子独往,此种想像决不能于北方文学中发见之。故《庄》《列》书中之某部分,即谓之散文诗,无不可也。夫儿童想像力之活泼,此人人公认之事实也,国民文化发达之初期亦然,古代印度及希腊壮丽之神话,皆此等想像之产物。以我中国论,则南方之文化发达较后于北方,则南人之富于想像,亦自然之势也。此南方文学中之诗的特质之优于北方文学者也。②

王国维所云"南方之文化发达较后于北方,则南人之富于想像,亦自然之势"的论点,显然是可以讨论的。近半个世纪的考古发现证实,南方文化和北方文化是同时并行发展的两个文化序列,在进入阶级社会以前,二者各具特色,并无先进落后之分。进入阶级社会以后,北方的制度文化要超过南方,但南方的宗教文化却超过北方。经济上北方发展要快于南方。魏晋以后,南北经济发展水平迅速接近,而文化中心逐渐南移。宋代以后,南方经济文化发展均超过北方。如果说文化相对落后,便自然富于想像,那么宋以后北方作家应该想像力比南方作家丰富,但实际情

---

① 王逸《楚辞章句·九歌序》云:"屈原放逐,窜伏其域,怀忧苦毒,愁思沸郁,出见俗人祭祀之礼,歌舞之乐,其词鄙陋,因为作《九歌》之曲,陈事神之敬,下见己之冤结,托之以风谏。"
② 王国维:《屈子文学之精神》,见《王国维论学集》,第316—317页,北京:中国社会科学出版社1997年版。

况并非如此。尽管如此,我们仍然不得不承认,王国维所揭示的南北文学思维和文学风格的差异确是客观存在的事实。

不独屈原,在先秦诸子中,南方诸子与北方诸子在文风上也有显著区别。刘师培对此也有精到的描述,他说:

> 春秋以降,诸子并兴。然荀卿、吕不韦之书最平实,刚志浃理,辁断以为纪,其原出于古礼经,则秦、赵之文也。故河北、关西无复纵横之士。韩、魏、陈、宋,地界南、北之间,故苏、张之横放,起于其间。惟荆、楚之地僻处南方,故老子之书,其说杳冥而深远。及庄、列之徒承之,其旨远,其义隐,其为文也,纵而后反,寓实于虚,肆以荒唐谲怪之词,渊乎其有思,茫乎其不可测矣。屈平之文,音涉哀思,矢耿介,慕灵修,芳草美人,托词喻物,志洁行芳,符于二《南》之比兴,而叙事记游,遗尘超物,荒唐谲怪,复与庄、列相同。南方之文,此其选矣。①

南北文风的差异在汉代不仅继续存在,而且演变为文学思想的论争。其论争的焦点集中在对屈原作品的评价上,这场争论从淮南王刘安作《离骚传》开始到王逸作《楚辞章句》结束,历时两个多世纪。对于南方文学的代表人物屈原及其代表作《离骚》,肯定者有之,否定者也有之。无论肯定与否定,撇开政治因素不谈,其中一个重要原因便是南北文化差异所造成的对屈原及其作品理解上的差异,它实际上体现了南北文学思想与文学风格的冲突与融合。

班固对屈原作品的评论,反映出东汉时期"独尊儒术"的思想文化专制的进一步加强。以《离骚》为代表的楚辞本来是楚文

---

① 刘师培:《南北文学不同论》,见《刘师培中古文学论集》,第262页,北京:中国社会科学出版社1997年版。原文有夹注,为节省篇幅,今略。

化的产物,屈原精神也是荆楚精神的表征,自然不可能符合正统的儒家思想。班固站在正统儒家立场上批评屈原,本也无可厚非。然而,汉代的儒术早已不是先秦儒家的儒术,而是吸收了阴阳五行、刑名法术和黄老道家思想的新儒术,班固墨守传统儒学,反映出他的保守倾向。从文学自身的发展而言,否定屈原作品也是愚蠢和危险的,它不仅会激化南北文学的冲突,也不利于文学自身的发展。因为屈原对中国文学的影响是全面而深刻的,是不容否定也不可逾越的,正如刘勰《文心雕龙·辨骚》所云:"自《九怀》以下,遽蹑其迹,而屈、宋逸步,莫之能追。故其叙情怨,则郁伊而易感;述离居,则怆怏而难怀;论山水,则循声而得貌;言节候,则披文而见时。是以枚、贾追风以入丽,马、扬沿波而得奇,其衣被词人,非一代也。故才高者菀其鸿裁,中巧者猎其艳辞,吟讽者衔其山川,童蒙者拾其香草。"①连班固自己也承认屈骚为"辞赋之宗"。而要想促进文学的发展,显然不能以否定屈原的作品为代价,而是应该将屈原作品纳入新儒学所确立的正统文学思想可以包涵的范畴之中。班固没有能够做到这一点。

王逸在《楚辞章句》中针对班固否定屈原论所进行的批驳,适应了政治大一统帝国对文学思想统一的要求。班固想用正统儒学思想来统一文学理论,他失败了,因为他企图将南方文学风格排斥在这种统一之外,这不仅是不应该的,也是不可能的。王逸与班固正好相反,他在肯定屈原作品的前提下,把屈原作品纳入新儒学的范畴,反而建立起了融会南北文学思想和文学风格的新的文学思想和批评标准。②

---

① 刘勰:《文心雕龙》,范文澜注本,第47—48页,北京:人民文学出版社1958年版。下引此书只注篇名。
② 参见拙作《王逸和〈楚辞章句〉》,《文学遗产》1995年第2期。

王逸将对屈原的作品及其人格评判均纳入汉代新儒学的规范之中,认为"今若屈原,膺忠贞之质,体清洁之性,直若砥矢,言若丹青,进不隐其谋,退不顾其命,此诚绝世之行,俊彦之英也"①;"《离骚》之文,依《诗》取兴,引类譬喻。故善鸟香草,以配忠贞;恶禽臭物,以比谗佞;灵修美人,以媲于君;宓妃佚女,以譬贤臣;虬龙鸾凤,以托君子;飘风云霓,以为小人"(《离骚经章句序》)。这就不仅肯定了屈原人格符合儒家忠义标准,也肯定了屈原作品符合儒家诗教原则,既保证了屈原作品能够纳入中国文学的正宗,又根据当时统一思想文化的要求重新阐释了屈原的精神,同时也促成了南北文学思想和文学风格的合流。

不管是有意还是无意,王逸根据当时社会政治和文化的需要重新改塑了屈原形象和解读了屈原作品,使之符合作为统治思想的新儒学的规范,符合南北文学思想和文学风格交融发展的需要。强调屈原"忠"、"节",强调屈原作品"依经立义"、"依《诗》取兴",甚至强调"屈原之词,优游婉顺"、"温而雅"等等,就是要把屈原及其作品纳入新儒学的价值系统和文化系统,而这个系统正是南北文化思想融合的产物。由于王逸毕竟"与屈原同土共国,悼伤之情与凡有异"(《九思序》),楚文化的熏陶,也使他对屈原精神能有较深的理解,因而他所肯定的屈原精神也就具有不少荆楚精神的内涵。例如,他在《楚辞章句》中强调屈原作品主旨是"怨主刺上",强调《离骚》"上以讽谏,下以自慰",《九歌》是"遭时闇乱,不见省纳,不胜愤懑"而作,强调《天问》是"以泄愤懑,抒写愁思",《九章》是"思君念国,忧心无极",等等,也就肯定了屈原作品本来具有的批判精神和忧患意识,肯定了文学作品的"怨主刺上"的社会功用,肯定了"发愤著书"的文学

---

① 王逸:《楚辞章句序》,见洪兴祖《楚辞补注》,第 48 页,北京:中华书局 1983 年版。下引此书只注篇名。

创作规律。将这些思想纳入新儒学文艺思想体系,使"温柔敦厚"的诗教多了一些怨刺忿怼的内容,强化了作为正统文学思想的积极活泼的一面,这种文学思想体系也就融会了南北文化思想和南北文学风格的精华,使中国文学能够在保持各地域风格的同时又具有共同的思想指导和价值取向。

三 南北文风的多样与统一

尽管汉代完成了中国文学思想的南北融合,文学价值的评判标准大体趋于一致,然而,中国文学风格的南北差异不仅依然存在,在某些方面甚至十分明显。唐代初年,魏征等人奉敕纂修《隋书》,李延寿撰写《隋书·文学传序》总结魏晋以来文学发展,便指出南北文风存在着明显的地域差异。他说:

> 自汉、魏以来,迄乎晋、宋,其体屡变,前哲论之详矣。暨永明、天监之际,太和、天保之间,洛阳、江左,文雅尤盛。于时作者,济阳江淹、吴郡沈约、乐安任昉、济阴温子升、河间邢子才、钜鹿魏伯起等,并学穷书圃,思极人文。缛采郁于云霞,逸响振于金石,英华秀发,波澜浩荡,笔有余力,词无竭源。方诸张、蔡、曹、王,亦各一时之选也。闻其风者,声驰景慕。然彼此好尚互有异同:江左宫商发越,贵于清绮;河朔词义贞刚,重乎气质。气质则理胜其词,清绮则文过其意。理深者便于实用,文华者宜于咏歌。此其南北词人得失之大较也。若能掇彼清音,简兹累句,各去所短,合其两长,则文质斌斌,尽善尽美矣。①

---

① 关于《隋书·文学传序》的作者,史无明文。据刘知几《史通》所载,撰《隋书》纪传者为颜师古、孔颖达,撰志者为于志宁、李淳风、韦安仁、李延寿、令狐德棻。《四库全书总目提要》已指出"其纪传不出一手,间有异同"。考《北史·文苑传序》文字与《隋书·文学传序》略同,而《北史》为李延寿所撰,故可知《隋书·文学传序》也当出李延寿之手。

应该说，李延寿对魏晋以来文学的发展以及南北文风的差异的概括既简明扼要又准确精当。"宫商发越，贵于清绮"的江左文风正是南方文学风格的典型代表，而"词义贞刚，重乎气质"的河朔文风正是北方文学风格的典型代表。南北文学风格的这种差异是与南北文化的差异相一致的，也是南北文人在不同的文化熏陶下所形成的个人气质差异的自然流露。自古燕赵多慷慨悲歌之士，齐鲁多崇儒尚礼之人，而吴越贵于清绮，荆楚长于玄想，发为文词，自然风格迥异。正是南北文学风格的鲜明特点和巨大反差，才构成了中国文学姹紫嫣红的绚丽景观。如果真如李延寿所说，"掇彼清音，简兹累句，各去所短，合其两长"，让南北文风融合无间，那不仅不会"尽善尽美"，反而会大大损害它们各自的艺术魅力，同时也会大大损害中国文学的丰富内涵和审美价值。"声一无听，物一无文，味一无果，物一不讲"[①]，中国文学传统讲求的是兼容并包，"和而不同"。正是南北文学的不同风格，才满足了不同文化背景和不同欣赏习惯的人们不同的审美需求。正如晏婴所说，只有五味调和才有美味，"若以水济水，谁能食之？若琴瑟之专一，谁能听之？"[②]

承认南北文学风格的差异，实际上是承认中国文学风格多样性的客观事实。这是问题的一个方面。另一方面，随着社会的发展进步，南北的政治、经济、文化的差别日益缩小，南北的政治、经济、文化的交流则日益深入，特别是唐代的对内对外的开放政策，更促进了南北文化的融合。而从科举出身者选派担任地方守备的任官制度，更进一步打破了封闭的地域观念，也促进了文学风格的南北融会，文学风格的地域色彩因此相应有所减

---

① 《国语·郑语》，第149页，长沙：岳麓书社，1988年版。下引此书只注书名。
② 《左传·昭公二十年》，影印阮元校刊《十三经注疏》本，第148页，北京：中华书局1980年版。下引此书只注篇名。

弱。即以盛唐诗人为例，山水田园诗派的代表作家既有北方的王维，也有南方的孟浩然；边塞诗派的代表作家既有北方的高适，也有南方的岑参。当然，即使是同一诗歌流派的作家，其个人风格也仍有差异，但从总体上看，文学的地域风格差异远不如唐以前那样明显。

　　需要强调指出的是：我们上面提到的文学地域风格的差异在唐以后已经没有唐以前那样明显，主要是就诗文等正宗文体而言的。而在非正宗文体，例如戏曲、小说领域，文学风格的地域差异仍然是十分突出的。元代的北杂剧整饬刚劲，而南曲戏文却轻灵妩媚，说明元代通俗文学具有鲜明地方特色。明代北方民歌真率质朴，而南方民歌则狡狯机趣，同样说明明代通俗文学也具有鲜明地方特色。至于清代剧坛上的"南洪北孔"，更是地方文化影响作家创造的典型例证。唐明皇和杨贵妃的负载着太多政治历史内涵的爱情故事，在南方戏曲家洪昇的《长生殿》中被演绎得缠绵缱绻，如痴如梦。而本来是江南才子 佳人风流韵事的侯方域、李香君的爱情故事，却被北方戏曲家孔尚任写得坚贞刚毅，大气磅礴，这不能不说是因为他们分别受到了南北地域文化的深刻熏陶和濡染的结果。

　　元、明、清时期的通俗文学，一般都具有鲜明的地方特色。因为通俗文学本来就是采用老百姓喜闻乐见的形式，直接为老百姓服务的，如果没有了地方特色，也就没有了读者和观众，没有了这种通俗文学赖以生存的土壤。无论是在唐以前还是在唐以后，各地的风俗习惯都存在很大差异，通俗文学要想能够真正通俗，就必须适合当地老百姓的欣赏习惯和审美心理，使用当地老百姓最易明白最能接受的语言和形式，以期达到最佳传播效果。而正统诗文是以知识阶层为主体的文学活动。由于知识阶层文化交流频繁，其活动一般不太受地域限制，加上他们所接受的文化熏陶都是以儒家思想为主导，因而在他们从事诗文创作时,常常不会考虑地域接受的因素。这也是诗文等正宗文学文体风格在唐以后常常不是体现地域文化风格,而主要是体现个人审美风格的主要原因。我们所说的文学风格的统一性,也主要是指的这一方面。

当然,承认正统文学在唐以后南北地域风格差异的缩小,并不意味着可以忽视作家生活环境对其创作的潜在制约和影响。事实上,一个作家从小生活的环境,接受的文化熏陶,对其一生都有着重要影响,也一定会在他的文学创作中自觉不自觉地流露出来。这也是文学风格地域性所以始终存在的充足理由。即使在唐以后,地域文化所带来的作家的文学创作风格的多样性仍然是一个不能忽视的现象。刘师培在谈到宋元文学时就曾深刻地指出:

> 宋代文人,惟老苏之作间近昌黎。欧、曾之文,虽沉详整静,茂美渊懿,训词深厚,然平弱之讥,何云克免?岂非昌黎之文固非南人所能效哉?若东坡之文,出于苏、张、庄、老间,亦为南体。苏门四子,更无论矣。北宋诗体,初重西昆,派沿温、李。苏诗精言名理,有东晋之风。西江一体,虽逋峭坚凝,一洗凡艳,然雄厚之气,远逊杜、韩,岂非杜、韩之诗亦非南人所克效欤?南宋诗文,多沿古制。惟同甫、水心,文体纵横;放翁、石湖,诗词淡雅。然咸属南人。若真、魏之文缜密端悫,诚哉中流之砥柱矣。金元宅夏,文藻黯然。惟遗山之诗则法少陵,存中州之正声,子昂卑卑,非其匹也。自元以降,惟剧曲一端区分南北,若诗文诸体,咸依草附木,未能自辟涂辙,故无派别之可言。大抵北人之文,猥琐铺叙,以为平通,故朴而不文;南人之文,诘

屈雕琢,以为奇丽,故华而不实。①

刘氏从南北文化背景差异来论证宋元文学家的文学风格差异,颇有说服力。特别是对风格近似而实不相同的南北作家的文学风格差异的细致分析,能给我们以启发。这又说明,文学风格的多样性特别是地域性是中国文学的一个重要特点。

总之,由于中国幅员辽阔,南北自然气候和地理环境存在很大差异,各地风土民情和文化传统颇不一致,由于长江黄河对交通的隔阻以及南北政权的分治局面,使得隋唐以前的南北文化一直存在明显的地域差异,这种地域文化的差异哺育了各地方文学,造成了中国文学风格的多样性,并且这种多样性的风格作为文学传统影响着一代又一代文学工作者,即使在唐宋以后,南北文学风格的差异也仍然存在,只是这种差异缺少了隋唐以前的群体特色,而更多地体现为个体的风格特色。这是一方面。同时另一方面,由于中国是一个统一的国家,特别是隋唐以后,随着科举制度的建立和完善,真正中央集权的官僚体制得到健全和发展,南北人员交往更加密切,南北文化交流更加频繁,社会生产力的不断提高进一步改善了南北交通(例如京杭大运河的开通),使得中国文化的整合愈来愈全面而深入,从而促进了南北文学风格的相互交流和融会,南方作家的作品也可能质朴刚劲、慷慨豪放,北方作家的作品也可能清绮空灵、温柔缠绵,文学风格主要体现了个人的审美趣尚,而不是地方性的文化差异。而作为文学思想的"文以载道"观念以及"善美中和"的审美理想,则是绝大多数作家所信奉和追求的。因此,文学风格的多样性所反映的主要是中国文学的丰富内涵,人们正是从内涵的丰

---

① 刘师培:《南北文学不同论》,见《刘师培中古文学论集》,第266页,北京:中国社会科学出版社1997年版。

富性和风格的多样性来理解具有统一的文学思想和审美追求的中国古代文学的。从这个意义上说,中国文学从思想到风格都是一个统一的整体。

中国文学正是在这种多样统一中呈现出绚丽的色彩。否认中国文学的地域风格的客观存在或否认中国文学的有着统一的审美风格,都是不符合中国文学的发展实际的。而我们在本书中探讨长江流域文章风格的流变,主要是为了突显地域文学的个性特色及其演变规律,以确定其在中国文学中的地位及其对中国文学发展的影响,并不认为它是脱离整个中国文学大背景而单独发展的另类文学。在我们的观念中,长江文学永远是中国文学不可分割的一部分。

第三节 文学发展与文体辨析

中国文学发展是一个漫长的历史过程,文学观念的发展也复如是。在中国古代,"文"的内涵十分宽泛。在人身上刻画纹饰称"文",事物的纹理色彩称"文",错综而有规律的现象称"文",礼乐刑政制度称"文",人们创造的文字称"文",辞章书籍也称"文"。"文"的概念的发展其实反映着中华文明的成长进步。在"文"的观念的基础上,逐渐衍生出"文学"、"文章"的观念,这些观念与西方现代的"文学"、"文章"的观念有着极大的差异,这种差异正反映出中华文化的民族特色。而长江流域的人们对"文"的理解和创造,既是在中华文化的大背景下展开的,同时又有着不同于中华文化圈内其他地域文化的鲜明特点。因此,长江文学既是中国文学的组成部分,又是有鲜明地域文化特点的地域文学。

一　楚人对文的认识

春秋战国时期,是中国文化发展史上的轴心时代。数万年、数十万年以至一百多万年的人类文明和文化的积累,汇集成无比丰富的想像力与创造力,这种想像力与创造力摆脱了原始思维和神话色彩,赋予人们清醒的理性认识和人文精神。人们对自然、对社会、对人生、对历史、对他们感兴趣的一切,都怀着难以置信的热忱予以关注,并提出自己的独立看法,寻求解决问题的答案。人们不再满足于在具体器物中去体现对自然的关注和理解,对生活的幻想与追求,而是通过语言和文字清楚地表达自己所思考的一切。这一时代的思想和认识,不仅是对过去时代的人类思想和认识的全面总结与提升,而且构筑起中华民族进行历史自我理解和把握现实生活脉络的基本思维框架和理论基础,这些成果成了后来中国思想文化发展的思想源泉和精神动力。正如雅斯贝斯所说:"人类一直靠轴心时代所产生的思考和创造的一切而生存,每一次新的飞跃都回顾这一时期,并被它重燃火焰,自那以后,情况就是这样,轴心期潜力的苏醒和对轴心期潜力的回归,或者说复兴,总是提供了精神的动力。"[①]世界的情况如此,中国的情况也是如此,长江流域的文化发展自然也不例外。

春秋时期,长江流域最强大的政治势力是楚。楚庄王能观兵周郊、问鼎中原,成为春秋五霸之一,便清楚地说明了这一点。因此,认识轴心时代长江流域的思想文化以楚为核心或以楚为代表,应该说是符合这一时期的客观实际的。

轴心时代的长江文化同当时的整个中华文化一样,在创造物质文化和制度文化的同时,创造出了特色鲜明的璀璨的精神

[①] 雅斯贝斯:《历史的起源与目标》,第18页,北京:华夏出版社1989年版。

文化。这种精神文化包含着对自然、对社会、对人生的种种认识,也包含着对文学的认识,这些认识是以个人著述反映社会思想的形式而表现出来的。在轴心时代以前,人们的思想材料大多只在口耳相传中流播,受到时间和空间的局限,其社会影响力也就有限。而要突破这种局限,必须有记录自然语言的成熟的文字符号系统,并有记载这些文字的工具及其传播手段。在北方,殷商时期的甲骨文是一个相当成熟的文字系统,只是由于这些甲骨文是为商王的占卜服务的,而甲骨所记载的占卜结果也是作为神物被商王所垄断的,它并没有真正起到传播社会思想的作用。

在长江流域,文字的发明和应用经过了十分漫长的过程。在长江西陵峡发现的属于新石期时代早期的几处大溪文化遗址均有刻画符号的陶片,特别是杨家湾遗址发现有刻画符号陶片164块,这些符号大多刻在陶器底部,多为一件陶器底部一个符号,少有多个符号排列在一起的,这些刻画符号均由点和线组成,笔画大都直来直去,比殷商甲骨文具有明显的原始性,其时代也要比甲骨文早1000多年。有人将这些符号称为陶文,并将它们分为8类20种。还有学者破译出"祖(且)"、"目"、"禾"、"电"等字。[①] 在长江下游的良渚文化遗址中还发现了一些黑陶上的刻画符号,有人认为:"此一黑陶之刻文,已非同于一般孤立之符号,而应是相当成熟之文字记载,与甲骨文为同一系统。"[②] 前者说明长江流域有自己发明的文字符号,只是尚未发现成熟的自成体系的文字符号系统;后者说明由于南北文化交流,成熟

---

① 参见余秀翠:《杨家湾遗址发现的陶文剖析》,载《江汉考古》,1994年版;林邦存:《宜昌杨家湾遗址的重要考古发现和研究成果》,载《中国文物报》,1994年10月23日。
② 饶宗颐:《哈佛大学所藏良渚黑陶上的符号试释》,载《浙江学刊》,1990年第6期,第20页。

的殷商甲骨文对南方文字形成冲击,南方慢慢接受了这一系统,形成了南北文字的大体统一。

楚语作为一种方言,与雅言(即中原华夏语)有着明显区别,楚地本土所创制的文字符号也应该与中原不同。然而,楚人在与诸夏交往中,吸收了由殷人创制而由周继承发展的中原各国通用的文字,即在甲骨文基础上发展成熟的华夏古文字,并根据自己的书写习惯和审美要求进行加工改造,形成具有鲜明楚人气派和楚式风格的楚文字。现在所知最早的楚文字是西周晚期的楚铜器铭文,有楚公豪钟、楚公豪戈、楚公逆鎛铭文,文字极有气魄,前人以"雄""奇"誉之。① 到了春秋中晚期,楚器铭文字体修长,笔画曲折多变,极具美术意味,近于虫书和鸟书。而战国中期以后,铭文字体趋向方正,与简书、帛书字体较为接近。楚器铭文的字体演变,显示了楚人求新求变的创造意识以及逐渐向中原文字靠拢的发展趋势。

楚人在追求文字字体美的同时,也锻炼着自己的文字表达技巧。从楚铜器铭文来看,西周晚期的铭文只是一些款识,而春秋中期的长篇铭文明显增加,20世纪70年代末在河南淅川下寺出土的王子午鼎和王孙诰钟,其铭文分别有84字和113字,是两篇简短的说明文。1979年湖北随州出土曾侯乙编钟上的乐律铭文有2800余字,可算一篇"乐记"。战国中期作为通关文书的鄂君启节有780字,叙述准确,语言精练,说明楚人对于日常应用文字的重视和表达能力的提高。20世纪下半叶,仅湖北出土的楚简就数以万计,湖北江陵九店出土的楚简内容似秦简《日书》,湖北荆门包山大冢出土的楚简有司法文书、占祭记录、遣策等,荆门郭店出土的楚简则是南北文化思想著作的精粹,计《老子》三篇、《太一生水》一篇,《缁衣》、《鲁穆公问子思》、《穷达以时》、

---

① 参见阮元《积古斋钟鼎彝器款识》卷三和吴大澂《愙斋集古录》卷二。

《五行》、《唐虞之道》、《忠信之道》、《成之闻之》、《尊德义》、《性命自出》、《六德》各一篇,《语丛》四篇。这些简书充分说明,楚人不仅重视自己的文献,予以收集和珍藏,而且毫无顾忌地借鉴和吸收北方的优秀文化产品,丰富自己的精神生活和思想认识。

不仅出土文物证实了楚人对于学习和借鉴历史文献、记录和保存文字档案的重视,现存先秦文献的有关记载也证明了这一点。据《国语·楚语》载:楚庄王时,士亹受命傅太子箴,他向申叔时请教如何教育太子,叔时说:"教之《春秋》,而为之耸善而抑恶也,以戒劝其心;教之《世》,而为之昭明德而废幽昏焉,以休惧其动;教之《诗》,而为之导广显德,以耀明其志;教之《礼》,使知上下之则;教之《乐》,以疏其秽而镇其浮;教之《令》,使访物官;教之《语》,使明其德,而知先王之务用明德于民也;教之《故志》,使知废兴者而戒惧焉;教之《训典》,使知族类,行比义焉。"这里所谈到的文献典籍应该都是楚国保存的,并且也是具有楚国特色的。例如,《春秋》当然不是《鲁春秋》,而是楚国的史书,春秋时期列国皆有史官记录国事,楚国也不例外,《孟子·离娄下》便说:"晋之《乘》,楚之《梼杌》,鲁之《春秋》,一也。"[①]可证楚之《春秋》即《梼杌》。他如《世》、《令》、《语》、《训典》等均不见他国记载,自然是楚国典籍。《左传·昭公十二年》记楚左史倚相能读《三坟》、《五典》、《八索》、《九丘》,这些典籍也不见称于他国,恐怕是楚国保存的上古文献,惜皆不传。战国中期,楚威王傅铎椒为便于威王知古鉴今,曾撰书总结历史上成败得失经验的史记四十章,名《铎氏微》,班固《汉书·艺文志》"六艺略"附史书类著录有《铎氏微》三篇,今已不传。先秦诸子著作中,不仅楚人作品多,而且大都特色鲜明。《汉书·艺文志》"诸子略"

---

① 孟轲:《孟子》,影印阮元校刊《十三经注疏》本,第2728页,北京:中华书局1980年版。

著录楚人著作有十多部,道家中有《鬻子》二十二篇、《老子》三传共四十七篇(《老子邻氏经传》四篇、《老子傅氏经说》三十七篇、《老子徐氏经说》六篇)、《文子》九篇、《蜎子》十三篇、《长卢子》九篇、《老莱子》十六篇、《鹖冠子》一篇、《庄子》五十二篇、《老成子》十八篇、《楚子》三篇,农家中有《野老》十七篇,兵家中有《楚兵法》七篇。被鲁迅称为"古之巫书"的《山海经》,保存了十分丰富的中国上古神话,从各方面考察,此书应出楚人之手。① 综合上述可以看出,楚人对文化文献的重视是丝毫不逊色于中原各国的。齐鲁素称礼义之邦,而它们所重视的主要是礼乐文化和儒家文献,对南方文化常有鄙薄之意。然而,无论是档案文献记载,还是出土文物证实,楚对文化文献的重视是不分国别地域的,凡她认为重要的、有用的,一律兼收并蓄,而在兼收并蓄的过程中,又不丢掉自己的个性特色,这才是楚文化得以繁荣昌盛的重要原因,也是楚文学所以极具个性的根本原因。

在轴心时代,楚人尚没有文学的观念,先秦典籍以及出土文献都没有关于楚人直接使用文学概念来谈论问题的任何记载。然而,文化创造和文化积累无时无刻不在进行,而由文字记载的文化文献也是一种客观存在。轴心时代既然是一个文化总结的时代,也是一个文化创新的时代,人们无一不对文化文献予以特别关注,楚人也不例外。楚人把这些文化文献称做"文",并放在社会生活的重要位置。楚人重文,前引文献和文物已经证明,这里不妨再举一些实例。

例如,春秋末期赵简子向王孙圉询问楚国的白珩是否仍为楚人所宝爱,王孙圉回答说:"未尝为宝。楚之所宝者,曰观射父,能作训辞,以行事于诸侯,使无以寡君为口实。又有左史倚相,能道训典,以叙百物,以朝夕献善败于寡君,使寡君无忘先王

---

① 参见拙著《湖北文学史》,第38—40页,武汉:华中理工大学出版社1995年版。

之业;又能上下说于鬼神,顺道其欲恶,使神无有怨痛于楚国。又有薮曰云连徒洲,金木竹箭之所生也。龟珠角齿皮革羽毛,所以备赋,以戒不虞者也。所以共币帛,以宾享于诸侯者也。若诸侯之好币具,而导之以训辞,有不虞之备,而皇神相之,寡君其可以免罪于诸侯,而国民保焉。此楚国之宝也。若夫白珩,先王之玩也,何宝之焉?"(《国语·楚语下》)楚人不以曾经视为国宝的一种稀罕的佩玉白珩为宝,而将能作训辞和能道训典的两个大臣为宝,既反映出楚国上下对于人才的重视,也反映出他们对于文的重视,因为所谓训辞、训典均在文的范围。当然,训典中含有取悦于鬼神的内容,这又是楚人所理解的文与儒家不同的地方。《国语·楚语上》载左史倚相儆申公子亹时,提到卫武公"在舆有旅贲之规,位宁有官师之典,倚几有诵训之谏,居寝有亵御之箴,临事有瞽史之导,宴居有师工之诵。史不失书,矇不失诵,以训御之,于是乎作《懿戒》,以自儆也",既指出了国王身边史臣的作用,也强调了各种文章制作对于儆戒国王使不失政的重要意义。范无宇在回答楚灵王是否应该筑城的询问时,提到"地有高下,天有晦明,民有君臣,国有都鄙,古之制也。先王惧其不帅,故制之以义,施之以服,行之以礼,辩之以名,书之以文,道之以言"(《国语·楚语上》),也肯定了"文"在治理国家大事的过程中所发挥的重要作用。因此,说楚人有重文的传统是一点也不过分的。

二 汉人的文学与文章观念

战国时期,虽七雄并争,但最有实力统一天下的应该是秦楚两国。所谓"凡天下强国,非秦而楚,非楚而秦"(《战国策·楚一》)。由于种种原因,最后由秦统一了天下。秦王朝实行"车同轨,书同文"的政策,促进了南北文化的交流与融合。但由于秦王朝采用极端的文化专制主义手段来对待思想文化,对滥觞于齐鲁的儒家思想和起源于南方的道家思想都未能有效地加以整合,反而激化了地域文化冲突。秦灭楚后,楚人立誓:"楚虽三户,亡秦必楚。"十多年后,楚人真的揭竿而起,以"伐无道,诛暴秦,复立楚国社稷"为号召,推翻了秦王朝的统治,建立起以楚人集团为核心的西汉王朝。

汉朝虽然建都北方,但汉初的统治思想却是以老子的"无为而治"为指导的南方的传统思想,这种思想为南北文化的交流融合提供了较为宽松的政治环境和较为广阔的文化空间。没有强行统一之名却达南北文化整合之功,这正是汉初统治者的高明之处。从此,南北文化的畛域被打破,中华文化大一统的格局才真正形成。西汉中叶武帝"罢黜百家,独尊儒术",虽有文化专制之嫌,但武帝所尊儒术已经不是先秦原始儒学,而是吸收了阴阳五行、刑名法术以及黄老道家思想的新儒学,它其实正是百年文化整合的特殊产儿,绝不是带有任何地域特点的地域文化思想。它的诞生,标志着中国封建统治思想的成熟。

文化的发展也带来了文学观念的变迁。

中国文学观念是由春秋末年的儒学创始人孔子所揭橥。它是西周以来文化人间化和世俗化的产物,是对殷商文化尊神事鬼的理性超越,实际包含了当时社会人文思想的一切方面和礼乐教化政治实践的全部内容,即使做狭义理解,它也包含了孔子所选择并阐述的礼乐制度及文化典籍[①]。秦代实行法治,以韩非的思想为其指导思想,对体现儒家思想的文学和文学观念持否定态度,以为"文学者非所用,用之则乱法"(《韩非子·八说》),并把韩非的"息文学而明法度"的主张变为了"焚书坑儒"的政治行动。秦朝的统治者不仅用铁血手段粉碎了先秦儒家学者企图以文学改良社会与人生并取代其他社会政治实践的幻想,而且将

---

① 参见拙作《中国文学观念的符号学探原》,《中国社会科学》1999年第1期;《论孔子的文学观念》,《孔子研究》1998年第1期。

文学与政治分离,使其仅仅作为一种不受欢迎的学术而被勉强保留在部分博士和儒生的头脑里。

汉高祖刘邦原本不喜儒生,不重文学。立国之后,他慢慢懂得了马上能得天下而不能治天下的道理,开始重用文人。叔孙通为他制朝仪,让他领受到皇帝的尊严。陆贾撰《新语》,每奏一篇,左右称曰万岁,让他认识到文学的价值。统治者的重视,自然能促进文学的发展。《史记·太史公自序》便说:"汉兴,萧何次律令,韩信申军法,张苍为章程,叔孙通定礼仪,则文学彬彬稍进。"特别是到了汉武帝时期,"绌黄老、刑名、百家之言,延文学儒者数百人,而公孙弘以《春秋》白衣为天子三公,封以平津侯","自此以后,则公卿大夫士吏斌斌多文学之士矣"(《史记·儒林列传序》)。不过,汉人的所谓文学,仍然是指熟悉儒学典籍和实践儒家伦理道德的儒生和以礼乐制度、人文教化为核心内容的儒家学术。而其文字著述,一般称做"文"或"文章",并不称为"文学"。

对于"文章"一词,汉人有自己的解释。许慎《说文解字》云:"文,错画也,象交文。""章,乐竟为一章。"①这些解释,可以反映汉人对"文章"一词的基本理解。然而,按照甲骨文专家的意见,"文""像正立之人形,胸部有刻画之纹饰,故以纹身之纹为文"②。《春秋谷梁传·哀公十三年》载:"吴,夷狄之国也,祝发文身。"范宁注云:"祝,断也;文身,刻画其身以为文也。"③《礼记·王制》载:"东方曰夷,被发文身,有不火食者矣。南方曰蛮,雕题交趾,

---

① 许慎:《说文解字》,影印陈昌治本,第185页,北京:中华书局1963年版。
② 徐中舒:《甲骨文字典》,第996页,成都:四川辞书出版社1988年版。
③ 《春秋谷梁传》,影印阮元校刊《十三经注疏》本,第2451页,北京:中华书局1980年版。

有不火食者矣。"郑玄注云:"雕文,谓刻其肌以丹青涅之。"① 显然,文的本义乃文身之文,错画应是其引申义。"章"本指音乐的段落,所谓"乐竟为一章",每章音乐都是由疾徐抑扬的乐音有规律地组合而成,可理解为声音的文饰和华彩,因而"章"也就有了文采义。《玉篇·音部》:"章,彩也。"《诗·小雅·六月》:"织文鸟章,白旆央央。"郑玄笺:"鸟章,鸟隼之文章。"② 由于文身以"丹青涅之",章也被引申为文采,故《周礼·考工记》云:"青与赤谓之文,赤与白谓之章,白与黑谓之黼,黑与青谓之黻。"③ "文章"被用来指称具体的错杂而绚丽的色彩。由于黼、黻、文、章都可指称色彩的华美,而文章则更有文饰精巧之义,故先秦两汉作家便常常在这一意义上使用"文章"概念。例如,《庄子·逍遥游》:"盲者无以与乎文章之观,聋者无以与乎钟鼓之声。"④《荀子·非相》:"故赠人以言,重于金石珠玉;劝人以言,美于黼黻文章;听人以言,乐于钟鼓琴瑟。"⑤ 贾谊《新书·服疑》:"奇服文章,以等上下而差贵贱。"司马迁《史记·礼书》:"人体安驾乘,为之金舆错衡以繁其饰;目好五色,为之黼黻文章以表其能。"桓宽《盐铁论·刺议》:"衣儒衣,冠儒冠,而不能行其道,非其情也。譬若土龙,文章首目具而非龙。"王充《论衡·量知》:"加五采之巧,施针缕之饰,文章炫耀,黼黻华虫,山龙日月。"上文所用"文章"概念,均指美丽错综的色彩和花纹。在这个意义上,"文章"与"彣彰"同义,后人也许正是在这一意义上造出"彣彰"一词。先秦文献

---

① 《诗经》,影印阮元校刊《十三经注疏》本,第424页,北京:中华书局1980年版。下引此书只注篇名。
② 《礼记》,影印阮元校刊《十三经注疏》本,第1338页,北京:中华书局1980年版。
③ 《周礼》,影印阮元校刊《十三经注疏》本,第918页,北京:中华书局1980年版。
④ 庄周:《庄子》,影印浙江书局《二十二子》本,第14页,上海古籍出版社1996年版。下引此书只注篇名。
⑤ 荀卿:《荀子》,影印浙江书局《二十二子》本,第296页,上海古籍出版社1996年版。下引此书只注篇名。

尚未发现"彣"字,"彰"字倒时见使用,如《庄子·天地》:"夫圣人鹑居而食,鸟行而无彰。"成玄英疏云:"彰,文迹也。"由于在"乐竟为一章"的"章"字旁加上"毛饰画文"的"彡",于是表听觉形象的"章"就变成了表视觉形象的"彰"。其实,"彰"的这一涵义本来就包含在"文章"的概念中。因此,徐锴《说文系传》云:"彰,文章也。……文章,饰也。"而段玉裁《说文解字注》云:"《有部》曰:'馘,有彣彰也。'是则有彣彰谓之彣,彣与文义别。凡言文章者当作彣彰,作文章者省也。"[①]究竟是"彣彰"省作"文章",还是"文章"衍生"彣彰",按照前文的梳理,答案其实是不难明白的。

既然文章可指错杂的色彩与花纹,而这种错杂的色彩与花纹又常常体现出规律与秩序,它就正好被儒家用来指称理想的社会伦理和优美的生命状态,而这种指称也符合中国古人具象化类比思维的习惯。例如,《论语·泰伯》载孔子语云:"大哉,尧之为君也!巍巍乎唯天为大,唯尧则之;荡荡乎,民无能名焉;巍巍乎,其有成功也;焕乎,其有文章。"[②]《论语·公冶长》载子贡语云:"夫子之文章,可得而闻也。夫子之言性与天道,不可得而闻也。"何晏集解此二处"文章"之义为"其立文垂制又著明"和"文采形质著见",一为社会人文制度,一为个体人文气质,都可用文章来指称。《荀子·非十二子》:"奥窔之间,簟席之上,敛然圣王之文章具焉,佛然平世之俗起焉。"王充《论衡·效力》:"化民须礼义,礼义须文章,行有余力,则以学文。"班固《两都赋序》:"至于武、宣之世,乃崇礼官,考文章,内设金马石渠之署,外兴乐府

---

① 段玉裁:《说文解字注》,影印卫瑜章校刊本,第450页,成都古籍书店1981年版。
② 孔子:《论语》,影印阮元校刊《十三经注疏》本,第2487页,北京:中华书局1980年版。下引此书只注篇名。

协律之事，以兴废继绝，润色鸿业。"①他们都用"文章"指称典章制度和礼仪规范。

"文"既然有错画义，那么"见鸟兽蹄迒之迹，知分理之可相别异"（《说文解字序》）而创制的文字自然也可以称"文"。《左传·昭公元年》："于文，皿虫为蛊。"杜预注云："文，字也。"《孟子·万章上》："故说《诗》者，不以文害辞，不以辞害志。"朱熹注云："文，字也。"既然文字可以称文，以文字写成的作品自然也都可称"文"或"文章"。刘熙《释名》云："文者，会集众彩以成锦绣，会集众字以成辞义，如文绣然也。"崔瑗《草书势》："书契之兴，始自颉皇。写彼鸟迹，以定文章。"这样，一切见诸竹帛的用文字写成的作品便都可称做文章。有人更因"文章"有华彩之义，便将藻饰华丽的文字作品称为"彣彰"。章太炎《国故论衡·文学总略》论云："夫命其形质曰文，状其华美曰彣，指其起止曰章，道其素绚曰彰，凡彣者必皆成文，凡成文者不皆彣，是故榷论文学，以文字为准，不以彣彰为准。"②章氏通过"文章"与"彣彰"涵义的分析，揭示了中国传统文学观念的主要特点。

从现存文献来看，汉以前，文字作品只称"文"而不称"文章"，到了汉代，人们才用"文章"指称见诸文字的作品。《史记·儒林传》："臣谨案诏书律令下者，明天人分际，通古今之义，文章尔雅，训词深厚，恩施甚美。小吏浅闻，不能究宣，无以明布喻下。"王充《论衡·书解》："汉世文章之徒，陆贾、司马迁、刘子政、扬子云，其材能若奇，其称不由人。"《论衡·超奇》："才有浅深，无有古今；文有伪真，无有故新。广陵陈子回、颜方，今尚书郎班固，兰台令杨终、傅毅之徒，虽无篇章，赋颂记奏，文辞斐炳，赋象

---

① 班固：《两都赋序》，见萧统《文选》卷一，影印胡克家本，第21页，北京：中华书局1977年版。
② 章太炎：《文学总略》，见《章太炎学术史论集》，第43页，北京：中国社会科学出版社1997年版。

屈原、贾生,奏象唐林、谷永,并比以观好,其美一也。当今未显,使在百世之后,则子政、子云之党也。"班固《两都赋序》:"故孝成之世,论而录之,盖奏御者千有余篇,而后大汉之文章炳焉与三代同风。"《汉书·扬雄传赞》:"(雄)实好古而乐道,其意欲求文章成名于后世,以为经莫大于《易》,故作《太玄》;传莫大于《论语》,作《法言》;史篇莫善于《仓颉》,作《训纂》;箴莫善于《虞箴》,作《州箴》;赋莫深于《离骚》,反而广之;辞莫丽于相如,作四赋:皆斟酌其本,相与放依而驰骋云。"综合以上引文,汉人所云"文章"实包括诏、书、律、令、赋、颂、记、奏、经、传、论、箴等等一切文字作品。

三 六朝人对文体的辨析

早在秦始皇时代,统一帝国的政务就十分繁忙,"以法为教"的治国方略又加重了这种繁忙,行政应用文在社会生活中的作用显得日益重要。秦王朝律令繁多,70年代出土的湖北云梦睡虎地秦墓竹简就载有各种律令30余种,内容包括兵刑钱谷考课铨选等等,秦始皇要求各地官吏及时呈文奏事,他自己"丟以衡石量书,日夜有呈,不中呈不得休息"(《史记·秦始皇本纪》)。

到了汉代,由于社会生活日益丰富,不仅行政应用文得到继续发展,其他各种文体也日渐增多。官吏们不仅要学会使用这些文体,而且要尽可能熟练地掌握各种文体的写作技巧和方法。于是对于文体进行分类并探讨各种文体的体裁特征及其应用范围,便成为文人们关注的话题。东汉末年,人们提到的文本已达20余种。《后汉书》的作者范晔在著录各传主所著作品时,详细记录了他们所使用的文体,如记桓谭"所著赋、诔、书奏,凡二十六篇"①,冯衍"所著赋、诔、铭、说、问交、德诰、慎情、书记说、自序、官录说、策五十篇"(《冯衍传》),贾逵"又作诗、颂、诔、书、连珠、酒令,凡九篇"(《贾逵传》),班固"所著《典引》、《宾戏》、《应讥》、诗、赋、铭、诔、颂、书、文记、议论、六言、在者,凡四十一篇"(《班固传》),马融"所著赋、铭、诔、书、记、表、奏、七言、琴歌、对策、遗令,凡二十一篇"(《马融传》),蔡邕"所著诗、赋、碑、诔、铭、赞、连珠、箴、吊、论议、《独断》、《劝学》、《释诲》、《叙东》、《女训》、《篆势》、祝文、章表、书记,凡四百篇"(《蔡邕传》),皇甫规"所著赋、铭、碑、赞、祷文、吊、章表、教、令、书檄、笺记"(《皇甫规传》),孔融"所著颂、碑文、论议、六言、策文、表檄、教令、书记,凡二十五篇"(《孔融传》),傅毅"著诗、赋、铭、诔、颂、七激、连珠,凡二十八篇"(《傅毅传》),曹世叔妻"所著赋、颂、铭、诔、问注、哀辞、书论、上疏、遗令,凡十六篇"(《曹世叔妻传》)等等。而对于已经亡佚的著述,《后汉书》一般以"文章"称之,如说高彪"文章多亡"(《高彪传》),弥衡"其文章多亡"(《弥衡传》),证明"文章"是所有文体的总称。从上引《后汉书》各传著录的文体名称和顺序来看,说明汉代文章体裁已经十分繁杂,人们进行分类已多少感到力不从心。

魏晋时期,史家在著录传主著述时,仍然采用将所有文体逐一罗列的办法,说明他们虽对文章各体有清醒的认识,但还缺少必要的文体归类,更没有所谓文学文体与非文学文体的划分。例如东晋学者李充撰《翰林论》讨论各种文体的写作,"褒贬古今,斟酌利病"(《文镜秘府论》),也只是分体论述,如说"表宜以远大为本,不以华藻为先。若曹子建之表,可谓成文矣。诸葛亮之表刘主,裴公之辞侍中,羊公之让开府,可谓德音矣";"研核名理而论难生焉。论贵于允理,不求支离。若嵇康之论,成文美矣",并未将它们做文学文体与非文学文体或应用文体与非应用文体的区分。至于李充任大

---

① 范晔:《后汉书·桓谭传》,新编《二十五史》影印清乾隆武英殿本,第889页,上海古籍出版社、上海书店1986年版。下引此书只注篇名。

著作郎时，在西晋学者荀勖的《晋中经簿》的基础上"重分四部，而经史子集之次始定"（钱大昕《元史艺文志序》），也只是图书的分类而非文体的分类。

《晋书》本是唐房玄龄等奉敕撰修，但它所使用的主要是"前后晋史十八家"以及刘义庆《世说新语》和刘孝标注的有关材料，因而可以反映晋宋人的观念。《晋书》列传在记载各传主著述情况时，采用专著与单篇文章分列的办法，如说张华"著《博物志》十篇及文章并行于世"①，束皙"所著《三魏人士传》、《七代通记》、《晋书纪志》，遇乱亡失；其《五经通论》、《发蒙记》、《补亡诗》、文集数十篇行于世"（《束皙传》），王接"又撰《列女后传》、《七十二人杂论议》、诗、赋、碑、颂、驳、难十余万言，丧乱尽失"（《王接传》），杨方"著《五经钩沉》，更撰《吴越春秋》，并杂文笔皆行于世"（《杨方传》），虞溥"注《春秋经传》，撰《江表传》及文章诗赋数十篇"（《虞溥传》），虞预"著《晋书》四十卷、《会稽典录》二十篇、《诸虞传》十二篇，皆行于世，所著诗、赋、碑、诔、论、难数十篇"（《虞预传》），干宝"又为《春秋左氏义外传》，注《周易》《周官》凡数十篇，及杂文集皆行于世"（《干宝传》），袁乔"注《论语》及《诗》并诸文笔，皆行于世"（《袁乔传》），等等，专著均列在单篇文章之前，而单篇文章的称谓则很不统一，可以详列各种文体，也可用"文章"、"文集"、"杂文集"、"文笔"来指称。从《晋书》列传著录情况来看，文人专著较汉魏有显著增加，但对各体文章的称谓则并无多大变化。

到了刘宋时代，人们开始用"文""笔"来对文章各体进行分类。《南史·颜延之传》载宋文帝问延之诸子才能，延之回答："峻得臣笔，测得臣文，㚟得臣义，跃得臣酒。"②明确用"文""笔"两名来类分

---

① 房玄龄等：《晋书·张华传》，新编《二十五史》影印清乾隆武英殿本，第1369页，上海古籍出版社、上海书店1986年版。下引此书只注篇名。

② 李延寿：《南史》，新编《二十五史》影印清乾隆武英殿本，第2766页，上海古籍出版社、上海书店1986年版。

文章制作。因而刘勰《文心雕龙·总术》中说:"今之常言,有文有笔,以为无韵者笔也,有韵者文也。夫文以足言,理兼诗书,别目两名,自近代耳。"这里所谓"有韵""无韵",是指韵脚而言。清代学者阮元为了抬高骈文的地位,以为"有韵""无韵"兼指句中音韵,即平仄对偶之类,因此以骈俪之语为"文",以单行之语为"笔"①。其实,《文心雕龙·声律》早已说明:"异音相从谓之和,同声相应谓之韵。"句中音韵时人称"和"而不称"韵",因此时人区分文笔是以句末韵脚为准而并不以句中音韵为准,以骈散分文笔并不是南朝人观念,而是阮元的曲解。

需要指出的是,南朝人谈论文笔,进行文笔之分,并不是为了将"笔"排除出文苑之外,而主要是为了对文体分类称引和品评学习的需要。无论是文还是笔,在时人心中,它们都是文学。例如,《梁书·刘苞传》云:"高祖即位,引后进文学之士,苞及从兄孝绰……陆倕、张率并以文藻见知。"②而陆倕以笔驰名,同样被称做文学之士。《周书·苏亮传》云:"亮博学好属文,善章奏。……(常景)谓人曰:'秦中文学可以抗山东者,将此人乎?'"③属笔的章奏也被称为文学。丘巨源"有笔翰",其名笔为《与尚书令袁粲书》;"陈郡袁炳字叔明,有文学,亦为袁粲所知,著《晋书》未成";贾渊"撰《氏族要状》及《人名书》",这些以无韵之笔见长的作者均被列入《南齐书·文学传》。《梁书·文学传》中,刘杳"撰《要雅》五卷、《楚辞草木疏》一卷、《高士传》二卷、《东宫新旧记》三十卷、《古今四部书目》五卷",并无诗赋之类著作;任孝恭被高祖"召入西省撰史","敕遣制《建陵寺刹下铭》又《启》,撰《高祖集序》,文并富丽,自是专掌公家笔翰",他们当

---

① 阮元:《文言说》、《书梁昭明太子文选序后》,见《揅经室三集》卷二,四部丛刊初编本。
② 姚思廉:《梁书》,新编《二十五史》影印清乾隆武英殿本,第2766页,上海古籍出版社、上海书店1986年版。下引此书只注篇名。
③ 令狐德棻等:《周书》,新编《二十五史》影印清乾隆武英殿本,第2766页,上海古籍出版社、上海书店1986年版。下引此书只注篇名。

时均以文学家名。凡此种种,均证明"笔"属文学之列,擅长笔的作者同样被视为文学家。因此,当时的文学总集均将文笔一并收入,南朝萧统《文选》是如此,北朝萧圆肃"撰时人诗笔为《文海》四十卷"①也是如此。有鉴于此,刘师培提出"笔不该文,文可该笔"②的新见,以弥补阮元文言说的漏洞。其实,刘说也同样不能成立,黄侃便指出:

> 书(《文心雕龙》)中多以文笔对言,惟《事类篇》曰"事美而制于刀笔",为通目文翰之辞;《镕裁篇》"草创鸿笔,先标三准",为兼言文笔之辞;《颂赞篇》"相如属笔,始赞荆轲",为以笔目文之辞。盖散言有别,通言则文可兼笔,笔亦可兼文,审彼三文,弃局就通尔。然彦和虽分文笔,而二者并重,未尝以笔非文而遂屏弃之,故其书广收众体,而讥陆氏之未该。且其驳颜延之曰:不以言笔为优劣。亦可知不以文笔为优劣也。③

既然文笔之分不存在区别文学与非文学的企图,文笔的称谓和区分只具有相对的意义,那么这种区分是否含有区别纯文学与杂文学的目的呢?答案也是否定的。

其实,纯文学的观念是从现代西方引进的,中国古代并无所谓纯文学观念。人们之所以认为六朝有纯文学观念,主要涉及对萧统《文选序》和萧绎《金楼子·立言篇》的理解。萧统在《文选序》中说:

---

① 李延寿:《北史》,新编《二十五史》影印清乾隆武英殿本,第2766页,上海古籍出版社、上海书店1986年版。
② 刘师培:《中国中古文学史讲义》,见《刘师培中古文学论集》,北京:中国社会科学出版社1997年版。
③ 黄侃:《文心雕龙札记》,第210页,中华书局上海编辑所1962年版。

余监抚馀闲，居多暇日。历观文囿，泛览辞林，未尝不心游目想，移晷忘倦。由姬汉以来，眇焉悠邈，时更七代，数逾千祀。词人才子，则名溢于缥囊，飞文染翰，则卷盈于缃帙。自非略其芜秽，集其清英，盖欲兼功，太半难矣！若夫姬公之籍，孔父之书，与日月俱悬，鬼神争奥，孝敬之准式，人伦之师友，岂可重以芟夷，加以翦截。老、庄之作，管、孟之流，盖以立意为宗，不以能文为本，今之所撰，又以略诸。若贤人之美辞，忠臣之抗直，谋夫之话，辨士之端，冰释泉涌，金相玉振，所谓坐狙丘，议稷下，仲连之却秦军，食其之下齐国，留侯之发八难，曲逆之吐六奇，盖乃事美一时，语流千载，概见坟籍，旁出子史，若斯之流，又亦繁博，虽传之简牍，而事异篇章，今之所集，亦所不取。至于记事之史，系年之书，所以褒贬是非，纪别异同，方之篇翰，亦已不同；若其赞论之综缉辞采，序述之错比文华，事出于沉思，义归乎翰藻，故与夫篇什，杂而集之。①

这里重点谈的并不是选文的标准，而是解释为什么不选经、子、史、辞②以及为何又选录了史书的赞论序述的理由。"事出于沉思，义归乎翰藻"常常被今人解释为强调文学创作中的构思和辞采，以为这是一种文学的自觉。其实，朱自清早在30年代就指出："西晋以来，论文的常用'事义'这个词；虽然对举的时候多，本来却是连文。事，人事也。义，理也。引古事以证通理，叫作'事义'。……所以'事出于沉思'的'事'，实当解做'事义'、'事类'的'事'，专指引事引言，并非泛说。'沉思'就是深思。《南史》六十九《傅緯传》说緯为文'未尝起草，沉思者无以加甚'可

---

① 萧统：《文选序》，见《文选》，影印胡克家本，第2页，北京：中华书局1977年版。
② 朱自清认为："'辞'虽'旁出子、史'，究与子、史不同，不能以子、史包括它。阮氏拘于后世经、史、子、集的分类，将它略去，是不合《选序》原意的。"(《〈文选序〉"事出于沉思义归乎翰藻"说》)

证。'事义'求深,求约,求精,求核,不但在读书多,更须靠用心密。……若说'义归乎翰藻'一语专指'比类',也许过分明画,未必是昭明原意。可是如说这一语偏重'比类',而合上下两句浑言之,不外'善于用事,善于用比'之意:那就与当时风气及《文选》所收篇什都相合,昭明原意当也不外乎此了。"①

如果说人们对于《文选序》"事出于沉思,义归乎翰藻"存在误解的话,那么,人们对《金楼子·立言篇》的误解也许比对《文选序》的误解更深。《金楼子·立言篇》云:

> 古人之学者有二,今人之学者有四。夫子门徒,转相师受,通圣人之经者,谓之儒。屈原、宋玉、枚乘、长卿之徒,止于辞赋,则谓之文。今之儒,博穷子史,但能识其事,不能通其理者,谓之学。至于不便为诗如阎纂,善为章奏如伯松,若此之流,泛谓之笔。吟咏风谣,流连哀思者,谓之文。而学者率多不便属辞,守其章句,迟于通变,质于心用。学者不能定礼乐之是非,辩经教之宗旨,徒能扬榷前言,抵掌多识,然而把源知流,亦足可贵。笔退则非谓成篇,进则不云取义,神其巧惠,笔端而已。至如文者,惟须绮縠纷披,宫徵靡曼,唇吻遒会,情灵摇荡。而古之文笔,今之文笔,其源又异。②

首先应该承认,萧绎对文笔的理解与传统的"有韵为文,无韵为笔"的文笔之分确有不同。多数学者将"不便为诗如阎纂"解释为不会作诗的阎纂所写的公家文,而逯钦立则认为这里是说阎

---

① 朱自清:《〈文选序〉"事出于沉思义归乎翰藻"说》,见《朱自清古典文学论文集》,第39—50页,上海古籍出版社1981年版。
② 萧绎:《金楼子》,知不足斋本。

纂的那些写得不好的诗,罗宗强先生也赞成这一解释①。《文镜秘府论》南卷"论文意"引萧绎《诗评》云:"作诗不对,本是吼文,不名为诗。"证明萧绎并不特别强调文体,而是注重作法技巧,逯氏的解释更符合原意。从这一点来看,萧绎的文笔论是有新意的。逯氏因此说他是文笔说的革新派。他所提出的"文者,惟须绮縠纷披,宫徵靡曼,唇吻遒会,情灵摇荡",也被说成是对文学本质的揭示,或者说描述了文学的艺术特征,反映了当时的纯文学的观念。

事实是否果真如此呢?

回答这一问题必须综合考察萧绎的思想。萧绎在《金楼子序》中说:"窃重管夷吾之雅谈,诸葛孔明之鸿论,足以言人世,足以陈政术,窃有慕焉。……盖以《金楼子》为文也,气不遂文,文常使气,材不值运,必欲师心。霞间得语,莫非抚臆,松石能言,必解其趣,风云玄感,倘获见知。"在《立言篇》中他又说:"余以孙、吴为营垒,以周、孔为冠带,以老、庄为欢宴,以权实为稻粮,以卜筮为神明,以政治为手足,一围之木持千钧,五寸之楗制开阖,总之者明也。"可见他的标准在经、在子、在政治,《金楼子》显然属于子书之流,而创作子书正是他的文学观念的具体实践。既然要服务于政治,对于文与笔,他也就和刘勰一样,并无厚文薄笔之意。他在《立言篇》谈论文笔之分后,紧接着便说:"潘安仁清绮若是,而评者止称情切,故知为文之难也。曹子建、陆士衡皆文士也,观其辞致侧密,事语坚明,意匠有序,遣言无失,虽不以儒者命家,此亦悉通其义也。遍观文士,略尽知之。至于谢玄晖,始见贫小,然而天才命世,过足以补尤。任彦升甲部阙如,才常笔翰,善辑流略,遂有龙门之名,斯亦一时之盛。"足见文与

---

① 逯钦立:《说文笔》,见《汉魏六朝文论集》,第666页,陕西人民出版社1984年版;罗宗强:《魏晋南北朝文学思想史》,第373页,北京:中华书局1996年版。

笔在萧绎心中具有同等地位。他还引王充《论衡》之语云:"夫说一经者为儒生,博古今者为通人,上书奏事者为文人,能精思著文连篇章为鸿儒,若刘向、扬雄之列是也。"说明他心目中的文人应能上书奏事,而所谓"能精思著文连篇章"也不是指能写"绮縠纷披,宫徵靡曼,唇吻遒会,情灵摇荡"之文的文人,而是指能写《新序》《说苑》《洪范五行传论》和《太玄》《法言》之类著作的鸿儒。事实上,"《金楼子·立言》那段话意在泛论'今之学者'的状况,并不是给'文笔'下定义,定标准。关于'文'的几句话只是将抒情诗歌作为'文'中最主要、最为人重视的部分提出来,并表达了对其审美特征的认识,并非将'文'的范围缩小。刘勰、萧绎关于文笔的说法其实基本是一回事,'文笔说'也无所谓前期后期、传统革新之别"①。人为拔高文笔之分的思想理论价值,反而会造成认识的混乱,使我们不能真正理解古人,正确评价他们的思想。

尽管宋代已经有了文笔之分,而南朝各史列传在著录传主著述时仍然沿用《晋书》的方法,先列专著,后列单篇文章。不同的是,南朝各史均将这些单篇文章称为文集,实在也是因为当时的文人"人人有集"的缘故。例如《南齐书》、《梁书》"文学传"载,丘灵鞠"著《江左文章录序》,起太兴,讫元熙,文集行于世"(《南齐书·丘灵鞠传》),刘昭"《集注后汉》一百八十卷,《幼童传》十卷,文集十卷"(《梁书·刘昭传》),周兴嗣"所撰《皇帝宝录》、《皇德记》、《起居注》、《职仪》等百余卷,文集十卷"(《梁书·周兴嗣传》),吴均"注范晔《后汉书》九十卷,著《齐春秋》三十卷,《庙记》十卷,《十二洲记》十六卷,《钱唐先贤传》五卷,《续文释》五卷,文集二十卷"(《梁书·吴均传》)。萧统《文选》不选经、史、子专门著述,却将属文和属笔的文章兼收并蓄,刘勰《文心雕龙》"论

---

① 王运熙、杨明:《魏晋南北朝文学批评史》,第198页,上海古籍出版社1989年版。

文叙笔",也是为了讨论文体的方便,并不强分文笔的轩轾,正反映了时人对文笔的基本观念。应该说,六朝人虽有文笔的区分,但在一般情况下仍然是用"文"或"文章"来指称各种文体和文字著述。与汉人不同的是,文学不再只是儒家学术和熟悉儒术的士人的专称,而是包括了制作文笔的士人以及他们的作品。

四 隋唐以后的诗文分野

六朝人用文笔的概念来区分各体文章制作,以有韵无韵作为区分的标准,应该说主要是从形式上考虑的,并不涉及文体的性质——写实还是虚构,实用还是审美,所以它没有区分文学与非文学、纯文学与杂文学的意义。以刘勰《文心雕龙》所论文体为例,就其虚构性而言,作为有韵之文的文体中既有言志抒情的"诗"、"骚"、"赋"、"乐府"之类倾向虚构性的文体,也有铭功箴过述事悼亡的"铭箴"、"诔碑"、"哀吊"之类倾向写实性的文体;告于鬼神的"祝盟"因其有押韵的要求而作为"文",登岱祀天的"封禅"因其无押韵要求而列入"笔"。就其实用性而言,属于"笔"的文体中固然有"诏策"、"檄移"、"章表"、"奏启"等应用文体,然而,属于"文"的文体中同样有"颂赞"、"铭箴"、"诔碑"、"哀吊"等应用文体。在刘勰心目中,无论是"文"还是"笔",在原道、宗经、征圣的原则要求上是一致的,在神思、风骨、情采、镕裁、练字等基本方法上也是相通的,因而他才能够在自己的著作中既讨论各种文体的个性,又讨论它们作为文章的共性,并以《文心雕龙》为其著作命名。

正是由于六朝人的文笔之分并未区分文学与非文学或纯文学与杂文学,因而这种区分没有引起隋唐以后人们的重视。同样,也正是由于六朝人的文笔之分注重有韵无韵的文体特征,六朝时期汉语四声的发现和声韵说的提出推动了诗歌创作,而新体诗的发展直接孕育了近体诗的成熟,诗歌因此成为唐代最具影响力最有代表性的文体。唐人谈论文体,大多以"诗""文"区分文学的类别,不再以"文""笔"作为划分文体类别的概念。例如柳宗元在《杨评事文集后序》中说:

> 作于圣,故曰经;述于才,故曰文。文有二道:辞令褒贬,本乎著述者也;导扬讽喻,本乎比兴者也。著述者流,盖出于《书》之谟、训,《易》之象、系,《春秋》之笔削,其要在于高壮广厚,词正而理备,谓宜藏于简策也。比兴者流,盖出于虞、夏之咏歌,殷、周之风雅,其要在于丽则清越,言畅而意美,谓宜流于谣诵也。兹二者,考其旨义,乖离不合,故秉笔之士,恒偏胜独得,而罕有兼者焉。厥有能而专美,命之曰艺成。虽古文雅之盛世,不能并肩而生。①

这里,作者把"经"以外的文体分为两类:一本乎著述,一本乎比兴;一导源于《书》《易》《春秋》,一导源于原始歌谣与《诗》;一词正而理备,一言畅而意美;一宜藏于简策,一宜流于谣诵。这种分疏正是唐人以"文"与"诗"区分两大文体类别的理论概括。唐人谈论文学,虽然仍有将诗文混一而论述者,但多数情况下,谈诗论文各有专擅,各有侧重,诗人、文人也各有专长,各有美誉。

例如,杜甫的《戏为六绝句》是论诗绝句,表达了杜甫对诗歌创作的基本主张,其所评论的作者王勃、杨炯、卢照邻、骆宾王以及庾信等,都是著名诗人。白居易《与元九书》论历代诗人,举苏武、李陵、谢灵运、陶渊明、江淹、鲍照等,论本朝作家时云:"唐兴二百年,其间诗人不可胜数。所可举者,陈子昂有《感遇诗》二十

---

① 柳宗元:《杨评事文集后序》,见《柳宗元集》卷二一,第579页,北京:中华书局1979年版。下引此书只注篇名。

首,鲍昉有《感兴诗》十五首。又诗之豪者,世称李、杜。"①所举诗人及所列作品十分明确具体。皎然的《诗式》、司空图的《诗品》,也是纯粹的诗歌理论著作,绝不与其他文体相混。

再如,韩愈《答刘正夫书》云:"汉朝人莫不能为文,独司马相如、太史公、刘向、扬雄为之最。"②李翱《答朱载言书》云:"《六经》之后,百家之言兴,老聃、列御寇、庄周、鹖冠、田穰苴、孙武、屈原、宋玉、孟轲、吴起、商鞅、墨翟、鬼谷子、荀况、韩非、李斯、贾谊、枚乘、司马迁、相如、刘向、扬雄,皆足以自成一家之文,学者之所师归也。"③这里所列文人与诗人显然有别。柳宗元在《与友人论文书》中谈到文章之难时,以为"登文章之录,波及后代,越不过数十人耳",并举"扬雄没而《法言》大兴,马迁生而《史记》未振"为例,说明"大抵生则不遇,死则垂声者众焉",他心目中的文人与诗人也是有明确区分的。

刘禹锡《唐故尚书主客员外郎卢公集纪》云:"心之精微,发而为文,文之神妙,咏而为诗。"④司空图《与李生论诗书》云:"文之难,而诗之难尤难。"⑤显然,在唐人心目中,"文"与"诗"是性质不大相同的两类文体,文人与诗人也是各有所长,亦各有所偏,"故秉笔之士,恒偏胜独得,而罕有兼者焉"。正因为文人和诗人各有专擅,故文人作诗和诗人作文又往往会出现意想不到的奇特效果。司空图便指出:"愚观文人之为诗,诗人之为文,始皆系其所尚,既专则搜研愈至,故能玄其功于不朽。亦犹力巨而

---

① 白居易:《与元九书》,见《白居易集》卷四五,第961页,北京:中华书局1979年版。
② 韩愈:《答刘正夫书》,见《韩昌黎全集》卷一八,第264页,影印世界书局本,北京:中国书店1991年版。下引此文只注篇名。
③ 李翱:《答朱载言书》,见《李文公集》卷六,四库全书本。
④ 刘禹锡:《唐故尚书主客员外郎卢公集纪》,见《刘禹锡集》卷二三,第233页,北京:中华书局1990年版。
⑤ 司空图:《与李生论诗书》,见《司空表圣文集》卷二,四部丛刊初编本。

斗者,所持之器各异,而皆能济胜以为勍敌也。"(《题柳柳州集后序》)

宋以后,诗与文的区分似乎更加清楚,论文者不必论诗,论诗者也不必论文。

就文体分类而言,宋以后人们所论之诗与唐人所论之诗差别不大。诗不仅包括古体,也包括近体,而中唐以后兴起的词则被视为"诗馀",自然也可包括到诗这一大类中去。自欧阳修《六一诗话》以后的大量《诗话》,讨论的都是诗的问题。李清照的《词论》、王灼的《碧鸡漫志》以及后来的各种《词话》,讨论的都是词的问题。它们一般都不会与其他文体相混。"文"的情况就要复杂一些。柳开在《应责》中曾明确宣布:"吾之文,孔子、孟轲、扬雄、韩愈之文也。"[1]王禹偁则在《答张扶书》中劝勉张扶:"如能远师六经,近师吏部,使句之易道,义之易晓,又辅之以学,助之以气,吾将见子以文显于时也。"[2]他们所说的"文"实际上是韩愈、柳宗元所提倡的"古文"。"古文者,非在辞涩言苦,使人难读诵之;在于古其理,高其意,随言短长,应变作制,同古人之行事,是谓古文也。"(《河东先生集·应责》)所谓"古文",是相对于当时流行的注重词藻音韵、强调骈俪对偶的文章体式而言的,指以先秦文章做规范而制作的那些"古其理,高其意,随言短长,应变作制"的散体文。姚铉根据《文苑英华》编选的《唐文粹》"文赋惟取古体,而四六之文不录;诗歌亦惟取古体,而五言七言近体不录"[3]。还特设"古文"一门,以示对韩柳古文传统的推崇。欧阳修领导的新古文运动,提倡"古文"以打击"时文",使韩柳古文传统进一步得到发扬。

---

[1] 柳开:《应责》,见《河东先生集》卷一,四部丛刊初编本。
[2] 王禹偁:《答张扶书》,见《小畜集》卷一八,四部丛刊初编本。
[3] 永瑢等:《唐文粹提要》,见《四库全书总目》卷一八六,第1692页,北京:中华书局1965年版。下引此书只注篇名。

然而,就文体分类而言,"古文"只是"文"的一个支类,并非"文"的全部,当时还有与"古文"相对立的"时文"。所谓"时文",也称"今体",其实是广泛应用于当时社会政治生活的一种文体。这种文体词藻华丽,骈俪四六,对偶成文,适应着重形式轻效率的封建统治者文饰其统治的需要。晚唐李商隐将自己的章表奏记等"今体"文集命名为《樊南四六》。因此,所谓"今体"即是"骈文",也称"四六"。而"古文"则称"平文"或"散文"。①后人论"文",有的特指散文,有的特指骈文,但更多的则兼指与诗歌相对应的各种文体。例如,欧阳修《答吴充秀才书》云:"圣人之文,虽不可及,然大抵道胜者文不难而至也。故孟子皇皇不暇著书,荀卿盖亦晚而有作。"②周敦颐说:"文所以载道也,轮辕饰而人弗庸,徒饰也。况虚车乎!"(《通书·文辞》)他们所论文与道之关系,其中所说的"文"包括文的各体,既不特指散文,也不特指骈文。

近世以来,学术界一般都肯定唐宋散文,而对当时盛行的四六骈文持否定态度。实际上,骈文在唐宋是应用最为广泛的一种文体,它不仅是官方文书的主要形式,也是文人们经常使用的文体形式,尽管许多骈文缺少创意,但也产生了不少优秀的作品。即使是当时提倡古文的代表作家,也并不全然排斥骈文。例如,唐代古文运动的领袖韩愈也写过深受骈文影响的佳作《进学解》等;欧阳修的《秋声赋》,同样有四六文体的影子,他甚至认为:"若作古文自师鲁(尹洙字师鲁)始,则前有穆修、郑条辈,及

---

① 沈括《梦溪笔谈》卷十四:"往岁士人,多尚对偶为文。穆修、张景辈始为平文,当时谓之古文。"罗大经《鹤林玉露》:"山谷(黄庭坚号山谷道人)诗骚妙天下,而散文颇觉琐碎局促。"又引周必大语云:"四六特拘对耳,其立意措词贵浑融有味,与散文同。"

② 欧阳修:《答吴充秀才书》,见《欧阳修集》卷四七,影印世界书局本,第222页,北京市中国书店1986年版。下引此书只注篇名。

有大宋先达甚多,不敢断自师鲁始也。偶俪之文,苟合于理,未必为非,故不是此而非彼也。"(《欧阳文忠公文集·论尹师鲁墓志》))因此,以为唐宋以后与诗相对应的文只是指韩柳散文,是不符合文学发展的客观实际的,用西方散文概念来规范中国古代文学文体,以为除诗歌、戏剧、小说之外,其他的文学作品均可称做散文,更是郢书燕说,距事实实在太远了。

如果要选择一个指称诗词、戏曲、小说等文体之外的中国文学概念,那么,"文章"无疑是最好的选择,而与诗风相对应的概念正是文风。

第四节　本书论述的对象和范围

文体和文风问题是文学的基本问题,也是文学研究中最为棘手的问题。这些问题,仅仅局限在文学自身来认识往往是不够的,用一种静止的、孤立的眼光来看待更是错误的,必须把它们放在整个民族的文化背景中,放在一定历史时期的社会意识形态和人们的精神世界中,用动态的、发展的、相互联系的观点来对待,才能真正理解和认识。因此,长江流域的文章风格既是一个文学的概念、地域的概念,也是一个历史的概念、文化的概念。

一　作为地域的长江和作为文化的长江

长江是中国的第一大河,也是亚洲的第一大河和世界的第三大河。人们提到长江,首先想到的当然是她作为河流的地理特点。

地理上的长江源远流长。其上源沱沱河出自青海西南边境的唐古拉山脉各拉丹冬雪山,纳当曲后称通天河;南流到玉树县巴塘河口以下至四川省宜宾市间称金沙江;宜宾市以下始称长江,江苏省扬州市以下旧称扬子江。我们这里所说的长江,包括自她的源头到她的出海口的全部流域。长江全长 6300 公里,流经青海、西藏、云南、四川、湖北、湖南、江西、安徽、江苏、上海等省市。湖北省宜昌市以上为长江上游,水急滩多,山高坡陡,誉满天下的长江三峡便集中在这儿;自宜昌市至江西省湖口市为中游,曲流回旋,湖泊众多,著名的洞庭湖、鄱阳湖便分布在这一段;湖口市以下为下游,江宽水深,地势平坦,出江口有美丽的崇明岛。长江有许多支流,如雅砻江、岷江、沱江、嘉陵江、乌江、湘江、汉江、赣江、青弋江、黄浦江,其流域面积大约 180 万平方公里,占全国国土面积的 19%,包括四川、湖北、湖南、江西、上海全境以及青海、西藏、云南、甘肃、陕西、河南、安徽、江苏、浙江的部分地区。长江流域不仅山川秀美,四季分明,而且雨量充足,物产富饶,四川盆地、江汉平原、太湖流域、长江三角洲等地,都是富庶的鱼米之乡。

然而,长江不仅是作为地域而存在,而且孕育了灿烂的文明,积累了丰富的文化。沿江两岸,有众多的历史文化名城和全国重点文物保护单位。

史前时期的长江文化是一种具有开拓精神和创造精神的文化,20 世纪下半叶的考古成果有力地证明了这一点。吴汝祚便指出:

长江文化是一种富于创造的文化。在史前时期,长江文化创造了众多的中国之最。从迄今为止的考古资料来看,主要有:我国目前发现最早的稻作实物,是在湖南省澧县彭山头文化遗址发现的;世界上目前最古老的人工栽培稻,是浙江余姚河姆渡文化遗址发现的;我国至今发现的最古老的陶器之一,是江西万年仙人洞下层出土的夹粗砂绳纹陶。我国迄今发现最早的白陶,是距今约 7000 年的桐乡罗家角遗址出土的白陶豆残片。我国也有迄今世界上最早的织机遗存,见于河姆渡遗址出土的定经杆、纹纱棒、分经木、骨梭形器、机刀、布轴及齿状器等纺织工具。我国葛藤纤维物迄今发现最早的,是距今约6000年左右的江苏吴县草鞋山遗址出土的三块炭化了的纺织物残片。我国迄今发现最早的蚕纹图像,是河姆渡遗址出土的"蚕"纹盖帽上的蚕纹图像。我国迄今出土最早的丝织品,是距今4700年前吴兴钱山漾遗址出土的绢片。世界上最早使用生漆的是长江人,河姆渡遗址第3层出土的一件木质漆碗是中国迄今发现的最早漆器,距今已有6500年左右的历史。中国迄今最早嵌玉漆器,是余杭良渚瑶山9号墓发现的一件朱漆嵌玉高柄杯。我国迄今为止最为古老而又精美的木船桨,是在河姆渡遗址第4层中出土的。我国迄今最早的水井遗址,也是在河姆渡遗址发现的。世界上迄今发现骨耜年代最早、制作最精,而且数量最多的,也当推河姆渡遗址。中国迄今最早的木结构干栏式建筑,发现于河姆渡遗址。中国迄今发现的最古老的巫术用器,是在河姆渡遗址出土的,等等。所有这些,都有力地证明,长江文化是一种富有创造、开拓精神的文化。[①]

进入文明时代以后,长江文化仍然保持了鲜明的地域特色,体现出蓬勃的创造力和旺盛的生命力。长江上游成都平原的三星堆文化遗址,至今仍然是一个难解之谜。长江中游以郢(今湖北荆州)为中心的大量楚文物的出土,已经向世人宣告了楚文化是当时最具特色最为璀璨的文化,在世界文化史上也占有重要地位。长江下游以六朝古都南京为代表的一批历史文化名城,标示了汉代以后经济重心和文化重心逐渐南移的历史趋势,以及江南地区在宋以后的经济优势和文化优势。因此,长江在人们心目中,已经不仅仅是一个地域的名称,而且更是一种文化的

---

① 李学勤、徐吉军主编:《长江文化史》(上),2版,第80—81页,南京:江苏教育出版社1996年版。

象征,我们应该也必须从文化的角度来理解长江,认识长江。

长江文化孕育了具有鲜明特色的长江文学,这是所有接触中国文学的人都能直接体会到的。长江文学反映了南方人的审美理想和审美追求,体现了南方人的灵心慧性,也是可以在与北方文学的比较中发现的。以先秦诸子为例,老子之文杳冥而深远,庄子之文放诞而谲怪,列子之凭虚御风,鬼谷子之纵横捭阖,均与北方文风迥异。屈平、宋玉之辞赋,想像之奇诡,构思之精巧,语言之绮丽,表达之宛转,均体现了典型的南方文风。梁启超指出:

> 自唐以前,于诗于文于赋,皆南北各为家数。长城饮马,河梁携手,北人之气概也;江南草长,洞庭始波,南人之情怀也。散文之长江大河一泻千里者,北人为优;骈文之镂云刻月善移我情者,南人为优。盖文章根于性灵,其受四围社会之影响特甚焉。[①]

如果说唐以前文学"南北各为家数",那么,唐以后长江流域文学的地域特色也同样是存在的,并且唐以后具有南方文化特点的长江流域文学对中国文学发展的影响仍然十分巨大。例如,宋代的"江西诗派"、明代的"公安派"和"竟陵派"、清代的"桐城派",都是具有全国性影响的文学流派,也是具有鲜明南方文学特色的文学流派。因此,长江文学并不只是一个地域概念,也是一个文化概念。

二 文体与风格

前面我们简要描述了中国古代文学观念和文体分类的发

---

① 梁启超:《中国地理大势论》,见《饮冰室合集》文集卷十,第86页,北京:中华书局1989年版。

展,不是为了弄清各种文体的来龙去脉,然后进行文体批评,而主要是为了确定本书的论述对象,以便划定一个合理的范围,然后探讨长江流域文章风格的流变。

探讨长江流域文章风格的流变,就是要用历史的眼光,从整体上把握长江流域各个时期的文章的基本风格特征,以及长江流域文章的主要发展趋势。

"文"或"文章"在中国古代是一个十分宽泛的概念。仅就著述而言,一切见诸文字的作品均可称"文"或"文章",所以古人的文集中,从来都是包括一切文体的,无论是今人所谓的文学文体还是非文学文体都被囊括无遗。本书不打算使用这种大"文"的概念,本书所论之"文",是指唐宋以后人们所习称的与"诗"相对应的"文",或者说是指古人们常说的"文章",而不是现代文学意义上的"散文"。

前面我们说过,汉人往往将一切文字著述统称为"文"或"文章",六朝虽然有了"文""笔"之分,但在总论文学的时候,也常常用"文"或"文章"来指称一切文体。唐宋以后,尽管"诗""文"分野日益清晰,诗人、文人也各有专擅,但人们在总论文学的时候,同样承袭前人,用"文"或"文章"来指称一切文体。不过,在更多情况下,"文"或"文章"是指与"诗"相对应的文体类别。例如宋人楼钥《答綦君更生论文书》云:"唐三百年,文章三变而后定,以其归于平也。而柳子厚之称韩文公,乃曰'文益奇',文公亦自谓'怪怪奇奇',二公岂不如此,盖在流俗中以为奇,而其实则文之正体也。"[①]这里所说的"文章"和"文"均不包括诗歌在内。明人李东阳在《春雨堂稿序》中说得更明白:"夫文者言之成章,而诗又其成声者也。章之为用,贵乎记述铺叙,发挥而藻饰;操纵开阖,惟所欲为,而必有一定之准。若歌吟咏叹流通动荡之

---

① 楼钥:《答綦君更生论文书》,见《攻愧集》卷六八,四部丛刊初编本。

用,则存乎声,而高下长短之节,亦截乎不可乱。虽律之与度,未始不通;而其规则,则判而不合。及乎考得失,施劝戒,用于天下,则各有所宜,不废。"①这里把"文"与"诗"的联系及其分野说得更加清楚。本书论述的对象,正是这种与诗歌相对应的"文"或"文章"及其所展现的风格。

所谓"诗""文"分野,实际上涉及文体问题。

中国古代有重视文体的传统,文体研究的著作汗牛充栋。《汉书·艺文志》已经有了文体意识,只是还没有达到成熟的程度。曹丕的《典论·论文》首开以体论文的风气,陆机的《文赋》、钟嵘的《诗品》、挚虞的《文章流别论》、李充的《翰林论》等,则进一步发展了文体思想。刘勰的《文心雕龙》可谓集其大成,不仅对文章各体"原始以表末,释名以章义,选文以定篇,敷理以举统"(《文心雕龙·序志》),而且进一步在理论上阐明了文体对于文学欣赏和文学创作的重要意义。他在《文心雕龙·附会》中说:

> 夫才量学文,宜正体制:必以情志为神明,事义为骨髓,辞采为肌肤,宫商为声气,然后品藻玄黄,摛振金玉,献可替否,以裁厥中。

显然,文章体制并不只是一个简单的形式,它是包括情志、事义、辞采、声律等等在内的一个表达系统,是一种有意味的形式,或者说中国传统的文体思想中实际上包含着形式、内容和风格。这就难怪中国古代作家要强调"文章以体制为先"②,主张"凡文章体制,不解清浊规矩,造次不得制作;制作不依此法,纵令合

---

① 李东阳:《春雨堂稿序》,见《怀麓堂集》文后卷三,四库全书本。
② 吴讷:《诸儒总论作文法》引宋倪思语,见《文章辨体序说》,第14页,北京:人民文学出版社1982年版。

理,所作千篇,不堪施用"①。

正是因为中国古代作家重视文章体制,它们对文体的辨析也就特别细致和深刻。曹丕有"奏议宜雅,书论宜理,铭诔尚实,诗赋欲丽"②的精辟之论,陆机有"诗缘情而绮靡,赋体物而浏亮,碑披文以相质,诔缠绵而凄怆,铭博约而温润,箴顿挫而清壮,颂优游以彬蔚,论精微而朗畅,奏平彻以闲雅,说炜晔而谲诳"③的凝练概括,说明他们对于文体特征和文体风格有着清醒的认识和准确把握。他们之所以特别关注文体,重视文体,并不只是关注和重视某种文体所呈现的语言文字的组织形式,更关注和重视的是这种文体的审美特点和语体风格,这与我们今天把文体仅仅理解为一种纯粹的文本形式是大异其趣的。

社会需要的多样性决定了文体的多样性,语言的丰富性也决定了文体的丰富性。因此,古人对于文体的探讨也就言人人殊,并没有大家公认的统一标准。我国第一部按体区分、从类编排的文学总集《昭明文选》,将所选录的文章分为38类(一说37类,一说39类,主要是对"移书"和"难"是否单独成类有分歧),而赋又分为15种,诗也分为22种,可见萧统等人对文体分类的细密。被誉为"体大思精"的文学理论专著《文心雕龙》绝大多数篇幅都是文体批评,仅在篇名中标出的文体就有34类,至于每类文体所涉及的细目则更多,其文体总量其实超过《文选》。隋唐以后,历代所编文章总集层出不穷,收录文章范围和标准也不尽一致,但它们都重视文体分类,其文体思想也大体相同,其基本趋势是愈分愈细。例如,明吴讷《文章辨体》区分文体59类,徐

---

① 遍照金刚:《论文意》,见《文镜秘府论》,第141页,北京:人民文学出版社1980年版。
② 曹丕:《典论·论文》,见《文选》卷五二,影印胡克家本,第720页,北京:中华书局1977年版。
③ 陆机:《文赋》,见《陆机集》,第2页,北京:中华书局1982年版。

师曾《文体明辨》更是集其大成,区分文体127类。

物极必反,过于细致的文体分类反而会影响人们对于文体的准确把握,正如《四库全书总目提要》批评《文体明辨》那样:"千条万绪,无复体例可求,所谓治丝而棼者欤!"于是有人开始做划分大类的工作。如宋代学者真德秀所编《文章正宗》将文章分为四大类:"曰辞命,曰议论,曰叙事,曰诗赋",大大简化了文章的类别。其实,最大的归类就是唐宋以来的诗文分野。例如,宋姚铉所编《唐文粹》100卷,按文体分为22类;宋吕祖谦所编《宋文鉴》150卷,按文体分为61类;元苏天爵所编《元文类》70卷,按文体分为43类;明程敏政所编《明文衡》98卷,按文体分为38类。这些总集中都只包括"文"而不包括"诗"。而明曹学佺所辑《历代诗选》1268卷,朱警所辑《唐百家诗》172卷,清吕留良、吴之振、吴尔尧所辑《宋诗钞初集》195卷,管庭芬、蒋光煦所辑《宋诗钞补》86卷,顾嗣立所辑《元诗选》320卷,明俞宪所辑《盛明百家诗》319卷,这些总集均只辑"诗"而不辑"文"。大量文学总集表明,编辑者们心目中都有"诗"与"文"的明确界线,"诗"与"文"作为两大类文体是为当时社会绝大多数读者所理解和接受的。

如果不拘泥于细微的差别,仅从文章体制上看,"诗"与"文"的区别应该是比较清楚比较明确的,人们对于它们的文体特征也是比较容易把握的。对于"诗"与"文"这两大文体的不同特点,明代学者王文禄有一段精辟的概括,他说:

> 文显于目,气为主;诗咏于口,声为主。文必体势之庄严,诗必音调之流转。是故文以载道,诗以陶性情,道在其中矣。①

---

① 王文禄:《文脉》,丛书集成初编本。

显然,这里所说的"文"与"诗"的区别不仅在于形式,更涉及到这两种文体的语体特征和审美风格。清代学者吴乔在回答万季埜关于"诗与文之辨"的问题时,对诗与文的审美风格有十分机智和精彩的比喻,他说:

> 二者岂有异?惟是体制辞语不同耳。意喻之米,文喻之炊而为饭,诗喻之酿而为酒。饭不变米形,酒形质尽变;啖饭则饱,可以养生,可以尽年,为人事之正道,饮酒则醉,忧者以乐,喜者以悲,有不知其所以然者。①

既然诗文的区别不仅是文体形式的区别,也是语体特征和审美风格的区别,因此,把文体与风格联系起来考察,就不仅是可能的,而且是必要的。诗有诗的风格,文有文的风格,前者简称诗风,后者简称文风,古人也常以诗风和文风对举。当然,无论是诗风还是文风,都反映着一个时期的文学风格。因此,前贤所论文学风格,对于本书所要讨论的课题,具有直接的指导或借鉴意义。一般来说,文章的风格既同人们的思想和思想方法以及语言文字修养有着密切的关系,也与人们的审美意识和审美追求相联系。不同的时代,不同的个人,常常有不同的文章风格。然而,某种文章风格一旦为社会所崇尚,它又会成为强大的社会力量,引导和规范作者的文章制作。因此,本书从"文章"的文体特征入手,从长江流域各个时期的文体嬗变的分析研究中,探讨长江文章风格的流变,应该是符合中国传统文体思想和文章制作实际的。

还有一点需要指出:研究中国各体文学,现代学者一般喜欢按照西方的文体标准将中国文学分为诗歌、散文、小说、戏剧几

---

① 吴乔:《答万季埜诗问》,见《清诗话》,第 27 页,上海古籍出版社 1978 年版。

大类。本书不采用这种分类标准,也不用"散文"概念来规范研究对象,因为中国古代虽然也有"散文"概念,但中国古代的散文是与现代文学文体的散文不同的概念。正如姜书阁所云:

> 中国古代文学史上的散文既是古文、是平文,是散体不整齐的平淡朴素的古文,其主要特征是无固定音律,不雕饰词藻,自然都属于写作艺术和技巧方面的问题,用这种散体不只可以写现代文学意义的散文,也可以用来写小说、戏剧。同样,与之相对的骈体,也可以用来写小说、戏剧及现代文学意义的散文。这样看来,古之散文既与现代文学意义所谓的散文不是同一范畴,骈文当然也与现代文学意义所称的韵文和诗歌毫不相干了。换言之,古之散文既不能等同于英语的 prose,骈文更不是英语的 verse,两者都是地地道道的中国古代文学的特有品种,未可与今日的西方文学样式或与中国现代文学文体类别妄加比附。①

正是因为现代散文与古代散文不是同一概念,如果用现代文学文体的散文来规范我们的研究对象,势必会造成历史上曾经发生的许多文学现象不能进入我们的研究视野;如果用古代散文概念来指导我们的研究,那么我们研究的只是不讲究音律词藻骈俪对偶的"古文",而不是我们打算研究的除韵文以外的长江文学。无论从哪个角度讨论散文,我们都将无法真实描述长江文学的发展和文章风格的流变。

三 本书论述的对象和范围

本书主要论述长江流域文章风格的流变。

---

① 姜书阁:《骈文史稿》,第3页,北京:人民文学出版社1986年版。

文章风格简称文风,它很早就受到人们的重视。刘勰《文心雕龙·风骨》云:"结言端直,则文骨成焉;意气骏爽,则文风生焉。"这里虽然提出了文风的概念,但还不是从普遍的意义上使用的,因为作为普遍概念的文风是一个中性的概念,并不是非得"意气骏爽"的文章才有文风,一切文章都会体现一定的风格。西方有"风格即人"的说法,不同的人应该会有不同的风格。从文学的角度来说,不仅不同的作家会有不同的风格,而且不同的文体也会有不同的风格。卢那察尔斯基说:

> 毫无疑问,"风格"一辞就是作品的构思本身(也就是思想、形象)及其形式方面那些使一部作品和一些其他的作品相通的特点的某种总和,因而也就是我们认为属于同一风格的某一组艺术作品中最富有特性的、最共同的属性的总和。①

既然风格是内容和形式的统一体,是反映作品中"最富有特性的、最共同的属性的总和",抓住了风格也就抓住了文学中最本质的东西。因此,评价一个作家,评价一部作品,评价一个文学流派,都不能不探讨其风格,古今中外的文学批评,无不将风格问题作为它们关注的重要课题。

对于不同作家不同文体的不同风格,我国古代作家大都有细致而独到的体会。鲍照谓谢灵运的诗"如初发芙蓉,自然可爱",颜延之的诗"若铺锦列绣,亦雕缋满眼"(《南史·颜延之传》引),实际上是对他们诗歌风格的一种评论。至于司空图将诗歌分为"雄浑"、"冲淡"、"纤秾"、"沉著"、"高古"、"典雅"、"洗炼"、"劲健"、"绮丽"、"自然"、"含蓄"、"豪放"、"精神"、"缜

---

① 卢那察尔斯基:《论社会主义现实主义》(1933年版),见《苏联作家论社会主义现实主义》,第52页,北京:人民文学出版社1960年版。

密"、"疏野"、"清奇"、"委曲"、"实境"、"悲慨"、"形容"、"超诣"、"飘逸"、"旷达"、"流动"等24品①,其实总结的是诗歌的各种不同风格。

在中国古代有关风格的评论中,人们通常将风格与文体联系在一起,有所谓"诗风"、"词风"、"文风"的区别。尽管人们讨论文风时有时可能包括诗风,然而讨论诗风时一般并不包括文风,特别是诗文分野明确以后,人们讨论文风时也常常不包括诗风。例如明代学者方孝孺讨论文风时便说:

> 昔称文章与政相通,举其概而言耳。要而言之,实与其人类。战国以下,自其著者言之:庄周为人,有壶视天地、囊括万物之态,故其文宏博而放肆,飘飘然若云游龙骞不可守;荀卿恭敬好礼,故其文敦厚而严正,如大儒老师,衣冠伟然,揖让进退,具有法度;韩非、李斯,峭刻酷虐,故其文,缴绕深切,排搏纠缠,比辞联类,如法吏议狱,务尽其意,使人无所措手;司马迁豪迈不羁,宽大易直,故其文举乎如恒华,浩乎如江河,曲尽周密,如家人父子,语不尚藻饰而终不可学;司马相如有侠客美丈夫之容,故其文绮曼婍都,如清歌绕梁,中节可听;贾谊少年意气慷慨,思建事功而不得遂,故其文深笃有谋,悲壮矫讦;扬雄腥腅自信,木讷少风节,故其文拘束懇愿,模拟窥窈,蹇涩不畅,用心虽劳,而去道实远。……由此观之,自古至今,文之不同,类乎人者,岂不然乎?②

方氏这里所强调的"文之不同,类乎人者"也即中国古人常

---

① 司空图:《二十四诗品》,见何文焕辑《历代诗话》,第38—44页,北京:中华书局1981年版。
② 方孝孺:《张彦辉文集序》,见《逊志斋集》卷六二,第28—30页,四部丛刊初编本。

说的"文如其人",而所谓"文如其人"之"文"其实正是指文章的风格,方孝孺正是这样论述的。因此,中国古人所说的"文如其人"与西方所云"风格即是人"也就有异曲同工之妙。本书所关注的长江文风,是指与"诗风"相对应的"文风",即文章风格。本书探讨长江文章风格的流变,则是要对各个时期在长江流域发生的能够代表长江文章风格特点的作家、作品、文学流派进行穷原尽委、溯源探流的研究,以期能够发现长江文学发展变化的内在逻辑和外在轨迹,以及长江文章风格的流变对中国文学发展产生的全局性影响,从而更深刻地认识和理解中国文学。而对于一般的文学现象,本书则不做全面的梳理,以免落入普通文学史写作的窠臼。

需要特别说明的是,本书将赋体文学也纳入文章的范围,在长江文章风格的流变中将关注赋体文学发展所产生的深远影响。尽管对于赋这一文体究竟应该归入文还是应该归入诗,学术界一直有不同意见。笔者认为赋是一种特殊的文体,不能简单地用诗或是文来规范它。如果一定要在诗与文的大类中做出选择,那么将其放在文类要相对合理一些。60年前,郭绍虞在为陶秋英《汉赋之史的研究》一书作序时说:

> 很奇怪,中国文学中有赋这一种体制。它界于情的文与知的文之间,它又界于有韵文与无韵文之间,无论从形式或性质方面视之,它总是文学中的两栖类。文的总集中可有赋,诗的总集中也可有赋。赋之为体,非诗非文,亦诗亦文,所以中国文学中之诸种文体,其性质最不明显者即是赋。①

---

① 陶秋英的《汉赋之史的研究》1939年由中华书局出版,浙江古籍出版社1985年出版时更名为《汉赋研究》,仍然保留有郭序。

郭氏虽然指出"赋之为体,非诗非文,亦诗亦文",但如果硬是要在诗文之中为赋的类别做出选择的话,他似乎倾向于将赋归入文类。他在这篇序中又说:

> 若由狭义而言,则赋亦自有其本来面目,并不与他体相混。远的不说,即就赋与诗的关系而言,它虽是古诗之流,却不同于诗。后人诗中用铺采摛文的方法者又何可胜计。项安世《家说》谓:"自唐以后,文士之才力,尽用于诗。如李杜之歌行,元白之唱和,序事丛蔚,写物雄丽,小者十余韵,大者百余韵,皆用赋体作诗。"然而我们不能称这些为赋,则以诗与赋自有其形貌上的不同。同样用铺采摛文的方法,以诗的笔调体式出之者仍为诗,以文的笔调体式出之者则为赋。①

正是因为"以文的笔调体式出之者则为赋",所以赋较近于文而较远于诗。事实上,前人在编辑文学总集和选集时虽有将赋收入诗的总集和选集中的,但更多地却是将赋收入文的总集和选集中。例如,宋楼昉编辑《崇古文诀》选录先秦至宋文章,汉文部分多录赋文。宋魏齐贤、叶棻编辑《五百家播芳大全文粹》,"是编皆录宋代之文,骈体居十之六七,凡表、笺、制、诰、简、疏、赋、颂、记、序、铭、跋,无不毕备"②,赋是这一文集的重要内容。再如,明程敏政编辑《明文衡》,分文章为38类,依次为词臣奉敕撰拟之文、赋、骚、乐府、琴操、表笺、奏议、论、说、解、辨、原、箴、铭、颂、赞、七、策问、问对、书、记、序、题跋、杂著、传、行状、碑、神道碑、墓碣、墓志、墓表、哀诔、祭文、字说等,赋被作为明代文章

---

① 郭绍虞:《郭序》,见陶秋英《汉赋研究》,第2页,杭州:浙江古籍出版社1985年版。
② 永瑢等:《五百家播芳大全文粹提要》,见《四库全书总目》卷一八七,第1698页,北京:中华书局1965年版。

的重要一类。桐城派古文家姚鼐编辑《古文辞类纂》75卷,包括论辨、序跋、奏议、书说、赠序、诏令、传状、碑志、杂记、箴铭、颂赞、辞赋、哀祭13类文体,赋也是作为文的一个类别来考虑的。选文颇严的《古文观止》中也收有赋作,表明编选者是认可赋作为文的一类的。郭预衡更明确指出:"秦汉之赋,就作用说,不近于诗,而近于文。虽然命名为赋,其实也是文章,可以统名之为赋体之文。"[①]他还从文章形式上将赋分为"赋体之文"和"文体之赋",并在其所著《中国散文史》第二编第二章专论"赋体之文的发展",说明他是将赋的发展作为文的发展来对待的。此外,徐中玉主编的全国成人高等教育自学考试教材《中国古代文学作品选》也将赋体文学作品纳入散文分册。因此,本书把赋作为文之一体,纳入长江文章风格的讨论范围,应该是符合中国传统的文体思想和当前学术界的普遍认识的。

---

① 郭预衡:《中国散文史》(上),第198页,上海古籍出版社2000年版。

第二章

大象无形　得意忘言

长江流域文章风格的形成与黄河流域一样,也是肇始于春秋战国时期。不过,从一开始,长江文风就有着自己独特的面貌。长江文风在其最初形成的过程中,固然得力于老子、庄子等代表作家,然而,她的根却深深地扎在具有鲜明地域特色的长江文化的土壤之中。是长江流域的秀丽山川和风土人情,培育和造就了极具个性的第一批长江作家,这批代表作家以他们富有个性的作品向世人展示着长江文学的无穷魅力,并给予长江文学发展以异常巨大而深远的影响。

第一节　长江文章风格的孕育与形成

长江文章风格的孕育与形成有一个漫长的过程。人们说话写文章,最初只是为了表达思想,传递信息。然而,为了使思想表达得更鲜明,信息传递得更准确,就必须选择表达和传递的最佳方式,采用最好的方法。这种方式方法不可能在人的头脑里凭空产生,只能在人们长期的语言交流的基础上总结提炼出来,并且必然会采用当时当地的人们所喜闻乐见的形式,否则就达不到预期的效果。因此,从根本上说,是长江流域的人们的思维方式和语言交流方式孕育了早期长江文章风格。

一　西周以降长江文化的迅猛发展

　　文风的形成离不开文化的发展。西周以前,长江流域被中原民族视为蛮荒之地,文化处于相对落后状态,有关的文字材料甚少。然而,西周以降,长江文化却得到了迅猛发展。到了春秋战国时期,长江文化已经形成了自己的鲜明特色,并足以与中原文化分庭抗礼。

　　这一时期最值得重视的长江文化是楚文化和吴越文化。

　　周初至春秋中叶是楚文化的形成期和茁长期。

　　楚人始祖鬻熊"子事文王"(《史记·楚世家》),加强了南方文化与北方文化的联系。鬻熊曾孙熊绎在周成王时受封于楚,"筚路蓝缕,以处草莽,跋涉山林,以事天子。"一方面要为楚人生计奋斗,一方面还要服务于西周王室。为周天子守燎以祭天,贡苞茅以缩酒,贡桃弧、棘矢以禳灾,稍有不周,就会成为周天子或其他诸侯讨伐的口实。这虽然加重了楚国的经济负担和精神负担,但也加强了楚与华夏文化的联系。正是这种强大的压力,促使楚人发扬艰苦创业精神,奋发进取,自强不息,走上了飞速发展之路。

　　自熊绎历五世至熊渠,楚人实力渐强,便趁中原动乱周夷王自顾不暇之机,西伐东征,揭开了扩充疆域的序幕。到西周末东周初,楚国疆土已经扩展至方圆数百里,成为南方大国。楚国虽然逐渐强大,然而,楚人筚路蓝缕的创业精神不仅没有消颓,反而更进一步发扬光大。据《左传·宣公二十年》载:"若敖、蚡冒,筚路蓝缕,以启山林。"若敖、蚡冒是当周宣王和周平王之世的楚国国君,尽管这时的楚国已经拥有了富饶的江汉平原,却仍然在披荆斩棘,艰苦奋斗。周平王东迁仅三十年,楚国君熊通便正式僭号称王,颇为自觉地开始了摆脱中原控制而寻求自我独立发展的光辉历程。楚文王都郢(今湖北荆州)之后,更加快了这一发展的强劲势头。

考古资料证实,春秋时期楚国已经有了颇为发达的冶铸业,湖北大冶铜绿山和湖南麻阳九曲湾两处春秋时期大型铜矿遗址,证实了楚国冶铸业在当时的领先水平,而中原地区至今还没有发现类似的冶铸基地。春秋中期以前,楚人普遍使用的是青铜制作的生产工具。春秋晚期,楚国已经能够生产块炼铁、白口生铁和块炼渗碳钢,开始使用铁制生产工具。从出土实物统计,楚国的铜器和铁器均居列国之首;铜制生产工具的使用与中原各国大体同时,而铁制生产工具的使用则比中原各国为早。先进的生产工具代表着先进的生产力,反映着各国的生产水平。从生产工具出土实物的比较中可以看出,楚国经济发展到春秋末期已处于列国的领先水平。

此外,楚国的农业、建筑业、商业在列国中也首屈一指。楚庄王(前613—591年在位)时,孙叔敖主持兴建了中国最早的大型水利工程期思陂,还在沮漳河下游主持修建过水利工程。大型水利工程实际上反映着一个国家的农业技术水平和综合国力。始筑于春秋早期后来不断完善的楚国方城,其施工之艰巨复杂,规模之宏伟壮观,堪与北方诸夏之长城相媲美,是我国古代最伟大的建筑工程之一。楚国商业繁荣,城市发展迅速。据记载,楚国的大小城邑共277座,为列国之最。"楚之郢都,车挂毂,民摩肩,市路相交,号为朝衣新而暮衣弊。"①其繁华为列国所不及。楚国实行重商政策,不仅为商人提供牟利的机会,而且对商业活动予以保护。《左传·成公十二年》载楚与晋订盟,盟约中重要的一条就是"交贽往来,道路无壅",提倡门户开放,自由贸易。从1973年安徽寿县出土的鄂君启节铭文来看,鄂君启的商队,凭

---

① 桓谭:《新论》,见《太平御览》卷七七六,影印商务印书馆影宋本,第3441页,北京:中华书局1960年版。

车节一枚陆路可带车50乘,凭舟车一枚水路可带大船50艘或小船150艘,持有金节可免征税。鄂君启有车节和舟节各5枚,理论上他可拥有5支商车队和5支商船队。当然,鄂君启是官商,自非一般商人可比。即使是一般商人,楚国政府也鼓励他们从事正常贸易。正因为如此,楚国商业繁荣,货物充足,市场发达,甚至出现了专业性的市场。

楚人在其发展过程中所形成的创造精神、奋斗精神以及市场观念和开放意识,正是楚国得以由弱变强、楚文化得以繁荣昌盛、楚文学得以绚丽多彩的根本原因。

在长江流域,与楚文化一起成长着发展着的地域文化还有吴越文化,她们也是研究长江文风形成的不可忽视的因素。

提到吴越,我们可能会想起吴越之民惯用舟楫、断发文身等一些表面现象。其实,吴越文化从西周开始也有迅猛发展,不仅有自身的特点,而且在不少方面处于当时各国的领先水平,对长江文化以及长江文学的发展产生了深远的影响。

剑是周代普遍使用的新式兵器,据顾颉刚考证,我国青铜剑正起源于吴越地区。[①] 而吴越也有着令世人景仰和羡慕的铸剑技术。《庄子·刻意》云:"夫有干(吴)越之剑者,柙而藏之,不敢用也,宝之至也。"[②]《战国策·赵策》记赵奢语云:"夫吴干将之剑,肉试则断牛马,金试则截盘匜,薄之柱上而击之则折为三,质之石上而击之则碎为百。"《周礼·考工记》云:"吴粤(越)之剑,迁乎其地不能为良,地气然也。"[③] 这些记载充分说明了吴越之剑在世人心目中的地位。《越绝书》卷十一《外传·记宝剑》谈到"越王勾践有宝剑五,闻于天下",其锻造技术被描绘得出神

---

① 顾颉刚:《史林杂识初编》,第163—167页,北京:中华书局1963年版。
② 庄周:《庄子》,影印浙江书局《二十二子》本,第49页,上海古籍出版社1986年版。下引此书只注篇名。
③ 《周礼》,影印阮元校刊《十三经注疏》本,第906页,北京:中华书局1980年版。

入化:

> 当造此剑之时,赤堇之山破而出锡,若耶之溪涸而出铜;雨师扫洒,雷公击橐,蛟龙捧鑪,天帝装炭,太一下观,天精下之。欧冶乃因天之精神,悉其伎巧,造为大刑三,小刑二:一曰湛卢,二曰纯钧,三曰胜邪,四曰鱼肠,五曰巨阙。①

这些夸张性的描写,只是为了说明勾践之剑有着不可企及的锻造技术和浑然天成的工艺水平。事实上,越王勾践之剑所达到的铸造工艺水平的确是不可企及的。1965年12月,在春秋战国时期楚郢都纪南城遗址7公里处的望山一号墓里,出土了一柄装在黑色漆木剑鞘内的青铜剑,拔剑出鞘,寒光闪闪,如新磨研,锋利无比,20余层纸一划而破。剑身一面有清晰的鸟篆铭文两行八字,经唐兰、陈梦家、郭沫若等人释读,一直认定八字为"越王勾践自作用剑"。越王勾践剑埋藏地下2400多年,不仅毫不锈蚀,而且如此锋利,不禁使人想起《淮南子·修务训》所说"夫纯钧、鱼肠之始型也,击则不能断,刺则不能入,及加之砥砺,磨其锋锷,则水断龙舟,陆剸犀甲"②,绝非向壁虚构。

越地有著名造剑专家欧冶子,吴地也有著名造剑专家干将、莫耶。《吴越春秋·阖闾内传》载有干将、莫耶铸剑的故事:

> 干将,吴人也,与欧冶子同师俱能为剑。越前来献三枚,阖闾得而宝之,以故使剑匠作为二枚:一曰干将,二曰莫耶。莫耶,干将之妻也。干将作剑,采五山之铁精,六合之金英,候天伺地,阴阳同光,百神临观,天气下降,而金铁之精不销沦流,于

---

① 袁康:《越绝书》卷十一,四部丛刊本。
② 刘向:《淮南子》,影印浙江书局《二十二子》本,第1298页,上海古籍出版社1986年版。

是干将不知其由。莫耶曰:"子以善为剑闻于王,使子作剑,三月不成,其有意乎?"干将曰:"吾不知其理也。"莫耶曰:"夫神物之化,须人而成,今夫子作剑,得无得其人而后成乎?"干将曰:"昔吾师作冶,金铁之类不销,夫妻俱入冶炉中,然后成物。至今后世,即山作冶,麻絰蒠服,然后敢铸金于山。今吾作剑不变幻者,其若斯耶?"莫耶曰:"师知烁身以成物,吾何难哉!"于是干将妻乃断发剪爪,投于炉中,使童男童女三百人鼓橐装炭,金铁乃濡,遂以成剑。阳曰干将,阴曰莫耶。阳作龟文,阴作漫理。①

这段传奇故事虽是后人的记录整理,但它所反映的吴地铸剑师的高超技术和牺牲精神却是有历史依据的。这种精神对吴越文化的繁荣与发展,也是十分重要和宝贵的。

铸剑技术实际上反映着一个民族的科学技术水平和工艺水平。1977年复旦大学静电加速器实验室等单位利用现代技术对出土的越王勾践剑进行了无损伤测定,测出该剑是由铜、锡、铅、铁、硫、砷诸元素组成,且各部位元素含量并不相同。脊背含铜较多,韧性好,不易折断;刃部含锡量高,硬度大,剑口锋利。由于脊部和刃部元素含量不同,专家认为是采用了复合金属加工工艺,即先浇铸含铜高的剑脊,再浇铸含锡高的剑刃。这种复合金属工艺,世界上其他国家直到近代才开始使用。并且,剑茎、剑格和剑身上优美的菱形、几何形黑色暗纹,含硫量高,是硫化铜,可以防止锈蚀,这在当时也是一种先进的工艺。②

除了铸剑技术领先各国外,被夏鼐等考古学家所称之"吴越

---

① 赵晔:《吴越春秋》卷四,四库全书本。
② 复旦大学静电加速器实验室、中国科学院上海原子核研究所活化分析组、北京钢铁学院《中国冶金史》编写组:《越王剑的质子X荧光非真空分析》,载《复旦大学学报》(自然科学版),1979年第1期。

青瓷",也是吴越人对中国文化和世界文化的巨大贡献,同样是长江流域的骄傲。

考古证实,进入新石器时代以后,世界各地各民族都普遍学会了烧制和使用陶器,而瓷器则是中华民族的伟大发明,是中华民族对于世界文明的杰出贡献。学术界一般认为,瓷器的直接祖先是古越人的几何印纹硬陶。① 浙江江山县南区的泥釉黑陶可能是原始瓷器的釉的来源。② 西周时期,南方的原始青瓷进入鼎盛期,不仅胎质更趋细腻,釉层普遍增厚,而且数量迅猛增加,分布地域扩大,几乎遍及整个长江中下游和东南沿海地区,甚至还远输西北。1983年在浙江衢州西山西周早期土墩墓出土的原始瓷器13件,不仅胎骨细密,釉面均匀,而且装饰工艺也比较细致,具有较高的制作水平。1981年在浙江义乌平畴的一座西周晚期土墩墓出土随葬品114件,其中原始青瓷竟有100件之多,为全国出土青瓷所罕见。"从西周晚期开始至春秋战国时期,原始瓷器的生产优势似乎逐渐北移,太湖、杭州湾一带,逐渐成为越文化的最先进地区,也自然成为原始青瓷的最发达地区。"③夏鼐明确指出:"原始瓷(Proto-Porcelain 即加釉硬陶)的烧造,……当为南方长江下游地区的发明,……原始瓷后来在长江下游地区逐渐改善,终于在汉末出现了瓷器,成为中国文明的特点之一。"④

西周以降,吴越人不仅创造了极有地域特色的灿烂文化,而且形成了自己的民族精神。春秋后期,先有吴公子季札出使中原,结交各国贤臣良将,在鲁观周乐,对诗乐给予了细腻而精确的评论,表现出外交家的良好气质,也显示出吴人极高的文化修

---

① 郭仁:《关于青瓷与白瓷的起源》,《文物》1959年第6期。
② 李家治:《浙江青瓷釉的形成和发展》,载《硅酸盐学报》,1983年第11卷第1期。
③ 董楚平:《吴越文化新探》,第244页,杭州:浙江人民出版社,1988年版。
④ 夏鼐:《中国文明的起源》,载《文物》,1985年第8期。

养,向中原各国充分展示了吴国的形象。后来,吴国与越国先后称霸诸侯,进一步扩大了吴越的影响。其中留给人们深刻印象并对长江文化产生重大影响的,要数勾践的卧薪尝胆的奋斗精神和范蠡的功成身退的高逸情怀。

据《史记·越世家》和《吴越春秋·勾践归国外传》等记载,越王勾践战败,为吴王夫差所执,勾践"卑事夫差,宦士三百人于吴,其身亲为夫差前马"(《国语·越语下》),后放归。勾践欲报吴仇,置苦胆于座,时而尝之,以提醒自己不忘败辱之耻,终于使越国富强而兴兵灭吴。这种忍辱负重、知耻不忘的精神,这种艰苦奋斗、终成帝业的气概,的确反映了吴越之地人们的精神面貌,对长江文化发展有着积极的影响。

范蠡是勾践灭吴的重要谋臣,不仅参与了兴越灭吴的全部谋划,而且与勾践一道尝尽了复国过程的艰难困苦,然而,灭吴之后,范蠡却没有与勾践一道回国,去享受应该享受的荣华富贵。《国语·越语下》载云:

> 反至五湖,范蠡辞于王曰:"君王勉之!臣不复入越国矣。"王曰:"不谷疑子之所谓者何也?"对曰:"臣闻之,为人臣者,君忧臣劳,君辱臣死。昔者君王辱于会稽,臣所以不死者,为此事也。今事已济矣,蠡请从会稽之罚。"王曰:"所不掩子之恶,扬子之美者,使其身无终没于越国。子听吾言,吾与子分国。不听吾言,身死,妻子为戮。"范蠡对曰:"臣闻命矣,君行制,臣行意。"遂乘轻舟以浮于五湖,莫知其所终极。

范蠡功成身退所体现出来的清醒和洒脱,以及泛舟五湖留给人的无穷遐想,反映着南方人另一方面的生活态度和文化性格,给予长江文学的影响也是长远和深刻的。

二 神话对长江文学思维的影响

长江文风的形成固然有一个漫长的历史过程,然而,在长江文风形成过程中起基础性作用的,还是长江文学发展初期即已存在而后在其发展中慢慢积淀下来的思维方式和言说方式。

在长江文学发展的初始阶段,神话以及神话思维对后世的影响可以说是最为巨大而深远的。

在人类社会早期,由于生产力低下,人们的知识水平和认识能力也很低。面对强大而又变幻莫测的自然力量,他们显得无能为力;面对复杂的社会现象和残酷的部族战争,他们同样难以捉摸而无可奈何。为了解释这些现象,为了把握自身的命运,同时更为了从心理上控制和战胜这些危害他们生命和生存的自然力量和社会力量,他们便用虚构和幻想创造出美丽的神话,借以征服自然界和支配人类社会,使之合乎自己生存的需要。神话是通过幻想用一种不自觉的艺术方式加工过的自然和社会形式本身,正如马克思所说:"任何神话都是用想像和借助想像以征服自然力,支配自然力,把自然力加以形象化。"[①]因此,神话不仅是人类思维的第一批成果,是人类艺术创造能力的最初勃发,也是任何民族和地域文化的真正源头和发展基础。长江流域人民所创造的神话当然也是长江文学发展的源头和最深厚的基础。

原始神话没有文字记载,主要靠声口相传。在中国,由于南北地理环境差异较大,人们所面临的生活压力不同,"挑战"和"反应"方式有异,南方和北方的原始神话也就具有各自不同的特色。随着部族之间的文化交流特别是南北文化交流的不断增强,随着文明的不断进步,不仅各地的原始神话相互融会,各民

[①] 马克思:《〈政治经济学批判〉导言》,见《马克思恩格斯选集》,中文1版,第2卷,第113页,北京:人民出版社1972年版。

族的历史故事也以传说的形式羼入神话,使得神话传说日益丰富和复杂。在进入文明社会以后,北方逐渐发展了历史理性意识。当周人从殷人的"尊神事鬼"的宗教迷狂转变为"敬鬼神而远之"的理性自觉,把世俗社会作为关注的焦点以后,原有的神话传说也被世俗化和理性化,人们或者将神话转变为历史材料,或者以其荒诞不经而将其弃置不用,使得神话传说在北方变异或断裂,失去了其应有的价值。然而,在南方,在长江流域,烟波浩淼的水乡泽国和瞬息万变的天象气候给人无穷遐想,神话不仅能调动人们的积极思维,还能给他们提供无穷无尽的创造力,加之长江流域普遍崇尚巫术,也提供了深入传播的最佳土壤。因此,神话传说不仅在长江流域有着广阔的市场,并且始终是长江文学取之不尽、用之不竭的艺术源泉。

上古北方文化主要保存在经过儒家整理的《诗》、《书》、《礼》、《易》、《春秋》等文化典籍中,这些典籍中并非没有原始神话的影子,只是这些神话被儒家学者做了历史化和世俗化的解释,早已面目全非。譬如孔子解释"黄帝四面"和"夔一足",就是典型的例证。而保存原始神话最多的上古文献是《庄子》、《楚辞》和《山海经》,尤以《山海经》保存神话最为丰富。《庄子》和《楚辞》是长江流域的作家创作的作品,自然毫无疑问。而《山海经》虽成书于战国至西汉初,但其内容则包括了神话传说以及祯祥怪异,被鲁迅称做"古之巫书"[①]。由于此书并非出自一时一人之手,其编撰者也就无法确考。不过,通过对《山海经》的综合分析,多数学者都认为它出自南方人之手。例如,清代学者陈逢衡《山海经汇说》以为《山海经》乃夷坚所作,"夷坚是南人,其书留传楚人,至屈原作《天问》时,多采其说而问之"。近人陆侃如因《山海经》内容与《楚辞》、《庄子》相通者极夥,故推定为楚人作

---

① 鲁迅:《中国小说史略》,第9页,北京:人民文学出版社1973年版。

品。吕子方《中国科学史论文集·读〈山海经〉杂记》以为《山海经》为南方民族作品。蒙文通更具体论证《山海经》中的《五藏山经》、《海外经》是楚国作品。胡小石《屈原与古神话》说《南山经》等"排方向由南而西,而北,而东",与中原人叙次习惯不合,应是"南方人所著书"。袁珂《〈山海经〉写作时地及篇目考》更从文字、地名、方位、神祇、谱系、文化态度等方面论证《山海经》为楚人所作。笔者同意以上意见,并在《湖北文学史》中全面申述了《山海经》为楚人作品的七条理由。① 在没有新的材料证伪以上的推测的情况下,我们将《山海经》视为南方人或者说楚人的作品应该是没有多大问题的。

《山海经》作为南方人很可能是楚人的作品,不仅较多地保存了中国的远古神话传说,包括南方和北方远古神话传说,而且将一种具有浪漫气质的神话思维也保存下来,并传给长江流域的后来作者。而后一点,对于长江流域文风的形成和发展,则是至关重要的。

我们不妨举几个实例加以分析。

《海外北经》云:

> 钟山之神,名曰烛阴,视为昼,瞑为夜,吹为冬,呼为夏,不饮,不食,不息,息为风,身长千里。在无启之东。其为物,人面,蛇身,赤色,居钟山下。(《山海经》第八)

《大荒北经》亦云:

> 西北海之外,赤水之北,有章尾山。有神,人面蛇身而赤,身长千里,直目正乘,其瞑乃晦,其视乃明,不食,不寝,不息,风

---

① 参见拙作《湖北文学史》,第38—40页,武汉:华中理工大学出版社1995年版。

雨一谒。是烛九阴,是谓烛龙。(《山海经》第十七)

这种关于大自然的神话应该是原始创世神话的一部分,南方和北方的原始神话中都应该有这样的内容。然而,在春秋战国时期,北方学者大多不关心这些遥远而虚诞的东西,儒家听从孔子的教诲"不语怪、力、乱、神",法家执著于对现实权术的研究,只有南方学者对这些问题有着浓厚的兴趣。屈原《天问》开篇即问道:"曰遂古之初,谁传道之?上下未形,何由考之?冥昭瞢暗,谁能极之?明明暗暗,惟时何为?阴阳三合,何本何化?"关心这些基始的问题,也许于现实没有任何裨益,但它能激活人的想像与思维,对培育人的创造精神却是十分有益的。

再如,《北山经》云:

　　发鸠之山,其上多柘木。有鸟焉,其状如乌,文首,白喙,赤足,名曰精卫,其名自详。是炎帝之少女,名曰女娃。女娃游于东海,溺而不返,故为精卫。常衔西山之目石,以堙于东海。(《山海经》第三)

《海内西经》云:

　　刑天与帝争神,帝断其首,葬之常羊之山,乃以乳为目,以脐为口,操干戚以舞。(《山海经》第十一)

这些英雄神话,反映了人类控制大自然和掌握自己命运的热切期望和不屈不挠的斗争精神。东海乃长江出口,南方人虽习水性,却常溺于水,精卫的这种企图征服东海的奋斗精神,正反映了南方先民对肆虐的大自然的抗争,给予人们的是勇气、信心和力量。刑天也一样,虽然与帝争神失败了,但他"以乳为目,以脐为口,操干戚以舞",仍然顽强斗争,他的精神没有死,他是真正的英雄。

值得特别注意的是,《山海经》所歌颂的许多英雄,在北方文化系统里常常是受批判的人物;北方文化系统里经常提到的蛮夷,在《山海经》中往往被说成是同一个大家族中的成员;北方文化中过于强烈的善恶观念,过于清楚的夷夏大防,在南方神话系统里都没有地位,而被兼容并包的宽容态度所取代。例如,蚩尤、共工、刑天、鲧,这些北方文化系统里的反面角色,在《山海经》等南方文学典籍里都被塑造得光彩照人,令人肃然起敬。[1] 北狄、犬戎本是黄帝的后裔[2],被北方视为"四凶"之一的骥头以及苗民,他们都是颛顼的嫡派子孙[3],与颛顼争帝的共工其实是炎帝的后裔祝融的儿子[4],但祝融又是黄帝的后裔颛顼的孙子[5],这种复杂甚至混乱的谱系反倒真实地反映了原始社会氏族部落的交往和融合的漫长过程,而这种神话思维则为民族的大融合奠定了良好的心理基础,也为长江文学后来吸收各种文学营养发展自己创造了极好的条件。

三 长江文学最初的思想方法和表达方式

长江流域的人们对神话的喜爱和接受,不仅为中国保留了

---

[1] 例如《山海经·海内经》对鲧的记载:"洪水滔天,鲧窃帝之息壤以堙洪水,不待帝命。帝令祝融杀鲧于羽郊,鲧复生禹。帝乃命禹卒布土,以定九州。"鲧显然是一个为了挽救生灵不怕牺牲的英雄。

[2] 《山海经·大荒西经》云:"黄帝之孙曰始均,始均生北狄。"《大荒北经》云:"黄帝生苗龙,苗龙生融吾,融吾生弄明,弄明生白犬,白犬有牝牡,是为犬戎。"

[3] 《山海经·大荒北经》云:"颛顼生骥头,头生苗民,苗民釐姓,食肉。"

[4] 《山海经·海内经》云:"炎帝之妻,赤水之子听訞生炎居,炎居生节并,节并生戏器,戏器生祝融,祝融降处于江水,生共工。"

[5] 《山海经·海内经》云:"黄帝妻雷祖,生昌意,昌意降处若水,生韩流,韩流擢首、谨耳、人面、豕喙、麟身、渠股、豚止,取淖子曰阿女,生帝颛顼。……颛顼生老童,老童生祝融,祝融生太子长琴。"

丰富的神话材料,而且也保留了原始先民的那种丰富想像和浪漫气质,神话思维也就成了长江文学的重要思维基础。西周以降,在南方民族逐渐整合、长江文化逐步定型的过程中,一种独特的思想方法和表达方式也慢慢形成,这种思想方法和表达方式也成了长江文学后来发展的基础。

在长江文化特别是楚文学发展中,作为其思想原动力的是楚人始祖鬻熊,他的思想方法给予了后人十分深远的影响和异常深刻的启迪。

《史记·楚世家》载:

> 殇公三十五年,楚伐随。随曰:"我无罪。"楚曰:"我,蛮夷也!今诸侯皆为叛,相侵或相杀,我有敝甲,欲以观中国之政,请王室尊吾号。"随人为之周,请尊楚,王室不听,还报。三十七年,楚熊通怒曰:"吾先鬻熊,文王之师也,早终。成王举我先公,乃以子男田,令居楚,蛮夷皆率服,而王不加位,我自尊耳。"乃自立为武王。

从这段记载可以看出,曾为周文王之师的鬻熊,一直是楚人的骄傲,是楚人具有民族自信心的力量源泉。

楚人尊崇鬻熊,不仅是因为他是楚国的实际开创者,还因为他是楚人的精神和思想之源。文王咨询鬻熊,说明鬻熊是一个有思想的智者。事实上,鬻熊是长江流域第一个有著作传世的作者,他的著作《鬻子》在中国古代一直被尊为子书之祖。《列子》和贾谊的《新书》均引用过他的著述。《汉书·艺文志》"诸子略"的"道家"著录有《鬻子》二十二篇,"小说家"著录有《鬻子说》十九篇。对于小说家的《鬻子说》,班固注云:"后世所加。"表明当时人认为此书为后人依托。而对于道家的《鬻子》,班固未加注释,说明此书确有来历。刘勰《文心雕龙·诸子篇》云:

"至鬻熊知道,而文王咨询,馀文遗事,录为《鬻子》,子目肇始,莫先于兹。"不仅肯定了《鬻子》的真实性,而且认为《鬻子》乃子书之祖。

肯定《鬻子》的真实性,并不意味着此书就是鬻熊所手著。春秋以前无私人著述已是学术界的共识。现在所能见到的楚地最早的文字材料是西周中晚期的楚公豪钟铭文和楚公逆镈铭文,这些铭文都只是一些款识,并无文学与思想的意味。因此,《汉书·艺文志》所著录的《鬻子》不可能是鬻熊自己手著。然而,这并不排斥此书与鬻熊的密切联系。《鬻子》书中的思想方法和言说方式可能是后人根据传闻记录整理,其中必然有鬻熊的影子,早期的诸子著作都是先有口传然后被记录整理出来,如果一定要自己手著才有著作权,那么,先秦诸子著作便大多不是题名作者撰著,整个中国文化史、思想史、文学史就将无法编写。事实上,诸子著作尽管大多不是题名者手著,其基本思想和言说方式却大都体现了题名者的个性特色。从这个意义上,我们可以也应当承认《鬻子》所反映的鬻熊思想和言说方式的真实性,将它列为子书之祖。①

然而,《汉志》著录的道家《鬻子》并未完整保存下来。《隋书·经籍志》子部道家类虽著录有《鬻子》一卷,注明"周文王师鬻熊撰",但小说家类并未著录《鬻子说》,《旧唐书·经籍志》基本上承袭《隋志》,却将《隋志》道家类著录的《鬻子》移入小说家类,说明当时人们所见《鬻子》已只存一种,是属于《汉志》的道家之《鬻子》还是小说家之《鬻子说》已经疑莫能明。《四库全书》子部杂家类收有《鬻子》一书,为唐逢行珪注本,一卷十四篇,卷

---

① 严可均《铁桥漫稿》云:"《鬻子》非专记鬻熊之语,故其书于文王、周公、康叔,皆曰昔者。昔者,后乎鬻子之言也。古书不必手著,《鬻子》盖康王、昭王后史臣所录,或鬻子子孙所记。"此说颇为有理。

首有逢行珪序及永徽四年（公元653年）进书表，表明这一通行本乃唐高宗李治时发现。考《列子》引《鬻子》凡三条，与此本均不类，贾谊《新书》引《鬻子》凡六条，与此本文格略同，《四库全书总目提要》认为《列子》所引"疑即道家二十二篇之文"，《新书》所引"疑即小说家之《鬻子说》也"①。这当然只是揣测之词，并无确实的根据。

尽管今本《鬻子》不可能是鬻熊亲自撰写，甚至还不知道究竟是道家类《鬻子》还是小说家类《鬻子说》，或者如《四库全书总目提要》编者所云"或唐以来好事之流依仿贾谊所引，撰为赝本，亦未可知"，但我们都无法否认鬻熊对楚国思想和文化的影响，也不能完全否认今本《鬻子》对了解鬻熊思想和言说方式的参考价值。即使今本《鬻子》是鬻熊后人所记，或者是《汉志》著录的小说家《鬻子说》，或者是唐以来好事者之伪撰，其中都不可能不保留有鬻熊的一些基本思想和某种言说方式，否则就不会借用鬻熊的名号，更难以达到令人信服的效果。

今传本《鬻子》至少有两点值得重视。一是对"道"的论述，如云：

> 君子不与人谋之则已矣，若与人谋之，则非道无由也。故君子之谋，能必用道，而不能必见受；能必忠，而不能必入；能必信，而不能必见信。君子非人者，不出之于辞而施之于行。故非非者行是，恶恶者行善，而道谕于人。②
>
> 昔者颛顼年十五而佐黄帝，二十而治天下，其治天下匕，上缘黄帝之道而行之，学黄帝之道而常之。昔者帝喾学帝颛顼之

---

① 永瑢等：《鬻子提要》，见《四库全书总目》卷一一七，第1006页，北京：中华书局1965年版。

② 鬻熊：《撰吏五帝三王传政乙第五》，见《鬻子》，四库全书本。下引此书只注篇名。

道而行之。(《数始五帝治天下第七》)

这里对"道"的推崇是符合鬻熊的基本思想的,因为"鬻熊知道,而文王咨询"早已传播人口,而春秋战国时期南方思想家对"道"的重视,其思想源头正是鬻熊。鬻熊关于"道"的思想,可能总结的正是黄帝、颛顼以来的思想经验。南方思想家们常常借重黄帝,而楚人本来就以为自己是颛顼的后裔。

今传本《鬻子》中还有关于生成序列的论述:

> 天地辟而万物生,万物生而人为政焉。物不能生而无杀也,惟天地之所以杀人不能生。人化而为善,兽化而为恶,人而不善者谓之兽。有天然后有地,有地然后有别,有别然后有义,有义然后有教,有教然后有道,有道然后有理,有理然后有数。日有冥有旦有昼有夜,然后以为数。月一盈一亏月合月离以数纪,四者皆陈,以为数治。政者卫也,始终之谓卫。(《汤政汤治天下理第七》)

这种生成序列无疑把天地自然之数放在了十分重要的位置,与北方将夫妇伦常放在生成序列的显著位置有别,证明南北思想方法在其发展中的确存在差异。后来老子、庄子的思想方法也是顺着这一路线发展的。

从言说方式上,今本《鬻子》也体现了南方文化的一些特点。其论事常从大处着眼,直推远古,以天地自然为喻,以传说帝王示例,来加强论证的说服力。如说:

> 昔者五帝之治天下也,其道昭昭,若日月之明然,若以昼代夜然,故其道若首然。万世为福,万世为教者,惟从黄帝以下舜禹以上而已矣。(《贵道五帝三王周政乙第五》)

《鹖子》的这种言说方式正是南人所普遍喜欢采用的言说方式。

《国语·楚语》中记载了不少楚人的言论,从中可以发现他们惯用的言说方式。这些言说方式对于长江文风的形成无疑起着基础性的作用。例如,楚昭王时期(公元前515年—公元前489年在位)的观射父被楚国人尊为国宝,能作训辞,他回答昭王的问题时便能追根溯源,述说其所从来。当昭王询问:"《周书》所谓重、黎实使天地不通者,何也?若无然,民将能登天乎?"他的回答是:

> 非此之谓也。古者民神不杂。民之精爽不携贰者,而又能齐肃衷正,其智能上下比义,其圣能光远宣朗,其明能光照之,其聪能听彻之,如是则明神降之,在男曰觋,在女曰巫。是使制神之处位次主,而为之牲器时服,而后使先圣之后之有光烈,而能知山川之号、高祖之主、宗庙之事、昭穆之世、齐敬之勤、礼节之宜、威仪之则、容貌之崇、忠信之质、禋絜之服,而敬恭明神者,以为之祝。使名姓之后,能知四时之生、牺牲之物、玉帛之类、采服之仪、彝器之量、次主之度、屏摄之位、坛场之所、上下之神祇、氏姓之所出,而心率旧典者为之宗。于是乎有天地神民类物之官,是谓五官,各施其序,不相乱也。民是以能有忠信,神是以能有明德,民神异业,敬而不渎,故神降之嘉生,民以物享,祸灾不至,求用不匮。及少皞之衰也,九黎乱德,民神杂糅,不可方物。夫人作享,家为巫史,无有要质。民匮于祀,而不知其福。烝享无度,民神同位。民渎齐盟,无有严威。神狎民则,不蠲其为。嘉生不降,无物以享。祸灾荐臻,莫尽其气。颛顼受之,乃命南正重司天以属神,命火正黎司地以属民,使复旧常,无相侵渎,是谓绝地天通。(《国语·楚语下》)

观射父对"绝地天通"的解释真可谓详尽,所据资料则是上古存留的传说,而这些传说只有巫风极盛的楚国才能这样具体生动。观射父的解答不仅消释了昭王的疑问,而且为我们保留了中国原始宗教向人为宗教转化的一些重要信息,也展示了楚人所推崇的一种言说方式。

楚人不仅善于利用各种传说和无端涯之辞来论证自己的观点,而且善于通过日常生活的事物作为譬喻来印证自己的观点。例如,楚灵王(前540—前529年在位)打算在陈、蔡、不羹等地筑城,以加强楚国的地位,派仆夫子晳去询问范无宇,范无宇表示反对,他说:

> 其在志也,国为大城,未有利者。昔郑有京、栎,卫有蒲、戚,宋有萧、蒙,鲁有弁、费,齐有渠丘,晋有曲沃,秦有徵、衙。叔段以京患庄公,郑几不封,栎人实使郑子不得其位,卫蒲、戚实出献公,宋萧、蒙实弑昭公,鲁弁、费实弱襄公,齐渠丘实杀无知,晋曲沃实纳齐师,秦徵、衙实难桓、景,皆志于诸侯,此其不利者也。
>
> 且夫制城邑若体性焉,有首领股肱,至于手拇毛脉,大能掉小,故变而不勤。地有高下,天有晦明,民有君臣,国有都鄙,古之制也。先王惧其不帅,故制之以义,旌之以服,行之以礼,辩之以名,书之以文,道之以言。既其失也,易物之由,夫边境者,国之尾也,譬之如牛马,处暑之既至,虻蜹之既多,而不能掉其尾,臣亦惧之。不然,是三城也,岂不使诸侯之心惕惕焉!(《国语·楚语上》)

范无宇不同意在陈、蔡、不羹三地筑大城,既举出其他国家在都城以外筑大城造成麻烦的历史事例,更用人的体性说明大能掉小的道理,更以牛马"尾大不掉"的形象譬喻来说明在边境筑城的危害,论点明确,论据充分,譬喻生动,论证极有说服力,反映出楚人言说善于引类取譬的特点。

《史记·楚世家》还有伍举谏楚庄王的一段精彩记载,可以看出楚人言说方式的又一种表现。其载云:

> 庄王即位,三年不出号令,日夜为乐。令国中曰:"有敢谏者,死无赦!"伍举入谏。庄王左抱郑姬,右抱越女,坐钟鼓之间。伍举曰:"愿有进隐。曰:'有鸟在于阜,三年不蜚不鸣,是何鸟也?'"庄王曰:"三年不蜚,蜚将冲天;三年不鸣,鸣将惊人。举退矣,吾知之矣。"

庄王不理朝政,又不许人进谏。但他性好隐语,伍举则以进隐语而谏,收到了极好的效果。隐语,其实是一种言说方式,它用暗示性的语言和譬喻性的故事来表达言说者所要表达的意思,所谓"遁辞以隐意,谲譬以指事"(《文心雕龙·谐隐》)是也。这种表达方式尽管在其他地域也有人使用,但都不及楚人和齐人之偏好。楚人喜欢隐语,文献多有记载,如《左传·宣公十二年》载云:

> 楚子伐萧,宋华椒以蔡人救萧。萧人囚熊相宜僚及公子丙。王曰:"勿杀,吾退。"萧人杀之。王怒,遂围萧,萧溃。申公巫臣曰:"师人多寒。"王巡三军,拊而勉之,三军之士,皆如挟纩。遂傅于萧。还无社与司马卯言,号申叔展。叔展曰:"有麦麴乎?"曰:"无。""有山鞠穷乎?"曰:"无。""河鱼腹疾奈何?"曰:"目于眢井而拯之。""若为茅绖,哭井则已。"明日,萧溃。申叔视其井,则茅绖存焉,号而出之。

这里,还无社是萧大夫,司马卯和申叔展都是楚大夫。楚军围萧,兵临城下,还无社素识申叔展,便通过司马卯呼申叔展,请他救助。申叔展知道还无社处境危险,而军前又不便明言,于是便以隐语告诉还无社。"麦麹"、"山麹穷"皆为御湿之药,暗示他在潮湿地可以避难,还无社开始听不明白。申叔展再次以隐语"河鱼腹疾"开导,还无社才终于领悟,要申叔展看见枯井便来救他。但枯井不止一口,申叔展又教还无社结茅于井端以为标志,听到他哭井就出来。第二天,楚军攻萧,萧军溃败,申叔展按照隐语所示方法从枯井中救出了还无社。楚人会用隐语,从这段记载中可以清楚地看出。而隐语这种言说方式对长江文学的影响也是不容低估的。

第二节 《老子》的文章风格

《老子》的文章风格是长江流域文风形成的一个标志。这不仅是因为《老子》的思想集鬻熊以来南方道家思想之大成,而且还由于《老子》一书的言说方式也是南方最经典的言说方式。《老子》的成书与流传,不仅负载着长江流域深厚的文化积累,而且规范和影响着长江流域文风的发展。

一 老子其人其书

老子是先秦著名的思想家、文学家,曾得到孔子的推崇和师事,有著作传世。他的思想的影响在先秦可与孔子相颉颃,在汉初则达到极致,成为社会的统治思想。他的著作所展示的文章风格,也是后人学习模仿的典范,对长江流域文风产生了深远的影响。

关于老子其人,先秦时期流存下来的材料甚少,有关他的生平事迹,至汉代便已模糊不清,各种传说让人无所适从。司马迁在《史记·老庄申韩列传》中如实地记载了当时社会上关于老子的各种传说:

老子者,楚苦县厉乡曲仁里人也。姓李氏,名耳,字伯阳,谥曰聃。周守藏室之史也。孔子适周,将问礼于老子。老子曰:"子所言者,其人与骨皆已朽也,独其言在耳。且君子得其时则驾,不得其时则蓬累而行。吾闻之,良贾深藏若虚,君子盛德容貌若愚。去子之骄气与多欲,态色与淫志,是皆无益于子之身。吾所以告子,若是而已。"孔子去,谓弟子曰:"鸟,吾知其能飞;鱼,吾知其能游;兽,吾知其能走。走者,可以为罔;游者,可以为纶;飞者,可以为矰。至于龙,吾不能知,其乘风云而上天。吾今日见老子,其犹龙邪?"老子修道德,其学以自隐无名为务。居周久之,见周之衰,乃遂去。至关,关令尹喜曰:"子将隐矣,强为我著书。"于是老子乃著书上下篇,言道德之意五千余言而去,莫知其所终。或曰,老莱子亦楚人也,著书十五篇,言道家之用,与孔子同时云。盖老子百有六十余岁,或言二百余岁,以其修道而养寿也。自孔子死之后百二十九年,而史记周太史儋见秦献公曰:"始秦与周合而离,离五百岁而复合,合七十岁而霸王者出焉。"或曰儋即老子,或曰非也,世莫知其然否。老子,隐君子也。

在这段记载里,司马迁实际上提出了可能是老子的三个对象:一是字伯阳的李耳,一是老莱子,他们都是楚国人,都与孔子同时,都有著作传世;一是周太史儋,他生活在孔子逝世129年后的秦献公时代。[1] 司马迁重点叙述的是李耳,也许他认为李耳最有可能是老子。其实,正是这个李耳的材料,矛盾之处甚多。其一,孔子既适周问礼于老子,那么老子当与孔子同时或略早,而其时苦县属陈不属楚,孔子逝世的当年楚灭陈,以为县,故不能

---

[1] 裴骃《集解》引徐广说:"实百一十九年。"高亨《史记老子笺证》定为百零五年。

说老子是"楚苦县厉乡曲仁里人"。其二,老子既"以自隐无名为务",便不得为"周守藏室之史"。其三,既"莫知其所终",便不当有"谥",且耳与聃通,聃应是"字"而不应是"谥"。这个所谓谥"聃"的老子倒是与西见秦献公的周太史儋有颇多共同点。第一,聃、儋音义皆同,可能就是一个人名字的两种写法;第二,周太史有掌典籍之责,李聃为周守藏室之史,二者完全相通;第三,李聃曾西出函谷关,周太史儋见秦献公也必须西出函谷关。有此三点相似,让人不能不怀疑他们其实是同一个人。如果将李耳与周太子儋看做同一个人,一切问题就能迎刃而解。

在我看来,历史上被人们称为老子的有两个人:一个是与孔子同时或略早的老子,可能就是老莱子。他以自隐无名为务,没有出来做官,当然也不曾做周守藏室之史,也没西出函谷关。孔子有可能向他问礼,但问礼的地点不应是周的都城洛邑,而是在楚的某一个地方。因为孔子周游列国时到过楚国边城负函,见过长沮、桀溺这样的楚地隐者,还见过接舆这样的楚地狂人,当然有可能拜访楚国思想家老子。另一个老子是周太史儋,姓李,名耳,字伯阳,又字聃或儋。"李"、"老"本一音之转,"李聃"也可称为"老聃",就如"荆卿"称为"庆卿"、"荀卿"称为"孙卿"一样。李聃是"楚苦县厉乡曲仁里人",在战国初期的周王室做守藏室之史,曾西入秦见秦献公,经过函谷关被关令尹喜挽留著书的老子可能就是他。前一个老子生活在春秋末期,与孔子同时或略早;后一个老子生活在战国初期,已在孔子逝世以后一百多年。这两个老子都是楚人,都有较大影响,人们在传说中便将他们视为一人,于是就出现了老子活了一百六十多岁,或者活了二百多岁的传闻。前一个老子著书十五篇,言道家之用;后一个老子著书上下篇,言道家之意。前一个老子的著作已失传,其主要思想可能被后一个老子所吸收;后一个老子的著作虽然传世,但经过道家后学不断修改,已经不完全是战国初期的面貌了。

今传本《老子》有汉河上公注本和魏王弼注本,分上下篇,共81章;上篇为"道"篇,下篇为"德"篇,故又称《道德经》。1973年湖南长沙马王堆汉墓出土了帛书《老子》,与今本不同,上篇为"德"篇,下篇为"道"篇。1993年湖北荆门郭店楚墓出土了大批战国竹简,其中有《老子》甲、乙、丙三种版本,是迄今所见年代最早的《老子》传抄本。这三种《老子》简书本尽管在竹简形制上互有差异,抄写水平颇为悬殊,文字用语也不尽一致,但学术界仍普遍认为它们均属于一个系统。与通行纸书本《老子》相比,简书本文句与今传纸书本文句大部分相近或相同,但不分德经和道经,且章次与今传纸书本也不相对应,尤其是其中并没有直接批判儒家仁义礼智等伦理道德的文字,在思想上与今传纸书本有着明显区别。

从历史传留的《老子》的不同版本,到出土的帛书《老子》,再到出土的竹简《老子》的多种版本,反映着《老子》成书不同时期的面貌。因此完全可以断定,《老子》不是一人一时之作,而是楚地思想家和文学家们的共同创造。郭店出土的简书本《老子》成书在战国中叶以前[①],而在成书以后,《老子》一书仍然被后人不断地补充、修改,今传纸书本《老子》应是战国后期老子后学对《老子》一书的最后修订本,其修订时间大概在庄子之前。

二 《老子》的思想特点

应该指出,通行纸书本《老子》与汉墓帛书本《老子》基本上属于一个系统,而几种先秦简书本《老子》则属于另一个系统,二者在思想上有不一致处。最主要的区别是对儒家"仁、义、礼、智"等道德伦理思想的看法,通行纸书本和汉墓帛书本《老子》持

[①] 该楚墓发掘者推断该墓年代为战国中期偏晚(参见《荆门郭店一号楚墓》,《文物》1997年第7期),而简书年代应该略早于墓葬年代。

完全否定和批判态度,而郭店楚墓简书本《老子》则并无否定和批判之意。例如,通行纸书本和汉墓帛书本《老子》说:"绝圣弃智,民利百倍;绝仁弃义,民复孝慈;绝巧弃利,盗贼无有。此三者以为文不足,故令有所属;见素抱朴,少私寡欲。"①而郭店楚墓简书本《老子》却是:"绝知弃辩,民利百倍;绝巧弃利,盗贼亡有;绝伪弃诈,民复孝慈。三言以一为辨不足,或令之或属。视素保朴,少私寡欲。"②又如通行纸书本和汉墓帛书本《老子》说:"大道废,有仁义;慧智出,有大伪;六亲不和,有孝慈;国家昏乱,有忠臣。"(《老子·十八章》)而郭店楚墓简书本作:"故大道废,安有仁义;六亲不合,安有孝慈;邦家昏(乱),(安)有正臣。"③很显然,简书本《老子》并不排斥"仁义礼智"这些思想,或者说作者并没有针对儒家思想立论。

郭店楚简本《老子》没有直接批判儒家思想的言论,说明历史上的孔子与老子是相互尊重相互吸纳的,这正好印证了孔子向老子问礼的传说确实存在可能。而通行纸书本《老子》从根本上反对孔子的思想,只是反映了老子后学的思想以及道家思想的历史走向。当然,这种走向也反映出老子思想与孔子思想原本存在的根本差别。正是这种差别决定了道家与儒家后来的分道扬镳。

《老子》的思想特点,首先是对自然的崇拜。他说:

    希言自然,故飘风不终朝,骤雨不终日。孰为此者?天地。

---

① 《老子·十九章》,影印浙江书局《二十二子》本,第2页,上海古籍出版社1986年版。下引此书只注章次。
② 《老子释文注释·甲》,见《郭店楚墓竹简》,第111页,北京:文物出版社1998年版。
③ 《老子释文注释·丙》,见《郭店楚墓竹简》,第121页,北京:文物出版社1998年版。

> 天地尚不能久,而况于人乎!故从事于道者,道者同于道,德者同于得,失者同于失。同于道者,道亦乐得之;同于德者,德亦乐得之;同于失者,失亦乐得之。信不足焉,有不信焉。(《老子·二十三章》)
>
> 道生之,德畜之,物形之,势成之。是以万物莫不尊道而贵德。道之尊,德之贵,夫莫之命,而常自然。故道生之,德畜之,长之,育之,亭之,毒之,养之,覆之,生而不有,为而不恃,长而不宰,是谓元德。(《老子·五十一章》)

这种把自然作为最高法则的思想,是南方民族最为根本的思想。这种思想固然与南方的自然条件比较优越,人和自然和谐相处的程度要高于北方有关,但更重要的还是千万年长江文化孕育出了崇尚自然的精神和传统。《老子》中这种对自然的崇尚,不仅体现在对宇宙本体的思考方面,而且体现在对社会政治制度和生活方式的选择方面。《老子》一书这样描述理想的社会制度和生活方式:

> 小国寡民,使有什伯之器而不用,使民重死而不远徙。虽有舟舆,无所乘之;虽有甲兵,无所陈之;使人复结绳而用之。甘其食,美其服,安其居,乐其俗。邻国相望,鸡犬之声相闻,民至老死不相往来。(《老子·八十章》)

许多人认为,《老子》书中对"小国寡民"社会的向往,体现了老子落后保守的社会思想,他是要把社会倒退到结绳而用的蒙昧时代。其实,"邻国相望,鸡犬之声相闻,民至老死不相往来"的"小国寡民"社会并不就是蒙昧时代。在长江流域,直到老子生活的春秋战国之际,社会整合的程度仍然很低,一个个被山川湖泊隔离开来的自然村落仍然星罗棋布在这片肥沃的土地上,

《老子》中"小国寡民"的社会图景只不过是对南方传统社会形态的理想化描述,它建立于实际社会生活的土壤之上。这种社会制度和生活方式不仅符合南方人的风俗习惯,也符合长江文化崇尚自然的思想传统。

当然,老子把"小国寡民"作为理想的社会制度和生活方式并予以肯定,也确有对当时文化发展和社会变革的抵触情绪和消极倾向,但更主要的是反映出他对春秋战国之际社会现实的不满。当老子把对自然崇拜的思想推广到社会生活中,他发现现实社会与自然之道是相背离的。统治者的巧取豪夺、贪得无厌、勾心斗角、尔虞我诈,造成了社会的尖锐矛盾和激烈动荡。他说:

> 民之饥,以其上食税之多,是以饥。民之难治,以其上之有为,是以难治。民之轻死,以其上求生之厚,是以轻死。夫唯无以生为者,是贤于贵生。(《老子·七十五章》)

正是由于统治者的贪欲造成了社会冲突,给人民群众带来了深重的灾难。而统治者的贪欲又影响到整个社会,使整个社会变成了欲望的海洋,造成了社会的动荡不安。因此,老子提出要"见素抱朴,少私寡欲"(《老子·十九章》),以使整个社会得到安宁;主张统治者要"无为而治",以使社会秩序合乎理想。他说:

> 道常无为,而无不为。侯王若能守之,万物将自化。化而欲作,吾将镇之以无名之朴。无名之朴,夫亦将无欲;不欲以静,天下将自定。(《老子·三十七章》)
>
> 以正治国,以奇用兵,以无事取天下。吾何以知其然哉?以此:天下多忌讳,而民弥贫;民多利器,国家滋昏;人多伎巧,

奇物滋起;法令滋彰,盗贼多有。故圣人云:"我无为而民自化,我好静而民自正,我无事而民自富,我无欲而民自朴。"(《老子·五十七章》)

老子"无为而治"的思想基础是崇尚自然的宇宙观和世界观,而其现实的依据则是统治者"多欲"所带来的社会冲突。春秋末期的老子主要还是从天地自然之道推广到社会政治,如说:"天地长久。天地所以能长且久者,以其不自生,故能长生。是以圣人后其身而身先,外其身而身存,非以其无私邪,故能成其私。"(《老子·七章》)他对欲望的否定,也包括被统治者和普通民众,如说:"不尚贤,使民不争;不贵难得之货,使民不为盗;不见可欲,使民心不乱。是以圣人之治,虚其心,实其腹,弱其志,强其骨;常使民无知无欲,使乎智者不敢为也。为无为,则无不治。"(《老子·三章》)而战国初期的老子及其后学们更多的是对现存社会秩序的不满与批判,如说:"大道废,有仁义;慧智出,有大伪;六亲不合,有孝慈;国家昏乱,有忠臣。"(《老子·十八章》)又说:"绝圣弃智,民利百倍;绝仁弃义,民复孝慈;绝巧弃利,盗贼无有。"(《老子·十九章》)(此二章荆门郭店楚简文字有异,证明是老子后学所改。)这种现象,一方面说明老子思想中确实包含着社会批判的深刻内涵,另一方面也说明老子开创的道家学说是不断发展着的,与儒家的完全对立也是随着其发展而不断明朗尖锐起来的。

自然崇拜不仅影响了老子的世界观和政治观,而且也影响了他的人生观和文化观。《老子》一书中有不少关于为人处世的论述,如说:

持而盈之,不如其已。揣而悦之,不可常保。金玉满堂,莫之能守。富贵而骄,自遗其咎。功成身退,天之道。(《老子·九

章》)

  曲则全,枉则直,洼则盈,敝则新,少则得,多则惑,是以圣人抱一为天下式。不自见,故明;不自是,故彰;不自伐,故有功;不自矜,故长。夫唯不争,故天下莫能与之争。古之所谓曲则全者,岂虚言哉?诚全而归之。(《老子·二十二章》)

  正是由于老子认识到事物是发展的、变化的,金玉富贵,不能常保,同时也认识到事物的对立面是可以相互转化的,委曲反而能够保全,屈枉反而能够伸直,卑下反而能够充盈,敝旧反而能够新奇,少取反而能够多得,多取反而带来迷惑,因此,他主张功成身退,选择谦卑自守。他认为柔弱可以胜刚强,"天下莫柔弱于水,而攻坚强者莫之能胜"(《老子·七十八章》),"人之生也柔弱,其死也坚强;万物草木之生也柔脆,其死也枯槁。故坚强者死之徒,柔弱者生之徒"(《老子·七十六章》),"物壮则老,是谓不道,不道早已"(《老子·三十章》),因而他主张"知其雄,守其雌","知其白,守其黑","知其荣,守其辱"(《老子·二十八章》)。从这些论述来看,老子的处世哲学是贵柔守雌、以弱胜强,这当然不能算是一种积极的生活态度。但作者所以要取这种生活态度,一方面是对当时社会弱肉强食、统治者骄奢淫逸的自觉反驳,另一方面也是认识到对立面相互转化的事物运动规律后的理性反映。因此,老子的所谓消极的处世哲学中,也就包含着改造社会思想和人文精神的积极用意。

三 《老子》的文章风格

  今本《老子》分为八十一章,每章各自独立地表达一定的思想,虽然这些思想有着内在的一致性,但各章之间却并无逻辑联系,章次顺序也不固定。① 这说明《老子》一书还不是个人独立撰写的有着整体结构的论著,而是与《论语》类似的语录体著述。这类著述正是中国早期个人著述的普遍形态,即他们的著述往往是通过口头传讲而后被其后学记录整理成书,其基本思想和表述风格既保留了他们的特点,又经过了后学的整理加工。正如鲁迅所说:"本文(指《老子》)实惟杂述思想,颇无条贯;时亦对字协韵,以便记诵,与秦汉人所传之黄帝《金人铭》,颛顼《丹书》等同。"②尽管如此,我们仍然必须承认,《老子》是长江流域同时也是中国文化史上最早而又可信的一批个人著述之一,它所形成的文章风格对长江文风有着直接而深远的影响。

《老子》的文章风格可以概括为以下几点。

第一,深邃而新颖的思想。

《老子》思想的深邃与北方思想家有别。北方思想家如与老子同时的孔子,主要思考的是社会现实问题,对人的一举一动一言一行都有理性的分析和深刻的认识,较少考虑现实社会以外的抽象而玄虚的问题,"子不语怪力乱神"就证明了这一点。然而,今本《老子》第一章开宗明义便说:

> 道可道,非常道;名可名,非常名。无名,万物之始;有名,万物之母。故恒无欲,以观其妙;恒有欲,以观其徼。此两者,同出而异名,同谓之玄。玄之又玄,众妙之门。

这里所提出的"道"的概念,是一个非常抽象的概念,它涉及到世界的本原,是一个不大好思考也不大容易说清楚的问题。老子

---

① 今本《老子》一章至三十七章为上篇,也称道篇,三十八章至八十一章为下篇,也称德篇。然而,长沙马王堆汉墓帛书《老子》却德篇在前,道篇在后。
② 鲁迅:《汉文学史纲要》第三篇《老庄》,第14页,北京:人民文学出版社1973年版。

敢于提出这个问题,并从"道"具有"有"和"无"两种属性入手,指出"无名,万物之始;有名,万物之母",也就是"天下万物生于有,有生于无"(《老子·四十章》),而从"无"生"有"的过程即:"道生一,一生二,二生三,三生万物。万物负阴抱阳,冲气以为和。"(《老子·四十二章》)这样,他就颇为机智地解答了"道"作为世界本原的地位和作用,体现了南方思想家的长于玄想的思想方法和灵活机智的表达方法。

老子提出的"道"并不只是具有哲学意义,而且具有政治意义,这便使得他的思想更为丰富和深刻。他认为"人"道应该符合"自然"之道,他说:

> 有物混成,先天地生。寂兮寥兮,独立不改,周行而不殆,可以为天下母。吾不知其名,字之曰道,强名之曰大。大曰逝,逝曰远,远曰反。故道大,天大,地大,王亦大。域中有四大,而王居其一焉。人法地,地法天,天法道,道法自然。(《老子·二十五章》)

正是从"人法地,地法天,天法道,道法自然"的思想出发,老子对社会的批判也就能从大处着眼,看到许多人们孰视无睹的社会病症,提出一些行之有效的政治方略。汉初统治者曾经利用老子的思想治理国家,收到过很好的效果。

老子思想的深邃还由于他掌握了朴素的辩证法,能够从事物的普遍联系中,从事物的对立统一规律中来认识事物。例如他说:

> 天下皆知美之为美,斯恶已;皆知善之为善,斯不善已。故有无相生,难易相成,长短相较,高下相倾,音声相和,前后相随。是以圣人处无为之事,行不言之教。万物作焉而不辞,生

而不有,为而不恃,功成而弗居;夫唯弗居,是以不去。(《老子·二章》)

在老子看来,"有"与"无","难"与"易","长"与"短","高"与"下",甚至"美"与"丑","善"与"恶","生"与"死"等等,都并不具有绝对的意义,他们是相对立而存在,在一定条件下又是可以相互转化的。所谓"祸兮福之所倚,福兮祸之所伏"(《老子·五十八章》),就是对事物对立转化规律的深刻论述。这种认识无疑使老子的思想具有了无比深刻的思想内涵。

第二,大胆而新奇的想像。

《老子》一书充满着许多大胆的想像,这些想像,有的是在现实事物的基础上的推衍,有的则是并没有现实事物的依托,而全凭作者自己作出的主观构想。无论是哪种想像,作者都利用它很好地表达了自己的思想和情感。例如:

勇于敢则杀,勇于不敢则活,此两者或利或害。天之所恶,孰知其故?是以圣人犹难之。天之道,不争而善胜,不言而善应,不召而自来,繟然而善谋。天网恢恢,疏而不失。(《老子·七十三章》)

上士闻道,勤而行之;中士闻道,若存若亡;下士闻道,大笑之。不笑不足以为道,故建言有之。明道若昧,进道若退,夷道若颣。上德若谷,大白若辱,广德若不足,建德若偷,质真若渝。大方无隅,大器晚成,大音希声,大象无形。道隐无名,夫唯道善贷且成。(《老子·四十一章》)

在第七十三章里,老子把"天之道"想像为一个无所不在的网,它按照自己的规律发挥着谁也不能替代的作用,"不争而善胜,不言而善应,不召而自来,繟然而善谋",真正是"天网恢恢,疏而不失"。通过这样大胆的想像，作者就把一个抽象的问题变成了一个可以具体理解的问题。在第四十一章里，老子同样发挥他的想像力，不仅说明了不同的人对道的不同态度所可能产生的不同效果，而且进一步阐明了道的真谛。文中所提到的"大方"、"大器"、"大音"、"大象"都不是具体的事物和形象，而是作者所想像的体现本原之道的无隅之"大方"、晚成之"大器"、希声之"大音"、无形之"大象"。

第三，充沛而强烈的情感。

司马迁说老子"以自隐无名为务"，是一个"隐君子"。然而，真正的隐者是不应该有著作传世的，而做过周守藏室之史和西入秦见献公的老子，恐怕也不是一个真正的隐者，更何况从今本《老子》中并不能看出一个隐君子的超然物外、与世无争的淡泊情怀，倒是可以看出作者对社会现实的热切关注，以及其独特的社会思想与治国方略。因此，我以为"以自隐无名为务"的老子是与孔子同时或略早的老子（可能就是老莱子），他有自己独特的思想，但并未著书立说，《老莱子》中可能保留了他的一些思想和传说。他的思想更多地可能被后来的老子继承和发展，这个老子就是做过周守藏室之史并西见秦献公的李耳（或称老聃），他撰写了反映道家思想的著作五千言，荆门郭店出土的楚简可能比较接近李耳著作的原貌，今传本《老子》则是战国后期道家后学重新修订过的版本。而无论是原初的《老子》，还是后来被修订过的《老子》，都不是"隐君子"所为，而是一个感情颇为激烈的智者的著述。鲁迅便一针见血指出："然老子之言亦不纯一，戒多言而时有愤辞，尚无为而仍欲治天下。其无为者，以欲'无不为'也。"[1]谓予不信，请读下面的文字：

---

[1] 鲁迅：《汉文学史纲要》，第15页，北京：人民文学出版社1973年版。

> 大道废,有仁义;慧智出,有大伪;六亲不合,有孝慈;国家昏乱,有忠臣。(《老子·十八章》)
>
> 民不畏死,奈何以死惧之! 若使民常畏死,而为奇者,吾得执而杀之,孰敢! 常有司杀者杀,夫代司杀者杀,是谓代大匠斫。夫代大匠斫者,希不伤其手矣。(《老子·七十四章》)
>
> 天之道,其犹张弓与。高者抑之,下者举之,有余者损之,不足者补之。天之道,损有余而补不足。人之道则不然,损不足以奉有余。孰能有余以奉天下,惟有道者。是以圣人为而不恃,功成而不处,其不欲见贤。(《老子·七十七章》)

这些愤激的言论,虽说是针对社会现实有感而发,但决不是一个"隐君子"所应有的情感。《老子》书中这种充沛的激情,也是它之所以吸引人、打动人的重要原因之一。

第四,巧妙而恰当的比喻。

善于运用巧妙而恰当的比喻,是《老子》文体风格的又一显著特点。作者常常借用日常生活中的事物为喻,以说明艰深的理论问题,给读者以启发。例如,作者论述"道"的"有"与"无"的两种属性及其辩证关系,就是通过生动形象的比喻来实现的。《老子·十一章》说:

> 三十辐共一毂,当其无有,车之用;埏埴以为器,当其无有,器之用;凿户牖以为室,当其无有,室之用。故有之以为利,无之以为用。

这里的意思是说,有了车毂中间的空间,才有车的作用;有了器皿中间的空间,才有器皿的作用;有了门窗四壁中间的空间,才有房屋的作用。"有"是相对于"无"而言的,人们感觉是"无"的东西,其实比"有"更重要,更根本,因此,他的结论是:"有之以为利,无之以为用。"不管你是否同意这里的论点,你必须承认,作者通过巧妙的比喻已经说明了他想说明的论点。

《老子》书中不仅用巧妙的比喻来说明深奥的哲理,也用巧妙的比喻来描写事物,使人们能对抽象的事物有具体的了解。例如作者说:

> 古之善为士者,微妙元通,深不可识。夫唯不可识,故强为之容:豫焉若冬涉川,犹兮若畏四邻;俨兮其若容,涣兮若冰之将释,敦兮其若朴,旷兮其若谷,混兮其若浊。孰能浊以静之徐清,孰能安以久动之徐生。保此道者不欲盈,夫唯不盈,故能蔽不新成。(《老子·十五章》)

作者理想中的古之善士是深不可识的,他们待人处世究竟是怎样一副模样,他们的言行举止究竟是怎样一种表现,应该是不太容易说得清楚的。然而,老子通过若干巧妙而恰当的比喻,描绘出古代善士的独特风貌,给人们留下深刻的印象。

第五,生动而活泼的语言。

生动而活泼的语言,是《老子》文风的又一特点。《老子》八十一章,韵文散文间杂,奇语偶语相生,句式有长有短,语言亦俗亦雅,充分发挥出语言的表意功能和审美特点。例如:

> 上善若水。水善利万物而不争,处众人之所恶,故几于道。居善地,心善渊,与善仁,言善信,正善治,事善能,动善时。夫唯不争,故无尤。(《老子·八章》)
>
> 将欲歙之,必固张之;将欲弱之,必固强之;将欲废之,必固兴之;将欲夺之,必固与之,是谓微明。柔弱胜刚强,鱼不可脱于渊,国之利器,不可以示人。(《老子·三十六章》)

上引两章,有散言,有韵语,而散言和韵语错杂安排,并不截然分开,使人读来,既不觉得散漫,又不觉得呆板。从句式来看,一以三字句为主,一以四字句为主,但其间又穿插了一些其他句式,使文章既整练可喜,又摇曳多姿。所有这些,都反映出作者已经有了自由驾驭语言的充分能力和语言审美的自觉关照。

《老子》的许多章节,还注意了用韵,这可能是为了便于记诵,但给人的感觉,这些文章有点接近诗。的确,读《老子》的文章,有时就像读一首诗,得到一种美的享受。例如:

> 知其雄,守其雌,为天下溪;为天下溪,常德不离,复归于婴儿。知其白,守其黑,为天下式;为天下式,常得不忒,复归于无极。知其容,守其辱,为天下谷;为天下谷,常得乃足,复归于朴。……(《老子·二十八章》)
>
> 五色令人目盲,五音令人耳聋,五味令人口爽,驰骋畋猎令人心发狂,难得之货令人行妨。……(《老子·十二章》)

读着这样的文句,你难道不以为它们就是一首首诗,一首首激情磅礴的诗吗?

第六,丰富而精致的修辞。

《老子》一书中有多种修辞手法的运用,丰富而精致。这些修辞手法,是在人们长期语言实践的基础上总结出来的,同时又体现了长江流域语言的风格特点。

前面我们已经谈到,《老子》书中有许多巧妙而恰当的比喻,这里不再重复。除比喻之外,对偶句和排比句的大量使用,加强了文章的气势和语言的节奏感,也是《老子》文风的一大特色。例如:

> 载营魄抱一能无离乎?专气致柔能婴儿乎?涤除元览能

无疵乎？爱民治国能无知乎？天门开阖能无雌乎？明白四达能无为乎？生之，畜之；生而不有，为而不恃，长而不宰，是谓元德。(《老子·十章》)

知者不言，言者不知。塞其兑，闭其门，挫其锐，解其分，和其光，同其尘，是谓元同。故不可得而亲，不可得而疏，不可得而利，不可得而害，不可得而贵，不可得而贱，故为天下贵。(《老子·五十六章》)

其安易持，其未兆易谋，其脆易泮，其微易散。为之于未有，治之于未乱。合抱之木，生于毫末；九层之台，起于累土；千里之行，始于足下。为者败之，执者失之。是以圣人无为，故无败；无执，故无失。民之从事，常于几成而败之。慎终如始，则无败事。是以圣人欲不欲，不贵难得之货。学不学，复众人之所过，以辅万物之自然而不敢为。(《老子·六十四章》)

《老子》在使用对偶与排比句式的同时，常常使用顶针与回文，对所论问题做反复论证，或对所使用的概念划分生成序列或逻辑序列，以增强论证的逻辑性和论点的说服力。例如：

致虚极，守静笃，万物并作，吾以观复。夫物芸芸各复归其根。归根曰静，是谓复命；复命曰常，知常曰明，不知常忘作凶。知常容，容乃公，公乃王，王乃天，天乃道，道乃久，没身不殆。(《老子·十六章》)

上德不德，是以有德；下德不失德，是以无德。上德无为，而无以为；下德为之，而有以为。上仁为之，而无以为；上义为之，而有以为。上礼为之，而莫之应，则攘臂而扔之。故失道而后德，失德而后仁，失仁而后义，失义而后礼。夫礼者，忠信之薄而乱之首。前识者，道之华而愚之始。是以大丈夫处其厚，不居其薄，处其实，不居其华，故去彼取此。(《老子·三十八章》)

在对偶或排比句中使用顶针与回文,既加强了文章的气势,也严密了文章的逻辑结构,可谓一举两得。老子的这种写作技巧,对后世的文章写作有着深远的影响。

《老子》文章还有一个显著特点,这就是"正言若反"。例如:

> 天地长久。天地所以能长且久者,以其不自生,故能长生。是以圣人后其身而身先,外其身而身存,非以其无私邪,故能成其私。(《老子·七章》)

钱钟书解释这段话的写作特点时说:"夫'自生'、正也,'不自生'、反也,'故长生'、反之反而得正也;'私'、正也,'无私'、反也,'故成其私'、反之反而得正也。""若抉髓而究其理,则否定之否定尔。反正为反,反反复正(Duplex negatio affirmat);'正言若反'之'正',乃反反以成正之正,即六五章之'与物反矣,然后乃至大顺'。"他甚至得出结论说:"夫'正言若反',乃老子立言之方,《五千言》中触处弥望。"[①]从思想方法上讲,"正言若反"是朴素的辩证法,即否定之否定。而从文章作法上讲,"正言若反"又是一种修辞手法,将一些对立的概念组织在一起,以说明相互的联系与区别,确实能收到意想不到的效果,它不仅增添了文章的思想内涵,而且使文章更耐人寻味。《老子》一书中这样的表达的确"触处弥望",如说:"曲则全,枉则直,洼则盈,敝则新,少则得,多则惑"(《老子·二十二章》);"将欲弱之,必固强之;将欲废之,必固兴之;将欲夺之,必固与之"(《老子·三十六章》);"道常无为,而无不为"(《老子·三十七章》);"图难于其易,为大于其细"(《老子·六十三章》)等等,都反映了老子文章风格的这个特点。

---

① 钱钟书:《管锥编》第二册,第463—464页,北京:中华书局1979年版。

第三节 《庄子》的文章风格

庄子是长江流域继老子之后诞生的又一著名思想家、文学家。他虽然继承了老子的道家学说,却并不全同于老子,而有自己的发展和创造,其思想对于后世的影响并不下于老子。他的文章风格除了受到老子文风的影响外,也受到战国时期纵横家文风的影响,然而,他并未刻意模仿前人,而是大胆创新,形成了独特的风格。庄子文章风格对后世长江文学的影响,从一定意义上说超过了老子。

一 庄子及其著作

庄子,名周,战国时蒙(今安徽蒙城)人①。有关他的生平事迹,后人所知甚少。《史记·老庄申韩列传》仅记云:

> 庄子者,蒙人也,名周。周尝为蒙漆园吏,与梁惠王、齐宣王同时。其学无所不窥,然其要本归于老子之言。故其著书十余万言,大抵率寓言也。作《渔父》、《盗跖》、《胠箧》,以诋訿孔子之徒,以明老子之术。《畏累虚》、《亢桑子》之属,皆空语无事实。然善属书离辞,指事类情,用剽剥儒、墨,虽当世宿学,不能自解免也。其言洸洋自恣以适己,故自王公大人不能器之。楚威王闻庄周贤,使使厚币迎之,许以为相。庄周笑谓楚使者曰:"千金,重利;卿相,尊位也。子独不见郊祭之牺牛乎?养食之数岁,衣以文绣,以入太庙,当是之时,虽欲为孤豚,岂可得乎!子亟去,无污我!我宁游戏污渎之中自快,无为有国者

---

① 庄子所居之蒙有二说:一谓"宋之蒙",在今河南商丘县东北;一谓"楚之蒙",即今安徽蒙城。唐以前人多倾向于前说,宋以后人多倾向于后说。本书采用"楚之蒙"说。

所羁,终身不仕,以快吾志焉。"

显然,这里主要介绍的是庄子的思想学说和语言风格,涉及他的生平事迹的材料实在太少,以致我们无法勾勒出他一生的基本面貌。从《史记》的记载可以得知,庄子的思想同于"以自隐无名为务"的老子,而对以孔子为代表的儒家和以墨翟为代表的墨家均持严厉批判态度,故可推测他做看管漆园的小吏可能是思想没有定型之前的事。他所在的时代有不少名人,与他交往的仅惠施等人,看来他是个与人寡合的人。诸子著作中也只有《荀子》提到过他,很可能是荀子晚年入楚后才对他有所了解,证明他当时并无意推销自己。有关楚威王礼聘他而被他以嘲讽的口气拒绝的传说,可以反映他的基本政治倾向和生活态度。

庄子著述丰富,《史记》说他"著书十余万言"。后人结集名为《庄子》。汉刘向、刘歆父子整理秘阁藏书,定《庄子》为五十二篇。通行本《庄子》为魏晋时人郭象删定,共三十三篇,其中"内篇"七篇,"外篇"十五篇,"杂篇"十一篇。一般认为,"内篇"为庄周自撰,"外篇"、"杂篇"为庄周的门徒和后学所作。然而,据《史记》本传记载,庄子著作并无内、外、杂篇之分,且通行本"外篇"之《胠箧》,"杂篇"之《渔父》、《盗跖》在《史记》中均明言是庄周所撰,并有《畏累虚》、《亢桑子》等篇不见于今本《庄子》。由于汉代学者整理《庄子》往往根据自己的理解随意加以删削编排,各家不仅篇目各异,内、外、杂篇也不尽相同。因此,今天要分清哪些是庄周原著,哪些是庄周门徒和后学所作,已经非常困难,或者说几乎不可能了。如果把庄周作为庄子学派的宗师和代表,那么庄周门徒及其后学的著述也只不过是对庄子思想和学说的继承与发展,其语言风格也基本一致,作为一种哲学现象和文学现象,其实完全可以混一观之,不必强做区分,以致治丝益棼。本书在论述庄子思想和文风时,将不做区别。

二 《庄子》的思想特点

《史记》本传说庄子"其学无所不窥,然其要本归于老子之言",人们一般也把庄子当做老子思想的继承者,常常老、庄并提。事实上,庄子对老子的思想既有继承,更有发展,老、庄思想各有特色,不可等同。《庄子·天下》便将关尹、老聃作为一派,而将庄周单独作为一派来论述,说明在庄子及其后学心目中,老、庄的思想学说确有不太一致甚至很不相同的地方。近人吕思勉便认为:"《汉·志》所谓道家者流,其学实当分二派:一切委心任运,乘化以待尽,此一派也。现存之书,《庄》、《列》为其代表。秉要执本,清虚以自守,卑弱以自持,此一派也。现存之书,以《老子》为最古。此二派,其崇尚自然之力同;然一因自然力之伟大,以为人事皆无可为,遂一切放下;一则因任之以致治,善用之以求胜;其宗旨固自不同。"①

庄子之所以被认为是老子思想的继承者,是因为庄子也以"道"为事物的本原,也以崇尚自然为其思想的核心。而庄子与老子思想的差异,也同样在这两方面反映出来。

庄子和老子一样,也认为"道"是世界之本,万物之宗,万众之师。《大宗师》一篇便是对"道"的专论,"大宗师"就是"道"。他说:

> 夫道,有情有信,无为无形;可传而不可受,可得而不可见;自本自根,未有天地,自古以固存。神鬼神帝,生天生地;在太极之先而不为高,在六极之下而不为深,先天地生而不为久,长于上古而不为老。(《庄子·大宗师》)

---

① 吕思勉:《经子解题·老子》,第109页,上海:华东师范大学出版社1995年版。

以看不见摸不着的"道"来概括万事万物的本原,体现了长江流域早期思想家们具有高度的抽象思辨能力和长于冥想的思维特点。有所不同的是,老子所说的作为事物本原的"道"是一个永恒运动的实体,"道生一,一生二,二生三,三生万物",这是一个自然的生成过程,并不一定需要人的参与。然而,庄子所说的"道"却需要有人的认识活动的参与,才能生成万物。他说:

> 可乎可,不可乎不可。道行之而成,物谓之而然。恶乎然?然于然。恶乎不然,不然于不然。物固有所然,物固有所可;无物不然,无物不可。故为是举莛与楹,厉与西施,恢恑憰怪,道通为一。其分也成也,其成也毁也,凡物无成与毁,复通为一。(《庄子·齐物论》)

所谓"道行之而成,物谓之而然",便表明作为事物本原的"道"在庄子这里是与人的认识活动联系在一起的。他认为事物是因为人们把它看成怎样的它才怎样的,尽管它有自身的质的规定性,但是这种质的规定性又没有截然的界线,关键看人怎么去认识,"物固有所然,物固有所可;无物不然,无物不可",说的就是这个意思。

庄子在"道"中加进了人的认识,但他并不认为人的认识具有客观性和真理性。在庄子看来,人的认识总难免有着这样那样的局限,总是站在自己的立场看问题,因而不可能真正认识"道"。他说:"道隐于小成,言隐于荣华,故有儒墨之是非,以是其所非而非其所是。欲是其所非而非其所是,则莫若以明。"(《庄子·齐物论》)即使没有争论的问题,人的认识也只具有相对的价值。他说:"自其异者观之,肝胆楚越也;自其同者视之,万物皆一也。"(《庄子·德充符》)而对于认识的正确与否,更没有一个客观的辨别标准。他说:"是亦彼也,彼亦是也。彼亦一是非,此亦一是非。果且有彼是乎哉？果且无彼是乎哉？彼是莫得其偶，谓之道枢。始得其环中，以应无穷。是亦一无穷，非亦一无穷，故曰莫若以明。"（《庄子·齐物论》）既然"彼""此""是""非"只是相对的，又没有一个辨别它们的客观标准，那么，"彼""此""是""非"也就说不清楚了。这样，庄子不仅将他的"道"带上了浓厚的主观色彩，而且带上了十分鲜明的虚幻色彩和神秘色彩。

庄子对"道"的虚幻而神秘的理解，与他对社会的认识是紧密相联的。在庄子的时代，诸侯争战愈益残酷，"杀人之士民，兼人之土地"，"苦一国之民"（《庄子·徐无鬼》），"殊死者相枕也，桁杨者相推也，刑戮者相望也"（《庄子·在宥》），人民群众生活在水深火热之中，真所谓"方今之世，仅免刑焉"（《庄子·人间世》）。而统治者们却运用手中的权力，挂上仁义道德的遮羞布，肆无忌惮地巧取豪夺："为之斗斛以量之，则并与斗斛而窃之；为之权衡以称之，则并与权衡而窃之；为之符玺以信之，则并与符玺而窃之；为之仁义以矫之，则并与仁义而窃之。何以知其然邪？彼窃钩者诛，窃国者为诸侯；诸侯之门，而仁义存焉！"（《庄子·胠箧》）正因为庄子的时代比老子的时代更为动荡不安，社会秩序更为混乱，阶级矛盾更为尖锐，所以庄子对社会的批判比老子更为激烈，对现实的否定也更加彻底。他说：

> 故绝圣弃知，大盗乃止；摘玉毁珠，小盗不起；焚符破玺，而民朴鄙；掊斗折衡，而民不争；殚残天下之圣法，而民始可与论议。擢乱六律，铄绝竽瑟，塞瞽旷之耳，而天下始人含其聪矣；灭文章，散五采，胶离朱之目，而天下始人含其明矣；毁绝钩绳，而弃规矩，攦工倕之指，而天下始人有其巧矣。故曰：大巧若拙。削曾、史之行，钳杨、墨之口，攘弃仁义，而天下之德始玄同矣。（《庄子·胠箧》）

老子否定现实社会,提出了"小国寡民"的社会理想。在老子看来,国家还是需要的,只是统治者应该顺乎民情,"无为而治"。庄子否定现实社会,并根本反对国家,他所提出的理论依据和理想生活图景是:

> 彼民有常性:织而衣,耕而食,是谓同德;一而不党,命曰天放。至德之世,其行填填,其视颠颠。当是时也,山无蹊隧,泽无舟梁;万物群生,连属其乡;禽兽成群,草木遂长。是故禽兽可系羁而游,鸟雀之巢可攀援而窥。夫至德之世,同与禽兽居,族与万物并,恶乎知君子小人哉!(《庄子·马蹄》)

在庄子心目中,民性是素朴的,只有自然状态才是理想的状态,只有与自然融为一体的生活才是理想的生活。他说:"夫赫胥氏之时,民居不知所为,行不知所知,含哺而熙,鼓腹而游。民能已此矣。"(同上)显然,这样的社会,不需要国家;这样的生活,不需要政府。每个人都是独立自由的个体,他们的精神都是澹漠而宁静的。所谓"汝游心于澹,合气于漠,顺物自然而无容私焉,而天下治矣"(《庄子·应帝王》)。因此从根本上说,老子的思想是入世的,而庄子的思想则是出世的;老子批判社会,是因为社会不符合他的理想,而庄子批判社会,是因为社会违背了人的自然本性。

表面上看,庄子和老子一样,也以崇尚自然为其社会思想的出发点。其实,老子崇尚自然是以自然之道作为考量社会的标准,自然是一个客观的实在。而庄子崇尚自然是以自然作为人的精神活动的家园,自然是一个虚幻而又神秘的物质和精神的结合体。《庄子·在宥》云:

> 悲乎!有土者之不知也!夫有土者,有大物也。有大物

者,不可以物。物而不物,故能物物。明乎物物者之非物也,岂独治天下百姓而已哉?出入六合,游乎九州,独往独来,是谓独有。独有之人,是之谓至贵。大人之教,若形之于影,声之于响;有问而应之,尽其所怀,为天下配;处乎无向,行乎无方;挈汝适,复之挠挠,以游无端;出入无旁,与日无始;颂论形躯,合乎大同;大同而无己。无己,恶乎得有有?睹有者昔之君子,睹无者天地之友。

在这里,天地万物只是作为庄子的独往独来的精神的参照,而庄子并不愿受天地万物的羁绊,他追求的是绝对的精神自由。在《逍遥游》里,庄子写了游于大者的鲲鹏和游于小者的蜩与莺鸠,御风而行的列子等等,他认为他们均"有所待",并不是真正的逍遥,他所理解的真正的逍遥是无所待以游于无穷,也就是不受任何限制的绝对的精神自由。所以他说:"若夫乘天地之正,而御六气之辨,以游无穷者,彼且恶乎待哉?故曰:至人无己,神人无功,圣人无名。"在《大宗师》里,庄子借孔子之口说他是"游方之外者也",而孔子是"游方之内者也",而所谓"游方之外"即是:"彼方且与造物者为人,而游乎天地之一气;彼以生为附赘悬疣,以死为决㽜溃痈。夫若然者,又恶知死生先后之所在!假于异物,托于同体,忘其肝胆,遗其耳目,反复终始,不知端倪;芒然彷徨乎尘垢之外,逍遥乎无为之业;彼又恶能愦愦然为世俗之礼,以观众人之耳目哉!"很显然,庄子是不以世俗为念的,他所关注的只是自己的精神自由。

对绝对精神自由的追求是庄子思想中最为显著的特点,也是庄子理论的归属。他提出的"坐忘"、"心斋"、"心养"等等方法,都不过是为了达到其理想的目标。为了实现精神自由,他激烈地反对现存社会制度和现实政治秩序,认为它们戕害人性,毁灭精神。为了实现精神自由,他不愿接受统治的邀请出来做官而使身心受到束缚,宁可"曳尾于涂中"(《庄子·秋水》),"处于材与不材之间"(《庄子·山木》),以尽天年。庄子的这种思想和人生态度,表面看来是十分消极的,它也确实为后世的隐逸避世者提供了理论依据和学习榜样,然而,在那个不合理的社会里,在个人自由没有基本保障、人生权利极易受到侵犯、人的精神普遍受到压抑的环境中,庄子对绝对精神自由的追求就变成了向社会的积极抗争,变成了引导人们走向思想解放的一种精神资源和思想武器。

三 《庄子》的文章风格

庄子继承了老子的思想,也发展了老子的思想,形成了自己的思想特色。人们将老庄并提,正是肯定庄子在思想史上的特殊地位以及他对后世的影响。就文风而言,庄子对老子的文风也有继承,更有发展,形成了十分鲜明且极有特点的文章风格,对后世的长江文风的影响在某种意义上甚至超过了老子。

《庄子·天下》有对庄子学术和文风的一个说明,其文曰:

> 寂寞无形,变化无常:死与生与?天地并与?神明往与?芒乎何之?忽乎何适?万物毕罗,莫足以归!古之道术有在于是者,庄周闻其风而悦之,以谬悠之说,荒唐之言,无端崖之辞,时恣纵而不傥,不以觭见之也;以天下为沉浊,不可与庄语,以卮言为曼衍,以重言为真,以寓言为广,独与天地精神往来,而不敖倪于万物;不谴是非,以与世俗处;其书虽瑰玮而连犿,无伤也;其辞虽参差而諔诡,可观。彼其充实,不可以已,上与造物者游,而下与外死生无终始者为友;其于本也,弘大而辟,深闳而肆;其于宗也,可谓调适而上遂矣。虽然,其应于化而解于物也,其理不竭,其来不蜕;芒乎昧乎,未之尽者。

从形式上看,庄子的文章与老子的文章有很大不同。老子的文章都是短小精悍的语录,而庄子的文章却是洋洋洒洒的长篇大论。老子的文章长于辩证思维,言简意赅,颇多哲学家的睿智,而庄子的文章长于取譬设喻,议论滔滔,更富纵横家的机敏。然而,他们在思想方法上却有着惊人的一致。他们都不愿受现实生活和日常事物的限制,都喜欢思考天地自然之道和人的生死之谜这样一些悠远而冥渺的大问题,都能看到天地的广大和变化无常,执著地探讨未知领域一切感兴趣的课题。所谓"生与死与?天地并与?芒乎何之?忽乎何适?"不仅是老子的兴趣所在,更是庄子的兴趣所在。《庄子·天运》开篇一口气提出十几个问题:

> 天其运乎?地其处乎?日月其争于所乎?孰主张是?孰纲维是?孰居无事推而行是?其有机缄而不得已邪?其运转而不能自止邪?云者为雨乎?雨者为云乎?孰隆施是?孰居无事淫乐而劝是?风起北方,一西一东,有上彷徨,孰嘘吸是?孰居无事而披拂是?敢问何故?

这样提出问题,与屈原《天问》有异曲同工之妙。对自然现象的追问,正反映着发问者对自然的尊崇和对主宰者的怀疑,其所强调的是:自然界的运动变化是自然地发生的,并无什么超自然的神灵主宰其间。而从对自然的思考到对宇宙万物的探索,强烈的求知欲望和不崇拜任何偶像的怀疑精神,正是长江流域作家所普遍具有的思想方法和精神气质。

在思考自然规律的同时,庄子还探讨了时间与空间的无限性。他说:"有长而无本剽者,宙也。"(《庄子·庚桑楚》)古往今来曰宙,而无本剽即无开端和结束,即所谓"吾观之本,其来无穷;吾观之末,其来无穷"(《庄子·则阳》)因为本又有本,末又有末,所以无穷。他还说:"计四海之在天地之间也,不似礨空之在大泽乎?计中国之在海内,不似稊米之在太仓乎?"(《庄子·秋水》)这种对空间无限性和时间无限性的认识,是长江流域学者的普遍认识,体现着他们对未知领域的不懈的探索精神。正是在这种无限中,庄子看到了世界的变动不居,事物的千变万化,他说:"道无终始,物有死生,不恃其成;一虚一满,不位乎其形。年不可举,时不可止;消息盈虚,终则有始。"(《庄子·秋水》)这些认识,提供了人们认识事物的方法,对于促进思想解放无疑是有积极意义的。

正是由于庄子所关注和思考的常常不是身边的琐事,而是一些与人的生存状况特别是人的精神状态相关的重大问题,因而他在文章中除了使用了一些高度抽象的词汇来表述自己的思想(如"道"、"一"、"有"、"无"、"终"、"始"等)外,往往运用大胆而奇特的想像创造出生动的形象来说明自己的观点,形成庄子文风的一大特色。例如《庄子·逍遥游》开篇即云:

> 北冥有鱼,其名为鲲。鲲之大,不知其几千里也。化而为鸟,其名为鹏。鹏之背,不知其几千里也;怒而飞,其翼若垂天之云。是鸟也,海运则将徙于南冥;南冥者,天池也。《齐谐》者,志怪者也。《谐》之言曰:"鹏之徙于南冥也,水击三千里,抟扶摇而上者九万里,去以六月息者也。"野马也,尘埃也,生物之以息相吹也。天之苍苍,其正色耶?其远而无所至极耶?其视下也,亦若是则已矣!

文中所描绘的"鲲鹏"形象是庄子的创造,尽管这一形象不能说完全没有现实生活的基础,但主要依靠的是作者的丰富想像。庄子借助这一形象来说明,即使像鲲鹏这样的庞然大物也需要有所待而游,而有所待而游仍然不是逍遥游,仍然达不到精神自由的境界。连鲲鹏的"水击三千里,抟扶摇而上者九万里"也达不到逍遥境界,其他可想而知。这个道理,如果运用日常生活中的事物来说明,效果就会差得多。

"以卮言为曼衍,以重言为真,以寓言为广"是庄子文风的最为显著的特点之一。《庄子·寓言》也曾说其书"寓言十九,重言十七,卮言日出,以和天倪",可以证实这一点。"重言"是借重古人之言以证己意,而庄子引证古人之言大都出于杜撰,也可视为寓言。"卮言"是随文生发以见本意,自然天成以衍己言,它和寓言相伴而生,因此有人认为"卮言"也是寓言,不是完全没有道理。《庄子》一书,几乎通篇寓言,这些寓言构思精巧,想像奇特,寓意深刻,妙趣横生,充满了感情,蕴藏着智慧,有很强的艺术表现力和思想感染力,不仅远远超出同辈作家,后世作家也罕有其匹。

《庄子》寓言语言生动,形象鲜明,感情充沛,于短小精悍的故事中蕴含着深刻的哲理,当人们被这些故事吸引的时候,也就自然接受了其中的思想。《庄子·养生主》所描写的"庖丁解牛"就是一个典型的例子:

> 庖丁为文惠君解牛,手之所触,肩之所倚,足之所履,膝之所踦,砉然,响然,奏刀騞然,莫不中音:合于桑林之舞,乃中经首之会。文惠君曰:"嘻,善哉!技盖至乎此!"庖丁释刀对曰:"臣之所好者道也,进乎技矣。始臣之解牛之时,所见无非牛者;三年之后,未尝见全牛也。方今之时,臣以神遇而不以目视,官知止而神欲行;依乎天理,批大郤,导大窾,因其固然。技经肯綮之未尝,而况大軱乎?良庖岁更刀,割也;族庖月更刀,折也。今臣之刀十九年矣,所解数千牛矣,而刀刃若新发于硎。彼节者有间,而刀刃者无厚,以无厚入有间,恢恢乎其游刃必有余地矣,是以十九年而刀刃若新发于硎。虽然,每至于族,吾见

其难为,怵然为戒,视为止,行为迟;动刀甚微,謋然已解,如土委地;提刀而立,为之四顾,为之踌躇满志,善刀而藏之。"文惠君曰:"善哉!吾闻庖丁之言,得养生焉。"

庄子在这里所要说明的是"为善无近名,为恶无近刑,缘督以为经;可以保身,可以全生,可以养亲,可以尽年"(《庄子·养生主》)的道理,但我们读庖丁解牛这段寓言,不仅会对庖丁的解牛技巧留下深刻印象,而且会对庖丁解牛的一套理论心悦诚服,自然而然地接受养生应该"依乎天理""因其固然"的思想。作者对庖丁解牛时的近乎舞蹈的动作刻画和解牛后的踌躇满志的描写,语言十分生动,形象也异常鲜明,有着巨大的艺术感染力。

如果说"庖丁解牛"还只是对现实生活经验的总结,那么,真正体现《庄子》文章风格特色的是大量具有神话色彩的寓言,这些寓言都是庄子的独立创造。例如:

秋水时至,百川灌河,泾流之大,两涘渚崖之间,不辨牛马。于是焉河伯欣然自喜,以天下之美为尽在己。顺流而东行,至于北海。东面而视,不见水端,于是焉河伯始旋其面目,望洋向若而叹曰:"野语有之曰'闻道百以为莫己若'者,我之谓也。且夫我尝闻少仲尼之闻,而轻伯夷之义者,始吾弗信,今我睹子之难穷也,吾非至于子之门,则殆矣!吾长见笑于大方之家。"(《庄子·秋水》)

河伯望洋兴叹,自然是个寓言,庄子用这个寓言来说明天地的浩瀚和人的认识的局限,指出世间一切现象以及人们对现象的认识都只具有相对的意义,所谓"知是非之不可为分,细大之不可为倪",最后得出"物之生也,若骤若驰,无动而不变,无时而不移。何为乎?何不为乎?夫固将自化"(《庄子·秋水》)的结论。

这样深刻的道理,如果是板着面孔来说教,一是不容易说得清楚,二是不容易使读者信服。而利用寓言,则很巧妙地说明了问题,又能让读者理解。从文章角度来看,寓言语言优美,想像丰富,情感充沛,作者对黄河秋水涨溢和河伯欣然自喜以及后来望洋兴叹的描写,充满诗情画意,给人以美感,实在不可多得。

《庄子》寓言构思精巧,结构紧凑,寓意深刻,大多具有很强的象征意义。人们阅读某一个寓言,不仅记住了这个寓言的故事情节,更能从这一寓言中领略到其中的深刻思想及其象征意义。例如:

> 南海之帝为儵,北海之帝为忽,中央之帝为浑沌。儵与忽相与遇于浑沌之地,浑沌待之甚善。儵与忽谋报浑沌之德,曰:"人皆有七窍,以视、听、食、息;此独无有,尝试凿之。"日凿一窍,七日而浑沌死。(《庄子·应帝王》)

老子主张"道生一,一生二,二生三,三生万物"(《老子·四十二章》),庄子继承了老子的学说。这里所说的"儵""忽"便象征"阴""阳"或"明""暗",是为"二";而"浑沌"则象征着"无明而无不明"的"道","道生一","一"是最完整的存在,无明与暗,"无成与亏","无为而无不为",硬要让它具有某一方面的性状,它就不复存在。这样玄妙的道理用哲学语言来表达是很枯燥乏味的,而庄子用寓言来表达,用南海之帝、北海之帝、中央之帝来象征,并将它们纳入一个精巧设计的故事中,就使枯燥乏味的哲理变得饶有兴味。

为了说明《庄子》寓言的构思特点和象征意义,这里我们再举《庄子·外物》"儒以诗礼发冢"为例:

> 儒以诗礼发冢。大儒胪传曰:"东方作矣,事之若何?"小

儒曰:"未解裙襦,口中有珠。""《诗》固有之曰:'青青之麦,生于陵陂。生不布施,死何含珠为?'"接其鬓,压其颥,儒以金椎控其颐,徐别其颊,无伤口中珠。

两个在黑夜里干着盗墓勾当的儒,竟然把它们的行为说成是符合诗礼精神的,真让人忍俊不禁。这个寓言不仅揭露了儒家说教的虚伪,而且成为儒家人格的象征。寓言中大儒在天快亮还未盗掘得手的急迫心情,小儒在盗墓中发现口中有珠的喜悦和犹豫,大儒为盗珠所寻找的理由,以及它们盗墓时的心狠手辣又细致小心,一一活现纸上。文章不长,情节却一波三折,构思十分精巧,描写生动而细腻,反映出庄子寓言的文学成就。

《庄子》寓言中常常安排人物的辩论,以使其相关论述更加深入。这种风格与庄子长于论辩的文风相一致,也反映出庄子文风的一个特点。例如:

庄子与惠子游于濠梁之上。庄子曰:"鱼出游从容,是鱼之乐。"惠子曰:"子非鱼,安知鱼之乐?"庄子曰:"子非我,安知我不知鱼之乐?"惠子曰:"我非子,固不知子矣。子固非鱼也,子之不知鱼之乐,全矣。"庄子曰:"请循其本。子曰:'汝安知鱼乐'云者,既已知吾知之,而问我,我知之濠上也。"(《庄子·秋水》)

惠子即惠施,也是一个善于辩论的学者,庄子与他是否真的发生过这段精彩的濠梁之辩,我们已无法确证,因此仍然可以将它视为寓言。包括《德充符》中庄子与惠施关于"人故无情"的辩论,也可做如是观。他们之间的辩难可以说都透辟深刻,颇能击中要害,正是在这种高水平的论辩中,他们的思维更加缜密,逻辑更加严整,表达更加准确,语言更加精练,从而达到了议论文写作的最高水平。

《庄子》寓言常常寓庄于谐,运用诙谐、幽默、谑弄、嘲讽的语言来讽刺社会世相,使读者获得生动鲜明的形象,从而收到满意的艺术效果。例如《列御寇》中对曹商破痈舔痔的嘲讽,《秋水》中对鸱得腐鼠以为宝的睥睨,《则阳》所描写的蜗牛角上触氏与蛮氏之国"争地而战,伏尸数万"的闹剧,都使人忍俊不禁,真所谓嬉笑怒骂,皆成文章。

至于庄子文章中层出不穷的比喻,气势恢弘的排比,应接不暇的设问,精巧整练的对偶,以及各种修辞手法的综合运用,使得庄子文章汪洋恣肆,仪态万方,不仅在先秦长江文学中起着引路示范的作用,在先秦诸子文章中也卓尔不群,堪称翘楚。谨录下面一段文字以见其概:

> 夫大块噫气,其名为风。是唯无作,作则万窍怒号,而独不闻之翏翏乎?山林之畏佳,大木百围之窍穴:似鼻,似口,似耳,似枅,似圈,似臼,似洼者,似污者。激者,谪者,叱者,吸者,叫者,号者,宎者,咬者;前者唱于,而后者唱喁;泠风则小和,飘风则大和;厉风济,则众窍为虚。而独不见之调调、之刁刁乎?……已乎!已乎!旦暮得此,其所繇以生乎!非彼无我,非我无所取。是亦近矣;而莫知其所为使。若有真宰,而特不得其朕;可行己信,而不见其形,有情而无形。百骸、九窍、六藏,赅而存焉,吾谁与为亲?汝皆说之乎?其有私焉?如是皆有为臣妾乎?其臣妾不足以相治乎?其递相为君臣乎?其有真君存焉?如求得其情与不得,无益损乎其真。(《庄子·齐物论》)

读着这样的文章,谁能不被它的博喻所吸引,谁能不被它的气势所征服,谁能不被它的问题所震撼,说它是中国文学史上最美的语言,说当时中国还没有人能写出这样的作品,一点也不为过。

诚如鲁迅所说:"庄子……著书十余万言,大抵寓言,人物土地,皆空言无事实,而其文汪洋辟阖,仪态万方,晚周诸子之作,莫能先也。"①

第四节　老庄文风的影响

老子、庄子的文章风格对长江文学的发展有着深远的影响。这种影响主要反映在两方面:一是老庄文章所体现的思想作风一直为后世作家所景仰,成为他们认识世界、对待社会、处理个人身心问题的重要思想资源和文化资源;一是老庄文章所取得的艺术成就一直为后世作家所追慕,成为他们理解文学、潜心创作、以期达到艺术审美理想境界的成功范例和前进灯塔。

一　老庄文风的思想影响

老子、庄子在他们的文章中给予读者的最直接最鲜明的感受,首先就是他们的自由思想和独立不倚的人格。他们生活的春秋战国时代,是一个充满各种尖锐矛盾和激烈斗争的时代,然而,他们并没有迫于压力而曲学阿世,也没有耽于名利而随波逐流,而是坚持自己的理想,对社会保持着批判的立场,从未放弃自己独立思考和自由表达思想的权利,从未放弃自己选择生活方式和生活道路的权利。例如,老子便说:

> 绝学无忧,唯之于阿,相去几何？善之与恶,相去何若？人之所畏,不可不畏。荒兮,其未央哉！众人熙熙,如享太牢,如登春台。我独泊兮,其未兆,如婴儿之未孩,儡儡兮若无所归。众人皆有余,而我独若遗。我愚人之心哉！沌沌兮。俗人昭

---

① 鲁迅:《汉文学史纲要》,第17页,北京:人民文学出版社1973年版。

昭，我独昏昏；俗人察察，我独闷闷。澹兮，其若海；飂兮，若无止。众人皆有以，而我独顽似鄙。我独异于人，而贵食母。（《老子·二十章》）

庄子则说：

> 夫大块载我以形，劳我以生，佚我以老，息我以死。故善吾生者，乃所以善吾死也。今大冶铸金，金踊跃曰：'我且必为镆铘。'大冶必以为不祥之金。今一犯人之形，而曰'人耳！人耳！'夫造化者必以为不祥之人。今一以天地为大炉，以造化为大冶，恶乎往而不可哉？成然寐，蘧然觉。（《庄子·大宗师》）

无论是老子的"万人皆醉惟我独醒"的自信与孤独，还是庄子的"以天下为沉浊不可与庄语"的愤激与谲诡，都体现了一个思想者的自由思想和一个文学家的独立不倚的人格。这不仅是思想者必须具备的品格，也是文学家必须具备的品格。不然，他们就不能真正成为名副其实的思想者和文学家。而这一点，正是后世的文学家们所希望达到而又很难达到的思想境界和人格理想，人们自然景仰他们，追慕他们，学习他们，他们的影响也就深刻而持久。

老子与庄子对现实所持的批判立场和强烈的叛逆精神，也给后来的思想者和文学家以深远影响。老子所云"大道废，有仁义；智慧出，有大伪；六亲不和，有孝慈；国家昏乱，有忠臣"（《老子·十八章》），庄子所云"天下有道，圣人成焉；天下无道，圣人生焉；方今之世，仅免刑焉"（《庄子·人间世》）等等，不仅是对当时社会的深刻揭露，而且也是后世思想家和文学家批判社会现实的锐利思想武器。人们从老庄文章中吸取思想营养和思想方法，甚至借鉴他们的基本概念和言说方式，来表达他们的思想。应该说,社会的矛盾是永远存在的,不合理的现象比比皆是,人类远未达到理想的生存状态,因此,对社会的批判不仅是改造现实社会的必要手段,也是促进社会前进的一种动力。正是在这一点上,老庄的思想作风有着长久的生命力和影响力。

老庄对社会的批判还体现在对社会统治思想的解构方面。老子认为:"天下多忌讳,而民弥贫;民多利器,国家滋昏;人多伎巧,奇物滋起;法令滋彰,盗贼多有。"(《老子·五十七章》)他不赞成用一种统一的思想规范社会。庄子继承并发展了老子的思想,更注重人的精神自由,他对当时各家为统治者所设计的政治思想和社会制度的批判,特别是对维护宗法政治制度的儒家思想的批判,成为后世解构儒家思想统治的锐利思想武器。请看下面一段寓言:

> 子贡南游于楚,反于晋,过汉阴。见一丈人方将为圃畦,凿隧而入井,抱瓮而出灌,搰搰然用力甚多而见功寡。子贡曰:"有械于此,一日浸百畦,用力甚寡而见功多,夫子不欲为?"为圃者卬而视之,曰:"奈何?"曰:"凿木为机,后重前轻;挈水若抽,数如泆汤,其名曰槔。"为圃者忿然作色而笑曰:"吾闻之吾师:有机械者必有机事,有机事者必有机心。机心存于胸中,则纯白不备;纯白不备,则神生(性)不定;神生(性)不定者,道之所不载也。吾非不知,羞而不为也。"子贡瞒然惭,俯而不对。有间,为圃者曰:"子奚为者邪?"曰:"孔丘之徒也。"为圃者曰:"子非夫博学以拟圣,於于以盖众,独弦哀歌以卖名声于天下者乎?汝方将忘汝神气,堕汝形骸,而庶几乎!而身之不能治,而何暇治天下乎?子往矣,无乏吾事!"子贡卑陬失色,顼顼然不自得,行三十里而后愈。(《庄子·天地》)

这个寓言表明,庄子反对儒家为社会设计的政治制度,以及用这种制度来规范人们的言论行为,以为这样做只会产生"机心",有违追求精神自由的人的本性。这一认识,可以说是对儒家思想的彻底解构。后世作家从庄子的思想中吸取营养,从而形成对儒家思想的反动,为文学创造摆脱儒家思想束缚,追求一种自由的思想空间和超逸的精神境界开辟了道路。

老子和庄子留给后人的思想遗产是十分丰富的,对后来文学发展的影响也是异常深刻的。也许他们生活的诸侯纷争的时代给了他们较多的自由思想和主动选择的生活空间,也许南方相对分散的社会组织和政治结构给了他们表达思想和创造文体的外部环境,也许长江流域的文化传统给了他们足够的文化资源和精神动力,使得他们一开始就站在一个后人难以企及的制高点上,以致后人始终把他们作为精神解放之源和艺术创造之源,很难真正超越他们。

二 老庄文风的艺术影响

老子和庄子文章风格的艺术影响首先是文艺思想的影响。

老子在论述文艺问题时提出了许多独到而精辟的见解,给人以启发。如说:

> 天下皆知美之为美,斯恶已;皆知善之为善,斯不善已。(《老子·二章》)
> 信言不美,美言不信;善者不辩,辩者不善。(《老子·八十一章》)

前者指出美与恶、善与不善是对立统一的,它们作为矛盾的双方相互依存,并在一定条件下相互转化。这无疑是文艺美学的一条重要规律,反映出老子思想的辩证因素,是老子对文艺美学的杰出贡献。后者将美与信(真)、善与辩绝对对立起来,又反映出老子辩证思想的不彻底性。老子以为,信(真)是自然的、原始的、没有人工斧凿的东西,而美则是社会的、现实的、人为的,因而二者不能相通。善(质)与辩(言)也是如此。按照"道法自然"的原则,最纯粹最高级的艺术,当然是没有人工斧凿之痕的艺术,即所谓"大音希声,大象无形"(《老子·四十一章》)"大巧若拙,大辩若讷"(《老子·四十五章》),而人为地演奏的音乐,人为地描绘的形象,都是有缺陷的不完美的,因为它们都不能达到自然的完美与和谐。老子阐述的这一绝对因循自然的文艺观,含有否定文学艺术的消极倾向,具有明显的理论缺陷。然而,如果把合于自然作为一种审美理想境界来追求,则无疑又是一种极高的艺术目标,而文艺工作者能在作品中不露雕凿刻画的创作痕迹,则不仅是对自我而且也是对艺术本身的一种超越,需要更高的艺术修养和更强的艺术表现力,这便涉及到了文艺本身的规律。因此,老子的文艺思想是深刻而独到的,对后世文学艺术的发展,特别是对艺术辩证思想的发展,有着毋庸置疑的开创地位和历久不衰的启迪作用。

庄子的文艺思想虽然同老子一样也带有否定论色彩,但庄子对文艺问题的论述比老子更为具体,也更为精致而深刻,对后世文学的影响也主要是积极的。庄子在阐述他的文艺观时,涉及到文艺创造中的许多规律性认识,扩大了人们的视野,也促进了人们对艺术本质的思考。例如,《养生主》中"庖丁解牛"的寓言强调"依乎天理"、"因其固然",启发人们认识艺术创造必须遵循艺术规律;《达生》中"佝偻承蜩"、"梓庆削木为鐻"等寓言指出艺术创造只有"用志不分,乃凝于神",才能达到忘我的心理状态,获得满意的艺术效果;《天道》中"轮扁斫轮"的寓言说明"语之所贵者意也,意有所随;意之所随者,不可以言传也"的道理,揭示了"言"与"意"的区别,丰富了人们对文学本质的认识。此外,《庄子》一书中提出的"筌者所以在鱼,得鱼而忘筌;蹄者所以在兔,得兔而忘蹄;言者所以在意,得意而忘言"(《外物》);"解衣般礴赢"是真画者也(《田子方》);"原天地之美而达万物之理"(《知北游》);"朴素而天下莫能与之争美","虚静恬淡寂寞无为者,万物之本也"(《天道》)等重要思想,都成为中国美学思想的重要命题,启发人们去体味,去理解,去探索,去创造,从而开辟了长江文学发展的广阔道路。

老子和庄子文章风格的艺术影响还体现在它们作品中的艺术精神方面。

敢于表露自己的观点,敢于敞开自己的胸襟,敢于抒发自己的真情实感,这是一个文学家应该具备的艺术精神,也是能够创作出动人作品的必要条件。老子和庄子的文章,便具有这种艺术精神,因而他们的作品能够强烈地打动人、感染人。例如《老子·七十四章》云:

> 民不畏死,奈何以死惧之?若使民恒畏死,而为奇者,吾得执而杀之,孰敢!恒有司杀者杀。夫代司杀者杀,是谓代大匠斫。夫代大匠斫者,则希不伤其手也。

读老子这样的文章,我们不会不被他的激烈情感所感动,并从中感受到广大人民群众在当时所遭受的残酷压迫,以及蕴藏在他们胸中的愤怒的火焰。其诗一样的语言,火一样的激情,更突显了文章的艺术精神。

庄子不仅提出"真者,精诚之至也。不精不诚,不能动人"(《渔父》)的艺术主张,而且在文章中满腔热情地歌颂真人,毫无顾忌地吐露真情,因此,他的文章具有比老子文章更强的艺术感染力。在《大宗师》里,庄子这样描绘真人:

> 古之真人:不逆寡,不雄成,不謩士。若然者,过而弗悔,当

而不自得也。若然者,登高不慄,入水不濡,入火不热。是知之能登假于道也若此。

　　古之真人:其寝不梦,其觉无忧,其食不甘,其息深深。真人之息以踵,众人之息以喉。屈服者,以嗌言若哇。其耆欲深者,其天机浅。

　　古之真人:不知说生,不知恶死;其出不䜣,其入不距;翛然而忘,翛然而来而已矣。不忘其所始,不求其所终,受而喜之,忘而复之,是之谓不以心捐道,不以人助天,是之谓真人。

庄子这里所说的"真人",与《逍遥游》里所说的"神人"和《齐物论》里所说的"至人"一样,都是作者人格理想和自由精神的一种象征。作为一种人格理想和自由精神,它代表着不与世俗同流合污的那一部分知识分子的文化心态,其中包含有对真心、真情、真性的真诚呼唤和充分肯定,从而形成一种超凡脱俗的审美境界,这正是庄子给予后人的宝贵精神财富。《庄子·外物》中对庄周往监河侯家贷粟不因贫穷而丧志的描写,《德充符》里对那些虽然形容丑陋、肢体残缺但却灵魂美好、精神高远的兀者、恶人的刻画,都反映出作者以"真"为美,以"德有所长,形有所忘"为美,即以人格独立为美,以精神脱俗为美,甚至以丑为美的审美思想和艺术追求。这种对"真"的渴望,特别是对丑的审美,在庄子时代无人可以超过庄子,古往今来,也是庄子文章中表现得最多最好也最为精彩。究其原因,主要是庄子给予了他所创作的形象最为真诚和深厚的情感,给了这些形象超凡脱俗的品格。庄子的这一艺术表现方法一直是后人学习的楷模,其人格理想和艺术精神对长江文学产生了不可估量的巨大影响。

　　庄子的真诚至性,在他的文章中有着充分的反映。例如,《逍遥游》中载有庄子与惠施的关于有用无用的讨论,《德充符》中载有庄子与惠施关于有情无情的问难,《秋水》中载有庄子与惠施关于人是否知鱼之乐的辩论,从这些记载来看,庄子与惠施既是一对论敌,也是一对辩友,庄子对惠施的感情也真挚而深厚。《徐无鬼》载云:

> 庄子送葬,过惠子之墓,顾谓从者曰:"郢人垩漫其鼻端若蝇翼,使匠石斫之。匠石运斤成风,听而斫之,尽垩而鼻不伤,郢人立不失容。宋元君闻之,召匠石,曰:'尝试为寡人为之。'匠石曰:'臣则尝能斫之。虽然,臣之质死久矣。'自夫子之死也,吾无以为质矣!吾无与之言矣!"

庄子既以惠施为论敌,更以惠施为知已,他对于惠施的敬重和怀念,在这段寓言中表现得淋漓尽致。读着这样的文字,无不为庄子的真情至性所打动,也为惠施的去世而惋惜。

庄子虽然鄙视世俗生活,不愿"死为留骨而贵","宁其生而曳尾于涂中"(《庄子·秋水》),但他对生养他的故乡仍然怀有深厚的感情。《庄子·则阳》这样描写庄子对故乡的眷恋:

> 旧国旧都,望之畅然。虽使丘陵草木之缗入之者十九,犹之畅然;况见见闻闻者也?以十仞之台,县众间者也。

这段文字,格调之高雅,情感之深厚,确实感人肺腑。经历过人间沧桑的人,读着这样的文字,谁能不唏嘘扼腕,一唱三叹呢?

老子和庄子文风的影响还在于他们的文章所形成的文体风范。老子的长于玄思,文章的简古质朴,庄子的长于譬喻,文章的汪洋恣肆,已经形成一种艺术范式,后人一直视为文章轨范,以达到老庄文章的高度为极至。尤其是庄子的文章,更是雄视千古,无人能敌,在文学上的影响,无与伦比。例如,后来相传为宋玉所作的《对楚王问》、《风赋》等作品,直接开启了汉赋的创作,然而,这种文体风格明显受到庄子文风的影响,正如郭预衡所说:"像这样的文章,就其取譬设喻看,显然也是受《庄子》之文的影响,就其语言的雄辩恣肆看,也有纵横游说的余风。"[①]长江文学也因为有了老庄的文章而始终具有创造的活力。

三 老庄之后的长江诸子古文

老子、庄子之后,长江流域诸子古文又有新的发展。这种发展主要表现在文体更加成熟,思想更加丰富,表达更加活泼,著述更加系统。代表性作家有陆贾、刘安、刘向、桓谭、王充等。

陆贾,生卒年不详。《史记》本传云:"陆贾者,楚人也,以客从高祖定天下,名为有口辩士。居左右,常使诸侯",累立大功。吕后用事,陆贾称病家居,其后诸吕之诛,文帝之立,他都发挥过作用。官至大中大夫。刘邦建国,命陆贾为其著"秦所以失天下,吾所以得天下者何,及古成败之国",于是陆贾"乃祖述存亡之征,凡著十二篇。每奏一篇,高帝未尝不称善。左右呼万岁。号其书曰《新语》。"《新语》是汉代最早为统治者总结历史经验教训的诸子古文。然今本《新语》已非原书,共间真伪杂糅,已经不能真实体现陆贾的文章风格。

刘安(?—前122年),汉之宗室,世封淮南王,喜艺文,崇黄老,集宾客撰《淮南子》,有先秦诸子遗风。在思想上反对汉代的文化专制,用道家思想批判和抵制汉武帝"罢黜百家,独尊儒术"的文化政策,在理论上为"分封建、立诸侯"辩护,不赞成以儒家经典教化群众,显然是当时朝廷实行中央集权的反对派,代表着汉代地方政权的利益和要求,其思想渊源来自道家,文章风格也受到老、庄文风的影响,也有明显的纵横家风格。举《氾论训》一段为例:

---

① 郭预衡:《中国散文史》上,第53页,上海古籍出版社2000年版。

  治国有常而利民为本,政教有经而令行为止。苟利于民,不免法古;苟周于事,不免循旧。夫夏商之衰也,不变法而亡;三代之起也,不相袭而王。故圣人法与时变,礼与俗化;衣服器械,各便其用;法度制令,各因其宜。故变古未可非,而循俗未足多也。百川异源,而皆归于海;百家殊业,而皆务于治。王道缺而《诗》作,周室废礼义坏而《春秋》作。《诗》、《春秋》,学之美者也,皆衰世之造也。儒者循之以教导于世,岂若三代之盛哉? 以《诗》、《春秋》为古之道而贵之,又有未作《诗》、《春秋》之时,夫道其缺也,不若道其全也;诵先王之诗书,不若闻得其言;闻得其言,不若得其所以言。得其所以言者,言弗能也。故道可道者,非常道也。

此段文字不合儒家之旨而多法家之言,大要仍在道家思想。《汉书·艺文志》列《淮南子》入杂家,然高诱序则称刘安与其门客"讲论道德,总统仁义,而著此书。其旨近《老子》。淡泊无为,蹈虚守静,出入经道。言其大也,则焘天载地;说其细也,则沦于无垠。及古今治乱存亡祸福,世间诡异瑰奇之事。其义也著,其文也富。物事之类,无所不载,然其大较,归之于道"①。高序很好地说明了《淮南子》的思想旨趣和文章风格,肯定了以老子为代表的南方道家对它的影响。

  刘向(前77—前6年),初名更生,字子政,楚元王刘交之后,官至光禄大夫。西汉末年著名学者,通晓经、史、天文。主持整理西汉皇室藏书,撰书目提要《别录》。一生著述弘富,"感灵异而论《洪范》,戒赵魏而传《列女》,鉴往古而著《新序》、《说苑》,

---

① 高诱:《淮南子叙目》,见《淮南子》,影印浙江书局《二十二子》本,第1240页,上海古籍出版社1986年版。

其书皆非无谓而作者"(张溥《刘中垒集题辞》)。《新序》、《说苑》是西汉重要子书,也是长江流域西汉时期的代表性诸子古文。

《新序》成书在汉河平三年(前26年)刘向领校秘府图籍以后,书中收集了先秦至汉的许多故事,希望人君怀仁仗义,崇俭爱民,举贤能,退谗佞,省刑罚,薄赋敛,正身以化民,见妖而修德,与陆贾撰《新语》意旨相类,故晋陆喜说"刘向省《新语》而作《新序》"(《晋书·陆喜传》)。书中虽有道家之言,但其宗旨则倾向儒家。《四库全书总目·新序提要》云:"要其推明古训,以衷之于道德仁义,在诸子中犹不失为儒者之言也。"①的确,《新序》所收集的故事,以春秋时为多,所阐发的义理,则多为儒家仁政学说。举《杂事》第一《晋平公闲居》为例:

晋平公闲居,师旷侍坐。平公曰:"子生无目眹。甚矣子之墨墨也!"师旷对曰:"天下有五墨墨,而臣不得与一焉。"平公曰:"何谓也?"师旷对曰:"群臣行赂以采名誉,百姓侵冤无所告诉,而君不悟,此一墨墨也。忠臣不用,用臣不忠,下才处高,不肖临贤,而君不悟,此二墨墨也。奸臣欺诈,空虚府库,以其少才,覆塞其恶,贤人逐,奸邪贵,而君不悟,此三墨墨也。国贫民罢,上下不和,而好财用兵,嗜欲无厌,谄谀之人,容容在旁,而君不悟,此四墨墨也。至道不明,法令不行,吏民不正,百姓不安,而君不悟,此五墨墨也。国有五墨墨而不危者,未之有也。臣之墨墨,小墨墨耳,何害乎国家哉?"②

晋平公的一个玩笑话,引来师旷关于国君治理国家的一段议论。这段议论既是对国家统治者的谏箴,也是对他们的无情讽刺。

---

① 永瑢等:《四库全书总目》卷九一,第772页,北京:中华书局1965年版。
② 刘向:《新序》,第28页,北京:中华书局1997年版。

《说苑》也与《新序》相类,是又一部先秦至汉的故事集,据说是《新序》所不载者收入《说苑》。与《新序》不同的是,《说苑》的论政意味略淡一些,儒家的色彩也略淡一些,体现了楚人兼收并蓄的传统。

桓谭(前23?—56年),字君山,沛国相(今安徽宿县一带)人。《后汉书》本传说他"能文章,尤好古学",为学"训诂大义,不为章句"。成帝时以父任为郎,王莽居摄时,天下士竞以符命献媚,"谭独自守,默然无言"。光武时为议郎给事中,上书请禁谶纬,差点被杀。其代表作为《新论》。但《新论》并未完整保存下来,今仅有辑本。王充评其文云:"《新论》之义,与《春秋》会一也。"(《论衡·案书》)从现存佚文来看,《新论》立意谋篇确有深意,非泛泛而作。如《新论·形神篇》回答同郡杜房所提"老子用恬淡养性,致寿数百岁,今行其道,宁能延年却老乎?"的问题,以麻烛为喻,"言精神居形体,犹火之燃烛矣;如善扶持,随火而侧之,可毋灭而竟烛。烛无,火亦不能独行于虚空,又不能后燃其火也"。这样论证,不仅认识深刻,表达也明白晓畅,绝无故作高深,以艰深文浅陋的毛病。这种质朴的文章风格和清晰敏锐的思想,显然受到老子思想和文风的启发。

最能反映东汉时期长江流域诸子文风的是王充。王充(27—79年?),字仲任,会稽上虞(今浙江上虞)人。官至州府治中,晚年弃官家居,以著述终。《后汉书》本传说:"充好论说,始若诡异,终有实理。以为俗儒守文,多失其真,乃闭门潜思,绝庆吊之礼,户牖墙壁,各置刀笔。著《论衡》八十五篇二十余万言"。

《论衡·对作篇》云:"《论衡》就世俗之书,订其真伪,辨其实虚。"就文章内容来看,《论衡》的确是一部辨伪书,且涉及范围十分广泛,有历史的,现实的,文献的,文物的。而辨伪的目的,是要破除董仲舒以来的天人感应说和东汉光武以来的谶纬迷信,尤以批判图谶最为用力。当时社会重图谶,一些伪造图谶的人往往托名于孔子以神其谶。王充在文章中不仅批判图谶,也非议孔子,在当时是十分大胆的。《论衡·实知篇》便对当时儒者所造图谶严加辩驳,揭露其中孔子言论之伪。更有甚者,王充还在《问孔》、《刺孟》诸篇中对孔孟思想加以理性批判,其言论更是尖锐而大胆。举《论衡·问孔篇》一节为例:

> 孔子曰:"凤鸟不至,河不出图,吾已矣夫!"夫子自伤不王也。已王致太平,太平则凤鸟至,河出图矣。今不得王,故瑞应不至,悲心自伤,故曰:"吾已矣夫!"
>
> 问曰:凤鸟、河图,审何据始起?始起之时,鸟图未至。如据太平,太平之帝,未必常致凤鸟与河图也。五帝三王,皆致太平,案其瑞应,不皆凤皇为必然之瑞。于太平,凤皇为未必然之应,孔子,圣人也,思未必然以自伤,然不应矣。
>
> 或曰:"孔子不自伤不得王也,伤时无明王,故已不用也。凤鸟河图,明王之瑞也。瑞应不至,时无明王;明王不存,已遂不用矣。"
>
> 夫致瑞应,何以致之?任贤使能,治定功成。治定功成,则瑞应至矣。瑞应至后,亦不须孔子。孔子所望,何其末也!不思其本,而望其末;不相其主,而名其物。治有未定,物有不至,以至而效明王,必失之矣。孝文皇帝可谓明矣,案其本纪,不见凤鸟与河图。使孔子在孝文之后,犹曰"吾已矣夫"。①

当时儒者伪造图谶假托孔子,而孔子的确说过与此有关的话,王充敢于针对孔子的"凤鸟不至,河不出图,吾已矣夫"发问,层层辩驳,指出"孔子所望,何其末也",这就不仅揭露了图谶的不可信,还论定了孔子之言不可据,从根本上动摇了谶纬神学的理论

---

① 黄晖:《论衡校释》,第415~416页,北京:中华书局1990年版。

基础。尽管王充从根本上并不反对儒学,在总体倾向上是尊孔的,然而,他能实事求是分析孔子的言论,不搞妄目崇拜,这对于揭露当时儒者借尊孔之名行迷信之实是十分重要的。王充的文章,善于论辩,不忌往复,引类举譬,烛幽洞微,继承了庄周以来长江诸子古文的文章风格,当时和后来虽受到正统派的攻击,但其书流传至今而不废,证明了其旺盛的生命力。

第三章

赋家之心　苞括宇宙

秦统一中国,结束了列国纷争的混乱局面,"车同轨,书同文",四海一家,大大促进了南北文化的交流和融合。汉承秦制,继续营造着大一统的政治格局和文化氛围。由于西汉开国君臣是以刘邦为代表的楚人集团,他们对楚文化的偏爱使得楚声兴隆,楚辞、楚歌、楚舞得到发展,而由楚地作家宋玉所开创的赋体文学更成为有汉"一代之文学",这一文学不仅以长江流域作家为代表作家,而且充分体现了长江文学的文化特点和地域风格,也反映出长江文章风格的流变。

第一节　赋体起源和宋玉的文体创造

赋是中国文学史上最重要的文学体裁之一,汉赋则是学术界公认的有汉"一代之文学"。弄清楚赋体的来龙去脉,无疑会加深我们对这种文体的认识,把握其文体特征和发展规律,更深刻的理解赋体文学。然而,对于赋体起源,自汉代以来就聚讼纷坛,至今没有统一的认识。① 因此,有必要对这一问题加以探讨,从而更深刻地认识汉代长江流域的文章风格及其影响。

一 汉人的赋体探源

对于赋体文学的起源,尽管历来有种种不同的说法②,但这些说法大多源于汉人的论述或受汉人意见的启发。赋是汉代的代表性文体,汉代赋论家都从事过赋体文学创作,他们去古未远,熟悉文体源流,又对赋的文体特征及其社会功用有着切身的体会,因而他们关于赋体起源的看法最值得我们重视。

汉代赋论家对于赋体起源主要有两种不大相同却极有影响的观点:一认为赋源于"楚辞",一认为赋源于"古诗"。所谓"楚辞",其实是指以《离骚》为代表的屈原作品;所谓"古诗",则是被儒家所推崇的《诗经》。

最早谈到赋体起源的是司马迁,他在《史记·屈原贾生列传》中说:

> 屈原既死之后,楚有宋玉、唐勒、景差之徒者,皆好辞而以赋见称;然皆祖屈原之从容辞令,终莫敢直谏。

---

① 马积高认为赋的形成有三种不同途径:由楚歌演变而来,由诸子问答体和游士说辞演变而来,由《诗》三百篇演变而来(见《赋史》,第4—7页,上海古籍出版社1987年版);吴小如认为,从文学体裁和艺术的表现形式来看,赋与《楚辞》的血缘关系原很明显,"若论其内容实质,则'赋'之更早的渊源实为《三百篇》中的《雅》《颂》"(见《说赋——〈中国历代赋选序〉》,载《文学评论》,1989年第2期);胡学常则认为,推原赋体之源"既不可归之于'不歌而诵'的诵读方式,也不可归之于所谓的'古诗之流',而当归之于先秦隐语"(见《文学话语与权力话语——汉赋与两汉政治》,第13页,浙江人民出版社2000年版)。

② 例如,叶幼明归纳出八种关于赋的起源的旧说,这八种旧说是:源于"不歌而诵"说,"受命于诗人"说,"拓宇于楚辞"说,"原本诗骚,出入战国诸子"说,本于纵横家言说,出于史篇说,源于隐语(谜语)说,起源于楚民歌说。(见《辞赋通论》,第42—50页,湖南教育出版社1991年版。)

这里提到的"辞"和"赋"显然具有文体的涵义。在本传中,司马迁提到贾谊"为赋以吊屈原","为赋以自广","赋"均为文体概念。在《酷吏列传》中,司马迁还提出了"楚辞"的概念。按司马迁的说法,既然宋玉等人"好辞而以赋见称",那么赋体文学应创始于宋玉。不过,司马迁又说他们"皆祖屈原之从容辞令",即是说他们的作品都脱胎于以屈原作品为代表的楚辞,赋源于楚辞说即由此发端。在司马迁看来,赋是在楚辞基础上发展起来的,"从容辞令"是赋与辞的共同特点,而"莫敢直谏"则是赋与辞的主要区别。需要指出的是,司马迁虽然意识到作为文体的辞与赋的区别,但他并没有将它们之间划出截然的界线。他有时将屈原的作品称为赋,如说屈原被顷襄王流放江滨,"乃作《怀沙》之赋"(《史记·屈原贾生列传》),"屈原放逐,乃赋《离骚》"(《报任安书》);有时又辞赋并称,如说"景帝不好辞赋"(《史记·司马相如列传》)。由于辞赋不分,屈原自然就成为辞赋之祖。

以屈原为辞赋之祖、以楚辞为赋体之源并不是司马迁个人的看法,西汉时期的学者们的认识大多如此。西汉末年学者刘歆在其父刘向《别录》基础上编辑的《七略》设有"诗赋略","诗赋略"将所著录的辞赋分为四类:第一类是以"屈原赋"为代表的"赋二十家三百六十一篇",第二类是以"陆贾赋"为代表的"赋二十一家二百七十四篇",第三类是以"孙卿赋"为代表的"赋二十五家百三十六篇",第四类是以"客主赋"为代表的"杂赋十二家二百三十三篇"。在"屈原赋"类里,著录有"屈原赋二十五篇"、"宋玉赋十六篇"、"贾谊赋七篇"、"枚乘赋九篇"、"司马相如赋二十九篇",等等,说明刘氏父子是将屈原作品作为赋体之源来看待的。

当然,刘向并没有将辞与赋完全混为一谈。他在整理秘阁藏书编辑《楚辞》时,便将辞与赋明确区分开来。《楚辞》中除全录屈原作品外,宋玉作品只录《九辩》、《招魂》(后人疑非宋玉作),另有景差《大招》、贾谊《惜誓》、淮南小山《招隐士》、东方朔《七谏》、严忌《哀时命》、王褒《九怀》以及刘向自己的《九叹》等,并不录枚乘、司马相如等汉赋作家的赋体作品。这就是说,在刘向看来,辞与赋既有联系又有区别,合言之皆可称赋,分言之则辞赋有别。其后,扬雄进一步将屈原的赋与宋玉、枚乘等人的赋加以区别,认为前者是"诗人之赋",后者是"辞人之赋"。据扬雄《法言·吾子》云:

> 或问吾子少而好赋,曰:"然童子雕虫篆刻。"俄而曰:"壮夫不为也。"或曰:"赋可以讽乎?"曰:"讽乎!讽则已,不已,吾恐不免于劝也。"或曰:"雾縠之组丽。"曰:"女工之蠹也。"……或问:"景差、唐勒、宋玉、枚乘之赋也益乎?"曰:"必也淫。""淫则奈何?"曰:"诗人之赋丽以则,辞人之赋丽以淫。如孔氏之门用赋也,则贾谊升堂,相如入室矣;如其不用何?"[①]

显然,扬雄认为,诗人之赋与辞人之赋虽都是赋,但它们的文体风格是有着本质的差别的;诗人之赋取义于"诗",辞人之赋取法乎"辞";取义于"诗"则"丽以则",取法乎"辞"则"丽以淫"。这些看法,与司马迁和刘向等人的看法是基本一致的。不过,在扬雄看来,不管是诗人之赋,还是辞人之赋,儒家都不表赞同,因为儒家用"诗"而不用"赋"(这里的"诗"和"赋"均指文学体裁而非表现方法),这就将"诗"与"赋"划清了界线。正是因为赋不合儒家诗教标准,所以扬雄对赋体文学的总体评价很低,在他看来,赋作为一种文体只是"壮夫不为"的"童子雕虫篆刻"。可以

---

① 扬雄:《吾子》,见《扬子法言》卷二,影印浙江书局《二十二子》本,第813页,上海古籍出版社1986年版。

看出,在扬雄生活的西汉末年,赋体文学发生了生存危机,它是否具有存在的价值已经受到人们的质疑。特别是扬雄早年曾致力于赋体创作,其实际社会效应与他的创作期待相去甚远,使他对赋的讽谕功能完全丧失信心,他的文体焦虑自然比其他作家更为深刻。

东汉的班固正是在赋体文学的价值受到质疑这样的社会背景下,对汉赋的起源提出了与司马迁、扬雄等人迥然不同的看法。他认为,赋并不源于楚辞,而是源于"古诗"。他说:

> 传曰:"不歌而诵谓之赋。登高能赋,可以为大夫。"言感物造端,材知深美,可与图事,故可以为列大夫也。古者诸侯卿大夫交接邻国,以微言相感,当揖让之时,必称诗以谕其志,盖以别贤不肖而观盛衰焉。故孔子曰"不学《诗》无以言"也。春秋之后,周道寖坏,聘问歌咏不行于列国,学诗之士逸在布衣,而贤人失志之赋作矣。大儒孙卿及楚臣屈原,离谗忧国,皆作赋以风,咸有恻隐古诗之义。其后宋玉、唐勒,汉兴,枚乘、司马相如,下及扬子云,竞为侈丽闳衍之词,没其风谕之义。(《汉书·艺文志》)

显然,班固认为赋与"古诗"有直接渊源,他在《两都赋序》里便明确指出:"赋者,古诗之流也。"[①]而所谓"古诗",即儒家经典《诗经》。既然赋体文学是"古诗之流",它的存在也就符合儒家经义,不能予以否定。不过他也承认,孙(荀)卿、屈原之赋与宋玉、枚乘之赋风格有别,不能同等看待。而他判别的标准是:前者"咸有恻隐古诗之义",而后者"没其风谕之义"。这种认识,虽然

---

① 班固:《两都赋》,见《文选》卷一,影印胡克家本,第21页,北京:中华书局1977年版。

受到扬雄"诗人之赋"、"辞人之赋"说的影响,但在赋体起源上却与扬雄持完全相反的立场:扬雄以为孔门不用赋,而班固却认为赋是"古诗之流",儒家并不排斥。班固的言论,很让人疑心是在为汉赋存在的合理性进行辩护,将赋体文学与"古诗"联系起来,便为受到否定的赋这种文体寻找到了合于儒家经义的依据,拉出"大儒孙卿"来作赋体的开创者,也是为了同样的目的。班固在《两都赋序》里便明确指出,汉赋"或以抒下情而通讽谕,或以宣上德而尽忠孝,雍容揄扬,著于后嗣,抑亦雅颂之流亚也",甚至认为以赋为代表的大汉之文章,"炳焉与三代同风",说明班固是肯定汉赋以及赋体文学的。

值得注意的是,汉人对赋体文学的溯源是和对屈原作品的态度联系在一起的。

一般来说,肯定赋源于楚辞的学者同时也肯定屈原的人格及其作品的价值,否定赋源于楚辞的学者则正好相反。例如,司马迁认为赋源于楚辞,他在《史记·屈原贾生列传》中引用刘安的论述高度评价屈原及其作品,认为:"国风好色而不淫,小雅怨诽而不乱,若《离骚》者,可谓兼之矣。上称帝喾,下道齐桓,中述汤武,以刺世事。明道德之广崇,治乱之条贯,靡不毕见。其文约,其辞微,其志洁,其行廉,其称文小而其指极大,举类迩而见义远。其志洁,故其称物芳;其行廉,故死而不容。自疏濯淖污泥之中,蝉蜕于浊秽,以浮游尘埃之外,不获世之滋垢,皭然泥而不滓者也。推此志也,虽与日月争光可也。"班固则认为,赋乃"古诗之流",并不源于楚辞,他对屈原及其作品采取了否定的态度,他说:"今若屈原,露才扬己,竞乎危国群小之间,以离谗贼。然责数怀王,怨恶椒兰,愁神苦思,强非其人,忿怼不容,沉江而死,亦贬洁狂狷景行之士。多称昆仑冥婚宓妃之语,皆非法度之政,经义所载,谓之兼施风雅而与日月争光,过矣。"[①]班固认为屈原并非圣贤之士,其作品也不合儒家"法度"和"经义"标准,如果以屈原作品作为汉赋之源,汉赋也会遭致被彻底否定的命运。然而,班固又是肯定汉赋存在的合理性的,这就迫使他去寻找赋体的新的源头,于是他找到了"古诗"即《诗经》。以赋为"古诗之流"不仅从根本上解决了当时人们对赋体价值的怀疑(例如扬雄),使其合于经义标准,而且将赋纳入"或以抒下情而通讽谕,或以宣上德而尽忠孝"的范畴,使其发挥政教功能。

上述现象说明,汉人的赋体溯源,其实反映着不同时期社会政治思想对文学观念和文体认识的影响。西汉前期,统治者崇尚黄老之学,南方道家思想在社会生活中占主导地位,而以屈原作品为代表的楚辞也为统治者所喜爱,汉赋以楚辞为源头自然无损于它的价值。汉武帝虽然接受董仲舒建议,"罢黜百家,独尊儒术",实现了政治思想的统一,但文化思想并未完全整合。司马迁虽受儒家思想影响很深,他评价司马相如赋也引用儒家诗教做标准,以为"相如虽多虚辞滥说,然其要归,引之节俭,此与《诗》之风谏何异?"(《史记·司马相如传》)然而,他受父亲司马谈的影响同样很深,《史记·太史公自序》载司马谈论六家要旨,极力推崇道家学说,也表明了司马迁的态度。而他肯定刘安对屈原的评价,也并非完全采用儒家经义标准。何况汉武帝喜爱楚辞,朱买臣能以楚声诵楚辞,被武帝任命为中大夫。同时武帝也喜爱大赋,因为大赋能"润色鸿业",言语侍从之臣"日月献纳",公卿大臣"时时间作",可满足他的好大喜功的政治需要。楚辞与汉赋的关系既是明确的,它们的价值也为社会所认可。然而,到了西汉后期特别是东汉时期,儒家思想牢固确立了在思想文化各个领域的统治地位,经学已经成为惟一的社会评判标准,是

---

① 班固:《离骚序》,影印明翻宋本《楚辞》卷一,四部丛刊初编本。

否合乎儒家经义便成为判断作家作品价值的依据。同时,汉赋作家在其创作实践中越来越感受到这一文体讽谏作用的丧失,所谓"劝百讽一",其结果是"不免于劝",赋作家们也逐渐沦为"言语侍从之臣"(《两都赋序》),与倡优无异,这种文体的困惑和赋作家们的内在焦虑促使他们重新思考辞赋的有关问题。扬雄将赋分为"诗人之赋"和"辞人之赋",以达到基本肯定屈原及其作品而否定汉赋的目的,班固将汉赋与楚辞分离,以达到完全否定屈原及其作品而肯定汉赋的目的。尽管二人的结论相反,但他们在评价屈原及其作品均使用了儒家的经义标准,只是班固更为保守而已。

其实,使用儒家经义标准并不必然排斥屈原及其作品,何况这种排斥缺少整合南北文学思想的包容性,不利于文学思想的统一和文学自身的发展。其后不久,王逸便同样运用儒家经义的标准重新评价屈原及其作品,将屈原作品为代表的南方文学纳入儒家诗教的理论体系,完成了南北文学思想的整合。王逸认为:"今若屈原,膺忠贞之质,体清洁之性,直若砥矢,言若丹青,进不隐其谋,退不顾其命,此诚绝世之行,俊彦之英也。……屈原之词,优游婉顺,宁以其君不智之故,欲提携其耳乎?而论者以为'露才扬己','怨刺其上','强非其人',殆失厥中矣。夫《离骚》之文,依托五经以立义焉。"[①]全面反驳了班固对屈原及其作品的攻击。在肯定屈原及其作品的同时,王逸重新肯定屈原作品对赋体文学的影响,他说:"故智弥盛者其言博,才益多者其识远,屈原之词,诚博远矣。自终殁以来,名儒博达之士著造词赋,莫不拟则其仪表,祖式其模范,取其要妙,窃其华藻,所谓金相玉质,百世无匹,名垂无极,永不刊灭者也。"(同上)班固所代表的正统儒家思想排斥以屈原作品为代表的《楚辞》和王逸将

---

① 王逸:《楚辞章句叙》,见洪兴祖《楚辞补注》卷一,北京:中华书局1983年版。

《楚辞》纳入儒家文学系统而整合南北文学思想以形成新的文学批评标准,反映着中国文学思想真正成熟与发展,也说明汉人的赋体探源从来就不是一个纯粹的学术问题,它负载了太多的社会意识形态内容。

二 楚文学与赋体起源

如果排除意识形态的干扰,从纯学术的角度来看,汉人的赋体探源也还存在两个问题需要加以澄清:一是作为文学体裁的"赋"和作为文学方法技巧的"赋"是否可以混为一谈,一是对一种文体构成要素的可能来源和这种文体的实际起源是否可以同等对待。汉人对这两个问题的缠混,不仅影响了他们对赋体起源的辨析,而且影响了后代学者对赋体源流的认识。

先说第一个问题。

如前所述,班固提出"赋者,古诗之流也",其根据有两点:从形式上看,古人有"赋诗言志"的传统,而"不歌而诵谓之赋";从内容上看,汉赋"或以抒下情而通讽谕,或以宣上德而尽忠孝,雍容揄扬,著于后嗣,抑亦雅颂之流亚也",合乎儒家诗教。在儒家思想占统治地位的社会里,班固的意见具有正统权力话语的强势文化背景,自然最容易产生社会影响。后来人们探讨赋体源流,常常自觉不自觉地受班固认识的局限,在儒家经义中去寻找赋体起源的依据。六朝学者便大多如此。

晋挚虞《文章流别论》论赋体源流时说:"赋者,敷陈之称,古诗之流也。古之作诗者,发乎情,止乎礼义。情之发,因辞以形之;礼义之旨,须事以明之,故有赋焉。所以假象尽辞,敷陈其志。"[①]挚虞不仅肯定了赋是"古诗之流",而且认为赋也同样合乎

---

① 严可均校辑《全上古三代秦汉三国六朝文·全晋文》卷七十七,第1905页,北京:中华书局1958年版。

"发乎情,止乎礼义"的儒家诗教。

左思《三都赋序》则说:

> 盖《诗》有六义焉,其二曰赋。扬雄曰:"诗人之赋丽以则。"班固曰:"赋者,古诗之流也。"先王采焉,以观土风。①

《诗》有"六义"说始于《毛诗序》,《毛诗序》云:"故《诗》有六义焉:一曰风,二曰赋,三曰比,四曰兴,五曰雅,六曰颂。"《周礼·春官·大师》亦云:"(大师)教六诗:曰风,曰赋,曰比,曰兴,曰雅,曰颂;以六德为之本,以六律为之音。"尽管"六诗"与"六义"内涵并不完全一致,两相印证,仍能说明《诗》"六义"之"赋"来源甚古。左思将赋体文学与《诗》之"六义"联系起来,进一步坐实了赋为"古诗之流"的确切含义。

齐梁时期,刘勰全面总结了前人对赋体源流的认识,并做出了自己的判断。他说:

> 《诗》有六义,其二曰赋。赋者,铺也;铺采摛文,体物写志也。昔邵公称"公卿献诗,师箴,瞍赋",传云"登高能赋,可以为大夫"。诗序则同义,传说则异体,总其归途,实相枝干。故刘向明"不歌而诵",班固称"古诗之流"也。至如郑庄之赋《大隧》,士蔿之赋《狐裘》,结言短韵,词自己作,虽合赋体,明而未融。及灵均唱《骚》,始广声貌。然则赋也者,受命于《诗》人,而拓宇于楚辞也。(《文心雕龙·诠赋》)

在刘勰看来,赋作为一种文体,源于《诗》之"六义",因而属于

---

① 左思:《三都赋》,见《文选》卷四,影印胡克家本,第74页,北京:中华书局1977年版。

"古诗之流";赋体的独立创作,可以追溯到春秋早期的郑庄公之赋《大隧》;赋体后来蔚为大国,主要得益于楚辞的开拓疆域。可以看出,刘勰的这些意见,其实是对汉以来有关赋体源流意见的综合,而主要是受班固思想的影响。

然而,《诗》"六义"说是汉人对《诗经》的解说,赋、比、兴被说成是"《诗》之所用"①,也就是诗歌的三种表现手法。照郑玄《周礼注》的解释:"赋之言铺,直陈今之政教善恶。"而铺陈的方法是语言表达和文学表达的基本方法,甲骨文中就采用过这种方法,《尚书》中也多用这种方法,并非只用于《诗经》,如果因为某种文体运用了铺陈的方法,就说其是"古诗之流",那么一切文体起源都会与《诗经》有关,这并不符合文体发生的实际。况且作为文学方法的赋与作为文体的赋并不是一回事,如果以为赋体文学即源于《诗》之"六义",这就会把文学方法与文学体裁混为一谈,对我们认识赋体文学并不能提供帮助。并且,以"六义"为赋体之源自身也有矛盾,范文澜便指出:"赋比兴三义并列,若荀屈之赋,自六义之赋流衍而成,则不得赋中杂出比兴。今观荀屈之赋,比兴实繁。即士蔿所作,有狐裘尨茸语,三句之中,兴居其一,谓赋之原始,即取六义之赋推演而成,或未必然。"②此外,赋不仅仅是一种语言表达方法和文学表达方法,它还是一种诵诗技巧,所谓"不歌而诵谓之赋",也就是不配歌乐而口诵诗歌,"以声节之"③,《左传》便记载有春秋时期人们"赋诗言志"的大

---

① 孔颖达《毛诗正义》云:"风雅颂者,诗篇之异体;赋比兴者,诗文之异辞耳。大小不同,而得并为六义者,赋比兴是诗之所用,风雅颂是诗之成形,用彼三事,成此三事,是故同称为义。"(影印阮元校刊《十三经注疏》本,第271页,北京:中华书局1980年版。)
② 范文澜:《文心雕龙注》,第137页,北京:人民文学出版社1958年版。
③ 《周礼·大司乐》:"兴道讽诵言语",郑玄注云:"兴者,以善物喻善事。道,读曰导;导者,言古以剀今也。倍(背)文曰讽。以声节之曰诵。发端曰言。答述曰语。"(影印阮元校刊《十三经注疏》本,第787页,北京:中华书局1980年版。)

量事例。诵"古诗"可以说是赋,诵自作诗也可以说是赋,刘勰所说的郑庄公之赋《大隧》,士𫇭之赋《狐裘》,均为诵自作诗,说它们是赋体文学显然是不合适的。有学者指出:"'六诗'之'赋'非郑玄所说'铺陈政教'之义,而是赋事、赋物之谓",具体说来,"赋"是与"序乐事"相关的职业性术语,包含着相应的细目节文,即"陈乐器,正乐位"。① 即使从语源学上来说,《诗》"六义"之"赋"也并非赋之本义,《说文》云:"赋,敛也,从贝,武声。"更确切的解释是:"赋者,发敛土地所生之物以供天子也。"(《汉书·地理志》"厥赋上上错"注)硬要将赋体起源与《诗》之"六义"挂钩,是经学家们宗经思想在作祟。在儒家思想作为统治思想的中国古代社会里,学者们跳不出班固所构筑的儒家正统思想的樊笼可以理解,我们今天探讨赋体文学的起源就应该排除这些思想的干扰,真正厘清赋体文学的文体渊源。

我们不赞成说赋是"古诗之流"或者说赋体文学起源于《诗》"六义"之"赋",是因为作为文学体裁的赋有它质的规定性,只有弄清楚它的真正起源,才能准确把握它的文体特征。当然,这并不是说,作为一种文体,赋的构成要素只有一种来源。恰恰相反,我们认为赋体文学的构成要素的来源是多方面的。这里实际牵涉到被汉人缠混的第二个问题:一种文体的构成要素的来源和这种文体的真正的起源。

来源和起源是两个不同的概念。十多年前我在探讨中国小说起源时曾指出:"来源并不等于起源,因为这里有着本质的区别:起源标示着某一事物的诞生,而来源只表明构成这一事物的某种因素,这种因素完全可以来自不同性质的别一事物。"② 例如,马克思主义起源于马克思和恩格斯,但它的来源则是德国的

---

① 陈元锋:《〈诗〉赋、比、兴古义发微》,《文学遗产》1988年第6期。
② 参见拙作《中国小说起源探迹》,《文学遗产》1985年第1期。着重号原有。

古典哲学、英国的古典经济学和法国的空想社会主义,我们绝不可以说费尔巴哈哲学是马克思主义的起源,也不能说圣西门的社会主义是马克思主义的起源。同样道理,赋体文学的来源也可以是多方面的,清人章学诚便说:

> 古之赋家者流,原本《诗》《骚》,出入战国诸子。假设对问,《庄》《列》寓言之遗也;恢廓声势,苏、张纵横之体也;排比谐隐,韩非《储说》之属也;征材聚事,《吕览》类辑之义也。(《章氏遗书·校雠通义》卷三。)

如果说赋体文学在形成过程中吸收了《诗》、《骚》、战国诸子等的文学营养,或者说它们是赋体文学的来源,那么这一论断显然是可以成立的。非但如此,说隐语是赋体文学的来源,也是可以成立的[①]。说铭、箴、颂、谏这些应用文也是赋体文学的来源,同样也可以成立[②]。甚至说"赋的来源是南方的民众文学"[③],更是有着充足的根据。

这样看来,关于赋体探源实际上存在两种思路。一种思路

[①] 如刘勰《文心雕龙·诠赋》云:"观夫荀结隐语,事数自环。"已经点明赋体与隐语的关联。王闿运《湘绮楼说诗·答陈复心问》则明确指出:"赋者,诗之一体,即今谜也,亦隐语,而使人自悟,故以谕谏。夫圣人非不能切戒臣民,君子非不敢直忤君相,刑伤继相,政俗无裨,故不为也。庄论不如隐语,故荀卿、宋玉赋因作焉。"
[②] 参见陶秋英《汉赋研究》,第13—14页,杭州:浙江古籍出版社1986年版。
[③] 陶秋英云:"所谓古时的《诗经》是北方民众文学(歌诗不分)的总集。赋的来源是南方的民众文学。南北所不同,只是句调之不同,章法之不同。大概南方民族较柔和,北方民族较刚健,所以北方的诗歌也是比较刚健,南方的诗歌也比较柔和。最明显的区别是北方的每句的字数,比较整齐;南方的字数,比较不整齐,而句调绵长。又北方的语助辞用得很少,而南方的差不多处处用语助辞帮助他的声调,所以读起来更觉得悠扬动听。——因此后代的赋,可不必歌而很和于颂的。"(《汉赋研究》,第12页,杭州:浙江古籍出版社1986年版。)

是从赋体文学构成要素的可能来源或其受到的此前文学因素的可能影响方面来探讨,这样它的来源一定是多方面的,因为文学的传承以及不同文体的相互影响是客观存在的。另一种思路是从赋作为一种文体的实际诞生方面来探讨,这样它的起源应该是明确而具体的,包括起始的大体时间、地域、创作者,以及文体形式、特点、风格等等,都能得到相对准确的说明。前一种探讨不能说没有意义,而后一种探讨才能真正解决问题。

澄清了以上认识,再来看汉人的赋体探源,我们就会发现,尽管他们探源的思路各异,但涉及到赋体文学的真正起始却仍然有大体接近的看法,这就是他们无一例外地把楚地作家和楚文学与赋体文学联系在一起。例如司马迁提到"屈原既死之后,楚有宋玉、唐勒、景差之徒者,皆好辞而以赋见称,然皆祖屈原之从容辞令"(《史记·屈原贾生列传》),以为赋体文学称名于宋玉等人,而以屈原为之祖。班固则说:"春秋之后,周道寖坏,聘问歌咏不行于列国,学诗之士逸在布衣,而贤人失志之赋作矣。大儒孙卿及楚臣屈原,离谗忧国,皆作赋以风,咸有恻隐古诗之义。其后宋玉、唐勒,汉兴,枚乘、司马相如,下及扬子云,竞为侈丽闳衍之词,没其风谕之义。"(《汉书·艺文志》)显然,班固认为受古诗影响"有恻隐古诗之义"的"贤人失志之赋"创始于荀子和屈原,而宋玉等人的赋"没其风谕之义",属于另一类赋。班固关于赋的分类比较接近扬雄所说的"诗人之赋"和"辞人之赋"的赋体分类。他所提到赋体文学的代表作家屈原和宋玉也是楚文学的代表作家。荀子虽不是楚人,班固既然说他"离谗忧国"而"作赋以风",当是指荀子晚年入楚所作《赋篇》(说详下)。《汉书·艺文志》著录"孙卿赋十篇"包括《成相》三篇,而《成相》中有"春申道缀基毕输"之语,显然作于春申君遇害(前238年)之后,其时荀子正居楚地,故朱熹以为"亦托于楚而作"①。而荀卿入楚作赋显然是受到楚文学濡染的结果。由此可见,认识到赋体文学与楚文学和楚地作家的密切关系,正是汉代学者们的共识。

汉代学者的赋体探源启示我们,赋体文学的直接来源不是代表北方文学的《诗经》,而是具有南方地域文化特点的楚文学。后人常说"《离骚》为词赋祖"②或称"屈宋为赋家之祖"③等等,肯定的正是楚文学对赋体文学发展的贡献。因为屈原、宋玉的创作虽也吸收过北方文学的营养,但主要是受楚国地方文化和民间文学的熏陶,直接采用楚歌形式而加以提炼而成的新文体。楚歌经过自西周初年至战国后期数百年的发展,到屈原、宋玉的时代,已经形成句式长短错杂、结构舒缓有致、感情自由奔放的特点。屈原《九歌》就是依照沅湘之间的祭祀巫歌旧曲"颇为更定其词"④而成,其代表作《离骚》也完全是用楚人所理解的楚歌形式来表达的。宋玉作品也不例外。所谓"屈、宋诸《骚》,皆书楚语,作楚声,纪楚地,名楚物,故可谓之《楚辞》。若些、只、羌、谇、蹇、纷、侘傺者,楚语也;顿挫悲壮,或韵或否者,楚声也;沅、湘、江、澧、修门、夏首者,楚地也。兰、茝、荃、荪、蕙、若、蘋、蘅者,楚物也。"⑤近人王国维认为:"《沧浪》、《凤兮》二歌,已开楚辞体格。"⑥指出楚歌对《楚辞》的影响,是完全正确的。姜书阁对《楚辞》与楚地民歌以及《诗经》的关系打过一个比方,他说:"楚辞和楚地民歌是嫡系血亲关系,是直接的;它和《诗》三百篇(主

---

① 朱熹:《楚辞后语·成相第一·叙说》,见《楚辞集注》附录,第209页,上海古籍出版社1979年版。
② 祝尧《古赋辨体》引宋祁语。
③ 丘琼荪:《诗赋曲词概论·绪论》,北京:中华书局1934年版。
④ 朱熹:《九歌第二》,见《楚辞集注》,第29页,上海古籍出版社1979年版。
⑤ 黄伯思:《新校楚辞序》,《宋文鉴》卷九十二引。
⑥ 王国维:《人间词话》一二五,见《王国维论学集》,第348页,北京:中国社会科学出版社1997年版。

要指《二南》)则只是间接的旁系宗族关系罢了。"①

说楚歌是《楚辞》的直接来源,屈原的作品是《楚辞》的真正起源,这并没有解决赋体文学的起源问题。因为辞与赋毕竟是具有不同文体特征、不同审美风格的两种文体,汉代学者对它们已经有所区分,前面我们已经做了分析,魏晋以后这种区分则更加清楚。刘勰《文心雕龙》有《辨骚》和《诠赋》两篇,分论"骚"、"赋"两种文体;萧统编辑《文选》,"骚""赋"分体选文;《隋书·经籍志》在集部特设"楚辞"一目,"骚"与"赋"不相混淆,历代正史沿袭不改;宋人晁补之将历代在创作精神上和写作技巧上受屈原影响的作品选编为《续楚辞》和《变离骚》共156篇,朱熹在此基础上编成《楚辞后语》六卷,都以屈原作品为代表的"楚辞"单列一体。总之,"盖汉魏以下,赋体既变,无全集皆作此体者,他集不与楚辞类,楚辞亦不与他集类。体例既异,理不得不分著也。"②既然辞与赋是后人已经做了区分的文体,它们各自都有自己的文体特征和文体风格,我们理应将它们区分开来。一旦将辞与赋区分开来,作为楚辞之祖的屈原就不能再是赋体之祖,赋体文学应有自己的开创者。

事实上,前人对此问题早已有过探讨。刘勰在《文心雕龙·诠赋》提出"赋也者,受命于诗人,拓宇于《楚辞》"之后,紧接着说:

> 于是荀况《礼》、《智》,宋玉《风》、《钓》,爰锡名号,与诗画境,六义附庸,蔚成大国。遂述客主以首引,极声貌以穷文,斯盖别诗之原始,命赋之厥初也。

---

① 姜书阁:《先秦辞赋原论》,第2页,济南:齐鲁书社1983年版。其实,"二南其地在南阳南郡之间"(郦道元《水经注》引《韩诗序》),春秋时已属楚地,即使楚辞与《二南》有关,也同样与楚有关。
② 永瑢等:《楚辞类提要》,见《四库全书总目》卷一四八,第1267页,北京:中华书局1965年版。

在刘勰看来,赋体文学虽与《诗》、《骚》有密切的关系,但真正"与诗画境"即与诗分出明显疆域的是荀况和宋玉的作品,正是他们的作品才真正开始与诗相别并以赋名体(所谓"别诗之原始,命赋之厥初")。清人程廷祚也有类似的看法,他在《骚赋论》中说:

> 或曰:《骚》作于屈原矣,赋何始乎?曰:宋玉。
> 荀卿《礼》《知》二篇,纯用隐语,虽始构赋名,君子略之。宋玉以瑰伟之才,崛起骚人之后,奋其雄夸,乃与《雅》《颂》抗衡,而分裂其土壤,由是词人之赋兴焉。汉《艺文志》称其所著十六篇,今虽不尽传,观其《高唐》、《神女》、《风赋》等作,可谓穷造化之精神,尽万类之变态,瑰丽窈冥,无可端倪,其赋家之圣乎!①

这里程氏将"骚"与"赋"明确区分开来论其源流,他虽然肯定赋体创始于宋玉,但仍然承认荀子"始构赋名",说明他所说赋体始于宋玉,主要还是从文体的成熟及其对赋体文学的影响方面来立论的,而赋体创始之功仍在荀子。

荀子和宋玉,究竟哪个人先创制了赋体,这是一个一直有争议的话题②。不过,荀子的赋作是其入楚所作,这是探讨赋体源

---

① 程廷祚:《骚赋论》,见《青溪集》卷三,金陵丛书本。
② 例如唐令狐德棻在《周书·王褒庾信传论》中说:"其后逐臣屈平,作《离骚》以叙志,宏才艳发,有恻隐之美。宋玉,南国词人,追逸辔而亚其迹。大儒荀况,赋《礼》、《智》以陈其情。含章郁起,有讽谕之义。贾生,洛阳才子,继清景而奋其晖。并陶铸性灵,组织风雅,词赋之作,实为其冠。"明徐师曾则说:"赵人荀况,游宦于楚,考其时在屈原之前,所作五赋,工巧深刻。"(《文体明辨序说》,第101页,北京:人民文学出版社1962年版。)他们对谁最先创制赋体的意见不同。近人谢无量则最坚决主张赋体文学为楚人所创,他说:"盖春秋以来,诗人不作。楚承南音,继兴骚赋。屈原始创,而宋玉、景差、唐勒之徒,扇其馀风。荀卿居楚,亦有赋篇。"(谢无量:《中国大文学史》,第78页,郑州:中州古籍出版社1992年版。)

流的学者们的一致意见,而荀子入楚时间是有史可考的,这就为解决荀子和宋玉到底哪个人先创制赋体提供了线索。

据《史记·孟子荀卿列传》载:"荀卿,赵人。年五十(应为十五)始来游学于齐。……田骈之属皆已死。齐襄王时,而荀卿最为老师。齐尚修列大夫之缺,而荀卿三为祭酒焉。齐人或谗荀卿,荀卿乃适楚,而春申君以为兰陵令。春申君死而荀卿废,因家兰陵。……著数万言而卒,因葬兰陵。"刘向《孙卿书录》云:"……齐人或谗孙卿,孙卿乃适楚,楚相春申君以为兰陵令。人或谓春申君曰:'汤以七十里,文王以百里。孙卿,贤者也,今与之百里地,楚其危乎!'春申君谢之。孙卿去之赵。后客或谓春申君曰:'伊尹去夏入殷,殷王而夏亡;管仲去鲁入齐,鲁弱而齐强。故贤者所在,君尊国安。今孙卿,天下贤人,所去之国,其不安乎!'春申君使人聘孙卿,孙卿遗春申君书,刺楚国,因为歌、赋,以遗春申君。春申君恨,复固谢孙卿,孙卿乃行,复为兰陵令。"[1]《韩诗外传》卷四有类似记载,《战国策·楚策四》还载有荀子写给春申君的书信和赋,此赋与今本《荀子·赋篇》后面所附"小歌"大同小异,说明它们是同篇之异文。而据《史记·春申君列传》记载:"春申君相楚八年,为楚北伐灭鲁,以荀卿为兰陵令。"考春申君于楚考烈王元年为相,相楚八年即楚考烈王八年(前255年),荀子此时入楚为兰陵令,屈原已沉江二十多年[2],而宋玉比屈原稍晚,主要生活在楚顷襄王时代,故其作品中皆云楚王或楚襄王,不及考烈王[3],因此,荀卿入楚作赋肯定晚于宋玉的

---

[1] 王先谦:《荀子集解》卷二十,第557—558页,北京:中华书局1988年版。
[2] 屈原沉江在秦将白起拔郢的当年,时当楚顷襄王二十一年(前278年)。
[3] 《新序·杂事第一》有"楚威王问于宋玉",威王乃怀王之父,其时屈原尚幼,宋玉不可能与威王问对,同书《杂事第五》另两则宋玉故事,均称楚襄王,《文选》所载宋玉《对楚王问》与《杂事第一》内容略同,楚威王正作楚襄王,因此,可以断定《杂事第一》中"威王"乃"襄王"之讹。

辞赋创作。从荀子的几篇赋作来看,也明显带有学习模仿楚民歌的痕迹。所以,说赋体文学为宋玉所开创,就现有材料判断,应该是可以成立的。

三 宋玉的文体创造

宋玉,楚国鄢(今湖北宜城)人,与屈原同时而稍晚。有关他的生平事迹,历史记载甚少。仅知他曾事楚襄王,为小臣,颇不得志。

宋玉的作品主要是辞赋。《汉书·艺文志》在"屈原赋"类著录有"宋玉赋十六篇",《文选》选宋玉作品"赋"四篇、"骚"两篇、"对问"一篇,清严可均辑《全上古三代秦汉三国六朝文》收其文十三篇,另有《古文苑》所载《舞赋》一篇未收。然而,现存这十四篇作品的真伪有不少存在争议。为了不使讨论枝蔓,我们选取《九辩》、《风赋》、《高唐赋》和《神女赋》这四篇争议较少的作品来看看宋玉的文体创造。①

《九辩》被刘向收入《楚辞》,历来《楚辞》选本无不照收。王逸说《九辩》是宋玉"闵惜其师忠而放逐,故作《九辩》以述其志"②,其命意和用辞都有模仿屈原作品的痕迹,文体形式和基本

---

① 《九辩》为宋玉所作向来无异议。郭沫若认为"除掉这三篇——《笛赋》、《午赋》、《招魂》——的确不是宋玉作品外,其他各篇都是宋玉为人的很不利的供词"(郭沫若:《关于宋玉》,见《郭沫若古典文学论文集》,第354页,上海古籍出版社1985年版);姜书阁基本同意郭氏意见,只是排除了宋玉作《对楚王问》的可能(见姜书阁:《宋玉及其辞赋考辨》,见《先秦辞赋原论》,第119—131页,济南:齐鲁书社1983年版);马积高认为《文选》所收宋玉赋四篇(《风赋》、《高唐赋》、《神女赋》、《登徒子好色赋》)基本可以肯定为宋玉所作,只是《高唐赋》末段"可能有后人的附益"(见《赋史》,40—43页,上海古籍出版社1987年版)。1972年山东临沂银雀山汉墓出土简书中有唐勒赋一篇残文,语言风格与宋玉赋相类,也提供了宋玉作品真实性的有力佐证。

② 王逸:《楚辞章句·九辩第八》,见洪兴祖《楚辞补注》,第182页,北京:中华书局1983年版。

风格当然属于屈骚一类,历来论者向无异议。不过,宋玉的《九辩》只可谓得屈骚之形而并未能得屈骚之神,郑振铎便指出:"在《九辩》里的宋玉,其情调与屈原却大有不同。他也伤时,然而他只说到'悼余生之不时兮,逢此世之攘'而止;他也怨君之不见察,然而他也只说到'君弃远而不察兮,虽愿忠其焉得;欲寂寞而绝端兮,窃不敢忘初之厚德'而止;他也骂世,然而他只说到'何时俗之工巧兮,灭规矩而改凿。独耿介而不随兮,愿慕先圣之遗教'而止。他是蕴蓄的,他是'温柔敦厚'的。"①因此,就楚辞骚体而言,宋玉是无法与屈原媲美的,刘勰所云"屈宋逸步,莫之能追"(《文心雕龙·辨骚》),显然抬高了宋玉。

然而,值得注意的是,作为骚体的《九辩》已经孕育着文体的突破。这一点,似乎没能引起学界的足够重视。我们不妨略为展开做些分析。

屈原是中国历史上第一个伟大的爱国主义诗人,他的作品之所以惊天地、泣鬼神,不仅在于他继承了楚民族的优良传统和楚民歌的浪漫主义精神,而且还在于他融会南北的思想文化而铸就了忠贞耿介独立不倚的性格,为历代诗人所不及。他的"纷吾既有此内美兮,又重之以修能"的自信,他的"彼尧舜之耿介兮,既遵道而得路"的向往,他的"亦余心之所善兮,虽九死其犹未悔"的执著,他的"岂余身之惮殃兮,恐皇舆之败绩"(以上引文均见《离骚》)的忧患,反映着春秋战国时期知识分子以道自任以节自守的文化心理和文化性格。在屈原时代,百家争鸣已近尾声,然而,知识分子"乐其道而忘人之势"(《孟子·尽心上》)的优良传统,"帝者与师处,王者与友处"②的角色期待,都还没有在人们

---

① 郑振铎:《插图本中国文学史》,第64页,北京:人民文学出版社1957年版。
② 《战国策·燕策》载郭隗语。燕昭王拜郭隗为师,吸引来乐毅、邹衍、剧辛等名士赴燕。《史记·魏世家》记魏文侯"东得卜子夏、田子方、段干木,此三人者,君皆师之。"此类事例还有不少。

的记忆中消失。屈原"与楚同姓",曾任怀王左徒,地位仅次于令尹,"入则与王图议国事,以出号令;出则接遇宾客,应对诸侯,王甚任之"(《史记·屈原贾生列传》),他当然会有借怀王而行道的幻想。即使后来被怀王疏远,他也不愿放弃这一幻想,直至怀王客死秦国,郢都被拔,幻想破灭,他才沉江而死。因而在其作品中,他抒发的是对国事民生的热情关切,对理想信念的不懈追求,对邪佞群小的无比憎恶,对社会现实的强烈批判,其中潜涵着对知识分子价值理性的维护和对黑暗政治势力的抗争。况且,用诗来批评时政,讽谕君王,是西周以来诗人们的传统。班固指责屈原"责数怀王,怨恶椒兰,愁神苦思,强非其人"(《离骚序》),殊不知这正是屈原的精神之所在,是《离骚》所以动人心魄之所在,也是以《离骚》为代表的屈原作品的文体风格之所在,此所谓"诗人之赋丽以则"也。

宋玉虽然采用骚体的形式创作了《九辩》,但他并没有真正继承屈原的精神。郑振铎已经指出了这一点,郭沫若也说:"《九辩》有几章的确是写得缠绵悱恻,娓婉动人,但都是一些叹老嗟卑、怀才不遇的标准才子型的文章,里面虽然也有一些高尚的辞句,甚至有些直接取自屈原作品的,但那整个精神判然不同。"[①]屈、宋的差别,首先是理想信念的差别。在《九辩》中,我们既看不到作者对自己才能的充分自信,也看不到作者对国家前途的热切关怀,更看不到为理想而献身的英勇抗争,作者反复申述的是"坎廪兮,贫士失职而志不平;廓落兮,羁旅而无友生;惆怅兮,而私自怜"[②]的失意与怅惘,而这种情绪,正反映出知识分子在失去"为王者师"的理想和"乐道忘势"的信念之后的迷惘。战国后

---

① 郭沫若:《关于宋玉》,见《郭沫若古典文学论文集》,第356页,上海古籍出版社1985年版。
② 宋玉:《九辩》,见《文选》卷三三,影印胡克家本,第470页,上海古籍出版社1977年版。下引此文不再注。

期,天下一统已是大势所趋,形势需要强势权力来完成这种统一,韩非提出的"事在四方,要在中央,圣人执要,四方来效"①的主张便反映了时代的要求。知识分子只有服从并服务于这种强势权力,才能实现自身的价值。李斯赴秦前辞别荀子时直言不讳地说:

> 斯闻得时无怠,今万乘方争时,游者主事;今秦王欲吞天下,称帝而治,此布衣驰骛之时,而游说者之秋也。处卑贱之位,而计不为者,此禽鹿视肉,人面而能强行者耳。故诟莫大于卑贱,而悲莫甚于穷困,久处卑贱之位,困苦之地,非世而恶利,自托于无为,此非世之情也。故斯将西说秦王矣。(《史记·李斯列传》)

李斯的这种心态是"势"尊而"道"卑的社会条件下知识分子比较普遍的一种心态,也是理解宋玉思想情感的重要参照。知识分子既然不可能做帝王之师,就只能做帝王之臣,甚至做帝王之仆。据《北堂书钞》卷三十三引《宋玉集序》,宋玉因朋友引荐而成为楚王"小臣",《新序·杂事第五》说"宋玉因其友以见于楚襄王,襄王待之无以异,宋玉让其友",又说"宋玉事楚襄王而不见察,意气不得,形于颜色",这些故事所载楚王与宋玉的谈话从未涉及政治,多为平居游乐谐谑,可见宋玉至多不过是个"主上所戏弄"的言语侍从之臣。低微的社会地位和不受重视的处境使得宋玉缺少屈原那样的政治抱负,势尊而道卑的社会背景又使得宋玉失去了犯颜直谏的勇气和条件,当然,他也没有必须承担的道义和责任。这种时代背景,这种创作心态,正是《九辩》不

---

① 韩非:《韩非子·扬权》,影印浙江书局《二十二子》本,第1123页,上海古籍出版社1986年版。

能具有《离骚》那样的思想震撼力的关键之所在。

《离骚》是一首政治抒情诗,就作品的政治思想内涵而言,《九辩》无法与之相比。然而,《九辩》作为社会转型期失意知识分子的内心独白,又有着不容忽视的开创意义。"悲哉!秋之为气也。萧瑟兮,草木摇落而变衰。憭慄兮,若在远行。登山临水兮,送将归。……"这种意境,这种气氛,这种情绪,这种心态,在以前的文人作品中还没有出现过,它象征着知识分子政治地位的衰落(从"王者之师"到"王者之臣")和现实人格的变迁(从"谋道不谋食"到"主上所戏弄"),预示着文学创作内容和风格的转向,同时也孕育着新文体的诞生。在"草木摇落而变衰"的环境里,在社会需要知识分子服从和服务于强势权力的条件下,文人学士们所能做的,除了像李斯那样直接参与强权政治的建设,恐怕也只有像宋玉这样去做"主上所戏弄"的言语侍从之臣了。屈原是具有远大政治抱负的诗人,而宋玉是被政治所排斥和压制的文人,我们不应该要求宋玉写出《离骚》那样的作品,也不能因为他没有写出《离骚》那样的作品而贬低他。宋玉的创造在于,他在王权急遽膨胀的时代,在道卑而势尊的文化语境中,能够借用并发展《离骚》为代表的楚辞的形式创造出赋体文学,既巧妙地保留了文学之士利用自己的创作来讽谏君王的传统,又为敏感而多才的文人们开辟了一片抒发内在情感显示艺术才华的新天地,同时也满足了君王对于言语侍从之臣为其服务的要求,从而形成了一种特殊的文体风格。这一点,只要认真分析一下《文选》所收宋玉的《风赋》、《高唐赋》、《神女赋》就不难明了。

《风赋》是一篇咏物赋,也是一篇寓言赋,作品采用楚王问,宋玉答的形式,亦韵亦散,描写了"大王之雄风"和"庶人之雌风",从风的发生,到其所经过的物体,再到对人的身心的影响,层层铺叙,细致描摹,给人以强烈而深刻的印象。其文曰:

楚襄王游于兰台之宫,宋玉、景差侍。有风飒然而至,王乃披襟而当之,曰:"快哉,此风!寡人所与庶人共者耶?"宋玉对曰:"此独大王之风也,庶人安得共之?"大王曰:"夫风者,天地之气,溥畅而至,不择贵贱高下而加焉。今子独以为寡人之风,岂有说乎?"宋玉对曰:"臣闻于师:'枳句来巢,空穴来风。'其所托者然,则风气殊焉。"

王曰:"夫风,始安生哉?"宋玉对曰:"夫风,生于地,起于青蘋之末,侵淫溪谷,盛怒于土囊之口,缘泰山之阿,舞于松柏之下。飘忽淜滂,激扬熛怒;耾耾雷声,回穴错迕,蹶石伐木,梢杀林莽。至其将衰也,被丽披离,冲孔动楗,眴焕粲烂,离散转移。故其清凉雄风,则飘举升降,乘凌高城,入于深宫。邸华叶而振气,徘徊于桂椒之间,翱翔于激水之上,将击芙蓉之精。猎蕙草,离秦衡,概新夷,被黄杨,回穴冲陵,萧条众芳。然后倘佯中庭,北上玉堂,跻于罗帷,经于洞房,乃得为大王之风也。故其风中人状,直憯悽惏慄,清凉增欷,清清泠泠,愈病析酲,发明耳目,宁体便人。此所谓大人之雄风也。"

王曰:"善哉论事!夫庶人之风,岂可闻乎?"宋玉对曰:"夫庶人之风,塕然起于穷巷之间,堀堁扬尘,勃郁烦冤,冲孔袭门,动沙堁,吹死灰,骇溷浊,扬腐馀,邪薄入瓮牖,至于室庐。故其风中人状,直憞溷郁邑,殴温致湿,中心惨怛,生病造热,中唇为胗,得目为蔑,啖齰嗽获,死生不卒。此所谓庶人之雌风也。"①

赋中襄王所云"善哉论事"可以作为此文的评语,也表明这样的作品可以得到主上的喜爱。然而,宋玉写作此赋,也许确实隐藏

---

① 宋玉:《风赋》,见《文选》卷三三,影印胡克家本,第470页,上海古籍出版社1977年版。下引此文不再注。

有讽谏的用意,当楚王披襟当风,快活无已,以为自己与庶人共享此风的时候,宋玉指出:"此独大王之雄风,庶人安得而共之。"或者正如苏轼所说:"不知者以为谄也,知之者以为讽也。"①且"雄风"、"雌风"的比较也确实能让人感受到社会的阶级对立,不能说完全没有对楚王讽喻的意味,只不过这种讽喻过于隐晦,过于含蓄,也过于软弱,以致被赋文本身对风的巧妙铺叙及其华丽辞藻所遮蔽,正所谓"辞人之赋丽以淫",楚王恐怕览其文是不会得其讽的。正是从这里我们看到了赋体文学与楚辞的本质差别。清人程廷祚所云"骚之于诗远而近,赋之于骚近而远"②,真可谓一语中的。

《高唐赋》和《神女赋》写楚王与巫山神女恋爱的故事,两赋相互衔接。这个既为楚怀王所幸又为楚襄王追求的巫山神女,在宋玉笔下真是美不可言:"其始来也,耀乎若白日初出照屋梁;其少进也,皎若明月舒其光。须臾之间,美貌横生,晔兮如华,温乎如莹,五色并驰,不可殚形,详而视之,夺人目精。其盛饰也,则罗纨绮缋盛文章,极服妙彩照万方。振绣衣,被袿裳,襛不短,纤不长,步裔裔兮曜殿堂。忽兮改容,婉若游龙乘云翔。嫷被服,侻薄装,沐兰泽,含若芳,性和适,宜侍旁,顺序卑,调心肠。"③这还只是《神女赋》序言的描写,而赋文还有四百余字铺叙神女之美。《高唐赋》中,作者叙写楚王游览高唐并射猎,特别是铺陈高唐形胜及物产,都极尽描摹之能事。尽管《高唐赋》在结束时

---

① 苏轼:《书柳公权联句》,见《苏轼文集》卷六十七,第2106页,北京:中华书局1986年版。
② 程廷祚:《骚赋论》,《青溪集》卷三,金陵丛书本。
③ 宋玉:《神女赋》,见《文选》卷一九,影印胡克家本,第267页,上海古籍出版社1977年版。下引此文不再注。

有"思万方,忧国害,开贤圣,辅不逮"①的告诫,《神女赋》对神女也有"薄怒以自持兮,曾不可乎犯干"的描写,恐怕都很难起到谏谕统治者节俭去奢、励精图治的作用,倒是容易使统治者陶醉在作品描写的境界中。汉武帝时,"相如既奏《大人赋》,天子大悦,飘飘有凌云之气,似游天地间意"(《史记·司马相如传》),便是极好的例证。

上述三赋都是宋玉侍从楚王应楚王之命而作,"王曰:'试为寡人赋之。'玉曰:'唯唯。'"便清楚地说明了这一点。《风赋》云"楚襄王游于兰台之宫,宋玉、景差侍",《高唐赋》云"昔者楚襄王与宋玉游于云梦之台",《神女赋》云"楚襄王与宋玉游于云梦之浦",即使这些序言是后人所加,也提供了这些作品的创作背景。既然赋的第一读者是楚王,作者就不得不首先满足楚王的阅读需要,对帝王居住环境的描摹,对帝王射猎场景的铺叙,对神女美貌形体的夸饰,都是为了满足这种需要。如果作者的创作仅止于此,这样的作品当然只能说是帝王的文学,贵族的文学。然而,作者在作品的整体构思中,在具体铺叙描写中,都融入了对帝王的某种讽谏,尽管这种讽谏是十分含蓄而隐蔽的,我们仍然必须承认,在知识分子失去权力话语的条件下,这样的处理是应该得到理解并值得同情和尊重的。在形式上,宋玉赋采用客主问答,铺张扬厉,亦骈亦散,亦诗亦文,既便于对事物的描摹,又便于对情感的抒发,为文人驰骋才华开拓了广阔的空间。此外,宋玉之赋构思精巧,体物浏亮,词藻华赡,韵散兼善,体现了深厚的语言修养和高超的文学技巧,反映出文人从政治领域淡出而转向文学艺术的研习的新趋向,也是必须加以关注的。文人不可能都成为政治家或在政治上发挥作用,然而,文人都有

---

① 宋玉:《高唐赋》,见《文选》卷一九,影印胡克家本,第267页,上海古籍出版社1977年版。下引此文不再注。

丰富的情感和表达的欲望,而且这种情感和欲望常常是社会情绪和愿望的反映,因此,文人对自己情感的关注并不必然比对社会政治的关注缺少价值。如果说以屈原作品为代表的楚辞是一种具有浓烈政治意味的抒情性文学文体,它的诞生是对"百家争鸣"时代文人文化理念和政治热情的诗性凝聚,那么,以宋玉作品为代表的赋则是一种具有鲜明艺术意味的叙事性文学文体,它的出现,为政治大一统之后的文人学士提供了另一种可能发展的空间,即语言艺术的空间和情感表达的空间。正因为如此,宋玉赋作所创始的极尽铺叙描摹之能事而意主劝惩的文体风格,终于在汉代发展成为代表汉代文学成就的汉大赋,"《子虚》之事,《上林》赋说,靡丽多夸,然其指讽谏,归于无为"(《史记·太史公自序》),继承的便是宋玉的传统,这也充分说明了宋玉文体创造的价值。

屈原的出身和遭遇是独特的,其作品也许是不可企及的;而宋玉的处境和心情则带有普遍性,他的作品给予后代文人的影响也就更加具体而直接。"摇落深知宋玉悲,风流儒雅亦吾师。怅望千秋一洒泪,萧条异代不同时"①,杜甫对宋玉的这种理解和倾慕其实反映出后世文人对宋玉其人的理解和对其文体创新的肯定。历来文人将屈、宋并提,显然有相当充足的理由。

有一点需要说明:作为文体的赋作的命名究竟是始于宋玉还是始于荀子?笔者的回答是:宋玉。刘勰《文心雕龙·诠赋》曾说:"荀况《礼》、《智》,宋玉《风》、《钓》,爰锡名号,与诗画境。"即是说,以赋名体的作品是从荀况的《礼》、《智》,宋玉《风》、《钓》开始。既然前面我们已经论证了宋玉赋作早于荀况,那么,以赋名篇自然应该从宋玉开始。有人因为曹植《洛神赋》序文提

---

① 杜甫:《咏怀古迹五首》之二,见仇兆鳌《杜诗详注》卷之十七,第1501页,北京:中华书局1979年版。

到"感宋玉对楚王说神女事"而不称《高唐赋》或《神女赋》,而《荀子》中又有《赋篇》,便断言以赋名篇始于荀子。其说并不可从。一是《高唐赋》和《神女赋》序文中已明确记载楚王要求宋玉"试为寡人赋之",说明这些作品就是赋。司马迁说宋玉"好辞而以赋称",《汉书·艺文志》著录宋玉作品也称"宋玉赋十六篇",证明汉人已称宋玉作品为赋。至于宋玉作品当时是否以赋冠名,现在已无法确考。从先秦出土简书大都不著篇名来看,宋玉作品包括荀子的作品在当时可能都未冠赋名,《荀子》中的《赋篇》也应该是后来整理者所题。《汉书·艺文志》著录"荀子赋十篇"包括《成相》,而《成相》三篇并不以赋名篇,而以赋名篇的七篇作品中却并未出现"赋"字。因此,从各种因素来判断,真正称其创作的作品为赋还是应从宋玉算起。

第二节 楚声兴隆与汉赋的崛起

赋体文学是汉代的代表性文学。而汉赋的崛起既与汉朝统治者对辞赋的喜爱和提倡有关,也与以屈原、宋玉的辞赋作品为代表的楚文学对汉代文学的深刻影响有关。在汉代,一批最有成就最具影响的汉赋作家正是从长江流域诞生的。因此,从一定意义上说,长江的文章风格左右着汉代文学的发展。

一 楚声兴隆

秦始皇统一中国后,以法为治,以吏为师,不以文学为意,对各地域文化采取了压制和排斥的态度。其残暴的统治虽然维持了统一的政权,却并未真正形成整合各地域文化的统一的思想,而一个政权的合理性是不能靠武力来维持的,它必须建立起适合自身稳定的又能为大多数民众所接受的统治思想。秦始皇未能做到这一点,秦的短祚也就理所当然了。

汉高祖刘邦夺取天下后,注意吸收秦朝二世而亡的经验教训,明白了"可以马上得天下,不可马上治天下"的道理,比较自觉地进行思想文化建设。汉初的文化建设既继承了秦朝维护中央集权和强调天下一统的基本思想,又避免了秦始皇所实行的文化专制主义倾向,对各地域文化采取了兼收并蓄的方针,诸如道家的、儒家的、法家的、兵家的,只要是有利于其统治的,都尽量整合进来,以形成思想文化大一统的格局,这对稳定新政权和国家的长治久安发挥了十分积极的作用。正如《史记·太史公自序》所云:"汉兴,萧何次律令,韩信申军法,张苍为章程,叔孙通定礼义,则文学彬彬稍进。"

汉代统治者采取吸纳和整合各地域文化的政策,并不是对各地域文化同等对待。刘邦出身楚地,汉初统治集团的主要成员均为楚人,他们从小所受到的文化熏陶使他们对楚文化有着更为深厚的感情,"尊己以卑人"的情绪也引导他们更倾向于提倡楚文化,加上作为楚地传统思想的道家思想本来是代表南方的极有特色的一种思想,而楚辞、楚歌、楚舞又是当时最有地方特色最有感染力的文学艺术,统治者们运用这些思想和艺术也颇觉得心应手。正因为如此,在汉初的思想文化领域,楚风甚炽,楚声兴隆。

据记载,刘邦在做汉王之时,便不喜欢儒生穿长衣大袖的儒服,曾命令叔孙通去儒服而改为"服楚衣短制"(《史记·叔孙通传》)。他曾部署"四面楚歌"逼迫项羽自杀。建立汉政权后,刘邦大力提倡楚文化,从冠冕服饰到音乐舞蹈,一切都以楚为尚。刘邦喜欢楚声楚乐,便规定宫廷房中乐为楚声。刘邦爱好楚歌楚舞,常常自作楚歌。他破英布还沛时所作《大风歌》便是典型的楚歌,脍炙人口。因立赵王如意为太子之事被吕后所阻,他曾感伤地对戚夫人说:"为我楚舞,吾为若楚歌。"于是作《鸿鹄歌》(《史记·高祖本纪》)。一时间,冠楚冠,服楚服,歌楚歌,舞楚舞,蔚然成风。据《汉书·刑法志》记载,刘邦做亭长时戴的竹皮冠被人争相仿制冠戴,名曰"刘氏冠",以致刘邦不得不下诏,规定"爵非公乘以上,毋得冠刘氏冠"。

刘邦对楚文化的推崇并不是单纯的个人爱好,它既是对秦王朝贬抑楚文化的文化政策的直接反拨,也是加强宗法政治大一统和思想文化大一统的重要措施,同时又是"尊己以卑人"的文化心理的一种表现。正因为如此,推崇楚文化便不是一时一事一人之所为,它成为了汉代基本的文化政策,并给予了汉代文学发展以巨大而深远的影响。

以楚歌为例。汉代统治者不仅用楚歌来祭祀天地神灵和渲染宫廷礼仪,如汉《郊祀歌》中有楚歌,高祖唐山夫人所作《安世房中歌》也是楚歌;而且用楚歌来抒发感情,成为他们表情达意的工具。例如,戚夫人被囚永巷,舂而作楚歌;赵王友为吕后所幽禁,饥而作楚歌;梁王恢鉴于吕后专权,作楚歌四章以抒怀,令乐人歌之;燕剌王旦谋废帝自立,事泄,乃置酒万载宫,会宾客、群臣、妃妾坐饮,王自作楚歌,华容夫人楚舞,四座皆泣,王遂自杀。汉代统治者所作楚歌有不少颇有特色,为世所重。如高祖刘邦的《大风歌》,武帝刘彻的《瓠子歌》、《秋风辞》,淮南王刘安的《八王操》,昭帝刘弗陵的《黄鹄歌》、《游池歌》等。

对于楚辞,汉代统治者也同样爱好。《汉书·王褒传》载汉章帝评论辞赋"大者与古诗同义,小者辩丽可喜"。章帝的母亲马太后爱好楚辞,被传为美谈。甚至那些能以楚声诵楚辞的人,也得到朝廷重用。汉武帝时,朱买臣能以楚声诵楚辞,很得武帝赏识,被拜为中大夫。宣帝时,九江被公能以楚声诵楚辞,也被征诏入朝。统治者的提倡,对于楚辞在汉代的普及以及宋玉在楚文学基础上创造的赋体文学的发展,无疑有着直接的促进作用。

需要指出的是,汉代统治者接受了秦二世而亡的经验教训,因而没有采用秦朝极端的文化专制主义政策,他们在推崇楚文化时,并没有禁止或排斥其他地域文化。汉初推崇黄老,行无为之治,其核心思想是长江流域的传统思想,然而,刘邦命叔孙通制礼仪,以正君臣之位,将儒家思想引进国家政治生活之中,表明了兼收并蓄的政治倾向。刘邦还敕书太子,要求他多读书,并说自己早年谓读书无益"多不是",虽未公开尊崇儒术,却已开重儒之风。楚文化本来就是一种开放性的文化,具有兼容并包的特点,与各地域文化的冲突并不很大。无为而治的政治环境又为各地域文化的交流融会创造了条件。统治者提倡的主流文化与各地域文化的多元共存,不仅缓和了各地域文化之间的紧张关系,而且促进了文化的发展和大一统思想文化的形成。西汉中叶,汉武帝接受董仲舒的建议,"罢黜百家,独尊儒术",实现了国家政治思想的真正统一。而这种儒术,已非先秦原始儒学,而是整合了黄老刑名、阴阳五行等各种文化思想的新儒学,它是汉初几十年思想文化交融的产物,适应了中央集权的国家政治大一统的时代需要。从秦始皇开始的文化大一统运动经过了近百年的冲突激荡,到这时才算真正完成。因此可以说,到汉武帝时代,中国才真正结束了狭义的地域文化的历史,也结束了狭义的地域文学的历史。

当然,广义的地域文化仍然存在,广义的地域文学也仍然存在。且不说汉代的地方民歌一直十分活跃,汉武帝时"乃立乐府,采诗夜诵,有赵、代、秦、楚之讴"(《汉书·礼乐志》),《汉书·艺文志》也载有《吴楚汝南歌诗》、《南郡歌诗》等长江流域民歌,长江流域作家所创作的楚辞作品在汉代也是极富代表性的,而汉大赋最享盛名最有影响的作家也多是长江流域作家,这些充分说明地方文化传统和地方文学传统对作家创作的影响是巨大而深刻的。从一定意义上说,汉代楚声兴隆所带来的文学繁荣,正是长江文学发挥积极影响,长江文风誉满华夏的结果。

二 汉赋的崛起与枚乘的贡献

由宋玉开创的赋体文学在汉代得到迅猛发展。据《汉书·艺文志》辞赋类著录,有主名的辞赋家共65家,作品共762篇,除去先秦辞赋家4家,作品55篇,汉代(主要是西汉)有辞赋家61家,作品707篇,这还不包括无主名的辞赋作品。考虑到辞赋体制较大,创作不易,不像诗歌那样短小,可以即兴发挥,这样的创作数量已经十分惊人。当然,《汉志》所著录的辞赋作家与作品中有一部分是楚辞作家和楚辞(或仿楚辞)作品,不过它们只占全部作家作品的一小部分。而真正代表汉赋成就的是继承宋玉赋体文学风格并加以发展的汉大赋,或称散体赋、骋辞大赋,而这类作品正是《汉志》著录的主体。

汉赋首先兴起于各藩国君臣。一般认为,贾谊在作长沙王太傅时所创作的《吊屈原赋》、《鹏鸟赋》是汉初赋体文学的代表作品。然而,宋朱熹撰《楚辞集注》,第八卷便收入了贾谊的这两篇作品,并注云:"《吊屈原》者,汉长沙王太傅贾谊之所作也。谊以适(谪)去,意不自得,及过湘水,时屈原沉汨罗已百余年矣。谊追伤之,投书以吊,而因以自喻。"①"《服(鵩)赋》者,贾谊之所作也。谊在长沙三年,有服(鵩)飞入谊舍,止于坐隅。服(鵩)似鸮,不详鸟也。谊以长沙卑湿,自恐寿不得长,故为赋以自广。……谊有经世之才,文章盖其馀事,其奇伟卓绝,亦非司马相如辈所能仿佛。"②在朱熹看来,这两篇作品属于"大抵皆祖(屈)原意"的"楚辞"一类,与司马相如为代表的汉大赋是有本质上的区别的。应该说,朱熹的认识是符合这些作品的实际的。

---

① 朱熹:《楚辞集注》卷第八《吊屈原第十二》,第157页,上海古籍出版社1979年版。
② 朱熹:《楚辞集注》卷第八《服赋第十三》,第159页,上海古籍出版社1979年版。

这些赋作更多地是受到屈原作品的影响,其基本精神和文体风格也是近于以《离骚》为代表的楚辞,而与宋玉所开创的"铺采摛文,体物写志"的赋体文学有较大差异。何况,贾谊的赋作并没有成为后来汉代赋家学习的榜样。而真正作为汉大赋的发轫之作是枚乘的《七发》。《七发》无赋之名而有赋之实,继承的正是宋玉的写作传统和文体风格,并且开启了武帝时期一大批赋家的赋体创作,著名汉赋大家司马相如的赋作也明显受到《七发》的影响。而枚乘正是深受楚文化熏陶的长江流域作家。

枚乘,字叔,淮阴(今江苏淮阴)人,生年不可考。曾为吴王濞郎中。吴王谋反,乘上书谏阻,吴王不纳,遂去吴适梁。后吴楚七国之难平,乘因此知名。景帝以其为弘农都尉,乘不乐作郡吏,以病去官,复游于梁。梁孝王死,乘回淮阴。武帝即位(前140年),以安车蒲轮征乘,时乘已老,因诏赴京,死于途中。

《七发》作于何时,史无明文。《文选六臣注》引李善说:"乘事梁孝王,恐孝王反,故作《七发》以谏之。"此说前人多疑其非是。北宋以后,多数学者以为此作乃谏吴王濞谋反。清梁章钜《文选旁证》引朱绶说:"《七发》之作,疑在吴王濞时。扬州本楚境,故曰楚太子也。若梁孝王,岂能观涛曲江哉?"此说虽然合理,但也没有直接的证据。

《七发》开篇即云:"楚太子有疾,而吴客往问之。"客先谈到太子的病情:"久耽安乐,日夜无极;邪气袭逆,中若结轖。纷屯澹淡,嘘唏烦酲;惕惕怵怵,卧不得瞑。虚中重听,恶闻人声;精神越渫,百病咸生。"然后与太子讨论病源:

> 今夫贵人之子,必宫居而闺处。内有保母,外有傅父,欲交无所。饮食则温淳甘脆,醲醴肥厚。衣裳则杂遝曼暖,燀烁热暑。虽有金石之坚,犹将销铄而挺解也,况其在筋骨之间乎哉!故曰:纵耳目之欲,恣支体之安者,伤血脉之和。且夫出舆入

辇,命曰蹶痿之机;洞房清宫,命曰寒热之媒;皓齿蛾眉,命曰伐性之斧;甘脆肥脓,命曰腐肠之药。今太子肤色靡曼,四支委随,筋骨挺解,血脉淫濯,手足惰窳;越女侍前,齐姬奉后;往来游宴,纵恣乎曲房隐闲之中,此甘餐毒药,戏猛兽之爪牙也。所从来者至深远,淹滞永久而不废,虽令扁鹊治内,巫咸治外,尚何及哉!今如太子之病,独宜世之君子,博见强识,承闲语事,变度易意,常无离侧,以为羽翼。淹沉之乐,浩唐之心,遁佚之志,其奚由至哉!①

吴客以为"今太子之病,可无药石针刺灸疗而已,可以要言妙道说而去也",楚太子承认自己的病情与病源,并愿意听吴客的"要言妙道"。吴客于是陈说琴音之赏、滋味之腴、车马之快、游宴之爽、校猎之壮、观涛之乐等六事来启发太子,太子终于据几而起,"然汗出,霍然病已"。

从立意来看,作品显然含有讽谏之意。不管是谏吴王,还是谏梁王,或者是"戒膏粱之子"②,《七发》都是有所为而发。并且作品的讽谏在上引序言中已经得到清楚的表露,比宋玉赋作中的讽谏意味应该更浓一些。这当然与枚乘的生活环境与宋玉不同有关。无论是从吴王游,还是从梁孝王游,枚乘都有一定的自由,因为他随时可以离开他们中的任何一个主人而再投奔另一个新主人,还可以到中央朝廷效力,何况枚乘的讽谏还有中央朝廷的强势权力作后盾。正是因为枚乘敢于讽谏,吴楚七国之乱平息后,曾为吴王郎中的枚乘非但没有被治罪,反而得到朝廷赏识,这是宋玉所不能具有的政治背景,也是他们作品中讽谏意味

---

① 枚乘:《七发》,见《文选》卷三四,影印胡克家本,第478—479页,北京:中华书局1977年版。下引此文不再注。
② 刘勰《文心雕龙·杂文篇》云:"枚乘摛艳,首制《七发》,腴辞云构,夸丽风骇。盖七窍所发,发乎嗜欲,始邪末正,所以戒膏粱之子也。"

浓淡不同的重要原因。

不过,通观全篇,枚乘《七发》与宋玉赋作的文体风格仍然是一致的,或者说《七发》是对宋玉文体风格的继承与发展。这主要表现在:从文章构思来看,作品主体部分是对帝王生活的铺张扬厉,它迎合着这一文体的接受者——帝王们的审美心理,所谓讽谏只是作品比较隐蔽的一部分,并且这种讽谏同样考虑到了接受者的心理承受能力。从文章表达来看,作品采用主客答问的形式,铺采摛文,亦骈亦散,以散文叙事,以骈文描摹,语言夸张而华赡,必欲穷形尽相而后已,表现出高超的语言技巧和文字表达能力,所谓"腴辞云构,夸丽风骇",给人耳目一新之感。为了能对作品风格有一个完整的印象,这里举"观涛"一节为例:

太子曰:"善,然则涛何气哉?"

客曰:"不记也。然闻于师曰:似神而非者三:疾雷闻百里,江水逆流,海水上潮;山出内云,日夜不止;衍溢漂疾,波涌而涛起。其始起也,洪淋淋焉,若白鹭之下翔。其少进也,浩浩瀁瀁,如素车白马帷盖之张。其波涌而云乱,扰扰焉如三军之腾装。其旁作而奔起也,飘飘焉如轻车之勒兵。六驾蛟龙,附从太白,纯驰浩蜺,前后络绎,颙颙卬卬,椐椐彊彊,莘莘将将。壁垒重坚,沓杂似军行。訇隐匈磕,轧盘涌裔,原不可当。观其两傍,则滂渤怫郁,暗漠感突,上击下律,有似勇壮之卒,突怒而无畏。蹈壁冲津,穷曲随隈,逾岸出追。遇者死,当者坏。初发乎或围之津涯,荄轸谷分。回翔青篾,衔枚檀桓。弭节五子之山,通厉胥母之场。凌赤岸,篲扶桑,横奔似雷行。诚奋厥武,如振如怒。沌沌浑浑,状如奔马。混混庉庉,声如雷鼓。发怒庢沓,清升逾跇,侯波奋振,合战于藉藉之口。鸟不及飞,鱼不及回,兽不及走。纷纷翼翼,波涌云乱。荡取南山,背击北岸。复亏丘陵,平夷西畔。险险戏戏,崩坏陂池,决胜乃罢。瀄汩潺溎,披扬流洒,横暴之极。鱼鳖失势,颠倒偃侧。沈沈湲湲,蒲伏连延。神物怪疑,不可胜言。直使人踣焉,洄闇悽怆焉。此天下怪异诡观也,太子能强起观之乎?"

这里所写的是"八月之望,与诸侯远方交游兄弟,并与观涛乎广陵之曲江"所见潮水的气象。前人多以为广陵即浙江杭州,曲江则为钱塘江,文中描摹的是著名的钱塘大潮。清汪中《述学·广陵曲江证》经过精确考证,以为广陵即扬州,曲江在扬州城外,唐大历以前,潮水通扬州郭内,曲江自有其涛,大历以后,曲江逐渐淤塞,自然无涛可观。不管这里所描写的潮水是扬州曲江潮还是杭州钱塘潮,作为江阴人的枚乘,都应该有机会亲往观赏,他对潮水的熟悉程度,自然是北方作者无法相比的。阅读观潮一节,使人有身临其境的真切感受,正得益于作者对描写对象的熟悉。这也是中国文学史第一次对潮的最直接最生动的描写,若非长江流域下游的作家,是难以写出这样真实而壮美的篇章。与宋玉的《风赋》相比较,《七发》中"观涛"一节在描写手法上有异曲同工之妙。不过,宋玉对风的描写主要靠想像和联想,而枚乘对潮水的描写主要靠经验和体会,而在对日常生活的细致观察和对文学方法的综合运用上,他们又是一致的。并且,在赋体文学的艺术风格上,枚乘在宋玉赋作的基础上还有不少发展。例如,枚乘将宋玉《风赋》注重层层铺叙、《高唐赋》善用双声叠韵、《神女赋》长于变化多端的艺术成就尽量吸收,在《七发》中予以继承和发展,其体制比宋玉赋作远为庞大[①],铺张扬厉的描写比宋玉则有过之而无不及,所有这些,都实际上开启了汉大赋的先河。

---

① 《风赋》450字,《高唐赋》1083字,《神女赋》767字,而《七发》2335字,比宋玉三赋的总字数还多35字。

当然，枚乘以七事为说的表现方法也不是凭空创造，而是对楚文学的继承和发展。《战国策·楚策四》载有庄辛以五事说楚襄王，可以看作这种表现方法的滥觞，其文曰：

> 王独不见乎蜻蛉乎？六足四翼，飞翔乎天地之间，俯啄蚊虻而食之，仰承甘露而饮之，自以为无患，与人无争也。不知夫五尺之童，方将调饴胶丝，加己乎四仞之上，而下为蝼蚁食也。
> 蜻蛉其小者也，黄雀因是以！俯噣白粒，仰栖茂树，鼓翅奋翼，自以为无患，与人无争也。不知夫公子王孙，左挟弹，右摄丸，将加己乎十仞之上，以其类为招。昼游乎茂树，夕调乎酸咸。倏忽之间，坠于公子之手。
> 夫黄雀其小者也，黄鹄因是以！游于江海，淹乎大沼，俯噣鳝鲤，仰啮菱蘅，奋其六翮，而凌清风，飘摇乎高翔，自以为无患，与人无争也。不知夫射者方将修其碆卢，治其矰缴，将加己乎百仞之上，被礛磻，引微缴，折清风而矣。故昼游乎江湖，夕调乎鼎鼐。
> 夫黄鹄其小者也，蔡圣侯之事因是以！南游乎高陂，北陵乎巫山，饮茹溪之流，食湘波之鱼，左抱幼妾，右拥嬖女，与之驰骋乎高蔡之中，而不以国家为事。不知夫子发方受命乎宣王，系己以朱丝而见之也。
> 蔡圣侯之事，其小者也，君王之事因是以！左州侯，右夏侯，辇从鄢陵君与寿陵君，饭封禄之粟，而戴方府之金，与之驰骋乎云梦之中，而不以天下国家为事。不知乎穰侯方受命乎秦王，填黾塞之内，而投己乎黾塞之外。①

当然，庄辛这里还只是以数事为比，来阐明"见兔而顾犬，未

---

① 《战国策》，第140页，长沙：岳麓书社1988年版。

为晚也;亡羊而补牢,未为迟也"的道理,其对事物的铺叙描写是有限的,而枚乘则自觉地运用想像,尽量铺排夸饰,穷形尽相,其描写技巧已非庄辛可比,文章篇幅也是庄辛之文的六倍,因此,枚乘的《七发》自然成了一种新的文体和新的文风的代表。

第三节 司马相如与汉大赋的成熟

真正作为汉大赋的代表作家是司马相如,其代表作品则是《子虚赋》和《上林赋》。《子虚赋》和《上林赋》不仅继承了宋玉赋和枚乘赋"述客主以首引"的表现形式,而且将汉帝国的大国气象和磅礴气势体现为"苞括宇宙"的文体风格和时代精神,将铺张扬厉的描写技巧和穷形尽相的修辞手法融化为特点鲜明的文学方法,为汉代赋体文学树立了文体典范。从一定意义上说,司马相如赋不仅代表了一个时代,也影响了一个时代。

一 司马相如及其作品

如果说枚乘《七发》虽无赋之名,却事实上是汉大赋之滥觞,那么,真正代表汉大赋的文体风格和文学水平,最能反映赋体文学的文体特征和时代精神的汉赋代表作家是司马相如。

司马相如(前179—前117年),字长卿,蜀郡成都(今四川成都)人。《史记》、《汉书》均为其立传。相如少时好读书,学击剑,父母爱而名其曰犬子,相如既学,因仰慕蔺相如,遂更名相如。汉景帝时,以赀为郎,为武骑常侍,因景帝不好辞赋,而梁孝王身边则聚集有邹阳、枚乘、庄忌等辞赋作家,于是托病去职,客游于梁,与淮阴人枚乘和吴人庄忌同为梁孝王宾客。"居数岁,乃为《子虚》之赋"。梁孝王死,司马相如回成都,与临邛富人卓王孙之女卓文君恋爱结婚,在成都买下田宅居住。武帝时,"蜀人杨得意为狗监,侍上,上读《子虚赋》而善之,曰:'朕独不得与此人同时哉!'"杨得意因此荐司马相如于武帝。武帝召见相如,相如称:"此乃诸侯之事,未足观也,请为天子游猎赋。"于是借子虚、乌有先生、无是公三人为辞,"以推天子、诸侯之苑囿,其卒章归之于节俭,因以风谏。奏之天子,天子大悦"①,被任为郎官。时武帝采唐蒙建议通"西南夷",相如两度奉使巴蜀,因功擢升中郎将。后有人上书言相如出使西南接受贿赂,因而失官,岁余,复为郎官,改孝文园令。复以病免官,家居茂陵(今陕西咸阳西),病卒。

据《汉书·艺文志》,司马相如有赋二十九篇,是作品数量最多的作家之一。今存有《子虚赋》、《上林赋》、《哀二世赋》、《大人赋》、《封禅文》、《长门赋》、《美人赋》等,另外还有《文选·魏都赋》注引的《梨赋》,《北堂书钞》摘引的《鱼葅赋》,以及《玉篇·石郭》提到的《梓桐山赋》,是保存作品最多的汉赋作家。从作品内容来看,可见其赋题材广泛。而《子虚赋》、《上林赋》则是其代表作。《西京杂记》云:"司马相如为《上林》、《子虚》赋,意思萧散,不复与外事相关,控引天地,错综古今,忽然而睡,焕然而兴,几百日而后成。"不管此说是否真实,《子虚赋》和《上林赋》倾注了司马相如的全部心血,反映出了他的全部才华,则是可以肯定的。《子虚》、《上林》二赋也代表了汉赋成熟时期的最高水平,并且,为司马相如赢得了极高的声誉。有所谓"汉代文章两司马"之说,一指史传文学的伟大作家司马迁,一指赋体文学的杰出代表司马相如。

综观司马相如一生,他主要还是以一个言语侍从之臣的身份和风流才子的形象在社会上出现。他与卓文君的恋爱是违背卓文君父亲卓王孙的意愿的,而文君的夜奔以及他"尽卖其车

---

① 司马迁:《史记·司马相如列传》,新编《二十五史》影印清乾隆武英殿本,第330页,上海古籍出版社、上海书店1986年版。

骑,买一酒舍酤酒,而令文君当炉,相如自著犊鼻裈,与保庸杂作,涤器于市中"(《史记·司马相如列传》),是很有些才子风流之气的。从《史记》和《汉书》本传记他两次奉使巴蜀,不辱使命,以及他曾谏阻天子田猎等事来看,司马相如有一定的政治眼光和外交才干。《史记·司马相如列传》说他"与卓氏婚,饶于财,其进仕宦未尝肯与公卿国家之事,称病闲居,不慕官爵",又可见他较为淡泊名利,并非狗苟蝇营之徒,也非无聊文人可比。当然,他有自己的弱点,如喜欢骋才使气,故免不了虚辞滥说;死前不忘撰写《封禅文》,劝武帝封禅,迷信意识较浓。

二 《子虚赋》、《上林赋》的典型意义

《子虚》、《上林》二赋是司马相如的代表作。这两篇赋在《史记》和《汉书》里都合为一篇,至萧统编《文选》,才将二篇分开。因此有人怀疑此二篇原本是一篇,篇名《天子田猎赋》,而别有《子虚赋》一篇未见。然而,这种意见仅为猜测之词,并无事实的依据。且《史记》明言相如游梁时"乃著《子虚》之赋",后来"上读《子虚赋》而善之",相如才得以被武帝召见而奏天子游猎赋,而"楚使子虚使于齐"乃《子虚赋》命名之根据,"独不闻乎天子之上林乎"乃《上林赋》命名之根据,《子虚》言诸侯畋猎之事,《上林》言天子畋猎之事,正与有关记载相合。因此,在没有确凿证据之前,我们只能认为所谓"天子游猎赋"其实就是《上林赋》,这当然不排斥在写《上林赋》时,司马相如对原来所作的《子虚赋》又进行了某些加工润色,使得前后两篇赋的衔接更为紧密,《史记》、《汉书》在录载这两篇作品时又没有将其分开,以致后人误以为前后两次创作的两篇赋作是一篇赋,而《文选》将其分为两篇是符合原作的创作实际的。

《子虚赋》开篇即云:

楚使子虚使于齐,王悉发车骑,与使者出畋。畋罢,子虚过诧乌有先生,亡是公存焉。坐定,乌有先生问曰:"今日畋乐乎?"子虚曰:"乐。""获多乎?"曰:"少。""然则何乐?"对曰:"仆乐齐王之欲夸仆以车骑之众,而仆对以云梦之事也。"曰:"可得闻乎?"子虚曰:"可。……"①

接着,子虚介绍了他向齐王描述自己从楚王赴云梦游猎的情景。这种描述,极力铺陈夸饰楚国云梦之大、山川之美、物产之饶、畋猎之盛、歌舞之乐,结论是"齐殆不如",目的是压倒齐国,挫伤齐王的傲气。子虚不无自豪地说:"于是齐王无以应仆也。"乌有先生听了,并不以为然,他批评子虚说:

是何言之过也!足下不远千里,来贶齐国;王悉发境内之士,备车骑之众,与使者出畋;乃欲努力致获,以娱左右,何名为夸哉?问楚地之有无者,愿闻大国之风烈,先生之余论也。今足下不称楚王之德厚,而盛推云梦以为高;奢言淫乐而显侈靡,窃为足下不取也。必若所言,固非楚国之美也;无而言之,是害足下之信也。彰君恶,伤私义,二者无一可;而先生行之,必且轻于齐而累于楚矣。且齐东陼钜海,南有琅邪;观乎成山,射乎之罘;浮渤澥,游孟诸。邪与肃慎为邻,右以汤谷为界;秋田乎青邱,彷徨乎海外;吞若云梦者八九于其胸中,曾不蒂芥!若乃倜傥瑰玮,异方殊类,珍怪鸟兽,万端鳞崒,充牣其中,不可胜记;禹不能名,离不能计。然在诸侯之位,不敢言游戏之乐,苑囿之大;先生又见客,是以王辞不复。何为无以应哉?

《子虚赋》的主体描写是楚云梦泽和楚王的畋猎,而所设客主二人,一是称说楚之美的子虚,一是代表齐诘难楚的乌有先

---

① 司马相如:《子虚赋》,见《文选》卷七,影印胡克家本,第119页,北京:中华书局1977年版。下引此赋不再注。

生。子虚的争强斗胜和夸饰奢靡,反映着当时地方诸王们的普遍情绪和喜好,乌有先生的诘难自然含有讽谏之意。史称梁"孝王筑东苑,方三百余里,得赐天子旌旗,以千乘万骑,出称警,入言跸,拟于天子"(《史记·梁孝王世家》),可见司马相如是有感而发,并非无的放矢。不过,诘难子虚的乌有先生也免不了夸耀齐的广大和富有,"吞若云梦者八九于胸中,曾不蒂芥",口气比子虚还大,说明地方诸王都免不了骄奢淫逸的毛病。

《上林赋》则接着《子虚赋》的话题,由亡是公先对子虚、乌有先生进行批评,然后描述天子上林畋猎之盛况。作品开篇即写亡是公听(yǐn)然而笑曰:

> 楚则失矣,而齐亦未为得也。夫使诸侯纳贡者,非为财币,所以述职也;封疆划界者,非为守御,所以禁淫也。今齐列为东藩,而外私肃慎,捐国逾限,越海而田,其于义固未可也。且二君之论,不务明君臣之义,正诸侯之礼,徒事争于游戏之乐,苑囿之大,欲以奢侈相胜,荒淫相越,此不可以扬名发誉,而适足以贬君自损也。①

亡是公对子虚、乌有先生的批评正是对各地诸侯"奢侈相胜,荒淫相越"的批评。为了压倒齐、楚的气焰,亡是公称:"且夫齐、楚之事,又乌足道乎!君未睹乎巨丽也?独不闻天子之上林乎?"于是,作品通过亡是公之口,用更加铺排的形式,更加华丽的辞藻,更加丰富的想像,更加夸张的语言,描写上林苑的山水林木,珍禽异兽,离宫别馆,良石美玉,以及天子的校猎游乐,最后写到天子顿生感慨,立即采取措施,以补于时政:

---

① 司马相如:《上林赋》,见《文选》卷八,影印胡克家本,第123页,北京:中华书局1977年版。下引此赋不再注。

于是酒中乐酣,天子芒然而思,似若有亡,曰:"嗟乎,此太奢侈!朕以览听余闲,无事弃日,顺天道以杀伐,时休息于此;恐后叶靡丽,遂往而不返。非所以为继嗣创业垂统也。"于是乎乃解酒罢猎,而命有司曰:"地可垦辟,悉为农郊,以赡萌隶;隤墙填堑,使山泽之人得至焉。实陂池而勿禁,虚宫馆而勿仞。发仓廪以救贫穷,补不足,恤鳏寡,存孤独。出德号,省刑罚,改制度,易服色。革正朔,与天下为更始。"

于是历吉日以斋戒,袭朝服,乘法驾;建华旗,鸣玉鸾,游于六艺之囿,驰骛乎仁义之途,览观《春秋》之林。射《狸首》,兼《驺虞》,弋玄鹤,舞干戚,载云罕,掩群雅;悲《伐檀》,乐《乐胥》。修容乎《礼》园,翱翔乎《书》圃。述《易》道,放怪兽;登明堂,坐清庙。次群臣,奏得失;四海之内,靡不受获。于斯之时,天下大说。

天子醒悟,归于节俭,崇尚礼乐,励精图治,这当然是作者的期盼,也是这篇大赋正面的观点。而作品结尾所云:"若夫终日驰骋,劳神苦形;罢车马之用,抏士卒之精;费府库之财,而无德厚之恩。务在独乐,不顾众庶,忘国家之政,贪雉兔之获,则仁者不由也。从此观之,齐楚之事,岂不哀哉!地方不过千里,而囿居九百;是草木不得垦辟,而人无所食也。夫以诸侯之细,而乐万乘之侈,仆恐百姓被其尤也。"表面看来,作品是在批评诸侯的骄奢淫逸,而实际上却是对汉武帝的讽谏。

从以上介绍可以看出,司马相如的《子虚赋》和《上林赋》与枚乘的《七发》从内容到形式都有明显的继承关系,与宋玉的《高唐赋》和《神女赋》也一脉相承。从内容上看,《子虚》、《上林》铺叙的主要是帝王的生活,其服务对象也是帝王,而作品立意则含有讽谏。从形式上看,二赋也是采用设客主以首引,以散文推进情节,以韵文铺叙场景,铺张扬厉,辞藻华赡。

作为汉大赋的代表作,《子虚》、《上林》对赋体文学有很大的发展,主要体现在以下几点:

第一,《子虚》、《上林》不仅展示了大一统的汉帝国的蓬勃气势和繁荣局面,而且明确提出维护大一统政治局面的要求,反对各地藩王的僭侈和荒淫。这不仅在亡是公对子虚、乌有先生的批评中有直接的反映,而且在作品结构安排中也有反映,而且作者用来维护大一统的思想是已经得到"独尊"的儒家思想,这在以前的赋作中是看不到的。它们显示出大一统政治文化格局中的文学新面貌。

第二,《子虚》、《上林》描写山川苑囿、土地物产,以及朝廷威严、天子气象,显示出笼罩天地、苞括宇宙的开阔视野和博大胸襟,体现了汉帝国鼎盛时期的时代精神,这是以前赋作所不能具备的。这里举《上林赋》对天子上林苑的一段描写为例:

> 左苍梧,右西极,丹水更其南,紫渊径其北。终始灞、浐,出入泾、渭;酆、镐、潦、潏,纡余委蛇,经营乎其内;荡荡乎八川分流,相背而异态。东西南北,驰骛往来;出乎椒丘之阙,行乎洲淤之浦;经乎桂林之中,过乎泱漭之野;汨乎混流,顺阿而下,赴隘狭之口。触穹石,激堆埼,沸乎暴怒,汹涌澎湃。滭弗宓汩,偪侧泌瀄,横流逆折,转腾潎冽,滂濞沆溉,穹隆云桡,宛潬胶戾;逾波趋浥,涖涖下濑,批岩冲拥,奔扬滞沛;临坻注壑,瀺灂陨坠;沈沈隐隐,砰磅訇礚;潏潏淈淈,湁潗鼎沸。驰波跳珠,泪沄漂疾。悠远长怀,寂漻无声,肆乎永归;然后灏溔潢漾,安翔徐回;翯乎滈滈,东注太湖,衍溢陂池。

这里仅仅是对上林苑水系的描写,便给人以气势恢弘、惊心动魄之感。作品紧接着还有对苑中龙螭鱼鸟、山石林木的细致描写,均可谓"极声貌以穷文",达到了无以复加的程度。这不仅是描写技术的进步,更是一个充满自信、自豪而又欣欣向荣的时代的时代精神的体现。

第三,《子虚》、《上林》确立了汉大赋的文体风格和审美标准。尽管枚乘《七发》已经具备大赋规模,一是缺少时代精神的贯注,二是并未以赋名篇,而《子虚》、《上林》二赋不仅体现了时代精神,而且将大赋体式定型化:客主首引,韵散兼杂,劝百讽一,曲终奏雅。在艺术上,明确采用虚构方法,子虚、乌有先生、亡是公,一望即知是虚构人物,人物的虚构也为情节和场景的虚构开辟了道路。在语言上,十分注重修辞手法的运用,将铺陈技巧发挥到极致,句式长短错杂,用语新奇壮美,给读者以强烈的视觉冲击。文中多用"之""乎""者""也"等虚词,描写视角转换时常用"于是"或"于是乎"领引下文,使赋体文学的散文特色更加鲜明。

正是由于司马相如的大赋有以上突出的特点,它才得到了雄才大略的汉武帝的青睐。而统治者的爱好和提倡,又大大增强了这些作品的社会影响,司马相如的大赋因此成为了汉大赋的标准文本,成为了一个时代的文学典型。

三 司马相如文风的影响

除了《子虚赋》和《上林赋》以外,司马相如还有一些赋作也很有特点,反映出他的创作的另一些方面的成就。如《大人赋》仿效《远游》,写"大人""轻举而远游"十分壮观,极富想像力,而结之以"下峥嵘而无地兮,上寥廓而无天;视眩泯而亡见兮,听惝恍而无闻;乘虚无而上遐兮,超无友而独存"[①],使作品含有明显

[①] 司马相如:《大人赋》,见陈元龙编《历代赋汇》外集卷一,影印双梧书屋俞樾校本,第603页,江苏古籍出版社、上海书店1987年版。

的讽谏意味;《长门赋》写宫门之哀怨凄婉动人,即使不是代陈皇后所作,也是一篇难得的"宫怨"力作,后世的所谓描写宫怨的一类作品即由此发端。这里举最后一段为例:

> 日黄昏而望绝兮,怅独托于空堂。悬明月以自照兮,徂清夜于洞房。援雅琴以变调兮,奏愁思之不可长。案流徵以却转兮,声幼妙而复扬。贯历览其中操兮,意慷慨而自卬。左右悲而垂泪兮,涕流离而纵横。舒息悒而增欷兮,蹝履起而彷徨。揄长袂以自翳兮,数昔日之諐殃。无面目之可显兮,遂颓思而就床。抟芬若以为枕兮,席荃兰而茝香。忽寝寐而梦想兮,魄若君之在旁。惕寤觉而无见兮,魂廷廷若有亡。众鸡鸣而愁予兮,起视月之精光。观众星之行列兮,毕昴出于东方。望中庭之蔼蔼兮,若季秋之降霜。夜曼曼其若岁兮,怀郁郁其不可再更。澹偃寒而待曙兮,荒亭亭而复明。妾人窃自悲兮,究年岁而不敢忘。①

这里描写失宠的嫔妃自黄昏至黎明的整个夜晚,从伫立望幸到失望就寝,从心存梦想到绝望悲哀的心理变化,整段描写情景交融,真切细腻。以前的诗赋中并非没有以景抒情、情随景深的表现方法,但都未能达到像《长门赋》中这样深刻、这样细腻的程度,因而也难以达到这样感人的效果。这也反映出中国文学描写方法的进步。并且,上述二赋大体采用以屈骚为代表的楚辞的句式而又有所发展,以六言句为主,而穿插少量七言、八言句式,整练中又有变化,用"兮"字作为两句之间的停顿,增强了作品的音乐感,也突出了文体的地域特色。更重要的是,这种具

---

① 司马相如:《长门赋》,见《文选》卷一六,影印胡克家本,第228—229页,北京:中华书局1977年版。

有骚体风格的赋作,已不是以抒情为其主要特征,而是明显加强了其叙事性的特点和讽谏功能,这正是汉代骚体赋与楚辞的根本差别,也是司马相如的文体创造。

司马相如的赋作极有特点,前人对此多有论述。而真正能概括其文体风格的,还是传说中的他回答盛览有关作赋方法的一段话。他对盛览说:

> 合纂组以成文,列锦绣而为质,一经一纬,一宫一商,此作赋之迹也。赋家之心,苞括宇宙,总览人物,斯乃得之于内,不可得其传也。(《西京杂记》卷二)

这段话是否真是司马相如所说,我们暂且不去管它。然而,这段话所概括的赋在艺术表现形式和构思上的特点,却是符合司马相如赋作的实际的,可以作为司马相如赋的文体风格的一种归纳。从整体构思上说,司马相如赋"苞括宇宙,总览人物",体现了一种巨大的时空观念和囊括一切的磅礴气势,给人以强烈的震撼。它与汉武帝时代疆土扩张、物质充裕有着直接的联系,是后代作家难以具备而不可企及的。从艺术表现上说,司马相如赋组织严密,文采斐然,句法灵活,音韵谐和,既结构工巧,又富丽堂皇,给人一种美的享受。这也是后代作家常常追慕和效法的。

当然,任何优点同时隐含着缺点,长处的另一面就是短处。司马相如的赋也是这样。巨大的时空和磅礴的气势给人以虚辞滥说、夸张失实的感觉,精巧的结构和瑰丽的语言给人以滞重呆板、獭祭罗列的印象。后之论者或以为相如赋"过以虚","过虚者华无根"(《文选·谢灵运传论》李善注引扬雄《吾子》);或以为相如赋如"字书",字书者累而繁。更为重要的是,作品的讽谏意图在过于关注形式的技术操作中,在为了满足帝王阅读喜好而进行的铺张扬厉中,显得苍白无力,达不到应有的效果,所谓"靡丽之赋,劝百而风一,犹骋郑、卫之声,曲终而奏雅,不已戏乎"(《汉书·司马相如列传》),深刻揭示了这一文体的本质缺陷。例如,《大人赋》本来是针对武帝好神仙而进的讽谏,然而,由于作品将神仙的"轻举而远游"写得十分壮观,以致汉武帝阅后不仅没有接受这种讽谏,反而"飘飘有凌云之气,似游天地之间意",所以扬雄从这里得出结论:"赋劝而不止,明矣。"

司马相如之后,汉赋作家大都仰慕他的才华,蹈袭他的文风,汉大赋的文体风格也因此定型化。《汉书·扬雄传》云:"先是时,蜀有司马相如,作赋甚弘丽温雅,雄心壮之,每作赋,常拟之以为式。"其实,模拟司马相如赋的文体风格的不只是扬雄,西汉的王褒、东汉的张衡、王延寿这些辞赋大家也同样学习和模拟相如赋的文风,而他们的作品不仅代表着汉赋的水平,也反映着长江流域作者对于中国文学发展的贡献。

第四节 长江流域的其他汉赋作家

长江流域的汉赋作家,除枚乘、司马相如这些确立汉赋的体例与风格的大家之外,还有不少有代表性的作家,他们或者开拓了汉赋的题材,或者创新了汉赋的体制,或者转变了汉赋的风格,或者丰富了汉赋的技巧,对汉赋的发展做出了不可磨灭的贡献,也推动和引导着长江文章风格的流变。

一 王褒的赋作

王褒,字子渊,蜀郡资中(今四川资阳)人,生卒年不详。汉宣帝时,益州刺史王襄荐其入朝,受诏作《圣主得贤臣颂》,擢升为谏议大夫。常从宣帝游猎,每过宫馆,宣帝使王褒等赋颂。会太子体不安,苦忽忽不乐,诏使王褒等皆到太子宫中娱侍太子,朝夕诵书奇文及自所造作，太子疾病恢复后，王褒才离开太子宫。太子嘉赏王褒所作《甘泉宫颂》和《洞箫赋》，令后宫贵人左右皆诵读之。后益州有所谓金马碧鸡之宝，王褒奉诏往益州祭祀，卒于道中。《汉书·艺文志》载其有赋作十六篇，今大多亡佚。保存下来的有《九怀》、《洞箫赋》、《甘泉宫颂》、《碧鸡颂》、《僮约》等辞赋作品和具有赋体特征的俳谐文。另外，还有一篇《责须髯奴辞》，也有人说是他的作品（一说为东汉江夏人黄香所作）。

《洞箫赋》是王褒赋体文学的代表作。赋作从洞箫的制作写起，然后写吹箫者的态度、情感、姿态，再写箫声的变化以及其巨大的感染力。从立意来看，《洞箫赋》并无多少新意，它无非是演绎儒家关于乐教的理论，强调"乐以安德"（《左传·襄公十一年》）、"乐以风德"（《国语·晋语八》）以及"声音之道与政通"（《礼记·乐记》）的传统观念，即使赋作含有某些讽谏成分，这种成分也是极为稀薄、极为隐晦的。然而，这篇作品的价值不在这里。《洞箫赋》的价值，在于它用形象的语言，细腻的笔触，对最难以描摹的音乐形象和音乐效果进行了十分成功的描写，开辟了中国文学史上细致描写一种乐器及其演奏效果的先河。这里举作品描写演奏洞箫及其箫声的一段为例：

  于是乃使夫性昧之宕冥，生不睹天地之体势，闟于白黑之貌形；愤伊郁而酷禋，愍眸子之丧精；寡所舒其思虑兮，专发愤乎音声。故吻吮值夫宫商兮，和纷离其匹溢；形旖旎以顺吹兮，瞑㗅唧以纤郁；气旁迕以飞射兮，驰散涣以逫律；趣从容其勿述兮，骛合遝以诡谲。或浑沌而潒瀁兮，猎若枚折；或漫衍而络绎兮，沛焉竞溢。惏慄密率，掩以绝灭；嘒嘒晔晔，跳然复出。若乃徐听其曲度兮，廉察其赋歌。啾咇㗥而将吟兮，行锵鉒以和啰。风鸿洞而不绝兮，优娆娆以婆娑。翩绵连以牢落兮，漂乍弃而为他。要復遮其蹊径兮,与讴谣乎相和。①

音乐是比较抽象的东西,很难用语言来描摹,《七发》中已经尝试过具体描写音乐,但毕竟这种描写只是作品中的一小部分,而用一篇作品集中描写与一种乐器相关的音乐的各个方面,《洞箫赋》则是首创。它对文学描写方法的发展和文学语言技术的进步,无疑是起到了一定作用的,因而值得注意。此外,此赋开篇即采用骚体形式,最后以乱辞结尾,中间则以骚体为主而杂以散体的排比句,且多用"于是"、"若乃"、"是以"、"可谓"等连结词,使其具有明显的散文风格,显然是继承着司马相如《大人赋》、《长门赋》等骚体赋的文体风格而有所发展,也是对赋体文学发展的贡献。

王褒创作的赋体俳谐文也极有特色,《僮约》即其代表。作品写寡妇杨惠家的奴仆不听主人吩咐,不愿为客人(作者)沽酒,主人有意卖掉这个悍奴,却无人想买。作者于是立下券文,买下这个悍奴,这段券文即是所谓"僮约"。券文云:

> 神爵三年正月十五日,资中男子王子渊,从成都安志里女子杨惠,买亡夫时户下髯奴便了,决贾万五千。奴当从百役使,不得有二言。晨起早扫,食了洗涤。居当穿臼缚帚,裁盂凿斗。浚渠缚落,锄园斫陌。杜埤地,刻大杭。屈竹作杷,削治鹿卢。出入不得骑马载车。……②

后面还有对奴仆便了生活劳作的许多具体规定。可以看出,作者写作《僮约》的本意显然是对所谓悍奴进行警告和训诫,要他

---

① 王褒:《洞箫赋》,见《文选》卷一七,影印胡克家本,第 245 页,北京:中华书局 1977 年版。

② 王褒:《僮约》,见《骈体文钞》卷三十一,第 714 页,长沙:岳麓书社 1992 年版。

们好好侍奉主人,不要落到一个更可悲的下场,但客观上却揭示了社会阶级矛盾以及奴仆的非人生活,有较大的认识价值。从文章角度来看,这篇俳谐文的主体部分采用赋体形式,而文中却运用了大量叙述性语言,散文特点更加突出。并且,这种游戏文字后来成为文学的一个品种,《僮约》也起到了先驱的作用。

二 扬雄的赋作

西汉末年,辞赋创作最有成就的是扬雄。

扬雄(前53—18年),字子云,蜀郡成都(今四川成都)人。"雄少而好学,不为章句,训诂通而已,博览无所不见。为人简易佚荡,口吃不能剧谈,默而好深湛之思"(《汉书·扬雄传》),年四十余,自蜀来游京师,大司马王音奇其文雄,召以为门下吏,荐雄待诏。永始三年(前14年)十二月,成帝校猎,扬雄待诏以从,献《羽猎赋》。永始四年(前13年)正月,成帝郊祀甘泉泰畤、汾阴后土,以求继嗣,扬雄待诏承明庭,返京,奏《甘泉赋》,除为郎,给事黄门,与王莽、刘歆并。王莽篡汉后,以耆老久次,转为大夫,校书天禄阁。后以事株连,投阁自杀,几死。天凤五年(18年)卒。

扬雄是西汉末年著名的思想家和文学家,著述丰富。《汉书》本传说他"实好古而乐道,其意欲求文章成名于后世,以为经莫大于《易》,故作《太玄》;传莫大于《论语》,作《法言》;史篇莫善于《仓颉》,作《训纂》;箴莫善于《虞箴》,作《州箴》;赋莫深于《离骚》,反而广之;辞莫丽于相如,作四赋:皆斟酌其本,相与放依而驰骋云"。以上这些作品大多保存下来,说明这些著作受到后人的重视。他的文学作品,楚辞类有模仿屈原《离骚》所作的《反离骚》、《广骚》、《畔牢愁》(后两篇已佚),汉赋类除本传所载的"四赋"(《甘泉赋》、《河东赋》、《羽猎赋》、《长杨赋》)外,尚存有《蜀都赋》、《逐贫赋》、《酒赋》、《太玄赋》、《覈灵赋》、《河水赋》(后两篇仅有佚文)等。此外,《剧秦美新》《解嘲》《解难》也是赋体文。这样一来,扬雄的赋作就有十三篇,但《汉书·艺文志》称其赋十二篇,如果不算《太玄赋》(因《太玄赋》仅见于《古文苑》,可以存疑),恰合《汉志》著录之数。不过,《汉志》辞赋不做区分,如果加上《反离骚》等,扬雄现存辞赋作品的数量仍然超过了《汉志》的著录。出现这种情况,或者是《汉志》著录有误,或者是现存扬雄作品有伪,或者是我们与班固的分类标准有别,究竟是何原因,现在已经无法弄清楚了。

扬雄年轻时,十分欣赏司马相如赋的弘丽温雅,"每作赋,常拟之以为式"。做成帝待诏后,他连上《甘泉赋》、《河东赋》、《羽猎赋》、《长杨赋》四赋,这四篇大赋不仅模仿司马相如的《子虚赋》、《上林赋》等赋(《甘泉赋》还模仿《大人赋》)的文体形式,还继承了汉大赋对君主进行讽谏的传统。《汉书》本传云:"甘泉本因秦离宫,既奢泰,而武帝复增通天、高光、迎风。宫外,近则洪厓、旁皇、储胥、弩陆,远则石关、封峦、枝鹊、露寒、棠梨、师得,游观屈奇瑰伟,非木摩而不彫,墙涂而不画,周宣所考,殷庚所迁,夏卑宫室,唐虞棌椽,三等之制也。且其为已久矣,非成帝所造,欲谏则非时,欲默则不能已,故遂推而隆之,乃上比于帝室紫宫,若曰'此非人力所为,党鬼神可也'。又是时赵昭仪方大幸,每上甘泉常法从,在属车间豹尾中,故雄聊盛言车骑之众参丽之驾,非所以感动天地,逆釐三神。又言屏玉女,卻虙妃,以微戒齐肃之事。赋成奏之,天子异焉。其三月,将祭后土,乃帅群臣横大河,凑汾阴,顾龙门,览盐池,登历观,陟西岳,以望八荒,迹殷周之虚,眇然以思唐虞之风。雄以为临川羡鱼,不如归而结网。还上《河东赋》以劝。"[①]扬雄的这些大赋都是上奏皇帝的,赋中也确

---

① 班固:《汉书·扬雄传》,新编《二十五史》影印清乾隆武英殿本,第689页,上海古籍出版社、上海书店1986年版。

有讽谏。不过,扬雄赋的讽谏风格与司马相如赋的讽谏风格已自不同。司马相如面对的是有雄才大略的汉武帝,当时的战国纵横余风未泯,因而其赋意气风发,词多雄肆,讽谏之旨颇明。而扬雄所面对的汉成帝是一个腐朽颓废的君主,整天只知游玩享乐,加之朝廷内部矛盾重重,国家乱象丛生,统治者已经听不进批评意见,因而扬雄赋虽用讽谏,但意旨委婉,词多蕴藉。如果说司马相如赋的讽谏还不能达到理想的效果,那么,扬雄赋的讽谏就只能是一厢情愿了。扬雄在《法言》中所说的"讽则已,不已,吾恐不免于劝也"的话,既是对赋体文学讽谏作用的反思,更是对自己的创作实践的沉痛总结。《汉书》本传云:"(扬)雄以为赋者,将以讽之,必推类而言,极丽靡之辞,闳侈钜衍,竞于使人不能加也,既乃归之于正,然览者已过矣。往时武帝好神仙,相如上《大人赋》,欲以风,帝反缥缥有陵云之志。由是言之,赋劝而不止,明矣。又颇似俳优淳于髡、优孟之徒,非法度所存,贤人君子诗赋之正也。于是辍而不复为。"其实,司马相如上《大人赋》的例子,正是扬雄上《甘泉》等四赋的缩影,他的"辍而不复为",是在现实面前碰壁之后的无奈选择,他对赋体文学的否定意见,也应该看做是对文人现实处境不满的激愤之词。

扬雄一方面喜好辞赋,一方面对辞赋持否定态度,正如他一方面仰慕和同情屈原,一方面又批评屈原不能顺时知命,"何必湘渊与涛濑"(《反离骚》),反映出他思想的深刻矛盾及其人格的二重性。扬雄的思想矛盾及其人格二重性在其一生中有着十分鲜明的表现。《汉志》本传说他"清静亡为,少耆(嗜)欲,不汲汲于富贵,不戚戚于贫贱,不修廉隅以徼名于当世。家产不过十金,乏无儋石之储,晏如也。自有大度,非圣哲之书不好也。非其意,虽富贵不事也";他曾与王莽、董贤同官,"当成、哀、平间,莽、贤皆为三公,权倾人主,所荐莫不拔擢,而雄三世不徙官;及莽篡位,谈说之士用符命称功德获封爵者甚众,雄复不侯,以耆老久次转为大夫,恬于势利乃如是"。从扬雄这些行事来看,倒确有些超尘脱俗的圣贤风范。然而,扬雄连续上赋给皇上,显然是为了得到皇上的信任,不能说他不重功名利禄。王莽篡位后,他进《剧秦美新》为新朝鼓吹,也无疑有个人利益的考虑。因害怕刘棻案件牵连,从天禄阁上投下几乎摔死,以致京师传出"惟寂寞,自投阁;爰清静,作符命"的时谚。从这些行事来看,扬雄又是一个并不那样纯粹,颇有些患得患失的人物。从扬雄身上,反映出一个正直知识分子的尴尬处境:既想争取生存空间而有所作为,又不愿出卖灵魂而同流合污。正因为如此,扬雄的那些上奏皇帝意存讽谏的赋作就只能是含蓄而蕴藉的,其讽谏效果自然是十分有限的。扬雄最后的放弃赋文创作,标志着赋体文学巅峰的结束和没落的开始。

我们指出扬雄的思想矛盾和人格二重性,并无意否认他的赋作的成就和价值。他的赋具有和司马相如赋一样的气势,包括宇宙,错综古今,铺张扬厉,阆侈钜衍,能给人以强烈而深刻的印象。值得注意的是,扬雄虽然模仿司马相如赋,但绝不是简单模仿,而是有着自己的创造。例如,他的不少大赋突破了"述客主以首引"的结构方式,采用更加自由的铺叙方法,且大量使用长句和虚词,表达更加散文化,使得大赋与骈文的界线更加模糊,对后世的文赋有直接影响。下面举《羽猎赋》开头一段文字为例:

或称羲农,岂或帝王之弥文哉?.论者云否,各以并时而得宜,奚必同条而共贯?则泰山之封,焉得七十而有二仪。是以创业垂统者,俱不见其爽,遐迩五三,孰知其是非。遂作颂曰:丽哉神圣,处于玄宫,富既与地乎侔訾,贵正与天乎比崇。齐桓曾不足使扶毂,楚严未足以为骖乘。狭三王之阨僻,嶠高举而大兴。历五帝之寥廓,涉三皇之登闳。建道德以为师,友仁义与之为朋。于是玄冬季月,天地隆烈,万物权舆于内,徂落于外,帝将惟田于灵之囿,开北垠受不周之制,以奉终始颛顼玄冥之统。……①

赋作开头似乎有论辩双方,但实际上又并没有设主客问答,文中也没有出现主客的辩难,而是由作者直接展开铺叙。上引铺叙文字中虽有一些骈文句式,但散体的风格极为鲜明,有些地方本可写成骈文,作者却故意用散体破开,显示出体制上求新求变、不落俗套的倾向。赋中还有许多长句,如"虽有唐虞大夏成周之隆"、"恐贫穷者不遍被洋溢之饶"等,也体现出作者在汉赋体制上的创新。这种长句在《甘泉赋》中更为突出,如云:"蚩尤之伦带干将而秉玉戚兮,飞蒙茸而走陆梁。齐总总以撙撙其相胶辅兮,猋骇云迅奋以方攘。骈罗列布鳞以杂沓兮,柴虒参差鱼颉而鸟䎘。翕赫睎霍雾集而蒙合兮,半散昭烂粲以成章。于是乘舆乃登夫凤皇兮而翳华芝,……盖天子穆然珍台閒馆琁题玉英蜵蜎蠼濩之中,惟夫所以澄心清魂储精垂恩感动天地逆釐三神者。"②这样的长句,钱钟书先生认为"于汉赋为创格"③,显然是不错的。这种创格进一步促进了汉大赋的散体化。

扬雄的文体创造还体现在他的咏物抒情小赋上。这些小赋不是呈奏给天子的,也就少了几分顾忌,多了几分自我袒露胸襟的意趣。《酒赋》、《逐贫赋》、《解嘲》、《解难》都是这样的作品。试看《酒赋》:

---

① 扬雄:《羽猎赋》,见《文选》卷八,影印胡克家本,第131页,北京:中华书局1977年版。
② 扬雄:《甘泉赋》,见《文选》卷七,影印胡克家本,第111—114页,北京:中华书局1977年版。
③ 钱钟书:《管锥编》,第953页,北京:中华书局1979年版。

> 子犹瓶矣。观瓶之居，居井之湄。处高临深，动常近危。酒醪不入，藏水满怀。不得左右，牵于纆徽。自用如此，不如鸱夷。鸱夷滑稽，腹大如壶。尽日盛酒，人复藉酤。常为国器，托于属车。出入两宫，经营公家。由是言之，酒何过乎？[①]

这是一篇咏物赋，也可以说是一篇寓言赋，用诗体形式写出，全文仅84字，却表达了作者的许多人生感慨。瓶与鸱夷都是盛酒的器皿，一个正道直行，一个随意流转，前者只能自用，而后者成为国器。它们的遭遇不正与人的遭遇相仿佛吗？正道直行的人不受社会欢迎，而阿谀逢迎的人却被人主所青睐，那么，这是谁的过错呢？文章说"酒何过乎"，这恐怕只是激愤之言。如果说酒无过错，那当然是饮酒人的过错，是整个社会风气的过错，而作者却无力扭转它。《汉书·游侠传》说"汉孝成帝好酒，雄作《酒赋》以讽之"，细读赋文，恐有不确。也许将此赋理解为借咏物以抒情较为合适。扬雄《酒赋》对后世的咏物抒情小赋有着深远的影响，如曹植"览扬雄《酒赋》辞甚瑰玮"，便作有《酒赋》一篇，"粗究其终始"。

《解嘲》、《解难》、《逐贫赋》更是扬雄的袒露心迹之作。作者在这些作品中，既没有有意隐蔽题旨，也没有刻意去雕章琢句，而是用生动明快而又尖锐泼辣的语言，毫无掩饰地表达了自己的人生观和价值观。《解嘲》借客人问扬子答的形式，对于自己"为官之拓落"进行了解析。他指出：战国时期，"士无常君，国无定臣；得士者富，失士者贫；矫翼厉翮，恣意所存。故士或自盛以橐，或凿坏以遁。是故邹衍以颉颃而取世资，孟轲虽连蹇犹为万乘师"，而"当今县令不请士，郡守不迎师，群卿不揖客，将相不

[①] 扬雄:《酒赋》,见陈元龙编《历代赋汇》卷一〇〇,影印双梧书屋俞樾校本,第413页,江苏古籍出版社、上海书店1987年版。

俛眉。言奇者见疑,行殊者得辟;是以欲谈者卷舌而同声,欲步者拟足而投迹。向使上世之士处乎今世,策非甲科,行非孝廉,举非方正;独可抗疏,时道是非;高得待诏,下触闻罢,又安得青紫?且吾闻之,炎炎者灭,隆隆者绝,观雷观火,为盈为实;天收其声,地藏其热,高明之家,鬼瞰其室;攫挐者亡,默默者存,位极者高危,自守者身全。是故知玄知默,守道之极;爱清爱静,游神之庭;惟寂惟漠,守德之宅。世异事变,人道不殊;彼我易时,未知何如"①。这段文字,不仅表达了他对当时社会不尊重人才的不满,也表达了他对当时社会环境险恶的恐惧和全身自守的处世态度。

如果说《解嘲》有几分激愤与不平,也有几分惶惑与自嘲,那么《解难》则在回答人们对《太玄》的批评时表现出高度的自信与执著,他甚至不无自豪地宣称:

> 声之眇者,不可同于众人耳;形之美者,不可棍于世俗之目;辞之衍者,不可齐于庸人之听。今夫弦者高张急徵,追趋逐耆,则坐者不期而附矣。试为之施咸池、揄六茎、发箫韶、咏九成,则莫有和也。是故锺期死,伯牙绝弦破琴而不肯与众鼓;獿人亡,则匠石辍斤而不敢妄斲。师旷之调钟㜑,知音者之在后也。孔子作《春秋》,幾君子之前睹也。老聃有遗言:贵知我者希。②

扬雄的自信,是在以大赋行讽谏而参与政治的幻想破灭之后的大彻大悟,是在对知识分子的现实处境的理性分析之后的

---

① 扬雄:《解嘲》,见《文选》卷四五,影印胡克家本,第630—632页,北京:中华书局1977年版。
② 扬雄:《解难》,见《汉书·扬雄传》,新编《二十五史》影印清乾隆武英殿本,第695—696页,上海古籍出版社、上海书店1986年版。

自恋自醒:政治上他必须受制于人,且环境险恶,命运难测;而在文化领域,在文学创作领域,他可以把握自己,创造奇迹。扬雄的这种思想和心态,正反映着在大一统政治格局和集权政治已经巩固且高度发达的条件下,知识分子对自己的社会角色的重新定位。这种定位对中国文学的发展产生了十分深刻而深远的影响。此外,这些赋体文章语言更加活泼,情感更趋真实,生字生词大量减少,推动着赋体文学的进一步散文化,也是值得充分肯定的。

扬雄的《逐贫赋》也是很有影响的一篇作品,钱钟书《管锥编》云:"按子云诸赋,吾必以斯(指《逐贫赋》——引者)为巨擘焉;创题造境,意不犹人,《解嘲》虽佳,谋篇尚步东方朔后尘,无此诙诡。后世祖构稠叠,强颜自慰,借端骂世,韩愈《送穷》、柳宗元《乞巧》、孙樵《逐痁鬼》出乎其类。"[1]的确,后世模仿此赋意趣创作的作品还有很多。《逐贫赋》通过"扬子"与"贫"的一番对话,决定不驱逐贫,于是"贫遂不去,与我游息"。扬子在驱逐贫时说:"舍汝远窜,昆仑之颠;尔复我随,翰飞戾天。舍尔登山,岩穴栖藏;尔复我随,陟彼高岗。舍尔入海,泛彼柏舟;尔复我随,载沉载浮。我行尔动,我静尔休;岂无他人,从我何求?"[2]真可谓"笔致流利而意态安详,其写贫之于人,如影随形,似疽附骨,罔远勿届,无孔不入"[3]。贫的回答诙谐幽默,也是一段妙文,贫曰:

> 唯唯,主人见逐,多言益嗤。心有所怀,愿得尽辞。昔我乃祖,宣其明德,克佐帝尧,誓为典则。土阶茅茨,匪彤匪饰。爰及季世,纵其昏惑。饕餮之群,贫富苟得。鄙我先人,乃傲乃

---

① 钱钟书:《管锥编》,第961—962页,北京:中华书局1979年版。
② 扬雄:《逐贫赋》,见陈元龙编《历代赋汇》外集卷十八,影印双梧书屋俞樾校本,第633页,江苏古籍出版社、上海书店1987年版。下引此赋不再注。
③ 钱钟书:《管锥编》,第963页,北京:中华书局1979年版。

骄。瑶台琼榭,宫室崇高。流酒为池,积肉为崤。是用鹄逝,不践其朝。三省吾身,谓予无愆。处君之家,福禄如山。忘我大德,思我小怨。堪寒能暑,少而思焉。寒暑不忒,等寿神仙。桀跖不顾,贪类不干。人皆重蔽,予独露居。人皆怵惕,予独无虞。

赋文采用诗体形式,但这种诗浅显明白,不用比兴,纯用铺陈,其实是诗体化的散文。作者将贫穷的凄凉消解在理性的思考和诙谐的嘲谑中,旷达中有几分悲愤,幽默中有几许辛酸,笔致轻松活泼,内涵深厚隽永,的确表现出作者的创造精神,同时也反映出知识分子对自身现实处境的清醒认识和对某种文化理念的自觉坚守。扬雄本来有许多机会摆脱贫穷,但他不愿那样做。这里既有全身远祸的现实考虑,也有安贫乐道的处世准则。在扬雄身上,我们似乎看到了老庄超然物外的旷达情怀和屈原守志不渝的坚韧品格的奇妙结合,而这正是长江文化所赋予的特殊品格。

此外,扬雄的《蜀都赋》写蜀都(今四川成都)的地理分野、山川形胜、土贡物产、风俗民情,开辟了都邑赋的新题材,也是应该予以肯定的。东汉出现都邑赋的创造高潮,如杜笃的《论都赋》、班固的《两都赋》、傅毅的《洛都赋》、张衡的《南都赋》、《二京赋》等,不能不说是受到《蜀都赋》的启发。下面举《蜀都赋》中写风俗民情的一节为例:

尔乃其俗迎春送腊,百金之家,千金之公,乾池泄澳,观鱼于江。若其吉日嘉会,期于送春之阴,迎夏之阳。侯罗司马,郭范晶杨;置酒乎荣川之闲宅,设坐乎华郁之堂高,延帷扬幕,接帐连冈。众器雕琢,藻刻将星,朱绿之画,邠盼丽光。龙蛇蜿蜷错其中,禽兽奇伟髦山林。昔天地降生杜鄂,密促之君;则荆上亡尸之相,其女作歌。是以其声呼吟靖领,激呦喝啾,户音六成;行夏低徘,胥徒入冥;及庙嘈吟,请连单情;舞曲转节,踊驳应声。其佚则接芬错芳,襜袷纤延;踘凄秋,发阳春;罗儒吟,吴公连;眺朱颜,离绛唇;眇眇之态,吡嗽出焉。若其游急鱼弋,郤公之徒相与。如平阳,颍巨沼,罗车百乘,期会投宿;观者方隄,行船竞逐;偃衍檠曳,缔索恍惚;罗畏泑漺,蔓蔓汩汩。①

扬雄对蜀都民俗的描写是此前赋家未尝关注的,写来别有新意,开拓了赋体文学的新题材,也为我们认识当时社会的民情风俗提供了珍贵的文字资料。并且,扬雄的描写与司马相如等赋家不同的是,他不是靠想像、联想和夸张来创造形象,而主要靠如实的描写和渲染来模拟事物,因而更具有真实感。他写蜀都的地理、物产,无不如此。如果说司马相如赋主要以其气势征服读者,那么,扬雄赋则主要靠其绵密而吸引读者;如果说司马相如赋具有较多的浪漫气质,那么,扬雄赋则具有较多的写实性特征。扬雄赋反映出汉赋由写意逐渐向写实方向发展的基本趋势。

三 张衡的赋作

扬雄之后,长江流域最有影响的赋作家是东汉中期的张衡。张衡(78—139年),字平子,南阳西鄂(今河南南阳)人。少善属文,又精于天文历算,是东汉时期著名科学家和文学家。和帝永元中,举孝廉,不行;连辟公府,不就。"安帝雅闻衡善术学,公车特征,拜郎中,再迁为太史令"(《后汉书·张衡列传》),作浑天仪、地震仪,后迁侍中。永和初,出为河间相,视事三年,颇有政

---

① 扬雄:《蜀都赋》,见陈元龙编《历代赋汇》卷三二,影印双梧书屋俞樾校本,第137页,江苏古籍出版社、上海书店1987年版。下引此赋不再注。

声。上书请退职,征拜尚书。永和四年(139年)卒。他的赋作今存有未仕时所作《二京赋》、任太史时所作《应间》、任侍中时所作《思玄赋》,以及《归田赋》、《南都赋》、《髑髅赋》、《冢赋》等,还有《七辩》、《温泉赋》、《定情赋》、《舞赋》、《羽猎赋》、《扇赋》、《鸿赋》等存有佚文。

张衡的大赋大多为模仿之作,在艺术上没有多少创新。例如《南都赋》模仿扬雄的《蜀都赋》,《二京赋》模仿班固的《两都赋》,《七辩》模仿枚乘的《七发》,其间虽也有些变化,如描写更加具体,结构更加紧密,提供了一些前人未曾注意的社会生活场景和两京文物制度,等等,但总的来说,这些作品都缺少艺术创新,也缺少司马相如、扬雄等赋作的磅礴气势。这恐怕不是作家的创造能力的限制,而是时代气息和时代精神给予作家的影响。

真正体现张衡的文学创造精神的是他的抒情小赋《归田赋》。赋文不长,兹录如下:

> 游都邑以永久,无明略以佐时,徒临川以羡鱼,俟河清乎未期。感蔡子之慷慨,从唐生以决疑,谅天道之微昧,追渔父以同嬉。超埃尘以遐逝,与世事乎长辞。于是仲春令月,时和气清,原隰郁茂,百草滋荣。王雎鼓翼,鶬鹒哀鸣,交颈颉颃,关关嘤嘤。于焉逍遥,聊以娱情。尔乃龙吟方泽,虎啸山邱。仰飞纤缴,俯钓长流。触矢而毙,贪饵吞钩。落云间之逸禽,悬渊沉之鯋鰡。于是曜灵俄景,系以望舒,极般游之至乐,虽日夕而忘劬。感老氏之遗诫,将回驾乎蓬庐。弹五弦之妙指,咏周孔之图书。挥翰墨以奋藻,陈三皇之轨模。苟纵心于物外,安知荣辱之所如![1]

---

[1] 张衡:《归田赋》,见《文选》卷一五,影印胡克家本,第223页,北京:中华书局1977年版。

这篇赋收入《文选》卷十五,李善注称:"《归田赋》者,张衡仕不得志,欲归于田,因作此赋。"《汉书》本传云:"衡不慕当世,所居之官,辄积年不徙。自去史职五载复还。"《归田赋》大约写于此时,并非作者真正归田以后所作。赋文先写自己与世不合,愿意离开都邑归隐田园。接着设想田居吟啸弋钓之乐,最后以自己的归隐符合先哲遗训、能够得到心灵的满足作结。从思想内容来看,这篇赋只不过是对老庄思想的演绎,并无多少特别的创新。然而,把田园生活作为关注的对象,在一篇作品中集中描写田园风光和田园生活,以前还未曾出现,《归田赋》实为首创,它直接开启了后来以田园生活为题材的各种文学作品的大量产生。其次,这篇赋是一篇抒情之作,扬雄的《解嘲》、《解难》虽然也有抒情性质,但都采用客主论辩的形式,还不能说是成熟的抒情小赋,而《归田赋》可以说是第一篇比较完整比较成熟的抒情小赋。此外,这篇赋通篇采用四字句和六字句,两两对出,已经具备骈体文的文体形态,是现存第一篇比较完整比较成熟的骈赋,为赋体文学的发展开辟了一个新的品种。

张衡的《温泉赋》也是一篇值得重视的作品,这篇赋虽然没有完整地保留下来,但其基本风格却清晰可辨。该赋有序云:"阳春之月,百草萋萋,余在远行,顾望有怀。遂适骊山,观温泉,浴神井,风中峦,壮厥类之独美,思在化之所原,感洪泽之普施,乃为赋云。"显然,作者是在自然山水的审美感召下激发起创作的热情的。请看作者对温泉的描写:

> 览中域之珍怪,无斯水之神灵。控汤谷之瀛洲兮,濯日月乎中营。吟高山之北埏,处幽井以闲清。于是殊方跋涉,骏奔

来臻。士女晔其鳞萃,纷杂沓其如烟。①

虽然以山水为描写对象一直是赋作的一个传统,从宋玉的《高唐赋》到枚乘的《七发》,再到司马相如的《子虚赋》、《上林赋》等等,其中都有对山水的描写,不过,这些作品的山水描写大都只是作者虚构的美景,而且这些山水描写是为作品的讽谏服务的。然而,张衡的《温泉赋》却具有明显的写实风格,而且服务于抒情和审美的目的,这不能不说是一种艺术创造,也体现着赋体文学向着写实和抒情方向发展的基本趋势。正因为如此,张衡的赋作在赋史上的地位是不容忽视的。

四 王延寿的赋作

王延寿,字文考,又字子山,南郡宜城(今湖北宜城)人。具体生卒年不详,主要生活在汉顺帝(126—144年在位)时期。是我国历史上为数不多的几个早熟而又早夭的作家之一,死时年仅二十余。延寿曾随其父王逸赴泰山从鲍子真学算,过鲁,作《鲁灵光殿赋》,后著名学者蔡邕也造此赋,未成,及见延寿所作,遂辍翰而止,可见这一赋作在当时的影响。此外,延寿还作有《梦赋》、《王孙赋》等。

《鲁灵光殿赋》是一篇大赋,包括序文计1200余字。序文交代了灵光殿的由来和作赋的缘起。作者有感于"遭汉中微,盗贼奔突,自西京未央建章之殿,皆见隳坏,而灵光岿然独存,意者岂非神明依凭支持,以保汉室者也",因而作赋以纪。正因为如此,赋中有不少颂圣的辞句,其结穴也在"永安宁以祉福,长与大汉而久存,实至尊之所御,保延寿而宜子孙",思想内容并无新意。

---

① 张衡:《温泉赋》,见陈元龙编《历代赋汇》卷二八,影印双梧书屋俞樾校本,第119页,江苏古籍出版社、上海书店1987年版。

不过,作品对灵光殿巍峨壮观的描写,也能让人回忆起鲁恭王馀在西汉修建此殿时汉朝的强大国力和赫赫声威,作品针对西汉末年社会动乱造成的生命财产损失而祈望国家太平,也具有一定的积极意义。

《鲁灵光殿赋》最成功的是对殿内雕塑和壁画的形象描摹。汉代的宫殿建筑雕塑,今天已不可得见,读《鲁灵光殿赋》却使人有身临其境之感。请看作品对殿内雕塑的描写:

> 尔乃悬栋结阿,天窗绮疏。圆渊方井,反植荷蕖。发秀吐荣,菡萏披敷。绿房紫菂,窋咤垂珠。云楶藻棁,龙桷雕镂。飞禽走兽,因木生姿。奔虎攫挐以梁倚,仡奋𧡎而轩鬐。虬龙腾骧以蜿蟺,颔若动而躨跜。朱鸟舒翼以峙衡,腾蛇蟉虬而遶榱。白鹿孑蜺于欂栌,蟠螭宛转而承楣。狡兔跧伏于柎侧,猨狖攀椽而相追。玄熊舑舕以龂龂。却负载而蹲跠。齐首目以瞪眄,徒眪眪而狋狋。胡人遥集于上楹,俨雅跽而相对。仡欺䫌以雕眊,颐颛颢而睽睢。状若悲愁于危处,憯嚬蹙而含悴。神仙岳岳于栋间,玉女窥窗而下视。忽瞟眇以响像,若鬼神之仿佛。①

接着,作者对殿内壁画进行了细致的描写,从"上纪开辟遂古之初","下及三后淫妃乱主","贤愚成败,靡不载叙"。作者将动静、虚实、神形、文质等与殿内雕塑和绘画有关的内容,运用铺张、模拟、比喻、夸张等修辞手法,用绘画和雕塑似的笔触一一将其描写和刻画出来,既具体可感,又形象生动,给人以身临其境之感。汉大赋本来就有绘画美和雕塑美,而在赋作中直接描

---

① 王延寿:《鲁灵光殿赋》,见《文选》卷一一,影印胡克家本,第170页,北京:中华书局1977年版。

写绘画与雕塑,并与汉大赋的这种风格融为一体,《鲁灵光殿赋》是写得最好最成功的一篇。因此,从这个意义上我们可以说,这篇作品充分体现了汉大赋的语言风格和形式特点,同时也反映出汉大赋向着形式化蜕变的历史轨迹,它既是汉大赋形式美的一个标本,也是汉大赋形式化的一个标本。此后的汉大赋也就逐渐只剩下形式化的躯壳,没有了生命与灵魂。

第五节　长江文风对汉赋发展的影响

赋体文学成为有汉一代之文学,其原因虽然有很多方面,但最根本的还是统治者的提倡和文学家的参与。有汉一代有影响的汉大赋,几乎都是受帝王之命并为帝王而作的,它们反映了帝王们的政治统治需要和文化消费需求;同时,文人学士们创作大赋,也是他们在高度中央集权的条件下参与社会政治生活和进行文化诉求的一种方式和途径。而汉大赋吸收的主要是楚文学的成果,其形式和风格则是对以宋玉赋作为代表的楚赋的继承和发展。推动汉赋繁荣的主要是一批在楚文化熏陶下成长起来的长江流域作家,而开辟汉代江山的楚人统治集团对楚文学的偏爱也是促进汉赋繁荣发展的重要原因。

一　汉赋繁荣与发展的原因

关于汉赋繁荣与发展的原因,前人有过一些探讨,这些探讨都是极有意义的。马积高《赋史》将这些原因归结为四点:一是楚声的传播,二是纵横之风的逐渐消失和转变,三是宫廷娱乐的需要,四是文体发展的自然趋势。[①] 论述颇为全面。而从根本上讲,汉赋的繁荣和发展是汉朝统治者的政治需要、文化消费与知

---

① 马积高:《赋史》,第53—57页,上海古籍出版社1987年版。

识分子的自我实现之间互动的结果。只有理解这一点,才能真正理解汉赋的文体风格和文学成就。

汉朝的开国君臣多为楚人,楚人集团不仅左右了汉初的政治方向,而且左右了汉初的文化方向。楚文化在汉初的主导地位和楚文学受到文人学士的普遍推崇,使得屈宋辞赋成为当时最具影响力的文学标本。承袭秦制而实行大一统中央集权的西汉统治者,在一定时期内可以容许各种思想文化的交流融合,但绝不容许人们挑战他们的权力。随着其政权的巩固,这种倾向就更加明显。汉初公卿为开国元勋,士人不能染指。"孝惠、高后时,公卿皆武力功臣"(《汉书·儒林传》),"迄于孝武,宰辅五世,莫非公侯。遂使缙绅道塞,贤能蔽雍,朝有世及之私,下多抱关之怨"(《后汉书·朱祐传》)。先秦学者"为王者师"的角色理想已随着帝王权力的膨胀而烟消云散,而以自己的文学之长做帝王的"言语侍从之臣"成了他们无奈而又现实的选择。在汉初的一段时间里,文人学士们还想从藩王身边找回先秦学者的那种感觉,也确有一些藩王想利用养士以发展势力扩大影响者,但这些文人学士很快发现,汉代的藩王与春秋战国时期的各国诸侯是完全不同的,这些藩王根本不可能与大一统的中央集权相抗衡,除了骄奢淫逸的生活之外,政治上只能无所作为。即使有心存不轨觊觎皇权如吴王刘濞者,也只会落得个身败名裂的下场。汉武帝"罢黜百家,独尊儒术",以儒取士,似乎提高了儒士的地位,也为文人学士拓宽了仕进之门,然而,这种独尊借助的是政治力量,表现的是文化专制,它实际上内含着对自由思想的剥夺和儒士人格的占有,儒士们为了仕进,除了服从和服务于现实政治权力之外,已经没有了其他的选择。而现实政治也并不具有理性与规范,主要听凭皇上的喜怒与好恶。《资治通鉴》卷十九载云:"上(指汉武帝)招延士大夫,常如不足;然性严峻,群臣虽素所爱信者,或小有犯法,或欺罔,辄按诛之,无所宽假。"①这样的社会政治环境和文化环境便决定了汉代文学家们的文体选择和文学表达方式。

从汉初文学家们的文学活动来看,楚声兴隆的文化氛围应该可以也实际上存在两种选择:一是学习屈原,创作《离骚》似的骚体文学;一是学习宋玉,创作《风赋》似的赋体文学。然而,骚体文学主要是个体情感的宣泄,不大容易成为仕进的敲门砖。而赋体文学既能表现作者的文学才能,又能受到统治者的青睐,满足他们文学审美的消费需求和润色鸿业的政治需要,因而迅速得到繁荣并成为有汉一代文学的代表性文体。枚乘《七发》为世所重,其主要原因即在于托言楚事以讽,批评了藩王们骄奢淫逸的生活并希望他们归于正道。而他谏阻吴王谋叛,也证明了他对大一统政治局面的清醒认识。司马相如的《子虚赋》和《上林赋》则更为明确地反对藩王的僭越和奢靡,维护天子的权威和宣扬儒家的治道。而这些代表汉大赋水平的作品几乎无一例外受到帝王们的赞赏。汉武帝读《子虚赋》,发出"朕独不得与此人同时哉"的感叹;宣帝时,太子喜欢王褒所作《甘泉宫颂》和《洞箫赋》,命令后宫贵人左右都要诵读;成帝时,扬雄因献《甘泉》、《羽猎》等赋而授为郎,给事黄门,说明汉成帝同样喜爱大赋。统治者的爱好刺激着汉大赋创作,而汉大赋的作者们创作大赋在很大程度上就是把帝王们作为第一读者来考虑的,帝王们的政治需要和审美标准也就成了大赋创作的指南。汉大赋"述客三以首引,极声貌以穷文"、"劝百而讽一"的文体风格正适应着帝王们的审美标准和政治需要。

甚至从某种意义上说,汉大赋正是在帝王们的推动下发展的。班固《两都赋序》云:

---

① 司马光:《资治通鉴》,第637页,北京:中华书局1956年版。

昔成康没而《颂》声寝,王泽竭而《诗》不作。大汉初定,日不暇给。至于武、宣之世,乃崇礼官,考文章,内设金马石渠之署,外兴乐府协律之事,以兴废继绝,润色鸿业。是以众庶悦豫,福应尤盛。《白麟》、《赤雁》、《芝房》、《宝鼎》之歌,荐于郊庙。神雀、五凤、甘露、黄龙之瑞,以为年纪。故言语侍从之臣,若司马相如、虞丘寿王、东方朔、枚皋、王褒、刘向之属,朝昔论思,日月献纳。而公卿大臣御史大夫倪宽、太常孔藏、太中大夫董仲舒、宗正刘德、太子太傅萧望之等,时时间作。或以抒下情而通讽谕,或以宣上德而尽忠孝。雍容揄扬,著于后嗣,抑亦雅颂之亚也。故孝成之世,论而录之,盖奏御者千有余篇,而后大汉之文章,炳焉与三代同风。①

这里不仅介绍了作赋缘起和作者队伍,还谈到了写作目的和社会效果,十分清楚地表明汉大赋是帝王润色鸿业的需要与言语侍从之臣和公卿大夫积极献纳的产物。班固此说有充分的事实依据。《汉书·枚乘传》附枚皋传云:"皋亡至长安,会赦,上书北阙,自陈枚乘之子。上(指武帝)得之,大喜。召入见待诏,皋因赋殿中。诏使赋平乐馆,善之,拜为郎,使匈奴。皋不通经术,诙笑类俳倡,为赋颂好嫚戏,以故得媟黩贵幸,……从行至甘泉、雍、河东,东巡守、封泰山,……上有所感,辄使赋之,为文疾,受诏辄成,故所赋者多。"《汉书·王褒传》载云:"上(指宣帝)令褒与张子侨等并待诏,数从褒等放猎,所幸宫馆,辄为歌颂,第其高下,以差赐币。"毫无疑问,统治者们需要这些文人"润色鸿业",满足他们的文化消费,而文人们也需要帝王们提携他们,以

---

① 班固:《两都赋序》,见《文选》卷一,影印胡克家本,第21—22页,北京:中华书局1977年版。

便迅速提高社会地位。从枚乘、枚皋、王褒等人与武帝、宣帝的关系以及他们作赋的缘起来看,说汉赋的繁荣和发展主要是汉朝统治者的政治需要、文化消费与知识分子的自我实现之间互动的结果,显然是可以成立的。

二　长江文风对汉赋的影响

长江文风对汉赋的影响,首先体现在汉赋的主要代表作家几乎都是长江流域作家,是他们推动着汉赋的繁荣与发展。刘勰在《文心雕龙·诠赋》中说:

> 赋也者,受命于诗人,拓宇于楚辞也。于是荀况《礼》、《智》,宋玉《风》、《钓》,爰锡名号,与诗画境,六义附庸,蔚成大国。述客主以首引,极声貌以穷文,斯盖别诗之原始,命赋之厥初也。秦世不文,颇有杂赋。汉初词人,循流而作。陆贾扣其端,贾谊振其绪,枚、马播其风,王、扬骋其势,皋、朔以下品物毕图。繁积于宣时,校阅于成世,进御之赋,千有余首,讨其源流,信兴楚而盛汉矣。

刘勰论述的赋体起源,前面我们已经做了辨析,"信兴楚而盛汉",实为不刊之论。他所提到的汉赋代表作家,几乎全是长江流域作家,或是和长江文化密切相关。陆贾为楚人,是协助刘邦夺取天下的智囊人物之一。《汉书·艺文志》著录其赋三篇,均佚,仅刘勰《文心雕龙·才略》提到他的《孟春赋》,大概是描写孟春景致之作,具体内容不得而知,很难判断它与汉大赋的关系。贾谊本洛阳人(今属河南),似乎与长江文学无关,但他的赋作全是在任长沙王太傅时所作。这些作品都明显受到屈原作品的影响,且《吊屈原赋》本来就是为凭吊屈原而作,后人多把这些作品归入楚辞一类,按照我们的分类,他还不是真正的汉赋代表作家。而真正作为汉赋的代表作家几乎都是长江流域作家。如刘勰提到的枚乘是淮阴(今江苏淮阴)人,司马相如是蜀郡成都(今四川成都)人,王褒是蜀郡资中(今四川资阳)人,扬雄也是蜀郡成都(今四川成都)人。而枚皋是枚乘之子,也是长江流域作家。刘勰所举汉赋代表作家中,仅东方朔一人不是楚人,与长江文学关系不大,但从汉赋发展来看,他还不是一个起着关键作用的人物。

长江文风对汉赋的影响,其次体现在汉赋作品无论是内容还是形式都与先秦长江流域的文学特别是楚文学有关。从内容来说,汉大赋文体定型时期的作品,如枚乘的《七发》和司马相如的《子虚赋》,都言楚人,说楚事,具有明显的地域文学特色。《七发》写楚太子有疾,吴客往问,所说六事大都具有长江地域特点,如写校猎则"游涉乎云林,周驰乎兰泽,弭节乎江浔",写观涛则"与诸侯远方交游兄弟,并往观涛乎广陵之曲江"。《子虚赋》更利用子虚之口,极写楚云梦泽的浩瀚和富饶、楚王游猎的声威和捕获。所有这些,都可以看出长江文化对赋作者的影响。从形式上看,这些赋作都是从宋玉《风赋》、《高唐赋》、《神女赋》脱胎而来,"述客主以首引,极声貌以穷文","劝百讽一","曲终奏雅",正是这些作品共同的文学方法和文体风格。白居易《赋赋》云:"赋者,古诗之流也。始草创于荀、宋,渐恢章于贾、马。""赋者古诗之流"说,本是班固的附会,我们不表赞同,前文已有详辩,这里不再重复。而对白氏后面的意见,只需略作修改,便很能说明赋与长江文风的关系。宋玉的赋作早于荀子,贾谊所作是辞而非赋,前文已有论述,因此,白氏的意见应改为赋"始草创于宋、荀,渐恢章于枚、马。"正是这些长江作家和他们所代表的长江文风促进着也左右着汉赋的发展。

长江文风对汉赋的影响还体现在汉赋作家对作品的艺术审美追求。由于南北地理气候等人类生活环境的差异,南北文化和文学审美从开始就存在差异。这种差异在先秦文学中即有鲜明反映。例如,长江流域神话的丰富想像,屈原作品的"发愤以抒情",老、庄文章中的节奏感与音乐美,都是北方文学中所没有或北方作家较少追求的。更为重要的是,北方作家是把文学作为"人文教化"的手段来理解来实践的,这就使得他们的文学负载了太多的政治内涵,而长江流域的作家既把文学作为政治工具,又把文学作为个人情感表达的工具,甚至把文学当作一种语言的艺术、当作一种审美的对象来对待,宋玉所体现的就是这种倾向。特别是在汉代中央集权巩固、功臣元勋把持政权、文人学士难以在政治上有所作为以后,长江流域的作家就比较容易把自己的精力转向文学艺术的创造方面,这可能是南方作家与北方作家的一个重要区别。同时,长江流域瞬息万变的气象和波诡云谲的山川,不仅带给生长在这个地域的作家以丰富的想像,而且给予他们对形体、结构、韵律、色彩等形式美的熏陶和启发,而汉赋的文体风格在艺术审美上则正好体现了长江流域作家们的好尚与追求,长江文风对于汉赋发展的影响在这一方面也得到了充分的体现。

三 汉赋对于长江文风流变的意义

指出长江文风对于汉赋特别是汉大赋的影响,主要是从汉赋体裁的来源、汉赋繁荣和发展的内在动力方面来考虑的。然而,汉赋发展成熟以后,特别是汉赋受到统治者的青睐并借助帝王的权势而成为有汉一代的强势文体以后,汉赋对长江文风的影响也就超过长江文风对汉赋的影响,汉赋所体现的审美风尚左右了长江文学几个世纪的发展。

汉赋对于长江文风流变的意义,反映在以下几个方面。

首先,汉赋确立了一种文体范式,这种范式指导了六朝时期长江流域作家们的赋体文学创作。东晋著名文学家浔阳柴桑(今江西九江西南)人陶渊明(365—427年)所写的《归去来兮辞》、《感士不遇赋》、《闲情赋》,南朝时家居会稽始宁(今浙江上虞)的谢灵运(385—433 年)所写的《山居赋》、谢惠连(397?—438 年)所写的《雪赋》、谢庄(421—466 年)所写的《月赋》,东海(今江苏涟水北)人鲍照(414?—466 年)所写的《芜城赋》、《尺蠖赋》、侨居江南无锡一带的江淹(444—505 年)所写的《恨赋》《别赋》、江陵(今湖北荆州)人庾信在北朝所写的《哀江南赋》,等等,都能看出汉赋的深刻影响。当然,六朝所盛行的并不是散体大赋,而是抒情小赋和咏物赋,这种抒情小赋主要抒发的是文人学士的情怀和感慨,而咏物赋则更多地表现了他们对事物细致的体察能力和娴熟的文字表达能力。尽管这些作品对汉赋的题材、结构、语言和写作技巧有不同程度的发展,但它们毕竟是在汉赋特别是在东汉后期的抒情小赋和咏物赋的基础上发展起来的。

其次,汉赋的语言表达方式为六朝以后的长江流域作家所继承,特别是骈俪化的赋体文学语言更是为长江流域作家所喜爱,形成了六朝文学骈俪化的倾向。六朝时期的骈体文虽脱胎于汉代骈赋,但它已经脱离了赋的文体范围,将骈俪推广到一切可以达到的领域,形成了六朝的代表性文风。正如刘师培所说:

"六朝以来,风格相承。刻镂之精,昔疏而今密;声韵之叶,旧涩而新谐。凡江、范之弘裁,沈、任之巨制,莫不短长合节,追琢成章。故《文选》勒于昭明,屏除奇体;《文心》论于刘氏,备列偶词。体制谨严,斯其证也。"[①]

六朝有影响的文章,无论是书、记、文、论,还是表、启、颂、赞,几

[①] 刘师培:《文说·耀采篇第四》,见《刘师培中古文学论集》,第 206 页,北京:中国社会科学出版社 1997 年版。

乎都是刻镂精微、声韵谐和的骈俪文。如谯国铚(今安徽宿县西南)人嵇康(223—262年)所写的《与山巨源绝交书》、《声无哀乐论》,沛国(今安徽宿县西北)人刘伶(生卒年无考)所写的《酒德颂》,吴郡吴县华亭(今上海松江)人陆机(261—303年)所写的《辨亡论》、《吊魏武帝文》,丹阳句容(今江苏句容)人葛洪(283?—343年)所写的《抱朴子》,顺阳(今河南淅川县东)人范晔(398—445年)所写的《狱中与诸甥侄书》,会稽山阴(今浙江绍兴)人孔稚珪(447—501年)所写的《北山移文》,吴兴乌程(今浙江吴兴)人丘迟(464—508年)所写的《与陈伯之书》,吴兴故鄣(今浙江安吉西北)人吴均(469—520年)所写的《与宋(一作"朱")元思书》,庾信之父庾肩吾(487—551年)所写的《谢东宫赐宅启》,吴兴武康(今浙江武康)人沈炯(502—560年)所写的《为陈太傅让表》,都是传诵千古的文章名篇,无不是优美的骈体文。甚至连文论著作也出以骈俪之文,例如,我国的第一篇文学专论——陆机的《文赋》便是用骈体文写成,我国的第一部文学理论批评专著——刘勰的《文心雕龙》也是用骈体文写成。刘勰虽祖籍山东,却世居京口(今江苏镇江),受长江文风影响甚深。而这种文风不能不说是沿袭着汉赋的传统。

六朝长江文风与北方文风有着显著区别,这一点当时人就有清醒的认识。颜之推《颜氏家训·音辞》云:

> 南方水土和柔,其音清举而切诣,失在浮浅,其辞多鄙俗。北方山川深厚,其音沉浊而讹钝,得其质直,其辞多古语。然冠冕君子,南方为优;闾里小人,北方为愈。易服而与之谈,南方士庶,数言可辩;隔垣而听其语,北方朝野,终日难分。①

---

① 颜之推:《颜氏家训》(王利器集解)卷七,第529—530页,北京:中华书局1993年版。

这里虽然是谈南北语言风格的差异,但这种差异是与文风紧密联系在一起的。反映在文学方面,南北文风的差异也表现得异常充分。《北史·文苑传》序有云:

> 自汉魏以来,迄乎晋宋,其体屡变,前哲论之详矣。暨永明、天监之际,太和、天保之间,洛阳、江左,文雅尤盛,彼此好尚,互有异同。江左宫商发越,贵于清绮;河朔词义贞刚,重乎气质。气质则理胜其词,清绮则文过其意。理深者便于时用,文华者宜于咏歌。此其南北词人得失之大较也。

正因为南方文风(其实就是长江文风)"宜于咏歌",所以南北朝时期长江流域的文学成就大大超过北方的文学成就,长江文风对于后世的影响也自然超过北方文学的影响。整个唐初,南朝文学的绮丽之风仍然弥漫文坛,骈词俪句始终是文人学士们作文的轨范。即使在中唐韩愈和柳宗元掀起古文运动之后,骈俪之风也并没有在文坛销声匿迹,足见其影响之深远。尽管南朝的文风曾受到许多后人的批评,包括不少长江流域作家的批评,例如梓州射洪(今四川射洪)人陈子昂(661—702年)便认为"文章道弊五百年","齐、梁间诗,彩丽竞繁,而兴寄都绝"[①],但这里恐怕主要是表达对一种创作倾向即文学对政治的疏离的不满,而并不是全盘否定作家对文章写作技巧的追求,在他所上奏的表章中,也大量使用了骈偶句式,就可证明这一点。因此,从文学自身的发展来看,六朝长江文风不仅有值得肯定的东西,而且有其不可磨灭的特殊贡献。

---

① 陈子昂:《修竹篇并序》,见《陈子昂集》,北京:中华书局1960年版。

第四章

平易流畅　随物宛转

　　北宋时期，长江文学和长江文风发生了一次重大转变。六朝以来一直占据文章主体地位的骈体时文为散体古文所代替，唐代后期所形成的怪怪奇奇的文风也为平易流畅的文风所代替。领导这场文学革新运动的是以道德文章著称于时的庐陵人欧阳修，而积极参与这场运动并做出了突出成绩的主要是曾巩、王安石、苏洵、苏轼、苏辙等江西、四川籍作家。宋代的文学革新运动，实际上反映了由于社会政治、经济、文化发展而引起的中小地主阶级争取社会政治地位和文化话语权利的努力，并且适应着文化世俗化和普及化的要求，其积极成果对封建后期的文学发展产生了广泛而深远的影响。

第一节　骈文的历史命运

　　六朝是骈文最为发达的时期，不仅辞赋骈俪，即如公私文牍，学术论著，也无不用骈，其骈俪文风弥漫着且左右着整个文坛。隋唐以降，六朝骈俪文风受到不少批评和抵制，唐中后期还出现了反对骈文的古文运动，但骈俪文风并没有真正被打倒，它继续影响着文学的发展，直到宋初，骈俪文风仍然占据文坛的主导地位。以欧阳修为代表的北宋一批长江学者所倡导的新古文运动,才真正扭转了骈俪文风,使文章趋于平易流畅。长江文风又一次领异标新,转变了中国文学的发展方向。

一 因应与选择

隋文帝完成南北统一之后,开始重视文化建设。开皇四年(584年),文帝普诏天下:公私文翰,并宜实录。这年九月,泗州刺史司马幼文表华艳,交付所司治罪。然而,由六朝骈文所形成的华艳文风并不会因一纸诏令而根本改变。《隋书·文学传序》云:"高祖初统万机,每念斫雕为朴,发号施令,咸去浮华;然时俗词藻,犹多淫丽,故宪台执法,屡飞霜简。"[①]由此可见,文风的转变不能单靠行政命令,如果整个社会对文化需求的风习不变,要想根本改变公私文翰的文风是难以奏效的。

文章与社会的关系,是一种双向互动的关系。文章既是社会文化需求的一种反映,又会带动社会文化需求的发展。因此,一种主流文风实际上反映着一定历史时期社会文化主体的一种好尚,一种需求,并不全是某个文学个体的个人行为。即是说,作为个体,作者在自己的创作中有选择自己所喜欢的文风的自由,然而,他无法选择他所生活的社会对某种文风的推崇。汉赋的"劝百讽一"的文风是汉赋作家为了满足汉代统治者"润色鸿业"的政治文化需要和作家自我的政治参与需要而在创作中逐渐形成的,而当统治者和赋作家对这种需要不再迫切或者根本不再有这种需要的时候,"劝百讽一"的主流文风也就逐渐消逝而让位于其他的文风。

六朝是一个门阀士族统治社会的时期。门阀士族对社会的统治不仅包括政治垄断和经济垄断,也包括文化垄断。从社会

---

① 魏征:《隋书·文学传序》,新编《二十五史》影印清乾隆武英殿本,第3455页,上海古籍出版社、上海书店1986年版。

价值观念来看,古人有立德、立功、立言"三不朽"的价值追求,但六朝时期儒家的道德体系已经被玄学冲击得七零八落。立德不朽在一个价值失范的时代自然缺乏吸引力,而立功的机会在那个动荡的年代极有可能被寒门士子所攫取,于是门阀士族便把注意力集中到立言不朽上来。所谓立言,实际上是一种社会文化话语权力,由于门阀士族具有政治经济优势,其家族成员均受过良好的文化教育,因而很容易获取社会文化话语权力。六朝士族不仅垄断着文化,而且垄断着文学。例如,随晋室南渡的王、谢两个世家贵族都以人人能文、个个有集自诩,其中王羲之(321—379年)、王献之(344—386年)不仅有较高的文学成就,其书法艺术足以代表一个时代,谢灵运(385—433年)、谢朓(464—499年)则代表了南朝文学创作的最高水平。南方士族朱、张、顾、陆,也同样占据着文化的优势地位。南朝的皇帝,几乎个个好文,宋武帝、文帝、孝武帝、梁武帝、简文帝、元帝、陈后主等,都有文集传世。南朝的文学集团大都是以皇室成员为领袖,直接引导着当时的文学潮流。宋临川王刘义庆(403—444年)与其门人编撰《世说新语》,对于揭橥魏晋风度、展现文学魅力起到了示范作用。齐竟陵王萧子良(460—494年)"夏月客至,为设瓜饮及甘果,著之文教,士子文章及朝贵辞翰,皆发教撰录"[①],其幕下的"竟陵八友"提出了永明声律论,对诗歌创作影响深远。梁昭明太子萧统(501—531年)"引纳才学之士,爱赏无倦,恒自讨论篇籍,或与学士商榷古今,闲则继以文章著述"[②],主持编纂了影响极大的文章总集——《文选》。

六朝统治者和门阀士族对文学的重视不仅仅是一种个人爱

---

① 萧子显:《南齐书·武十七王传》,新编《二十五史》影印清乾隆武英殿本,第1984页,上海古籍出版社、上海书店1986年版。
② 姚思廉:《梁书·昭明太子传》,新编《二十五史》影印清乾隆武英殿本,第2038页,上海古籍出版社、上海书店1986年版。

好,更多地表现为社会政治和文化发展的需要。《梁书·江淹任昉传》云:"观乎二汉求贤,率先法术;近世取人,多由文史。"[①]而法术重师承,强调的是思想的继承;文史重习染,强调的是技巧的创新。如果说法术是直接为统治者的政治服务的话,那么文史则更能体现门阀士族的政治文化需求。这些士族士子不仅有研习文史的优越经济基础,通过文史能够使其获得政治地位,而且研习文史的过程还能展示他们的生活情趣和审美好尚,引导社会潮流,这对于在政治上日益强大(相对于皇族而言)和在经济文化上日益富有(相对于庶族而言)的士族而言,无疑是十分重要的。从一定意义上说,殷商的祭祀文化主要是为鬼神服务的,西周以来的礼乐文化主要是为天子服务的,而六朝出现的感官文化则主要是为士族服务的。而这种感官文化正体现在诗、文、书、画等文学艺术之中。正因为如此,文章制作在六朝士人心目中才有如此崇高的地位。钟嵘《诗品序》云:"今之士俗,斯风炽矣。才能胜衣,甫就小学,必甘心而驰骛焉。于是庸音杂体,人各为容。至使膏腴子弟,耻文不逮,终朝点缀,分夜呻吟。"[②]膏腴子弟学文的这种热情正反映出他们的社会需求,这种需求其实也是文化发展的内在要求。因此我们可以说,魏晋以来逐渐形成而到南朝达到鼎盛的骈体文,反映出文章因应社会文化主体要求而发展的历史趋势,其中虽有统治者的推波助澜,但在总体上是符合文学自身的发展规律的。

  事物都是一分为二的。六朝士族的重文思潮一方面提高了文的社会地位,士族对文化的垄断和文章的研习促进了文化的积累和文章表达技巧的提高,另一方面,士族垄断文学也造成了

---

① 姚思廉:《梁书·江淹任昉传》,新编《二十五史》影印清乾隆武英殿本,第2048页,上海古籍出版社、上海书店1986年版。
② 钟嵘:《诗品序》,见何文焕辑《历代诗话》,第3页,北京:中华书局1981年版。

文学对民生疾苦的冷漠,那些膏腴子弟空虚的生活和良好的教育促使他们把精力集中到文章的形式技巧上,用他们的文章理念和审美趣味来指导文章制作,从而形成了绮靡淫侈的华艳文风。所谓"句争一字之奇,文采片言之贵,情必极貌以写物,辞必穷力以追新",概括的正是这种文风的特点。

南朝文风在当时就受到过一些学者的批评。梁裴子野(469—530年)《雕虫论》指出齐、梁学者"以博依为急务,谓章句为专鲁;淫文破典,斐尔为功;无被于管弦,非止乎礼义;深心主卉木,远致极风云;其兴浮,其志弱;巧而不要,隐而不深。讨其宗途,亦有宋之风也"。甚至引荀子的话提出警告:"乱代之征,文章匿而采。"[①]然而,裴子野的话并没有引起人们的重视,淫靡艳丽之风仍然弥漫在文坛。隋初李谔在《上隋高祖革文华书》中也明确反对齐、梁文风,他指出:

> 江左齐、梁,其弊弥甚,贵贱贤愚,唯务吟咏。遂复遗理存异,寻虚逐微,竞一韵之奇,争一字之巧。连篇累牍,不出月露之形;积案盈箱,唯是风云之状。世俗以此相高,朝廷据兹擢士。禄利之路既开,爱尚之情愈笃。于是闾里童昏,贵游总丱,未窥六甲,先制五言。至如羲皇、舜、禹之典,伊、傅、周、孔之说,不复关心,何尝入耳!以傲诞为清虚,以缘情为勋绩,指儒素为古拙,用词赋为君子。故文笔日繁,其政日乱。[②]

李谔的上书反映出齐、梁文风在隋初文坛仍占据着统治地位,连公私文翰也未能摆脱其影响,隋文帝虽有"公私文翰,并宜

[①] 裴子野:《雕虫论》,见《全上古三代秦汉六朝文·全梁文》卷五三,第3263页,北京:中华书局。
[②] 李谔:《上隋高祖革文华书》,见《隋书》卷六六,新编《二十五史》影印清乾隆武英殿本,第3433页,上海古籍出版社、上海书店1986年版。

实录"的诏令,也未能令行禁止。这说明文风问题是一个复杂的问题,社会主流文风非个人所能选择,也非一纸诏令所能改变。李谔反对齐、梁文风与裴子野一样,都是斥责其对儒学典籍和儒家思想的背离,以及对华艳奇巧的音韵辞藻的追求,而并未对这种文风所依附的骈体文章提出批评,甚至他们用以指责齐、梁文风的文章本身就是骈体文,骈体文的体制和句式本来就要求语言的对偶和音韵的和谐,这就决定了他们改革文风的要求不可能会有什么结果。从这一点来看,隋代改革文风的要求与唐宋古文运动的提倡古文,其内涵和目标是有明显差别的。

二　唐代文章之变

唐代文章经过了近三百年的发展,其文体和风格都有不少变化。而对于这些变化的理解,唐人和宋人的看法并不一致。这里举几种有代表性的看法如下:

> 唐有天下几二百载,而文章三变:初则广汉陈子昂以风雅革浮侈;次则燕国张公说以宏茂广波澜;天宝以还,则李员外、萧功曹、贾常侍、独孤常州比肩而作,故其道益炽。①
>
> 予尝考前世文章政理之盛衰,而怪唐太宗致治几乎三王之盛,而文章不能革五代之余习,后百有余年,韩、李之徒出,然后元和之文始复于古。②
>
> 唐有天下三百年,文章无虑三变。高祖、太宗,大难始夷,沿江左余风,缔句绘章,揣合低卬,故王、杨为之伯。玄宗好经术,群臣稍厌雕琢,索理致,崇雅黜浮,气益雄浑,则燕、许擅其

---

① 梁肃:《唐左补阙李翰前集序》,见《唐文粹》卷九二,四库全书本。
② 欧阳修:《苏氏文集序》,见《欧阳修全集》居士集卷四一,影印世界书局本,第288页,北京:中国书店1986年版。

宗。是时,唐兴已百年,诸儒争自名家。大历、贞元间,美才辈出,擩哜道真,涵泳圣涯,于是韩愈倡之,柳宗元、李翱、皇甫湜等和之;排逐百家,法度森严,抵轹晋、魏,上轨汉、周,唐之文完然为一王法,此其极也。①

以上各说,无论是唐代的梁肃,还是宋代的欧阳修、宋祁,他们都是从整个唐代文章立论的,并未特别留意唐代长江文风的流变。然而,他们所指出的有几点是与长江文风直接相关的。首先,唐初仍然承袭齐、梁文风,并无根本性改变,说明六朝长江文风仍然影响着整个中国文坛。其次,唐代文风的转变,肇始于长江作家陈子昂,长江文学又一次为中国文学发展做出了自己的贡献。

陈子昂(659—700年),字伯玉,梓州射洪(今属四川)人。卢藏用《陈氏别传》称他"奇杰过人,姿状岳立。始以豪子驰侠使气,至年十七八未知书。尝从博徒入乡学,慨然立志,因谢绝门客,专精坟典,数年之间,经史百家,罔不该览。尤善属文,雅有相如、子云之风骨。"受家庭和地方文化影响,陈子昂既精通儒术,又好黄老纵横之说,任侠尚义,轻财好施,颇有抱负。文明元年(684年)中进士,因上书谏阻高宗灵驾西迁长安,受到武则天赏识,召拜麟台正字。后转右卫胄曹参军,升右拾遗。他多次上书言事,谈休兵,主任贤,谏用刑,甚至指斥武则天宠用酷吏,"言多切直",表现了刚正不阿、不同流俗的品格。延载元年(694年)竟陷冤狱。获释后从武攸宜出征契丹,因谋不见用,登幽州台悲歌慷慨,复萌退隐之念。回军第二年(698年)"以父老,表乞罢职归侍"。回乡后,即着手整理汉武帝至初唐的一段历史,准备写作《后史记》,但"纪纲初立,笔削未终",便因父丧而中断。

---

① 宋祁:《新唐书·文艺传序》,新编《二十五史》影印清乾隆武英殿本,第4737页,上海古籍出版社、上海书店1986年版。

次年,受武三思阴谋指使,射洪县令段简将其逮捕入狱,横加折磨,子昂忧愤而逝,年仅42岁。著有《陈子昂集》。

陈子昂对六朝文风有着强烈的不满,他在《修竹篇并序》中批评说:

> 文章道弊五百年矣,汉魏风骨,晋宋莫传,然而文献有可征者。仆尝暇时观齐、梁间诗,彩丽竞繁,而兴寄都绝,每以永叹。思古人,常恐逶迤颓靡,风雅不作,以耿耿也。①

在陈子昂看来,六朝文风的弊病就在于"彩丽竞繁,而兴寄都绝",而文章之道应该是兴寄风雅,有汉魏风骨。汉魏风骨的主要特点是"志深笔长,梗概多气",也就是要关注现实,投入情感,融会生命,不作无病呻吟之语。这正是一个积极用世者对文章应取的态度。陈子昂创作的文章正体现了他为转变文风所做的努力。例如,他早年所上《谏灵驾入京书》开篇即云:

> 梓州射洪县草莽愚臣陈子昂,谨顿首冒死献书阙下:臣闻明主不恶切直之言以纳忠,烈士不惮死亡之诛以极谏。故有非常之策者,必待非常之时;有非常之时者,必待非常之主,然后危言正色,抗议直辞,赴汤镬而不回,至诛夷而无悔。岂徒欲诡世夸俗,厌生乐死哉?实以为杀身之害小,存国之利大,故审计定议而甘心焉。况乎得非常之时、遇非常之主,言必获用,死亦何惊?千载之迹,将不朽于今日矣!

接着,文章直陈己见,指斥时弊,剀切率真,毫无隐晦。读这样

---

① 陈子昂:《修竹篇并序》,见《陈伯玉文集》卷一,四部丛刊初编本。下引此书只注篇名。

的文章,不仅能看出作者用世的热情和豪迈的气概,而且还能发现先秦诸子论辩的机智和纵横家演说的风采。在六朝文风仍然主导文坛的情势下,陈子昂的文章的确给人耳目一新之感。他的《上蜀川安危事》、《谏雅州讨生羌书》、《谏用刑书》、《上军国利害事》等都能体现这一特点。卢藏用《唐右拾遗陈子昂文集序》称:"道丧五百岁而得陈君。……崛起江汉,虎视函夏,卓立千古,横制颓波,天下翕然,质文一变。"①梁肃也以陈子昂"以风雅革浮侈"为转变唐代文风的第一人。这些都不能算是过誉。

不过,也应该看到,陈子昂虽然提出了改革文风的要求,也进行了文章创作的实践,但由于他的文学成就主要在诗而不在文,他的文也没有得到当时社会的高度重视,《陈氏别传》说他"工为文,而不好作,其立言措意,在王霸大略而已",并不以转变文风为己任,故其转变文风的实际效果并不很大。紧接着的开元盛世,被称做"燕许大手笔"的燕国公张说、许国公苏颋之文,就没有沿着陈子昂倡导的文风继续发展。张说"掌文学之任凡三十年,为文俊丽,用思精密,朝廷大手笔,皆特承中旨撰述,天下词人,咸讽诵之。尤长于碑文墓志,当代无能及者"②;苏颋为天子起草的制诰之文,不仅得到中书令李峤的赞叹,而且为玄宗所看重,指示"可录一本封进,题云臣某撰,朕要留中披览"③。这些文章雅丽典则,"志在粉饰盛时"④,所注重的仍然是语言和形式,对六朝文风的继承多于否定。

安史之乱是唐代社会由盛转衰的转折点,各种社会矛盾充

---

① 卢藏用:《唐右拾遗陈子昂文集序》,见《唐文粹》卷九二,四库全书本。
②④ 刘昫等:《旧唐书·张说传》,新编《二十五史》影印清乾隆武英殿本,第3844页,上海古籍出版社、上海书店1986年版。
③ 刘昫等:《旧唐书·苏颋传》,新编《二十五史》影印清乾隆武英殿本,第3820页,上海古籍出版社、上海书店1986年版。

分暴露出来,经历了社会变乱的人们,对现实均持反省和批判的立场。反映在文学上,就是主张文章复古,企图通过文章复古重建社会价值系统,恢复社会正常秩序。梁肃所提到的唐代文风三变的代表作家李华、萧颖士、贾至、独孤及等人(其时还有元结、顾况、李翰、柳冕以及梁肃自己),便反映了文学发展的这种要求。这些作家中,除苏州人顾况属长江作家外,其他均为北方作家,这与安史之乱发生在北方,北方作家对战乱体会最为深切,对社会矛盾认识最为充分,可能有直接关系。这些作家不仅提出了文章复古的主张,而且进行了文章复古的创作实践,写出了一些颇有新意的作品。

不过,从文章的社会影响而言,北方有复古倾向的一批作家所创作的作品,似乎远远赶不上以写制诰和奏议见长的长江作家陆贽,而陆贽的文章一般都是骈文。

陆贽(754—805年),字敬舆,苏州嘉兴(今属浙江)人。年十八,登进士第。又中博学鸿词科,授华州郑县尉。以书判拔萃,选授渭南县主簿,迁监察御史。德宗立,召为翰林学士,甚见亲任,虽外有宰相主大议,贽常居中参裁可否,时号内相。进拜兵部侍郎,知贡举。累迁中书侍郎,同中书门下平章事。为户部侍郎裴延龄所谗,贬为忠州别驾。贽以避谤,不事著述,地苦瘴疠,乃为《古今集验方》五十篇,以示乡人。顺宗即位,有诏征还,诏未至而卒。追赠兵部尚书,谥曰宣,世称陆宣公。著有《翰苑集》十卷、《议论奏疏集》十二卷。

陆贽的文章主要是代天子草拟的制诰和向天子呈报的奏议,然而,这些制诰奏议很不同于盛唐时期的同类文章。"其于议论应对,明练理体,敷陈剖判,下笔如神,当时名流,无不推挹"①。从文体形式来看,陆贽的这些制诰奏议仍然是骈体时文,然而,其语体风格已经发生了很大变化,文中很少使事用典,语言自然通脱,不追求华丽富赡,而富有真情实感。举两段文章为例:

> 伏以睿德神功,参天配地,巍巍荡荡,无得而名。臣子之心,务崇美号,虽或增累盈百,犹恐称述未周。陛下既越常情,俯稽至理,愚衷未谕,安敢不言。窃以尊号之兴,本非古制,行于安泰之日,已累谦冲;袭乎丧乱之时,尤伤事体。今者銮舆播越,未复官闱;宗祏震惊,尚悠禋祀。中区多梗,大憝犹存。此乃人情向背之秋,天意去就之际。陛下诚宜深自惩励,以收揽群心;痛而贬损,以答谢灵谴。岂可近从末议,重益美名?既亏追咎之诚,必累中兴之业。以臣庸蔽,未见其宜。乞更详思,不为凶孽所幸。此臣之至愿也。谨奏。②

> 伏以戎狄为患,自古有之。其于制御之方,得失之理,备存史籍,可得而言。大抵尊即序者则曰:非德无以化要荒;曾莫知威不立、则德不能驯也。乐武威者则曰:非兵无以服凶犷;曾莫知德不修、则兵不可恃也。务和亲者则曰:要结可以睦邻好;曾莫知我结之、而彼复解之也。美长城者则曰:设险可以固邦国而扦寇雠;曾莫知力不足而人不堪,则险之不能恃、城之不能有也。尚薄伐者则曰:驱遏可以禁侵暴而省征徭;曾莫知兵不锐垒不完,则遏之不能胜、驱之不能去也。议边之要,略尽于斯。虽互相讥评,然各有偏驳。听一家之说,则理例可征;考历代所行,则成败异效。是由执常理以御其不常之势,徇所见而昧于

---

① 刘昫等:《旧唐书·陆贽传》,新编《二十五史》影印清乾隆武英殿本,第3934页,上海古籍出版社、上海书店1986年版。
② 陆贽:《奉天论尊号加字状》,见《陆宣公集》卷十二,四部备要本。

所遇之时。夫中夏有盛衰,夷狄有强弱,事机有利害,措置有安危,故无必定之规,亦无长胜之法。①

这些奏议观点明确,议论剀切,语言流畅,条理清晰,与追求雅丽典则、故作高深的此类文章大异其趣,体现出骈体文发展的新动向。朱熹曾指出:"陆宣公奏议极好看,这人极会议论,事理委曲说尽,更无渗漏。虽至小底事,被他处置得亦无不尽。"②骈体文能达到这样的议论效果,说明这种文体开始转向务实求新,以适应社会文化的要求。

陆贽文章的这种风格对中唐以后的文学发展有很大影响,宋代著名作家对此给予了极高评价。《四库全书总目提要》指出:"宋祁作贽传赞,称其论谏数十百篇,讥陈十病,皆本仁义,炳炳如丹青,惜德宗之不能尽用。故《新唐书》例不录排偶之作,独取贽文十余篇,以为后世法。司马光作《资治通鉴》,尤重贽议论,采奏疏三十九篇。其后苏轼亦乞以贽文校正进读。盖其文虽多出于一时匡救规切之语,而于古今来政治得失之故,无不深切著明,有足为万世龟鉴者,故历代宝重焉。"③陆贽能用骈体文写出"深切著明"的政论文,这是因为他将务实而用世的精神熔铸到文章写作中的结果。一般文学史对陆贽转变唐代文风的积极贡献缺少应有的评价,其实是不够公允的。

当然,唐代文风的重大转变还是发生在韩愈主盟文坛、开展古文运动之后。强调"文本于道",提倡文章复古,这是韩愈之前很多作者已有的主张。韩愈的贡献在于,他将时贤的思想消化吸收而发展成为系统的理论,并在创作实践中大力予以推广。

---

① 陆贽:《论缘边守备事宜状》,见《陆宣公集》卷十二,四部备要本。
② 朱熹:《朱子语类》卷一三八,四库全书本。
③ 永瑢等:《翰苑集提要》,见《四库全书总目》卷一五〇,第 1287 页,北京:中华书局 1965 年版。

他主张"文以明道","文"是手段,"道"是目的,"愈之为古文,岂独取其句读不类于今者邪!思古人而不得见,学古道则欲兼通其辞,通其辞者,本志乎古道者也"①。古道载于古人之文,因此"非三代两汉之文不敢观,非圣人之志不敢存"②,三代两汉之书即是学习的标准。古人"词必己出","若圣人之道,不用文则已,用则必尚其能者。能者非他,能自树立不因循者是也",因此要"师其意,不师其辞"③,坚持"惟陈言之务去"的写作原则。作者的良好修养和充沛感情是文章写作的基础,"气盛则言之短长与声之高下者皆宜"④,"有不得已者而后言,其歌也有思,其哭也有怀"⑤。韩愈的理论,不仅为士人提出了一个兴复古道的目标,而且提出了如何通过学习和写作古文而致道的具体途径和方法。这对于一个在失范的社会里希望有所作为的士人来说,无疑具有感召力和吸引力,因此在韩愈周围团结起一批以复古为己任的作家,古文运动得以蓬蓬勃勃的开展起来。

唐代古文运动的领袖人物韩愈、柳宗元都不是长江流域的作家,然而这一运动是全国性的,因此对长江文学发展有着直接的影响。古文运动中韩愈、柳宗元在贬谪南方期间所创作的作品既给南方作家以示范和激励,同时他们在创作中也吸收了南方文学的营养。例如,广为世间传诵的柳宗元的"永州八记",是柳宗元被贬永州(今湖南零陵)期间所创作的山水游记的代表作。与以前的模山范水之文不同,"永州八记"借物写心,抒情色彩浓厚,多抑郁不平之气,开创了抒情山水小品的先河。然而,就其精神实质而言,"永州八记"明显带有楚国骚体文的风格特点,写迁客骚人之感受,抒磊落崎奇之襟怀,继承的是屈原所开

---

① 韩愈:《题欧阳生哀辞后》,见《唐宋八大家文钞》卷十二,四库全书本。
②④ 韩愈:《答李翊书》,见《唐宋八大家文钞》卷四,四库全书本。
③ 韩愈:《答刘正夫书》,见《唐宋八大家文钞》卷四,四库全书本。
⑤ 韩愈:《送孟东野序》,见《唐宋八大家文钞》卷七,四库全书本。

创的长江文学的传统。因此,这些非长江流域作家所创作的有着鲜明长江文章风格的作品,也是值得我们重视的。此外,参与古文运动的还有许多长江流域的作家,他们对唐代文学的发展也作出了重要的贡献。例如和韩、柳同时的长江流域作家沛上(今江苏沛县)人刘轲便是颇有成就的古文作家,而作为韩门弟子也是韩愈之后的古文殿军人物之一的皇甫湜也是睦州新安(今浙江淳安)人,他为文追求意新语奇,是一个很有个性特点也很有成就的作家,对韩愈以后的古文发展有重要影响。

三 文与道的合离

中唐兴起的古文运动虽然取得了很大的成绩,但并没有形成对时文的决定性胜利。到了晚唐五代,古文声势锐减,骈俪文风又重新抬头。直到北宋初年,西昆体左右整个文坛,沿袭的仍然是六朝以来的淫佚之风。

唐末五代,天下大乱,强权政治,斯文扫地。"藩镇皆武夫,恃权任气,又往往凌蔑文人,或至非理戕害"[①],文人只能服从和服务于这些强权,才能避免戕害,发挥一点应有的作用。北方动乱频繁,几乎没有产生有影响的作家。南方相对安定,而统治者大都奢侈腐化,他们所需要的只是一些愉悦耳目、粉饰现实的文字,因此,骈体文又成为时尚之文。这时的作家大都工于骈体,喜好时文。唐末有一定影响的作家池州秋浦(今安徽贵池)人顾云、苏州吴兴(今属浙江)人钱珝均长于章疏制诰,语多四六,少了初唐同类文章的直率和盛唐同类文章的气魄,体现出末世的时代特征。

南唐是一个颇重文艺的偏安小王朝,较有文名的是号称"韩徐"的韩熙载和徐铉。韩熙载(902—970年)是潍州北海(今山

---

① 赵翼:《五代幕僚之祸》,见《廿二史札记》卷二二,四部备要本。

东潍坊)人,曾任南唐兵部尚书、中书侍郎、充光政殿学士承旨,史称其"制诰典雅,有元和之风"。徐铉(916—991年),字鼎臣,祖籍会稽(今属浙江),因父为吴江都少尹,遂家广陵(今江苏扬州)。仕吴为校书郎,后仕南唐,知制诰,迁中书舍人,贬泰州司户掾。后主时,除礼部侍郎、翰林学士、御史大夫、吏部尚书。入宋官左散骑常侍,贬静难行军司马,卒。著有《骑省集》。《四库全书总目提要》云:"当五季之末,古文未兴,故其文沿溯燕、许,不能嗣韩、柳之音。而就一时体格言之,则亦迥然孤秀。"[1]徐铉也是长于制诰之文,文体也属骈俪,虽没有燕、许大手笔的自信与气势,但他能"必有其质,乃为之文",不重藻饰,少用事典,在骈体文中也算比较靠近陆贽文风的一派。

北宋初年,从太祖到真宗的五六十年间,文坛仍然沿袭五代余风,梁昭明太子萧统所编《文选》是士人作文的范本,骈体文是最为社会所重视的文体,以杨亿、刘筠、钱惟演为代表的西昆派是当时最有影响的文学流派。欧阳修说:"是时天下学者杨、刘之作,号为时文。能者取科第,擅名声,以夸荣当世,未尝有道韩文者。"[2]陆游亦云:"国初尚《文选》,当时文人专意此书,故草必称王孙,梅必称驿使,月必称望舒,山水必称清晖。至庆历后,恶其陈腐,诸作者始一洗之。方其盛时,士子至为之语曰:'《文选》烂,秀才半。'"[3]欧阳修说的是亲身感受,陆游虽不是亲身感受,记的也是实情。对于这种状况,尽管也有不满和反对的意见,但直到嘉祐二年(1057年)欧阳修知贡举摒弃时文、倡导古文之后,情况才有根本改变。

宋初文风的代表作家杨亿也是由长江文学哺育成长起来

---

[1] 永瑢等:《骑省集提要》,见《四库全书总目》卷一五二,第1305页,北京:中华书局1965年版。
[2] 欧阳修:《记旧本韩文后》,见《欧阳文忠公全集》卷七三,四部备要本。
[3] 陆游:《老学庵笔记》卷八,四库全书本。

的。杨亿(974—1020年),字大年,建州浦城(今属福建)人。年十一即有文名,为太宗所赏识,授秘书省正字。改太常寺奉礼郎,命试翰林,赐进士及第。真宗时,参预修撰《太宗实录》、《册府元龟》,累官翰林学士、工部侍郎、知制诰,病卒,年四十七。著述甚丰,《宋史》本传载其有《括苍》、《武夷》、《颖阴》等文集多种,又有《内外制》、《刀笔》等194卷,今仅存《武夷新集》20卷。

杨亿为人"性耿介,尚名节"(《宋史·杨亿传》),在朝与寇准友善,而与王钦若、丁谓等不协,知制诰时频忤旨,遭到王钦若、陈彭年等人的譖毁,其人品在其侪辈之上,与那些迎合上意的谀谀之辈更不可同日而语。欧阳修曾极口称赞其为人。由于杨亿身为侍从之臣,日以刀笔为事,其应制酬酢之作,自然难免无病呻吟,但作为一代"时文"的代表,能风靡当时文坛,也确有高人之处。举《次对奏状》一段为例:

> 自唐末离乱,国用不充,百官俸钱,并减其半,自余别给,一切权停。今群官于半俸之中,已是除陌;又于半俸三分之内,其二分以他物给之。鬻于市廛,十才得其一二。曾糊口之不及,岂代耕之足云!……臣窃见今之结发登朝,陈力就列,其俸也不能致九人之饱,不及周之上农;其禄也未尝有百石之入,不及汉之小吏。若乃左右仆射,百僚之师长,位莫崇焉,月俸所入,不及军中千夫之帅,甚可骇也!岂圣朝稽古之意哉?臣欲乞今后百官俸禄杂给,并循旧制,既丰其稍入,可责以廉隅。官且限以常员,理当减于旧费。冗食悉罢,周行自清。①

作为奏状,既要说明事体,又要合乎规制,以表现作者的识见与才学,写好并不容易。杨亿的这篇奏状,叙事清楚,说理充

---

① 杨亿:《次对奏状》,见《武夷新集》卷十六,四库全书本。

分,语言平实,亦骈亦散,举史实以做比较,不用僻典,言现状注重数据,几乎直言。这样的时文不仅适应了宋初社会政治的需要,也体现了文人特有的社会作用,其受到社会重视是可以理解的。至于石介批评杨亿"穷妍极态,缀风月,弄花草,淫巧侈丽,浮华纂组"[①]主要是指他的那些应制之作和应酬之作,我们不能因此而完全否定杨亿文章的全部价值。

说到这里,我们不竟要问:唐代古文运动为什么在韩愈、柳宗元之后没能继续发展?"淫巧侈丽,浮华纂组"的文风为什么能从六朝流衍到北宋?是个人原因,社会原因,还是文学发展的自身规律?要完满回答这些问题并不容易,这里只能就其主要方面试做解答。

前面已经说过,两汉以前的文学其实不是文章之学,而是文治教化之学,它是直接服务于天子的王官之学。这时的文与道、政与教浑融一体,并未析分为二。随着社会的发展,到了汉代,王官之学早已散落民间,政与教逐渐分离,文与道的矛盾便显露出来。特别是汉武帝"罢黜百家,独尊儒术"以后,阐释六经的学术和日常应用的文章又剥离开来,文人学士要么寻章摘句,皓首穷经,为统治者提供维护其统治的思想理论依据,要么歌咏赋颂,日月献纳,为统治者的合法和非法统治"润色鸿业"。汉代的赋作者多少还存有通过文章讽喻君主以匡正世道的意向,而统治者却并不理会这种讽喻而只欣赏作品的文采与意想。此后的统治者对于应用时文的要求,从根本上与汉代统治者是一致的,这就决定了时文的形式化和淫靡化倾向。

六朝的骈俪文风的形成一方面是统治者提倡和推动的结果,另一方面,自东汉末年现出端倪而在六朝得以蓬勃发展的士

[①] 石介:《怪说中》,见《石守道先生集》卷二,第26页,影印正谊堂全书本,台北:艺文印书馆1965年版。

族文人集团的文学观念和审美意识,也是促进这一文风形成的重要因素。门阀士族为了维持他们对文化的垄断,除了提高自身的文化修养以外,还特别留意文章制作技巧的研究,辞藻声律,属对排偶,使事用典,章句体性,成为学习作文的基本知识,是否掌握这些知识也成为判断一个人是否具有文学修养的基本标准。因此,"淫巧侈丽,浮华纂组"的文风就成了士族垄断文化的一种象征,对这种文风的维护也就成了对士族社会地位的维护。正因为如此,六朝以降,反对这种文风的文人,多是庶族文人而非士族文人。从这个意义上讲,我们应该肯定一切革新文风的思想和创作。

然而,文学的发展有其自身的规律,而打破士族对文化的垄断需要借助社会政治、经济、文化的发展,不完全以个人的意志为转移。魏晋六朝门阀士族垄断政治文化的局面在唐代并未根本改观,出身陇西李氏的唐皇家士族从一开始就重视门第声望,太宗时期完成的《大唐氏族志》不仅著录了当时的 293 个士族,而且将它们排出了等第,不同等第的士族子弟的社会关注程度和获得发展的机会是不一样的。这种对士族进行统一序录的方法,直到安史之乱以后才停止。唐代虽然实行了科举制,然而,"作为一个选官机制,唐朝的考试体系重要性不大。最负盛名的文学考试(进士)一年能录取的人极少在 30 个以上;根据崔瑞德的计算,在 737 年中,它为那些需要品官担任的职位提供的官员几乎不超过 2.5%;经学考试(明经)产生的官员是其两倍"[①]。并且考试是不糊名的,考试的成绩与是否被录取并无直接联系,而考前的名望才是被录取的主要依据,这对世族大家子弟显然更为有利。因此,尽管唐代通过科举考试为寒门士子提供了一

---

① [美]包弼德著,刘宁译:《斯文:唐宋思想的转型》,第 48 页,南京:江苏人民出版社 2001 年版。

定的参政机会,世家大族子弟在高级行政官僚中所占的比例比六朝要小,然而,这一比例仍然在60%以上。"作为一个描述社会成分的术语,'士'在唐代的多数时间里可以被译为'世家大族',在北宋可以译为'文官家族',在南宋时期可以译为'地方精英'"①。从一定意义上说,唐代时文始终保持骈俪文风,是与维护士族的政治文化的主导地位相一致的,中唐兴起的古文运动则可以视为庶族文人集团所进行的一场思想文化运动。

韩愈所倡导的古文运动之所以没有取得预期的效果,固然有多方面的原因,但最主要的还是这一运动在指导思想上存在偏差。

韩愈的提倡古文,是为了复兴古道,而所谓古道就是尧、舜、禹、汤、文、武、周公之道,道的内涵即是仁义。"行之乎仁义之途,游之乎《诗》、《书》之源,无迷其途,无绝其源"②,是古文家的理想目标。而这一目标在很大程度上是寄希望于统治者的,即希望统治者能施行三代之治的仁政,恢复儒家思想的正统地位,重建社会理想秩序。韩愈也以孔、孟的正宗传人自居,以学人的导师身份自励,以匡救时弊为己任,主张"忧天下",而不赞成"独善自养"。韩愈的这些思想,在藩镇割据、佛老思想泛滥、社会道德失范的情势下,的确有其进步意义。然而,希望通过习古文,行古道,来解决社会现实矛盾,毕竟只是文人不切实际的幻想。尽管韩愈以儒家道统的继承者自居,但在宋人眼里,他实在缺少道学方面的修养,只能算是一个文人。南宋著名理学家朱熹便说:"韩公之学见于《原道》者,虽有以识夫日用之流行,而于本然之全体,则疑其有所未睹;且于日用之间,亦未见其有以存养省

---

① [美]包弼德著,刘宁译:《斯文:唐宋思想的转型》,第37页,南京:江苏人民出版社2001年版。
② 韩愈:《答李翊书》,见《唐宋八大家文钞》卷四,四库全书本。

察而体之于身也。是以虽其所以自任者不为不重,而其平生用力深处,终不离乎文字语言之工。"①也就是说,韩愈所倡导并追求的,是他所无力达到的;而他真正能够把握并有所作为的,又是他不想突出强调的。这便形成了唐代古文运动的一个悖论。现实的目标既达不到,理论的建构又不成熟,这就难怪韩愈的后学或流入释氏(如李翱),或流入险怪(如皇甫湜),古文运动也就穷途末路了。

第二节 欧阳修与新古文运动

宋代是一个尚文的时代,中国文学有着突飞猛进的发展。在北宋时期,长江流域文章风格发生了一次重要转变,这次转变不仅影响了长江文学以后的发展,而且根本改变了整个中国文学的面貌,文章由"淫巧侈丽、浮华纂组"变为文从字顺、平易流畅,文学也从庙堂走向民间。推动这种转变的是一批才华横溢的长江流域作家,他们的领袖人物是欧阳修。

一 欧阳修的生平及其时代

欧阳修(1007—1072年),字永叔,号醉翁,晚年号六一居士。祖籍吉州庐陵(今江西吉安),祖父时迁往吉水(今江西永安)。欧阳修出生在父亲欧阳观所居绵州(今四川绵阳)军事推官廨舍。四岁丧父,随母依叔父家于随州(今属湖北)。家贫,母亲郑氏亲诲之学,画荻以教,借书抄诵。修天资聪颖,下笔如成人。偶得旧本韩愈文,学愈进。年十七试于乡,为有司所黜,益发奋。

---

① 朱熹:《别本韩文考异》,四库全书本。陈淳《北溪字义》卷下批评李翱《复性论》说:"翱虽与韩公游,文公学无渊源,见理不明莹,所以流入释氏去。"苏轼虽然赞扬韩愈"道济天下之溺",却也说:"韩愈之于圣人之道,盖亦知其好名矣,而未能落其实。"(《韩愈论》)

天圣七年(1029年),试国子监为第一,赴国学解试,再获第一。八年(1030年)试礼部,复为第一,殿试擢甲科,授将仕郎、试秘书省校书郎、充西京(今河南洛阳)留守推官。景祐元年(1034年)入朝,任馆阁校勘。范仲淹以言事贬,欧阳修写《与高司谏书》,斥责司谏高若讷言范当贬是"不复知人间有羞耻事",因此,修也被贬为夷陵令。康定元年(1040年)范仲淹复为陕西经略安抚副使,辟修为掌书记,修婉拒。庆历三年(1043年)迁太常丞、知谏院。四年(1044年)出使河东,寻任河北都转运按察使。五年(1045年),范仲淹庆历新政失败,修上书自劾,请同其退,以知制诰出知滁州(今安徽滁县)。八年(1048年),徙知扬州(今属江苏)。元祐元年(1049年)移知颍州(今安徽阜阳),转礼部郎中。次年,改知南京应天府(今河南商丘),兼南京留守司事。皇祐四年(1052年)丁母忧守制。至和元年(1054年)召判流内铨,旋改翰林学士,预修《唐书》。嘉祐二年(1057年)知贡举,"时士子尚为险怪奇涩之文,号太学体,修痛排抑之,凡如是者辄黜。事毕,向之嚣薄者伺修出,聚噪于马首,街逻不能制,然场屋之习,从是遂变"。三年(1058年)加龙图阁学士,权知开封府。五年(1060年)拜礼部侍郎,兼翰林侍读学士。六年(1061年)转户部侍郎、参知政事,进封开国公。治平元年(1064年)特转吏部侍郎,固辞,不允。由于"修平生与人尽言无所隐,及执政,士大夫有所干请,辄谕可否。虽台谏官论事,亦必以是非诘之,以是怨谤益众"①,于是再三请求外放。四年(1067年),神宗即位,罢参知政事,出知亳州(今安徽亳县)。到任后,多次上表乞致仕,不允。后又知青州(今山东益都)、蔡州(河南汝阳)。是时,神宗用王安石变法,欧阳修多次上表,批评青苗法"取利于民",并擅行止散

---

① 脱脱等:《宋史·欧阳修传》,新编《二十五史》影印清乾隆武英殿本,第6341页,上海古籍出版社、上海书店1986年版。

青苗钱,仍积极履行职责,关心朝政。熙宁四年(1071年),欧阳修以太子少师、观文殿学士致仕。次年,病逝于颍州家中,享年六十六岁。赠太子太师,谥文忠。著有《欧阳文忠公集》和《新五代史》等。

欧阳修不仅是一位著名的文学家和史学家,而且也是一位杰出的政治家和思想家。作为政治家,他积极参与了范仲淹的庆历新政,以知谏院的特殊身份写了许多针砭时弊的奏疏谏议;在地方任上,他也做出了很多政绩,深得百姓爱戴。作为思想家,他既积极维护儒家思想的正统地位,又主张以理性的态度"通知古今",其所著《易童子问》开宋代疑古疑经思想之先河。作为史学家,他独力完成了《新五代史》的撰著,还与宋祁一起,完成了《新唐书》的编写,并且提出了"盛衰之理虽曰天命岂非人事"的新历史观。尽管欧阳修的成就是多方面的,但是,他的最突出的成就还是在文学方面,他给予后世最重要的影响也是在文学方面。

欧阳修的文学成就,主要体现在他对于转变文风所发挥的巨大作用和对于文学发展所产生的深远影响方面。

在欧阳修之前,"杨翰林(亿)欲以文章为宗于天下",世只知有"杨亿之道","不闻有周公、孔子、孟轲、扬雄、文中子、韩吏部之道"[①],文坛上弥漫着"淫巧侈丽,浮华纂组"的文风,所谓"杨、刘风采,耸动天下"。欧阳修在少年时期即爱好韩愈之文,及第授洛阳留守推官后,便与尹洙等倡导古文,以后一直以宣扬古文摒弃时文为务。他一生不仅创作了大量古文,其中有许多传世名篇,而且利用知贡举的机会,痛抑淫巧险怪之文,奖掖平实古朴之风,彻底扭转了文坛自六朝以来的浮靡文风。沈括《梦溪笔

---

① 石介:《怪说中》,见《石守道先生集》卷二,第26页,影印正谊堂全书本,台北:艺文印书馆1965年版。

谈》卷九载云：

> 嘉祐中，士人刘几，累为国学第一人，骤为险怪之语，学者翕然效之，遂成风俗。欧阳公深恶之。会公主文，决意痛惩，凡为新文者，一切弃黜。时体为之一变，欧阳之力也。①

叶梦得《石林诗话》卷下亦云：

> 至和、嘉祐间，场屋举子为文尚奇涩，读或不能成句。欧阳文忠公力欲革其弊，既知贡举，凡文涉雕刻者，皆黜之。……及放榜，平时有声如刘辉辈皆不预选，士论颇汹汹，未几时，传遂闹阗然，以为主司耽于唱酬，不暇详考校。……然是榜得苏子瞻为第二人，子由与曾子固皆在选中，亦不可谓不得人矣。②

可以看出，欧阳修的这次知贡举，是一场严重的政治斗争，也是社会思想文化和文学发展的重大转机。无论是刘几还是刘辉，他所代表的是一股社会政治势力和文化势力，他们的黜落，象征着他们社会地位的衰落，引起他们的激烈反应是很自然的。③ 由于这些被黜落的士子群辱欧阳修，朝廷殿试反而将欧阳修拔擢的贡士并赐及第，不落一人，欧阳修取得了彻底胜利。其实，这一榜进士有章衡、苏轼、苏辙、曾巩、程颢、张载、朱光庭、吕大均、曾布、吕惠卿、蒋之奇等，后来都成为名噪一时的人物，不可不谓得人之盛。

---

① 沈括：《梦溪笔谈》卷九，丛书集成初编本。
② 叶梦得：《石林诗话》卷下，影印百川学海本，台北：艺文印书馆1965年版。
③ 《续资治通鉴长编》卷185嘉祐二年正月癸未条称："及试榜出，时所推誉，皆不在选。嚣薄之士，候修晨朝，群聚诋斥之，至街司逻吏不能止；或为《祭欧阳修文》投其家，卒不能求其主名置于法。然文体自是亦少变。"

欧阳修爱好并提倡古文,的确没有"急名誉而于势利之用"①的世俗目的,他黜落尚奇涩之时文的士子而拔擢善古文的士子,也不是出于个人恩怨,而是出自社会的感召和时代的责任。

欧阳修的时代,社会正发生着巨大变化,这种变化首先发生在经济领域。"北宋经济在唐五代经济发展的基础上,继承了中国传统经济模式,有前进有发展,出现了封建后期经济的新变化,开创了中国封建经济的新时期"②。在农业方面,水稻种植面积扩大,经济作物和园艺作物进一步发展,以租佃制为中心的小农经济较前代发达。前代世袭贵族以身份等级占田的制度以及封建领地和庄园经济已经衰落,代之而起的是土地的更多的自由买卖。租佃关系、雇佣关系增多,主户客户之分比较突出。劳役地租逐渐消亡,实物地租虽然仍为主体,但已有一部分为货币地租所代替。现役逐渐减少,出现了各式各样的代役、雇役、免役。在手工业和商业方面,官府手工业和各种专卖制度虽然继续存在,但商品货币经济比唐五代有更多发展,城市民间手工业和商业较前代发达,科学技术和商品生产有新发展,火药、指南针、活字印刷的发明并应用于生产,对中国文化发展产生广泛而深远的影响。

以小农经济为主体的社会经济结构,和以贵族经济或领主经济为主体的社会经济结构对社会政治文化的要求是不同的。后者表现为贵族对社会政治和文化的垄断,而前者则表现为中小地主对社会政治和文化的参与意识。以小农经济为主体的社会经济结构的转型实际上从中唐就已经开始,经过200年左右的冲突、反复、发展,到北宋终于完成。北宋的"重文轻武"以及考

---

① 欧阳修:《记旧本韩文后》,见《欧阳文忠公全集》卷七三,四部备要本。下引此书只注篇名。
② 朱伯谦、施正康:《中国经济通史》(上),第651页,北京:中国社会科学出版社1995年版。

试糊名制度的建立,为庶族子弟大开仕进之门。小农经济的发展和印刷技术的进步,又为文化的普及创造了物质和技术条件。商品生产的发展和市民文化的繁荣,也改变着人们的价值观念和审美意识。因此,从某种意义上说,反对淫靡侈丽的六朝文风,其实就是庶族知识分子在争取自己的政治地位和文化权利。中唐以来,这种要求从来没有停止。北宋初年,亦复如是。宋仁宗在天圣七年(1029年)、明道二年(1033年)、庆历四年(1044年),多次下诏申诫浮艳文风,反映的正是时代的要求。

然而,文风的转变非一朝一夕所能奏效。在欧阳修之前,柳开、石介等人,便极力诋斥时文而提倡古文。柳开所提倡的古文,"非在辞涩言苦,使人难读诵之;在于古其理,高其意,随言短长,应变作制,同古人之行事,是谓古文也"。对于"古人之行事",柳开的理解是:"古之教民者,得其位,则以言化之,是得其言也,众从之矣;不得其位,则以书于后,传授其人,俾知圣人之道易行,尊君敬长,孝乎父,慈乎子。大哉斯道也,非吾一人之私者也,天下之至公者也。"因此,柳开的提倡古文与韩愈一样,也是为了恢复古道,他所谓的古道也与韩愈一样,即孔、孟之道。他明确声称:"吾之道,孔子、孟轲、扬雄之道,吾之文,孔子、孟轲、扬雄之文也。"[①]石介则将他们所阐扬的道统作了层次上的区分,他说:"道始于伏羲氏,而成终于孔子。道已成终矣,不生圣人可也。故自孔子来二千余年矣,不生圣人。若孟轲氏、扬雄氏、王通氏、韩愈氏,祖述孔子而师尊之,其智足以为贤。孔子后,道屡废塞,辟于孟子,而大明于吏部。道已大明矣,不生贤人可也。故自吏部来三百有余年矣,不生贤人。若柳仲涂、孙汉

---

① 柳开:《应责》,见《河东先生集》卷一,四部丛刊初编本。

公、张晦之、贾公竦，祖述吏部而师尊之，其志实降。"①可以看出，这批复古学者仍然秉承韩愈的思维路径，企图以一种亘古不变的道来约束人们的行为，从而恢复社会的信仰与秩序，而只是将文作为达致这一目标的手段。柳开、石介等人的复古主张，对时文造成了一定的冲击，但并未形成有效的打击。特别是石介、孙复等人，偏于怪奇之风，在他们影响下形成的"太学体"，险怪奇涩，又添文坛新弊。欧阳修的文学主张和文学实践，才真正给予了"浮华纂组"的文风以致命一击，同时又扭转了古文发展的错误路径，使其迈向正确的方向。从此，古文才真正取代了骈文的地位，成为以后文学发展的主流文体，甚至连各种应用文体也受到影响，愈来愈趋于散文化了。

二　欧阳修的文学思想

欧阳修能够转变文风，固然得力于他的社会地位。他利用知贡举黜落时文作者而拔擢古文作者，扭转社会评价标准，这是显而易见的事实。然而，如果他的主张不是社会发展的迫切要求，如果他的行为得不到社会的广泛支持，他也不会取得转变文风的最后胜利。同时，欧阳修能够引导文风的转变，与他具有先进的文学思想并进行了正确的舆论宣传不无关系。

欧阳修以韩愈的继承者自励，为儿童时，从李氏壁间弊筐中发现旧本韩愈文集，"见其言深厚而雄博"；"年十有七，试于州，为有司所黜，因取所藏韩氏之文复阅之，则喟然叹曰：学者当至于是而止尔。因怪时人之不道，而顾己亦未暇学，徒时时独念于予心：以谓方从进士干禄以养亲；苟得禄矣，当尽力于斯文，以偿其素志。后七年，举进士及第，官于洛阳，而尹师鲁之徒皆在，遂

---

① 石介：《尊韩》，见《石守道先生集》卷二，第37页，影印正谊堂全书本，台北：艺文印书馆1965年版。

相与作为古文。因出所藏《昌黎集》而补缀之,求人家所有旧本而校定之。其后天下学者亦渐趋于古,而韩文遂行于世,至于今盖三十余年矣。学者非韩不学也,可谓盛矣"(《记旧本韩文后》)。欧阳修学习韩愈的历程正代表着宋代文风转变的历程,而他在其中所发挥的作用正与韩愈在唐代古文运动中所发挥的作用相同。所以苏轼在《六一居士集叙》中说:

> 自汉以来,道术不出于孔氏,而乱天下者多矣。晋以老、庄亡,梁以佛亡,莫或正之。五百余年而后得韩愈,学者以愈配孟子,盖庶几焉。愈之后二百有余年而后得欧阳子,其学推韩愈、孟子以达于孔子,著礼乐仁义之实,以合于大道。其言简而明,信而通,引物连类,折之于至理,以服人心,故天下翕然师尊之。自欧阳子之存,世之不说者,哗而攻之,能折困其身,而不能屈其言。士无贤不肖,不谋而同曰:欧阳子,今之韩愈也。[①]

作为韩愈的自觉继承者,欧阳修的确是把提倡古文与复兴古道联系在一起的。他在《答吴充秀才书》中说:

> 夫学者,未始不为道,而至者鲜焉。非道之于人远也,学者有所溺焉尔。盖文之为言,难工而可喜,易悦而自足。世之学者往往溺之,一有工焉,则曰吾学足矣;甚者至弃百事不关于心,曰吾文士也,职于文而已。此其所以至之鲜也。昔孔子老而归鲁,六经之作,数年之倾尔。然读《易》者如无《春秋》,读《书》者如无《诗》,何其用功少而至于至也。圣人之文虽不可及,然大抵道胜者文不难而自至也。故孟子皇皇不暇著书,荀

---

① 苏轼:《六一居士集叙》,见《苏轼文集》卷十,第316页,北京:中华书局1986年版。

> 卿盖亦晚而有作。若子云、仲淹,方勉焉以模言语,此道未足而强言者也。后之惑者,徒见前世之文传,以为学者文而已,故愈力愈勤而愈不至。

在欧阳修看来,用心于文,"愈力愈勤而愈不至",只有用心于道,才能达到文的最高境界——"大抵道胜者文不难而自至也"。在这里。"道"是本,"文"是用,"道"是决定性的,"文"是辅助性的。"文"不可离"道",离道之文容易走入歧途,所以欧阳修强调:"我所谓文,必与道俱。"[①]由此可见,欧阳修关于文与道的思想,与韩愈几乎没有差别。不过,欧阳修并不是简单地承袭韩愈的文与道的思想照本宣科,而是有自己独特的理解与认识,正是这种独特的理解与认识,使欧阳修所领导的古文运动与韩愈所领导的古文运动出现了不同的面貌,得出了不同的结果。

在韩愈那里,"道"是一种客观存在,它代表着价值、道德和秩序,代表着一种政治理想。而这种"道"至汉代即已中绝,需要有人来承继道统,恢复古道。他的任务就是要"传道、授业、解惑",通过古文来兴复古道。而欧阳修所理解的"道"与韩愈略有差异。他说:"君子之于学也务为道,为道必求知古。知古明道,而后履之以身,施之于事,而又见于文章而发之,以信后世。其道,周公、孔子、孟轲之徒常履而行之者是也。其文章,则六经所载至今而取信者是也。其道易知而可法,其言易明而可行。及诞者言之,乃以混蒙虚无为道,洪荒广略为古。其道难法,其言难行。"(《与张秀才第二书》)又说:"孔子之后,惟孟轲最知道,然其言不过于教人树桑麻、畜鸡豚,以谓养生送死为王道之本。夫二典之文岂不为文?孟轲之言道岂不为道?而其事乃世人之甚易

[①] 苏轼:《祭欧阳文忠公夫人文》引,见《苏轼文集》卷六三,第1956页,北京:中华书局1986年版。

知而近者,盖切于事实而已。"(同上)欧阳修所说的道,虽然也是周公、孔子、孟轲之道,但这种道并不玄虚,而是"切于事实",是"世人之甚易知而近者",甚至就是"教人树桑麻、畜鸡豚"等"养生送死"之细务。正是由于欧阳修对道的理解偏于具体实务和践履,所以他不赞成"述三皇太古之道,舍近取远,务高言而鲜事实"(同上)的复古主张,也不赞成盲目拟古的怪异文风,而主张"圣人治其可知者,置其不可知者,是之谓大中之道"(《怪竹辩》)。

既然古道以"切于事实"为尚,那么恢复古道就与关注现实在本质上是一致的。而关注现实,首先是要关注自身,其次才是关注社会。这又与韩愈主张"济天下"而不赞成"独善自养"异趣。欧阳修说:

> 草木鸟兽之为物,众人之为人,其为生虽异,而为死则同,一归于腐坏澌尽泯灭而已。而众人之中,有圣贤者,固亦生且死于其间;而独异于草木鸟兽众人者,虽死而不朽,逾远而弥存也。其所以为圣贤者,修之于身,施之于事,见之于言,是三者所以能不朽而存也。修于身者,无所不获;施于事者,有得有不得焉;其见于言者,则又有能有不能也。施于事矣,不见于言可也。自《诗》、《书》、《史记》所传,其人岂必皆能言之士哉?修于身矣,而不施于事,不见于言,亦可也。孔子弟子有能政事者矣,有能言语者矣;若颜回者,在陋巷,曲肱饥卧而已,其群居则默然终日如愚人,然自当时群弟子皆推尊之,以为不敢望而及,而后世更百千岁,亦未有能及之者。其不朽而存者,固不待施于事,况于言乎!(《送徐无党南归序》)

这里所说的"修之于身,施之于事,见之于言"的"三不朽"其实就是传统的"立德、立功、立言"的"三不朽",在个体生命价值的思考上,欧阳修并没有超越前人。然而,他将个体生命价值的思考放在文道关系上来理解,就有了新的意义。复兴古道既然是复兴圣人之道,那么就应该像圣人那样"修之于身,施之于事,见之于言",而在修身、施事、见言这三者之中,修身是第一位的。如果真正按照圣贤之道修身,就不待施于事,更不待见于言。这不是说施事、见言不重要,而是说修身比它们更重要,更根本。

应该指出,宋代是一个以文立国的社会,"上之为人君者,无不典学;下之为人臣者,自宰相以至令录,无不擢科"①,学校规模迅速扩大,士人队伍急剧膨胀,通过科举进入仕途的人数也成倍增长,许多庶族子弟跨入统治者行列并身居要职。文人要巩固自己的社会地位,庶族出身的官僚要获得社会的尊重,都必须首先加强自身的修养。国家要保持社会的长期稳定,以解决五代时期"僭窃相踵"的恶习,也需要提高人们的文化修养和道德水平。这正是欧阳修将修身摆在复兴古道首位的社会文化背景,也是宋代理学得以成长的根本原因。这样,欧阳修所倡导的古文运动,实际上就成了一场意义深远的思想文化运动,它所具有的社会政治基础和文化基础就比唐代古文运动深广得多,也丰厚得多。

如果欧阳修在文道关系上仅仅强调修身,那么他就应该是一个道学家,而不是一个文学家,他所领导的古文运动就是一场思想运动,而不是文学运动。然而,欧阳修首先是一个文学家,他所领导的新古文运动也首先是一场文学运动。因此,他对文的重视是道学家们所无法比拟的。例如他说:

> 某闻传曰:"言之无文,行而不远。"君子之所学也,言以载事,而文以饰言。事信言文,乃能表见于后世。《诗》、《书》、

---

① 脱脱等:《宋史·文苑传》,新编《二十五史》影印清乾隆武英殿本,第1474页,上海古籍出版社、上海书店1986年版。

  《易》、《春秋》,皆善载事而尤文者,故其传尤远。荀卿、孟轲之徒,亦善为言,然其道有至有不至,故其书或传或不传;犹系于时之好恶而兴废之。其次,楚有大夫者善文,其讴歌以传。汉之盛时,有贾谊、董仲舒、司马相如、扬雄能文,其文辞以传。由此以来,去圣益远,世益薄或衰,下迄周隋,其间亦时时有善文其言以传者。然皆纷杂灭裂不纯信,故百不传一。幸而一传,传亦不显,不能若前数家之焯然暴见而大行也。

  甚矣言之难行也!事信矣,须文;文至矣,又系其所恃之大小以见其行远不远也。《书》载尧、舜,《诗》载商、周,《易》载九圣,《春秋》载文、武之法,荀、孟二家载《诗》、《书》、《易》、《春秋》者,楚之辞载风雅,汉之徒各载其时主声名文物之盛以为辞。后之学者,荡然无所载,则其言之不纯信,其传之不久远,势使然也。至唐之兴,若太宗之政,开元之治,宪宗之功,其臣下又争载之以文其词,或播乐歌,或刻金石。故其间钜人硕德,闳言高论,流铄前后者,恃其所载之在文也。故其言之所载者大且文,则其传也章;言之所载者不文而又小,则其传也不章。(《代人上王枢密求先集序书》)

  在欧阳修的心目中,"文"的意义也是十分重要的。传载圣人所云"言之无文,行而不远"当然是最充足的理由,而社会政治文化的历史也是有力的证明。只有事信言文,才能传之久远,不然,道也无从显现。而"君子之所学也,言以载事,而文以饰言","言之所载者大且文,则其传也章;言之所载者不文而又小,则其传也不章",否定了"文"的作用,也就否定了圣贤对后世的影响,否定了君子载言的权利。而肯定"文"的作用,就能肯定儒家经典的特殊价值,将复兴古道与复兴古文统一起来,将修身、施事与见言结合起来。欧阳修所说"夫世无师矣,学者当师经。师经必先求其意。意得则心定,心定则道纯,道纯则充于中者实,中充实则发为文者辉光,施于事者果毅。三代两汉之学,不过此也"(《答祖择之书》),就是这个意思。

欧阳修重视"文"的价值与他所强调的以"道"为本的思想并不矛盾。从"文"与"道"的关系来看,"道"是第一位的,"文"是第二位的,是"道"决定"文",而非"文"决定"道"。然而,孔孟的圣贤之道后人无法亲历,他们的行事之迹载于经典,因文而传之久远,后代学者要领略圣贤之道必须以经典为师,从文入手,把握圣贤之道的真谛,以加强自身的身心修养,达到道德、文章、政事的和谐统一。在欧阳修看来,"文"不仅是学者入"道"的路径,也是"道"得以传播的手段,自然不可轻忽。并且,欧阳修明确反对某些道学家空言心性,主张"以修身治人为急,而不穷理以为言"。他说:"六经之所载,皆人事之切于世者,是以言之甚详。至于性也,百不一二言之。或因言而及焉,非为性而言也。"(《答李诩第二书》)只要"切于事"、"合于理",即使是骈俪之文,也是应该肯定的:"偶俪之文,苟合于理,未必为非,故不是此而非彼也。"(《论尹师鲁墓志》)这样一来,欧阳修的文学思想就与道学家的文学主张划清了界线,而他的"道胜者文不难而自至"的主张又使他与"以文章擅天下"的西昆派保持了距离。从某种意义上说,欧阳修实际上是将道学家的"文以明道"、政治家的"文以致用"与文学家的"言之无文,行而不远"的文学主张中和起来,采取一种文道并重的立场,从而为宋代古文运动提供了具有广泛社会基础和理论包容性的指导思想。或者如有的学者所说:"他提供了一种思考价值观的模式,就是将注意力从寻找普遍的教条转回来,并且重申文的重要。实质上,他一方面降低了思想的起点,一方面又增强了为学的责任。"[1]因而,他的主张获得了颇

---

[1] [美]包弼德著,刘宁译:《斯文:唐宋思想的转型》,第210页,南京:江苏人民出版社2001年版。

为广泛的支持,加上他的社会地位和文学成就,使他成为当时无人可以替代的文坛领袖。

三 欧阳修的文章风格

欧阳修不仅有杰出的文学思想,而且他的文学创作也有很高的成就,形成了独特的文章风格。

苏洵在《上欧阳内翰第一书》中对欧阳修的文风进行了比较与分析,十分精到和中肯。他说:

> 孟子之文,语约而意尽,不为巉刻斩截之言,而其锋不可犯。韩子之文,如长江大河,浑浩流转,鱼鼋蛟龙,万怪惶惑,而抑遏蔽掩,不使自露;而人望见其渊然之光,苍然之色,亦自畏避不敢迫视。执事之文,纡徐委备,往复百折,而条达疏畅,无所间断;气尽语极,急言竭论,而容与闲易,无艰难劳苦之态。此三者皆断然自为一家之文也。[①]

在苏洵看来,欧阳修的文章与孟子、韩愈的文章都能自成一家,其所以如此,是因为它们各有自己独特的风格。韩愈之文气势阔大,光怪陆离;而欧阳修之文平易自然,流畅委曲。应该说,苏洵对欧阳修文风的把握是非常准确的。曾巩也指出欧文"绝去刀尺,浑然天质"[②],苏轼则说欧文"其言简而明,信而通"[③],与苏洵评论正合。

欧阳修的确以平易自然,流畅委曲为作文的理想目标。他拥护韩愈"文从字顺"的一面,而不赞成韩愈的"怪怪奇奇"的一

[①] 苏洵:《上欧阳内翰第一书》,见《嘉祐集》卷十一,四部丛刊初编本。
[②] 曾巩:《祭欧阳少师文》,见《元丰类稿》卷三八,四库全书本。
[③] 苏轼:《六一居士集叙》,见《苏轼文集》卷十,第316页,北京:中华书局1986年版。

面,他说:"孟、韩文虽高,不必似之也,取其自然耳。"①对韩愈推崇樊宗师也不以为然,甚至感叹:"呜呼!元和之际,文章之盛极矣,其怪奇至于如此!"(《唐樊宗师绛守居园池记》)他在写给石介的信中批评石介的怪异文风,表示"修闻君子之于学,是而已,不闻为异也"(《与石推官第一书》)。在写给徐无党的信中提出:"著撰苟多,他日更自精择,少去其繁,则峻洁矣。然不必勉强,勉强简节之,则不流畅,须待自然之至,其如常宜在心也。"(《与渑池徐宰无党》)在谈到苏氏父子的四六文时指出:"近时文章变体,如苏氏父子,以四六述叙,委曲精尽,不减古人。"(《试笔》)可以看出,平易自然、流畅委曲,的确是欧阳修对文章风格的自觉追求,而他的文章也正具有这样的风格。

欧阳修文风的平易自然、流畅委曲,首先体现在其文章内容的"切于事实",不虚空说法,直言谠论,不遮掩回避,即使"气尽语极,急言竭论",也能"容与闲易,无艰难劳苦之态"。《朋党论》、《与高司谏书》可为代表。

《朋党论》是欧阳修为反驳夏竦等对范仲淹结党的污蔑而上奏给皇上的,而且牵涉到作者自己②,自然要"急言竭论",但欧阳修在文章中并不回避所谓朋党问题,而是开门见山提出朋党问题,并对朋党加以分析,然后列举历代盛衰与朋党之关系进行论证,最后提出对君主的劝谏,娓娓道来,毫无艰难劳苦之态。举一三两部分为例:

---

① 曾巩:《与王介甫第一书》引欧阳修语,见《元丰类稿》卷十六,四库全书本。
② 李焘《续资治通鉴长编》卷148:"初,吕夷简罢相,夏竦授枢密使。复夺之,代以杜衍。同时进用富弼、范仲淹在二府,欧阳修等为谏官。石介作《庆历圣德诗》,言进贤退奸之不易。奸,盖斥夏竦也。竦衔之。而仲淹等皆修素所厚善,修言事一意径行,略不以形迹嫌疑顾避。竦因与其党造为党论,目衍、仲淹及修为党人。修乃作《朋党论》上之。"

臣闻朋党之说，自古有之，惟幸人君辨其君子小人而已。大凡君子与君子以同道为朋，小人与小人以同利为朋，此自然之理也。然臣谓小人无朋，惟君子则有之。其故何哉？小人所好者禄利也，所贪者财货也。当其同利之时，暂相党引以为朋者，伪也；及其见利而争先，或利尽而交疏，则反相贼害，虽其兄弟亲戚，不能相保。故臣谓小人无朋，其暂为朋者，伪也。君子则不然：所守者道义，所行者忠信，所惜者名节。以之修身，则同道而相益；以之事国，则同心而共济；始终如一，此君子之朋也。故为人君者，但当退小人之伪朋，用君子之真朋，则天下治矣。

……

夫前世之主，能使人人异心不为朋，莫如纣；能禁绝善人为朋，莫如汉献帝；能诛戮清流之朋，莫如唐昭宗之世；然皆乱亡其国。更相称美推让而不自疑，莫如舜之二十二臣，舜亦不疑而皆用之，然而后世不诮舜为二十二人朋党所欺，而称舜为聪明之圣者，以辨君子与小人也。周武之世，举其国之臣三千人共为一朋，自古为朋之多且大，莫如周；然周用此以兴者，善人虽多而不厌也。夫兴亡治乱之迹，为人君者，可以鉴矣！

《与高司谏书》也是一篇典型的"急言竭论"。《宋史·欧阳修传》载："范仲淹以言事贬，在朝多论救，司谏高若讷独以为当黜。修贻书责之，谓其'不复知人间有羞耻事'。若讷上其书，坐贬夷陵令。"①范仲淹因不满宰相吕夷简的倒行逆施而上书朝廷，触怒吕夷简，被贬饶州，言官多上书谏阻，独高若讷以为当黜。在朝廷已"戒百官不得越职言事"的情况下，欧阳修写信给高若讷，痛斥他的无耻行径，态度是严肃的，情绪是激昂的，行为是果

---

① 脱脱等：《宋史·欧阳修传》，新编《二十五史》影印清乾隆武英殿本，第6341页，上海古籍出版社、上海书店1986年版。

敢的,但表现在文章中,却还是"容与闲易,无艰难劳苦之态"。如他在文中说:

> 前日范希文贬官后,与足下相见于安道家,足下诋诮希文为人。予始闻之,疑是戏言,及见师鲁,亦说足下深非希文所为,然后其疑遂决。希文平生刚正,好学通古今,其立朝有本末,天下所共知。今又以言事触宰相得罪,足下既不能为其辩非辜,又畏有识者之责己,遂随而诋之,以为当黜,是可怪也!夫人之性,刚果懦软,禀之于天,不可勉强。虽圣人亦不以不能责人之必能。今足下家有老母,身惜官位,惧饥寒而顾利禄,不敢一忤宰相以近刑祸,此乃庸人之常情,不过作一不才谏官尔。虽朝廷君子,亦将闵足下之不能,而不责以必能也。今乃不然,反昂然自得,了无愧畏,便毁其贤,以为当黜,庶乎饰己不言之过。夫力所不敢为,乃愚者之不逮。以智文其过,此君子之贼也。

> 且希文果不贤耶?自三四年来,从大理寺丞至前行员外郎、作待制日,日备顾问,今班行中无与比者。是天子骤用不贤之人?夫使天子待不贤以为贤,是聪明有所未尽;足下身为司谏,乃耳目之官,当其骤用时,何不一为天子辨其不贤,反默默无一语,待其自败,然后随而非之?若果贤耶?则今日天子与宰相以忤意逐贤人,足下不得不言。是则足下以希文为贤,亦不免责;以为不贤,亦不免责。大抵罪在默默尔。

从文章可以看出,作者虽强烈不满高若讷的所作所为,但表达出来,并不止于声讨斥责,而是充分说理,层层剥笋,以揭露高若讷的阴暗心理,同时就范仲淹贤否做出分析,指出范仲淹贤与不贤,高若讷均不能免责。这样的文章自然流畅,委曲周详,绝没有刻意雕琢,故做姿态,即使是论战文章,也显得平实亲切,百读不厌。

欧阳修文风的平易自然、流畅委曲,同时体现在其叙事明白晓畅,简而有法,"纡徐委备,往复百折,而条达疏畅,无所间断"。他的记叙文大多具有这样的风格。《丰乐亭记》、《醉翁亭记》、《有美堂记》、《非非堂记》等是其代表。这些文章多为写景记游之作,但作者却并非客观地记叙山水亭堂,而是借景抒情,表达自己对人世沧桑的感慨和内心的喜怒哀乐,使作品富于深刻的社会内涵和深厚的文化意蕴。

举《丰乐亭》一篇为例:

> 修既治滁之明年夏,始饮滁水而甘。问诸滁人,得于洲南百步之近。其上丰山耸然而特立;下则幽谷,窈然而深藏;中有清泉滃然而仰出。俯仰左右,顾而乐之。于是疏泉凿石,辟地以为亭,而与滁人往游于其间。
>
> 滁于五代干戈之际,用武之地也。昔太祖皇帝,尝以周师破李景兵十五万于清流山下,生擒其将皇甫晖、姚凤于滁东门之外,遂以平滁。修尝考其山川,按其图记,升高以望清流之间,欲求晖、凤就擒之所,而故老皆无在者。盖天下之平久矣。自唐失其政,海内分裂,豪杰并起而争,所在为敌国者,何可胜数!及宋受天命,圣人出而四海一,向之凭恃险阻,划削消磨。百年之间,漠然徒见山高而水清。欲问其事,而遗老尽矣。今滁介于江淮之间,舟车商贾、四方宾客之所不至。民生不见外事,而安于畎亩衣食,以乐生送死。而孰知上之功德,休养生息,涵煦百年之深也。
>
> 修之来此,乐其地僻而事简,又爱其俗之安闲。既得斯泉于山谷之间,乃日与滁人仰而望山,俯而听泉,掇幽芳而荫乔木,风霜冰雪,刻露清秀,四时之景,无不可爱。又幸其民乐其岁物之丰成,而喜与予游也。因为本其山川,道其风俗之美,使

民知所以安此丰年之乐者,幸生无事之时也。夫宣上恩德,以与民共乐,刺史之事也。遂书以名其亭焉。

庆历丙戌六月日,右正言知制诰知滁州军州事欧阳修记。

文章记叙作者被贬滁州后第二年在丰山下建造丰乐亭的经过,通过描写亭周围的景色及滁州人民安乐的生活,反映国家统一、天下太平所带给人民的"丰年之乐",中间插入五代战乱带给滁人的苦难以为反衬,使人即兴历史沧桑之感,最后结以"丰乐"名亭之意——"宣上恩德"、"与民共乐",点明文章主旨。一篇记亭的文章,在欧阳修笔下,"纡徐委备,往复百折",又一气呵下,毫无滞碍,很好地体现了其平易流畅的风格。陈衍《石遗室论文》云:"永叔以序跋杂记为最长,杂记尤以《丰乐亭记》为最完美。起一小段已简括全亭风景,乃横插滁于五代干戈之际,得势有力。然后说由乱到治,与由治回想到乱,一波三折,将实事于虚空中摩荡盘旋,此欧公平生擅长之技,所谓风神也。今滁于江淮一小段,与修之来此一段,归结到太平之可乐,与名亭之故,收煞皆用反缴笔为佳。"①这是十分细致而中肯的评价。

欧阳修文风的平易自然、流畅委曲,还体现在其创作中兼收并蓄,海纳百川,转益多师,学非一家,故能将各种流派风格融会贯通,而出之以平易自然。他在《与乐秀才第一书》中说:"古人之学者非一家,其为道虽同,言语文章未尝相似。孔子之系《易》,周公之作《书》,奚斯之作《颂》,其辞皆不同,而各自以为经。子游、子夏、子张与颜回同一师,其为人皆不同,各由其性而就于道耳。"肯定同样为道,可以有不同的言语文章,也就肯定了文章风格多样化的必要性和合理性,从而有利于文学的发展。

---

① 陈衍:《石遗室论文》卷五,无锡国学专修学校丛书之十四,1936年版。

欧阳修虽然对骈俪文风和西昆体持批评态度,但他并不完全否定骈体文,对杨亿等人也颇多赞誉,认为他们"雄文博学,笔力有余,故无施而不可"(《六一诗话》),他自己还尝试将骈文散文化,同样取得了骄人的成绩。例如,《秋声赋》虽名为赋,但与汉魏时期的赋作已大不一样,他把以前因声律、对偶、字句、事典等严格要求而变得越来越僵化的赋体加以散体化,创造出一种自由活泼、任意挥洒而又不脱赋体意味的新文体——文赋,使赋体文学重新焕发生机。举《秋声赋》首段为例:

> 欧阳子方夜读书,闻有声自西南来者,悚然而听之,曰:"异哉!"初淅沥以萧飒,忽奔腾而砰湃。如波涛夜惊,风雨骤至。其触于物也,鏦鏦铮铮,金铁皆鸣。又如赴敌之兵,衔枚疾走,不闻号令,但闻人马之行声。余谓童子:"此何声也?汝出视之。"童子曰:"星月皎洁,明河在天,四无人声,声在树间。"

欧阳修在作品中虽也采用主客对话的方式,但这里的主客已不是"子虚"、"乌有"、"亡是公"等纯粹为作品结构而设置的虚构人物,而是给予了主客双方更加写实化和情景化的处理,拉近了作品人物和生活的距离,其实也是缩短了作者与读者的距离。在具体铺叙中,作品虽然也注意了排偶和对仗,但其中特意插入一些散语,使语言更加活泼自然,绝无呆滞之感,充分显示出赋体文散体化倾向。

其实,在一些散体记叙文中,欧阳修又常常使用赋体的表现手法,使文章具有一种亦散亦骈的特殊美感。例如《醉翁亭记》描写醉翁亭周围的景色云:

> 若夫日出而林霏开,云归而岩穴暝,晦明变化者,山间之朝暮也。野芳发而幽香,佳木秀而繁阴,风霜高洁,水落而石出

者,山间之四时也。朝而往,暮而归,四时之景不同,而乐亦无穷也。

这些描写,显然采用的是赋的铺陈手法,与《秋声赋》的描写并无实质性差别。如果说《秋声赋》是赋体的文,那么,这样的记叙文说它是文体的赋也未尝不可。朱弁《曲洧旧闻》卷三云:"《醉翁亭记》初成,天下莫不传诵。……宋子京得其本,读之数过曰:'只目为《醉翁亭赋》,有何不可。'"①不仅《醉翁亭记》可目为赋,他如《真州东园记》描写东园的景物,也采用了赋的手法。可以说,用"赋"的手法来写"记"的古文,是欧阳修的文体创新,也是他对骈俪文风的一种变革。或者说六朝以来的骈俪文风经过欧阳修的消化吸收,转变为一种平易自然而又不失文采的新文风。

此外,欧阳修的书信序跋类之类的文章,不仅能够体现他的个性,也很好地反映了他的文风,同样值得充分重视。如《读李翱文》有云:

> 予始读翱《复性书》三篇,曰:此《中庸》之义疏尔,智者识其性,当读《中庸》,愚者虽读此不晓也,不作可焉。又读《与韩侍郎荐贤书》,以谓翱特穷时愤世无荐己者,故丁宁如此,使其得志,亦未必;然以韩为秦汉间好侠行义之一豪隽,亦善论人者也。最后读《幽怀赋》,然后置书而叹,叹已复读不自休。恨翱不生于今,不得与之交;又恨予不得生翱时,与翱上下其论也。

作者写自己读李翱文章的感受,既不故做高深,也不一言说尽,而是层层剖析,委婉曲折,由开始的趋向否定,到中间的有所肯定,再到最后完全肯定以至推崇备至,不仅传达出作者对李翱的

---

① 朱弁:《曲洧旧闻》卷三,四库全书本。

特殊感情,也给读者留下深刻的印象。文章虽短,但言简意深,语言平实却含义隽永,委婉曲折而出以自然,很好地体现了欧阳修文章的基本风格。

总之,欧阳修学兼经史,通知古今,德泽后学,文备众体,不仅在长江文化史上占有重要地位,而且在中国文化史上也占有重要地位。作为当时的文坛领袖,他不仅有系统而深刻的文学思想,丰富而杰出的文学成就,而且培养了一大批卓有成绩的文学大家,创造出长江文学发展史上的又一次辉煌,其不朽贡献永载史册,彪炳千秋。

第三节 王安石、曾巩的文风

北宋文风(包括长江文风)的改良,得益于欧阳修发动和领导的新古文运动。既然是一场运动,必定有许多热情的参与者,他们也为文风的转变做出了积极的贡献。《宋史·文苑传序》云:"国初,杨亿、刘筠犹袭唐人声律之体,刘开、穆修志欲变古而力弗逮;庐陵欧阳修出,以古文倡,临川王安石,眉山苏轼,南丰曾巩,起而合之,宋文日趋于古矣。"[①]清楚地说明了这一点。除了这里提到的王安石、苏轼、曾巩外,还有被后人誉为"宋六家"或"唐宋八大家"的苏洵与苏辙,他们都是长江流域作家,都用自己的杰出成就促进了长江文风的转变。

一 王安石其人其文

王安石是北宋著名政治家,在宋神宗熙宁年间(1068—1077年)主持变法,产生很大影响。他的文章与他的政治活动相联

[①] 脱脱等:《宋史·文苑传序》,新编《二十五史》影印清乾隆武英殿本,第1474页,上海古籍出版社、上海书店1986年版。

系,也多为政论文,虽然他并不以文章自居,但当时以及后世都对他的文章有很高评价,被列为"唐宋八大家"之一。

王安石(1021—1086年),字介甫,号半山,抚州临川(今江西抚州)人。庆历二年(1042年)中进士,签书淮南判官。七年(1047年),知鄞县(今属浙江)。皇祐三年(1051年),通判苏州(今属江苏)。嘉祐二年(1057年)知常州(今属江苏)。次年,移提点江东刑狱,进《上仁宗皇帝言事书》,滔滔万言,提出对于朝政改革的方案。五年(1060年),入为三司度支判官。次年,知制诰,又进《上时政书》,重提改革朝政。后因丁忧退居江宁(今江苏南京)。治平四年(1067年),擢翰林学士。熙宁元年(1068年)神宗继位,安石以翰林学士入对,上《本朝百年无事札子》,系统总结北宋百年朝政得失,为变法提供理论依据,深得神宗赏识。次年,任参知政事,不久,进同中书门下平章事。这期间,在神宗支持下,大力推行新法,颇为雷厉风行。新法取得了一些成效,也有一些失误,招致许多人反对。七年(1074年),六上札子,乞解机务,乃以观文殿学士知江宁府。八年,复为同中书门下平章事,颁《三经新义》于学官。九年,退居江宁,封荆国公。元祐元年(1086年)去世。著有《临川先生文集》。

作为政治家的王安石,他所主持的变法,无论是在当时,还是在后世,都引发了不少争论。而作为文学家的王安石,大家的看法却是比较一致的:在中国文学史上,他是形成了自己独立风格的文章大家之一,也是北宋时期的散文代表作家之一。

王安石是欧阳修的晚辈,他虽然不像曾巩、苏轼那样为欧阳修所拔擢,但同样得到了欧阳修的奖掖与培养。曾巩曾多次向欧阳修介绍王安石,说他"文甚古,行称其文"[①],而王安石也得到了欧阳修的指导,欧阳修希望他"少开廓其文,勿用造语及模拟

---

① 曾巩:《再与欧阳舍人书》,见《元丰类稿》卷十五,四库全书本。

前人",告诫"孟、韩文虽高,不必似之也,取其自然耳"①。王安石虽然服膺欧阳修的复古主张,也赞成平易自然的文风,但他的文学思想与欧阳修仍然略有差别。他在《上人书》中说:

  尝谓文者,礼教治政云尔。其书诸策而传于人,大体归然而已。而曰"言之不文,行之不远"云者,徒谓辞之不可以已也,非圣人作文之本意也。
  自孔子之死久,韩子作,望圣人于百千年中,卓然也。独子厚名与韩并,子厚非韩比也;然其文卒配韩以传,亦豪杰可畏者也。韩子尝语人以文矣,曰云云,子厚亦曰云云。疑二子者,徒语人以其辞耳,作文之本意,不如是其已也。孟子曰:"君子欲其自得之也。自得之则居之安,居之安则资之深,资之深则取诸左右逢其原。"孟子之云尔,非直施于文而已,然亦可托以为作文之本意。
  且所谓文者,务为有补于世而已矣;所谓辞者,犹器之有刻镂绘画也。诚使巧且华,不必适用;诚使适用,亦不必巧且华。要之以适用为本,以刻镂绘画为之容而已。不适用,非所以为器也;不为之容,其亦若是乎? 否也。然容亦未可已也,勿先之其可也。②

欧阳修取文道并重的立场,而王安石则更强调文的"适用",即"务为有补于世"。"言之不文,行之不远"是欧阳修重文的理论基础,而王安石却认为"非圣人作文之本意"。王安石心目中的文,是"礼教治政",或者说是"治教政令"(《与祖择之书》),即是说,他是从政治的角度来理解文,运用文的。

---

① 曾巩:《与王介甫第一书》转引欧阳修语,见《元丰类稿》卷十六,四库全书本。
② 王安石:《上人书》,见《临川先生文集》卷七七,四部备要本。下引此书只注篇名。

正因为王安石将文理解为"治教政令",所以他写的文章不仅多与政教相关联,有着很实用的目的,而且长于论辩,分析深刻,有很强的逻辑性和说服力。被梁启超在《王安石评传》中誉为"秦汉以后第一大文"的《上仁宗皇帝言事书》,便充分体现了王安石的这种文风。文章开头说:

> 臣窃观陛下有恭俭之德,有聪明睿智之才,夙兴夜寐,无一日之懈。声色狗马,观游玩好之事,无纤介之蔽;而任民爱物之意,孚于天下,而又公选天下之所愿以为辅相者,属之以事,而不贰于谗邪倾巧之臣。此虽二帝三王之用心,不过如此而已。宜其家给人足,天下大治;而效不至于此。顾内则不能无以社稷为忧,外则不能无惧于夷狄,天下之财力日以困穷,而风俗日以衰坏,四方有志之士,諰諰然常恐天下之久不安。此其何故也?患在不知法度故也。

文章通过皇帝励精图治而不见成效的强烈反差提出问题:朝政之患,"患在不知法度"。接着,作者在法度上大作文章,提出要"以孟子之说观方今之失",用"先王之道"来变"方今之法"。而变法不能"呆信古法",而是要"法其意",要"法其意",必须有可用之才。而培养选拔人才,要遵循"教之之道"、"养之之道"、"取之之道"、"任之之道",最后,还要"虑之以谋,计之以教,为之以渐,而又勉之以成,断之以果"。一篇长达万言的文章,作者安排得井井有条,条分缕析,丝丝入扣,说理明晰而透彻,议论切实而精当,实在是不可多得的长篇巨制。

王安石文章的说理性强、长于论辩,与他敢于仗义执言、勇于承担责任有密切关系。王安石上给皇帝的奏章,观点鲜明,论据充分,语言犀利,态度明朗,绝不吞吞吐吐,含糊其辞,即使冒犯皇上,也要把问题讲清楚,讲透彻。例如,他上奏神宗皇帝的

《本朝百年无事札子》在谈到本朝的积弊时就直言不讳地说：

> 然本朝累世因循末俗之弊，而无亲友群臣之议；人君朝夕与处，不过宦官女子；出而视事，又不过有司之细故。未尝如古大有为之君，与学士大夫讨论先王之法，以措之天下也；一切因任自然之理势，而精神之运，有所不加，名实之间，有所不察。君子非不见贵，然小人亦得厕其间；正论非不见容，然邪说亦有时而用。以诗赋记诵求天下之士，而无学校养成之法；以科名资历叙朝廷之位，而无官司课试之方。监司无检察之人，守将非选择之吏。转徙之亟，既难于考绩；而游谈之众，因得以乱真。交私养望者，多得显官；独立营职者，或见排沮。故上下偷惰取容而已。虽有能者在职，亦无以异于庸人。农民坏于徭役，而未尝特见救恤；又不为之设官，以修其水土之利。兵士杂于疲老，而未尝申敕训练；又不为之择将，而久其疆场之权。宿卫则聚卒伍无赖之人，而未有以变五代姑息羁縻之俗。宗室则无教训选举之实，而未有以合先王亲疏隆杀之宜。其于理财，大抵无法，故虽俭约而民不富，虽忧勤而国不强。赖非夷狄昌炽之时，又无尧、汤水旱之变，故天下无事，过于百年。虽曰人事，亦天助也。盖累圣相继，仰畏天，俯畏人，宽仁恭俭，忠恕诚悫，此其所以获天助也。

文章中提出的方方面面的问题，不是当时的人们缺乏了解，而是缺乏正视的勇气，更缺乏向皇上明言的胆略。特别是其中所提及的"人君"、"宗室"等十分敏感的问题，非大忠大勇者不敢明言，也非大智大慧者能够说清。王安石这样的文章，是一般人不敢写，也写不了的，故而能别具一格。

王安石的长于论辩，不仅表现在他的政论文中，即使在他的不多的游记文中，也能体现出这一特点。例如他的《游褒禅山记》，本来是记他与萧君圭等人游褒禅山的经历，但文中真正记游的部分只占文章篇幅的一半，而另一半则是作者游后洞的感慨和体会，其实有很强的说理性。其有云：

> 于是予有叹焉。古人之观于天地、山川、草木、虫鱼、鸟兽，往往有得，以其求思之深，而无不在也。夫夷以近，则游者众；险以远，则至者少。而世之奇伟、瑰怪、非常之观，常在于险远，而人之所罕至焉。故非有志者，不能至也。有志矣，不随以止也，然力不足者，亦不能至也。有志与力，而又不随以怠，至于幽暗昏惑，而无物以相之，亦不能至也。然力足以至焉，于人为可讥，而在己为有悔。尽吾志也而不能至者，可以无悔矣，其孰能讥之乎？此予之所得也。

一次平常的游历，作者有如此丰富的感受，而且这种感受还能上升到一个具有哲理的高度，思想性和逻辑性都很强。如果不是作者好学深思且又善于表达，是不可能达到这种水平的。

王安石曾赞扬别人的文章"词简而精，义深而明"（《上邵学士书》），其实，"词简而精，义深而明"正是王安石文风的又一重要特点。他主张文章"以适用为本"，"诚使适用，亦不必巧且华"，因此，他的文章也以"适用"为原则，尽量简洁明快，力去陈言，做到言简意赅。他的《答司马谏议书》可作代表：

> 某启：昨日蒙教，窃以为与君实游处相好之日久，而议事每不合，所操之术多异故也。虽欲强聒，终必不蒙见察，故略上报，不复一一自辨。重念蒙君实视遇厚，于反复不宜卤莽，故今具道所以，冀君实或见恕也。
>
> 盖儒者所争，尤在于名实。名实已明，而天下之理得矣。今君实所以见教者，以为"侵官"、"生事"、"征利"、"拒谏"，以

致天下怨诽也。某则以谓受命于人主,议法度而修之于朝廷,以授之于有司,不为"侵官";举先王之政治,以兴利除弊,不为"生事";为天下理财,不为"征利";辟邪说,难壬人,不为"拒谏"。至于怨谤之多,则固前知其如此也。人习于苟且非一日,士大夫多以不恤国事、同俗自媚于众为善。上乃欲变此,而某不量敌之众寡,欲出力助上以抗之,则众何为而不汹汹?然盘庚之迁,胥怨者民也,非特朝廷士大夫而已。盘庚不为怨者故改其度,度义而后动,是而不见可悔故也。如君实责我以在位久,未能助上大有为,以膏泽斯民,则某知罪矣。如曰今日当一切不事事,守前所为而已,则非某之所敢知。

无由会晤,不任区区向往之至。

司马光为了反对变法,一面上书皇帝,一面以朋友的身份给王安石写信,希望能停止实行新法。司马光的来信数千言,对变法进行了全面否定。王安石在复信中只用"侵官"、"生事"、"征利"、"拒谏"八个字就概括了来信的内容,而批驳司马光的谰言,文章仅用了四句话62个字,却能做到事理明晰,论证充分,反驳有力,实属不易。欧阳修曾赞扬尹洙文章"简而有法",王安石的文章也同样具有这样的特点。

王安石的"词简而精,义深而明"的文风,不仅反映在他的政论文章中,而且反映在他的序跋碑铭等日用杂文中。

例如,欧阳修去世以后,撰文祭悼的很多,王安石的《祭欧阳文忠公文》仅400余字,"于是欧公之其人其文,其立朝大节,其坎坷困顿,与夫平生知己之感,死后临风想望之情,无不具见于其中"[①],受到大家的赞赏,同样反映了他的"词简而精,义深而

---

① 蔡上翔:《王荆公年谱考略》卷十七,新1版,第235页,北京:中华书局1973年版。

明"的文风。其文云:

> 夫事有人力之可致,犹不可期,况乎天理之溟溟,又安可得而推?惟公生有闻于当时,死有传于后世,苟能如此足矣,而亦又何悲?如公器质之深厚,智识之高远,而辅学术之精微。故充于文章,见于议论,豪健俊伟,怪巧瑰琦。其积于中者,浩于江河之停蓄;其发于外者,烂如日星之光辉。其清音幽韵,凄如飘风急雨之骤至;其雄辞闳辩,快如轻车骏马之奔驰。世之学者,无问乎识与不识,而读其文,则其人可知。
>
> 呜呼!自公仕宦四十年,上下往复,感世路之崎岖;虽屯邅困踬,窜斥流离,而终不可掩者,以其公议之是非。既压复起,遂显于世。果敢之气,刚正之节,至晚而不衰。方仁宗皇帝临朝之末年,顾念后事,谓如公者,可寄以社稷之安危。及乎发谋决策,从容指顾,立定大计,谓千载而一时。功名成就,不居而去,其出处进退,又庶乎英魄灵气,不随异物而腐散,而长在乎箕山之侧与颍水之湄。然天下之无贤不肖,且犹为涕泣而歔欷,而况朝士大夫,平昔游从,又予心之所向慕而瞻依?
>
> 呜呼!盛衰兴废之理自古如此,而临风想望不能忘情者,念公之不可复见而其谁与归!

祭文叙事之简洁,评价之精审,情感之充沛,立意之深远,的确高人一筹。它得到学者们的好评是必然的。还有王安石颇为自负的《王逢原墓志铭》,也写得自然简古,很有特色。

王安石的一些笔记杂文,也以"词简而精,义深而明"见长。例如他的《读孟尝君传》云:

> 世皆称孟尝君能得士,士以故归之,而卒赖其力以脱于虎豹之秦。嗟乎!孟尝君特鸡鸣狗盗之雄耳,岂足以言得士?不

然,擅齐之强,得一士焉,亦可以南面而制秦,尚何取鸡鸣狗盗之力哉?夫鸡鸣狗盗之出其门,此士之所以不至也。

全文不足百字,却能做翻案文章,笔力隽健,观点鲜明,言人所未言,洵属不易。

总之,王安石首先是一个政治家,其次才是一个文学家,他以政治家的身份为文,重适用而轻刻镂,讲求简洁明快,风格俊健硬朗,这在长江流域的作者中是不可多得的。刘熙载云:"谢叠山评荆公文云:'笔力简而健。'余谓南人文字,失之冗弱者十常八九,殆非如荆公者不足以矫且振之。"[①]这一认识是十分深刻的。王安石的文风对长江文学发展的影响也是巨大而深远的。

二 曾巩的文章风格

曾巩(1019—1083年),字子固,建昌南丰(今属江西)人,后居临川(今江西抚州西)。"生而警敏,读书数百言,脱口辄诵;年十二试作六论,援笔而成;甫冠,名闻四方。欧阳修见其文奇之"[②]。中嘉祐二年(157年)进士,任太平州(今安徽当涂)司法参军,召编校史馆书籍,迁馆阁校勘、集贤校理,为实录检讨官,后通判越州(今浙江绍兴),知齐州(今山东济南)、襄州(今湖北襄樊)、洪州(今江西南昌)、福州(今属福建)、明州(今浙江宁波)、亳州(今安徽亳县)、沧州(今属河北),擢史馆修撰,中书舍人,因母丧去职,卒于江宁府(今江苏南京),谥"文定"。著有《元丰类稿》。

曾巩在政治上无所作为,他的主要成就在文学,《宋史》本传

---

① 刘熙载,《艺概·文概》,第33页,上海古籍出版社1978年版。
② 脱脱等:《宋史·曾巩传》,新编《二十五史》影印清乾隆武英殿本,第6343页,上海古籍出版社、上海书店1986年版。

说他"行义不如政事,政事不如文章",是比较符合实际的。

曾巩的文学思想与欧阳修比较接近,只是更侧重于道。他在《上欧阳学士第一书》中说:"巩性朴陋,无所能似。家世为儒,故不业他。自幼迨长,努力文字间,其心之所得,庶不凡近。尝自谓于圣人之道,有丝发之见焉。"①他对儒家之道的信仰比其他作者似乎更加执著,先道德后辞章的主张比其他作者也更加坚定。他在《答李沿书》中说:

> 足下自称有悯时病俗之心。信如是,是足下之有志乎道,而予之所爱且畏者也。末曰:"其发愤而为辞章,则自谓浅俗而不明,不若其始思之锐也。"乃欲以是质于予。夫足下之书,始所云者,欲至于乎道也;而所质者,则辞也。无乃务其浅,忘其深,当急者反徐之欤? 夫道之大端非他,欲其得诸心,充诸身,扩而被之国家天下而已,非汲汲乎辞也。其所以不已乎辞者,非得已也。孟子曰:"予岂好辨哉?予不得已也。"此其所以为孟子也。

曾巩不像欧阳修那样,在强调道本文末的同时,也强调"言之无文,行而不远"的另一面,而以道为一切之本,辞只是不得已而作。因此,他的文章很重视阐明理道,质朴而少文。当然,说曾巩不大讲求文采,绝不是说他的文章淡乎寡味,不能卒读,恰恰相反,由于他注意准确地表达思想,又注意去挖掘日常生活中寻常事物的思想内涵,所以,他的文章大都耐人寻味,富于理趣。例如,他的传世名篇《墨池记》云:

---

① 曾巩:《上欧阳学士第一书》,见《元丰类稿》卷十五,四库全书本。下引此书只注篇名。

临川之城东,有地隐然而高,以临于溪,曰新城。新城之上,有池洼然而方以长,曰王羲之之墨池者,荀伯子《临川记》云也。羲之尝慕张芝,临池学书,池水尽黑,此为其故迹,岂信然邪?

　　方羲之之不可强以仕,而尝极东方,出沧海,以娱其意于山水之间,岂有徜徉肆恣,而又尝自休于此邪?羲之之书晚乃善,则其所能,盖亦以精力自致者,非天成也。然后世未有能及者,岂其学不如彼邪?则学固岂可以少哉!况欲深造道德者邪?

　　墨池之上,今为州学舍。教授王君盛恐其不章也,书"晋王右军墨池"之六字于楹间以揭之。又告于巩曰:"愿有记。"推王君之心,岂爱人之善,虽一能不以废,而因以及乎其迹邪?其亦欲推其事,以勉其学者邪?夫人之有一能,而使后人尚之如此,况仁人庄士之遗风余思,被于来世者如何哉?

　　庆历八年九月十二日,曾巩记。

　　文章本来是应州学教授王君之请而作。在王教授那儿,也许只是为了保留传说中的古迹,或许还有嘉勉后学之意。然而,在曾巩笔下,王羲之墨池具有多方面的意义。作者在文中不仅强调了"精力自致"对于学有所能的重要性,寻找出后人不能达到王羲之书法水平的主要原因,发表了人只要有一能就能为后人所纪念,而且以此为显例,推导出人的良好道德修养更需要"精力自致",持之以恒,他们的"遗风余思"将会得到后人更大的尊重,更多的纪念。需要指出的是,作者在表达这些思想时,自然平实,委婉含蓄,绝不矫揉造作,故为高深,这一作风与欧阳修颇为一致。

　　即使是一些书信杂文,曾巩也常常表现出对于道德的关注,或者努力揭示其道德的意蕴。例如,宋仁宗庆历六年(1046年)夏,曾巩写信请欧阳修为其先祖父作墓志铭,当年秋天,收到欧阳修的复信和墓志铭，于是他写了有名的《寄欧阳舍人书》致谢。在这封信中，曾巩并不是仅仅写几句感谢的话以为敷衍，而是先写自己收到欧阳修的信与墓志铭的心情，接着笔锋一转，从"铭"与"史"的异同谈到后世的铭志不实的问题，文章说：

> 及世之衰，人之子孙者，一欲褒扬其亲，而不本乎理。故虽恶人，皆务勒铭，以夸后世。立言者既莫之拒而不为，又以其子孙之所请也，书其恶焉，则人情之所不得，于是乎铭始不实。后之作铭者，常观其人。苟托之非人，则书之非公与是，则不足以行世而传后。故千百年来，公卿大夫至于里巷之士，莫不有铭，而传者盖少。其故非他，托之非人，书之非公与是故也。
>
> 然则孰为其人而能尽公与是欤？非畜道德而能文章者无以为也。盖有道德者之于恶人，则不受而铭之，于众人则能辨焉。而人之行，有情善而迹非，有意奸而外淑，有善恶相悬而不可以实指，有实大于名，有名侈于实。犹之用人，畜道德者恶能辨之不惑，议之不徇？不惑不徇，则公且是矣！而其辞之不工，则世犹不传，于是又在其文章兼胜焉。故曰：非畜道德而能文章者，无以为也。岂其然哉？

这样，一封表达感谢的信成了一个理论问题的探讨，而一个理论问题最后归结为道德文章。而从道德文章的话题自然引出"先生之道德文章，固所谓数百年而有者也"的由衷赞叹，表达自己感恩图报之意，最后，极言这篇墓志铭具有警戒、劝勉的作用，说明自己不能不感谢的理由。《古文观止》评此文时云："子固感欧公铭其祖父，寄书致谢，多推重欧公之辞。然因铭祖父而推重欧公，则推重欧公，正是归美祖父。至其文纡徐百折，转入幽深，在南丰集中,应推为第一。"①这样看来,一封平常的书信,在曾巩笔下,写得自然流畅,纡徐委曲,颇似欧阳修的手笔,而又比欧阳修多了几分儒者的矜持,因此,他的文章常常被后人视为儒者之文。不过,他的所谓儒者之文并不同于当时的道学家之文,仍然是古文家之文。因为他的文章终究在于言情而非言理,并且,他把欧阳修的纡徐委曲和王安石的简洁明快结合在一起,形成了自己独特的风格。

《宋史》本传称其"文章上下驰骋,愈出而愈工,本原六经,斟酌于司马迁、韩愈,一时工作文词者,鲜能过也",并论其文章风格云:"曾巩立言于欧阳修、王安石间,纡徐而不烦,简奥而不晦,卓然自成一家,可谓难矣。"②评价是颇为中肯的。曾巩与欧阳修和王安石都有很深的交往,他更多地是受欧阳修思想和文风的影响,也的确吸收了王安石文章的长处,形成了纡徐简奥的文章风格,为长江文风的多样化做出了贡献。

第四节　苏轼和苏洵、苏辙的文风

如果说欧阳修是新古文运动的领袖和统帅,那么,苏轼则是新古文运动的主将和先锋。苏轼的成长固然离不开欧阳修的培养,而欧阳修的古文运动也因有苏轼的参与而大放异彩。苏洵仅小欧阳修两岁,与欧阳修本应同辈,但由于他出道较晚,也得到过欧阳修的奖掖,因此,苏洵和他的儿子苏轼、苏辙一样,也是古文运动的积极参与者。眉山苏氏父子的文学成就,奠定了他们在长江文学发展史上的重要地位,也影响了长江文风的发展。

---

① 吴楚材、吴调侯:《古文观止》卷十一,第525页,北京:中华书局1959年版。
② 脱脱等:《宋史·曾巩传》,新编《二十五史》影印清乾隆武英殿本,第6343—6344页,上海古籍出版社、上海书店1986年版。

一 苏轼的生平与思想

苏轼(1037—1101年),字子瞻,号东坡居士,眉州眉山(今属四川)人。苏洵长子。自幼聪颖,十岁能文。"比冠博通经史,属文日数千言"。嘉祐元年(1057年)与父苏洵、弟苏辙出蜀入京,翌年与苏辙一道中进士,深得欧阳修赏识,曰:"吾当避此人出一头地!"丁母忧,守制。嘉祐五年(1061年)调福昌主簿。欧阳修以才识兼茂荐之秘阁,试六论,文义粲然,"复对制策,入三等。自宋初以来,制策入三等,惟吴育与苏轼而已"。除大理评事,签书凤翔府判官。治平二年(1065年),入判登闻鼓院。丁父忧,去职。熙宁二年(1069年)还朝,以判官告院。此时正值王安石推行新法,苏轼持不同政见,在奏议对策中接连提出批评,指出皇上"求治太急,听言太广,进人太锐",并希望皇上"结人心,厚风俗,存纪纲",未能得到皇帝采纳,同时引起王安石不悦。苏轼被迫请求外任,始为杭州(今属浙江)通判,继而知密州(今山东诸城)、徐州(今属江苏),元丰二年(1079年)改知湖州(今属浙江)。次年,御史李定等摘集苏轼诗歌中托讽新法的辞句,诬以"讪谤朝政"之罪而被捕入狱,史称"乌台诗案"。获释后,贬为黄州(今湖北黄冈)团练副使,不得签署公事,实际上是被软禁起来。元丰七年(1084年)改汝州团练副使。次年,神宗去世,哲宗即位,宣仁太后临朝,司马光当政,苏轼改知登州,不久被召入京,任中书舍人,翰林学士,知制诰。因不满司马光尽废新法,请求外放,出知杭州(今属浙江)。此后再入再出。元祐八年(1093年)宣仁太后死,哲宗亲政,起用新党。绍圣元年(1094年),苏轼被作为"元祐党人"贬为宁远军节度副使,惠州(今广东惠阳)安置。四年(1097年)复贬为琼州(今海南省)别驾。元符三年(1100年)徽宗即位,遇赦,官复朝奉郎,渡海北还。次年病故于常州。① 著有《东坡集》、《东坡后集》、《东坡乐府》、《东坡志林》等。

苏轼不能算是一个政治家,然而,由于他有自己的政治观点,又敢于坚持自己的观点,他所处的时代又是一个政治斗争十分复杂的时代,苏轼也就被卷进政治斗争的漩涡中,吃尽了苦头,受尽了磨难。

王安石当政,主持变法,属于新党。苏轼反对变法,被人目为旧党。其实,苏轼并非不赞成改革,对于朝廷的"立法之弊"和"任人之失",苏轼早有认识,他在试策时就发表过改革弊政的议论,后来又在《思治论》中提出过"丰财"、"强兵"、"择吏"的主张,但他认为最根本的积弊是"任人之失",因此改革的关键应该在"择吏",而不是王安石所说的"患在不知法度"而轻易变法,如果用人不当,法愈变而政愈乱。由于苏轼是一个有影响的人物,新党自然把他视为变法的绊脚石,有人甚至想置他于死地,"乌台诗案"便几遭不测。

后来司马光执政,起用旧党,尽废新法。苏轼本因反对新法而获罪,新政府已经给了他很高的地位,按理说他会积极拥护司马光的政策。然而,苏轼却对这种"专欲变熙宁之法,不复校量利害,参用所长"②的做法深不以为然,认为恢复差役法"天下以为未便"(《大雪论差役不便劄子》),并斥司马光为"司马牛",认为他太过顽固,从而又得罪了旧党的顽固派。苏轼在朝廷安身不牢,只能请求外任。

哲宗亲政,重新任用新党,章惇、蔡卞当权,跟旧党并不一致的苏轼却被作为旧党的首要分子受到最重的打击,远贬惠州、琼

---

① 脱脱等:《宋史·苏轼传》,新编《二十五史》影印清乾隆武英殿本,第6390—6392页,上海古籍出版社、上海书店1986年版。
② 苏轼:《辩试馆职策问劄子》第二首,见《东坡文集》卷二七,第792页,北京:中华书局1986年版。

州。相传宋太祖赵匡胤在建隆三年(962年)曾立有戒碑,其中提到"不得杀士大夫及上书言事人","子孙有渝此誓者,天必殛之"①。无论此说是否属实,宋代对文人的言论控制与历代相比,的确要宽松一些,像苏轼这样远贬琼州,在当时应该是文人所受到的最严厉的处罚。

苏轼一生从政多不得意,然而,他始终认认真真从政。在徐州,他亲自参加抢救黄河决口,救济受灾民众。在密州,他倡导收养弃儿,所活数千。在杭州,他指挥疏浚西湖,灌溉了千亩良田。《宋史》本传说"轼二十年间再莅杭,有德于民,家有画像,饮食必祝,又生作祠以报",可见他是一个深受人民爱戴的好官。

苏轼一生多以言论得罪,然而,他始终改不了言语不谨的毛病。因作诗文讥刺新法险些丢了性命,又因反对全面废止新法遭到旧党忌恨,他仍然习惯不改。这固然与他"受性刚褊,黑白太明,难以处众"(《论边将隐匿败亡宪司体量不实札子》)的耿直性格有关,更与他认为为政要"宽猛相资,可否相济"的信念有关。

苏轼一生多次遭贬,历尽磨难,然而,他始终积极地面对生活,充满了旷达和乐观的精神。在黄州,他与田夫野老相从,与秋风明月做伴,自号东坡,绝无颓唐之心,倒有闲适之意。在琼州,他与黎族人民朝夕相处,背负大瓢在田间歌吟,食芋饮水,著书为乐,所作诗歌"精深华妙,不见老人衰惫之气"(苏辙《追和陶渊明诗引》)。对于流放岭南,他并无抱怨,反而吟诵:"日啖荔枝三百颗,不辞长作岭南人。"(《食荔枝》)晚年遇赦北还,夜渡海峡,他在诗中说:"九死南方吾不恨,兹游奇绝冠平生。"(《六月二十日夜渡海》)这些足见其胸怀之广大。

苏轼一生虽以儒家思想为主导,然而,他对佛教和道教都有深入的研究,与和尚、道士都有亲密的交往。由于他学兼百家,

---

① 潘永因:《宋稗类抄》卷一,四库全书本。

又善于融会贯通,故其认识常能高人一头。又由于他兴趣广阔,爱好广泛,于诗、于词、于文、于书、于画,无一不通,也无一不精,故其在人们心目中,他主要还是一个文学家。

就文章而言,苏轼与欧阳修齐名,人称"欧苏"。苏轼的确是欧阳修之后最有成就的文章大家。欧阳修十分赏识苏轼,早在苏轼参加科举考试的当年,欧阳修在《与梅圣俞书》中就说:"读轼书,不觉汗出,快哉快哉!老夫当避路,放他出一头地。可喜可喜。"后来又在《举苏轼应制科状》中称赞苏轼"学问通博,资识明敏,文采烂然,论议蜂出"。那时的苏轼年仅20出头,后来还有更大的发展,他所取得的文学成就其实超过了欧阳修,他后来在文学界的影响也不在欧阳修之下。

苏轼衷心拥护欧阳修倡导的新古文运动,也深刻理解这场运动的意义。他认为:"自昔五代之余,文教衰落,风俗靡靡,日以涂地。圣上慨然太息,思有以澄其源,疏其流,明诏天下,晓谕厥旨。于是招来雄俊魁伟敦厚朴直之士,罢去浮巧轻媚丛错采绣之文。将以追两汉之余,而渐复三代之故。"(《谢欧阳内翰书》)"自欧阳子出,天下争自濯磨,以通经学古为高,以救时行道为贤,以犯颜纳谏为忠。长育成就,至嘉祐末,号称多士,欧阳子之功为多。"(《六一居士集叙》)因此,他自觉地以复兴古道、创作新古文为职责。然而,苏轼毕竟具有更多的文人习气,他对文与道的关系的理解与欧阳修多少有些不同。例如,他在《答谢民师书》中说:

> 孔子曰:"言之不文,行之不远。"又曰:"辞达而已矣。"夫言止于达意,即疑若不文,是大不然。求物之妙,如系风捕影,能使是物了然于心者,盖千万人而不一遇也;而况能使了然于口与手者乎?是之谓辞达。辞至于能达,则文不可胜用矣。

欧阳修文道并重,也强调"言之不文,行而不远",然而,苏轼则更加重视"辞达"。而他所说的"辞达",并不是仅仅要求用文词清楚准确地表达思想,而是要"求物之妙","能使是物了然于心",进而"了然于口与手",它实际上包括文章创作的全过程。因此,苏轼所强调的"辞达",也就是强调艺术思维和艺术表达,从而走上了更加重文的道路。

苏轼不仅更加重文,而且也更重视文章的独立价值。他在《答毛滂书》说:

> 世间惟名实不可欺,文章如金玉,各有定价,先后进相汲引,因其言以信于世,则有之矣。至其品目高下,盖付之众口,决非一夫所能抑扬。

既然"文章如金玉,各有定价",作者就应该对其作品负责。而文章的好坏,价值的高低,则应该由读者来评判,"决非一夫所能抑扬"。这样,苏轼不仅涉及到创作的个性化问题,而且涉及到社会评价标准问题,这两个问题正是文学发展的关键问题,也是文学理论需要回答的关键问题。苏轼在《答张文潜书》中指出:

> 文字之衰,未有如今日者也!其源实出于王氏。王氏之文,未必不善也,而患在于好使人同己。自孔子不能使人同,颜渊之仁,子路之勇,不能以相移。而王氏欲以其学同天下。地之美者,同于生物,不同于所生。惟荒瘠斥卤之地,弥望皆黄茅白苇,此则王氏之同也。

虽然这里所论继承了古人所云"和实生物,同则不济"的思想,但是苏轼明确地反对文章雷同和学问雷同,主张创作个性化,这在当时仍然有着十分积极的意义。

二 苏轼的文章风格

苏轼的文章题材广泛,样式丰富,风格独特,影响深远。他的政论文,从儒家政治理想出发,广征博引,纵横捭阖,意气风发,有贾谊、陆贽政论之风。他的赋体文,夹叙夹议,或韵或散,自由奔放,使从欧阳修开始的赋体散文化的倾向更加成熟。他的各体杂文,信手挥洒,涉笔成趣,姿态横生,把散文艺术发展到几乎臻于完美的水平。他的文章在当时影响很大,特别是他的政论文,或随机生发,或翻空出奇,都能言之成理,颇适合士子科场考试仿效,故为应举士子所宝爱。有时谚云:"苏文熟,吃羊肉;苏文生,吃菜羹。"①反映了这一特殊的文化现象。因此,说苏轼文章影响了北宋中期以后的文风,是一点也不过分的。

苏轼的文章风格独特,这种风格用他自己的话说就是:"大略如行云流水,初无定质,但常行于所当行,常止于所不可不止。文理自然,姿态横生。"(《答谢民师书》)在《文说》中他又说:

> 吾文万斛泉源,不择地而出。在平地滔滔汩汩,虽一日千里无难。及其与山石曲折,随物赋形,而不可知也。所可知者,常行于所当行,常止于不可不止,如是而已矣。其他虽吾亦不能知也。

前面我们说过,欧阳修不仅倡导新古文运动,而且形成了平易自然,流畅委曲的文风。苏轼则不仅继承了欧阳修的传统,继续发扬平易自然的文风,并且加以发展,使自己的文章如行云流水,姿态横生,随物赋形,不着痕迹。与欧阳修、王安石、曾巩等人相比,他的文章更少格局、间架、剪裁、气势等方面的人工雕

---

① 陆游:《老学庵笔记》卷八,四库全书本。

琢,而更加注重自然地描写事物,自如地抒发情感,自由地表达思想。

苏轼的政论文主要包括策论、奏议和史论。

在应制科考试时,苏轼按照考试要求,提出了自己对于时政的一些看法,写出了许多精彩的策论,嘉祐六年(1061年)所奏《进策》25篇即其代表。这25篇策论分为《策略》、《策别》、《策断》几个部分。苏轼在这些策论中,不仅有对时事的深刻分析,还提出了一系列改革朝政的建议。尽管他的意见与王安石不同,如王安石主张"变法",苏轼主张"择吏";王安石主张"生财",苏轼主张"节用",但仍然可以看出苏轼有一定的政治眼光。从文章的角度来看,这些策论都写得平易流畅,条理清晰,论点鲜明,论证周密,反映出苏轼的杰出才识和论辩才华。这里举《策别》十一《教战守》一篇为例:

夫当今生民之患,果安在哉?在于知安而不知危,能逸而不能劳。此其患不见于今,而将见于他日。今不为之计,其后将有所不可救者。

昔者先王知兵之不可去也,是故天下虽平,不敢忘战。秋冬之隙,致民田猎以讲武,教之以进退坐作之方,使其耳目习于钟鼓旌旗之间而不乱,使其心志安于斩刈杀伐之际而不慑,是以虽有盗贼之变,而民不至于惊溃。及至后世,用迂儒之议,以去兵为王者之盛节,天下既定,则卷甲而藏之。数十年之后,甲兵顿弊,而人民日以安于佚乐;卒有盗贼之警,则相与恐惧讹言,不战而走。

开元天宝之际,天下岂不大治?惟其民安于太平之乐,酣豢于游戏酒食之间,其刚心勇气,消耗钝眊,痿蹶而不复振。是以区区之禄山一出而乘之,四方之民,兽奔鸟窜,乞为囚虏之不暇,天下分裂,而唐室因以微矣。

盖尝试论之：天下之势，譬如一身。王公贵人，所以养其身者，岂不至哉？而其平居，常苦于多疾。至于农夫小民，终岁劳苦，而未尝告疾。此其故何也？夫风雨霜露寒暑之变，此疾之所由生也。农夫小民，盛夏力作，而穷冬暴露，其筋骸之所冲犯，肌肤之所浸渍，轻霜露而狎风雨，是故寒暑不能为之毒。今王公贵人，处于重屋之下，出则乘舆，风则袭裘，雨则御盖，凡所以虑患之具，莫不备至，畏之太甚，而养之太过，小不如意，则寒暑入之矣。是故善养身者，使之能逸而能劳，步趋动作，使其四体狃于寒暑之变；然后可以刚健强力，涉险而不伤。夫民亦然。今者治平之日久，天下之人，骄惰脆弱，如妇人孺子，不出于闺门。论战斗之事，则缩颈而股慄；闻盗贼之名，则掩耳而不愿听。而士大夫亦未尝言兵，以为生事扰民，渐不可长。此不亦畏之太甚而养之太过欤？

且夫天下固有意外之患也。愚者见四方之无事，则以为变故无自而有，此亦不然矣。今国家所以奉西北二边者，岁以百万计。奉之者有限，而求之者无厌，此其势必至于战。战者必然之势也。不先于我则先于彼，不出于西则出于北，所不可知者，有迟速远近，而要以不能免也。天下苟不免于用兵，而用之不以渐，使民于安乐无事之中，一日出身而蹈死地，则其为患，必有所不测。故曰：天下之民，知安而不知危，能逸而不能劳，此臣所谓大患也。

臣欲使士大夫尊尚武勇，讲习兵法；庶人之在官者，教以行阵之节；役民之司盗者，授以击刺之术。每岁终则聚之郡府，如古都试之法，有胜负、有赏罚。而行之既久，则又以军法从事。然议者必以为无故而动民，又悚以军法，则民将不安；而臣以为此所以安民也。天下果未能去兵，则其一旦将以不教之民而去驱之战。夫无故而动民，虽有小恐，然孰与夫一旦之危哉？今天下屯聚之兵，骄豪而多怨，陵压百姓而邀其上者何故？此其心以为天下之知战者惟我而已。如使平民皆习于兵，彼知有所敌,则固已破其奸谋,而折其骄气。利害之际,岂不亦甚明欤?

宋代以"重文偃武"、"守内虚外"为基本国策,达官显宦,苟且偷安,绝不言兵,而西夏和辽则步步进逼,威胁国家安全。一些有识之士则对此有清醒的认识,范仲淹、欧阳修等都喜言兵,苏轼此文提出的问题有很强的针对性。文章开门见山提出论点,指出不教战守将后患无穷。接着分析安于佚乐的由来,并援引历史教训以做警诫。然后以身为例,说明平时勤苦对于防病祛病的作用;联系当前实际,说明战争实不能免,必须早做准备。最后提出教战守的具体措施,以及这些措施所可能产生的积极效果。尽管苏轼并不以知兵见长,然而,这篇策论则写得有理有据,历史和现实,感性和理性,在文中水乳交融,浑然一体,不能不使人信服。苏轼的其他策论和奏议,如《上神宗皇帝书》、《省试刑赏忠厚之至论》、《因擒鬼章论西羌夏人事宜札子》等,大都具有这样的特点。

苏轼的政论文中还有相当一部分是史论,即通过评价历史人物来表达作者的政治观点。如《平王论》、《韩非论》、《留侯论》、《范增论》、《贾谊论》、《晁错论》等,都属于这一类。这些文章常常从人们意想不到的角度切入,别出心裁,自具手眼,得出意料之外的结论,而这些结论却并无牵强,文笔又自然流转,波澜起伏,有很强的说服力和感染力。

例如,《留侯论》论张良,作者既不写他的运筹帷幄,也不写他的煊赫功业,而是抓住一个"忍"字做文章,说他能忍的性格得益于圯上老人"深折其少年刚锐之气,使之忍小忿而就大谋","观夫高祖之所以胜,而项籍之所以败者,在能忍与不能忍之间而已矣",而高祖能忍,"非子房其谁全之"?文章所要说明的就是:"古之所谓豪杰之士者,必有过人之节,人情有所不能忍者。匹夫见辱,拔剑而起,挺身而斗,此不足为勇也。天下有大勇者,卒然临之而不惊,无故加之而不怒,此其所挟持者甚大,而其志甚远也。"留侯张良就是这样一个豪杰之士。对张良的这种评价是否正确可以讨论,但文章的论证却是充分的,这也反映出作者对历史的丰富知识和长于论辩的艺术才华。

再如《范增论》也不一般讨论范增的功过得失,而是从讨论范增应该在何时离开项羽入手,以说明文人谋士如何"明去就之分"的道理,文章虚虚实实,有张有弛,一唱三叹,颇为感人。

当然,苏轼的史论不是严格意义的历史评论,有着比较浓厚的文人习气。无论是立论,还是举证,都存在不够全面、不够严谨的毛病,有些还失之偏颇。例如,在《武王论》里以汤武革命为非圣人所为,在《商鞅论》里以商鞅变法为破国亡家之术,在《范增论》里说范增应为义帝诛项羽,等等,都不是精确之论,反映出作者缺乏政治家的眼光。然而,这些文章的论辩技巧、艺术表达水平都是很高的,超过了他同时代的作家,可以和秦汉古文相媲美。正如叶适所说:"独苏轼用一语,立一意,架虚行危,纵横倏忽,数百千言,读者皆如其所欲出,推者莫知其所自来。虽理有未精,而词之所至莫或过焉。盖古今论议之杰也。"①

苏轼的赋体文也很有特点,他将赋体散文化发展到极致,彻底打破了赋体与古文的界限,使得赋体同样可以自由活泼地表达思想和情感,同样能够具有平易自然流畅婉转的风格。举《前赤壁赋》为例:

> 壬戌之秋,七月既望,苏子与客泛舟游于赤壁之下。清风徐来,水波不兴。举酒属客,诵明月之诗,歌窈窕之章。少焉,月出于东山之上,徘徊于斗牛之间。白露横江,水光接天。纵一苇之所如,凌万顷之茫然。浩浩乎如凭虚御风,而不知其所

---

① 叶适:《习学记言》卷五〇,四库全书本。

止;飘飘乎如遗世独立,羽化而登仙。

于是饮酒乐甚,扣舷而歌之。歌曰:"桂棹兮兰桨,击空明兮溯流光。渺渺兮予怀,望美人兮天一方。"客有吹洞箫者,倚歌而和之,其声呜呜然。如怨,如慕,如泣,如诉;余音袅袅,不绝如缕。舞幽壑之潜蛟,泣孤舟之嫠妇。

苏子愀然,正襟危坐而问客曰:"何为其然也?"客曰:"'月明星稀,乌鹊南飞',此非曹孟德之诗乎?西望夏口,东望武昌,山川相缪,郁乎苍苍,此非孟德之困于周郎者乎?方其破荆州,下江陵,顺流而东也,舳舻千里,旌旗蔽空,酾酒临江,横槊赋诗,固一世之雄也,而今安在哉!况吾与子渔樵于江渚之上,侣鱼虾而友麋鹿,驾一叶之扁舟,举匏樽以相属。寄蜉蝣于天地,渺沧海之一粟。哀吾生之须臾,羡长江之无穷。挟飞仙以遨游,抱明月而长终。知不可乎骤得,托遗响于悲风。"

苏子曰:"客亦知夫水与月乎?逝者如斯,而未尝往也;盈虚者如彼,而卒莫消长也。盖将自其变者而观之,则天地曾不能以一瞬;自其不变者而观之,则物与我皆无尽也,而又和羡乎?且夫天地之间,物各有主,苟非吾之所有,虽一毫而莫取。惟江上之清风,与山间之明月,耳得之而为声,目遇之而成色,取之无禁,用之不竭,是造物者之无尽藏也,而吾与子之所共适。"

客喜而笑,洗盏更酌。肴核既尽,杯盘狼藉。相与枕藉乎舟中,不知东方之既白。

文章虽名为赋,但开头所写,似乎记游。中间虽有客主问答,却亦虚亦实,亦情亦理,并不以铺叙见长。全篇虽以四言六言为主,却二言、五言、七言以至十多言,相杂而用,或韵或散,非骚非骈,并不拘守赋体格式。说它是一篇赋作,它似乎更像散文;说它是一篇山水游记,它似乎更像抒情小品;说它是一篇记叙文,它却有很深的哲理。有人认为《赤壁赋》是文而非赋。这种现象,正反映出苏轼不受文体局限,将赋写得如行云流水,根本改变了赋体面貌,创造出了一种新赋体。他的其他赋作,也大体具有这样的特点。

真正能够反映苏轼文章的主体风格的,还是他写的那些似乎不甚经意的各体杂文。这些杂文包括游记、书信、随笔、杂记等等。这类文章既不必如政论文那般严肃,也没有赋体文特有的限制,因而在苏轼笔下,就更加自由活泼,热情奔放,无拘无束。作者常常将叙事、写景、抒情、说理、议论巧妙结合在一起,把所见、所感、所思、所想毫无保留地呈现在作品中,绝不做作,所谓"未尝敢有作文之意"(《江行唱和集叙》),读其文,不难想见其为人。他在《思堂记》中曾说:

> 余,天下之无思虑者也。遇事则发,不暇思也。未发而思之则未至,已发而思之则无及,以此终身不知所思。言发于心,而冲余口,吐之则逆人,茹之则逆余。以为宁逆人也,故卒吐之。

正是这种袒露胸怀的真诚直率,不吐不快的创作冲动,加上良好的文学修养,使得苏轼的文章成为最有个性也最明快晓畅的艺术精品。苏轼的各体杂文精品甚多。游记杂记如《石钟山记》、《喜雨亭记》、《放鹤亭记》、《超然台记》、《凌虚台记》、《清风阁记》、《记承天寺夜游》,书信随笔如《答谢民师书》、《游白水书付过》、《谢欧阳内翰书》、《日喻》、《稼说》、《文与可画篔筜谷偃竹记》、《王君宝绘堂记》、《书吴道子画后》等,传记碑颂如《方山子传》、《潮州韩文公庙碑》、《司马温公神道碑》等,历来脍炙人口。这些作品都能不拘一格,自由挥洒,或动人以情,或晓人以理,记事则事理周洽,写人则形神兼备,然而,无论记事与记人,作者均非面面俱到,而是突出其基本特点,或抓住其主要特征,略一点染,便成神来之笔。

例如,《超然台记》写作者"无所往而不乐者,盖游于物之外也"的超然情怀。作品先描写自己从繁华的杭州调往偏僻的密州的情景:"余自钱塘移守胶西,释舟楫之安,而服车马之劳;去雕墙之美,而庇采椽之居;背湖山之观,而行桑麻之野。始至之日,岁比不登,盗贼满野,狱讼充斥,而斋厨索然,日食杞菊。人固疑余之不乐也。"而对于自己如何对待这次职务调动,作品没有详细交代,而只说"处之期年,而貌加丰,发之白者,日以反黑。予既乐其风俗之淳,而其吏民亦安予之拙也"。生活环境与他的貌丰发黑之间的强烈反差,正好说明了作者的"无所往而不乐"的超然生活态度。

再如,《方山子传》为方山子陈慥立传。作品并没有记叙陈慥一生,系统地写他的家世谱系,生平事迹,后嗣子孙,仅仅选取了表现他的外形特征、精神状态和性格特点的片段来描写这一人物,却收到形神兼备的效果。作品先写方山子"庵居蔬食,不与世相闻。弃车马,毁冠服","其所著帽,方耸而高",简单几笔,就勾画出人物的生动肖像。接着又写自己贬谪黄州经过岐亭巧遇方山子,"方山子亦矍然问余所以至此者,余告之故,俯而不答,仰而笑,呼余宿其家,环堵萧然,而妻子奴婢皆有自得之意",这一俯一仰,其不同流俗的精神面貌已跃然纸上。作品再补叙方山子少时"从两骑,挟二矢,游西山,鹊起于前,使骑逐而射之,不获,方山子怒马独出,一发得之",以表现其豪迈性格。最后交代他"世有勋阀","而其家在洛阳,园宅壮丽,与公侯等。河北有田,岁得帛千匹,亦足以富乐。皆弃不取,独来穷山中"。至此,一个不恋富贵、不慕荣禄的异人便挺立在读者面前。

在苏轼的各体杂文中,《文与可画筼筜谷偃竹记》最能体现苏轼文章的文体之变和笔致之奇,这里不妨做一些分析。先看

全文:

竹之始生,一寸之萌耳,而节叶具焉。自蜩腹蛇蚹以至于剑拔十寻者,生而有之也。今画者乃节节而为之,叶叶而累之,岂复有竹乎?故画竹必先得成竹于胸中,执笔熟视,乃见其所欲画者,急起从之,振笔直遂,以追其所见,如兔起鹘落,少纵则逝矣。与可之教予如此。予不能然也,而心识其所以然。夫既心识其所以然,而不能然者,内外不一,心手不相应,不学之过也。故凡有见于中而操之不熟者,平居自视了然,而临事忽焉丧之,岂独竹乎?

子由为《墨竹赋》以遗与可曰:"庖丁,解牛者也,而养生者取之;轮扁,斲轮者也,而读书者与之。今夫夫子之托于斯竹也,而予以为有道者则非邪?"子由未尝画也,故得其意而已。若予者,岂独得其意,并得其法。

与可画竹,初不自贵重,四方之人持缣素而请者,足相蹑于其门。与可厌之,投诸地而骂曰:"吾将以为袜。"士大夫传之,以为口实。及与可自洋州还,而余为徐州,与可以书遗余曰:"近语士大夫:'吾墨竹一派近在彭城,可往求之。'袜材当萃于子矣。"书尾复写一诗,其略曰:"拟将一段鹅溪绢,扫取寒梢万尺长。"予谓与可:"竹长万尺,当用绢二百五十匹。知公倦于笔砚,愿得此绢而已。"与可无以答,则曰:"吾言妄矣,世岂有万尺竹哉?"余因而实之,答其诗曰:"世间亦有千寻竹,月落庭空影许长。"与可笑曰:"苏子辩则辩矣。然二百五十匹,吾将买田而归老焉。"因以所画筼筜谷偃竹遗予曰:"此竹数尺耳,而有万尺之势。"筼筜谷在洋州,与可尝令予作《洋州三十咏》,筼筜谷其一也。予诗云:"汉川修竹贱如蓬,斤斧何曾赦箨龙。料得清贫馋太守,渭滨千亩在胸中。"与可是日与其妻游谷中,烧笋晚食,发函得书,失笑喷饭满案。

元丰二年正月二十日,与可没于陈州。是岁七月七日,予在湖州曝书画,见此竹,废卷而哭失声。昔曹孟德祭桥公文,有车过腹痛之语。而予亦载与可畴昔戏笑之言者,以见与可于予亲厚无间如此也。

这篇文章,可以说是画论,因为作品一开头就介绍了文同(字与可)对于画竹的艺术见解,即"胸有成竹",后面还有关于艺术真实与生活真实的讨论,并且文章与一幅《筼筜谷偃竹》的画有关。然而,这篇文章更可以说是悼文,作品的大量篇幅在叙述作者与文同的亲密交往和深厚情谊,文同的"失笑喷饭满案"和作者的"废卷而哭失声",两相呼应,给人以强烈的心灵震撼,作品结尾也表明了悼念之意。从语言表达来看,有诗有文,有叙有论,有形象的描绘,有深情的抒写。这样的文章,完全摆脱了固定的格套,意之所想,兴之所至,信手信腕,笔之所至,如行云流水,形散而神不散。读完此文,不仅对文同的画,他的画论,他的为人,他与作者的关系,以及他送给作者的这幅《筼筜谷偃竹》,都能留下深刻印象。这样的散文,已经达到散文艺术的极致。

苏轼还有一些散文,短小精悍,形同小品,却内涵丰富,极为动人,反映出散文发展的新动向,也值得引起关注。例如著名的《记承天寺夜游》:

元丰六年十月十二日夜,解衣欲睡,月色入户,欣然起行。念无与为乐者,遂至承天寺,寻张怀民,怀民亦未寝,相与步于中庭。庭下如积水空明,水中藻荇交横,盖竹柏影也。何夜无月,何处无竹柏,但少闲人如吾两人也。

全文仅84字,将叙事、写景、抒情融合一体,描绘出月色如水的寺内风景,抒发了游人畅快的心情,恰似一幅水墨画,又是一首抒情诗,清新,隽永,超逸,通脱,十分耐人寻味。

总之,苏轼的文章自由、随意、真实、明快,既贴近生活,又无拘无束,看似散漫无序却有血脉灌注,不受体裁限制而能章法井然,他是文章旧体裁的破坏者,也是文章新体裁的创造者,他的文章不仅代表了北宋时期文章的最高水平,也开创了北宋以后文章发展的新道路。刘熙载《艺概·文概》云:"东坡最善于没要紧底题说没要紧后底话,未曾有底题说未曾有底话,抑所谓'君从何处看,得此无人态'耶?"[1]他的自然通脱如行云流水的文章风格,对北宋以后文章的发展产生了巨大而深远的影响。

三 苏洵的文章风格

苏洵(1009—1066年),字明允,号老泉,眉州眉山(今属四川)人。苏轼之父。自言"少年不学,生二十五岁,始知读书,从士君子游"[2],庆历五年(1045年),因举制策入京,不第,返乡。嘉祐元年(1056年),携子苏轼、苏辙入京,谒欧阳修,欧阳修立即向朝廷举荐,朝廷未予任用。次年,妻死返乡,复萌安贫守道之念。三年(1058年),朝廷命赴阙应试,洵上书婉谢。五年(1060年),授秘书省校书郎。治平三年(1066年),任霸州文安县(今属河北)主簿,与县令姚辟同修《太常因革礼》,书成后不久去世。著有《嘉祐集》。

苏洵虽然不以文人自居,但他一生却主要是以文章显。他在《上田枢密书》中说:"数年来,退居山野,自分永弃,与世俗日疏阔,得以大肆其力于文章:诗人之优柔,骚人之精深,孟、韩之温淳,迁、固之雄刚,孙、吴之简切,投之所向,无不如意。"可以看出,他对自己的文章是颇为自负的。

---

[1] 刘熙载,《艺概·文概》,第30页,上海古籍出版社1978年版。
[2] 苏洵:《上欧阳内翰第一书》,见《嘉祐集》卷十一,四部备要本。下引此书只注篇名。欧阳修《苏明允墓志铭》说他"年二十七,始大发愤,谢其素所往来少年,闭户读书为文辞"。所记苏洵发愤读书年龄略有不同。

苏洵喜好论兵,他的文章也以论兵见长。本来,宋初以来,由于国家武力不振,边患频仍,喜好论兵者大有其人,如范仲淹、尹洙、梅尧臣、苏舜钦、欧阳修等。然而,苏洵论兵之文有纵横之风,能将古往今来打成一片,摆事实,讲道理,细大不捐,知微见著,雄壮俊伟,给人以不能不服的强烈气势。《六国论》可为代表:

六国破灭,非兵不利,战不善,弊在赂秦。赂秦而力亏,破灭之道也。或曰:"六国互丧,率赂秦耶?"曰:"不赂者以赂者丧,盖失强援,不能独完,故曰'弊在赂秦'也。"

秦以攻取之外,小则获邑,大则得城,较秦之所得,与战胜而得者,其实百倍;诸侯之所亡,与战败而亡者,其实亦百倍。则秦之所大欲,诸侯之所大患,固不在战矣。思厥先祖父,暴霜露,斩荆棘,以有尺寸之地。子孙视之不甚惜,举以予人,如弃草芥。今日割五城,明日割十城,然后得一夕安寝。起视四境,而秦兵又至矣。然则诸侯之地有限,暴秦之欲无厌,奉之弥繁,侵之愈急,故不战而强弱胜负已判矣。至于颠覆,理固宜然。古人曰:"以地事秦,犹抱薪救火,薪不尽,火不灭。"此言得之。

齐人未尝赂秦,终继五国迁灭,何哉?与嬴而不助五国也。五国既丧,齐亦不免矣。燕、赵之君,始有远略,能守其土,义不赂秦。是故燕虽小国而后亡,斯用兵之效也。至丹以荆卿为计,始速祸焉。赵尝五战于秦,二败而三胜。后秦击赵者再,李牧连却之。洎牧以谗诛,邯郸为郡,惜其用武而不终也。且燕、赵处秦革灭殆尽之际,可谓智力孤危,战败而亡,诚不得已。向使三国各爱其地,齐人勿附于秦,刺客不行,良将犹在,则胜负之数,存亡之理,当与秦相较,或未易量。

呜呼!以赂秦之地,封天下之谋臣;以事秦之心,礼天下之奇才,并力西向,则吾恐秦人食之不得下咽也。悲夫!有如此之势,而为秦人积威之所劫,日削月割,以趋于亡。为国者无使为积威之所劫哉!

夫六国与秦皆诸侯,其势弱于秦,而犹有可以不赂而胜之势。苟以天下之大,下而从六国破亡之故事,是又在六国下矣!

对于秦灭六国而一统天下的历史,前人做过许多探讨。本文讨论六国灭亡原因,以便汲取历史的经验教训。作者开门见山,提出了全新的观点:"六国破灭,非兵不利,战不善,弊在赂秦。"围绕这一论点,作者从"赂秦而力亏"和"不赂者以赂者丧"两方面加以论证,有事实,有分析,有推理,最后得出这一历史教训的现实意义。应该承认,六国破灭的原因是多方面的,将"赂秦"说成是六国破灭的根本原因是否科学,可能存在争议,但文章纵横驰骤,议论风发,论点鲜明,论证周详,是很有说服力的。特别是文章结尾与北宋当时的周边形势和统治者对敌国的态度相联系,更收到振聋发聩之效,而作者笔致婉转,不露锋芒,更容易被读者所接受。曾巩曾评价此文说:"其指事析理,引物托喻,侈能尽之约,远能见之近,大能使之微,小能使之著,烦能不乱,肆能不流,其雄壮俊伟,若决江河而下也。"[①]所以历来对此文评价甚高,认为能与贾谊《过秦论》和柳宗元《封建论》相媲美。当时,苏轼、苏辙、李桢也写有《六国论》,立论各不相同,影响最大的还是苏洵的这篇《六国论》。

苏洵文章的代表作主要是《权书》、《衡论》、《几策》,《六国论》乃《权书》之一篇。《六国论》这种纵横驰骤、博辩宏伟的文风正反映出苏洵文章的基本风格。即使是一些小的论题,在苏洵笔下,也能雄辩滔滔,若决江河。举《名二子说》为例:

---

① 曾巩:《苏明允哀词》,见《元丰类稿》卷四一,四库全书本。

> 轮辐盖轸,皆有职乎车,而轼独若无所为者。虽然,去轼则吾未见其为完车也。轼乎,吾惧汝之不外饰也。
> 天下之车,莫不由辙,而言车之功者,辙不与焉。虽然车仆马毙,而患亦不及辙,是辙者善处乎祸福之间也。辙乎,吾知免矣。

取名字本是平常之事,但在苏洵笔下,却能见微知著,小以见大,写得情理兼备,风趣盎然。文章既说明了"轼"在车上的位置和职能,也说明了"辙"与车马的关系和作用,然后与二子的性格特点相联系,指出各自的长处和短处,以车明理,以事喻情,以深情的呼唤提出对儿子的劝勉和告诫,可谓语重心长,言有尽而意无穷。

苏洵为文,也主张自然平易,不事雕琢。他十分佩服欧阳修的道德文章,他自己也有关于文章的见解。在《仲兄字文甫说》一文中,他说:

> "风行水上,涣。"此亦天下之至文也。然而此二物者岂有求乎文哉?无意乎相求,不期而相遭,而文生焉。是其为文也,非水之文也,非风之文也;二物者非能为文,而不能不为文也。物之相使而文出于其间也。故此天下之至文也。今夫玉,非不温然美矣,而不得以为文;刻镂组绣,非不文矣,而不可与论乎自然。故夫天下之无营而文生之者,惟水与风而已。

这种对朴素自然文风的向往与追求,在长江流域有着深厚的传统,而苏洵以风水相遇来表达自己对文的理解,应该说是继承了长江流域的文化传统,又适应了宋代文学革新的要求。苏洵的文学思想也影响了苏轼与苏辙,他们都追求这种朴素自然的文风。苏轼曾说:"自闻家君之论文,以为古之圣人有所不能自已而作者;故轼与弟辙为文至多,而未尝敢有作文之意。"(《江行唱和集叙》)当然,要做到这一点并不容易,苏洵也不能说做到了这一点,但他的努力是值得肯定的。

四 苏辙的文章风格

苏辙(1039—1112年),字子由,晚年号颍滨遗老,眉州眉山(今属四川)人。苏洵之子,苏轼之弟。嘉祐元年(1056年),与父兄一同进京。次年,与兄苏轼同榜进士,轰动天下。丁母忧,守制。六年(1061年),应制举,授商州(今陕西商县)军事推官。治平三年(1066年),丁父忧。熙宁元年(1068年)返京,先后出任河南推官、陈州教授、南京判官等职。元丰二年(1079年),受苏轼"乌台诗案"牵连,贬监筠州(今江西高安)盐酒税。八年(1085年),入为秘书省校书郎,复为右司谏。元祐初,司马光尽废熙宁之法,辙极言不可,与兄苏轼意见略同。元祐四年(1089年),擢吏部侍郎、翰林学士、知制诰。绍圣初,新党执政,出知汝州(今河南汝县),累谪雷州(今广东海康)安置,移循州(广东惠阳县东北)。徽宗立,徙永州(今湖南零陵)、岳州(今湖南岳阳),已而复大中大夫致仕。筑室许州(今河南许昌),号颍滨遗老,作《颍滨遗老传》。终日默坐,不复与人相见,如是者将十年。卒谥"文定"。著有《栾城集》。

苏辙的文章,与其父兄并称,时谓"三苏",也是唐宋八大家之一。在文学思想上,他服膺欧阳修的复古理论。受欧阳修和父兄影响,也追求平易自然的文风。不过,他为文也有自己的一些独特主张。他在《上枢密韩太尉书》中说:

辙生好为文,思之至深。以为文者气之所形;然文不可以学而能,气可以养而致。孟子曰:"我善养吾浩然之气。"今观其文章,宽厚宏博,充乎天地之间,称其气之小大。太史公行天下,周览四海名山大川,与燕、赵间豪俊交游,故其文疏荡,颇有奇气。此二子者,岂尝执笔学为如此之文哉?其气充乎其中,而溢乎其貌,动乎其言,而见乎其文,而不自知也。①

苏辙为文主张养气,固然是受到孟子"我善养吾浩然之气"和韩愈"气盛言宜"说的影响。然而,苏辙养气的落脚点在使文章宽厚宏博、疏荡而有奇气,这是与道学家的养气不同的。他的文章虽然不能说达到了他的理想目标,但他的文章"论事精确,修辞简严"②,"冲和澹泊,遒逸疏宕"③,的确与他注重养气不无关系。

苏辙最为尽心的文章是政论和史论。他的政论和史论与其兄苏轼不同,苏轼喜欢翻空出奇,而苏辙则注意平实稳妥。他的代表作《新论》和《历代论》都具有这样的特点。当然,这并不是说,他的文章没有新意,没有自己独立的见解,而是说他在表达自己见解时不刻意标新,不自造声势,尽量以平和之语出以平实之见。例如,他在《历代论四·梁武帝》中讨论佛老问题时说:

> 东汉以来,佛法始入中国,其道与《老子》相出入,皆《易》所谓形而上者,而汉世士大夫不能明也。魏晋以后,略知之矣。好之笃者,则欲施之于世;疾之深者,则欲绝之于世。二者皆非也。老佛之道与吾道同而欲绝之,老佛之教与吾教异而欲行之,皆失之矣。

---

① 苏辙:《上枢密韩太尉书》,见《栾城集》卷二二,四部备要本。下引此书只注篇名。
② 脱脱等:《宋史·苏辙传》,新编《二十五史》影印清乾隆武英殿本,第6394页,上海古籍出版社、上海书店1986年版。
③ 茅坤:《颖滨文钞引》,见《唐宋八大家文钞》卷一四五,四库全书本。

苏辙是服膺韩愈和欧阳修的,但韩愈和欧阳修均排斥佛教,而苏辙却有自己不同的看法,体现了他能够独立思考,敢于发表意见的勇气。苏辙对佛教的认识,既不取完全否定的立场,也不取完全肯定的立场,而是从实际出发,心平气和地讨论问题,结论平实可靠,正体现了冲和澹泊的文风。

当然,写得最具特色、最能体现其文章风格的,还是苏辙所写的书信、游记、随笔、杂文。这些文章都是作者平日信笔所写,没有多少利害的计较,可以充分表达自己的思想情感,因此,读这些作品,不仅可见其为文,而且可见其为人。

苏辙早期的书信有少年豪迈之气,如《上枢密韩太尉书》、《上昭文富丞相书》、《上曾参政书》等,晚则趋于冲淡,如《答黄庭坚书》即是。他的游记、随笔似乎更能代表他的文风。如《庐山栖贤寺新修僧堂记》、《黄州快哉亭记》、《武昌九曲亭记》、《东轩记》等,都是脍炙人口的名篇。举《武昌九曲亭记》为例:

> 子瞻迁于齐安,庐于江上。齐安无名山,而江之南武昌诸山,陂陀蔓延,涧谷深密,中有浮图精舍,西曰西山,东曰寒谿。依山临壑,隐蔽松枥,萧然绝俗,车马之迹不至。每风止日出,江水伏息,子瞻杖策载酒,乘渔舟乱流而南。山中有二三子,好客而喜游,闻子瞻至,幅巾迎笑,相携徜徉而上。穷山之深,力尽而息,扫叶席草,酌酒相劳,意适忘反,往往留宿于山上。以此居齐安三年,不知其久也。

> 然将适西山,行于松柏之间,羊肠九曲而获少平,游者至此必息。倚怪石,荫茂木,俯视大江,仰瞻陵阜,旁瞩溪谷,风云变化,林麓向背,皆效于左右。有废亭焉,其遗址甚狭,不足以席众客。其旁古木数十,其大皆百围千尺,不可加以斤斧。子瞻每至其下,辄睥睨终日。一旦大风雷雨,拔去其一,斥其所据,亭得以广。子瞻与客入山视之,笑曰:"兹欲以成吾亭耶?"遂

相与营之。亭成而西山之胜始具,子瞻于是最乐。

　　昔余少年,从子瞻游。有山可登,有水可浮,子瞻未始不褰裳先之。有不得至,为之怅然移日。至其翩然独往,逍遥泉石之上,撷林卉,拾涧实,酌水而饮之,见者以为仙也。盖天下之乐无穷,而以适意为悦。方其得意,万物无以易之。及其既厌,未有不洒然自笑者也。譬之饮食,杂陈于前,要之一饱,而同委于臭腐,夫孰知得失之所在?惟其无愧于中,无责于外,而姑寓焉。此子瞻之所以有乐于是也。

　　苏轼被贬谪黄州,苏辙去看望他,兄弟俩同游武昌西山。文章虽记叙修建九曲亭经过,但通过写景、叙事、议论、抒情,主要反映"天下之乐无穷,而以适意为悦"的思想感情,既反映出苏轼此时的精神面貌,也表达了自己对兄长的劝慰之情。然而,所有这一切,在作者笔下,都显得自然贴切、秀美祥和、深具诗情画意。

　　苏轼在《答张文潜书》里这样评论苏辙的文章:"子由之文实胜仆,而世俗不知,乃以为不如。其为人,深不愿人知之。其文如其为人。故汪洋澹泊,有一唱三叹之声。而其秀杰之气,终不可没。"说苏辙的文章超过自己,这自然是苏轼的谦虚,也是对苏辙的褒扬。虽然从总体上看,苏辙的文章实不如苏轼,但他的文章"汪洋澹泊",有一股秀杰之气,形成了独特的风格,也是苏轼的文章不可掩盖的,在长江文学发展中自有其独特地位。

第五节　北宋长江文风的深远影响

　　北宋时期是长江文学发展的一个重要时期。这时的文章大家,如江西的欧阳修、曾巩、王安石,四川的苏洵、苏轼、苏辙,树起了一座座难以磨灭的丰碑。不仅他们各具个性的文章风格成后人学习的典范,而且他们所共同创造的平易自然的文风彻底改变了六朝以来的文学面貌,中国文学从此走上了更加世俗化、更加大众化的道路,而散文则成了最为通行也最有魅力的文章体裁。北宋时期长江流域最有影响的文章大家首推欧阳修和苏轼,他们对长江文学的影响更加深远。

一 欧阳修的影响

欧阳修的影响包括两个方面。一是他对当时文坛的影响,一是他对后人的影响。

关于欧阳修对当时文坛的影响,我们在前文分论各代表作家时已做过介绍。这里再引述韩琦在其所撰《故观文殿学士太子少师致仕赠太子太师欧阳公墓志铭》中的一段总结性论述:

> 自唐室之衰,文体随而不振。陵夷至于五代,气益卑弱。国初,柳公仲涂,一时大儒,以古道兴起之,学者卒不从。景祐初,公与尹师鲁专以古文相尚,而公得之自然,非学所至。超然独骛,众莫能及。譬夫天地之妙,造化万物,动者植者,无细与大,不见痕迹,自极其工。于是文风一变,时人竞为模范。[①]

韩琦的论述是符合实际的。在欧阳修之前,尽管有人倡导复兴古道与古文,但都没有实际效果。石介、孙复等人提倡古文,走的却是怪奇之路,形成了迂阔矫激、文辞艰涩的"太学体"。而欧阳修不仅是新古文运动的积极倡导者,更是有杰出成就的写作实践者,他的"得之自然"的文章风格成为人们学习的"模范",终于使古文走上健康发展之路,彻底改变了社会的文风。

---

① 韩琦:《故观文殿学士太子少师致仕赠太子太师欧阳公墓志铭》,见《安阳集》卷五〇,四库全书本。

当然，欧阳修的影响还不只是他的理论和创作，同时也包括他对人才的培养。从一定意义上说，人才培养是新古文运动得以成功的关键。由于欧阳修在当时有很高的政治地位和文学地位，因而北宋时期长江流域那些文章大家多出自欧阳修门下，这是转变文风的重要力量。

曾巩很早就游于欧阳修之门，得到欧阳修的指导。嘉祐二年，欧阳修知贡举，苏轼、苏辙和曾巩同时被欧阳修选拔为进士，而他们的中第正是因为响应了欧阳修复兴古文的号召，不写奇险艰涩的时文，而写平易自然的散文。

苏洵、王安石虽不是欧阳修的门生，但都受到欧阳修的直接影响。苏洵进京，即投于欧阳修门下，观其《上欧阳内翰书》所论欧阳文之准确深刻，说明他对欧阳修的文章有深入的研究，并从内心表示倾服，受其影响自在情理之中。王安石与欧阳修也交往密切，曾巩在《再与欧阳舍人书》中说："巩顷尝以王安石之文进左右而以书论之，其略云：巩之友有王安石者，文甚古，行称其文。虽已得科名，然居今知安石者尚少也。彼诚自重，不愿知于人，然如此人古今不常有。如今时所急，虽无常人千万，不害也。顾如安石，此不可失也。"由于曾巩的介绍，王安石得以游欧阳修之门，并得到欧阳修关于文章写作的指导，欧阳修希望王安石"少开廓其文，勿用造语及模拟前人"（曾巩《与王介甫第一书》转述），而王安石对欧阳修的文章也有独自的心得，他认为欧阳修"充于文章，见于议论，豪健俊伟，怪巧瑰琦。其积于中者，浩如江河之停蓄；其发于外者，烂如日星之光辉；其清音幽韵，凄如飘风急雨之骤至；其雄辞闳辩，快如轻车骏马之奔驰"（王安石《祭欧阳文忠公文》），并在自己的文章创作中学习借鉴。因此，王安石的文学成就也与欧阳修的影响密切相关。

欧阳修以他的道德文章培养了一批文章大家，当时学者视他为"今之韩愈"，以得到他的奖掖为荣。欧阳修所开创的平易自然的文风影响了包括长江文学在内的整个中国文学后来的发展方向,他因此被誉为"文章百世之师"。

欧阳修的影响绝不限于当时,他逝世以后,他的学生苏轼作为他的后继者,不仅继承了他所开创的新古文运动的传统,而且进一步发扬了他所倡导的平易自然的文风。甚至可以说,苏轼之所以尽心于巩固和发展新古文运动的成果,也是因为铭记了欧阳修生前的嘱托。苏轼的追随者李廌有云:

> 东坡尝言,文章之任亦在名世之士相与主盟,则其道不坠。方今太平之盛,文士辈出,要使一时之文有所宗主。昔欧阳文忠常以是任付与某,故不敢不勉,异时文章盟主责在诸君,亦如文忠之付授也。①

李廌所说并非无中生有。苏轼自觉承担起欧阳修之后领袖文坛的责任,确与欧阳修的付托相关。他在《太息一首送秦少章》中也说过"天下士不吾弃,以为可以与于斯文者,犹以文忠公之故也"的话。因此,苏轼所领导的北宋后期的文学改良,是新古文运动的深化和发展,也是欧阳修影响的具体体现。欧阳修文章的平易自然、流畅婉转、纡馀委备、容与闲易的风格,被后人羡称为"六一风神",对宋以后文章的发展有深远影响。明代的"唐宋派"、清代的"桐城派"都对"六一风神"心仪不已,以为文章之轨范,义法之准则。

"唐宋派"代表作家茅坤在《唐宋八大家文钞》中提出:"西京以来,独称太史公迁,以其驰骤跌宕,悲慨呜咽,而风神所注,往往于点缀指次,独得妙解,譬之览仙姬于潇湘洞庭之上,可望而不可近者。"并特意强调:"世之文人学士,得太史公之逸者,独

---

① 李廌:《师友谈记》卷三三,四库全书本。

欧阳子一人而已。"①在评点欧阳修所作《王彦章画像记》时又说："以纵横夭矫之文,写其感思悠扬之情,手法一一仿佛《史记·屈原传》,而出欧阳子手,风神特自写生,绝少依仿之迹也。"由此可见,"唐宋派"作家对欧阳修给予了多么高的评价,在他们的文章创作中,也能发现"六一风神"的影响。

"桐城派"代表作家方苞在《古文约选序例》中说:"叙事之文,义法备于左、史;退之变左、史之格调,而阴用其义法;永叔摹《史记》之格调,而曲得其风神。"②"桐城派"另一代表作家刘大櫆在《古文辞类纂》中评欧阳修所作《黄梦升墓志铭》云:"欧公叙事之文,独得史迁风神,此篇遒宕古逸,当为墓志第一。"③又评《河南府司录张君墓表》云:"历叙交游,而俯仰身世,感叹淋漓,风神遒逸,当与黄梦升、张子野并为志墓之绝唱。"④"桐城派"作文讲求义法,而欧阳修的"六一风神"正合"义法"之精神,因而欧文也就成为宣扬他们文章理论的典范作品。欧阳修的文风对"桐城派"的创作也有着积极的影响。

二 苏轼的影响

苏轼继承了欧阳修的传统,既积极宣传文学革新的主张,创作出具有示范意义的优秀作品,又注意培养后进,吸引了一大批重要作家在自己周围,从而成为继欧阳修之后北宋文坛的著名领袖。如果说北宋新古文运动的发动者是欧阳修,那么,新古文运动的最终完成者则是苏轼。

---

① 茅坤:《庐陵文钞引》,见《唐宋八大家文钞》卷二八,四库全书本。
② 方苞:《古文约选序例》,《望溪先生文集》之《集外文》卷四,四部丛刊初编本。
③ 刘大櫆:《古文辞类纂》卷四六,影印世界书局本,第849页,北京:中国书店1986年版。
④ 刘大櫆:《古文辞类纂》卷四五,影印世界书局本,第832页,北京:中国书店1986年版。

苏轼重视发现和培养文学人才,主要不是出于政治目的,而是出于他对文学的偏好以及他对人才的爱惜。"如黄庭坚鲁直、晁补之无咎、秦观太虚、张耒文潜之流,皆世未之知,而轼独先知之"(《答李昭玘书》),他们后来都有很高的文学成就,被称为"苏门四学士"。其他经苏轼指导和奖掖而颇有文名的还有不少,如陈师道、李廌、李之仪等。尽管苏轼所培养的人才还不能和欧阳修所培养的人才相提并论,然而,苏轼一生坎坷,尚能如此注意发现和培养人才,实在难能可贵。

苏门弟子在政治上大多不显,他们把文学当做独立的事业,这有利于文学的发展与进步。

黄庭坚(1045—1105年),字鲁直,自号山谷道人,又号涪翁,洪州分宁(今江西修水)人。治平四年(1067年)进士,熙宁初任国子监教授。苏轼见其文,以为"超轶绝尘,独立万物之表,世旧无此作",由此声名始震。元祐年间,召为校书郎、《神宗实录》检讨官,擢中书舍人。绍圣初,新党用事,贬涪州(今四川涪陵)别驾,黔州(今四川彭水)安置。徽宗立,改知太平州(今安徽当涂)。因与执政有隙,复除名,羁管宜州(今广西宜山)。后徙永州(今湖南零陵),未闻命而卒。著有《豫章先生文集》。

尽管黄庭坚的主要文学成就在诗而不在文,然而,他的文章理论和创作均颇有特色。在《与洪驹父书》中,他提出了文章创作的要求:"凡作一文,皆须有宗有趣,终始关键,有开有合,如四渎虽纳百川,或汇而为广泽,汪洋千里,要自发源注海耳。"主张"理得而辞顺,文章自然出类拔萃"[1]。又说:"子瞻论作文法,须熟读《檀弓》,大为妙论。"[2]他的文章,也追求行云流水的风格,只是更强调文章作法,主张模仿古人,虽受苏轼影响,与苏轼文风

---

[1] 黄庭坚:《与王观复书》,见《山谷集》卷十九,四库全书本。下引此书只注篇名。
[2] 黄庭坚:《与潘邠老帖》,《山谷别集》卷十九,四库全书本。

不尽相同。他的一些题跋文与苏文风格较为接近,如《书王元之〈竹楼记〉后》、《跋范文正公书〈伯夷颂〉》、《跋颜鲁公壁间题》等;而一些记叙文则与苏文有明显差别,如《出芳亭记》、《伯夷叔齐庙记》等。秦观曾称其"《敝帚》、《焦尾》两编文章高古,邈然有二汉遗风",并谓"今时交游中以文墨自业者,未见其比"①,其评价是颇为中肯的。

陈师道(1053—1102年),字履常,一字无己,号后山居士,彭城(今江苏徐州)人。元祐初,由苏轼等推荐,以布衣起为徐州教授,后为太学博士。绍圣初,坐苏轼党而贬彭泽令。丁母忧,不赴,贫饿而卒。著有《后山居士集》。

陈师道也以诗称,但文章一样可观。其为人严于律己,贫穷自守,藐视王侯,不忘旧恩,很有个性。早年学于曾巩,以致终身不忘。虽然游于苏门,却不以苏轼门人自诩。他的文章也如他的为人。其书信大都情深语切,诚挚感人,如《与鲁直书》、《与少游书》、《答李端叔书》等,无不如此。其议论也多切实精审,"简严密栗"②,如《刘道原画像赞》论刘恕之为人,《上曾枢密书》论朝廷兵事,都可见其文章风格。黄庭坚评师道之文云:"至于作文,深知古人之关键,其论事救首救尾,如常山之蛇,时辈未见其比。"(《答王子飞书》)其论并非过誉。

秦观(1049—1100年),字太虚,又字少游,扬州高邮(今属江苏)人。熙宁中,见苏轼于徐州,作《黄楼赋》,苏轼讶其才。元祐初,苏轼以贤良方正荐于朝,应制科,除太常博士,迁秘书正字,兼国史编修。绍圣初,左元祐党籍,通判杭州,再贬处州(今浙江丽水)酒税,后削籍徙郴州(今属湖南),编管横州(今广西横

---

① 秦观:《与李德叟简》,见《淮海集》卷十四,四部备要本。下引此书只注篇名。
② 永瑢等:《后山集提要》,见《四库全书总目》卷一五四,第1329页,北京:中华书局1965年版。

县),徙雷州(今广东海昌)。徽宗立,放还,卒于藤州(今广西藤县)。著有《淮海集》。

秦观是北宋后期的著名词人,文名为词名所掩。其实,他的文章很为时人推重。陈师道说:"少游之文,过仆数等。"①黄庭坚则说:"文章自建安以来,好作奇语,……近世欧阳永叔、王介甫、苏子瞻、秦少游,乃无此病耳。"(《与王观复书》)这都是极高的评价。秦观乃一代才人,却不能在政治上有所作为,发而为文,常常有一股欿𡩁磊落之气,《宋史》本传说他"长于议论"②,也是看到了这一点。如他所写的《国论》、《朋党论》、《袁绍论》等,都是有得之文,其议论风发,可与欧阳修、苏轼的议论文相媲美。此外,他的一些记序题跋文章,也是写得很有特色的。

张耒(1054—1114年),字文潜,楚州淮阴(今属江苏)人。游学于陈(今河南淮阳),为学官苏辙赏识。后从苏轼游,轼称其文"汪洋冲淡,有一唱三叹之声"。熙宁六年(1073年)进士,历官临淮主簿、筹安尉、咸平丞、秘书正字、著作佐郎,累迁中书舍人。绍圣初,坐党籍谪监黄州(今湖北黄冈)酒税。徽宗立,起为黄州通判,知兖州(今安徽亳州)。入为太常少卿,复出知颍州、汝州(今河南临汝)。崇宁初,又坐党籍落职。政和四年(1114年)卒。著有《张右史文集》。

张耒为文反对瑰奇险怪,主张明白晓畅,出以自然。他说:"文章之于人,有满心而发,肆口而成,不待思虑而工,不待雕琢而丽者,皆天理之自然而情性之道也。"③这里所说文章,虽然包括其他文学样式,却反映了他对文学的基本理解。他的许多长

---

① 陈师道:《答李端叔书》,见《后山居士文集》卷十,影印北京图书馆藏宋刻本,上海古籍出版社1984年版。
② 脱脱等:《宋史·秦观传》,新编《二十五史》影印清乾隆武英殿本,第6658页,上海古籍出版社、上海书店1986年版。
③ 张耒:《贺方回乐府序》,见《张右史文集》卷五一,四部丛刊初编本。

篇大论,如《本治论》、《悯刑论》、《唐论》等,都写得明白晓畅,平易自然。他写的短小精悍的笔记序跋,更是追求明白自然,以至如同白话,如《粥记赠邠老》、《书赵令畤〈字说〉后》等文,便极近口语,反映出苏轼之后文章发展的新动向。

苏门弟子由于受苏轼牵连,政治上都无所作为,一生坎坷。然而,同样也是因为受苏轼影响,苏门弟子都能像苏轼一样,执中持平、守正不阿,虽屡遭贬谪,却能处之泰然,既无怨怼之心,也无颓废之意。而对于文章制作,他们又都能以心血灌注,以事业相许,坚持平易自然的文风,从而推动了长江文风继续朝着通俗化和大众化的方向发展,他们的业绩是不容否定的。

苏轼的文风对南宋以后的长江文学仍然保持着巨大的影响力。南宋时期,苏轼的作品在社会上广泛流行,成为文人学习和仿效的典范。苏轼为人的真率坦诚、豪迈旷达,以及他为文的不拘一格、洒脱自然,都给予南宋许多文章大家以深刻影响。如陆游(1125—1210年)、辛弃疾(1140—1207年)、陈亮(1143—1193年)、叶适(1150—1223年)等人,都对苏轼推崇备至。叶适甚至认为,古文首推孔、孟,次及管仲、晏婴、子产,下至贾谊、司马迁,此后"无有及者",韩愈、柳宗元、欧阳修、王安石、曾巩,皆"不能仿佛",而只有苏轼,可以"直接古人"①。朱熹(1130—1200年)虽然对苏轼多有批评,但对于他的文章,仍然给予很高评价。他说:"欧公文章及三苏文好,只是平易说道理。"又说:"文字到欧、曾、苏,道理到二程,方是畅。"②至于明代"公安派"和清代"桐城派",同样也受到苏轼文风的影响,本书后面还要专门论述,这里从略。

---

① 叶适:《习学记言》卷五〇,四库全书本。
② 朱熹:《朱子语类》卷一三九,四库全书本。

第五章

师心匠意　独抒性灵

自北宋欧阳修、苏轼等人开展新古文运动以来,文从字顺、平易自然的文风日益深入人心,长江文学也始终沿着通俗化、大众化的方向不断向前发展。到明中叶,随着长江经济的迅猛发展,资本主义的幼芽开始在湖广、江南一带潜滋暗长,传统思想和观念受到前所未有的冲击,个性解放思潮一浪高过一浪,文学思想和文学观念发生了很大变化,主张"独抒性灵"的"公安派"和"竟陵派"崛起于长江流域,小品文成为他们"独抒性灵"的最佳文体,长江文风也因此出现了新的面貌和新的特点。这一特点在明后期表现得异常鲜明。

第一节　长江经济发展与明中后期个性解放思潮

文学发展离不开社会经济基础。中国经济发展南北始终存在差异,从魏晋南北朝开始,中国经济重心便逐渐南移,到唐代,长江流域的经济实力已经能够与北方抗衡,而宋代的长江经济则全面超过北方。明代是长江经济迅猛发展的一个重要时期,从明中叶开始的湖广、江南一带的资本主义萌芽,不仅带动着中国社会的全面进步,而且对中国传统思想文化形成了严峻挑战,长江文学的发展也因此进入一个新的历史时期。

一 明代长江流域的经济发展

明代的长江流域是经济最为发达的地区,农业、手工业、商业在全国均处于领先地位。特别是明中叶以来,长江流域商品经济迅猛发展,出现了资本主义萌芽,更加带动了经济和文化的进步。

资本主义萌芽与农业经济结构的调整和农业经营方式的转变密切相关。

明代中叶,从沿海和西南成功引进的番薯、玉米等高产粮食作物得到大面积推广,缓解了日益增长的人口对土地和粮食的压力。而长江流域土地肥沃,雨量充沛,交通便利,适合经济作物的种植。自元代即已在江南一带种植的棉花,这时已经遍布大江南北。传统的蚕桑、烟草、茶、药材、果树、油料等经济作物的种植,较以前有了很大发展。这些经济作物的种植已经不是为了满足自己的消费需要,而是为了进行商品交换。

例如,苏州昆山"田土高仰,物产瘠薄,不宜五谷,多种木棉。土人专事纺织"[①];浙江余姚"民种棉为业"[②];江苏太仓"州地宜稻者亦十之六七,皆弃稻袭花"[③];湖北蕲水"邑人入夏以来,于地之亢爽者多种棉花,七月十五以后,从而拾之,纺而织之,机杼之声,户相闻焉"[④]。大量集中种植棉花,说明这时农业产品的商品化速度正在加快。

再如,"唐宋派"作家茅坤父子三人皆以桑致富。茅坤的父

---

① 归有光:《论三区赋役水利书》,见《震川先生集》卷之八,第167页,上海古籍出版社1981年版。
② 徐光启:《农政全书》卷三五,四库全书本。
③ 明崇祯《太仓州志》卷一五。
④ 《古今图书集成》方舆汇编职方典黄州府部第一一七八卷,第18377页。

亲"治生业,喜种桑,则树桑万余唐家村上"①。茅坤的弟弟茅艮"树桑且数十万树,而君并能深耕易耨,辇粪畲以饶之","君之田倍乡之所入,而君之桑则又什且百乡之所入,故君既以田与桑佐府君起家,累数千金而羡"②。而这样大规模地种桑树,非雇佣农工不可。③

大规模的集中生产和大量存在的雇佣劳动,是发展商品农业所必需的,也是经营地主进行农业商品生产的必要条件。浙江嘉善"无产者受直雇倩有长工、短工、闲工、忙工之别,计岁受直者曰长工,计时者曰短工,闲时曰闲工,忙时曰忙工"(清光绪《嘉兴县志》卷五引万历志);江西新城"农之家什九,农无田者什七,……受直而助其耕者曰工"(《江西志》卷一七二);湖北蕲水"最贫者为人佣工,或计岁或计日而岁值焉"(《蕲水县志》卷一八)。这些雇佣关系明以前也同样存在,然而,明代的雇佣关系没有人身依附性质,雇主和雇工是平等的,并通过契约形式固定下来,雇佣关系建立在货币关系上,这种关系已经具有资本主义性质。

资本主义萌芽在手工业特别是纺织业领域体现得更加充分。一是工场手工业出现,"机户出资,机工出力,相依为命"④。二是由小业主上升为工场主或商人直接投资工场,如张翰先祖毅庵公"购机一张,织诸色纻币,备极精工,每下一机,人争鬻之,

---

① 唐顺之:《茅处士妻李孺人合葬墓志铭》,见《唐荆川文集》卷一五,四部丛刻初编本。
② 茅坤:《亡弟双泉墓志铭》,见《茅坤集·茅鹿门先生文集》卷二三,浙江古籍出版社1993年版。
③ 据庄元臣《曼衍斋草》记载:"凡桑地二十亩,每年雇长工三人,每人工银二两二钱,共银六两六钱。每人 箅饭米二升,每月该饭米乙石八斗,逐月支放,不得预支。每季发银二两,以定下用。四季共该发银八两。其叶或梢或卖,俱听本宅发放收银,管庄人不得私自作主,亦不许庄上私自看蚕。"
④ 《明实录》世宗实录卷三六一,第6741页,台北:中央研究院历史语言研究所校印。

计获利当五之一。积两旬，复增一机，后增至二十余。商贾所货者，常满户外，尚不能应。自是家业大饶。后四祖继业，各富至数万金"①。三是有了自由雇佣者和劳动力市场，如苏州"市民罔藉田业，大户张机为生，小户趁织为活。每晨起，小户百数人口，嗷嗷相聚玄庙口听大户呼织，日取分金为饔飧计。大户一日之机不织则束手，小户一日不就人织则腹枵，两者相资为生久矣"（蒋以化《西台漫记》卷四）。这些工场已经开始进行专业分工，而原材料靠市场配置，产品则投放市场。万历时，"永（嘉）之双线布，乐（清）之斜文布，独为他郡最，或有出于男子所织者"（明万历《温州府志》卷二）。

此外，长江流域的瓷器业、造纸业也很发达，同样出现了资本主义萌芽。如江西景德镇"民以陶为业，弹丸之地，商人贾舶与不逞之徒皆聚其中"（《江西省大志·陶书》），"佣工皆聚四方无籍游徒，每日不下数万人"（萧近高《参内监书》）。这些佣工来去自由，"工兴则挟佣以争，工毕则鸟兽散"②。江西铅山以造纸为业，"其地多宜于竹，水极清洌，纸货所出，商贾往来贩卖"（《铅山县志》卷一），万历时有"纸厂槽户不下三十余槽，各槽帮工不下一二千人"（陈九韶《封禁条议》），这几万槽工当然也是自由劳动者，靠出卖劳动力生活。

商品经济的发展促进着商业资本的积累。据宋应星《天工开物》统计，万历间徽商资本总额达3000万两白银，比当时国库收入超出一倍。新安大贾"藏镪有至百万者"③。为了促进商品流通和资金周转，商人会馆纷纷建立，汇款制度也开始出现，国内市场现出雏形。

---

① 张翰：《异闻纪》，见《松窗梦语》卷之六，第119页，北京：中华书局1985年版。
② 王世懋：《饶南九三府图记》，丛书集成初编本。
③ 谢肇淛：《五杂俎》卷四，国学珍本文库本。

商品经济的发展推动着城市的繁荣,长江流域出现了一大批充满活力的城市和集镇。除成都、武昌、南京、苏州、扬州、杭州等原已著名的城市外,在商品经济的刺激下,又出现了一批颇有特色和影响的城市和集镇。

例如,汉口在明以前还只是一片沼泽,明成化中汉水改道,陆地得以成片,陆续有人盖房定居。正德初,知县蔡钦在此筑堤捍水,拓荒造田,汉口仍不见著名。嘉靖时设汉口镇巡检司,汉口已是一个颇有名气的商镇。到万历时,"汉口不特为此省咽喉,而云贵、四川、湖南、广西、陕西、河南、江西之货皆于此转销输焉",一举成为"九州名镇","水陆之冲,舟车辐辏,百货所聚,商贾云屯,其山川之雄壮,民物之繁华,南北两京而外,无过于此"(孙家淦:《南游记》)。汉口依赖长江和汉水这两大交通动脉,在商品交换中扮演着日益重要的角色,成为后来居上的城市。汉口上游的沙市也是重要的商品集散地,除棉纺、造船、制漆等十分发达外,竹木加工、药材等行业也很有影响。万历间,沙市人口已达20余万,俨然一大商业都会。

此外,长江沿岸还出现了许多具有专业性质的市镇,促进了商品经济的发展。如前面提到的江西景德镇是著名的瓷都,江西樟树镇则是川陕诸省中药材集散地,苏州盛泽镇是有名的丝绸生产销售中心,而浒墅关以盛产草席而著名,枫桥镇则是繁华的米市,湖州乌青镇是江南著名的桑业市场,而双林镇则是江南最大的生丝市场,这些专业市场的形成,有力地促进着商品经济的发展。

二 社会风习与个性解放思潮

商品经济的发展和城市的繁荣改变着人们的生活习惯,也冲击着传统的思想观念和道德观念。

在生活上,人们不再以节俭为荣,而是追求豪华的居所,丰腴的饮食,艳丽的服饰,恣意的游乐。

房居方面,按照明制,百姓房屋只准三间五架,然而,明中叶以后,"江南富翁,一命未沾,辄大为营建。五间七间,九架十架,犹为常耳,曾不以越分为愧"①。苏州富商和士大夫竞相夸耀,其园林回廊层台,重楼叠馆,金碧辉煌,叹为观止。明代保存至今的徽州歙县民居,其占地之广、设计之巧、建筑之精,仍然令人惊叹。

饮食方面,也变化惊人。据许敦俅《敬所笔记》记载:"当初设席待客,前面空果菓罩五个,槟榔盒四个,每个四格,一糖色,一细壳,一小菜,一咸菜。案牲味五盘,盘亦大,而装亦满。又用点心一盘,如肉包、松团之类。汤三盏,先粉汤,末鱼汤。其鱼汤号为撬臀汤,以言客将去也。近身盐醋二碟,更无他物,待新亲亦不外此。……今则席上约数十味,水陆具备,必觅远方珍异之物,然后发帖,非此主不足以申敬也。至如鳝鳖鳗鲡,当时名为厌饨之物,每勒价银三四厘,今以此厚待尊客,每斤索价银二分之外,以奇异也。"

服饰方面,明初也有定制。"如翡翠珠冠、龙凤服饰,惟皇后、王妃始得为服;命妇礼冠四品以上用金事件,五品以下用抹金银事件;衣大袖衫,五品以上用纻丝绫罗,六品以下用绫罗缎绢,皆有限制。今男子服锦绮,女子饰金珠,是皆僭拟无涯,逾国家之禁者也"②。江西赣州"不分贵贱,不论贤愚,戴方巾,被花绣,躧朱履黄装银顶"(清顺治《赣州府志》卷三)。浙江温州"今富家子弟多以服饰为炫耀,逮舆隶亦穿绸缎,侈靡甚矣"(明万历《温州府志》卷二)追求侈靡已经成为一种时尚,无人可以抗拒。范濂便无奈地说:"余最贫,最尚俭朴,年来亦强服色衣,乃知习俗移人,

---

① 唐锦:《龙江梦余录》卷四,见《说郛》续引十八。
② 张瀚:《风俗记》,见《松窗梦语》卷之七,第140页,北京:中华书局。

贤者不免。"①

　　游山玩水历来是达官贵人和文人学士的闲情雅兴,然而,到了明中后期,商业性的旅行活动得到迅速发展,所谓"其书冠鲜服画船箫鼓遨游于山水间者,类皆商贾之徒,胥吏之属及浮浪子弟,倡优仆隶而非有田者也"②。杭州西湖、苏州虎丘,商贾云集,游人如织,游船、戏馆、青楼、赌局,一派繁荣景象。江南乡村还有借助庙会、香市、踏青等各种名目开展的旅游、宗教、商业三位一体的活动,也热闹非常。

　　商品经济的发展,生活方式的改变,必然带来人们思想观念的深刻变化。在中国传统社会里,士农工商,农本商末,一直是基本国策。而士乃四民之首,作为官僚的预备队,也一直为世所重。然而,到了明中后期,情况发生了变化,不仅许多农户转而经商,"人生十七八即挟资出商,楚、卫、齐、鲁靡远不到,有数年不归"③,"虽士大夫之家,皆以畜贾游于四方"④,"乡落大姓,居货而贾者,数不可记"(明嘉靖《江阴县志》卷二)。徽州是有名的商贾之乡,"徽州风俗,以商贾为第一等生业;科第反在次著"⑤。徽州人汪道昆说:"古时右儒而左贾,吾郡或右贾而左儒。盖诎者力不足于贾去而为儒,赢者才不足于儒反而为贾。"⑥传统的思想观念被彻底打破。"工商为本"或"工商皆本"的思想深入人心,如冯应京(《月令广义》)认为:"士农工商,各执一业;又如九流百工,皆治生之事也。"张又渠《课子随笔》也说:"男子治生为急,农

---

① 范濂:《云间据目抄》卷二,见《笔记小说大观》第十三册,第110页,影印上海进步书局本,扬州:江苏广陵古籍刊印社,1984年版。
② 郑若曾:《郑开阳杂著》卷一一,康熙本。
③ 王鏊:《震泽集》卷三,四库全书本。
④ 归有光:《白庵程公八十寿序》,见《震川先生集》卷之十三,第319页,上海古籍出版社1981年版。
⑤ 凌濛初:《二刻拍案惊奇》卷三七,第680页,上海古籍出版社1983年版。
⑥ 汪道昆:《明故处士滨阳吴长公墓志铭》,见《太函集》卷四七,明万历刊本。

工商贾之间,务执一业。"甚至在执政者眼里,也认为农商皆治国之本,不可偏废,万历朝内阁大学士湖北江陵人张居正便明确指出:"古之为国者,使商通有无,农力本穑。商不得通有无以利农则农病,农不得力本穑以资商则商病,故商农之势常若权衡。……故余以为欲物力不屈,则莫如省征发以厚农而资商;欲民用不困,则莫如轻关市以厚商而利农。"①这种思想观念的变化是划时代的。

在商品经济大潮中,"金令司天,钱神卓地",拜金主义思想甚嚣尘上,冲击着各种旧有的秩序和观念。尊卑长幼、亲戚朋友,这些基本的社会关系似乎都要用金钱来衡量。婚姻不论门第而论财货,交往不重信义而重利害,"举业至于抄佛书,讲学至于会男女,考试至于鬻生员,此皆一代之大变"②。商人阶级将金钱至上的观念渗透到社会生活的各个方面,统治阶级也抓紧时间尽情享乐。"在这个时代,连皇帝也殖私产了,金花银所入全充币帑,不足则更肆搜刮。太仓太仆寺所藏本供国用,到这时也拼命支取,藏于内府,拥实货做富翁。日夜希冀求长生,得以永保富贵。和他的大臣官吏上下一致地讲秘法,肆昏淫,明穆宗谭纶张居正这一些享乐主义者的死在醇酒妇人手中,和明神宗的几十年不接见朝臣,深居宫中的腐烂生活,正足以象征这个时代"③。

在这样一个"天崩地解"的时代,社会思想异常活跃。其中影响最为巨大的,是南方思想家们所创立的"心学"。

明代中叶,浙江余姚人王守仁(1472—1528年)创立"心学",提出"心外无物"、"心外无理"、"知行合一"、"致良知"等一系列思想,引导人们"来心上做工夫","灭人欲以存天理"。王守

---

① 张居正:《赠水部周汉浦榷竣还朝序》,见《张太岳集》卷之八,第99页,影印明万历刻本,上海古籍出版社1984年版。
② 顾炎武:《日知录》卷之十八"钟惺"条,第669页,长沙:岳麓书社1994年版。
③ 吴晗:《〈金瓶梅〉的著作时代及其社会背景》,《文学季刊》创刊号,1934年1月。

仁已经不像朱熹那样寄希望于封建制度本身的力量来重建理想社会秩序,而是把希望寄托于人们心中的"良知",这表明他已经在客观上丧失了对封建制度的信心。而他所谓的"良心"也有二重性。例如,他认为"良知""不待虑而知,不待学而能"[①],是与非,善与恶,全凭自己的良知来判断,并不需要他人指导。"我的灵明便是天地鬼神的主宰","求之于心而非也,虽其言出于孔子,不敢以为是也,而况其未及孔子者乎? 求之于心而是也,虽其言出于庸常,不敢以为非也,而况其出于孔子者乎?"(《传习录》中)这些思想肯定了主体意识的独立地位和积极作用,从根本上否定了传统和权威。王阳明主张独立思考和公开争鸣,反对言论控制和思想盲从。他说:"夫道,天下之公道;学,天下之公学也。非朱子可得而私也,非孔子可得而私也。天下之公也,公言之而已矣。故言之而是,虽异于己,乃益于己也;言之而非,虽同于己,适损于己也。"他主张尊重个性,"狂者便从狂处成就他,狷者便从狷处成就他"(同上)。这些思想,为明代中后期的个性解放思潮提供了理论武器。

王阳明心学后来出现分化,江苏泰州人王艮(1483—1540年)多讲"百姓日用之学",与下层群众保持着密切联系,认为"天理者,天然自有之理也;才欲安排如何,便是人欲",主张"百姓日用条理处,即是圣人之条理处,圣人知便不失,百姓不知便是失"[②],反对圣人与平民的区别,反对迷信和偶像崇拜,具有早期启蒙思想的特点,被人称为王学左派。泰州学派的后继者江西吉州人何心隐(1517—1579年)则反对将"天理"与"人欲"对立,主张"与百姓同欲",认为物质欲望是人的本性,无可厚非,"性而

---

① 王阳明:《大学问》,见《王阳明全集》卷二六,第971页,上海古籍出版社1992年版。下引此书只注篇名。
② 黄宗羲:《处士王心斋先生艮·心斋语录》,见《明儒学案》卷三二,第711—718页,北京:中华书局1985年版。

味,性而色,性而声,性而安逸,性也"①。他因此被湖广巡抚王之垣诬为"妖逆",杖杀于武昌(今属武汉市)。另一泰州学派学者江西南城人罗汝芳(1515—1588年)指出"圣人即是常人,以其自明,故即常人而名为圣人矣;常人本是圣人,因其自昧,故本圣人而卒为常人矣",提出"赤子之心""实天机之发",主张"解缆放船,顺风张棹,则巨浸汪洋,纵横在我"②,同样主张破除迷信,肯定个性的解放。

明中叶逐渐兴起的这股个性解放思潮对长江文学发展有着巨大而深刻的影响。这一时期的各种文学集团,各个文学派别,尽管主张不同,风格各异,都或多或少地受到时风的濡染,有的更直接体现了这一时代的精神。

三 活跃的长江文坛

朱明王朝建立后,不仅强化了中央集权的政治制度,也强化了严密控制的文化制度。开国皇帝朱元璋乃雄猜之主,虽然他的文学水平不高,但他对文章写作干预特多,常常以文字疑误杀人。文人缺少自由表达思想的空间,只能老老实实为现实政治服务,遵命制作,润色鸿业。正因为如此,明代前期的文坛颇为沉寂,主要由馆阁重臣们所把持,文章内容多为政治教化,风格则雍容典雅。

《明史·文苑传序》云:"明初,文学之士承元季虞、柳、黄、吴之后,师友讲贯,学有本原。宋濂、王祎、方孝孺以文雄,高、杨、张、徐、刘基、袁凯以诗著。其他胜代遗逸,风流标映,不可指数,盖蔚然称盛已。永、宣以还,作者递兴,皆冲融演迤,不事钩棘,

---

① 何心隐:《寡欲》,见《何心隐集》第二卷,第40页,北京:中华书局1960年版。
② 黄宗羲:《参政罗近溪先生汝芳·语录》,见《明儒学案》卷三四,第763—805页,北京:中华书局1985年版。

而气体渐弱。弘、正之间,李东阳出入宋、元,溯流唐代,擅声馆阁。"①比较准确地描述了明代前期文坛的面貌。明初的一些著名作家,均承元代文学余绪,没有能够形成自身的特点。接踵而至的,则是台阁体对文坛的统治。

需要指出的是,上面提到的明代前期文坛的代表人物全是长江流域的作家,长江文风的变迁引导着中国文学的发展。

下面简要介绍这些有代表性的作家。

宋濂(1310—1381年),字景濂,号潜溪,浦江(今属浙江)人。官至翰林学士承旨,著有《宋学士全集》。宋濂为人诚谨,颇得朱元璋信任,一时朝廷高文典册,多出其手,被视为"开国文臣之首"。他的文风在元代已基本形成,走的是"道从伊、洛传心事,文擅韩、欧振古风"的路子,即所谓"师友讲贯,学有本原"。他认为:"立言不能正民极、经国制、树彝伦、建大义者,皆不足谓之文也。"②入明后,写的都是"盛世之文","馆阁之文",无非"润色鸿业"而已。他的"雍容浑穆"的文风对后来的台阁体有着直接影响。

王祎(1322—1373年),字子充,义乌(今属浙江)人。官翰林待制,同知制诰兼国史编修,出使云南遇害。著有《王忠文集》。其生平出处,与宋濂类似,文学主张与文风也颇接近。王祎之文,与宋濂齐名。钱谦益认为:"国初之文,以金华(宋濂)、乌伤(王祎)为宗;诗以青丘(高启)、青田(刘基)。"③不过,他的文章比宋濂的道学气更重,而文学性实在不足。清人李慈铭便说:"华川(王祎)以文与宋潜溪齐名,开有明一代风气之先,今阅

---

① 张廷玉等:《明史·文苑传序》,新编《二十五史》影印清乾隆武英殿本,第8570页,上海古籍出版社、上海书店1986年版。
② 宋濂:《华川书舍记》,见《文宪集》卷二,四库全书本。
③ 钱谦益:《书李文正手书东祀录略卷后》,见《牧斋初学集》卷八三,第1758页,上海古籍出版社1985年版。

之,了不动人。"① 其实,这种"了不动人"的文章正是明初文风的基本特点。

方孝孺(1357—1402年),字希直,一字希古,宁海(今属浙江)人。出于宋濂之门。建文时,为侍讲学士,文学博士,备顾问,燕王朱棣攻陷南京,被俘不屈而死。著有《逊志斋集》。孝孺继承了宋濂的文统,主张文以明道,他说:"文,所以明道也,文不足以明道,犹不文也。"②不过,他的文章较有气势,有唐宋大家之风,为时人所不及。朱彝尊评其文云:"宣德以还,文字之禁渐弛,公文始显于世。其闳深博大,骎骎乎驰逐昌黎、眉山之间;至其谈理之文,渊懿醇正,虽淳熙诸儒不是过。"③这一评价,应该说抓住了其文风的主要特点。在明初馆阁之文中,孝孺之文算是较有生气的。

李东阳(1447—1516年),字宾之,号西涯,茶陵(今属湖南)人。天顺八年(1646年)进士,为翰林院庶吉士,累进文渊阁大学士,与刘健、谢迁同辅朝政,并称贤相。著有《李东阳集》。东阳为台阁重臣,主张"馆阁之文,铺典章,裨道化,其体盖典则正大,明而不晦,达而不滞,惟适于用"④。其为文尊曾巩,重道倾向颇为明显。"历官馆阁,四十年不出国门"⑤,文章缺少生活气息,未能脱离台阁习气。不过,由于他生活在国家多事之秋,只要接触现实,就不可避免地突破台阁体局限,而写出一些披肝沥胆之作,他的不少书信杂文,时有可观。他的文风既是台阁体的延续,又开启了明中后期的文学改革之风。

---

① 李慈铭:《越缦堂读书记》卷八,第664页,北京:中华书局1963年版。
② 方孝孺:《送牟元亮、赵士贤归省序》,见《逊志斋集》卷十四,四部丛书初编本。
③ 朱彝尊:《逊志斋文钞序》,见《曝书亭集》卷三六,第608页,上海商务印书馆1935年版。
④ 李东阳:《倪文僖公文集序》,见《怀麓堂集》卷二九,四库全书本。
⑤ 钱谦益:《列朝诗集小传》丙集,第245页,上海古籍出版社1983年新1版。

需要补充的是,在李东阳之前,"台阁体"已风靡文坛很久。自永乐至正统的半个世纪,社会比较安定,而文化专制主义却未见松动,"台阁体"应运而生。"台阁体"以"三杨"为代表,"三杨"即杨士奇、杨荣、杨溥。杨士奇(1365—1444年),名寓,以字行,号东里,泰和(今属浙江)人。杨荣(1371—1440年),初名子荣,字勉仁,建安(今福建建瓯)人。杨溥(1372—1446年),字弘济,石首(今属湖北)人。"三杨"先后入阁,执掌朝政机务,颇多政声,时人视为贤相,并谓奇有相业,荣有相才,溥有相度。他们的文章大都雍容典雅,词气安闲,有富贵之气,时号"台阁体"。他们的主要业绩在政事而不在文章,但由于他们的地位和影响,"台阁体"仍然左右文坛数十载。就文章而言,"三杨"之中,杨士奇成就最大,其次则是杨荣,杨溥则以"雅操"见称,不以文名。具体到杨士奇和杨荣,他们的文章又各有特点。杨士奇文章学习欧阳修,平正纡余,《四库全书总目》云:"仁宗雅好欧阳修文,士奇文亦平正纡余,得其仿佛,故郑瑗《井观琐言》称其文典则无浮泛之病,杂录叙事,极平稳不费力。"①杨荣文章则富赡温纯,更具盛世风范,《四库全书总目·杨文敏集提要》云:"荣当明全盛之日,历事四朝,恩礼始终无间。儒生遭遇,可谓至荣。故发为文章,具有富贵福泽之气。应制诸作,泱泱雅音。其他诗文,亦皆雍容平易,肖其为人。虽无深湛幽渺之思,纵横驰骋之才,足以振耀一世;而逶迤有度,醇实无疵,台阁之文所由与枯槁者异也。"②不过,总的来说,他们的文章都缺少创新,不足以代表明代文学的成就。

明代文坛的活跃,应该是从明中叶开始。这一时期,不仅社

---

① 纪昀等:《东里集提要》,见《四库全书总目》卷一七〇,第1484页,北京:中华书局1965年版。
② 纪昀等:《杨文敏集提要》,见《四库全书总目》卷一七〇,第1484页,北京:中华书局1965年版。

会生活更加丰富,人们的思想更加活跃,文学活动也较以前有了生气。在长江流域,不仅活跃着一批复古主义作家,而且出现了自由主义的创作动向。由于作家们主张各异,遂形成了不同的文学派别。较为著名的有前后七子、吴中诸子、唐宋派等,其中最能代表长江文风的是唐宋派。

"前后七子"是一个复古主义的文学流派,他们主张"文必秦汉,诗必盛唐",想通过学习古人的经典作品来提升文学的文化功能和社会影响。这一前后相续的文学流派影响很大,参与其中的作家并不限于长江流域,因而不能说它反映了长江文风。然而,长江流域的一些作家参与其中,发挥了特殊的作用和影响,又是必须予以承认的。下面仅以"后七子"中的王世贞、宗臣为例,以见一斑。

王世贞(1526—1590年),字元美,号凤洲,又号弇州山人,江苏太仓人。嘉靖二十六年(1547年)进士,历官刑部郎中、右副都御史、南京兵部右侍郎,终南京刑部尚书。著有《弇州山人四部稿》《弇山堂别集》等。王世贞与李攀龙同为"后七子"领袖人物,"攀龙殁,独操柄二十年。才最高,地望最显,声华意气笼盖海内。一时士大夫及山人、词客、衲子、羽流,莫不奔走门下,片言褒奖,身价倍起"①。在"七子"中,世贞不仅著述最为丰富,而且思想也最为活跃和开放,他的不少作品,其实已经突破了模仿古人的路子,能自由抒发真情实感。其书信随笔,已开晚明小品先河。其《艺苑卮言》,多有得之言,显示了深厚的艺术修养。《四库全书总目提要》云:"自古文集之富,未有过于世贞者。其摹秦仿汉,与七子门径相同;而博综典籍,谙习掌故,则后七子不及,前七子亦不及,无论广续诸子也。惟其早年自命太高,求名

---

① 张廷玉等:《明史·王世贞传》,新编《二十五史》影印清乾隆武英殿本,第8570页,上海古籍出版社、上海书店1986年版。

太急,虚怀恃气,持论遂至一偏。又负其渊博,或不暇检点,贻议者口实。故其盛也,推尊之者遍天下;及其衰也,攻击之者亦遍天下。平心而论,自李梦阳之说出,而学者剽窃班、马、李、杜;自王世贞之辈出,学者遂剽窃世贞。故艾南英《天傭子集》有曰'后生小子,不必读书,不必作文,但架上有前后《四部稿》,每遇应酬,顷刻裁割,便可成篇,骤读之,无不浓丽鲜华,绚烂夺目,细案之,一腐套耳'云云,其指陈流弊,可谓切矣。然世贞才学富赡,规模终极大,百货俱陈,真伪骈罗,良楛淆杂,而名材瑰宝,亦未尝不错出其中。知末流之失可矣,以末流之失而尽废世贞之集,则非通论也。"[1]这一评论是颇为全面的,也是颇为中肯的。

宗臣(1525—1560年),字子相,号方城山人,兴化(今属江苏)人。嘉靖二十九年(1550年)进士,官终福建提学副使。著有《宗子相集》。"七子"之文,一般以拟古为尚,宗臣虽也服膺李梦阳的复古理论,但其作文,却并非一味泥古。其描写世情和记叙御倭的一些文章,极有个性特色。如《报刘一丈书》描绘奔走权门的世风丑态,可谓入木三分,穷形尽相。《送许簿之海宁序》写选官者的居心行事,也能刻画入微,毫发毕现。《报子与书》、《西门记》、《七月西征记》、《九月西征记》等描写御倭情事,真实生动。《四库全书总目提要》便指出:"其《西门》、《西征》诸记,指陈时弊,反复详明,盖臣官闽中时,御倭具有方略,故言之亲切如是。"[2]由此可见,即使是复古派作家,只要有生活的积累,也能写出自然亲切的文章。宗臣的文章风格,也预示着新的文风的转变。

弘治年间,吴中活跃着一批以狂诞著称的文士,他们多才多

---

[1] 纪昀等:《弇州山人四部稿提要》,见《四库全书总目》卷一七二,第1508页,北京:中华书局1965年版。
[2] 纪昀等:《宗子相集提要》,见《四库全书总目》卷一七二,第1508页,北京:中华书局1965年版。

艺,放荡不羁,虽以文章为余事,但其文章却自有特色。祝允明、唐寅可为代表。祝允明(1461—1527年),字希哲,号枝指生,又号枝山,长洲(今江苏苏州)人。著有《怀星堂集》,以书法名海内。唐寅(1470—1523年),字伯虎,一字子畏,号六如,吴县(今江苏苏州)人。著有《唐伯虎集》,以绘画名海内。他们二人均以文才自放,不肯屈人。祝允明之文丰缛精洁,隐显抑扬,变化枢机,神鬼莫测,"横口横议,略无忌惮"①。《明史》本传称其"文章有奇气"②。唐寅诗文甚多,"尤工四六,藻思丽逸,翩翩有奇气"③。祝允明说:"子畏为文,或丽或淡,或精或泛,无常态,不肯为锻炼功,其思常多而不尽用。"④他们的文章大多不关国计民生,主要是一些书信随笔杂文之类,但能不受传统束缚,也不刻意雕琢,自由挥洒,给人以新奇之感。

与祝允明、唐寅同时的吴中著名文人还有文徵明和徐祯卿,时称"吴中四友",又号"吴中四才子"。文徵明、徐祯卿虽不以狂诞著称,但他们的内心里都有几分狂傲之气。文徵明(1470—1559年),初名璧,字徵明,以字行,更名征仲,别号衡山,长洲(今江苏苏州)人。书画俱精,尤好古文词。以岁贡生应吏部试,得授翰林院待诏。意不自得,上疏乞归。既归,不预世事,专心翰墨,艺愈精。四方乞书画诗文者,络绎不绝,多如愿。惟达官贵人富商巨贾绝不与。周、徽诸王以珍宝为贽求书画,也坚辞不受不与。著有《文徵明集》。其为文虽必以古人为师,但其序记题跋多有得之言,议论也时具慧眼,如其为人。徐祯卿(1479—1511年),字昌穀,吴县(今江苏苏州)人。弘治十八年(1505年)

---

① 王士禛:《香祖笔记》卷一,四库全书本。
② 张廷玉等:"《明史·祝允明传》,新编《二十五史》影印清乾隆武英殿本,第8575页,上海古籍出版社、上海书店1986年版。
③ 袁褧:《唐伯虎集序》,见《唐伯虎集》,上海广益书局1918年版。
④ 祝允明:《唐子畏墓志并铭》,见《怀星堂集》卷十七,四库全书本。

进士,授大理左寺副,坐失囚,贬国子博士。著有《迪功集》。祯卿为"前七子"之一,与李梦阳、何景明名相亚。其主要文学成就在诗,为吴中诗人之冠。文章也颇有特点,可惜享年短促,未能形成独立的风格。

"唐宋派"以推崇唐宋散文而得名,是一个纯粹的散文流派。其代表作家都是江南人,因而可以说是长江流域的一个文学流派。首倡者是唐顺之,继起者是茅坤、归有光。就文章创作而言,归有光成就最大。

唐顺之(1507—1560年),字应德,一字义修,人称荆川先生,毗陵(今江苏常州)人。嘉靖八年(1529年)会试第一,授翰林院庶吉士。改兵部主事、吏部主事,任翰林院编修,以病归。后被起任右司谏,因上疏世宗请朝见太子,削籍罢归。晚年复被起用,任兵部职方郎中,巡视蓟镇。拜佥都御史,巡抚淮阳,病卒。著有《荆川文集》。顺之为文学习欧阳修、曾巩,主张"直据胸臆,信手写出"。他说:"只就文章家论之,虽其绳墨布置,奇正转折,自有专门师法,至于中一段精神命脉骨髓,则非洗涤心源、独立物表、具今古只眼者,不足以与此。今有两人,其一人心地超然,所谓具千古只眼人也,即使未尝操纸笔呻吟,学为文章,但直抒胸臆,信手写出,如写家书,虽或疏卤,然绝无烟火酸馅习气,便是宇宙间一样绝好文字。其一人犹然尘中人也,虽其专专学为文章,其于所谓绳墨布置,则尽是矣,然翻来覆去不过是这几句婆子舌头语,索其所谓真精神与千古不可磨灭之见,绝无有也,则文虽工而不免为下格。此文章本色也。"[①]这种"直抒胸臆,信手写出"的文学主张和对文章"本色"的要求,应该说突破了拟古的藩篱,是不同于"前后七子"的复古理论的,对"公安派"的"独抒性灵,不拘格套"的理论也有直接启发。不过,唐顺之的文章,

---

① 唐顺之:《答茅鹿门知县二》,见《唐荆川文集》卷七,四部丛刻初编本。

真正具有"本色"的作品不是太多,其成就也就有限。

茅坤(1512—1601年),字顺甫,号鹿门,归安(今浙江湖州)人。嘉靖十七年(1538年)进士。官至大名兵备副使,因罪削籍回乡,病逝家中。著有《茅坤集》,编有《唐宋八大家文钞》。后者"盛行海内,乡里小生无不知茅鹿门者"①。茅坤赞成唐顺之等人为文要学习韩愈、欧阳修、曾巩的意见,但不主张照搬,他说:"为文不必马迁,不必韩愈,亦不必欧、曾,得其神理而随吾所之,譬提兵以捣中原,惟在乎形声相应,缓急相接,得古人操符致用之略耳。而至于伏险出奇,各自有用,何必尽其同哉!"②正因为如此,他的文章比唐顺之、王慎中的文章要自由活泼,有个人特色。王宗沐称其文"大都鞭霆驾风,如江河万状,不可涯涘,而其反复详略形势,淋漓点缀,悲喜在掌,则出司马迁、班固,而自得陶铸,成一家言。"③此言并不全是虚誉。只是他所编选的《唐宋八大家文钞》影响更大,反而掩盖了其文章的影响。

归有光(1506—1571年),字熙甫,号震川,昆山(今属江苏)人。"九岁能属文,弱冠尽通六经、三史、六大家之书,浸渍演迤,蔚为大儒"④,直到嘉靖四十四年(1565年)始中进士,任长兴县令,调顺德府通判,迁南京太仆寺丞,卒于任所。著有《震川先生集》。归有光以古文名世,为文为人均仰慕欧阳修。其文章成就,不仅在唐宋派中最为杰出,也超过同时的"后七子"。《明史》本传云:"有光为古文,原本经术,好太史公书,得其神理。时王

---

① 张廷玉等:《明史·茅坤传》,新编《二十五史》影印清乾隆武英殿本,第8578页,上海古籍出版社、上海书店1986年版。
② 茅坤:《复唐荆川司谏书》,见《茅坤集·茅鹿门先生文集》卷之一,第191页,浙江古籍出版社1993年版。
③ 王宗沐:《茅鹿门先生文集序》,见《茅坤集·茅鹿门先生文集》,第188页,浙江古籍出版社1993年版。
④ 钱谦益:《列朝诗集小传》丁集中,第559页,上海古籍出版社1983年新1版。

世贞主盟文坛,有光力相抵排,目为庸妄巨子。"①归有光以一介寒儒,敢于与文坛盟主王世贞对垒,也是因为他对文学有独到的理解,其文章创作也确在时人之上的缘故。他的文章题材广泛,佳作不少,而最为人们所激赏的是他所写的反映家人亲情的一类作品,如《项脊轩志》、《先妣事略》、《寒花葬志》等。这些作品记叙家庭琐事,自然亲切,"温润典丽,如清庙之瑟,一唱三叹,无意于感人,而欢愉惨恻之思,溢于言语之外"②。举《项脊轩志》一段为例:

> 然予居于此,多可喜,亦多可悲。先是庭中通南北为一,迨诸父异爨,内外多置小门墙,往往而是。东犬西吠,客逾庖而宴,鸡栖于厅。庭中始为篱,已为墙,凡再变矣。家有老妪,尝居于此。妪,先大母婢也,乳二世,先妣抚之甚厚。室西连于中闺,先妣尝一至。妪每谓予曰:某所而母立于兹。妪又曰:"汝姊在吾怀,呱呱而泣;娘以指叩门扉曰:'儿寒乎?欲食乎?'吾从板外相为应答……"语未毕,余泣,妪亦泣。余自束发,读书轩中。一日,大母过余曰:"吾儿,久不见若影,何竟日默默在此,大类女郎也?"比去,以手阖门,自语曰:"吾家读书久不效,儿之成,则有待乎!"顷之,持一象笏至,曰:"此吾祖太常公宣德间执此以朝,他日汝当用之!"瞻顾遗迹,如在昨日,令人长号不自禁。③

这样的文章,事皆寻常,甚或琐碎,而语皆平实,毫无雕饰,

---

① 张廷玉等:《明史·归有光传》,新编《二十五史》影印清乾隆武英殿本,第8579页,上海古籍出版社、上海书店1986年版。
② 王锡爵:《明太仆寺臣归公墓志铭》,见《震川先生集》附录,第981页,上海古籍出版社1981年版。
③ 归有光:《项脊轩志》,见《震川先生集》卷之十七,第430页,上海古籍出版社1981年版。

已经完全摆脱了陈腐的格套和程式,是真情的流露,是心灵的对话,令人不能不感动。描写家庭琐事,能够自然亲切而又动人心魄,出语平实而又字字珠玑,这样的文章以前还不多见。它对晚明小品文的影响是深刻而直接的。

第二节 公安派的文学思想

明代万历年间崛起的"公安派"是一个具有新的文学思想的文学流派,这种文学思想受到左派王学特别是受到具有叛逆倾向的思想家李贽的直接影响,也受到具有反传统思想的前辈作家的创作经验的启发,其"独抒性灵,不拘格套"的文学主张,实际上反映了明中叶以来个性解放思潮对于文学的要求,代表了文学个人化的发展趋势。

一 公安派及其思想渊源

"公安派"因其领袖人物和代表作家均系公安(今属湖北)人而得名。公安派的代表作家是公安"三袁",即兄袁宗道,弟宏道和中道。袁宗道虽然是公安派的开创者,但真正的领袖人物是二弟袁宏道。除此之外,黄辉、江盈科、陶望龄、雷思霈、梅蕃祚、丘坦、僧如愚等,都集合在"三袁"的旗帜下,推动着这场文学运动的发展。

袁宗道(1560—1600年),字伯修,号石浦。本姓"元",因"姓同胜国号,恐不利首榜",故更姓"袁"(见清康熙《公安县志》和《袁氏族谱》)。生而慧甚,十岁能诗,"二十举于乡,不第归,益喜读先秦两汉之书。是时济南(李攀龙)、琅琊(王世贞)之集盛行,先生一阅,悉能熟诵;甫一操觚,即肖其语。弱冠,已有集,自谓此生当以文章名世矣"①。万历十四年(1586年)会试第一,殿试二甲第一,选翰林院庶吉士。充东宫讲官,历春坊中允,至右庶子。卒于官,赠礼部侍郎。因享年不永,又性懒不多作,故其作品较其弟宏道和中道为少,有《白苏斋类集》。

袁宏道(1568—1610年),字中郎,号石公,宗道之弟,中道之兄。"年方十五六,即结文社于城南,自为社长。社友年三十以下者,皆师之,奉其约束,不敢犯。于举业外,为声歌古文词,已有集成帙矣"②。万历二十年(1592年)中进士,不愿出仕,归家下帷读书。三年后,选吴县令,不久,辞官。万历二十六年(1598年)入选京兆校官,授顺天府教授。后迁国子助教,补礼部主事。会宗道死,回乡隐居。万历三十四年(1606年)奉亲命入京,复为礼部主事,擢吏部验封司主事。移考功员外郎,立岁终考察群吏法。典试秦中,迁稽勋郎中。谢病归,卒于家。著有《袁宏道集》。

袁中道(1570—1626年),字小修,晚号凫隐居士,宗道、宏道之弟。"十余岁,作《黄山》、《雪》二赋,五千余言。长益豪迈,从两兄宦游京师,多交四方名士,足迹半天下"③。科场屡不得意,万历四十四年(1616年)始中进士,授徽州府教授。后历任南京礼部主事、南京吏部郎中。卒于官。著有《珂雪斋集》。

公安派滥觞于万历二十六年(1598年)。其时宗道任东宫讲官、春坊右庶子,宏道任顺天府教授,中道也在太学,于是兄弟三人乃于城西崇国寺蒲桃林结社。参与其间活动的有潘士藻、刘

---

① 袁中道:《石浦先生传》,见《珂雪斋集》卷之十七,第707页,上海古籍出版社1989年版。
② 袁中道:《吏部验封司郎中中郎先生行状》见《珂雪斋集》卷之十八,第755页,上海古籍出版社1989年版。下引此书只注篇名。
③ 张廷玉等:《明史·袁中道传》,新编《二十五史》影印清乾隆武英殿本,第8580页,上海古籍出版社、上海书店1986年版。

日升、黄辉、丘坦、谢肇淛、陶望龄、顾天峻、李腾芳、吴用先、苏惟霖、王辂、方文僎、钟起凤、王衱等。钱谦益《列朝诗集小传》云:"伯修在词垣,当王、李词章盛行之日,独与同馆黄昭素(辉)厌薄俗学,力排假借盗窃之失。于唐好白香山,于宋好眉山,名其斋曰'白苏',所以自别于时流也。"[1]可见公安派是以反复古主义的面貌出现在文坛的,他们的矛头主要对准前后七子。

公安派反对前后七子的文学复古主张,主要是反对他们的"假借盗窃",从古人那里讨生活,并非反对学习古人。他们主张"独抒性灵,不拘格套",则是鼓励人们"事今日之事,则亦文今日之文",摆脱思想束缚,给个性以解放,同时也给文学以解放。其思想渊源,首先来自于当时的社会,是社会的发展给了他们勇气和灵感。而直接给予他们思想启迪的,是当时的著名思想家李贽。

明代中后期的湖北,也是思想文化最活跃的地区之一。万历九年(1581年),泉州晋江(今属福建)人李贽在姚安府任满后带着妻孥离开云南来到黄安(今湖北红安),在黄安、麻城(今属湖北)住了15年,讲学著书,传播新思想。"三袁"便直接受其影响,他们的文集中多有反映。

袁氏兄弟曾多次拜访李贽,对其佩服至极。李贽也十分欣赏袁氏兄弟,同他们保持着密切联系。万历十八年(1590年)李贽到公安,宗道、宏道、中道兄弟三人一起去看望李贽,相见甚欢。次年,宏道又独自到麻城寻访李贽,留住三个月后,李贽将其送至武昌而别。万历二十年(1592年),中道访李贽于武昌。不久,袁氏三兄弟又一同访李贽于麻城龙潭,中道将此次访学问答记录为《柞林记谭》。宗道文集中保留有几封致李贽的信,可见其对李贽的崇敬之情。其一云:"忽得法语,助我精进不浅。

---

[1] 钱谦益:《列朝诗集小传》丁集中,第566页,上海古籍出版社1983年新1版。

又得读近诗,至'白尽余生发,单存不老心。远梦悲风送,秋怀落木吟',使我婆娑起舞,泣数行下。近作妙至此乎!"又一云:"不佞读他人文字,觉懑懑;读翁片言只语,辄精神百倍。岂因宿世耳根惯熟乎?云中信使不断,幸以近日偶笔频寄。不佞如白家老婢,能读亦能解也。笑笑。"①宏道对李贽的服膺也不在乃兄之下,中道在《吏部验封司郎中中郎先生行状》中说:"先生(指宏道)既见龙湖(李贽),始知一向掇拾陈言,株守俗见,死于古人语下,一段精光,不得披露。至是浩浩焉如鸿毛之遇顺风,巨鱼之纵大壑。能为心师,不师于心;能转古人,不为古转。发为语言,一一从胸襟流出,盖天盖地,如像截急流,雷开蛰户,浸浸乎其未有涯也。"宏道在任吴县令时,曾有一信致李贽,信中说:"幸床头有《焚书》一部,愁可以破颜,病可以健脾,昏可以醒眼,甚得力。"②中道曾为李贽作传,高度赞扬李贽的精神,称自己"虽好之,不学之",而"其人不能学者五,不愿学者有三"(《李温陵传》)。他写信给李贽称:"先生今之李耳,相去非遥,而自远函丈,深为可愧。"(《寄李龙湖》)又记:"新安夏道甫处出卓吾未刻书诗及尺牍,丰骨凛然,令人起敬。"(《游居柿录》卷一)于此可见,不仅三袁的思想受李贽启发,三袁的文风也受到李贽的濡染。尽管三袁各人的思想和风格都有不同于李贽处,但李贽对他们的影响是不可忽视的。至于钱谦益认为:"袁氏中郎、小修皆李卓吾之徒,其指实自卓吾发之。"③应该说是有充分根据的。

李贽(1527—1602年),初名载贽,字卓吾,号温陵居士,又号

---

① 袁宗道:《李卓吾》二首,见《白苏斋类集》卷之十五,第183—184页,上海杂志公司1935年版。下引此书只注篇名。

② 袁宏道:《李宏甫》,见《袁宏道集笺校》卷五,第221页,上海古籍出版社1980年版。下引此书只注篇名。

③ 钱谦益:《陶仲璞遯园集序》,见《牧斋初学集》卷三一,第918页,上海古籍出版社1985年版。

宏甫,晚号龙湖叟。嘉靖三十一年(1550年)举人。历任河南共城县教谕、国子监博士、南京礼部员外郎等职。李贽是王学左派"泰州学派"的传人,曾拜王艮之子王襞为师。他思想大胆深刻,语言尖锐泼辣,常言人所不敢言,"以吕不韦、李园为智谋,以李期为才力,以冯道为吏隐,以卓文君为善择佳偶,以司马光论桑弘羊欺武帝为可笑,以孔子之是非为不足据"①,被当时统治者目为异端。作为异端思想家的李贽的思想是十分丰富的,最能反映其思想面貌的《焚书》是在麻城(今属湖北)刊刻的,其《续焚书》、《藏书》等也大部分是在黄安(今湖北红安)、麻城完成的。他的学说出发点是人,是人的现实的物质生活。他认为"人必有私",追求"富贵利达"是人的本性,是人的合法权力。人间之道就是"穿衣吃饭","穿衣吃饭即是人伦物理,除却穿衣吃饭,无伦物矣。世间种种,皆衣与饭类耳"②。因此,他大胆地揭露假道学,认为"咸以孔子之是非为是非,故未尝有是非耳"③,公开宣布自己不愿学孔子之说;坚持鼓吹"尧舜与途人一,圣人与凡人一"④的平等观念,反对重男轻女,大胆招收女弟子;坚决主张尊重人的个性,反对迷信和盲从,他说:"道者,路也,不止一途;性者,心所生也,亦非止一种已也。"(《焚书·论政篇》)又说:"夫天生一人,自有一人之用,不待取给于孔子而后足。"(《焚书·答耿中丞》)在文学思想上,他提倡"童心"和"迩言",认为"夫童心者,绝假纯真,最初一念之本心也。若失却童心,便失却真心;失却真心,便失却真人",主张用真心、真情、真言来写真文,反对用统治

---

① 张问达疏劾李贽语,见《明实录》神宗实录卷三六九。
② 李贽:《答邓石阳》,见《焚书》卷一,第10页,北京:中华书局1974年版。下引此书只注篇名。
③ 李贽:《世纪列传总目前论》,见《藏书》卷首,第17—18页,北京:中华书局1974年版。
④ 李贽:《李氏文集·明灯道古录》。

者所提倡的"闻见道理"蒙蔽童心,以假人言假言,文假文。他尖锐地指出:

> 天下之至文,未有不出于童心焉者也。苟童心常存,则道理不行,闻见不立,无时不文,无人不文,无一样创制体格文字而非文者。诗何必古《选》,文何必先秦。降而为六朝,变而为近体,又变而为传奇,变而为院本,为杂剧,为《西厢记》,为《水浒传》,为今之举子业,大贤言圣人之道皆古今至文,不可得而时势先后论也。故吾因是而有感于童心者之自文也,更说甚么六经,更说甚么《语》、《孟》乎?(《焚书·童心说》)

李贽以"童心说"为依据,从根本上改变了对文学的看法。那些被正统文人所不齿的通俗文学,如杂剧、院本、《西厢记》、《水浒传》,在李贽看来,都是古今之至文。而"六经、《语》、《孟》,乃道学之口实,假人之渊薮也"。这些思想不仅是反传统的,而且是具有启蒙意义的。

对公安派文学产生影响的还有徐渭。袁宏道在《徐文长传》云:"余一夕坐陶太史楼,随意抽架上书,得《阙编》诗一帙,恶楮毛书,烟煤败黑,微有字形,稍就灯间读之。读未数首,不觉惊跃,急呼周望,《阙编》何人作者?今耶?古耶?周望曰:此余乡徐文长先生书也。两人跃起,灯影下,读复叫,叫复读。僮仆睡者皆惊起。盖不佞生三十年,而始知海内有文长先生。噫,是何相识之晚也。"宏道对徐渭作品的激赏,是因为这些作品正与他同道,他发现了徐渭文风对复古文学的强大冲击力。他在《与冯侍郎座主》中说:"宏于近代,得一诗人曰徐渭。其诗尽翻窠臼,自出手眼,有长吉之奇而畅其语,夺工部之骨而脱其肤,挟子瞻之辨而逸其气,无论七子,即何、李当在下风。"由此可见徐渭对宏道的影响。

徐渭(1521—1593年),初字文清,后改文长,号天池山人、青藤道士等,山阴(今浙江绍兴)人。诗文戏曲书画皆工,著有《徐文长集》、《南词叙录》、《四声猿》等。其为文主张"如贾生之通达国体,一疏万言,无一字不写其胸膈"①,嘲笑复古派模仿古人是"鸟之为人言"(《叶子肃诗序》),赞扬竹枝词"天机自动"(《奉师季先生书》)。他的文章有"真我",有"意气",不做作,不雕饰。"一扫近代芜秽之习",为公安派文学开辟了道路。他的戏曲创作更代表了当时的最高水平,为通俗文学的发展做出了贡献。他的创作经验对公安派作家,特别是对袁宏道有很大的启发。

二 公安派的文学思想

公安派作家在吸收前辈作家的文学思想和创作经验的基础上,提出了自己的文学主张,这种文学主张反映了时代发展的要求,因而很快产生了全国性影响,极大地推动了文学的发展。

首先揭橥公安派文学主张的是袁宗道,而对这种主张加以发挥并使之系统化、理论化的是袁宏道。

在三袁登上文坛的时候,正是李攀龙、王世贞所倡导的复古主义甚嚣尘上的时候,要宣传自己的文学主张,必须首先击退这股复古思潮。公安派作家宣传自己的主张正是从反复古开始。袁宗道在《论文》中批驳了李、王的复古理论,他说:

> 余少时喜读沧溟、凤洲二先生集,二集佳处,固不可掩,其持论大谬,迷误后学,有不容不辨者。沧溟《赠王序》谓"视古修词,宁失诸理"。夫孔子所云"辞达"者,正达此理耳,无理则所达何物乎"无论典谟《语》《孟》,即诸子百氏,谁非谈理者?

---

① 徐渭:《胡大参集序》,见《徐渭集》徐文长逸稿卷十四,第907页,北京:中华书局1983年版。下引此书只注篇名。

道家则明清净之理，法家则明赏罚之理，阴阳家则述鬼神之理，墨家则揭俭慈之理，农家则叙耕桑之理，兵家则列奇正变化之理，汉、唐、宋诸名家，如董、贾、韩、柳、欧、苏、曾、王诸公，及国朝阳明、荆川，皆理充于腹，而文随之。彼何所见，乃强赖古人失理耶？凤洲《艺苑卮言》不可具驳，其《赠李序》曰："六经固理薮，已尽，不复措语矣。"沧溟强赖古人无理，而凤洲则不许今人有理，何说乎？（《论文下》）

在宗道看来，不管是李攀龙的"强赖古人无理"，还是王世贞的"不许今人有理"，都是为了掩盖他们自己的胸无识见，"夫以茫昧之胸，而妄意鸿巨之裁，自非行乞左、马之侧，募缘残溺，盗窃遗矢，安能写满卷帙乎？试将诸公一编，抹去古语陈句，几不免曳白矣！"所以复古的病源"不在模拟而在无识"（同上）。宗道利用复古派理论的自相矛盾予以纠驳，为其寻找剽窃模拟的病源，认识是很深刻的，攻击也是有力的。

宏道对复古派的批判比宗道更为严厉，不留一点情面。他说："嘉、隆以来，所为名公哲匠者，余皆诵其诗读其书，而未有深好也。古者如赝，才者如莽，奇者如吃，模拟之所至，亦各自以为极，而求之质无有也。"（《行素园存稿引》）又说："近代文人，始为复古之说以胜之。夫复古是已，然至以剿袭为复古，句比字拟，务为牵合，弃目前之景，摭腐滥之辞；有才者诎於法，而不敢自伸其才，无之者拾一二浮泛之语，帮凑成诗。智者牵於习，而愚者乐其易，一倡亿和，优人驺从，共谈雅道。呼！诗至此，抑可羞哉！夫即诗而文之为弊，盖可知矣。"（《雪涛阁集序》）他嘲笑复古派"粪里嚼渣，顺口接屁，倚势欺良，如今苏州投靠家人一般。记得几个烂熟故事，便曰博识；用得几个见成字眼，亦曰骚人；计骗杜工部，囤扎李空同，一个八寸三分帽子，人人戴得"（《与张幼于》），在复古派的弊端已经暴露得异常充分的情势下，这些激烈的批判是很容易引起强烈共鸣的。

公安派作家批判复古思潮,不仅指出复古文学千人一面,剽窃模拟,而且从文学自身的发展否定了复古理论,从而提出了远比复古思想先进的文学发展观。这是公安派文学理论所以能够战胜复古派文学理论的重要原因之一,也是公安派文学思想较其他各派文学思想高明的地方。

宗道首先从语言的进化说明语言有古今、文学也有古今的道理。他指出:"口舌代心者也,文章又代口舌者也。展转隔碍,虽写得畅显,已恐不如口舌矣;况能如心之所存乎?故孔子论文曰:'辞达而已。'达不达,文不文之辨也。唐虞三代之文,无不达者。今人读古书,不即通晓,辄谓古文奇奥,今人下笔不宜平易。夫时有古今,语言亦有古今,今人所诧谓奇字奥句,安知非古之街谈巷语耶?"他列举《方言》所记楚语与明代楚语已然不同,以及《史记》五帝三王纪改古语从今字的例证,说明了古今语言的巨大变化,同时指出:"摘古字句入己著作者,是无异缀皮叶于衣袂之中,投毛血于肴核之内也。"(《论文上》)从语言的角度来肯定文学的进化,并且主张用活的语言来写作,这在当时是十分进步的思想,也为通俗文学争取应有地位提供了理论武器。

宏道同样主张文学进化论,不过,他的进化思想更侧重时代的变迁与文学独创性的内在要求。他举例说:"张、左之赋,稍异扬、马,至江淹、庾信诸人,抑又异矣。唐赋最明白简易。至苏子瞻直文耳,然赋体日变,赋心日工,古不可优,后不可劣。若使今日执笔,机轴尤为不同。何也?人事物态,有时而更,乡语方言,有时而易,事今日之事,则亦文今日之文而已矣。"(《与江进之》)又说:"文之不能不古而今也,时使之也。妍媸之质,不逐目而逐时。是故草木之无情也,而鞓红鹤翎,不能不改观于左紫溪绯。惟识时之士为能隄其而通其所必变。夫古有古之时,今有今之时,袭古人语言之迹而冒以为古,是处严冬而袭夏之葛者也。"

(《雪涛阁集序》)时代的变迁带来文学的发展,这是从外部来看文学的进化,而从文学内部来说,独创性要求则是其进化的内在规律。他说:

> 盖诗文至近代而卑极矣。文则必欲准于秦汉,诗则必欲准于盛唐。剿袭模拟,影响步趋。见人有一语不相肖者,则共指以为野狐外道。曾不知文准秦汉矣,秦汉人曷尝字字学六经欤!诗准盛唐矣,盛唐人曷尝字字学汉魏欤!秦汉而学六经,岂复有秦汉之文?盛唐而学汉魏,岂复有盛唐之诗?惟夫代有升降,而法不相沿,各极其变,各穷其趣,所以可贵。原不可以优劣论也。且夫天下之物,孤行则必不可无,必不可无,虽欲废焉而不能。雷同则可以不有,可以不有,则虽欲存焉而不能。故吾谓今之诗文不传矣。其万一传者,或今间闾妇人孺子所唱《擘破玉》、《打草竿》之类,犹是无闻无识真人所作,故多真声。不效颦于汉魏,不学步于盛唐,任性而发,尚能通于人之喜怒哀乐嗜好情欲,是可喜也。(《序小修诗》)

文学贵在独创,贵在孤行,反对模拟,反对雷同,所以随着时代的变化而变化是其内在要求。基于这样的认识,宏道肯定一切有独创性的作品,肯定一切真情实感的流露,无论它是否符合正统儒家思想和传统道德标准,他说:"昔老子欲死圣人,庄生讥毁孔子,然至今其书不废。荀卿言性恶,亦得与孟子同传。何者?见从已出,不曾依傍半个古人,所以他顶天立地。今人虽讥讪得,却是废他不得。"(《与张幼于》)这显然已有离经叛道之意。他接受了李贽的"童心说",十分强调"真",他说:"行世者必真,悦俗者必媚,真久必见,媚久必厌,自然之理也。"(《行素园存稿引》)又说:"大抵物真则贵,真则我面不能同君面,而况古人之面貌乎?"(《与丘长孺》)宏道还赞赏中道的诗,认为他的诗"大都独抒性灵,不拘格套,非从自己胸臆流出,不肯下笔。其间有佳处,亦有疵处。佳处自不必言,即疵处亦多本色独造语。然予则极喜其疵处。而所谓佳者,尚不能不以粉饰蹈袭为恨,以为未能尽脱近代文人气习故也。"(《序小修诗》)对江盈科作品中的"近平近俚近俳"之语也予以回护,称赞"进之(江盈科)才高识远,信腕信口,皆成律度,其言今人之所不能言与其所不敢言"(《雪涛阁集序》)。甚至从独创的角度来看,即使是第一个提倡模拟的前七子领袖李梦阳"自一人创之,犹不可厌。迨其后以一传百,以讹益讹,愈趋愈下,不足观矣"(《论文上》)。

宏道所提出的"代有升降,法不相沿",独抒性灵,不拘格套","信腕信口","任性而发","见从己出","本色独造"等等,是公安派对于文学的基本思想,是他们所举起的理论旗帜。应该说,这些思想不仅具有创造性,而且具有思想解放的丰富内涵。结合宏道作品中所云"耻纳无意儒,宁结有心贼"(《结客少年场》),"妾死情,不死节"(《秋胡行》)等语,可见其思想不仅是针对复古派的,也是针对传统封建礼教的。至于宏道对《水浒传》、《金瓶梅》以及《擘破玉》、《打草竿》的由衷赞扬[①],更可看出公安派的文学思想的反传统色彩和市民思想意识。

中道的文学思想基本同于二兄,他一生最为服膺的是李贽和宏道,他说:"本朝数百年来出两异人,识力胆力,迥超世外,龙湖、中郎非欤!"(《答须水部日华》)他把宏道比之为"文起八代之衰"的韩愈,十分赞同独抒性灵,反对剽窃雷同,他在《中郎先生全集序》中说:

---

① 袁宏道《听朱生说〈水浒传〉》云:"少年工谐谑,颇溺《滑稽传》。后来读《水浒》,文字益奇变。《六经》非至文,马迁失组练。一雨快西风,听君酣舌战。"对《水浒传》评价甚高。在与董其昌的信中说:"《金瓶梅》从何处来?伏枕略观,云霞满纸,胜于枚乘《七发》多矣。"(《与董思白》)可见其对《金瓶梅》的喜爱。

自宋、元以来,诗文芜烂,鄙俚杂沓。本朝诸君子,出而矫之,文准秦汉,诗则盛唐,人始知有古法。及其后也,剽窃雷同,如赝鼎伪觚,徒取形似,无关神骨。先生出而振之,甫乃以意役法,不以法役意,一洗应酬格套之习,而诗文之精光始出。

不过,由于中道生活年代较二兄略晚,其享寿又比二兄为高,故其不仅对公安派取代复古派的文学成就有全面的了解,而且对公安派末流所带来的文学弊病有清醒的认识,其持论也较二兄平和融通。他对文章的变化虽然持肯定态度,但他认为变化只是某种理论风格发展到一定程度的必然结果,即所谓"势穷则变",这里并无好坏之分。他说:

天下无百年不变之文章。有作始,自有末流;有末流,还有作始。其变也,皆若有气行乎其间。创为变者,与受变者,皆不及知。是故性情之发,无所不吐,其势必互异而趋俚。趋于俚,又将变矣。作者始不得不以法律救性情之穷,法律之持,无所不束,其势必互同而趋浮。趋于浮,又将变矣。作者始不得不以性情救法律之穷。夫昔之繁芜,有持法律者救之;今之剽窃,又将主性灵者救之矣。此必变之势也。(《花雪赋引》)

中道的这种"势穷则变"的思想与宏道的"法因于敝而成于过"(《与江进之》)的思想是一致的,主张以性灵救剽窃之弊的想法也与宏道吻合。不过,宏道主张"独抒性灵"是无条件的,甚至"宁今宁俗,不肯拾人一字"(《给冯琢庵》),"近平近俚近俳"也在所不避。而中道在性灵说已经大获全胜之时,在文坛风气偏于俚俗的形势下,又重新提出要向汉魏和唐诗学习的问题,以补弊纠偏。他在《蔡不瑕诗序》中说:"当熟读汉魏及三唐人诗,然后下笔。切莫率自矜臆,便谓不阡不陌,可以名世也。"中道的这一思想,是符合他所说的"势穷必变"的文学发展观的,但他对矫正公安派俚俗之弊的方法,却是从复古思想中讨生活,这就暴露出公安派文学理论缺少与现实生活的最紧密联系的弱点,仍然是一种书斋的理论。公安派代表作家都赞赏通俗文学而都未曾染指通俗文学,也能从侧面证实这一点。

第三节 公安派的文章风格

公安派的文学思想代表了当时先进文化的发展要求,其代表作家的人生观与价值观也具有突破传统思想束缚,提倡个性解放的深刻内涵。其"惟趣尚韵"的审美取向,迎合了逐渐强大的市民阶层的审美需求,具有反礼教反传统的意义。其"宁今宁俗"的语体风格,适应着文学普及和文化世俗化的需要,预示着文学从古代向现代的转变。小品文是公安派作家创作得最多也最能代表其文章风格的文体。

一 三袁的人生态度和审美追求

公安三袁的生活经历有很大不同,性格也不完全一样。中道在《吏部验封司郎中中郎先生行状》中曾谈到宗道与宏道的异同,他说:"当是时,伯修与先生,虽于千古不传之秘,符同水乳,而于应世之迹,微有不同。伯修则谓居人间当敛其锋锷,与世抑扬,万石周慎,为安亲保身之道。而先生则谓凤凰不与凡鸟共巢,麒麟不共凡马伏枥,大丈夫当独往独来,自舒其逸耳,岂可逐世啼笑,听人穿鼻络首! 意见各不同如此。"李贽评价二人也谓"伯也稳实,仲也英特",说明二人确有差异。而中道年少时颇为狂放,"既长,胆量愈廓,识见愈朗,的然以豪杰自命,而欲与一世之豪杰为友。其视妻子之相聚,如鹿豕之与群而不相属也。其视乡里小儿,如牛马之尾行而不可与一日居也。泛舟西陵,走马塞上,穷览燕、赵、齐、鲁、吴、越之地,足迹所至,几半天下"(《序小修诗》),又与二兄有别。吴调公说:"三袁性格,同具狂狷的特点,而个性各有不同:宗道落落寡合,纯朴自守,表现为处士气;宏道机锋横溢,慧眼过人,寓讽刺于调侃,表现为狂士气;中道感慨苍凉,似乎比他的两个兄长更多丘壑,袁宏道说他'有哀生失路之感',钱谦益说他'游于酒人,以豪杰自命',表现为侠士气。"[1]这种概括是比较准确的。

宗道最为敬仰的人物是唐代的白居易和宋代的苏轼,故以"白苏"名斋。他赞赏白居易、苏轼"敛其锋锷,与世抑扬",不赞成弟弟中道的狂傲自大,放浪形骸,他曾写信告诫中道:"云中老子念吾弟甚,每书来未尝不及弟。卓吾亦有书来,讯弟动定。又邑中人云:弟日来常携酒人数十辈,大醉江上;所到市肆鼎沸。以弟之才,久不得意,其磊块不平之气,固宜有此。然吾弟终必达,尚当静养以待时,不可便谓一发不中遂息机也。信陵知终不可用,故以酒色送其余年;陈思王绝自试之路,始作平乐之游耳。弟事业无涯,其路未塞。……闻邑中少年多恶习,不可不诱引之也。昨又闻吾弟作敦仁会,率诸友讲学。甚善!甚善!场事将近,且作时义。吾归隐之志已切,得弟中隽,即拂衣之行决矣。"(《寄三弟》)由于体弱多病,宗道常有退隐之心。然而,他的退隐,又有许多牵挂。而只要在任上,他总是兢兢业业,克尽职守,以至瘁极而卒。

宏道颇为放荡不羁,不愿受世俗束缚。考中进士后,不想出仕。做吴县县令,颇有政绩,因不堪折腰之苦,遂辞官而去。他所向往的是一种适意的生活,把个人身心放逸作为人生的理论境界。他在给龚惟长的信中谈到人生的真正快乐时说:

---

[1] 吴调公:《论公安三袁美学观之异同》,《文学评论》1986年第1期。

真乐有五,不可不知。目极世间之色,耳极世间之声,身极世间之鲜,口极世间之谭,一快活也。堂前列鼎,堂后度曲,宾客满席,男女交舄,烛气薰天,珠翠委地,金钱不足,继以田土,二快活也。箧中藏万卷书,书皆珍异;宅畔置一馆,馆中约真正同心友十余人,人中立一识见极高,如司马迁、罗贯中、关汉卿者为主,分曹部署,各成一书,远文唐、宋酸儒之陋,近完一代未竟之篇,三快活也。千金买一舟,舟中置鼓吹一部,妓妾数人,游闲数人,泛家浮宅,不知老之将至,四快活也。然人生受用至此,不及十年,家资田地荡尽矣。然后一身狼狈,朝不谋夕,托钵歌妓之院,分餐孤老之盘,往来乡亲,恬不知耻,五快活也。士有此一者,生可无愧,死可不朽矣。(《龚惟长先生》)

在宏道这里,一切传统信条和世俗偏见统统被自由生活的强烈愿望所否定,一切虚伪做作的伦理训诫统统被真率激切的个性解放要求所替代,立德、立功、立言的"三不朽"变成了以任性适意为核心的"五快活",这是人生观、价值观的彻底转变,这种转变是社会由古代向近代转型的过程中在社会意识形态上的一种反映。

中道虽然没有像宏道这样明确地提出自己的人生观和价值观,但他对任性适意的追求与宏道是一致的。他在《后泛凫记》中说:"不幸性耽烟水,每见清泉流水,则怡咏终日。故自戊申以后,率常在舟,于今六年矣。一舟敝,复制一舟。凡居城市,则炎炎如炙,独登舟则洒然。居家读书,一字不入眼;在舟中,则沉酣研究,极其变化。或半年不作诗,一入舟,则诗思泉涌。又冗缘谢而参求不辍,境界远而业习不偶,皆舟中力也。"这种愿意泛舟漂泊而不愿入市俗处的生活态度,也是极具时代特点的,同时也反映出公安派的人生观与价值观。

公安派作家追求任性适意的生活,反映在审美观上,则是追求"趣"和"韵"。宏道对此有清楚的表述。他在《叙陈正甫会心集》中说：

> 世人所难得者惟趣。趣如山上之色，水中之味，花中之光，女中之态，虽善说者不能下一语，唯会心者知之。今之人慕趣之名，求趣之似，于是有辨说书画、涉猎古董以为清，寄意元虚、脱迹尘纷以为远，又其下则有如苏州之烧香煮茶者，此等皆趣之皮毛，何关神情。夫趣得之自然者深，得之学问者浅。当其为童子也，不知有趣，然无往而非趣也。面无端容，目无定睛，口喃喃而欲语，足跳跃而不定，人生之至乐，真无逾于此时者。孟子所谓不失赤子，老子所谓能婴儿，盖指此也。趣之正等正觉，最上乘也。山林之人，无拘无束，得自在度日，故虽不求趣，而趣近之。愚不肖之近趣也，以无品也，品愈卑故所求愈下，或为酒肉，或为声伎，率心而行，无所忌惮，自以为绝望于世，故举世非笑之，不顾也，此又一趣也。迨夫年渐长，官渐高，品渐大，有身如梏，有心如棘，毛孔骨节，俱为闻见知识所缚，入理愈深，然其去趣愈远矣。

如果说李贽的"童心说"是从哲学层面提出问题的话，那么，袁宏道的"惟趣论"则是从审美层面提出问题，明显受李贽思想的影响。"童心"是最初一念之本心，是没有被道理闻见束缚的心的自然状态，而"趣"则是"童心"所表现出来的行为方式和情感方式。反映在文学作品中，"趣"则是一种审美取向，是一种能够表现作者自由个性和引导读者恢复个性自由的精神向导。

公安派作家不仅追求"趣"，而且追求"韵"。袁宏道在《寿存斋张公七十序》中说：

> 山有色，岚是也。水有文，波是也。学道有致，韵是也。山

无岚则枯,水无波则腐,学道无韵,则老学究而已。昔夫子之贤回也以乐,而其与曾点也以童冠咏歌,夫乐与咏歌,固学道人之波澜色泽也。江左之士,喜为任达,而至今谈名理者必宗之。俗儒不知,斥为放诞,而一一绳之以理,于是高明玄旷清虚澹远者,一切皆归之二氏。而所谓腐滥纤啬卑滞局局者,尽取为吾儒之受用,吾不知诸儒何所师承,而冒焉以为孔氏之学脉也。且夫任达不足以持世,是安石之谈笑,不足以静江表也;旷逸不足以出世,是白、苏之风流,不足以谈物外也。大都士之有韵者,理必入微,而理又不可以得韵。故叫跳反掷者,稚子之韵也;嬉笑怒骂者,醉人之韵也。醉者无心,稚子亦无心,无心故理无所托,而自然之韵出焉。由斯以观,理者是非之窟宅,而韵者大解脱之场也。

如果说"趣"是一种审美取向,那么,"韵"则是一种精神状态。有"韵"则有"趣",无"韵"则无"趣"。"韵"是自然呈现的,而非刻意做作的。而要有"韵",就必须解脱"理"的束缚,因为"理"是一种有意的安排,故不可以得"韵"。这样看来,公安派作家追求"趣"与"韵",也就是追求个性解放,反对礼教的思想束缚,它所代表的正是时代的精神和历史发展的必然要求。

二 公安派的文章风格

公安派并不只是散文流派,其代表作家在诗文创作方面都取得了相当的成绩,然而,真正能够代表他们文学成就和文体风格的还是小品文。

"小品"原为佛家语,原指略本佛经。刘义庆《世说新语·文学》云:"殷中军读小品,下二百签,皆是精微,世之幽滞。尝与支道林辩之,竟不得。今小品犹存。"刘孝标注曰:"释氏《辨空经》

有详者焉,有略者焉。详者为大品,略者为小品。"①支道林《大小品对比要钞序》也说:"文约谓之小,文殷谓之大。"可见"小品"指佛经略本,与详本相对而言。明末清初人借用这一称谓指篇幅简短的古文,以与那些宏篇巨制的政论文、史论文相区别,也与形式严整的八股时文相区别。实际上,小品文并不单指某一种文体,书信、随笔、游记、序跋等,一切形式短小、蕴涵深刻的文章,均可称之为小品。如果这一定义成立,那么,小品文的起源就甚早,晚唐至北宋已经形成气候。当然,真正自觉地关注这种文体,并在创作中形成自己的语体风格,还是应该从晚明开始。

在公安派诞生之前,长江流域就活跃着许多小品文作家,并且取得了相当的成绩。唐宋派代表作家王慎中、唐顺之、茅坤、归有光,都写过精彩的小品。吴中才子祝允明、唐寅、文徵明等,则以小品文著称于世。即使是复古派后七子中的王世贞、宗臣,也有优秀的小品文传世。而对公安派影响最为直接的则是李贽的小品文。

李贽的小品多为随笔,"快口直肠,目空一世"②,既尖锐泼辣,又幽默诙谐,能言人所不能言,言人所不敢言,具有解放思想的积极作用。例如他所写的《题孔子像于芝佛院》:

> 人皆以孔子为大圣,吾亦以为大圣;皆以老佛为异端,吾亦以为异端。人人非真知大圣与异端也,以所闻于父师之教者熟也;父师非真知大圣与异端也,以所闻于儒先之教者熟也;儒先亦非真知大圣与异端也,以孔子有是言也。其曰"圣则吾不能",是居谦也;其曰"攻乎异端",是必为老与佛也。

---

① 刘义庆:《世说新语》(徐震堮校笺)卷上,第124页,北京:中华书局1984年版。
② 焦竑:《李氏焚书序》,见《澹园集》附编一佚文辑录。第1181页,北京:中华书局1999年版。

> 儒先臆度而言之,父师沿袭而诵之,小人瞽聋而听之。万口一词,不可破也;千年一律,不自知也。不曰"徒诵其言",而曰"已知其人";不曰"强不知以为知",而曰"知之为知之"。至今日,虽有目,无所用矣。
>
> 余何人也,谓敢有目?亦从众耳。既从众而圣之,亦从众而事之,是故吾从众事孔子于芝佛之院。

文章虽短,却揭露了假道学不学无术、自欺欺人的虚伪本质,指出"万口一词"、"千年一律"的"大圣""异端"之分只不过是儒先的臆度之言,小人的瞽聋之听,其实并无多少根据,这无异于宣布正统思想的破产。像这种离经叛道之言,显然具有振聋发聩的作用。

即使是一些习以为常的现象,在李贽笔下,也能鞭辟入里,剔肉见骨。如他在《别刘肖川书》中说:

> 今之人皆受庇于人者也,初不知有庇人事也。居家则庇荫于父母,居官则庇荫于官长,立朝则求庇荫于宰臣,为边帅则求庇荫于中官,为圣贤则求庇荫于孔、孟,为文章则求庇荫于班、马。种种自视,莫不皆自以为男儿,而其实则皆孩子而不知也。

作者一针见血地指出当时人依赖父母、依赖社会、依赖权势、依赖偶像、依赖经典,而缺少独立人格、缺少创造精神的客观事实,语言虽然尖锐,但确能使人警醒。

从整体上说,公安派作家没有李贽那样深刻的思想和政治敏锐性,因而在对传统思想和封建礼教的批判上,在与社会腐朽势力的斗争中,远没有李贽坚定和勇敢。然而,他们却和李贽一样,都是性情中人,都敢于发表自己的意见,都能真诚真率毫无掩饰地表达自己的思想和情感,而在抒写性灵方面,他们比李贽

表现得更充分、更生动,也更具有文人的气质。中道在《李温陵传》中谈到自己不学李贽的原因时说:

> 其人不能学者有五,不愿学者有三。公为士居官,清节凛凛;而吾辈随来辄受,操同中人,一不能学也。公不入季女之室,不登冶童之床;而吾辈不断情欲,未绝嬖宠,二不能学也。公深入至道,见其大者,而吾辈株守文字,不得玄旨,三不能学也。公自少至老,惟知读书;而吾辈汩没尘缘,不亲韦编,四不能学也。公直气劲节,不为人屈,而吾辈怯弱,随人俯仰,五不能学也。若好刚使气,快意恩仇,意所不可,动笔之书,不愿学者一矣。既已离仕而隐,即宜遁迹名山,而乃徘徊人世,祸逐名起,不愿学者二矣。急乘缓戒,细行不修,任情适口,裔刀狼藉,不愿学者三矣。夫其所不能学者,将终身不能学;而其不愿学者,断断乎其不学之也。故曰:虽好之,不学之也。

中道的话是直率的,也是真诚的。他所说的"吾辈"自然包括一切世俗学者官僚,但也包括他自己,包括所有公安派作家。从这里,我们可以看到公安派作家与李贽的差距,可以看到李贽思想作风对于公安派的直接影响,也可以看到公安派作家的文章风格。

公安派作家在表白自己的生活态度时十分真诚和坦然,绝不刻意掩饰,更不虚伪做作。他们把自己的兴趣爱好、喜怒哀乐毫无保留地告诉朋友,告诉世人。从他们的这一类小品文中,我们看到的是一个个具有鲜明个性的充满生命活力的真实个体,是一副副妍媸并陈又血肉丰满的现实人生。例如,袁宗道在《寄三弟》中谈到自己与白居易的区别时说:

> 昔白乐天无子,止有一女金蟾,慧甚,后复不育,竟以无子。

吾此苦真同乐天。然乐天是世间第一有福人,吾那得比之。乐天趣高才大,文价远至鸡林;吾才思蹇涩,无所成名,一不同也。乐天罢守,即有粟千斛,有太湖石、华亭鹤、折腰菱等物;吾官十年,债负山积,室如悬磬,二不同也。乐天所居履道里宅,据东都之胜,花鸟鱼池,仿佛蓬瀛;吾家石浦之阳,滨于大江,即此鸠巢蜗庐,旦暮作蛟人窟,安望花草池台之乐,三不同也。乐天有妓樊素、小蛮,能舞《霓裳》;吾辈兢兢守官,那及此事,且吾乡固陋,真所谓经岁不闻音乐声者,四不同也。乐天官至三品,不为不贵;吾赋性肮脏,转喉触讳,早晚且归,终当老一校书郎,五不同也。乐天有元、刘互相酬唱,晚年与牛奇章诸公共为赏适;想故乡一片地,惟有杜门下楗而已,六不同也。乐天素健,年至八十,得风痹疾复愈,尚能留樊素及驼马;吾少年病后,骨体脆薄,多肉少筋,非寿者相,七不同也。吾与乐天不同者如此,惟无子一事,则酷似之耳。独乐天学禅,吾亦学禅。乐天太好快活,晚年岁月,多付之诗文歌舞中,此事恐未得七穿八穴;吾以冷淡无所事,只得苦参,将来或不作生弥勒院中行径,差强之耳。若果于此一大事了却,粪草堆头拾得无价宝,世间苦乐,何足道哉!

作者以自身遭际与白居易比较,所谓同者一、异者七,是真心话,也是伤心语,作者复杂的内心世界,毫无保留地袒露于字里行间,我们既感到自然亲切,又不能不为之感动。

宏道也与其兄一样,毫不隐瞒自己的生活态度,前面我们谈到他对人生真乐的理解,在与徐汉明信中,他明确表白自己的处世原则说:

弟观世间学道有四种人;有玩世,有出世,有谐世,有适世。玩世者,子桑伯子、原壤、庄周、列御寇、阮籍之徒是也。上下几千载,数人而已。已矣,不可复得矣! 出世者,达磨、马祖、临济、德山之属皆是。其人一瞻一视,皆具锋刃。以狠毒之心,而行慈悲之事,行虽孤寂,志亦可取。谐世者,司寇以后一派撮大,立定脚跟,讲道德仁义者是也。学问亦切近人情,但粘带处多,不能迥脱蹊径之外,所以用乘有余,超乘不足。独有适世一种人,其人甚奇,然亦甚可恨:以为禅也,戒行不足;以为儒,口不道尧舜周孔之学,身不行羞恶辞让之事。于业不擅一能,于世不堪一务,最天下不紧要人。虽于世无所忤违,而贤人君子则斥之惟恐不远矣。弟最喜此一种人,以为自适之极,心窃慕之。(《徐汉明》)

作者所最羡慕的是"适世"一种人,非儒非禅,亦儒亦禅,于业无能,于世无补,其实就是作者提到过的快活人。这种人所关注的不是传统的"立德、立功、立言"的三不朽,而是关注自己个人的内在感受,即是否做到了任性适意,所以宏道所云"适世"实际上是"自适",是一种追求个性解放的极端形式。这种追求正是公安派最能打动人的地方。

公安派作家把对"自适"的追求贯穿到其小品文创作中,主张"文章新奇,无定格式,只要发人所不能发,句法字法调法,一一从自己胸中流出"(《袁宏道集·答李元善》),就是好文章。因此,公安派小品大都形式活泼,个性鲜明,语言流利,情感充沛,注重抒发性灵,表现自适情怀,在晚明小品中可谓独树一帜。

最能体现公安派艺术创造精神的是山水游记小品和闲适小品。在这些小品文中,作者主要追求的是一种适意,也即对事物的自然而真切的感受和体会,意之所到,随适而止,不刻意追求其大,也不刻意追求其美,更不刻意追求其深刻,而正是在这种不经意之中,表现了作者随缘自适的一种情趣,作品也因此显得清新活泼而富有趣味。这种风格,正是公安派作家的自觉追求。

袁宏道是其杰出代表。

先看宏道的山水游记。

宏道所作山水游记甚多，苏杭一带的山水名胜他无不历览，有的是多次登临，写下了许多脍炙人口的游记小品，如《虎丘记》、《雨后游六桥记》、《晚游六桥待月记》、《五泄》、《天目》、《灵岩》、《天池》、《西湖》、《开先寺至黄岩寺观瀑记》、《由水溪至水心崖记》等。他在北方生活的时间不长，也写下了一些传世游记小品杰作，如《满井游记》、《华山记》等。举《晚游六桥待月记》为例：

> 西湖最盛，为春，为月。一日之盛，为朝烟，为夕岚。今岁春雪甚盛，梅花为寒所勒，与杏桃相次开发，尤为奇观。石篑数为余言：傅今吾园中梅，张功甫玉照堂故物也，急往观之。余时为桃花所恋，竟不忍去。湖上由断桥至苏堤一带，绿烟红雾，弥漫二十余里。歌吹为风，粉汗为雨，罗纨之盛，多于堤畔之草，艳冶极矣。然杭人游湖，止午、未、申三时，其实湖光染翠之工，山岚设色之妙，皆在朝日始出，夕舂未下，始极其浓媚。月景尤不可言，花态柳情，山容水意，别是一种趣味。此乐留与山僧游客受用，安可为俗士道哉！

作者没有具体描写游览西湖苏堤六桥的经过，而是把笔墨用在描写游湖的感受，而重点则在烘托春天西湖月夜的不可言状的"花态柳情，山容水意"，表达一种人与自然融为一体后的超逸情怀，个中趣味，非超尘出俗者不能领会。文章200来字，叙事、描写、议论融合无间，动态与静态错杂，确实传达出作者的独特感受，是晚明山水小品的杰作。

《雨后游六桥记》更短，也同样是可以见出作者性灵的佳构。全文如下：

> 寒食后雨,予曰:此雨为西湖洗红,当急与桃花作别,勿滞也。午霁,偕诸友至第三桥,落花积地寸余,游人少,翻以为快。忽骑者白纨而过,光晃衣,鲜丽倍常,诸友白其内者皆去其表。少倦,卧地上饮,以面受花。多者浮,少者歌,以为乐。偶艇子出花间,呼之,乃寺僧载茶来者。各啜一杯,荡舟浩歌而返。

作者抓住晚春雨后西湖落花的瞬间美景,写出自己的独特感受。那午后初霁的晴空,那满地积花的苏堤,那身穿白纨疾驰而过的骑者,那偶出花间载茶而来的寺僧和小艇,与他们这些享受自然之美的游客构成了多么和谐而又生动的画面,他们的喜悦是不可言喻的,而文章带给读者的享受也是巨大而又新鲜的。这正是公安派小品文对文学发展的独特贡献。江盈科在《解脱集二序》中说:"夫近代文人纪游之作,无虑千数,大抵叙述山川云水亭榭草木古迹而已,若志乘然。中郎所叙山水,并其喜怒动静之性,无不描画如生。譬之写照,他人貌皮肤,君貌神情。"[1]这一评价是符合实际的。

除宏道而外,宗道、中道的山水游记也很有特色。

宗道在京多年,游历了周围的山水名胜,写了不少游记小品,如《游西山》五篇描写北京西山碧云涧、香山一带山水寺宇的胜景,《上方山》四篇描绘上方山的峰洞寺庵,《小西天》两篇记叙小西天周围的景色,都能别出手眼,景新语新。描写家乡山水的游记更情深意切,别致感人。如《锦石洲》、《大别山》、《嘉鱼游记》、《岳阳纪行》等篇均各有特色,今举《岳阳纪行》一篇为例:

> 从石首至岳阳,水如明镜,山似青螺,蓬窗下饱看不足。最

---

[1] 江盈科:《解脱集二序》,见《江盈科集》卷八,第404页,长沙:岳麓书社1997年版。

> 奇者墨山,仅三十里,舟行二日,凡二百余里,犹盘旋山下。日朝出于斯,夜没于斯,旭光落照,皆共一处。盖江水萦回墨山中,故帆樯绕其腹背,虽行甚驶,只觉濡迟耳。过岳阳,欲游洞庭,为大风所厄。季弟小修秀才,为《诅柳秀才文》,多谑语。薄暮风极大,撼波若雷,近岸水皆揉为白沫,舟几覆。季弟曰:"岂柳秀才报复耶?"余笑曰:"同袍相调,常事耳。"因大笑。明日,风始定。

文章不足200字,既写了从石首至岳阳的行程,又描写了洞庭湖遇风,中间穿插与弟弟中道的调笑,轻松活泼,精练婉妙,不失为小品文精品。姚其麟说宗道"陡辟门户于趁舌应声世界,盖不必以词翰鳌名理,不必以名理碍性宗,又不必以词翰宗理规规上合乎秦、汉、唐、宋,而惟毕运我真,用诣万情,契生真,真生新,只见情情新来,笔笔新赴,亦不自知其笔之快于言,言之快于情。而为词翰,为名理,为性宗,种种头头,提人新情,换人新眼,称有明自辟大家也"①。说宗道为大家多少有些溢美,但所论宗道的文章风格是大体不错的。

中道平生喜欢游览,足迹几半中国,写下不少游记小品。有描写家乡山水名胜的游记,如《清荫台记》、《远帆楼记》、《杜园记》、《游荷叶山记》、《柳浪湖记》、《三游洞记》、《筼筜谷记》、《楮亭记》、《澧游记》、《游石首绣林山记》、《游龙盖山记》、《玉泉闲游记》、《游青溪记》、《游鬼谷记》、《游鸣凤山记》、《游君山记》、《游岳阳楼记》、《爽籁亭记》等,有描写江南山水名胜的游记,如《东游记》、《游黄山记》、《采石度岁记》等,还有描写北方山水名胜的游记,如《西山十记》、《塞游记》、《过真州记》、《游岱宗记》、

---

① 姚其麟:《白苏斋类集序》,见《白苏斋类集》卷首,第1页,上海杂志公司1935年版。

《西山游后记》等。这些游记都各有特点,体现出作者的灵心慧性。写于万历三十九年(1611年)的《游青溪记》等间有考证和援引,厚重而不失灵气,与其前期山水游记略别,可以看出中道矫正公安派末流浅俗的努力,从中也透露出明末文风变化的历史轨迹。为了反映中道小品文的基本风格,举《游石首绣林山记》为例:

  大江自三峡来,所遇无非石者,势常约结不舒。至西陵以下,北岸多沙泥,当之辄靡,水始得遂其剽悍之性。如此者凡数百里,皆不敢与之争。而至此忽与石遇。水汹涌直下,注射拳石。石崿崿力抵其锋,而水与石始若相持而战:以水战石,则汗汗田田,滮滮汧汧,劈之为林,蚀之为窍,锐之为剑戟,转之为虎兕,石若不能无少让者;而以石战水,壁立雄峙,怒狞健鸷,随其洗磨,籁荡之来,而浪返涛廻,触而徐迈,如负如北。千万年来,极其力之所至,止能损其一毛一甲,而终不能啮骨理而动龈齶。于是石常胜,而水常不胜,此所以能为一邑砥柱,而万世赖焉者也。

  予与长石诸公陟其颠,望江光浩淼,黄山如展旆,意甚乐之。已而见山下石磊磊立,遂走矶上,各据一石而坐,静听水石相搏,大如旱雷,小如哀玉。而细睇之,或形如钟鼎,色如云霞,文如篆籀。石得水以助,发其妍而益之媚,不惟不相害,而且相与用。予叹曰:"士之值坎懍不平,而激为文章以垂后世者,何以异此哉!"山以玄德娶孙夫人于此,石被绨锦,故名。其下即刘郎浦。是日同游者,王中秘季清、曾太史长石、文学王伯雨、高守中、张翁伯、王天根也。

  文章写石首(今属湖北)绣林山景色极有特点,作者抓住石水相持相激而形成的奇观,写出了自己的独特感受,语言新奇灵活,颇有个性,由水石相激的奇观联想到士坎懔不平而后激为文章,也自然贴切。当然,中道文章中多牢骚不平之气,不如他二兄通脱,这与他久困场屋有关,其实不难理解,其中也体现了他的独特个性。

公安派作家还写了不少闲适小品,大都具有灵气,或能新人耳目,或能怡人情怀,或能启人慧智,所以受到人们欢迎。袁宏道可为代表。他的许多杂著、信札、随笔,率性而发,传递着一种萧散闲适的情绪,真实地表现着自我。他在《识张幼于箴铭后》中谈到是应该做放达之人还是做缜密之人时说:"两者不相肖也,亦不相笑也,各任其性耳。性之所安,殆不可强,率性而行,是谓真人。今若强放达者而为缜密,强缜密者而为放达,续凫项,断鹤颈,不亦大可叹哉!"可以看作他对闲适的理解。

宏道在许多信札中表达了对于官场生活的厌倦和对闲适生活的向往,如在《与汤义仍》中对陶渊明好适厌劳的羡慕,在《与顾绍芾秀才》中对人的贪得无厌的鄙弃,在《答李元善》中对"世情当出不当入,尘缘当解不当结,人我胜负心当退不当进"的提倡,在《与伯修》中对辞去吴县令后漫游吴中山水的快乐心情的描绘,等等,都反映出相同的生活态度和价值取向。这里举《与丘长孺书》为例:

> 闻长孺病甚,念念。若长孺死,东南风雅尽矣,能无念耶?弟作令备极丑态,不可名状。大约遇上官则奴,候过客则妓,治钱谷则仓老人,谕百姓则保山婆。一日之间,百暖百寒,乍阴乍阳,人间恶趣,令一身尝尽矣。苦哉,毒哉!
>
> 家弟秋间欲过吴。虽过吴,亦只好冷坐衙斋,看诗读书,不得如往时,携侯子登虎丘山故事也。
>
> 近日游兴发不?茂苑主人虽无钱可赠客子,然尚有酒可醉,茶可饮,太湖一勺水可游,洞庭一块石可登,不大落寞也。

如何?

信中以做县令为苦,而以游览为乐,职内事出以讥刺语,而业余事付予真感情,这当然不是政治家应该有的态度,却正是袁宏道这样的文人对于为官的态度。我们如果因此认为他没有政治责任感,那就错了。宏道在吴县任内颇有政绩,很得民望,与其兄宗道虽不愿做官却认认真真办事一样。他后来在吏部任职时惩治猾吏,健全考核制度,也得到上级的肯定。他对于政治的厌倦,一是由于他那不愿受到羁绊的性格,但更重要的是他认为"时不可为,豪杰无从着手,真不若在山之乐也"(《又与冯琢庵师》),所以他对于闲适的追求是发自内心的,不是一种姿态,也不是一种调剂。正因为如此,他的闲适小品才给人真实、亲切、闲雅、适意之感。

当然,最能代表他的闲适小品风格的还是《瓶史》、《觞政》之类的杂著,《瓶史》记插花艺术,《觞政》述酒文化,它们反映的本来就是士大夫们的闲情逸致。以前我们对这类著作评价不高,主要是由于认为它们是为剥削阶级服务的。其实,随着社会经济的发展,人们的物质生活水平的提高,文化的需求、精神的需求也在逐步提高,晚明这类闲适小品的大量出现,正是社会经济发展在人们精神生活中的反映,而这种精神文化需求又会反过来促进社会经济的发展,因而不能一概加以否定。宏道写作《瓶史》、《觞政》,说明了他对于这种社会需求的敏感。这里不妨以《瓶史引》为例,以了解这类小品的风格:

> 夫韵人幽士,屏绝声色,其嗜好不得不钟于山水花竹。夫山水花竹者,名之所不在,奔竞之所不至也。天下之人,栖于嚣崖利薮,目眯尘沙,必疲计算,欲有之而有所不暇。故韵人幽士,得以乘间而踞为一日之有。夫韵人幽士者,处于不争之地,

而以一切让天下之人者也。惟夫山水花竹,欲以让人,而人未必乐受,故居之也安,而踞之也无祸。

  嗟乎!此隐者之事,决烈丈夫之所为,余生平企羡而不可必得者也。幸而身居隐见之间,世间可趋可争者既不到,余遂欲欹立高岩,濯缨流水,又为卑官所绊,仅有栽花莳竹一事,可以自乐。而邸居湫溢,迁徙无常,不得已乃以瓶胆贮花,随时插换。京师人家所有名卉,一旦遂为余案头物。无扦剔浇顿之苦,而有味赏之乐,取者不贪,遇者不争,是可述也。噫!此暂时快心事也,无狃以为常,而忘山水之大乐。石公记之。

  凡瓶中所有品目,条列于后,与诸好事而贫者共焉。

在这里,没有对于社会政治的关心,没有对于自身遭遇的感叹,只有对于生活美的自觉创造和享受,只有对于随适而乐的恬淡心情的培育与保护。这也许可以理解为知识分子对政治的疏离,但同样也可理解为知识分子对自我生命价值的探索与思考。当知识分子把对社会政治的关注和思考转向对个体生命价值的关注和思考的时候,其实已经反映了个体生命的觉醒和个性解放思潮的到来,这不是社会的退步,而是社会的进步。

第四节　竟陵派的文学理论与实践

  公安派之后,长江文坛出现了以竟陵人钟惺、谭元春为代表的文学流派,史称"竟陵派"。竟陵派继承了公安派"独抒性灵,不拘格套"的文学思想,同时又提出"学古"即学古人之精神以矫正公安派末流的浅率和俚俗,追求"灵"与"厚"和"灵"与"朴"的统一,形成了"幽深孤峭"的艺术风格。钟、谭的文章最有特色的仍然是小品文,他们的小品文在表现"幽情单绪"和"孤怀孤诣"方面,确实达到了很高的水平。

一 竟陵派及其文学理论

经过公安派作家的不懈努力,文学复古势力受到沉重打击,抒写性灵成为越来越多的文人学士们的自觉追求,这是个性解放思潮在文学领域的反映,也是时代发展的必然要求。然而,由于公安派的文学革新主要集中在传统诗文领域,并没有与当时真正代表市民文化需求的新文学——通俗文学结合起来,使之成为广大群众参与的文学运动,因此,在公安派旗手袁宏道于万历三十八年(1610年)去世之后,公安派缺少了领军人物,其影响便明显减弱。加之公安派末流以模仿宏道"少年偶尔率易之语"为能事,信心放笔,游戏楮墨,以至于"狂瞽交扇,鄙俚公行,雅故灭裂,风华扫地"[①],极大地败坏了公安派的名声。文坛酝酿着新的变革。就在宏道逝世的这一年,湖广竟陵(今湖北天门)人钟惺中进士,开始了他的改良文风的新的文学活动。

钟惺(1574—1625年),字伯敬,一字景伯,号退谷,别号退庵,中进士后自署止公居士,又曰晚知居士,临终受戒,自起法号断残。万历三十八年(1610年)进士,授行人司行人。后历任工部主事,南礼部仪制司主事,祠祭司郎中,福建提学佥事等职。天启三年(1623年)丁父忧回籍,遭参劾,病卒于故里。著有《隐秀轩集》等。

钟惺的文学活动与同为竟陵人的谭元春有关。谭元春(1587—1637年),字友夏,号鹄湾,别号蓑翁。少年高才,勇于自信,甚为钟惺赏识。但屡试不第,直到钟惺逝后两年才中举,为天启七年(1627年)乡试第一。崇祯十年(1637年)于赴京会试途中病故。

谭元春拥护钟惺的文学主张,两人"约为古学,冥心放怀,期

---

① 钱谦益:《列朝诗集小传》丁集中,第567页,上海古籍出版社1983年新1版。

在必厚"。万历四十二年—四十三年(1614—1615年),钟惺与谭元春编选唐及隋以前诗歌为《诗归》①,具体阐释他们的诗歌理论和美学思想。《诗归》一出,立即受到文坛普遍欢迎,"承学之士,家置一编,奉之如尼丘之删定"②,举世奉为金科玉律,以致"一时纸贵"。钟、谭的诗歌理论和美学思想深入人心,他们的诗歌创作也被当作典范为时人所效仿,时称"钟谭体"。由于钟、谭都是竟陵人,后人也把受他们影响或模仿他们风格的作者统称为"竟陵派"。

钟惺、谭元春之所以能在明末文坛上产生如此巨大的影响,是与他们的文学理论建树分不开的。在钟、谭之前,文学复古思潮已经在公安派的攻击下土崩瓦解,然而,公安派在否定复古派模拟、剽窃古人的同时,连复古派的学古主张也一概予以否定,在强调"见从己出,不肯依傍半个古人",主张"信心而出,信口而谈"的同时,有意无意地支持和鼓励了率易浅俗之作,使文学创作出现了新的流弊。钟、谭善于总结历史的经验教训,既注意从公安派甚至复古派理论中汲取营养,又尽量避免因理论偏颇而带来创作的毛病,从而提出了较为全面深刻的文学理论。

在对诗文本质的理解上,钟惺、谭元春站在公安派性灵说的立场上,拥护公安派"独抒性灵,不拘格套"的文学主张,继续高举公安派"独抒性灵"的旗帜。如钟惺在《陪郎草序》中说:"夫诗,道性灵者也,发而为言,言其心之所不能不有,非谓其事之所不可无,而必欲有言也。以为事之所不可无,而必欲有言者,声誉之言也。不得已而有言,言其心之所不能不有者,性情之言

---

① 《诗归》又名《古唐诗归》,分唐诗和隋以前诗两部分。单行时唐诗选部分称《唐诗归》,隋以前诗选部分称《古诗归》。
② 钱谦益:《列朝诗集小传》丁集中,第570页,上海古籍出版社1983年新1版。

也。"①把诗定义为"性情之言",也就是公安派所鼓吹的"性灵"。他在《寄吴康虞》信中声称,创作要"意于林壑近,诗取性情真",也是强调文学要抒写性灵。谭元春在《汪子戊己诗序》中也说:"夫作诗者,一情独往,万象俱开,口忽然吟,手忽然书。即手口原听我胸中之所流,手口不能测;即胸中原听我手口之所止,胸中不可强。"②他不赞成用格套、方法来限制作者,主张"法不前定,以笔所至为法;趣不强括,以诣所安为趣;词不准古,以情所迫为词;才不由天,以念所冥为才。"(《诗归序》)认为"真有性灵之言"才是"真诗",他说:"夫真有性灵之言,常浮出纸上,决不与众言伍;而自出眼光之人,专其力,一其思,以达于古人,觉古人亦有炯炯双眸从纸上还瞩人,想亦非苟然而已。"(《诗归序》)把"性灵之言"理解为完全个性化的"不与众言伍"的文学语言,从而求真求新,应该说是符合公安派的"独抒性灵,不拘格套"的文学主张的。故"世之论者曰:'钟、谭一出,海内始知"性灵"二字。'"③因此,后人把竟陵派看做是公安派的"变种"。

　　竟陵派反对剽窃模拟,主张独创,也与公安派一致。他们不仅反对模拟古人,而且反对模拟公安派,甚至反对模拟他们自己。因为他们看到了公安派末流模仿袁宏道出现的"打油钉铰"、"传响逐臭"(《与王稚恭兄弟》)的弊病。或者说他们之所以别出手眼,就是为了纠正文学界的模拟剽窃之风。当钟惺得知戴元长为潘稚恭诗集作序时历数近代名硕,曰"近得竟陵一体,情深宛至,力追正始"时,钟惺"逡巡踧踖,舌拣而不能举"。他说:"近相知中有拟钟伯敬体者,予闻而省愆至今。何则?物之有迹

---

① 钟惺:《陪郎草序》,见《隐秀轩集》卷第一七,第275—276页,上海古籍出版社1992年版。下引此书只注篇名。
② 谭元春:《汪子戊己诗序》,见《谭元春集》卷二三,第622页,上海古籍出版社1998年版。下引此书只注篇名。
③ 钱谦益:《列朝诗集小传》丁集中,第572页,上海古籍出版社1983年新1版。

者必敝,有名者必穷。昔北地、信阳、历下、弇州,近之公安诸君子,所以不数传而遗议生者,以其有北地、信阳、历下、公安之目,而诸君子恋之不能舍也。"(《潘稚恭诗序》)于此可见竟陵派主张独创、反对模拟的明确立场。

钟惺等人既然不赞成别人模仿他们的文风,更反对立宗建派,因而严格意义的竟陵派其实并不存在。文学史上所称竟陵派,是指那些受钟、谭文学思想影响,追求钟、谭诗文风格和审美情趣的一批作家。这里面既有热心褒扬钟、谭,帮助他们扩大影响,在当时具有较高社会地位的作家,如蔡福一、曹学佺等,也有倾心附和钟、谭,帮助他们壮大声势,与他们往来唱和的作家,如林古度、魏定如、周圣楷、商梅等,还有望风影从钟、谭的后起之秀,如茅元仪、徐波、朱隗、张溥、张采等,连钟惺的同年进士入清后大肆诋毁钟、谭的钱谦益,当时也是钟、谭的积极鼓吹者,追随也犹恐不及。因此,说当时文坛上有一个竟陵派,也绝非捕风捉影。

从文学思想上来说,正因为竟陵派重视独创,反对模拟,所以他们并不只是继承公安派的文学理论,而是在公安派的基础上有所发现,有所发展,有所创造,有所前进,形成了自己的理论特色。

竟陵派与公安派最大的差别,体现在对待学古的问题上。公安派作家主张师心匠意,不大重视学古,而竟陵派作家却十分重视学古。不过,竟陵派主张学古,与前后七子的主张复古迥异。他们主张学古,是想通过学古来求古人之真精神,以获得独抒性灵的灵感,而不是通过学古去模拟古人的词句,写出与古人类似的作品。这种学古,既强调了文学的继承性,又强调了文学的独创性,既与复古派划清了界限,又能够矫正公安派末流的浅俗,充分反映出竟陵派作家的理论创造性。钟惺在回顾自己的文学道路时说:

予少于诗文,本无所窥。成一帙,辄刻之,不禁人序,亦时自作序。大要取古人近似者,时一肖之,为人所称许,辄自以为诗文而已矣。侧闻近时君子有教人反古者,又有笑人泥古者,皆不求诸己,而皆舍所学以从之。庚戌(1610年)以后,乃始平气精心,虚怀独往,外不敢用先人之言,而内自废其中拒之私,务求古人精神所在。虽不能得古人一二,然举其所得之一二以示人,其为人耳目所不经见,及经见而略不厝意者,十固八九矣。(《隐秀轩集自序》)

在钟惺看来,拟古和反古都有失偏颇,只有在学古中"求古人精神所在",才能真正有属于自己的创造,也才能有性灵之言。他在《再报蔡敬夫》中说:"常愤嘉、隆间名人,自谓学古,徒取古人极肤、极狭极套者,利其便于手口,遂以为得古人之真精神,且前无古人矣。而近时聪明者矫之,曰:'何古之法,须自出眼光。'不知其至处又不过玉川、玉蟾之唾余耳,此何以服人?而一班护短就易之人得伸其议,曰:'自用非也,千变万化不能出古人之外。'此语似是,最能荧惑耳食之人,何哉?彼所谓古人千变万化,则又皆向之极肤、极狭、极套者也。是以不揆鄙拙,拈出古人精神,曰《诗归》,使其耳目志气归于此耳。"这说明,竟陵派的主张学古与复古派的拟古是完全不同的,竟陵派学古是为了得古人之真精神,而不是为了模拟古人作品的形式和格套;同时,竟陵派的学古又是为了补正公安派忽视学古而产生的浅俗之弊,从而击退复古派残余对公安派的攻击,以便进一步弘扬公安派的独抒性灵的理论。

正因为竟陵派主张通过学古来获得文学创作的真精神与新境界,来表现自己独特的艺术感受和抒发自己的独特的思想情感,因此,他们对独抒性灵的理解也就与公安派不完全相同,他们对真诗的理解和诗美的追求也与公安派异趣。例如，钟惺在《诗归序》中说："真诗者，精神所为也。察其幽情单绪，孤行静寄于喧杂之中；而乃以其虚怀定力，独往冥游于寥廓之外。如访者之几于一逢，求者之幸于一获，入者之欣于一至。不敢谓吾之说非即向者千变万化不出古人之说，而特不敢以肤者、狭者、熟者塞之也。"谭元春在《诗归序》中也说："夫人有孤怀，有孤诣，其名必孤行于古今之间，不肯遍满寥廓；而世有一二赏心之人，独为之咨嗟傍皇者，此诗品也。"钟惺甚至还说："诗，清物也。其体好逸，劳则否；其地喜净，秽则否；其境取幽，杂则否；其味宜澹，浓则否；其游止贵旷，拘则否。之数者，独其心乎哉！"（《简远堂近诗序》）钟、谭把"幽情单绪，孤行静寄"或者说把"孤怀"、"孤诣"作为独抒性灵的内涵，也即他们所强调的"灵"。然而，"灵"不是创作的极致，其极致是"厚"。钟惺在《与高孩之观察》信中说："诗至于厚无余事矣。然从古未有无灵心而能为诗者。厚出于灵，而灵者不即能厚。弟尝谓古人诗有两派难入手处，……非不灵也，厚之极，灵不足以言之也。然必保此灵心，方可读书养气，以求其厚。"在钟惺心目中，"灵"是"厚"的基础，"厚出于灵"；而"厚"是"灵"的积淀，"灵者不即能厚"，必须通过读书养气才能达成。这与谭元春所说的"冥心放怀，期在必厚"（谭元春《诗归序》），其实是一个意思，目的都是为了避免剽窃、模拟、雷同，同时也是为了矫正公安派末流的浅陋与俚俗。

　　竟陵派的文学主张主要通过《诗归》传播，故其影响也主要在诗歌方面。然而，钟、谭并非不重视文，而是因为他们认为文难于诗，故他们对文的论述相对较少，特色也不如论诗鲜明。钟惺曾说："国朝工诗者自多，而文不过数家，且不无遗憾，以此知文之难于诗也。"（《谭友夏》）他自己毕生追求的事业，不仅是诗的革新，也包括文的革新。他在《与蔡敬夫》信中说："惺无经世才志，而处一面实心实政未必后人，然终非惺之所近。若论最后着,恐终当属诗文。"这也说明竟陵派是一个诗文流派,而不仅仅是一个诗歌流派。

竟陵派作家论文与论诗的基本精神是一致的,也是既继承公安派的思想,又加以必要的修正,从而体现自己的特点。一方面,竟陵派主张为文要独抒性灵,不拘格套,特别欣赏苏轼的文章。另一方面,他们又不赞成公安派作家的信手信腕,明白直说,对于公安派作家注重苏轼文章的趣也不表赞同。钟惺在《东坡文选序》中说:

> 今之选东坡文者多矣。不察其本末,漫然以趣之一字尽之。故读其序记论策奏议,则勉卒业而恐卧,及其小牍小文,则捐寝食狗之。以李温陵心眼,未免此累,况其下此者乎? 夫文之于趣,无之而无之者也。譬之人,趣其所以生也,趣死则死。人之能知觉运动以生者,趣所为也。能知觉运动以生,而为圣贤为豪杰者,非尽趣所为也。故趣者,止于其足以生而已。今取其止于足以生者,以尽东坡之文,可乎哉? 是故老、庄者,出世之文之妙者也,毅然斥之不疑。商、韩者,经世之文之妙者也,竟鄙其人、陋其说而已。夫东坡而非文人也则可,东坡而文人也,岂有不知其文之妙者哉! 以为吾舍此自有真学问、真文章,理义足乎中而气达乎外,胆与识谡谡然于笔墨之下。取战国之风调,易以己所欲言,而其渊源相去远矣。世有病战国之文无当于道,而爱其文终不能废者,吾请以东坡之文代之。

在钟惺看来,苏轼文中的"趣"只是作文的基本要求,就好像人活着就能知觉运动一样,能知觉运动的人并不一定能成为圣贤豪杰,有"趣"的文章也不一定就是妙文。苏轼的文章之妙,除"趣"而外,就是他的文章中有真学问、真气概、真胆识,"理义足乎中而气达乎外,胆与识谡谡然于笔墨之下"。这也就是竟陵派作家所常说的"厚"。谭元春在《袁中郎先生续集序》中,特别提出宏道"卓大坚实之文,出自痛快俊颖之手",希望后学者不要"舍其大者不言,而于所为翰墨游戏、易于触目者,则赏之不去口,传之不崇朝,而法之不遗力也"。元春所说的"卓大坚实",也是"厚"的意思。提倡作文要"厚",就是为了矫正公安派末流的"薄"和"浅",而要达到"厚",则必须学古。从这里,我们既能看到竟陵派力矫时弊的理论创新,同时也能看到其致命的缺陷:他们不是从现实生活中去寻找出路,而是从古人那里讨生活,这是一种本末倒置,难免会走入歧途。钱谦益与钟惺同年进士,他在《列朝诗集小传·钟提学惺》中评价竟陵派说:"当其创获之初,亦尝覃思苦心,寻味古人之微言奥旨,少有一知半见,掠影希光,以求绝出于时俗。久之,见日益僻,胆日益粗,举古人之高文大篇铺陈排比者,以为繁芜熟烂,胥欲扫而刊之,而惟其僻见之是师,其所谓深幽孤峭者,如木客之清吟,如幽独君之冥语,如梦而入鼠穴,如幻而之鬼国,浸淫三十余年,风移俗易,滔滔不返。余尝论近代之诗,抉擿洗削,以凄声寒魄为致,此鬼趣也;尖新割剥,以噍音促节为能,此兵象也。鬼气幽,兵气杀,著见于文章,而国运从之,以一二轻才寡学之士,衡操斯文之柄,而征兆国家之盛衰,可盛叹悼哉!……钟、谭之类,岂亦五行志所谓诗妖乎?"[1]这样评价竟陵派,虽不能说毫无依旧,但毕竟不是实事求是的态度,说国运衰歇是因为受到竟陵派文风的影响,更是本末倒置之论。

二 竟陵派的文章风格

钟惺、谭元春为代表的竟陵派文学对明后期文坛有着决定性影响。《明史》云:"自宏道矫李、王诗之弊,倡以清真,惺复矫

---

[1] 钱谦益:《列朝诗集小传》丁集中,第571页,上海古籍出版社1983年新1版。

其弊,变而为幽深孤峭。与同里谭元春评选唐人之诗为《唐诗归》,又评选隋以前诗为《古诗归》。钟、谭之名满天下,谓之竟陵体。"①这里所说"竟陵体"似乎专指诗体,其实不然,钟、谭的文章也很有特色,其成就不亚于诗,只是由于《诗归》的影响特别巨大,才使其文名为诗名所掩。

钟惺之文,有序论志传书表铭赞等。这些文章,都有自己的一些特色。陆云龙《钟伯敬先生合集序》评论其文章说:"试就其集论之:疏爽气多,浑穆气少;隽永味多,醇醲味少;秀颖句多,古拙句少。予不敢高而抗之两汉,即先生亦不自失其己,故作邯郸步也。乃读其诸论,不尝发左氏、班、马之未竟,钩其隐深而出之乎?冷眼颖心,直是史之才识。至诸序,迴环应照,格局皆超,不经意语中,俱伏深情奥旨。读竟令人恍然。合其志传观之,肯刺几多作谀语欤?此其品又托文以见者也。他若尺牍写情晰事,笑语宛然;铭赞刻象绘形,镌镂酷至。粗服散头,靡不皆好,岂直照映一代耶!"②

从总体上说,钟惺创作的直接揭露社会现实矛盾、反映社会重大现实问题的文章数量并不太多,个性特点也不十分鲜明。钟惺文章的最突出特点是以"幽深孤峭"的格调来表现自己的"幽情单绪",形成竟陵派特有的风格。这类文章或体现为对自然景色的冷静观赏,或凝聚为对历史人物的独特解读,或浓缩为对人生遭际的细心品味,或表现为对孤怀孤诣的自由抒发,题材虽然传统,但作者却赋予了他们新的意义并用独特的形式来加以表现,故能给读者耳目一新之感。

钟惺最有特色的文章是论史之文和记游之文,文章均短小

---

① 张廷玉等:《明史·文苑四》,新编《二十五史》影印清乾隆武英殿本,第8580页,上海古籍出版社、上海书店1986年版。

② 陆云龙:《钟伯敬先生合集序》,见《隐秀轩集》附录一,第604—605页,上海古籍出版社1992年版。

精悍,属于小品范畴。

钟惺论史,能自出手眼,钩隐抉微,发人所未发,体现出不同流俗的"史之才识"。邹之麟《史怀序》称赞其史论"标一字与纷杂之中,弥见精详;竖一义于语言之外,弥见渊洽。比人缀事,各具端委,真足益人志意。作是观者,可第曰文人之书乎?"此言洵非过誉。举《史怀》中《留侯》一篇为例:

> 留侯一生作用,着着在事外,步步在人先。其学问操放,全在用人。立韩后则用梁项;谢羽鸿门,则用项伯,用樊哙;欲楚之勿西忧汉,则用田荣反书;捐关东以破楚,则用黥布,用彭越,用韩信;定太子则用四皓;而其大者,在全用沛公。故子房用汉,非为汉用者也。为韩报仇,是其用汉主意。博浪之椎,非轻于一试也,以为如是而可以报韩仇,则亦不必用汉。用汉非得已也,不得已而用汉,又肯使汉得以功臣待之乎? 故为韩报仇,子房自道出,非汉君臣能知之也。曷为欲使汉知其为韩报仇也? 恐汉得以功臣待之也。汉不得以功臣待之,而后可免于何之囚,参之醉、平之汙、信、越之族。子房于此不无戒心矣! 故曰,非得已也。使为韩报仇一语,子房不自道出,岂惟汉君臣不知,即司马迁亦不得而知之也。

作者论张良其人,紧紧抓住"用人"二字做文章,而以"为韩报仇"为关键。这不仅能够解释张良何以要帮助刘邦定天下,而且能够解释其何以能免萧何、曹参、陈平、韩信、彭越之祸。这种解释,实际上是否定张良有忠君观念,而只肯定他有爱国思想,确与历代史家认识不同。

钟惺的不少史论之文都有独到见解,且常常深入人物内心,揭其隐情。如说燕太子丹"一片苦心密计,即对鞠武时有难言者"(《史怀·燕太子丹》);说陆贾"盖子房之流,英雄有道术,而姑以辩士自晦者也"(《史怀·陆贾》);说卜式"不难于奇,难于其奇而能持久","盖得老氏之术而用者也"(《史怀·卜式》);说司马迁写《平准书》"非悲平准也,悲其所以不得不出于平准之故也",其实是讥"天子而同于负贩"(《史怀·平准》);而写《货殖列传》乃"借以写其胸中实用,又以补《平准书》之所未备也",即"《平准》言利,渐向剥削;《货殖》言利,渐向条理"(《史怀·货殖》)。这些奇谲而又深邃的见解,却能反映作者的孤怀孤诣,也体现了作者冷峻而新锐的史识。

在山水游记中,钟惺则常常以静观的方式去发现山水景物的幽奇峭美,较少直接抒发感情,这与公安派作家在游记文章中常常喜欢抒发情感恰成对照。如《浣花溪记》:

出成都南门,左为万里桥,西折,纤秀长曲,所见如连环、如玦、如带、如规,如钩,色如鉴、如琅玕、如绿沉瓜,窈然深碧,潆回城下者,皆浣花溪委也。然必至草堂,而后浣花有专名,则以少陵浣花居在焉耳。

行三四里为青羊宫,溪时远时近,竹柏苍然,隔岸阴森者尽溪,平望如荠,水木清华,神肤洞达。自宫以西,流汇而桥者三,相距各不半里。舁夫云,通灌县,或所云"江从灌口来"是也。人家住溪左,则溪蔽不时见,稍断,则复见溪,如是者数处。缚柴编竹,颇有次第。桥尽,一亭树道左,署曰"缘江路"。过此则武侯祠,祠前跨溪为板桥一,覆以水槛,乃睹浣花溪题榜。过桥,一小洲横斜插水间如梭。溪周之,非桥不通,置亭其上,题曰"百花潭水"。由此亭还,度桥,过梵安寺,始为杜工部祠。像颇清古,不必求肖,想当尔尔。石刻像一,附以本传,何仁仲别驾署华阳时所为也。碑皆不堪读。

钟子曰:杜老二居,浣花清远,东屯险奥,各不相袭。严公不死,浣溪可老,患难之于友朋大矣哉!然天遣此翁增夔门一段奇耳。穷愁奔走，犹能择胜；胸中暇整，可以应世。如孔子微服主司城贞子时也。时万历辛亥十月十七日。出城欲雨，顷之霁。使客游者，多由监司郡邑招饮，冠盖稠浊，磬折喧溢，迫暮趣归。是日清晨，偶然独往。楚人钟惺记。

文中描绘浣花溪景色不肆意夸张，也不极力渲染，一切娓娓道来，冷峻而沉着，都是作者独游时目接神会之所得。这样描写，为作者后段赞扬杜甫能于穷愁潦倒之际择胜而居的暇整胸怀做了极好的铺垫。而文章最后写到"使客游者，多由监司郡邑招饮，冠盖稠浊，磬折喧溢"，说明当日游浣花溪者绝非钟惺一人，而是人声鼎沸，冠盖稠浊，不过，这只是世俗的喧闹而非真正的游览，正与作者的"是日清晨，偶然独往"形成鲜明对照，作者的"幽情单绪"便更充分地体现出来。

《岱记》是钟惺游泰山的一篇游记。作者如实地记下沿途所见一碑一石，一峰一峦，以及日出日落，没有更多的赞叹之语，也没有眉飞色舞的激动之情，一切记述均在冷峻的静观之中。正是这种冷峻的笔调，使这篇游记所述事项更为翔实可信，而作者孤高耿介的个性与泰山俯视尘寰的伟岸形象谐和一致，构成了作品特有的峻美风格。张岱十分欣赏这篇游记，他在《琅嬛文集》中说："钟惺记岱而记事尽。"这样高度的评价，也透露了钟惺作品在当时的巨大影响。

钟惺还有一些书信和题跋文字，也写得颇有特点。限于篇幅，这里不再一一介绍。

竟陵派的另一代表作家谭元春的文章也为时人所称道。元春少有文名，性喜著述。十九岁为诸生后屡试不售，使得他对功名抱着"高兴为之不妨，高兴止之亦可"的无所谓的态度，而他的母亲也"平生喜诸子读书而不以荣进责望"，故其能尽心于文学。他在《寄陈玄宴书》中说："仆生平亦有一段精诚，不为浮名所欺，不为才气所怵,足以通于苍苍茫茫之人。"这绝非自诩。为了表示对八股"性不耐烦",他在考试中故意交上白卷,在魏忠贤专政期间,他甚至在试卷中批评时政,结果以"文奇"被黜;而对于文学,元春始终把它作为一种事业去追求,且抱负宏伟,态度也十分认真。

　　元春喜爱游览山水,他在《题游草集》中说:"予之好游山水也,其天资固然。"并立志布袜青鞋,读万卷书,行万里路。他的足迹几乎踏遍了东南山水。元春游览山水与常人不同,他常常行人所未行,也见人所未见,思别出手眼,期别有会心。"昔钟伯敬游泰山,谭友夏即去南岳,不肯雷同,归各出所见以相益"。① 游武当时,向导僧以元春未睹三天门为恨,而元春却以不走三天门为奇,因为他走了一条常人未走的路线。游览时间,一般人以春天为佳,而他却常常选择秋天。他在《题秋寻草》中说:"夫秋也,草木疏而不积,山川淡而不媚,结束凉而不燥。比之春,如舍佳人而逢高僧于绽衣洗钵也;比之夏,如辞贵游而侣韵士于清泉白石也;比之冬,又如耻孤寒而露英雄于夜雨疏灯也。天以此时新其位置,洗其烦秽,待游人之至。"正因为元春怀着如此幽独的审美意识,故其所作山水游记,确有一番新奇的意境。

　　元春写诗作文追求"灵"与"朴"的统一,他在《题简远堂诗》中说:"夫诗文之道,非苟然也,其大患有二:朴者无味,灵者有痕。故有志者常精心于二者之间,而验其候以为浅深。必一句之灵,能回一篇之运;一篇之朴,能养一句之神,乃为善作。"又说:"予进而求诸灵异者十年,退而求诸朴者七八年,于是谓灵与朴者,终隔而不合,而其意亦未尝不思以传也。"所谓"灵",即别出手眼,别有会心,道人所未道,言人所未言,写此时此景一番笔墨,写彼时彼景另一番笔墨,既不同于人,也不同于己。所谓

---

① 彭士望:《与贺子翼书》,见《彭躬庵文钞》,易堂九子文钞本。

"朴",即境界朴实,语言朴素,不雕琢,不刻画,使人有身临其境之感。应该说,在追求灵与朴相统一的审美风格上,元春的游记文达到了较高的水平。

例如,《游南岳记》写衡山雨后的阴晴变化:"近于庙,天乃雨。明日又雨,登峰者危之,驱车而上,不雨。及华岩峰,晴在络丝潭;及潭,晴在玉板溪;及溪,晴在祝高峰。若与晴逐者。""游人与云遇于途,云不畏人。"这些描写,确系灵心所得,既写出了南岳风景的变幻,又无刻画之痕,语言朴素自然,真实感人。同为写登上绝顶上的感觉,在祝融峰上看到的云海奇观,在武当金顶看到的顶以下诸峰"赤日直射,有光无色",在天柱峰所见又别是一番境界:"四顾平台,万山无气,近而五老、炉烛,远则南岩、五龙,在山下时了了能指其峰,今已迷失所在,惟知虚空入掌,河汉西流而已。"(《游玄岳记》)作者笔下的不同景色固然源于这些名山大川的自然差别,但没有敏锐的观察和独特的感受是难以表现出这些差别的。

即使在同一景点,元春也能发现其在不同时间呈现出来的不同特色。他在万历四十七年(1619年)七月三游乌龙潭所写的三篇游记,就是极好的例子。作者三游乌龙潭,时间相差不足半月,但每游都有新发现、新感觉。《初游乌龙潭记》写道碧环青的潭景和往来秋色的邻舟,令人十分艳羡。《再游乌龙潭记》写风雨大作、雷电交加时游潭的情景:

已而雨注下,客七人,姬六人,各持盖立幔中,湿透衣表,风雨一时至,潭不能主。姬惶恐求上,罗袜无所惜,客乃移席新轩。坐未定,雨飞自林端,盘旋不去,声落水上,不尽入潭而如与潭击。雷忽震,姬人皆掩耳欲匿至深处。电与雷相后先,电尤奇幻,光煜煜,入水中,深入丈尺,而吸其波光,以上于雨,作金银珠贝影,良久乃已。潭龙窟宅之内,危疑未释。是时风物倏忽,耳不及于谈笑,视不及于阴森,咫尺相乱;而客之有致者,反以为极畅。乃张灯行酒,稍敌风雨雷电之气。忽一姬昏里来赴,始知苍茫历乱,已尽为潭所有,亦或即为潭所生。而问之女郎来路,曰:"不尽然。"不亦异乎!

文章记潭中雷雨之状和描绘众客、众姬的精神状态可谓出神入化。《三游乌龙潭记》着重描绘深幽静谧的潭境以及朱垣点翠、晚霞四起、月照半潭的景色:

是时残阳接月,晚霞四起,朱光下射,水地霞天。始犹红洲边,已而潭左方红,已而红在莲叶下起,已而尽潭皆赪,明霞作底,五色忽复杂之。下岗寻筏,月已待我半潭,乃回篙泊新亭柳下,看月浮波际,金光数十道,如七夕电影,柳丝垂垂拜月。无论明宵,诸君试思前番风雨乎?相与上阁,周望不去,适有灯起荟蔚中,殊可爱。或曰:"此渔灯也。"

元春对乌龙潭的这些描写,选取的都是常人不大注意的景色,其描写的角度也与一般游记不同,体现了钟惺所谓"谭子好幽鉴"的创作特色。

除游记小品外,谭元春的序跋书札之类的小品也极有特色,同样体现了他对于"灵"与"朴"或"灵"与"厚"的追求,也反映出他的学识人品。如《期山草小引》:

己未秋闱,逢王微于西湖,以为湖上人也。久之复欲还茗,以为茗中人也。香粉不御,云鬓尚存,以为女士也。日与吾辈去来于秋水黄叶之中,以为闲人也。语多至理可听,以为冥悟人也。人皆言其诔茆结庵,有物外想,以为学道人也。尝出一诗草,属予删定,以为诗人也。诗有巷中语,阁中语,道中语,缥缈远近,绝似其人。荀奉倩谓妇人才智不足论,当以色为主。此语浅甚。如此人此诗,尚当言色乎哉!而世犹不知,以为妇人也。

文章甚短,却对女诗人王微的行为举止做了惟妙惟肖的描绘,对其诗歌风格也做了全面而准确的归纳,若非深有会心,何能及此!从这里,确实可以体会"幽情单绪"、"孤怀孤诣"是一种境界,绝非故做高深、标新立异而已。

《袁中郎先生续集序》也是一篇有见识、有情感的小品。文章虽是受袁宏道之子袁述之之请而作,却绝无敷衍之意,也无谄谀之词。其文云:

> 公安袁述之,行其先《中郎续集》而属予序。其言曰:"先子不可学,学先子者,辱先子者也。不为先子者,实是先子知己。惟子可以叙先子。"予爱述之,而敬其言。受稿于装,历辰、湘、湖、岳殆遍,目察公之用心,其议不待人发,而其才不难自变,其识已看定天下所必趋之壑,而其力已暗割从来所自快之情。予因思古今真文人何处不自信、亦何尝不自悔?当众波同泻、万家一习之时,而我独有所见,虽雄才辩口,摇之不能夺其所信。至于众为我转,我更觉进。举世方竞写喧传,而真文人灵机自检,已遁之悔中矣。此不可与钝根浮器人言也。往公之哭江进之也,有"悔其诗文妙理,生前未商"语;后寄黄平倩札,有"悔其《瓶花》诗文,俱有痕迹"语。夫公之妙于悔,何待公言哉?细心读《破砚集》,又似悔《潇碧》矣;细心读《嵩华游稿》,又似悔《破砚》矣。今察公《续稿》,其文章中卓大而坚实者,又似为古今人俱下一悔脚也。杨子悔少作,其意甚美,而观其晚作,又似不知悔不必悔者。予益以此叹公之根器识力,有大过

乎人者焉。《续集》出,其卓大坚实之文出自痛快俊颖之手,吾愿学公者从是悟文章之道矣。若舍其大者不言,而于所为翰墨游戏、易于触目者,则赏之不去口,传之不崇朝,而法之不遗力也,又未免令述之累息唏嘘,而独以予为知己矣。

文章对于"古今真文人"的"自信"和"自悔"予以充分肯定,突出说明宏道创作不仅不重复别人,而且不重复自己,这才符合公安派"独抒性灵"的要求,学宏道要学他的"根器识力",学他的"卓大坚实",学他的"痛快俊颖",而非学他的"翰墨游戏、易于触目者"。应该说,元春的这些意见,既是他学习宏道的心得,也是他的文学主张,其中渗透着他的真情实感和真知灼见。

第五节　公安派和竟陵派对长江文风的影响

公安派和竟陵派是明中后期最有影响的两个文学流派,他们的影响不仅体现在文学思想上,而且体现在文学风格上。他们对文学发展进化的理解,他们对文学独创性的认识,他们对文学个性化的追求,以及他们在创作中所体现出来的个性解放意识,都是此前作家所缺少或不足的。公安派、竟陵派的影响虽然主要在明后期,但入清以后他们的影响并未完全消歇,而到近代则再次受到人们的重视,显示出强大的生命力。

一　公安派的地位和影响

公安派顺应明中后期个性解放思潮,坚持文学进化的发展观,提出"独抒性灵,不拘格套"的文学主张,反对以"前、后七子"为代表的复古派的剽窃雷同,要求文学创作必须"一一从自己胸臆流出",充分体现作者的个性,发挥文学应有的独创精神,并以丰富的创作实践为文坛树立榜样,影响和带动了当时一大批作家,彻底打倒了主宰文坛近百年之久的复古派,使文坛出现了生机勃勃的景象,也展示了明代长江文坛特殊的风貌。

对于公安派的文学贡献,钱谦益在《列朝诗集小传·袁稽勋宏道》中有精辟的概括。他说:

> 万历中年,王、李之学盛行,黄茅白苇,弥望皆是。文长、义仍,崭然有异,沉疴滋蔓,未克芟薙。中郎以通明之资,学禅于李龙湖,读书论诗,横说竖说,心眼明而胆力放,于是乃昌言击排,大放厥词。……中郎之论出,王、李之云雾一扫,天下之文人才士始知疏瀹心灵,搜剔慧性,以荡涤摹拟涂泽之病,其功伟矣。①

钱氏主要是从文学形式和文学方法上来谈公安派转变文风之功,应该说是颇有见地也十分中肯的。然而,公安派与前、后七子等复古派的差别,更重要的是在对待封建统治思想和传统伦理道德观念上。复古派企图恢复封建社会鼎盛时期的文化精神和文学风格,其立意不谓不高,然而,这在封建社会制度已经日薄西山、资本主义生产关系开始萌芽的明中后期,实在无异于"处严冬而衣夏之葛",是不符合历史潮流的。而公安派作家则明确表示要用今天的语言来反映今天的生活,"事今日之事,则亦文今日之文",用文学来表达当代人的喜怒哀乐,表现当时的时代精神,表露个人特有的情感,"任性而发","宁今宁俗","提人新情,换人新眼",实际上是主张文学的个性化、世俗化、大众化,是对传统思想观念的大胆叛逆,具有近代启蒙思想的某些特征。从一定意义上说,公安派是以反传统的面目出现在文学舞台上的,是古代文学向近代文学发展过程中首开风气的第一个

---

① 钱谦益:《列朝诗集小传》丁集中,第567页,上海古籍出版社1983年新1版。

文学流派,因而具有重要的文学地位。这是晚年倾向保守的钱谦益所认识不到的。

公安派的文学思想和文学创作除了直接受到李贽、徐渭、汤显祖等人的影响之外,更重要的是继承和发扬了庄子对现实社会的批判精神和屈原的浪漫主义艺术精神,而这正是长江文学的优良传统,李贽、徐渭、汤显祖等人也同样受其影响。袁宏道作有《广庄》七篇,中道也有《导庄》七篇,三袁在其作品中对《离骚》的礼赞更不胜枚举,宏道否定儒家温柔敦厚的诗教就是以《离骚》为武器的。凡此种种,说明公安派的诞生,既有社会的现实原因,也有历史文化传统的因素。是长江文化精神哺育了他们,又是他们使长江文化精神在新的时代进一步发扬光大。

公安派在明后期有重要影响。万历后期的文坛,几乎就是公安派的天下。独抒性灵的小品文是这一时期最为靓丽的文学风景之一。除公安三袁之外,与三袁同时的江盈科、潘之恒、陶望龄等都有佳作问世。如江盈科《〈百六诗〉引》对丘坦和姑苏娼女白姬的奇情以及对丘坦悼亡诗的欣赏,《雪涛小说》中一篇篇短小精悍而又生动诙谐的故事,都反映出文学的新气象。潘之恒曾师事王世贞,结识袁宏道后,便倾心于公安派,他创作的《鸾啸小品》评说艺人风情,阐述艺术见解,文字清新活泼,是消闲小品佳作。陶望龄的山水游记和随笔也颇有特色,涉笔成趣,其《游洞庭山记》八则记其见闻感受,个性特色鲜明。

即使在公安派主将袁宏道去世以后,公安派的影响依然存在。在竟陵派崛起取代公安派的地位之后,仍然有公安派文学的坚定支持者,王思任就是其中的一个典型代表。

王思任(1574—1646年),字季重,号谑庵,山阴(今浙江绍兴)人。万历二十三年(1595年)进士,历任兴平、当涂、青浦知县,官至九江佥事,鲁王朱以海监国,授礼部侍郎兼翰林学士。清兵陷绍兴,绝食而死。思任有隽才,居官通脱自放,不事名检,性好谑浪,却一身正气,"遇达官大吏,疏放绝倒,不能自禁"。好以诙谐为文,曾仿《大明律》制作《弈律》,令人绝倒。著《历游记》、《游唤》两种游记小品,笔意恣肆放纵,颇得性灵之趣,陈继儒评其文"笔悍而神清,胆怒而眼俊"(《王季重游唤序》),堪称明末小品文大家。举《剡溪》一篇为例:

> 浮曹娥江上,铁面横波,终不快意。将至三界址,江色狎人,渔火村灯,与白月相下上,沙明山净,犬吠声若豹,不自知身在板桐也。昧爽,过清风岭,是溪、江交待处,不及一唁贞魂。山高岸束,斐绿叠丹,摇丹听鸟,杳小清绝,每奏一音,则千峦啾答。秋冬之际,想更难为怀,不识吾家子猷何故兴尽。雪剡无妨子猷,然大不堪戴。文人薄行,往往借他人爽厉心脾,岂其可?过画图山,是一兰苕盆景。自此,万壑相招赴海,如群诸侯敲玉鸣裾。逼折久之,始得豁眼一放地步。山城崖立,晚市人稀,水口有壮台作砥柱,力脱幞往登,凉风大饱。城南百丈桥翼然虹饮,溪逗其下,电流雷雨。移舟桥尾,向月碛枕漱取酣,而舟子以为何不傍彼岸,方喃喃怪事我也。①

文章记叙由曹娥江入剡溪的水上行程,移步换景,亦景亦情,笔致灵活,意趣盎然,通过舟子的"喃喃怪事我"衬托了作者不同流俗、孤行独往的个性特征和独抒性灵的文章风格。王思任的小品文可视为公安派文学在明末的代表。

受公安派影响,明末长江山水游记文体现出不同于以前山水游记文的特点。王思任《南明记游序》云:"司马子长喜游,天未启其聪,不晓作记。记自柳子厚开,其言郁塞,山川似藉之而

---

① 王思任:《游唤·剡溪》,见《历代笔记小说集成》明代笔记小说第一册,第483—484页,石家庄:河北教育出版社1995年版。

苦,吾何取焉?苏长公之舒畅,王履道之幽深,王元美之萧雅,李于鳞之生险,袁中郎之俏隽,始各尽记之妙。"明末能得"袁中郎之俏隽"的山水游记首推徐弘祖的《徐霞客游记》。

徐弘祖(1586—1641年),字振之,号霞客,江阴(今属江苏)人。平生之志不在科举,而迷恋于山水。他用三十多年时间遍游大江南北,足迹踏遍名山胜水。今存《徐霞客游记》虽非完帙,却足以反映他的文章风格和文学水平。潘耒曾为其游记作序云:"霞客之游,在中州者,无大过人;其奇绝者,闽、越、楚、蜀、滇、黔,百蛮荒徼之区,皆往返再回。其行不从官道,但有名胜,辄迂回屈曲以行之。先审视山脉如何去来,水脉如何分合,既得大势,然后一丘一壑,支搜节讨。……以性灵游,以躯命游,亘古以来,一人而已。"弘祖对游历的态度及记游的方式,的确是前无古人,后无来者。他的"以性灵游"和作性灵之记又显然受到公安派"性灵说"的影响。潘氏在序中评其游记特点云:"记文排目编次,直叙情景,未尝刻画为文,而天趣旁流,自然奇警;山川条理,胪列目前;土俗人情,关梁厄塞,时时著见;向来山经地志之误,厘正无遗;奇踪异闻,应接不暇。"举《游黄山日记》一则为例:

余至平天矼,欲望光明顶而上,路已三十里,腹甚枵,遂入矼后一庵。庵僧俱踞石向明。主僧曰智空,见客色饥,先以粥饷,且曰:"新日太皎,恐非老晴。"因指一僧谓余曰:"公有余力,可先登光明顶而后中食,则今日犹可抵石笋矼,宿是师处矣。"余如言登顶,则天都、莲花并肩其前,翠微、三海门环绕于后,下瞰绝壁峭岫,罗列坞中,即丞相原也。顶前一石,伏而复起,势若中断,独悬坞中,上有怪松盘盖,余侧身攀踞其上,而浔阳踞大顶相对,各夸胜绝。下入庵,黄粱已熟。饭后,北向过一岭,踯躅菁莽中,入一庵,曰狮子林,即智空所指宿处。主僧霞光,已待我庵前矣。遂指庵北二峰曰:公可先了此胜。"从之。

这样的游记,的确"未尝刻画为文,而天趣旁流,自然奇警",体现了明末山水游记重性灵,尚奇趣的风格特点。

公安派在明代的影响还体现在竟陵派的崛起上。竟陵派虽然不满于公安派末流的浅俗,但其代表作家对公安三袁都持敬重态度,特别是对公安派旗手袁宏道更是佩服不已,他们提出新的文学主张,以弥补公安派理论的不足,同时也是为了维护袁宏道的崇高威望,更好地发扬"独抒性灵,不拘格套"的文学精神。

到了清代,整个社会文化思想发生了很大的变化,学风也与明代迥别,公安派的影响逐渐减弱。到乾隆年间编纂《四库全书》时,袁宏道的著作被当作"野狐外道"受到鄙视,认为"其(指三袁)诗文变板重为轻巧,变粉饰为本色,致天下耳目于一新,又复靡然而从之。然七子犹根于学问,三袁则惟恃聪明。学七子者不过赝古,学三袁者乃至矜其小慧,破律而坏度,名为救七子之弊,而弊又甚焉"①,并被列入抽毁的"禁书"。然而,公安派的影响并没有被完全清除,在康熙年间编辑出版且在有清一代影响甚巨的《古文观止》,尽管选材极严,也仍然将袁宏道的《徐文长传》收入,人们仍然知道有公安派的存在。到20世纪30年代,林语堂等人高谈性灵、闲适、趣味,作小品文,便把袁宏道抬出来做招牌。在他们笔下,袁宏道又被"撕破了衣裳","画歪了脸孔"。他们所宣传的并不是袁宏道的全部,这是不利于人们对公安派做出正确认识和评价的。还是鲁迅说得好:"中郎之不能被骂倒,正如他不能被画歪。但因此也就不能作他的蛆虫们的永久的巢穴了。"②只有从社会发展和文学进步的角度,从长江文风

---

① 永瑢等:《袁中郎集提要》,见《四库全书总目》卷一七九,第1618页,北京:中华书局1965年版。
② 鲁迅:《且介亭杂文二集·招贴即扯》,见《鲁迅全集》第六卷,第232页,北京:人民文学出版社1973年版。

的历史演进中,才能真正认识公安派的文学地位和文学成就。

二 竟陵派的地位和影响

竟陵派是继公安派而起的晚明长江流域的又一著名文学流派。它的诞生,既是为了矫正公安派末流的浅率俚俗之病,也是为了更进一步贯彻公安派"独抒性灵,不拘格套"的主张,使文学继续朝着个性化的方向发展。

竟陵派的文学思想是颇为全面和深刻的。他们所提倡的"幽情单绪"、"孤怀孤诣"的情感,所追求的"幽深孤峭"的风格,反映出生于末世的知识分子抒写苦闷心灵和寻求个性解放的艰苦努力,也反映出明末知识分子对文学内部规律的认识的进一步深化,同时也是社会的腐化和没落引起敏感知识分子将对社会外在的关注转向对自我精神的内在诉求的结果。他们企图以学古得其厚朴以改变因师心而出现的浅俗,不是学习古人的文章形式和格套,而是学习古人在文章中所体现出来的真精神,从而使文风发生了新的变化。这种变化,作为以知识分子为主体的主流文学可能是很有意义的。然而,在文学发展愈来愈需要普及的时代,这种变化不是朝向更加通俗化、更加大众化的方向发展,而是转向典雅和古奥,显然不是最好的选择。而传统文章在此时已经没有多少发展空间,因而除了在前人还不甚重视的小品文方面能有所建树外,在其他文体上,竟陵派作家的创作成就也就有限,这自然就降低了他们在文学史上的地位和影响。

以钟惺、谭元春为代表的竟陵派对文坛的影响主要是在明末,这种影响不是区域性的,而是全国性的,所谓"浸淫三十余年,风移俗易,滔滔不返"。不仅他们所编纂的《诗归》"通行于世,承学之士,家置一编,奉之如尼丘之删定",而且他们的创作也被人们视为楷模,努力模仿他们的创作风格。在文章方面,则以小品文影响最大,成就也最高。

晚明小品文作家中,有不少人服膺竟陵派的文学理论,深受竟陵派文风的影响,其作品也颇有价值。最值得注意的是刘侗、张岱、祁彪佳。

刘侗(1594—1637年),字同人,号格庵,麻城(今属湖北)人。崇祯七年(1634年)进士,授吴县令,病卒于赴任途中。与谭元春友善,追慕竟陵文风。虽因文奇被礼部参奏降等,却仍然坚持竟陵派的文学主张,他与于奕正合著的《帝京景物略》描写明末都城北京的风土景物极有特色,纪昀认为"其胚胎则《世说新语》、《水经注》,其门径则出入竟陵、公安,其序致冷隽,亦时复可观"(《删正〈帝京景物略〉序》)。举《雀儿庵》一篇为例:

> 雀儿庵,在潭柘后山五里,在千峰万峰中,在四时树色四时虫声中。庵,方丈耳。一灯满光,一香满烟。然佛容龛、容供几,僧容席、容榻、容橱。客来,容坐庵矣。山田给粥饭,叶给汤饮,蔬果给糗饵,庵矣!庵名雀儿者:金章宗幸此,弹雀,弹往雀下,发百不虚。盖山无人,雀无机,树有响,弦无声也;章宗喜,即行幄庵之,曰雀儿。后方僧来往,未悉本所名义,以臆造佛母孔雀明王佛像。又后僧曰:"明王佛修行处。"或又曰:"显化处也。"今者,僧确然对客曰:"孔雀庵也。"雀儿名为更当,而人呼雀儿庵如初。①

文章仅200来字,既写出了雀儿庵的周围环境和自身特点,又考证了雀儿庵命名的由来和名称的演变,而在貌似冷静平实的叙述中,却表现出作者对幽静之所的爱慕和破除神秘主义的求实态度,体现出竟陵派"孤怀孤诣"的创作精神。

---

① 刘侗:《雀儿庵》,见《帝京景物略》卷之七,第318页,北京古籍出版社1983年版。

张岱(1597—1679年),字宗子,又字石公,号陶庵,又号蝶庵,山阴(今浙江绍兴)人。出身富贵,侨居杭州,一生未尝出仕。明亡后,避居浙江剡溪山中,从事著述。喜游山水,通晓音律,著有《陶庵梦忆》、《西湖梦寻》、《琅嬛文集》等小品文著作,流露出对故国旧家的深情怀念,描写细腻生动,于幽深冷隽中寄寓着许多人生感慨,可以看出竟陵派文风的影响。如《陶庵梦忆》中《西湖七月半》对西湖七月半赏月情景的描写和"吾辈"的审美情趣的展示,《柳敬亭说书》对著名说书艺人柳敬亭说书艺术的刻画等,一直脍炙人口。这里举《湖心亭看雪》一篇为例:

> 崇祯五年十二月,余住西湖。大雪三日,湖中人鸟俱绝。是日更定矣,余拏一小舟,拥毳衣炉火,独往湖心亭看雪。雾凇沆砀,天与云、与水、与山,上下一白。湖上影子,惟长堤一痕,湖心亭一点,与余舟一芥,舟中人两三粒而已。到亭上,有两人铺毡对坐,一童子烧酒,炉正沸。见余大喜,曰:"湖中焉得更有此人?"拉余同饮,余强饮三大白而别。问其姓氏,是金陵人,客此。及下船,舟子喃喃曰:"莫说相公痴,更有痴似相公者。"①

文章不足200字,却写出了大雪之后独往湖心亭看雪的所见、所遇、所感。不仅写景独特、生动、传神,更重要的是衬托了作者孤高寂寞的心境,也抒发了作者不同流俗的"幽情单绪",极有个性特色。

祁彪佳(1602—1645年),字弘吉,号虎子,别号远山主人,山阴(今浙江绍兴)人。天启二年(1622年)进士,授兴化府推官。累官右佥都御史,巡抚江南。已而为群小所诋,移疾去。南都失守,绝食而死。著有《祁彪佳集》,其中园林小品《寓山注》颇为后

---

① 张岱:《湖心亭看雪》,见《陶庵梦忆》卷三,第39页,杭州:西湖书社1982年版。

人推重。《寓山注》记叙自己营构寓山这一园林的用意及园林各景点的特色,不仅其园林构造的指导思想十分精辟①,而且对各景点的描述清新幽雅,独具韵味。

尽管竟陵派作家包括钟惺、谭元春在内直接揭露社会现实矛盾、反映重大社会题材的作品不多,然而,他们的作品中凡是涉及阶级矛盾和民族矛盾的,都表现了他们对于广大人民群众的深切同情和强烈的爱国主义情感。钟惺为官清正,不喜逢迎,表现出一个具有独立人格的耿介知识分子的性格特点。谭元春及其胞弟、堂弟都是复社成员。钟、谭的支持者,追随者也多为忠正节义之士。蔡福一被称为"耿介具大节","既殁,橐无余资";曹学佺"幽襟素韵,不暇雕琢",他反对魏忠贤的黑暗统治,曾为魏党所劾,后来在南明随唐王殉国;茅元仪在明亡后积极抗清,表现出可贵的民族气节;徐波在明亡后"居落木庵,断炊绝粒",只接受一个好友的周济,其他人的馈赠一概拒绝。受竟陵派影响的作家也有杰出的表现,上面提到的张岱、祁彪佳均不与清廷合作。这些事例说明,竟陵派绝不是一个脱离社会现实,对社会持冷漠态度的文人集团,而是有自己的独立思想、颇重气节的文学流派。当然,在一般情况下,他们的"幽情单绪"具有某种逃避社会现实的消极倾向,但也反映出他们抗愤浊世的"孤行静寄",是不应该完全否定的。

当然,钟、谭的文学思想和创作实践本来就存在缺陷,他们的追随者得其貌而遗其神,就更容易走偏方向。沈春泽在《刻隐秀轩集序》中说:"盖自先生之以诗若文名世也,后进多有学为钟先生语者,大江以南更甚。然而得其形貌,遗其神情。以寂寥言

---

① 祁彪佳在《寓山注序》中谈到园林构造应该"参差点缀,委折波澜;大抵虚者实之,实者虚之;聚者散之,散者聚之;险者夷之,夷者险之。如良医之治病,攻补互投;如良将治兵,奇正并用;如名手作画。不使一笔不灵;如名流作文,不使一语不韵。"(《祁彪佳集》卷七,第151页,中华书局上海编辑所1960年版。)

精炼,以寡约言清远,以俚浅言冲淡,以生涩言新裁。篇章字句之间,每多重复。稍下一二助语,辄以号于人曰:'吾诗空灵已极!'"①这种现象,虽为钟、谭始料所不及,但不能说与他们的理论和文风的影响毫无关系。至于钱谦益《列朝诗集小传》所云"其所谓深幽孤峭者,如木客之清吟,如幽独君之冥语,如梦而入鼠穴,如幻而之鬼国",甚至认为"抉摘洗削,以凄声寒魄为致,此鬼趣也;尖新割剥,以噍音促节为能,此兵象也。鬼趣幽,兵象杀,著见于文章,而国运从之",因而得出结论:"钟、谭之类,岂亦五行志所谓诗妖者乎!"也不能说完全没有任何根据,因为"深幽孤峭"的风格确实容易走上艰深晦涩,刻意的创新也容易陷入形式主义的泥沼。当然,钱氏的结论是我们所不能同意的。文学是社会的晴雨表,竟陵派文学反映出明末社会的文化特点和知识分子的精神风貌,是衰颓的时代造就了竟陵派文学,而不是竟陵派文学带来了明朝政权的覆亡,苛求文人知识分子,实际上是掩盖了现实的社会矛盾和统治阶级的政治责任。

三 晚明小品的文化意义和文学价值

小品作为一种文体并不始于晚明。且不说南朝作家已经写出了极有特点的杂记小品和山水小品,如刘义庆的《世说新语》和郦道元的《水经注》之类,仅北宋散文大家的小品文就十分可观。如欧阳修的序跋随笔之类小品,平易自然,清新活泼,《六一诗话》更是开诗话小品之先河;苏轼的小品文别具一格,他的游记小品流畅亲切,旷远超逸,《东坡志林》则是记事小品的典范之作,给明代小品文创作以深刻的影响,编选于明万历三十九年(1611年)的《苏长公小品》便是明代第一个以小品命名的文章

---

① 沈春泽:《刻隐秀轩集序》,见《隐秀轩集》附录一,第601页,上海古籍出版社1992年版。

选集。可见宋代小品文对明代小品文的直接影响。

小品文的创作尽管有悠久的历史,然而,真正以小品命名并明确其文体特征,自觉进行小品文创作,却是从明中后期开始,而在晚明达到高潮。在晚明,不仅有编选前人小品的文章选集《苏长公小品》,有编选当代作家小品的文章选集《皇明十六家小品》,还有不少作者直接以小品为其作品集命名,如歙县(今属安徽)人潘之恒(1556—1622年)所著《鸾啸小品》,华亭(今上海松江)陈继儒(1558—1639年)所著《晚香堂小品》,乌程(今浙江湖州)朱国桢(?—1632年)所著《涌幢小品》,长洲(今江苏吴县)人陈仁锡(1581—1636年)所著《无梦园小品》,钱塘(今浙江杭州)人田艺蘅(生卒年不详)所著《煮泉小品》,王思任所著《谑庵文饭小品》等,以及许多虽未题小品之名而实为小品的文集。这些作家都有明确的小品文体意识,也有比较自觉的小品审美趣味的追求。而公安派、竟陵派作家正是这一文体最积极的倡导者和最活跃的实践者,他们的创作成就也代表了明代小品文的最高水平。

对于小品文的文体特征,近人有许多不同的概括。郁达夫在《清新的小品文字》一文中认为:"原来小品文字的所以可爱的地方,就在它的细、清、真三点。细密的描写,若不慎加选择,巨细兼收,则清字就谈不上了。修辞学上所说的Trivialism缺点,就系指此。既细且清,则又须看这描写的真切不真切了。"[①]郁氏所言,主要是从小品文的艺术性上立论,而明代公安派、竟陵派作家对小品文的认识,比郁氏所论更为全面和深刻。袁中道在《答蔡观察元履》信中说:"近闻陶周望祭酒集,选者以文家三尺绳之,皆其庄严整栗之撰,而尽去其有风韵者。不知率尔无意之作,更是神情所寄,往往可传者托不必传者以传,以不必传者易

---

① 郁达夫:《清新的小品文字》,《闲书》,上海:良友图书公司1936年版。

于取姿,炙人口而快人目。班、马作史,妙得此法。今东坡之可爱者,多在小文小说;其高文大册,人固不深爱也。使尽去之,而独存其高文大册,岂复有坡公哉!大宾水陆之席,有时以为苦,而偶然酒核,有极成欢者,此之谓也。"这里将"小文小说"和"高文大册"对照,实际上说明了小品文的一些基本特征。这些特征概括起来,有以下几点:

一曰"小"。所谓"小",是相对"大"而言。在形式上,它不是"高文大册",而是"小文小说"。在内容上,它不是"庄严整栗之撰",而是"率尔无意之作"。在审美感受上,它不是"大宾水陆之席",而是"偶然酒核"。陈继儒《苏长公小品序》云:"如欲选长公之集,宜拈其短而隽异者置前,其论策封事多至数万言,为经生之所恒诵习,稍后之。如读佛藏者,先读《阿含小品》,而后徐及于五千四十八卷,未晚也。"同样指出了小品文"短而隽异",与"论策封事"等高文大册有别。至于说小品文如"盆山蕴秀,寸草函奇"(凌启康《刻苏长公小品序》)或者说小品文"幅短而神遥,墨希而旨永"(唐显悦《文娱序》),强调的是小品文"小中见大,大中见小,举一毛端建宝王刹,坐微尘里转大发轮"(李贽《焚书·杂说》)的显著特点。

一曰"真"。所谓"真",即以真人,用真心,抒真情,写真文,虽说是"率尔无意之作",却"更是神情所寄"。在公安派、竟陵派作家眼里,真心即是童心,"夫童心者,绝假纯真,最初一念之本心也。若失却童心,便失却真心;失却真心,便失却真人"(李贽《焚书·童心说》)。有了真心,就能成为真人,而只有真人,才能抒真情,写真文。"大抵物真则贵,真则我面不能同君面"(袁宏道《与丘长孺》),"夫惟有真人,而后有真言。真者,识地绝高,才情既富,言人之所欲言,言人之所不能言,言人之所不敢言"(雷思霈《潇碧堂集序》)。而要达到"真",就应该"独抒性灵,不拘格套,非从自己胸臆流出,不肯下笔"(袁宏道《序小修诗》)。对"真"的追求,也就是对"假"——假人、假言、假文——的否定,对文学表达真情实感、展示作家独特个性的肯定,也是对文章风格多样化的肯定。

一曰"新"。所谓"新",即意新,语新,怡人新情,慧人新眼。江盈科曾转述袁宏道的意见云:"盖新者见嗜,旧者见厌,物之恒理。惟诗亦然,新则人争嗜之,旧则人争厌之。流自性灵者,不期新而新;出自模拟者,力求脱旧而转得旧。"①小品与诗一样,出自模拟,就会有陈旧之感,只有流自性灵,"各出己见,决不肯从人脚跟转,以故宁今宁俗,不肯拾人一字"(袁宏道《冯琢庵师》),才能"不期新而新"。求新自然不能袭旧,但也不能为新而新,以露造作之痕。当有人批评钟、谭的创作"清新而未免于痕"时,钟惺指出:"至于痕则未可强融,须由清新入厚以救之,岂有舍其清新而即自谓无痕者哉?"(《与高孩之观察》)小品文失去了清新,也就失去了所以吸引人的艺术魅力,人也就不"深爱"了。

一曰"活"。所谓"活",即"不拘格套","任性而发","信心而出,信口而谈"。只有思想上不受束缚,打破各种条条框框,才能在创作上"信手信腕",自由挥洒。"追风逐电之足,决不在于牝牡骊黄之间;声应气求之夫,决不在于寻行数墨之士;风行水上之文,决不在于一字一句之奇。若夫结构之密,偶对之切;依于理道,合乎法度;首尾相应,虚实相生:种种禅病皆所以语文,而皆不可语于天下之至文"(李贽《焚书·杂说》)真正优秀的小品,必然无所羁绊,"发人所不能发,句法,字法,调法,一一从自己胸中流出"(袁宏道《答李元善》),自然鲜活,生动感人。就像袁宏道的尺牍那样,"一言一字,皆心所欲言,信笔直书,种种入妙"(江盈科《解脱集二序》)。

---

① 江盈科:《敝箧集引》,见《江盈科集》卷之八,第 398 页,长沙:岳麓书社 1997 年版。下引此书只注篇名。

一曰"趣"。所谓"趣",既是一种创作风格,也是一种审美理想。袁宏道说:"趣如山上之色,水中之味,花中之光,女中之态,善说者不能下一语,唯会心者知之。……夫趣得之自然者深,得之学问者浅。"(袁宏道《叙陈正甫会心集》)钟惺说:"夫文之于趣,无之而无之者也。譬之人,趣其所以生也,趣死则死。人之能知觉运动以生活者,趣所为也。能知觉运动以生,而为圣贤,为豪杰者,非尽趣所为也,故趣者止于足以生也。"(《东坡文选序》)"趣"与性灵相关,而性灵贵真,无真则无性灵,无性灵则无趣。陆云龙赞扬袁宏道小品"率真则性灵现,性灵现则趣生"(《皇明十六家小品·袁中郎小品》)。无趣就不能成文,至少不能算是妙文。小品文与高文大册的区别,即在于它们得之自然,所以有趣。

从公安派和竟陵派代表作家对小品文的认识中可以看出,他们已经抛弃了"文以载道"的正统文学观念,而将文学理解为个人性灵的自由抒发;他们不再关注朝政军国大事的严肃重大题材,而是将注意力转向山水田园和日常生活琐事;他们摆脱了文学的过于沉重的伦理道德负担,而将文学变成怡情解颐消愁破闷的一种工具。总之,他们是传统文学思想的叛逆者,是新的文学思想的启蒙者。在他们的身上,反映出个性解放思潮所引起的人的觉醒,以及文学文体创新的强烈欲望。无论是从文学思想还是从文体风格来看,晚明小品文都是一种具有近代意味的新文学,它给予中国现代文学特别是现代散文的影响是异常深刻的。

20世纪30年代,中国文坛甚至出现了"世人竞说袁中郎,世人竞学袁中郎"[①]的局面。周作人认为袁宏道及性灵说是新文学的源头,"中国新散文的源流我看是公安派与英国的小品文两者

---

① 阿英:《袁中郎全集序》,《袁宏道集笺校》附录三,第1760页,上海古籍出版社1981年版。

所合成,而现在中国情形又似乎正是明季的样子,手拿不动竹竿的文人只好避难到艺术世界里去,这原是无足怪的。"①郁达夫在《清新的小品文字》一文中曾指出:"周作人先生以为近代清新的文体,肇始于明公安、竟陵的两派,诚为卓见,可惜清朝馆阁诸公,门户之见太深,自清初以迄近代,排斥公安、竟陵诗体,不遗余力,卒至连这两派的奇文,都随诗而淹没了。"②刘大杰也认为:"不用说,把袁中郎的作品与文学理论,搬到现在的中国来,自然是旧货了。货色虽为旧,但是他那种文学革命的精神,还是新的。他这种精神,埋没了两百多年,多多少少作中国文学的人,都忽略了这种活动。我们觉得在这个把中国古代文学重新估价的今日,应该使他的精神复活,应该使他在文学史上,得一个他应得的地位。"③这些意见,都肯定了公安派和竟陵派在思想上和精神上对现代文学的启迪,肯定了他们所创造的新的文体风格在文学史上的重要地位。

当然,人们对公安派、竟陵派小品文的理解并不完全相同,评价也不完全一样。林语堂认为性灵派"就是一个自我表现的学派","在文学上主张发挥个性,向来称之为性灵,性灵即个性也。大抵主张直抒胸臆,发挥己见,有真喜,有真恶,有奇嗜,有奇忌,悉数出之,即使瑕瑜互见,亦所不顾,即使为世俗所笑,亦所不顾,即使触犯先哲,亦所不顾。惟断断不肯出卖灵魂,顺口接屁,依傍他人,抄袭补凑,有话便说无话便停。性灵派所喜文字,于全篇取其最个别之段,于全段取其最个别之句,于造句取其最个别之辞,于写景写情写事,取其自己见到之景,自己心头

---

① 周作人:《〈燕知草〉跋》,见《中国新文学大系》散文二集,第219页,上海:良友图书公司1935年版。
② 郁达夫:《清新的小品文字》,《闲书》,上海:良友图书公司1936年版。
③ 刘大杰:《袁中郎的诗文观》,见《袁宏道集笺校》附录三,第1753页,上海古籍出版社1981年版。

之情,自己领会之事。以自己见到之景,自己心头之情,自己领会之事,信笔直书,便是文学,舍此皆非文学。是故言性灵必先打倒格套,是故若性灵派之袁中郎袁子才,皆以文体及思想之解放为第一要着,第一主张打破桎梏,唾弃格律,痛诋抄袭"①。而性灵派小品文的基本特点是"以自我为中心,以闲适为格调"②,"宇宙之大,苍蝇之微,无一不可写,可以抒情,可以描绘人物,可以评论时事,凡方寸中一点佳意,一种心情,一股牢骚,一把幽情,皆可以由笔端流露出来"③。鲁迅不赞成把小品文作为小摆设,而提倡"生存的小品文",他指出:"生存的小品文,必须是匕首,是投枪,能和读者一同杀出一条生存的血路的东西;但自然,它也能给人愉快和休息,然而这并不是'小摆设',更不是抚慰和麻痹,它给人的愉快和休息是修养,是劳作和战斗之间的准备。"④他还说:"中郎正是一个关心世道,佩服'方巾气'人物的人,赞《金瓶梅》,作小品文,并不是他的全部。"⑤如果撇开评论家们当时的社会环境不论,他们实际上都指出了性灵派和晚明小品的某一方面的特点及其意义。从文学发展而言,以公安派、竟陵派为代表的性灵派是应该肯定的,晚明小品文的文体创新也是应该肯定的,长江文学在这一时期的辉煌成就也是应该大书特书的。阿英指出:"中郎是可学的,在政治上,应该学他大无畏

---

① 林语堂:《论性灵》,原载《宇宙风》第11期,1936年2月16日。见《中国新文学大系》散文集二,第194页,上海文艺出版社1987年版。
② 林语堂:《发刊〈人间世〉意见书》,见《林语堂名著全集》第十七卷《拾遗集》上,第180页,沈阳:东北师范大学出版社1994年版。
③ 林语堂:《论小品文笔调》,见《林语堂名著全集》第十八卷《拾遗集》下,第20—23页,沈阳:东北师范大学出版社1994年版。
④ 鲁迅:《小品文的危机》,见《鲁迅全集》第四卷,北京:人民文学出版社1982年版。
⑤ 鲁迅:《且介亭杂文二集·招贴即扯》,见《鲁迅全集》第六卷,第232页,北京:人民文学出版社1973年版。

的反抗黑暗,反抗暴力,反对官僚主义的精神。在文学上,应该学他反对因袭,反对模拟,主张创造的力量,以及基于这力量而产生的新的文体。"①而作为一种文体的小品文,其表现力是异常丰富的,自有其不可否定的价值,不应把它局限在一个狭小的领域。正如茅盾所说:"小品文本身只是文学上的一种体裁,小品文之利弊如何,全看人们用它来装载怎样的内容。飞机可以带了炸弹去轰炸乡下人,但也可以播种,可以杀蝗虫。小品文在'高人雅士'手里是一种小玩意儿,但在'志士'手里,未始不可以成为'标枪',为'匕首'。"②

总之,明代小品文,特别是公安派、竟陵派的性灵小品是长江文学发展中的一朵奇葩,其文体风格体现了中国文学从古典向现代转变的历史轨迹,事实上也对中国现代散文发展产生了深远影响,其文学价值是不容低估的。

---

① 阿英:《袁中郎全集序》,见《袁宏道集笺校》附录三,第1767页,上海古籍出版社1981年版。
② 茅盾:《关于小品文》,《文学》第三卷第一号。

第六章

义法神气　清通雅洁

长江文风在清代又发生了显著变化。清初文坛活跃,文风多样。随着国家的完全统一和政权的逐渐巩固,清朝统治者不断加强思想文化领域的封建专制,频繁的文字狱扼杀了文人的创新精神,浩瀚的古籍整理促进了考据之风的形成,代表盛世文风的桐城派应运而生。桐城派作家恪守宋代程朱理学,提倡"义理、考据、辞章"三者统一,追求清通雅洁、平衍质朴的文章风格,不仅影响了清代长江文学二百多年的发展,而且对整个中国文学,包括现当代文学也产生了不可估量的重大影响。

第一节　桐城派的崛起

明清易代之际,长江经济和文化受到空前的破坏,许多文人参与到抗击清兵、抵制清政府的行列中来。清政府在加强镇压各地反抗的同时,也加强了思想文化的统治,不断兴起的文字狱便极大地消磨了江南文人的意志,也摧毁了他们的力量。从康熙中叶开始,国家政治趋于稳定,江南经济得到恢复,社会文化逐步繁荣,盛世局面已然形成。桐城派在康熙中后期的崛起,正是社会政治、经济、文化在文学领域里的反映。

一 清代长江流域的经济与文化

明末清初,由于战乱,社会经济发展受到很大影响,长江流域也不例外。在清政府成立之后,南方反清势力仍然进行着顽强的武装抵抗。清兵南下,大肆屠掠,"扬州十日"、"嘉定三屠"便是清兵屠掠的缩影,长江经济遭受重创。而"江南奏销案"、"哭庙案"则反映了清初统治者对江南的横征暴敛以及士绅的反抗斗争,在统治者的镇压下,两江士绅得全者无几。南明王朝覆灭后,又发生了以吴三桂为首的"三藩之乱",从康熙十二年(1673年)吴三桂在云南起兵叛清到康熙二十一年(1682年)耿精忠被磔京师,长江流域又经历了长达十年之久的战争蹂躏,社会生产力遭到进一步破坏。

不过,自宋代以来,中国经济重心已经移到长江流域,明代江南一带的经济发展水平更大大高于其他地区的经济发展水平。即使在经历了战争蹂躏之后,长江流域的经济仍然在全国处于领先地位,仍然是国家政权赖以巩固的重要物质基础。清朝统治者清楚地认识到这一点,因此,在平定三藩之乱后,清政府即着手南方经济的恢复和发展。无论是康熙皇帝的六次南巡,还是乾隆皇帝的六次南巡,都既表明了朝廷对于南方经济发展的重视,同时又推动了江南经济的迅猛发展。

康、乾二帝的南巡,极大地刺激了江南城市经济的发展和商业手工业的繁荣。江苏常熟著名画家王翚、杨晋绘制的《康熙南巡图》和苏州著名画家徐扬绘制的《乾隆南巡图》,真实地再现了江南市镇的繁华。如《康熙南巡图》第十卷描绘江宁(今江苏南京)城市盛况:街道纵横错杂,房屋鳞次栉比;秦淮河上,舟船张灯结彩,三山街头,彩楼富丽堂皇,显示出一派繁荣景象。据记载,仅江宁织造府的丝织机,康熙时就有四五百张,乾隆时达五六百张。而民间则更多,"乾隆间,机以三万余计"(清同治《上元江宁两县志》卷七)。棉织机更无以计数。苏州的繁华也是当时江南城市发展的缩影。如徐扬绘制的《姑苏繁华图》(一名《盛世滋生图》)中,描绘自胥口至灵岩一带的城市风光,其中有商铺二百三十余家,桥梁五十多座,舟楫排筏近四百只,人物一万二千多个,立体地反映出当时苏州的繁荣景象。苏州的纺织业也十分发达,据乾隆《元和县志》载:"苏布名称四方,习是业者阊门外上下塘居多,谓之字号。自漂布、染布及看布、行布,各有其人。一字号常数十家赖以举火,惟富人乃能办此。"苏州府的盛泽镇"居民百倍于昔,绫细之聚亦见十倍,四方大贾辇金至者无虚日。每日中为市,舟楫塞港,街道肩摩,盖其繁华喧盛,实为邑中诸镇之第一"(清乾隆《吴江县志》卷四)。饮食文化的兴盛也反映出城市生活的繁荣,李斗《扬州画舫录》载有乾隆南巡时扬州举办的"满汉席"虽说不能反映民众的生活水平,但吴敬梓在《儒林外史》中所描写的南京饮食文化却可以反映康熙时期的南京市民生活状况:"大街小巷,合共起来,大小酒楼有六七百座,茶社有一千余处";"到晚来,两边酒楼上明角灯,每条街上足有数千盏,照耀如同白日,走路人并不打灯笼。"这些描写是真实的场景,绝非小说家的夸张。而苏州的饮食文化同样著名,所谓"天下饮食衣服之侈未有如苏州者"(常辉《兰舫笔记》),"苏州好,酒肆半朱楼,迟日芳樽开槛畔,月明灯火照街头,雅座列珍馐"(沈朝初《忆江南》),也非虚夸不实之词。徐珂《清稗类钞》记"各省特色之肴馔"云:"肴馔之有特色者,为京师、山东、四川、广东、福建、江宁、苏州、镇江、扬州、淮安。"①除京师、山东外,其他有特色之肴馔均在长江流域各地,这与长江流域的经济发展和人民生活富裕有着直接的关系。

---

① 徐珂:《各省特色之肴馔》,《清稗类钞》饮食类,第6416页,北京:中华书局1988年版。

然而,长江流域的经济发展并没有带来长江流域文化的同步发展。这不是因为长江流域缺少文化人才,更不是长江流域的文化人才缺少创造精神,而是因为清代的文化环境遏制了文化人才的生长和他们的创造精神的发扬。

早在清王朝开国之初,统治者们一方面忙于统一全国的战争和稳定政权,一方面开始对思想文化领域采取严厉的专制措施,镇压一切敢于反抗其统治的思想和言论,把反清思想消灭在萌芽状态。大兴文字狱是清朝统治者的主要手段。文字狱虽然不是清朝统治者的发明,但没有哪一个朝代的文字狱有清朝的文字狱兴起得这样频繁,持续的时间这样长久,对长江流域文人的打击这样惨烈,对长江流域文化发展的影响这样巨大。据《清代文字狱档》、《东华录》及有关实录等文献记载,仅顺治、康熙、雍正、乾隆四朝的大型和中型文字狱就有100多起,小型文字狱则无可计数。这些文字狱中绝大多数是针对江南知识分子的,据统计,顺、康、雍三朝大中型文字狱共32起,涉及江南的狱案就有29起,乾隆朝大中型文字狱76起,涉及江南的狱案竟有69起,均占同期狱案的90%以上[①],由此可见清朝统治者对江南文人的忌恨。

顺治、康熙时期的文字狱主要是为了镇压反清复明思想,以维护清王朝的统治。在统治者看来,南方是还没有真正顺从的地区,那里的文人存在着反清思想,必须予以扼杀,才能消除隐患,许多文字狱因此而兴。顺治五年(1648年),江南书商毛重倬仿刻选文,因序文所署纪年只用干支,未用顺治年号,被定为"目无本朝,阳顺阴违,逆罪犯不赦之条"(郑词庵《笔记补逸》),与此有关的一干人被治以重罪,向敢于怠慢清帝的江南士人发出了强烈的警告。

---

① 参见李学勤、徐吉军《长江文化史》,第1115页,南昌:江西教育出版社1996年第2版。

顺、康时期的两个著名文字狱大案都与江南文人有关,一个是"庄廷鑨明史稿案",一个是"戴名世《南山集》案"。

"庄廷鑨明史稿案"兴起于顺治十八年(1661年),到康熙二年(1663年)才全部了结。庄廷鑨乃浙江湖州富户,目盲后发愤著书,从其乡邻、明代大学士朱国桢处购得《列朝诸臣传》稿本,便召集一批学者加以修订,并续修天启、崇祯两朝事,起名为《明书辑略》。书成后,庄廷鑨死,由其父以庄廷鑨名义刊刻出版。后被人告发,说庄私修明史,指斥本朝。清廷于是定此案为大逆罪,庄廷鑨被开棺戮尸焚骨,其父收监死于狱中,亦遭戮尸,弟廷钺及其子孙15岁以上均斩首,妻女发配盛京(今沈阳)为奴。书中列名参阅的18人,有14人被凌迟处死。礼部侍郎李令皙为此书作序,亦被凌迟处死。"凡刻书送板钉书者,一应俱斩"(陆莘行《秋思草堂遗集》)。江南名士多有无辜而受牵连者。据陈康祺《郎潜纪闻初笔》卷11载:"私撰明史一案,名士伏法者二百二十一人。庄、朱皆富人,卷端罗列诸名士,盖欲借以自重。故老相传,二百余人中,多半不与编纂之役。"而朝廷兴起"庄廷鑨明史稿案",目的就是镇压江南的反清情绪,自然不会去甄别谁是真的参与者。

"戴名世《南山集》案"发生在康熙五十年(1711年),时任左都御史的赵申乔上书参奏翰林院编修戴名世,说他"妄窃文名,恃才放荡。前为诸生时,私刻文集,肆口游谈,语多狂悖,逞一时之私见,为不经之乱道"。"私刻文集"是指戴名世的门人尤云鹗为戴所刻的文集《南山集》。所谓"狂悖",主要是说戴在《南山集》中引用了方孝标的《滇黔纪闻》,而《滇黔纪闻》则使用南明永历年号记录南明史实,是对清廷的大不敬。赵申乔参奏戴名世或许是出于个人恩怨,却迎合了清廷钳制思想、威慑士人的政治需要,于是定为大狱。戴名世被判大逆罪处斩,其子孙数人并斩;方孝标已死,开棺戮尸,其后代多人坐死。与戴平日有交往的尚书、侍郎32人被降职,一批著名学者被放逐,受牵连治罪的多达300余人。戴名世是安徽桐城人,受"《南山集》案"牵连治罪者也以江南人居多,此案对江南士气又是一次沉重打击。

雍正时期的"吕留良文选案"也是一个典型的文字狱大案。浙江崇德人吕留良是清初学者,具有强烈的民族意识,在其著述中,不仅主张"夷夏之大防",而且认为"君臣之义固重,而更有大于此者,……以其攘夷狄救中国于被发左衽也"①。吕死后,其文选被刊刻。雍正初,湖南靖州人曾静偶见吕氏文选,深为其"夷夏之防"、"井田封建"的思想所震撼,便派弟子张熙去浙江吕家访书。后又派张策反川陕总督岳钟琪,劝其举大义。岳先后逮捕张熙和曾静,押解至京。雍正皇帝亲自审问,反复辩驳,并将审问记录和辩驳文字加上皇帝的谕旨编成一书,名为《大义觉迷录》,由皇帝亲自作序刊行。命曾静、张熙赴江宁(南京)、苏州、杭州等地宣讲此书,现身说法。吕留良及其门生严鸿逵已死,开棺戮尸;吕、严直系亲族中,男16岁以上尽皆斩首,男15岁以下及妻妾姊妹,均发配功臣之家为奴。刊刻、私藏吕氏文选及附会其诗文者,均遭斩首。吕氏门生、故友及门生的门生,都受到革职、杖责、流放等处分。连曾任广东连州知州的吕氏同乡朱振基,因景仰吕氏人品,也被革职严审,冤死狱中。曾、张二人也在乾隆初被处死。

吕留良案之前,还有"查嗣庭试题案"。查嗣庭任江西乡试主考官时以《诗经·商颂·玄鸟》中"维民所止"一句为考题,被人诬告为诅咒雍正,"维""止"乃"雍""正"之去头。雍正大怒,将查革职拿问,瘐死狱中,仍被戮尸枭首。其儿子被杀,家属流放。实际上,"查嗣庭试题案"完全是雍正皇帝的政治报复,查与隆科多关系密切,隆被雍正除掉后,查由内阁学士、礼部侍郎外

---

① 吕留良:《吕用晦文集》卷一,国粹丛书第一集。

放,雍正对他不放心,便借故除掉他。即使在这样一件案狱中,雍正也不忘以此儆戒江南士人。因查氏是浙江人,雍正于是下令将浙江乡试停试六年,作为对江南士人的惩罚和警告。

清政府一方面大兴文字狱,钳制文人的思想,另一方面则标榜"稽古右文",组织文人学者编辑大型类书、辞书,进行古籍整理,引导他们把主要精力用到文字、音韵、训诂上来,以削弱他们对现实问题关注的热情。《康熙字典》、《古今图书集成》、《四库全书》便是这一政策的直接成果,而参与这些工作的绝大部分是长江流域的文人学者。

应该说,清朝统治者对江南文人进行镇压和羁縻的两手是收到了显著效果的。大兴文字狱的结果,不仅使江南文人学士的学术思想遭到禁锢,而且使他们的创造精神受到扼杀,"避席畏闻文字狱,著书都为稻粱谋"[①],他们已经失去了对现实的敏感和激情,明末东林党人那种"风声、雨声、读书声、声声入耳,家事、国事、天下事、事事关心"的慷慨豪情已不复存在。编纂类书整理古籍的结果,出现了"为考据而考据"的朴学之风,乾嘉学派由是而起。正如梁启超所云:"其后文字狱频兴,学者渐惴惴不自保,凡学术之触时讳者,不敢相讲习。然英拔之士,其聪明才力,终不能无所用也。诠释故训,究索名物,真所谓'于世无患,与人无争',学者可以自藏焉。"[②]当然,乾、嘉学者们对整理古籍的贡献是不容低估的,但他们对现实问题的漠视又是令人同情和惋惜的。

从明代中后期开始,西方便加强了与中国的文化交流,这一趋势入清后并未改变。而中国文化与西方文化的交流,长江流域总是首当其冲。这固然与长江流域的地理位置有关,但也与

---

① 龚自珍:《咏史》,见《定庵文集补》二卷,四部丛刊初编本。
② 梁启超:《清代学术概论》,第27页,北京:东方出版社1996年版。

长江文化更具有开放性有关。中西文化的交流,大大促进了长江流域的科学文化的发展,在天文、历法、数学、物理、建筑、机械、气象、医药等学科,都出现了著名科学家,如江苏吴江历法学家王锡阐、安徽宣城数学家梅文鼎、安徽桐城物理学家方以智、江苏机械发明家黄履庄、上海钟表制造家徐朝俊、江苏华亭医学家王宏翰等,就是各学科领域的代表人物。科学的发展既是社会生产力的集中体现,又推动着社会生产力的发展和社会文化的进步。

二 桐城派崛起之前的文坛

桐城派兴起于康熙年间。在此之前,长江流域文坛总的来说还是比较活跃的。这一方面是因为长江流域有着深厚的文化底蕴,储备了大量的文化人才,另一方面也是因为这一时期正是社会大动荡、大分化、大改组的时期,人们的思想比较解放,而清朝统治者的文网尚不够严密,其高压政策也暂时还没有奏效的缘故。

由于生活于明清易代之际,社会变化给予长江流域文人学士们太多的刺激,而每个人的学识涵养、个性禀赋、生活处境和心理感受各不相同,这便造成了他们对文学的认识和理解的差异。表现在文学思想和文学创作上,这一时期没有能够形成占统治地位的文学流派,也没有能够形成比较一致的文章风格。正如郭预衡所说:"文章不成一统,这正是清初之文的时代特征。"[①]

"不成一统"的明末清初长江流域文坛,其文章如果按作者类型及作品风格划分,大抵可分为文人之文、学者之文和儒者之文几种。

明末清初长江流域文人之文承续晚明长江流域文人之文而有

---

① 郭预衡:《中国散文史》下,第340页,上海古籍出版社2000年版。

所变化。既有沿袭公安、竟陵的性灵之说而不拘格套者,如李渔、龚鼎孳、尤侗之文;又有力反竟陵文风而转师唐宋者,如钱谦益、吴伟业、归庄之文;还有效法周秦远祧诸子者,如王猷定、魏禧、唐甄之文。而从总体上看,以宗唐宋者为多,而文风也趋向复古。

明清之际,公安、竟陵的影响已经减弱,但仍有部分作者继续维护性灵之说,或是在创作中实践独抒性灵的主张,取得了一定的成绩。李渔、龚鼎孳、尤侗可为代表。

李渔(1611—1680年),字笠鸿,又字笠翁,别号湖上笠翁、新亭樵客、随庵主人等,如皋(今属江苏)人。少有文名,未尝中式。入清以后,不再应试。顺治初年,侨居杭州,卖文为生。康熙初年,移家南京,开办书坊,编印《诗韵》、《画谱》,蓄养女乐,搬演戏曲,游食四方。著述十分丰富,今人编有《李渔全集》。李渔的生活方式,为前世所罕见,也为当时所不解。他的著作,最著名的是戏曲理论《闲情偶寄》和戏曲作品《笠翁十种曲》。他的文章其实也很有特点。其为文主张与公安、竟陵颇为接近,他在自己文集自叙中说:"凡余所为诗文杂著,未经绳墨,不中体裁,上不取法于古,中不取肖于今,下不觊传于后,不过自为一家,云所欲云而止,如候虫宵犬,有触即鸣,非有模仿希冀于其中也。"① 这种"自为一家,云所欲云"的文学主张,很有些公安派的影子,其文风也清新活泼。龚鼎孳(1615—1673年),字孝升,号芝麓,合肥(今属安徽)人。崇祯七年(1634年)进士,授湖北蕲水县知县。迁兵科给事中。李自成攻占北京,鼎孳迎降,任指挥使。清兵入城,鼎孳再降,授吏科给事中,迁太常寺少卿。累官刑部尚书。著有《定山堂集》。鼎孳以诗称,亦有文誉。他认为"文章之道,原本聪明而触发于闻见"(《顾西巇诗叙》),与复古派理论迥异。他

---

① 李渔:《一家言释义》,见《李渔全集》第一卷,第4页,杭州:浙江古籍出版社1990年版。

的文章,大都直抒胸臆,不拘一格,耐见真情,较有性灵派的文风。由于他几度迎降,颇受物议,故其自叙身世之文,往往写得情深意婉,耐人寻味。尤侗(1618—1704年),字同人,又字展成,号悔庵,晚号西堂老人,长洲(今江苏苏州)人。明末诸生,顺治初以贡生谒选,授永平府推官。坐挞旗丁,罢归。康熙十八年(1679年)应博学鸿词科,中试,授翰林院检讨,入史馆,预修《明史》。居馆三年,辞归,以著述终老。著述甚丰,有文集《西堂杂俎》及传奇、杂剧等,后人辑有《西堂全集》。他在《西堂杂俎二集》自序中说自己"既无高文典册,闳意妙指,乃取琐碎小篇,荟萃成之"①。其实,他因《西堂杂俎初集》得到顺治赞赏而念念不忘,说明他并不轻视这些"琐碎小篇"。《清史稿》本传称他"天才富赡,诗文多新警之思,杂以谐谑",也主要是指这类作品。他的书札小品,颇多率性之言,富于情韵,在《答宋荔裳》书中引述中郎之语并以中郎自许,谓"袁中郎谓乌纱之横,皂隶之俗,今日游人比乌纱皂隶横俗十倍,先生乃欲和其光、同其尘耶?"可见其对中郎的服膺,也说明公安派的影响仍然存在。

不过,社会的巨大变化,也使许多人对明末文风产生反感,起而批判性灵之说,寻找新的创作理论。而寻找的结果,多把眼光集中到唐宋派身上,企图从他们那里找到文学的自新之路。这样的作家主要有钱谦益、吴伟业、归庄等。

钱谦益(1582—1664年),字受之,号牧斋,常熟(今属江苏)人。万历三十八年(1610年)进士,授翰林院编修。崇祯时,官至礼部侍郎兼翰林院侍读学士。崇祯死,钱赴南京参与策划迎立潞王,及马士英等已立福王,钱应诏就任礼部尚书,称颂马士英。清兵南下,陷扬州,攻南京,钱与大学士王铎等出降,被任命为礼部侍郎,预修《明史》。后称病乞归,不久,被牵连入狱。出狱后,

---

① 尤侗:《西堂杂俎二集序》,见《西堂全集》第五册,上海:文瑞楼排印本。

尽力于反清活动，后病卒。对其一生，当时及后世多不以为然。乾隆曾下谕旨云："夫钱谦益果终为明朝守死不变，即以笔墨腾谤，尚在情理之中；而伊既为本朝臣仆，岂得复以从前狂吠之语列入集中？其意不过欲借此以掩其失节之羞，尤为可鄙可耻。"① 钱氏地下有知，也当无言以对。著有《牧斋初学集》、《牧斋有学集》等。钱氏为人称道者是诗文。他与竟陵派领袖钟惺为同年进士，也曾是竟陵派的热心支持者。入清后，对竟陵派持批判立场，甚至说他们是"诗妖"。为文主张学唐宋古文，以宋濂、归有光为明代文章正统，而以李梦阳、王世贞为俗学。他的文章写得最有深意的是晚年的一些随笔，反映了他内心的矛盾痛苦而又难以言说的复杂心情。如《书黄正义扇》慨叹"祸所自来，则自世之无名士始。世无名士，则上无孙、刘之主，下无管、葛之佐，神州陆沉，而天地或几于熄矣"；《书罗近溪记张宾事》借罗汝芳记后赵右侯张宾有感于"不幸失身伪朝"，与前秦相王猛"中夜叹息，未尝不涕泗横流"的传说，发出"失身膻，遗恨丹青；载记悠悠，鬼录冥冥；关塞月黑，风凄哭声"悲吟；凡此种种，仍然可见钱氏有比较强烈的遗民情感。

吴伟业（1609—1671年），字骏公，晚号梅村，江南太仓（今属江苏）人。天资颖异，为张溥赏识，收为门生。崇祯四年（1631年）进士，授翰林院编修，官至左庶子。明亡后里居避难，为文社宗主。顺治十年（1653年）受命进京，授内秘书院侍讲，后迁国子监祭酒。十四年（1657年）以母丧南归，此后不再出仕，以著述终老。著有《吴梅村家藏稿》及《绥寇纪略》等。他的主要文学成就在诗而不在文，但文也颇有特色。其为文主韩愈以来的文统说和宋元以来的道统说，以为"夫文者，古人以陈谟矢训作命敷告

---

① 《贰臣传乙·钱谦益》，见《清史列传》卷七九，第6577页，北京：中华书局1987年版。

教世化俗者之所为,非仅以言辞为工者也"。于明代特推重宋濂之文。其记序书牍,文笔雅洁,体现出诗人之文的特有风格。

归庄(1613—1673年),字玄恭,后改名祚明,又字悬弓,别号恒轩,昆山(今属江苏)人。归有光曾孙。明末为诸生,入复社。清兵南下,归庄参加昆山城守御,城陷后潜逃,始终不与清廷合作。曾就馆授徒为生,晚年贫病而死。著有《归庄集》。归庄平生耻为文士,但一生成就,仍在诗文。其为文主张接近钱谦益,以宋濂、归有光为明代文章正宗,而以前后七子、公安、竟陵为明文之弊。他的文章虽然有意继承"有光家法",选取一些日常琐事来表达细致的情感,但毕竟生当易代之际,而又有颇为强烈的民族情感,故其文章,多激愤感慨之语。

此外,还有一批作者跳出明代文学思想的拘囿,去寻找文章写作的理论和方法。结果是无一例外地回到了先秦。他们从先秦诸子和史传文学中找到了自己学习的典范,并在创作实践中加以应用,从而形成自己的风格。这方面较有成就的作家有王猷定、魏禧、唐甄等。

王猷定(1598—1662年),字于一,号轸石,江西南昌人。少时倜傥,有声庠序。后遁迹江湖,著述自娱。明末曾入史可法军幕,入清后,绝意仕进,以古文自雄。著有《四照堂集》。其为文主张"明理",不赞成"文以气为主"之说,认为"气之克,克于立体,而体之所急,急于明理。仁义中正之旨,理乱得失之林,灼然见其本末。而后静虚以澄之,精明以致之,优柔以蓄之,广博以贯之,范古以弘之,峻洁以行之,宛转以畅之。有承蜩之专,有贯虱之巧,有解牛之神,故天下见其言望而可畏,究而不可测,隐然长江大河一泻千里,……岂非体具而气足哉!"(《与友论文书》)他的文章"取裁《左》、《国》,模范大家;至其自出机轴,激郁缠绵,浏漓浑脱"(《四照堂集序》)。最能体现这些特点的是其创作的一些传奇性散文,如《李一足传》、《汤琵琶传》、《义虎传》等。

魏禧(1624—1680年),字冰叔,号叔子,又号裕斋,宁都(今属江西)人。明末诸生,明亡不出,有恢复之志。年四十,游吴越,所交多奇士。晚年荐举博学鸿词,以疾辞。著有《魏叔子文钞》。平生喜读史,尤好《左传》,自称"禧二十年来,殚心《左传》,成《左传经世》一书,尝就正有道,谬许为二千余年来所仅有"①,惜此书不传,只存节本。又说:"吾好穷古今治乱得失,长议论。……吾诸论亦私自谓苏氏后恐无其偶。吾策文《田制》、《封建》、《奄官》等文,不立规格,汩汩浩浩,虽文采不逮晁、贾,亦窃希贾长沙、李文定。"(《与诸子世杰论文书》)不过,时人对其史论评价甚高,而对其策文则不敢恭维,如程晋芳谓"观其《伊尹》、《正统》诸篇,信能于眉山父子外别立坛帜,而策则未为尽善也"(《书魏叔子文钞后》)。这是因为他"闭户穷山垂二十年",对社会实际了解不够,而策文要针对现实而发,故难免流于书生之见。魏禧颇重实学,为文讲求"真气",《清史稿》本传称他"凌厉雄杰,遇忠孝节烈事,则益感激,摹画淋漓"②,他的一些传记,如《江天一传》、《高士汪枫传》、《大铁椎传》、《邱维屏传》等,就有这样的风格特点。

唐甄(1630—1704年),原名大陶,以字行,更字铸万,号圃亭,四川达县人。顺治十四年(1657年)举人。康熙十年(1671年)选为山西长子县知县,以流人诖误去官。流寓吴中,炊烟尝绝,犹陶陶然振笔著述。著有《圃亭集》及《潜书》(原名《衡书》)。唐甄"不为八家应酬之文","独喜《孟子》、《战国策》、《管》、《列》诸书,读之终身不倦"③,其思想和文章,都有非正统色彩,故正统文人对他多有批评。为文主张学习周秦,以为"古

---

① 魏禧:《答汪舟次书》,见《魏叔子文钞》卷之三,宋荦、许汝霖选刊本。
② 《清史稿·魏禧传》,新编《二十五史》影印关外二次本,第10316页,上海古籍出版社、上海书店1986年版。
③ 杨宾:《唐铸万〈潜书〉序》,见《杨大瓢先生杂文残稿》,吴中文献小丛书本。

之善言者,根于心,矢于口,征于事,博于典,书于简策,采色焜耀。以此言道,道在襟带;以此述功,功在耳目。故可尚也。汉乃谓之文,失之半焉。唐以下尽失之",甚至认为"秦以上之言如胔肉,唐以下之文如菜羹"①。他的文章注重识见,不事雕琢,魏禧称其为"周秦之书"。如《室语》一篇借与妻对话,指出"大清有天下,仁矣;自秦以来,凡为帝王皆贼也",因为"杀一人而取其匹布斗粟犹谓之贼,杀天下之人而尽有其布粟之富,而反不谓之贼乎!"在回答妻子所云"当大乱之时,岂能不杀一人而定天下"的疑问时,又进一步指出:"有罪而杀,尧、舜之所不能免也;临战而杀,汤、武之所不能免也。非是,奚以杀为!若过果而墟其里,过市而窜其市,入城而屠其城,此何为者?"这实际上包括了清兵南下的许多暴行,大清之"仁",已在不言中了。

明末清初的学者之文很有特点。这些学者生当乱世,对社会现实有充分的了解,对传统思想和价值有深入的思考,故其为文,能密切结合实际,发前人所未发,体现出学者的睿智和勇气。其代表作家为黄宗羲、顾炎武、王夫之。尽管《清史稿》将黄、顾、王均列入"儒林传",但从他们的思想实际来看,他们并非纯粹的儒者,而是对中国思想史上各家思想都有批判吸收的学者。郭预衡《中国散文史》将他们的文章归入"易代学人之文",是很有道理的。

黄宗羲(1610—1695年),字太冲,号梨洲,余姚(今属浙江)人。父为东林党人,因劾魏忠贤被诬入狱而死,宗羲入京讼冤。归里后,发愤读书。崇祯十一年(1638年),主持天启蒙难士子作《留都防乱揭》,抨击阮大铖。南明马士英起用阮大铖,宗羲被捕。不久,南京陷落,宗羲归里,纠合义兵抗清。后为鲁王监察

---

① 唐甄:《非文》,《潜书》上篇下,第198—199页,成都:四川人民出版社,1984年版。下引此书只注篇名。

御史,从鲁王于海上。海上倾覆,恢复无望,乃奉母返里,毕力著述。自编其集为《南雷文定》,还著有《明夷待访录》、《明儒学案》等。宗羲一生,"初锢之为党人,继指之为游侠,终厕之为儒林"(《自题》)。他既是一个思想家,也是一个文学家,还是一个社会活动家。在思想领域,他的《明夷待访录》具有很高价值。在《明夷待访录·原君》一篇中,他指出后之人君"以天下之利尽归于己,以天下之害尽归于人","以我之大私为天下之大公","视天下为莫大之产业","是以其未得之也,屠毒天下之肝脑,离散天下之子女,以博我一人之产业","其既得之也,敲剥天下之骨髓,离散天下之子女,以奉我一人之淫乐",所以他的结论是:"为天下之大害者,君而已矣!"[1]这是与儒家思想不同的初步民主主义思想,是具有近代启蒙意识的先进思想。他的文章,也是以深刻的思想性为主要特点。其弟子靳治荆在《南雷文定序》中说:"今观先生之文,有褒讥予夺、微显阐幽者一,圣贤中正之矩也;有痛哭流涕、感动激发者一,忠孝旁薄之气也;有研习精微、发挥宏巨者一,穷理尽性、彰教辨治之本也。若其力厚思深,包举万有,海涵地负,睥睨千秋,要皆有实际可循,而非徒工鏧悦者所得而埒也。"当然,宗羲文章的思想性是不局限于儒家的,他说:"所谓文者,未有不写其心之所明者也。心苟未明,劬劳憔悴与章句之间,不过枝叶耳,无所附之而生。故古今来不必文人始有至文,凡九流百家,以其所明者沛然随地涌出,便是至文。"(《论文管见》)大概宗羲心明眼亮,才有那些见地深刻、惊世骇俗的论辩之文。

顾炎武(1613—1682年),原名绛,字忠清,明亡后更名炎武,字宁人,号亭林,昆山(今属江苏)人。明诸生,早年参加复社,为

---

[1] 黄宗羲:《原君》,见《黄宗羲全集》第一册,第2—3页,杭州:浙江古籍出版社,1985年版。下引此书只注篇名。

经世之学。清兵南下,炎武参加义师抗清,为鲁王兵部司务。失败后,曾游历山东、河北、山西诸边塞,考察山川形势,志在恢复。晚年卜居华阴,仍有四方之志。读书著述,终身不息。自谓"九州历其七,五岳登其四","百家之说,粗有窥于古人;一卷之文,思有裨于后代"①。著有《天下郡国利病书》、《日知录》及今人整理的《顾亭林诗文集》等。其为学"大抵主于敛华就实,凡国家典制、郡国掌故、天文仪象、河漕兵农之属,莫不穷源究委,考正得失"②,倡言"天下兴亡,匹夫有责"。为文则主张"文须有益于天下","凡文之不关于六经之指、当世之务者,一切不为"(《与友人论学书》),但也不赞成不事修辞的语录之文。故其文章大都言之有物,且情感真诚热烈。彭绍升《顾亭林先生余集序》云:"亭林顾先生间代通儒,有扶世立教之志,而生逢季世,无所发抒,孤忠磊磊,至老不变。其所为文,至于国家存亡之际,慷慨伤怀,或扬声哀号,或幽忧饮泣,以视屈原、贾生诸公,时遇不同,同一天性激发而已矣。"③这一概括应该说是大体准确的。其为世所称的文章大都是这些与国家存亡相关的政论文,如《郡县论》、《生员论》等,或是记载抗清志士逸闻遗事的传记文,如《吴同知行状》、《书潘吴二子事》等。至于《与友人论学书》等文反复强调"圣人之道"关键在于"博学于文"和"行己有耻",也是有感而发,在当时有极强的针对性。

王夫之(1619—1692年),字而农,号姜斋,衡阳(今属湖南)人。举崇祯十五年(1642年)乡试。明亡,起兵抗清。曾任桂王

---

① 顾炎武:《与戴耘野》,见《顾亭林诗文集》亭林文集卷之六,第140页,北京:中华书局1983年第2版。
② 《清史稿·顾炎武传》,新编《二十五史》影印关外二次本,第10298页,上海古籍出版社、上海书店1986年版。
③ 彭绍升:《顾亭林先生余集序》,见《国朝文录·二林居文录》卷一,瑞州凤仪书院1839年版。

行人司行人,南北奔走,意图恢复。见事不可为,乃隐居于衡阳石船山,从事著述,世称船山先生。于五经、诸史皆有评说,自定诗集数种。后人辑有《船山遗书》、《船山诗文集》等。其为学"以汉儒为门户,以宋五子为堂奥,其所作《大学衍》《中庸衍》,皆力辟致良知之说,以羽翼朱子;于张子《正蒙》一书,尤有神契"①。然而,他的思想也不局限于宋学一隅,在《黄书》《噩梦》中,他主张保护种族,抵御侵略,土地应该归耕者所有,非王者所得而私,便突破了宋儒疆域,有鲜明的时代特色和启蒙意识。他的文章最有特点的是政论和史论,如《读通鉴论》、《史论》等,都是有得之言,体现了作者深邃的历史眼光和政治眼光,与一般人之文有别。

除学者之文外,明末清初长江流域还有一些儒者,他们的文章也有自身的特点,值得一提。前面我们指出,黄宗羲、顾炎武、王夫之被人视为明末清初之大儒,他们的文章本可称为儒者之文。然而,从他们的思想倾向和对儒教的态度来看,他们是将儒教作为一种学术来对待的,这与将儒教作为一种信仰的儒者显然有别。而且,从文章风格来看,学者之文与儒者之文也有明显的区别。魏禧在《张元择文集序》中说:"儒者之文沉以缓,才人之文扬以急,文人之文文胜其质,学者之文质胜其文。"正因为儒者对儒家思想虔诚信仰,而其为文常常不越雷池,故容易形成沉缓滞重的风格。朱之瑜、汪琬、朱彝尊可为代表。

朱之瑜(1600—1682年),字楚屿,寄居日本后字鲁屿,号舜水,浙江余姚人,寄籍松江(今属上海)。明末为诸生,明亡后从事抗清活动,往来于舟山、安南(今越南)、日本等地,与郑成功也有联系。顺治末定居日本,康熙二十一年(1682年)病逝。著有

---

① 《清史稿·王夫之传》,新编《二十五史》影印关外二次本,第10291页,上海古籍出版社、上海书店1986年版。

《朱舜水集》。之瑜在日本20余年,讲学著述,颇以儒者自居。为学推崇朱熹和董仲舒,对王守仁也有所取。读书作文,以《四书》、《六经》为根本,尤重修身。文章也有特点,主张"作文以气骨格局为主,当以先秦两汉为宗。不然,则气格不高,不贵,不古,不雅。参以陆宣公、韩、柳、欧、苏,则文章自然有骨气,有见解,有波澜,有跌宕,有神采。取其精华,去其糟粕,文之最上者也。"①他对自己文章的评价是:"不佞文字无甚佳处,只是一字不杜撰,一字不落套,一字不剿袭他人唾余。"《中原阳九述略》、《安南供役纪事》可以代表他的文章风格。

汪琬(1624—1691年),字苕文,又字钝庵,长洲(今江苏苏州)人。顺治十二年(1655年)进士,授户部主事。迁刑部郎中,因"江南奏销案"降兵马司指挥。再迁户部主事,榷江宁西新关。康熙九年(1670年)以病假归,卒于家。著有《尧峰文钞》等。《四库全书总目提要》说他的文章"其气体浩瀚,疏通畅达,颇近南宋诸家,蹊径亦略不同。庐陵、南丰,固未易言。要之接唐、归,无愧色也。"②当时人读其文,"不曰祖庐陵,即曰祢震川也",他自己"尝自评其文:盖从庐陵入,非从庐陵出者也"③。可见他为文宗宋。在《答陈霭公论文书》中他说:"古之载道之文,自《六经》,《语》、《孟》而下,惟周子之《通书》,张子之《东、西铭》,程、朱二子之传注,庶几近之;虽《法言》、《中说》,犹不免后人之议,而况他文乎?"因此,他的宗宋,主要还是宋代理学家之文,特别是朱熹为代表的南宋儒者之文。不过,汪琬对佛、老的态度,似

---

① 朱之瑜:《答安东守约问八条》,见《朱舜水集》卷十,第368页,北京:中华书局1981年版。
② 纪昀等《尧峰文钞提要》,见《四库全书总目》卷一七三,第1522页,北京:中华书局1965年版。
③ 汪琬:《与梁田缉论〈类稿〉书》,见《尧峰文钞》卷三二,四部丛刊初编本。下引此书只注篇名。

乎比南宋理学家们更开明,他说:"《老子》五千余言,率时时寄意于治国爱民行师莅事之间。及其末章,盖不胜自喜之心,乃思得小国寡民而试之。而佛固未尝有是语也,然至于利济天下,欲使物物各得其所,则佛之视老子,岂有异载?盖公言黄老,曹相国师之,而齐以大治。汉文帝师河上公,而天下几至刑措。此亦儒者所不能訾也。"(《送姚六康之任石埭序》)因此,郭预衡说他"不是儒之醇者,而是儒之呆者"。①

朱彝尊(1629—1709年),字锡鬯,号竹垞,晚称小长庐钓鱼师,浙江秀水(今浙江嘉兴)人。少时聪颖,刻苦读书。不为举业,致力于《三礼》、《春秋内外传》、《文选》等。康熙十八年(1679年)举博学鸿词科,以布衣入选,除翰林院检讨,预修《明史》。后充日讲起居注,江南乡试副考官等。康熙三十一年(1692年)罢归,筑曝书亭,著述为乐,著有《曝书亭集》等。康熙南巡,曾进呈所著《经义考》,得御赐"研经博物"匾额,时以为荣。作为学者的朱彝尊主张"文章之本,期于载道而已"②。因此,他既不赞成标榜秦、汉,也不赞成标榜唐、宋,而以"六经"为文之源。其文"纡余澄澹,蜕出风露,于辩证尤精"③。不仅文学思想正统,文章风格也温厚和平,体现出儒者之文的特点。

从以上的描述可以看出,明末清初的长江文坛虽然没有形成主流文风,但万紫千红,百舸争流,无论是文学思想还是文学创作,都异常活跃,其成就是不容低估的。

三 桐城派的崛起

清代的长江文坛形成自己的独特风格是以桐城派的诞生为

---

① 郭预衡:《中国散文史》下,第444页,上海古籍出版社2000年版。
② 朱彝尊:《报李天生书》,见《曝书亭集》卷三一,四部丛刊初编本。
③ 王士禛:《竹垞文类序》,见《曝书亭集》,四部丛刊初编本。

标志的。而桐城派的诞生是与清朝的康乾盛世联系在一起的。

康熙二十一年(1682年),三藩之乱彻底平息,次年,清兵攻克台湾,完成了国家的完全统一。经过几十年的冲突磨合,民族矛盾已渐趋缓和,社会政治也逐步稳定,经济得到全面恢复并有了长足的发展,加之康熙皇帝又是一个英特有为之主,盛世局面渐次形成。盛世社会需要盛世之文,而体现盛世文风的桐城派应运而生。

桐城派以安徽桐城人方苞、刘大櫆、姚鼐为代表,并称为"桐城三祖"。而桐城派之名首见于姚鼐《刘海峰先生八十寿序》,其有云:

> 曩者,鼐在京师,歙程吏部、历城周编修语曰:"为文章者,有所法而后能,有所变而后大。维盛清治迈逾前古千百,独士能为古文者未广。昔有方侍郎,今有刘先生,天下文章,其出于桐城乎?"①

按姚鼐的说法,"天下文章,其出桐城"是程晋芳(时任吏部主事)、周永年(时任四库全书编修)的观点,而桐城文章以方苞、刘大櫆为代表。其实,在方苞之前,还有一个桐城人戴名世,他不仅给予方苞巨大影响,而且他的文学思想和文章风格,也是桐城派真正的先驱。只是由于"《南山集》案"在当时仍然是一个敏感话题,人们不愿将戴名世牵扯进来而自找麻烦,所以将他排除在桐城派之外。然而,戴名世对于桐城派的影响,实在是不应该被忽视的。

戴名世(1653—1713年),字田有,一字褐夫,号药身,又号忧

---

① 姚鼐:《惜抱轩全集》文集卷八,影印梅曾亮、管同校刊本,第87页,北京:中国书店1991年版。

庵,因曾一度隐居家乡桐城之南山,故世称南山先生。为人豪爽,喜读书交友,好漫游,足迹遍及冀、豫、齐、鲁、吴、越、闽、浙等地。康熙二十五年(1686年)始入京师,以贡生就读于太学,与方苞等定交,放言高论,被目为"狂士",为"清议所从出"①。康熙四十八年(1709年)中进士,授翰林院编修。越明年,左都御史赵申乔上疏参奏戴名世,罪名是"私刻文集,肆口游谈,倒置是非,语多狂悖",形成震动一时的《南山集》案。两年后(1713年),戴名世被杀,《南山集》书版遭毁,与戴有关系的一干人受到牵连。方苞就是因《南山集》案牵连而受到惩处,差点掉了脑袋。

方苞(1668—1749年),字凤九,一字灵皋,晚号望溪。康熙三十年(1691年)游太学,始识戴名世。康熙四十五年(1706年)应礼部试,为第四名贡士。按清代制度,贡士需经殿试后方成进士,当时舆论以为方可能夺魁,但因母亲突然病重,于是匆匆南归。五年后,《南山集》案发,方苞因曾为《南山集》作序而被逮入狱,按律论死。文渊阁大学士李光地等极力营救,而方苞的道德文章为康熙所欣赏,有意利用他来促进治化。就在戴名世处死的同时,康熙御批:"戴名世案内,方苞学问,天下莫不闻。下武英殿总管和素。"翌日,命撰碑文赋论,甚受嘉赏,不但免死,且以白衣入值南书房。仅以家族编入旗籍,作为处罚。康熙六十一年(1722年)充武英殿修书总裁。次年,全族被赦,放归原籍。雍正十年(1732年)迁翰林院侍讲学士。乾隆二年(1737年)任内阁学士兼礼部侍郎,教习庶吉士。寻以老病请解侍郎之职,许之,仍带原衔教习庶吉士。两年后,为人所劾,落职,仍命在三礼馆修书。乾隆七年(1742年),离京南归,居南京,七年后卒。著有《望溪文集》。

---

① 方苞:《四君子传》,见影印戴均衡辑本《方望溪先生全集》卷八,北京:中国书店1991年版。

方苞与戴名世的关系,不仅在于他们是同乡且同游太学,也不仅在于他们都被卷进《南山集》案,更重要的是他们的文学思想和文体风格十分接近。或者说,戴名世的文学思想和文体风格给予了方苞极大的影响,以致我们谈论方苞的文学成就时不能不提及戴名世。戴名世在《方灵皋稿序》中谈到他们二人的文学交往时说:

> 盖灵皋自与余往复讨论,而相质正者且十年。每一篇成,辄举以示余,余为之点定评论,其稍有不惬于余心,灵皋即自毁其稿。而灵皋尤爱慕余文,时时循环讽诵。尝举余之所谓妙远不测者,仿佛想像其意境,而灵皋之孤行侧出者,固自成为灵皋一家之文也。①

戴名世虽被人目为"狂士",但以上所述绝非吹嘘,方苞对戴名世的崇敬有《南山集序》为证。《南山集序》有云:"余自有识,所见闻当世之士,学成而并于古人者,无有也;其才之可拔以进于古者,仅得数人,而莫先于褐夫。"又说:"褐夫之文,盖至今藏其胸中而未得一出焉。夫立言者,不朽之末也,而其道尤难。书传所记,立功名,守节义,与夫成忠孝而死者,代数十百人,而卓然自名一家之言,自周秦以来,可指数也。岂非其事独希,故造物者或靳其才,或艰其遇,而使皆不得以有成耶?"②对戴名世为人为文评价之高,几至无以复加。尽管有桐城后学否认此序为

---

① 戴名世:《方灵皋稿序》,见《戴名世集》卷三,第54页,北京:中华书局,1986年版。下引此书只注篇名。
② 方苞:《南山集序》,见《戴名世集》附录,第451页,北京:中华书局1986年版。此序未收入方苞自己编定的文集中,故后人多有怀疑者。然方苞曾孙方传贵所编《望溪先生集外文》收入此文;且此序冠于《南山集》之首,《南山集》书版当时就藏方苞家,方苞本人从未否认作过此序,故此序应为方苞所作。

方氏所作，但此序原载《南山集》卷首，是方氏被牵连入狱的主要证据，当不会有假，况且方氏自己也从未否认，而《南山集》刊行后，印版即存方苞家。总之，方苞与戴名世相互引为知己以及方对戴的服膺都是不可否认的。

戴名世的文章理论和文体风格是方苞文章理论和文体风格的先导，这里不妨做一简要介绍。

首先，戴氏论文推尊唐宋八大家，于明则服膺归有光。他说："余少好古，而尤嗜八家之文。"（《唐宋八大家文选序》）又说："余从事于古文有年矣，虽不能为古人之文，而窃知之不同于众人。最后得归震川之书，有惬于心，余好之。"（《书归震川文集后》）这种师承主张虽然与清初钱谦益、归庄等人相同，但它也开启了桐城派文统观的先河。

在对文章要素的理解上，戴氏提出："道也，法也，辞也，三者有一之不备焉，而不可谓之文也。"（《己卯行书小题序》）他所说的"道"，主要只指宋儒之道。他所说的"法"，有"御题之法"和"行文之法"，其实是指一定的规矩绳墨。他进而提出"道与艺合"理论的滥觞。他所说的"辞"，是指《左传》、《国语》、庄子、屈原、司马迁、班固，以及唐宋八大家的"古之辞"，而非当时诸生学究怀利禄之心所为的"今之辞"，这也开启了桐城派重视古文语言的先声。

在对文章艺术的要求上，戴氏提出了"精"、"气"、"神"相统一的观点。他从道家养生之说中得到启发，"乃窃以其术而用之于文章"。所谓"精"，即文风的雅洁清新，"夫惟雅且清则精"；所谓"气"，即行文的气势，"杰然有以充塞乎两间而盖冒乎万有"；所谓"神"，即文章的精神，"其致悠然以深，油然以感，寻之无端，而出之无迹者，吾不得而言之也。夫惟不可得而言，此其所以为神也"（《答张王两生书》）。戴氏的这一思想对刘大櫆的"神气"说有直接影响。

此外，戴氏提倡自然淡泊的文章风格和审美好尚，也成为桐城派关于文章审美的基本理论。例如他说："君子之文，淡焉泊焉，略其町畦，去其铅华，无所有，乃其所以无所不有者也。"(《与刘言洁书》)桐城派的文章追求的就是这种自然淡泊的文章风格。

戴名世不仅提出了许多重要的文章理论，也创作了许多成功的作品，正是这些体现其思想和文风的作品，进一步夯实了他作为桐城派先驱者的基础地位。例如，他的《杨维岳传》《画网巾传》对人物的描写得《史记》神韵，《游大龙湫记》《游浮山记》《游天台山记》等山水游记写得简洁明净，《倪生诗序》《与余生书》《醉乡记》《鸟说》《盲者说》《穷鬼传》等书信序跋杂文随笔之类，同样特色鲜明，给人耳目一新之感，也给桐城后学以启发。

当然，桐城派的成立，不仅有戴名世的导夫先路，也不仅有方苞的开创局面，还有刘大櫆、姚鼐的创造拓展，终于使桐城派成为在清代最具影响力的文学流派。

刘大櫆(1698—1779年)，字才甫，一字耕南，号海峰。少有大志，且负文名。雍正四年(1726年)入京应试，始见方苞。雍正七年、十年两中乡试副榜，终未正式成为举人。乾隆元年(1736年)以方苞荐，应博学鸿辞科试，被黜。此后往来于江南各地，或授徒，或入幕。乾隆二十六年(1761年)任黟县(今属安徽)教谕，始广收弟子。乾隆三十一年(1767年)归里，居枞阳江畔聚徒讲学。著有《论文偶记》及《刘海峰文集》等。刘大櫆虽名爵不及方苞，但他对方苞的思想有很大发展，形成了颇有特点的理论，产生了广泛影响，"而其说盛行一时，及门暨近日乡里后进私淑者数十辈，往往守其微言绪论以道学，肖其波澜以为文及诗者，不可胜纪"[①]。其及门弟子除姚鼐外，王灼、吴定、程晋芳等均颇

---

① 方东树：《刘悌堂诗集序》，见《仪卫轩文集》。

有文名。朱子颖、钱鲁斯、金榜、张敏求等,也为一时之选,都著籍海峰之门。应该说,桐城派的影响是在刘大櫆时代形成的。

姚鼐(1731—1815年),字姬传,又字梦谷,以其书斋名惜抱轩,故世称惜抱先生。少从刘大櫆学古文。乾隆二十八年(1763年)中进士,授庶吉士。三年后散馆,改任兵部主事,旋补礼部主事。历任山东、湖南乡试副考官,充会试同考官。累迁刑部郎中。乾隆三十八年(1773年)开四库全书馆,入馆充纂修官,馆中学者,均为一时俊彦。因与主汉学的纪昀、戴震等意见不合,第二年冬即辞官归里。后绝意仕进,以讲学著述为业。先后主讲过扬州梅花书院、安庆敬敷书院、歙县紫阳书院、南京钟山书院,因而弟子遍布大江南北,其中最著名的有管同、梅曾亮、方东树、姚莹、刘开、陈用光、吴德旋等。姚鼐一生著述丰富,有《惜抱轩诗文集》、《九经说》、《老子章义》、《庄子章义》等,所编《古文辞类纂》影响甚大。姚鼐不仅完成了桐城派的理论建设,而且把桐城派古文创作提高到一个崭新的阶段,被后人誉为桐城派的集大成者,并与刘大櫆、方苞一道,被桐城后学遵为"桐城三祖"。

第二节 桐城三祖的文学思想

桐城三祖都有系统的文学思想,他们的思想既有密切联系,又有各自不同的理论特色。方苞的理论核心是"义法","义"即"言有物","法"即"言有序",包括内容和形式两个方面。而"雅洁"则是他对文章风格的基本要求。刘大櫆则拓展了方苞的"义"的内涵,使其能够容纳个人情感和愤世嫉俗的内容,并将"法"具体化为"神气"、"音节"以及"字句",使其有隐显、精粗之别。姚鼐作为桐城派的集大成者,融会了方、刘的理论而加以创新,提出了更为系统而深刻的文章理论。他不仅强调"义理、考证、文章"三者统一,而且总结出"神、理、气、味、格、律、声、色"等文章艺术要素以及掌握这些要素的方法,同时对文章的主体风格进行了创造性的划分,给予古文学习与创作以简明而具体的理论指导。

一 方苞的文学思想

方苞在"《南山集》案"中因康熙庇护而未被处死,与他的思想倾向适应了康熙施政的需要有关。康熙当时正提倡程朱理学,而方苞正是宋学的代表人物。

在学术思想上,方苞不满于黄宗羲、颜元等近代学者,认为:"夫学之废久矣,而自明之衰,则尤甚焉。某不足言也。浙以东,则黄君梨洲坏之;燕、赵间,则颜君习斋坏之。"①而对宋儒之书特别是程朱理学,尤所服膺。他说:"仆少所交,多楚越遗民,重文章,喜事功,视宋儒为腐烂。用此年二十,目未尝涉宋儒书。及至京师,交言洁与吾兄,劝以讲索,始寓目焉。其浅者,皆吾心所欲言,而深者则吾智力所不能逮也,乃深嗜而力探焉。"(《再与刘拙修书》)他甚至为自己定下了"学行继程、朱之后,文章在韩、欧之间"(王兆符《文集序》引)的人生奋斗目标。

正因为方苞服膺宋儒,重视名节,主张经世致用,所以他对为文之道也有独特的理解。方苞文学思想的核心,就是在戴名世的"道与法合"说的基础上提出了"义法"的理论。他说:

> 《春秋》之制义法,自太史公发之。而后之深于文者亦具焉。义即《易》之所谓"言有物"也;法即《易》之所谓"言有序"也。义以为经而法纬之,然后为成体之文。(《又书〈货殖传〉后》)

---

① 方苞:《再与刘拙修书》,见《方望溪全集》卷六,影印戴均衡辑本,第87页,北京:中国书店1991年版。下引此书只注篇名。

方苞把"义法"之源上溯到《春秋》,并借用《易经》之言来解说"义法",显然是为了提高其理论的权威性与说服力。所谓太史公所发《春秋》义法,是指司马迁在《史记》的《十二诸侯年表》的序言中所云"是以孔子明王道,干七十余君,莫能用,故西观周室,论史记旧闻,兴于鲁而次《春秋》。上记隐,下至哀之获麟,约其文辞,去其繁重,以制义法。王道备,人事浃。七十子之徒口受其传指,为有所刺讥褒讳挹损之文辞,不可以书见也"。司马迁所理解的《春秋》义法,具有内容和形式两个方面。从内容上讲,要"王道备,人事浃",也就是要对所记载的史实"有所刺讥褒讳挹损";从形式上讲,要"约其辞文,去其繁重",也就是要做到文辞简练雅洁,不重复冗沓。因此,所谓"义法"云云,就是要将文章意旨、材料取舍、语言表达有机统一在一定的义例和法则之中。

这里不妨举几个方苞谈"义法"的实例。方苞说:

> 碑记墓志之有铭,犹史有赞论,义法创自太史公,其指意辞事,必取之本文之外。班史以下,有括终始事迹以为赞论者,则于本文为复矣。此意惟韩子识之,故其铭辞未有义具于碑志者,或体制所宜,事有复举,则必以补本文之间缺。(《书韩退之平淮西碑后》)

> 古之晰于文律者,所载之事,必与其人之规模相称。太史公传陆贾,其分奴婢装资,琐琐者皆载焉。若萧、曹世家而条举其治绩,则文字虽增十倍,不可得而备矣。故尝见义于《留侯世家》曰:"留侯所从容与上言天下事甚众,非天下所以存亡,故不著。"此明示后世缀文之士以虚实详略之权度也。宋、元诸史,若市肆簿籍,坐此义不讲耳。(《与孙以宁书》)

这些评论,主要涉及文章材料取舍和文字表达的虚实详略

等方面,给人的印象似乎"义法"就是文章写作的方法技巧。然而,在方苞心中,"法以义起而不可易者"(《〈史记〉评语》),"夫法之变,盖其义有不得不然者"(《读〈史记〉八书》),"义"比"法"更为根本,"义"决定着"法","法"体现着"义"。也就是说,方苞所论文章写作之法中其实是包括"义"的内涵的,它是内容与形式的统一。而文章的所谓"义",并不是指一般的思想内容,而是指符合正统的孔孟之道。为了宣传其关于"义法"的理论,方苞编辑了《古文约选》,在为这一文章选集所写的序言中,他说:

> 盖古文所从来远矣,六经、《语》、《孟》,其根源也。得其枝流而义法最精者,莫如《左传》、《史记》。然各自成书,具有首尾,不可以分剟。其次《公羊》、《谷梁传》、《国语》、《国策》,虽有篇法可求,而皆通纪数百年之言与事,学者必览其全而后可取精焉。惟两汉书疏及唐宋八家之文,篇各一事,可择其尤。而所取必至约,然后义法之精可见。……群士若果能因是以求六经、《语》、《孟》之旨,而得其所归,躬蹈仁义,自勉于忠孝,则立德立功以仰答我皇上爱育人材之至意者,皆始基于此。是则余为是编以助流政教之本志也夫。

毫无疑问,方苞所谓"义法"并不特重其"法",而是更重其"义",或者说重视"义"与"法"的统一。并且,方苞所云之"义",从根源上说是孔孟之道,从现实来说,则是程朱理学,这一点上节已经说明,这里不再重复。这样,"义法"的理论,就把文章的写作技巧和为现实政治服务很好地结合起来,成为适应盛世需要的文学思想。

需要指出的是,如果将方苞的"义法"仅仅理解为根据现实需要提出的对文章内容和形式的规范性要求,那仍然是远远不够的。方苞的"义法"说还包括文章风格和审美风范。例如,他在《史记评语·绛侯周勃世家》中说：

> 子厚以洁称太史,非独辞无芜累也,明于义法,而所载之事不杂,故其气体为最洁也。此意为退之得之,欧、曾以下,不能与于斯。

他的弟子沈廷芳在《椒园文钞》中转述他的话说：

> 南宋、元、明以来,古文义法不讲久矣。吴越间遗老尤放恣,或杂小说,或沿翰林旧体,无一雅洁者。古文中不可入语录中语,魏晋六朝人藻丽俳语,汉赋中板重字法,诗歌中隽语《南、北史》佻巧语。老生所阅《春秋三传》、《管》、《荀》、《庄》、《骚》、《国语》、《国策》、《史记》、《汉书》、《三国志》、《五代史》、《八家文》,细观当得其概矣。

由此可见,追求平实雅洁的文风是方苞提倡"义法"的结穴处,它比具体的写作方法技巧更为重要。

方苞的"义法"理论不仅根据现实需要提出了对于文章写作的一些具体的方法和原则,主张文章内容与形式的统一,而且吸收了唐宋以来古文运动的积极成果,将平实雅洁的文风作为文章的风格轨范和审美追求,形成了比较系统而又实在的文章理论体系。方苞的"义法"说奠定了桐城派的文章理论基础,人们以方苞为桐城派的开山之祖显然是符合实际的。

二　刘大櫆的文学思想

刘大櫆虽与方苞同乡,很受方苞赏识,但他毕竟与方苞并无师生之谊,学问门径本不同源。据马其昶《桐城耆旧传》载,刘大櫆早年师事吴直,而吴直"与世落落然,同时方侍郎（苞）负盛名先生犹以为不可意也"。刘大櫆认识方苞时,已近而立之年,尽管受到方苞思想的影响,却仍然保持自己的独立思想,形成了与方苞既有联系又有差别的文学思想。

在对待程朱理学的问题上,刘大櫆采取了某种保留的态度。程朱理学主张"存天理,灭人欲",而刘大櫆则认为"七发之情"(指喜、怒、哀、惧、爱、恶、欲)是人之所共有,"喜安而惧危,贪生而怖死,乃人之情也"①,违背人情的做法是不能持久的:"嗜欲之所在,智之所不能谋,威之所不能胁。夺其所甘而易其所苦,势不能以终日。"(《慎始》)这与程朱理学显然相左。他甚至认为"天理"、"天道"是值得怀疑的,他在《天道·下》中说:

> 三代以上,道出于一,故其天可信;三代以下,道出于二,故其天不可信。可信者,天之有道也;不可知(信)者,天之无道也。天下有道,则道德仁义与富贵显荣常合;天下无道,则富贵显荣与道德仁义常分。是故衰乱之世,其达而在上,则必出于放辟邪侈;其修身植行,则必至于贫贱忧戚。

刘大櫆的这种认识,自然与他长期科场失意,较多地接触了社会底层生活,对社会有比较深刻的认识有关。而他的这种由盛世怀才不遇而产生的多少有些离经叛道的思想,使他能够突破方苞的某些局限,而拓展桐城派的文章理论。《清史列传·文苑传》谈到方、刘差异时说:

> 大櫆虽游方苞之门,所为文造诣各殊。苞择取义理于经,所得于文者义法;大櫆并古人神气音节得之,兼集《庄》、《骚》、

---

① 刘大櫆:《答吴殿麟书》,见《刘海峰文集》卷,清光绪戊子桐城大有堂书局本。下引此书只注篇名。

《左》、《史》、韩、柳、欧、苏之长,其气肆,其才雄,其波澜壮阔。尝著《观化》篇,奇诡似《庄子》。其他言义理者,又极醇正。诗能包括前人,熔诸家为一体。①

如此看来,刘大櫆对于方苞的文学理论,主要不是继承,而是拓展。刘大櫆的文章理论集中体现在其所著《论文偶记》中。《论文偶记》开宗明义:

> 行文之道,神为主,气辅之。曹子桓、苏子由论文,以气为主,是矣。然气随神转,神浑则气灏,神远则气逸,神伟则气高,神变则气奇,神深则气静,故神为气之主。至专以理为主者,则犹未尽其妙也。盖人不穷理读书,则出词鄙倍空疏;人无经济,则言虽累牍,不适于用。故义理、书卷、经济者,行文之实;若行文则另是一事。譬如大匠操斤,无土木材料,纵有成风尽垩手段,何处设施?然即土木材料,而不善设施者甚多,终不可为大匠。故文人者,大匠也;神气、音节者,匠人之能事也;义理、书卷、经济者,匠人之材料也。

在刘大櫆看来,文章的内容(义理、书卷、经济)是必需的,这就好比匠人的材料,没有材料无法施工。然而,真正体现匠人本领的是施工的手段和技巧,而结撰文章的手段和技巧就是"神气"和"音节"。这样,方苞的"义法"被刘大櫆拓展为"行文之实"的"义理、书卷、经济"和"行文"的"神气、音节"。如果说刘大櫆对文章"义理、书卷、经济"的内容要求突破了方苞的将"义"主要理解为宋儒之说的局限,使其能够容纳更多的思想内容,那

---

① 《文苑传·刘大櫆传》,见《清史列传》卷七一,第5856页,北京:中华书局1987年版。

么,他所重点阐述的"神气"和"音节"的理论则是对方苞文章理论更深入的开掘。

为了便于这一理论的普及,刘大櫆把对"神气"、"音节"的体会落实到文章的"字句"中,清晰地阐明了它们之间的关系。就"神"与"气"的关系而言,"神者气之主,气者神之用,神只是气之精处"。就"神气"与"音节"以及"字句"的关系而言,"神气者,文之最精处也;音节者,文之稍粗处也;字句者,文之最粗处也。然论文而至于字句,则文之能事尽矣。盖音节者,神气之迹也;字句者,音节之矩也。神气不可见,于音节见之;音节无可准,于字句准之"(《论文偶记》)。如果我们因此以为刘大櫆的"神气""音节"之说只是一种锻炼字句的方法,那就误会了他的意思。他在《论文偶记》中明确指出:"古人文章可告人者惟法耳。然不得其神而徒守其法,则死法而已。"即是说,由"字句"而见"音节",由"音节"而见"神气",只是为了便于对古文的学习揣摩和为文章创作而指出的一条路径和程序,绝不能做机械的理解。刘大櫆的文章理论和方法是从文章写作的实际出发的,因而也就自然偏重文章的技巧和风格,并且他把对文章技巧和风格的把握落实到"字句",因而极其便于古文初学者对古文的学习揣摩。

为了能够让学文者更好地掌握"神气""音节"的奥妙,刘大櫆在阐述文章"神气"与"音节"的关系时还指出了获得文章"神气""音节"的具体方法。他说:

> 音节高则神气必高,音节下则神气必下,故音节为神气之迹。一句之中,或多一字,或少一字;一字之中,或用平声,或用仄声;同一平字仄字,或用阴平、阳平、上声、去声、入声,则音节迥异。故字句为音节之矩,积字成句,积句成章,积章成篇,合而读之,音节见矣;歌而咏之,神气出矣。(《论文偶记》)

这就是说,要得文章"神气",必从文章"音节"入手。要明文章"音节",必从文章"字句"入手。而学习古文,"其要只在读古人文字时,便设以此身代古人说话,一吞一吐,皆由彼而不由我。烂熟后,我之神气即古人之神气,古人之音节都在我喉吻间,合我喉吻者便是与古人神气音节相似处,久之自然铿锵发金石声"(同上)。因此,他提倡学习古文要诵读,"急读以求其体势,缓读以求其神味"(《与陈硕士》)。这种由字句以求音节、由音节以求神气的文章理论,虽然是受了当时诗歌理论重视声律探讨的风气的影响,但是在古文理论中引入声律的理论并加以创造性改造,使之与文章的风格和审美联系起来,不能不说是一种创新,因为它符合中国语言文字的特点。所以桐城后学一直把从音节入手而求文章神气作为不二法门,如方东树鼓吹"精诵"(《仪卫轩文集·书惜抱先生墓后》),张裕钊标榜"因声求气"(《濂亭文集·与吴挚甫书》),都是受到刘大櫆这一理论的影响。

还有一点需要补充的是,刘大櫆的理论并不偏执。在阐述自己的理论时,他不赞成人们用僵死的、静止的观点来看待。他指出:

> 文贵变。《易》曰:"虎变文炳,豹变文蔚。"又曰:"物相杂,故曰文。"故文者,变之谓也。一集之中篇篇变,一篇之中段段变,一段之中句句变,神变,气变,境变,音变,节变,句变,字变,惟昌黎能之。(《论文偶记》)

这种变化的观点,与他对天地万物的认识相一致。他认为:"天地之气化,万变不穷。"甚至认为:"天下之理不能以一端尽。"(《息争》)正是这样的思想与胸襟,使得他的文学理论比之方苞有了更大的包容性和延展性,为他的弟子姚鼐留下了创造的空间。

总之,刘大櫆的文章理论使桐城派的文章理论更加深刻和细致,更便于学习、掌握和运用。因此,刘大櫆被奉为桐城三祖之一,是当之无愧的。

三 姚鼐的文学思想

姚鼐从刘大櫆学古文,对刘大櫆的文章理论有深入的了解,同时又心仪方苞,对方苞的思想也有自觉的吸纳,因此他能综合二家学说,形成更为严密而精致的文章理论,成为桐城派理论的集大成者。

姚鼐推崇宋学,诋诮汉学,独尊程、朱,其学术思想与方苞完全一致。他在《赠钱献之序》中说:

> 汉儒承秦灭学之后,始立专门,各抱一经,师弟传授,侪偶怨怒嫉妒,不相通晓,其于圣人之道,犹筑墙垣而塞门巷也。……宋之时,真儒乃得圣人之旨,群经略有定说。……明末至今日,学者颇厌功令所载为习闻,又恶陋儒不考古而蔽于近,于是专求古人名物制度训诂书数,以博为量,以窥隙攻难为功。其甚者,欲尽舍程朱而宗汉之士,枝之猎而去其根,细之搜而遗其钜。夫宁非蔽与?[①]

姚鼐推崇宋学,因而强调义理;诋诮汉学,因而对"枝之猎而去其根,细之搜而遗其钜"的一味训诂考证不以为然;甚至因与主张汉学的纪昀、戴震等意见不合而托病辞去馆职,充分体现了他的学术取向。不过,姚鼐并不轻视考证。他所作的《汉庐江九江二郡沿革考》、《项羽王九郡考》,便是纯粹的考证文章。他的

---

① 姚鼐:《赠钱献之序》,见《惜抱轩全集》文七,四部备要本。下引此书只注篇名。

《九经说》虽然重在阐明经义,但参详众说,也具考证功力。在《仪郑堂记》中,他对训诂大师郑玄推崇备至,也表明了他不否定考证的立场。他所反对的是离开对义理的研讨而沉溺于考证的不良学风。而且,作为一个古文家,他十分看重文章,这又是当时的许多汉学家所忽视的。

与其学术思想相一致,姚鼐提出了"义理、考证、文章"相统一的文章理论,把桐城派的古文理论提高到一个新的水平。他在《述庵文钞序》中说:

> 余尝论学问之事,有三端焉,曰:义理也,考证也,文章也。是三者,苟善用之,则皆足以相济;苟不善用也,则或至于相害。今夫博学强识而善言德行者,固文之贵也;寡闻而浅识者,固文之陋也。然而世有言义理之过者,其辞芜杂俚近,如语录而不文;为考证之过者,至繁碎缴绕,而语不可了。当以为文之至美而反以为病者,何哉?其故由于自喜之太过,而智昧于所当择也。夫天之生才,虽美不能无偏,故以能兼长者为贵。

在这里,姚鼐既批评了某些道学家因"言义理之过"而产生的"芜杂俚近"的"语录"之文,又批评了某些学问家因"为考证之过"而产生的"繁碎缴绕"的考证之文,他主张将"义理、考证、文章"统一起来,这样就避免了因"自喜之太过"而出现的偏颇。而所谓"义理",就是指文章的思想观点,这种思想观点在姚鼐那里主要要求符合儒家经义,尤其是程朱理学。所谓"考证",就是要求说明思想观点的材料确凿可信,文章内容经得起验证,做到实事求是。所谓"文章",就是要求行文讲究法度,字法、句法、章法,一一不可忽视,以达到最佳的表达效果。姚鼐的这一主张,综合了儒者、学者和古文家的文章理论,又避免了他们各自的理论偏差,从理论的角度而言,应该说是十分全面和深刻的。

对于"义理、考证、文章"之"文章",即为文的法度,姚鼐也有非常详细的阐述。他在《古文辞类纂》的《序目》中说:

> 凡文之体类十三,而所以为文者八。曰:神、理、气、味、格、律、声、色。神、理、气、味者,文之精也;格、律、声、色者,文之粗也。然苟舍其粗,则精者亦胡以寓焉?学者之于古人,必始而遇其粗,中而遇其精,终则御其精者而遗其粗者。文士之效法古人,莫善于退之,尽变古人之形貌,虽有摹拟,不可得而寻其迹也。其他虽工于学古,而迹不能忘,扬子云、柳子厚于斯,盖尤甚焉,以其形貌之过于似古人也。而遽摈之谓不足与于文章之事,则过矣。然遂谓非学者之一病,则不可也。①

显然,这里所说的为文的八个要素"神、理、气、味、格、律、声、色"以及"精""粗"的区别,直接得自刘大櫆的文章理论,只是比刘大櫆分得更为细致。刘大櫆的"神气"、"音节"虽然主要是谈文章的艺术方法,但毕竟过于粗略,而姚鼐所论,则涉及精神、文理、气势、韵味、结构、章法、音节、辞采等文章艺术的方方面面,显得比刘大櫆理论更有系统,对各种艺术要素的理解也更为辩证和深入。在通过字句、音节以求神气的认识上,姚鼐与刘大櫆一脉相承,他说:"大抵学古文者,必要放声疾读又缓读。……疾读以求其体势,缓读以求其神味,得彼之长,悟吾之短。"(《与陈硕士》)

值得注意的是,姚鼐比他的前辈们更明确地把文章作为艺术来对待,不认为内容可以决定一切。例如,他认为"秦最无道,而辞则伟";虽然辞赋"皆设辞无事实",但仍然为"风雅之变体

---

① 姚鼐:《古文辞类纂序目》,见《古文辞类纂》,影印世界书局本,第26页,北京:中国书店1986年版。

也"(《古文辞类纂序目》),并在所编文章选集中特设"辞赋类",扩大"古文"为"古文辞";不同意方苞对归有光文章"言有物"不足的评价,认为归文"能于不要紧之题,说不要紧之语,却自风韵疏淡,此乃是于太史公深有会处"(《与陈硕士》),等等,都说明他比他的前辈们更重视文章的艺术性。当然,姚鼐也并不以为文章的艺术技巧必然排斥思想内容,而是认为它们二者在最高的层次上原本是统一的。他在《答翁学士》信中说:"夫道有是非而技有美恶。诗文皆技也,技之精者必近道,故诗文美者命意必善。"便清楚地表明了他对"技"与"道"的认识。

姚鼐的文章理论并不止于对为文的八大要素的分析,而是在此基础上,提出了对于文章艺术风格的类别划分,便于学文者从整体上加以把握。他在《复鲁絜非书》中说:

> 鼐闻天地之道,阴阳刚柔而已。文者,天地之精英,而阴阳刚柔之发也。惟圣人之言,统二气之地而弗偏,然而《易》、《诗》、《书》、《论语》所载,亦间有可以刚柔分矣。值其时其人,告语之体各有宜也。自诸子而降,其为文无弗有偏者。其得于阳与刚之美者,则其文如霆,如电,如长风之出谷,如崇山峻崖,如决大川,如奔麒骥;其光也,如杲日,如火,如金镠铁;其于人也,如冯(凭)高视远,如君而朝万众,如鼓万勇士而战之。其得于阴与柔之美者,则其文如升初日,如清风,如云,如霞,如烟,如幽林曲涧,如沦,如漾,如珠玉之辉,如鸿鹄之鸣而入寥廓;其于人也,漻乎其如叹,邈乎其如有思,暖乎其如喜,愀乎其如悲。观其文,讽其音,则为文者之性情形状举以殊焉。

以阴阳、刚柔来归纳文学作品风格,并不自姚鼐始,如刘勰就说过:"刚柔以立本,变通以趋时"(《文心雕龙·镕裁》),"然文之任势,势有刚柔"(《文心雕龙·定势》)。然而,用阴阳刚柔来归纳和区分几千年千姿百态的文章风格,并用形象的语言描述这两种风格的不同特征,却是姚鼐的重要贡献。这种区分已经接近近代美学史上所谓"壮美"和"柔美"的审美范畴,有深刻的理论价值。更为难能可贵的是,姚鼐并不认为阳刚和阴柔是绝对对立的,而是认为它们是对立统一的。他说:"吾尝以为文章之原,本乎天地。天地之道,阴阳刚柔而已。苟有得乎阴阳刚柔之精,皆可以为文章之美。阴阳刚柔并行而不容偏废,有其一端而绝亡其一,刚者至于偾强而拂戾,柔者至于颓废而阇幽,则必无与于文者也。"(《海愚诗钞序》)如果阳刚和阴柔在一篇作品中"一有绝无",那一定不是好文章。文章风格的差别只是这两种元素在作品中的多寡不均,消长有别,才形成了不同的风格特色。正如阴阳二气的糅杂而衍出生天地万物,阳刚和阴柔的糅杂也形成了各不相同的文章风格。应该说姚鼐的认识是深刻的,也是辩证的,同时也是符合文章写作的实际的。姚鼐作为桐城派的集大成者,的确是当之无愧的。

第三节 桐城三祖的文章风格

桐城三祖的文学理论一脉相承而又各有创新,发为文章,其风格也递相沿袭而又各有特色。从总体上看,桐城三祖的文章在内容上恪守程朱理学,对现存社会取维护的立场,在风格上崇尚简练质朴、明白畅达,取径于唐宋散文而又有发展。就个体而言,方苞的文风偏于雅洁,刘大櫆的文风偏于雄肆,姚鼐的文风则注重神韵;雅洁者尚简,雄肆者尚奇,神韵者尚味,他们的创作实践给予桐城后学广泛而深刻的影响。

一 方苞的文章风格

方苞以"义法"论文,也以"义法"作文,努力追求一种"雅洁"的文章风格。应该说,他的文章与他的理论是基本相符的,也确实形成了一种雅洁的文风。

方苞在《书周官大司马四时田法后》中说:"圣人之文,尽万物之情而无遗者,不以其详,以其略。"在谈到碑志文的撰写时也认为:"夫文,未有繁而能工者。"(《与程若韩书》)因此,方苞为文,十分注意材料的取舍,结构的安排,语言的组织,内容的剪裁,尽量做到用最简洁的语言来表达最需要表达的思想。

方苞的文章以记叙文见长。记叙文有记人与记事之别,而无论是记人还是记事,都能做到简要明快,清通雅洁。绝不繁芜枝蔓,逞才炫学。

例如,方苞的不少人物传记和墓志,能够从传主和墓主的实际出发,通过选取最能反映人物精神面貌的几件典型事件,来刻画这一人物。在《与孙以宁书》中,他对撰写《孙征君(奇逢)传》提出了自己的看法。首先,他认为时贤对孙奇逢的记述和评论"皆未得体要",因为他们所述不越三端:"或详讲学宗指及师友渊源,或条举平生义侠之迹,或盛称门庭广大海内向仰者多",而这些在方苞看来,都是孙奇逢之"末迹","三者详而征君之事隐也"。他认为:"古之晰于文律者,所载之事,必与其人之规模相称。……征君义侠,舍杨、左之事,皆乡曲自好者所能勉也;其门庭广大,乃度时揣己,不敢如孔、孟之拒孺悲、夷之,非得已也;至论学,则为书甚具。故并弗采著于传上,而虚言其大略。"他所写的《孙征君传》采取了"详者略,实者虚,而征君所蕴蓄,转似可得之意言之外"的方法。对于批评他写得过于简略,他并不接受,并举欧阳修《尹石鲁墓志》和韩愈《李元宾墓铭》的简略作为依据,说明传记文和墓志的关键是"所载之事,必与其人之规模相称"。

《左忠毅公遗事》也是一篇脍炙人口的人物传记,作者无意全面记叙左光斗这个人物,仅仅选取其生平的一些片段,却极为

传神地刻画了人物的精神风貌。全文如下:

先君子尝言:乡先辈左忠毅公视学京畿,一日,风雪严寒,从数骑出微行,入古寺,庑下一生伏案卧,文方成草。公阅毕,即解貂覆生,为掩户。叩之寺僧,则史公可法也。及试,吏呼名至史公,公瞿然注视;呈卷,即面署第一。召入,使拜夫人,曰:"吾诸儿碌碌,他日继吾志事,惟此生也"。

及左公下厂狱,史朝夕狱门外,逆阉防伺甚严,虽家仆不得近。久之,闻左公被炮烙,旦夕且死,持五十金,涕泣谋于禁卒,卒感焉。一日,使史更敝衣草帽,背筐,手长镵,为除不洁者,引入,微指左公处。则席地倚墙而坐,而额焦烂不可辨,左膝以下,筋骨尽脱矣。史前跪,抱公膝而呜咽。公辨其声,而目不可开,乃奋臂以指拨眦,目光如炬,怒曰:"庸奴!此何地也?而汝来前。国家之事,糜烂至此,老夫已矣,汝复轻身而昧大义,天下事谁可支拄者?不速去,无俟奸人构陷,吾今即扑杀汝!"因摸地上刑械,作投击势。史噤不敢发声,趋而出。后常流涕述其事,以语人曰:"吾师肺肝,皆铁石所铸造也!"

崇祯末,流寇张献忠出没蕲、黄、潜、桐间,史公以凤庐道奉檄守御。每有警,辄数月不就寝,使将士更休,而自坐幄幕外,择健卒十人,令二人蹲踞而背倚之,漏鼓移,则番代。每寒夜起立,振衣裳,甲上冰霜迸落,铿然有声。或劝以少休,公曰:"吾上恐负朝廷,下恐负吾师也。"

史公治兵,往来桐城,必躬造左公第,候太公、太母起居,拜夫人于堂上。

余宗老涂山,左公甥也,与先君子善,谓狱中语乃亲得之史公云。

文章通过记叙左光斗与史可法的关系,表现了左光斗的知人之明以及时时以国事为重的高风亮节,特别是左光斗怒斥冒死探狱的史可法一段,集中体现了左光斗的胸襟与人格,读之既催人泪下,又促人奋起。文章后段写史可法的殷勤王事,正是对左光斗精神不死的礼赞。当然,由于作者受儒家正统观念的局限,文章并没有写史可法的明末抗清斗争,而抗清斗争及其英勇牺牲才最能体现史可法的爱国精神和坚毅品格,充分体现左光斗精神对他的影响。这也说明方苞的"义法"主要是为维护封建统治服务的,也是能够适应统治者的需要的。

方苞的记事之作,也写得平实雅洁,简略有法,极有蕴涵。这里举《逆旅小子》为例:

> 戊戌秋九月,余归自塞上,宿石槽。逆旅小子形若羸,敝布单衣,不袜不履,而主人挞击之甚猛,泣甚悲。叩之东西家,曰:"是其兄之孤也。有田一区,畜产什器粗具,恐孺子长而与之分,故不恤其寒饥而苦役之;夜则闭之户外,严风起,弗活矣。"余至京师,再书告京兆尹,宜檄县捕诘,俾乡邻保任而后释之。逾岁四月,复过此里,人曰:"孺子果以是冬死,而某亦暴死,其妻子、田宅、畜物皆为他人有矣。"叩以"吏曾呵诘乎?"则未也。
>
> 昔先王以道明民,犹恐顽者不喻,故"以乡八刑纠万民",其不孝、不弟、不睦、不姻、不任、不恤者,则刑随之,而五家相保,有罪奇邪则相及,所以闭其涂,使民无由动于邪恶也。管子之法,则自乡师以至什伍之长,转相督察,而罪皆及于所司。盖周公所虑者,民俗之偷而已,至管子而又患吏情之遁焉,此可以观世变矣。

文章以"逆旅小子"的不幸遭遇为例证,阐述了作者关于治民的主张,批评了某些官吏漠视人民生命的官僚主义态度。作者写来要言不繁,"逆旅小子"的遭遇通过作者的两次问讯和盘托出,而官吏的渎职则通过作者的"再书告京兆尹"和叩以"'吏曾呵诘乎？'则未也"作出交代，虽说惜墨如金，但作者所需要表达的思想已经得到充分表达，真正体现了雅洁的文章风格。

《狱中杂记》是方苞出狱后追记系刑部狱期间的亲见亲闻，文章揭露当时治狱的黑暗，可谓触目惊心。作者虽然是围绕治狱之弊来组织材料，矛头指向狱官狱吏，不敢直接批评朝廷，但是所揭露的现实却骇人听闻，不能不含有社会批判的意味。例如文中记洪洞县令杜君回答作者所问刑部系囚何以如此之多时说：

> 迩年狱讼，情稍重，京兆、五城即不敢专决；又九门提督所访缉纠诘，皆归刑部；而十四司正副郎好事者，及书吏、狱官、禁卒，皆利系者之多，少有连，必多方钩致。苟入狱，不问罪之有无，必械手足，置老监，俾困苦不可忍，然后导以取保，出居于外，量其家之所有以为剂，而官与吏部分焉。中家以上，皆竭资取保；其次，求脱械居监外板屋，费亦数十金；惟极贫无依，则械系不稍宽，为标准以警其余。或同系，情罪重者，反出在外。而轻者、无罪者罹其毒，积忧愤，寝食违节，及病，又无医药，故往往至死。

对于杜君之言，作者并不轻信，"以杜君言泛讯之，众言同，于是书"，说明了杜君所述的客观真实性。至于狱吏以贿行刑、篡改文书、张冠李戴、内外勾结，不一而足，所谓刑部之狱俨然是一人间地狱也。应该承认，这样深刻揭露现实的作品，不仅在方苞的文集中少见，在历代文人作品中，也是不可多得的。所以在方苞生前审定的由其门人编辑的《方望溪先生文集》中便不收此作，而是收入方苞曾孙方传贵所编《望溪先生集外文》中，说明这样的作品在当时可能是触犯朝廷忌讳的，当然也是逸出于方苞所提倡的"义法"的正常轨道的。

方苞的文章,被桐城后学视为典范,誉为"百余年之冠"(姚鼐《方望溪集外文序》),盛为推重,其雅洁的文风也成为桐城派的典型文风。

当然,也有人批评其文章"文气拘束","重滞不起"(方东树《书望溪先生集后》),"旨近端而有时而歧,辞近醇而有时而窳"(恽敬《大云山房初集·上曹俪笙侍郎书》),甚至说他"谬为减字换字法,以示新异,而文理实未可通"(李绂《穆堂别稿·书方灵皋曾祖墓铭后》)。平心而论,方苞的文章简练平实,清通雅洁,确有显著特色,足以开一代文章风气。但其文也有气势不足,缺乏文采,过于拘谨的毛病。还是刘开的评论比较公允,他说:"望溪丰于理而啬于辞,谨严精实则有余,雄奇变化则不足,亦能醇不能肆之故也。"(《与芸台宫保论文书》)无论如何,方苞对桐城派文章风格的影响是巨大而深远的。

二 刘大櫆的文章风格

刘大櫆论文首标"神气"。他主张"神者气之主,气者神之用",强调"文章最要气盛",而"音节为神气之迹"(《论文偶记》),故其作文,特重神气音节。他的文章,虽然继承了方苞简练雅洁的文风,但更以气势雄劲、音调高朗见长。例如他在《书唐学士德侠传后》云:

> 古之君子所以汲汲于仕进而不甘闭户以终老者,固非为一己之宫室、妻妾、肥甘、轻暖计也。视天下之民皆吾之同胞,不忍见其阽危沦陷而思有以康济之,使无不得其所也。故曰:禹思天下有溺者由己溺之,稷思天下有饥者由己饥之,伊尹见匹夫匹妇不被尧舜之泽若己推而内之沟中,仁人之用心固如此也。

这段文字,主要使用长句,有一种排山倒海、一泻千里的气势,而禹、稷、伊尹三句采用排比而又有所变化,使得文章节奏明快而又跌宕起伏,音节浏亮而又摇曳多姿,体现了他的"文章最要气盛"的要求。他的不少史论和政论文都有这样的风格特点,如《天道·上》连用17个问句来证明天道的浑然无知,整练中注意变化,给人以喷薄而出、神完气足之感。

　　刘大櫆的书札、序跋、杂记、随笔之文,也同样具有气势雄劲、音调高朗的风格特点。这些文章,有的是消遣自我,有的是勉励他人,都能给人留下深刻印象。如《恐吠一首别张渭南》对世不辨贤愚的控诉,《答吴殿麟书》对富贵贫贱的议论,《张弘勋诗集序》论交友之道,《游大慧寺记》刺官场腐败,作者均有感而发,不作无病呻吟,有时甚至激昂慷慨,愤世骂俗。这一方面是由于作者一生偃蹇,容易触发身世之感,另一方面,也是因为作者有对于文章神气的审美追求。其实,就作者的本意而言,他既有对社会现实的某些不满,这是明显区别于方苞的,同时又有对程朱理学的信仰,希望为当时统治者效力,这又是与方苞一致的。因此,表现在文章中,作者虽有不平和牢骚,但基本点仍在维护现政权。正是这种复杂的思想情绪,使他的文章郁结着一种磊落跌宕之气,与方苞的平和疏朗的风格区别开来。他的《无斋记》是一篇很好的例证,其文云:

　　　　天下之物,无则无忧,而有则有患。人之患,莫大乎有身,而有室家即次之。今夫无目,何爱于天下之色?无耳,何爱于天下之声?无鼻无口,何爱于天下之臭味?无心思,则任天下之理乱、是非、得失,吾无与于其间,而吾事毕矣。

　　　　横目二足之民,瞀然不知无之为乐,而以有之为贵。有食矣,而又欲其精;有衣矣,而又欲其华;有宫室矣,而又欲其壮丽,明童艳女之侍于前,吹竽击筑之陈于后。而既已有之,则又不足以厌其心志也。有家矣,而又欲有国;有国矣,而又欲有天下;有天下矣,而又欲九夷八蛮之无不宾贡,九夷八蛮之无不宾贡矣,则又欲长生久视,历万祀而不老。以此推之,人之歆羡于富贵佚游而欲其有之也,岂有终穷乎! 古之诗人,心知其意,故为之歌曰:"隰有苌楚,猗傩其枝,夭之沃沃,乐子之无知。"夫不自明其一身之苦,而第以苌楚之无知为乐,其意虽若可悲,而其立言则亦既善矣。

余性颛而愚,于外物之可乐,不知其为乐,而天亦遂若顺从其意。凡人世之所有者,我皆不得而有之。上之不得有驰骋万里之功,下之不得有声色自奉之美,年已五十余而未有子息。所有着,惟此身耳。呜呼! 其亦幸而所有之惟此身也,使其于此身之外而更有所有,则吾之苦其将何极矣! 其亦不幸而犹有此身也,使其并此身而无之,则吾之乐其又将何极矣!

旅居无事,左图右史,萧然而自足。啼饥之声不闻于耳,号寒之状不接于目,自以为无知,而因以为可乐,于是以"无"名其斋云。

文章以"有""无"为说,概括了作者一生的遭际和现实的处境,其中有多少难言之隐,又有多少切肤之痛,都在"有"与"无"的表述之中。以"无"为乐,本是新说,而以"无"名斋,更显新颖。作者行文,一气贯注,批评二足之民"以有之为贵"一节,运用排比,更增添了文章的气势,而最后所论自己之幸与不幸,旷达中有几许凄凉,而郁结不平之气跃然纸上矣。

刘大櫆与方苞一样,推重唐宋散文,于明则服膺归有光。因此,刘大櫆为文也有颇似归有光者,这可以说是刘文的另一方面的特点。这类文章可以《章大家行略》为例,其文曰:

先大父侧室,姓章氏,明崇祯丙子十一月二十七日生,年二十八来归。逾年,生女子一人,不育。又十余年,而大父卒。先大母钱氏,大母早岁无子,大父因娶章大家。三年,大母生吾父,而章大家卒无出。大家生寒族,年少,又无出,及大父卒,家人趣之使行,大家则慷慨号恸不食。时吾父才八岁,童然在侧。大家挽吾父跪大母前,泣曰:"妾即去,如此小弱何?"大母曰:"若能志夫子之志,亦吾所荷也。"于是与大母同处四十余年,年八十而卒。

  大家事大母尽礼,大母亦善遇之,终身无间言。槐幼时,犹及事大母,值清夜,大母倚帘帷坐,槐侍在侧,大母念往事,忽泪落,槐见大母垂泪,问何故,大母叹曰:"予不幸,汝祖中道弃予。汝祖没时,汝父才八岁。"回首见章大家在室,因指谓槐曰:"汝父幼孤,以养以诲,俾至成人,以得有今日,章大家之力为多。汝年及长,则必无忘章大家。"槐时虽稚昧,见言之哀,亦知从旁泣。大家自大父卒,遂丧明。目虽无见,而操作不辍。槐七岁,与伯兄仲兄从塾师在外庭读书。每隆冬阴风积雪,或夜分始归,僮奴皆睡去,独大家煨炉火以待。闻叩门,即应声策杖壁行,启门,且执手问曰:"若书熟否?先生曾扑责否?"即应以"书熟,未曾扑责",乃喜。

  大家垂白,吾家益贫,衣食不足以养,而大家之晚节更苦。呜呼,其可痛也乎!

  文章选取日常家庭生活琐事,描写家人父子生死离合的骨肉亲情,与归有光的《先妣事略》有异曲同工之妙。而刘大櫆一生也与归有光有颇多相似之处,故能得有光之神韵。吴定《刘海峰先生墓志铭》谓其文"瑰奇恣睢,铿锵绚烂,足使震川、灵皋惊退色",洵非虚誉。

  刘大櫆还有一些摹仿庄子、韩愈的风格而写成的作品,神气音节毕肖,艺术上达到了较高的水平。不过,这些作品毕竟缺少创造,文学价值并不太高。人们认为这些作品"学古得其神,特迹未化也"①,或说"其摹诸子而有痕迹者,非上乘也"②,是很有道理的。

对于刘大櫆的文学成就,后人评价不太一致。有人说他"洋洋乎才力之纵恣,无所不极"③,也有人说他"能绚烂闳肆而不能老确"④,对其才力雄肆不持异议,而对其所达到的成就取舍不同。吴定《海峰夫子古文序》则云:"先生既师事灵皋,灵皋尝位显于朝矣,先生虽落落为博士官以卒,而文章实过之,卓然为国朝古文之冠,顾并世之人未必尽喻也。"⑤说刘大櫆拓展了方苞的理论,也形成了自己的文章风格,应该是实事求是的;而将其定位为"国朝古文之冠",则有溢美之嫌。

三 姚鼐的文章风格

姚鼐为文主张"义理、考证、文章"合一,强调"神、理、气、味"和"格、律、声、色"不可偏废,既吸收了方苞的"义法"之说,又深化了刘大櫆的"神气"之论,成为桐城派理论的集大成者。他的文章,也最得桐城后学的推重,被誉为"学该方、刘","理文兼至"。例如姚莹《惜抱先生行状》便云:

> 自康熙朝,方望溪侍郎以文章称海内,上接震川,为文章正轨。刘海峰继之益振,天下无异词矣。先生亲问法于海峰,海峰赠盛序许之。然先生自以所得为文,又不尽用海峰法,故世

---

① 方宗诚:《记张皋文茗柯文后》,见《柏堂遗书》柏堂集前编卷三,志学堂家藏版。
② 吴德旋:《初月楼古文绪论》,第7页,丛书集成初编本。
③ 吴士玉:《海峰文集序》,见《吹剑集》。
④ 吴汝纶:《与杨伯衡论方刘姚二集书》,见《桐城吴先生全书》文集四,吴氏家刻版。
⑤ 吴定:《海峰夫子古文序》,见《紫石泉山房文集》。

谓望溪文质,恒以理胜;海峰以才胜,学或不及,先生乃理文兼至。方、刘皆桐城人也,故世言文章者称桐城云。①

从文章风格来说,方苞的文章以雅洁胜,刘大櫆的文章以雄肆胜,姚鼐的文章则以神韵胜。方宗诚《桐城文录序》谓"惜抱先生以神韵为宗,虽受文法于海峰,而独有心得"②,是大致不错的。本来,刘大櫆论文独标"神气",就受到了王士祯以"神韵"说诗的影响,而姚鼐受刘大櫆真传,又与当时主张"性灵"说的袁枚交往密切,使得他对文章的理解具有了更加诗化的倾向,对文章"神韵"的追求成为他的审美趣向。反映在文章中,则是理文兼至,辞情并茂,纡余婉约,蕴涵丰厚。

例如,在《刘海峰先生八十寿序》中,姚鼐先介绍了方苞、刘大櫆文章在当时的影响,并盛赞桐城一带"山川奇杰之气有蕴而属"之后,谈到了方苞、刘大櫆和自己之间的特殊关系:

> 鼐又闻诸长者曰:康熙间,方侍郎名闻海外,刘先生一日以布衣走京师,上其文侍郎。侍郎告人曰:"如方某,何足算耶!邑子刘生,乃国士尔。"闻者始骇不信,久乃渐知先生。今侍郎没,而先生之文果益贵。然先生穷居江上,无侍郎之名位交游,不足披起世之英少,独闭户伏首几案,年八十矣,聪明犹强,著述不辍,有魏武懿诗之志,斯世之异人也已。
>
> 鼐之幼也,尝待先生,奇其状貌言笑,退则仿效以为戏。及长,受经学于伯父编修君,学文于先生。游宦三十年而归,伯父前卒,不得复见,往日父执往来者皆尽,而犹得数见先生于枞阳。先生亦喜其来,足即未平,扶曳出与论文,每穷半夜。今五

---

① 姚莹:《惜抱先生行状》,见《中复堂全集》卷一,清同治六年刊本。
② 方宗诚:《桐城文录序》,见《柏堂遗书》柏堂集次编卷一,志学堂家藏版。

月望,邑人以先生生日为之寿,鼐适在扬州,思念先生,书是以寄先生,又使乡之后进者,闻而劝也。

文章用极为平实而简练的语言,写出了方苞对刘大櫆的知遇之恩,以及自己对恩师的仰慕之情,这与当时汉学家的"专求古人名物制度训诂书数"的学者之文很不相同。

姚鼐在文章中常常能够突破古文家的板滞,而兴来神到地抒发自己的真情实感,从而使得他的文章具有耐人寻味的神韵。《赠程鱼门序》可以为例,文云:

> 余初识鱼门于扬州人家坐上,白皙长身美髯,言论伟异。自是相爱敬。鱼门来官京师,乃益亲。去岁同纂《四库全书》,因日日相见。至今岁,余始将去。
>
> 余与鱼门一别于扬州。后六年,余于京师归家,别于京师。后又六年,鱼门南游江淮,转入梁、宋,复别余去。后四年至今日。前之别,皆未几即见;今之去,其见时未可期也。
>
> 余幼于鱼门十四岁,始相识,余年二十八,今逾四十,多羸疾。思屏于江滨田间以自息。鱼门意气亦不如故,修髯苍苍大半白,相对言今昔事,有足慨者。人欲握手交欢,杯酒道款曲,则乡里亲旧多有之;至纵横往复古今贤士术业,言足起人意,非遇海内豪杰之士,不可得也。是以今者余益有慕乎鱼门。
>
> 夫士处世难矣。群所退而独进,其进罪也;群所进而独退,其退亦罪也。天地万物之变,人世夷险曲直好恶之情态,工文章者必抉摘发露至尽。人匿其情久矣,而或宣之,宜有见恶者矣,况又加之以名称耶?往时大学士刘文正公太息鱼门之才而惜其为名士,夫鱼门行与学甚敦,美与名相副,名何足为鱼门病?抑吾闻之,物求而致之者,不若不求而致之之安也。鱼门处盛名之下,车马尘杂之间,其将释知遗形,超然万物之表,有

若声华寂灭、遗人而独立者也。然则鱼门终免世网罗矰缴之患也已。

文章叙述了作者与程晋芳交往的经历和两人之间的深厚感情,然后笔锋一转,抒发自己对为人处世的看法,表面上是赞扬程晋芳的为人处世,实际上也是在阐述自己的处世态度,而对程晋芳的赞许、期待,情真意切,非心心相印者,语不及此。程晋芳虽长姚鼐14岁,但都习古文于刘大櫆,有同门之谊,而两人学问人品,也颇接近,所以才有如此情深语切之文。

姚鼐还善于把说理与抒情很好地结合起来,使说理之文也能够收到动人情感的效果。这一点,在《赠钱献之序》中得到了很好的反映。作者在文章中先比较了汉学与宋学的优劣,以及自己对今日汉学家们的批评,文章最后说:

> 嘉定钱君献之,强识而精思,为今士之魁杰,余尝以余意告之,而不吾斥也。虽然,是犹居京师廛溷之间也。钱君将归江南而适岭表,行数千里,旁无朋友,独见高山大川乔木,闻鸟兽之异鸣,四顾天地之内,寥乎茫乎,于以俯思古圣人垂训教世先其大者之意,其于余论,将益有合也哉!

本来是以论学为主的一篇赠序,加上这么一段极有情致的话,不仅表达了两人感情的深厚,而且又印证了作者文中论学观点的正确,同时又是对即将南下的朋友的勉励和期望,真可谓是神来之笔。

前文已经说过,姚鼐不仅不完全否定考证,而且将考证作为文章的要素之一。他的名作《登泰山记》,就是将"义理、考证、文章"合一的典范之作。其文云:

泰山之阳，汶水西流；其阴，济水东流。阳谷皆入汶，阴谷皆入济；当其南北分者，古长城也。最高日观峰，在长城南十五里。余以乾隆三十九年十二月，自京师乘风雪，历齐河、长清，穿泰山西北谷，越长城之限，至于泰安。是月丁未，与知府朱孝纯子颖，由南麓登，四十五里，道皆砌石为磴，其级七千有余。泰山正南面有三谷，中谷绕泰安城下，郦道元所谓环水也。余始循以入，道少半，越中岭，复循西谷，遂至其巅。古时登山，循东谷入，道有天门。东谷者，古谓之天门溪水，余所不至也。今所经中岭，及山巅崖限当道者，世皆谓之天门云。道中迷雾，冰滑，磴几不可登。及既上，苍山负雪，明烛天南；望晚日照城郭，汶水、徂徕如画，而半山居雾若带然。

　　戊申晦，五鼓，与子颖坐日观亭待日出。大风扬积雪击面。东亭自足下皆云漫，稍见云中白雪若樗蒱数十立者，山也。极天云一线异色，须臾成五彩，日上正赤如丹，下有红光动摇承之。或曰：此东海也。回视日观以西峰，或得日，或否，绛皜驳色，而皆若偻。亭西有岱祠，又有碧霞元君祠；皇帝行宫在碧霞元君祠东。是日观道中石刻，自唐显庆以来，其远古刻尽漫失。僻不当道者，皆不及往。

　　山多石少土，石苍黑色，多平方，少圆。少杂树，多松，生石罅，皆平顶。冰雪，无瀑水，无鸟兽音迹。至日观数里内无树，而雪与人膝齐。桐城姚鼐记。

　　古往今来，不知有多少人记过泰山，但像姚鼐这样，把泰山的道里、水系、名胜记载得如此清晰、周详，的确还不多见。他在《泰山道里记序》中说："余尝病天下地志谬误，非特妄引古记，至纪今时山川道里远近方向，率与时舛，令人愤叹。设每邑有笃学好古能游览者各靠纪其地土之实，据以参相校订，则天下地志何患不善？余尝以是语告人。嘉定钱辛楣学士、上元严东有侍读，因为余言'泰安聂君《泰山道里记序》最善',心识其语。比有岱宗之游,过访聂君山居,乃索其书读之。其考订古今,皆详核可喜。学士、侍读之言不妄也。余疑《水经注》于汶水左右水源流方面颇有舛误,又谓古奉高在今泰安右汶东,故古登封入奉高境西行,度环水而北至天门,历尽环道,跻岱,乃得封所。马第伯《记》可覆案也。往昔在济南,秋霁,登千佛山,望岱巅诸峰遥相接,窃谓历城以南诸山皆泰山也,后人多为之名耳。今阅是书,每与余意合,而辨正尤起人意。"可见作者对泰山道里、水系、称谓有长期思索,并作过细致的考证,故《登泰山记》才能有那样准确而精密的记载。然而,《登泰山记》又绝不是一篇考证文章,作者对沿途景物的描写,形象鲜明,比喻生动,特别是日观亭观日出一节,色彩斑斓,动静交互,形神具备,非长于为文者不能为,比之唐宋名家记游之作,确是别一样风格。与明代公安派、竟陵派的游记作品,就更是判然不同了。

第四节　桐城派的流播和衍生

桐城派由姚鼐集其大成,姚鼐之后,其弟子积极宣传桐城派理论,努力进行创作实践,使桐城派思想与文风在长江流域得到了广泛的传播。除安徽以外,江苏、江西、广西、湖南、湖北等地都有桐城派的代表作家,江苏常州还出现了桐城派的支流——阳湖派。桐城派不仅成为长江流域的代表性文学流派,而且成为清代最有影响的文学流派。桐城派代表作家的文章风格不仅反映了长江流域的文章风格的地域特色和时代特色,而且代表了清代文章风格的历史特点和整体风貌。

一　桐城派的流播

姚鼐后半生以讲学为业,弟子甚众,遍及东南各省。这些弟子大多学有所成,又教育和影响了许多后学,桐城派的理论因而得到广泛传播,桐城派文风几乎风靡了整个文坛。曾国藩在《欧阳生文集序》中描述过桐城派在安徽、江苏、江西、广西、湖南等地流播的情况,他说:

> 姚先生晚而主钟山书院讲席,门下著籍者,上元有管同异之、梅曾亮伯言,桐城有方东树植之、姚莹石甫,四人者称为高第弟子,各以所得,传授徒友,往往不绝。在桐城者,有戴钧衡存庄,事植之久,尤精力过绝人,自以为守其邑先正之法,禅之后进,义无所让也。其不列弟子籍,同时服膺,有新城鲁仕骥絜非、宜兴吴德旋仲伦。絜非之甥为陈用光硕士,硕士既师其舅,又亲受业姚先生之门,乡人化之,多好文章。硕士之群从,有陈学受艺叔、陈溥广敷,而南丰又有吴嘉宾子序,皆承絜非之风,私淑于姚先生,由是江西建昌有桐城之学。仲伦与永福吕璜月沧交友,月沧之乡人,有临桂朱琦伯韩、龙启瑞翰臣、马平王锡振定甫,皆步趋吴氏、吕氏,而益求广其术于梅伯言,由是桐城宗派,流行于广西矣。
>
> 昔者,国藩尝怪姚先生典试湖南,而吾乡出其门者,未闻相从以学文为事。既而得巴陵吴敏树南屏,称述其术,笃好而不厌。而武陵杨彝珍性农、善化孙鼎臣芝房、湘阴郭嵩焘伯琛、溆浦舒焘伯鲁,亦以姚氏文家正轨,违此则又何求。最后得湘潭欧阳生。生,吾友欧阳兆熊小岑之子,而受法于巴陵吴君、湘阴郭君,亦师事新城二陈。其渐染者多,其志趣嗜好,举天下之美,无以易乎桐城姚氏者也。①

在这里,曾国藩已经将姚门著籍弟子、再传弟子、私淑弟子

---

① 曾国藩:《欧阳生文集序》,见《曾文正公全集》文集卷一,传忠书局1910年版。

中的代表作家以及桐城派在江南各省的传播情况做了简明扼要的介绍。需要补充的是,姚门著籍弟子除曾国藩提及的管同、梅曾亮、方东树、姚莹四位"高第弟子"外,尚有刘开也是成就卓著者之一,郑福熙《方仪卫先生年谱》中称管同、梅曾亮、方东树、刘开为"姚门四杰",由此可见其在时人心目中的地位。此外,在湖南桐城派后学中,曾国藩无疑是最有影响的一位。

下面分省对桐城弟子略做介绍。管同、梅曾亮、方东树、姚莹四位姚门"高第弟子"容后再叙。

先说安徽。安徽桐城本土是桐城派的根据地,亲受业于姚鼐者比他省为多,受桐城文风濡染最为直接,做出较大成就者也超过他省。姚门四大弟子中就有方东树、姚莹两人是桐城人,此外,刘开、戴钧衡、方宗诚也是桐城人,他们的文章在当时都颇有影响。

刘开(1784—1824年),字明东,一字方来,号孟涂。家贫力学,年十四以文谒姚鼐,深受赏识,寄予厚望。与管同、梅曾亮、方东树等齐名,又与方东树、姚莹合称为"小方、刘、姚"。性喜交游,终生未仕。著有《慎宜轩集》。为文主张"以汉人之气体,运八家之成法,本之以六经,参之以周末诸子"①,虽强调学习八家文应该从方苞入手,却也不满于方苞的"能醇不能肆"。他的文风闳肆畅达,以气势见长,与姚鼐的文风不同,受到一些桐城弟子的批评,林纾《慎宜轩文集序》甚至认为"其文固不肖桐城也"。

戴钧衡(1814—1855年),字存庄,号蓉州。年幼好学,以才气闻于乡里。拜方东树为师,习古文,以继承桐城派古文传统为己任,曾收集整理戴名世著作,编定《戴南山先生全集》,并增补重订方苞的《望溪文集》。道光二十九年(1849年)举人,后两次

---

① 刘开:《与阮芸台宫保论文书》,见《国朝文汇》乙集卷六〇,上海:国学扶轮社1909年版。

会试不第。遇太平军起义,与其父办团练护卫乡里,积劳成疾而卒。著有《味经山馆文钞》。主张"道术、政事、文艺皆必由治经而入"①,而治经必须致用。由于以文章为末事,故其文气势较为孱弱。

方宗诚(1818—1888年),字存之,号柏堂。为方东树从弟,师事方东树。又从刘开问学,后入曾国藩幕,官至安徽学政。著有《柏堂文集》等。为文主张文道合一,以为"道之显者谓之文","古无有离道而谓之文者"②。曾与戴钧衡编选《桐城文录》,"大约以有关义理、经济、事实、考证者为主,而皆必归于雅驯"③,意在宣扬桐城派文统。其文章风格与姚鼐接近。

再说江苏。江苏的桐城派弟子中除姚门大弟子管同、梅曾亮外,尚有吴德旋、姚椿、鲁一同等,古文也有成就。

吴德旋(1767—1840年),字仲伦,江苏宜兴人。诸生,屡试不售,以教馆为生,改攻古文。初与阳湖派作家恽敬、张惠言游,年四十始入姚鼐门下,深得姚鼐赏识。著有《初月楼文集》。其《初月楼古文绪论》是桐城派较有影响的文论著作。文章风格偏于阴柔一路,坦言"子居(恽敬)为文,气必雄厉,力必鼓努,思必精刻;而仆所深好者,柔澹之思,萧疏之气,清婉之韵,高山流水之音"④。故其文柔婉简净,但也有才弱气短之病。

姚椿(1777—1853年),字春木,一字子寿,江苏娄县人。道光时被征贤良方正,不赴。先后主讲河南夷山、湖北荆南、松江、景贤等书院。后师事姚鼐,潜心宋儒之学,以为文章不外乎明道、纪事、考古有得、言词之美四端。著有《晚学斋文集》、《樗寮文续稿》等,选编有《国朝文录》82卷。

---

① 戴钧衡:《课经学》,见《味经山馆文钞》。
② 方宗诚:《斯文正脉叙》,见《柏堂遗书》柏堂集次编卷一,志学堂家藏版。
③ 方宗诚:《桐城文录序》,见《柏堂遗书》柏堂集次编卷一,志学堂家藏版。
④ 吴德旋:《与王守静论大云山房文稿书》,见《初月楼文集》。

鲁一同(1805—1863年),字兰岑,一字通甫,山阳(今江苏淮安)人。道光十五年(1835年)举人,后屡试不中,便不再应试。遂留意当时事务,主张禁烟和抗英,曾随林则徐赴广州禁烟。撰写《关忠节公家传》、《裕靖节公死节事略》,表彰民族气节。著有《通甫类稿》等。为文主张"达性明事",文风雄健挺拔,得阳刚之气。

其次江西。江西的桐城派弟子中最著名的要算鲁九皋和陈用光,他们都曾师事姚鼐。而陈学受、陈溥、吴嘉宾虽未曾师事姚鼐,却与姚门大弟子梅曾亮交往,或亲受其教,成为桐城派在江西的中坚。这里介绍鲁九皋和陈用光。

鲁九皋(1732—1794年),原名仕骥,字絜非,号山木,江西新城人。乾隆三十六年(1771年)进士,官山西夏县知县。先师事朱仕琇,后从姚鼐学古文,又使其甥陈用光师事姚鼐。著有《山木集》。于古文家中最推重欧阳修和曾巩,为文淳正澹泊,可惜气象不大,略显拘束。

陈用光(1767—1835年),字硕士,一字实思,江西新城人,鲁九皋外甥。嘉庆六年(1801年)进士,改庶吉士。散馆授编修,后任日讲起居注官、文渊阁直阁事、国史馆纂修总纂、礼部左侍郎等职,深为道光皇帝器重。著有《太乙舟文集》、《衲被录》等。为恪守桐城家法,主张义理、考证、文章并重,对汉学的重学轻文、偏重考证、病于碎小表示不满,文风博雅淡远。梅曾亮称赞其文"扶植理道,宽博朴雅。不为刻深毛挚之状,而守纯气专,主柔而不可屈;不为熊熊之光,绚烂之色,而静虚澹淡,若近而若远,若可执而不停"①。

其次广西。桐城派在广西的影响得力于吕璜。

吕璜(1778—1838年),字礼北,号月沧,广西永福人。嘉庆

---

① 梅曾亮:《太乙舟山房文集序》,见《柏梘山房文集》卷五,清咸丰六年刊本。

十六年进士,历官浙江奉化、山阴、钱塘知县。曾从吴德旋学古文,为文朴茂舒雅。著有《月沧文集》。晚归乡里,教导后进,传播桐城派古文思想。广西桐城派作家均受其影响,著名者有朱琦、龙启瑞、王锡振。

朱琦(1803—1861年),字濂甫,号伯韩,广西临桂(今桂林)人。道光十五年(1835年)进士,授翰林院庶吉士,散馆授编修,改御史,有直声。赴浙江候选,遇太平军攻杭州,办团练守城,城破而死。曾师事吕璜,入京后向梅曾亮问古文法,服膺桐城派古文。著有《怡志堂诗文集》。为文章净醇厚,为梅曾亮所赏识。

龙启瑞(1814—1858年),字辑五,号翰臣,广西临桂(今桂林)人。道光二十一年(1841年)状元,授翰林院编修,出为湖北提督学政,迁侍读学士,官终江西布政使。著有《经德堂诗文集》、《诸子精言》、《古韵通说》等。早年从吕璜学古文,入京后与朱琦、王锡振等游,师事梅曾亮,精通音韵之学。为文以桐城派诸前辈为宗,但不赞成独尊归有光和方苞,以为"专守其门径","惟成迹之是循"是"束缚天下后世之人趋于隘",主张以"义法"救时弊。故其文明快畅达,清通博雅。

王锡振(1815—1876年),因服膺包拯,改名拯,字定甫,号少鹤,又号龙壁山人,广西马平人。道光二十一年(1841年)进士,授户部主事,充军机章京,官至通政司通政使。著有《龙壁山房文集》。入京后,向梅曾亮问古文法,与朱琦、龙启瑞等切磋古文,文章大进。因受梅曾亮推许而声名鹊起,其为文也以桐城家法为指归,文风朴茂沉挚,颇有归有光风韵。

其次湖南。湖南的桐城派作家,仅曾国藩提到的就有吴敏树、杨彝珍、孙鼎臣、郭嵩焘、舒焘、欧阳勋等,其阵容不可谓不强大。这里还不包括曾国藩及其门生。在上述诸人中,最值得注意的是吴敏树、郭嵩焘。

吴敏树(1805—1873年),字南屏,号乐生翁,又号柈湖,湖南巴陵(今岳阳)人。道光十二年(1832年)举人,官浏阳(今属湖南)训导。后辞官徜徉于山水之间。游京师,与梅曾亮、朱琦等论古文法,后又与曾国藩交笃。论文欲以归有光而上溯唐宋,追迹司马迁,不取宗派之说。其《与篠岑论文派书》明言自己不愿受桐城派拘囿,颇不满于曾国藩将其列入桐城派名单。但其文章取径,确与桐城派有一致处,所以后人仍然沿袭曾国藩之说,将其列入桐城派作家名单。其著作有《桦湖文集》等,文风清新澹远,洗练而富有情趣。

郭嵩焘(1818—1891年),字伯琛,号筠仙、玉池老人,筑室曰养知书屋,学者因称养知先生,湖南湘阴人。道光二十七年(1847年)进士。曾任福建按察使,累官至兵部左侍郎。为首任出使英国大臣,后兼法国大臣,以熟谙洋务名世。为官清廉,为学以宋儒义理为本,主张经世致用。政治上属洋务派,主张学习西方科学技术,对民主政体有所向往。论文宗法桐城派,不以文人自任,所作多关切时务之文。著有《养知书屋诗文集》、《读书记》等。

其次浙江。桐城派流播于浙江相对较晚,故曾国藩在《欧阳生文集序》中没有提及。到道光、咸丰年间,也出现了桐城派的代表作家,如仁和(今属杭州)邵懿辰(1810—1861年)、瑞安孙衣言(1814—1894年),他们虽然没能师事姚鼐,却从姚鼐大弟子梅曾亮学古文法,与桐城派作家朱琦等交往,论学以宋儒为归,论文以方、姚为则,故后人将他们归入桐城派。邵著有《位西遗稿》、《忱行录》等,孙著有《逊学斋文钞》,均有可取。

桐城派在姚鼐之后能迅速传播,与当时的政治形势密切相关。乾隆后期,社会矛盾已经显露,到嘉庆朝,各种矛盾更进一步激化,特别是道光年间爆发的鸦片战争,清政府的腐朽和官僚的无能得到彻底暴露,人们对偏于考据的乾嘉学风开始反省,意识到这种学风引导人们脱离现实的危害,于是加以抨击,例如,

方东树便说:

> 汉学诸人,言言有据,字字有考,只向纸上与古人争训诂形声,传注驳杂,援据群籍,征佐数百千条,反之身己心行,推之民人家国,了无益处,徒使人狂惑失守,不得所用。然则虽实事求是,而乃虚之至者也。①

姚莹更把鸦片战争的失败归咎于乾嘉学风,他说:

> 自四库馆启之后,当朝老大,皆以考博为事,无复有潜心理学者,至有称诵元明以来儒者,则相与诽笑,是以风俗人心日坏,不知礼义廉耻为何事。至于外夷交侵,辄皆望风而靡,无耻之徒,争以悦媚夷人为事,而不顾国家之奇耻大辱,岂非毁讪宋儒诸公之过哉!②

虽然姚莹的看法未免有失偏颇,对宋代理学的认识也不全面,但他的看法在当时却很有代表性,也很能得到社会的认同。姚鼐的弟子们正是抓住现实的机会,抨击汉学,宣传桐城派理论,扩大桐城派的影响的。《清史稿·梅曾亮传》便说:"当是时,管同已前逝,曾亮最为大师,而国藩又从唐鉴、倭仁、吴廷栋讲身心克治之学,其于文推挹姚氏尤至。于是士大夫多喜言文术政治,乾、嘉考据之风稍衰矣。"③桐城派之盛与乾嘉派之衰正反映出社会文化思想的递嬗和文风的转变。

---

① 方东树:《汉学商兑》,卷中之上,第63页,万有文库本。
② 姚莹:《与陆制军书》,见《中复堂全集》卷一,清同治六年刊本。
③ 《清史稿·梅曾亮传》,新编《二十五史》影印关外二次本,第10329页,上海古籍出版社、上海书店1986年版。

二 姚门四大弟子及其文风

在桐城派的传承和流播中,姚门四大弟子发挥了重要作用,他们的文学成就也相对较高。

方东树(1772—1851年),字植之,别号副墨子,晚年以"仪卫"名轩,世称仪卫先生,安徽桐城人。幼即聪颖,刻苦好学。二十二岁入县学为弟子员,补增广生,旋赴江宁(今南京),从姚鼐受学。乡试屡不售,遂绝意仕进,终生未得功名。因生计所迫,客游四方,以教授为业。年八十,主持东山书院,旋去世。著述甚丰,主要有《汉学商兑》、《昭昧詹言》、《仪卫轩文集》等。

方东树的主要贡献在于对桐城义理的维护。他主张"为文者必有仁义之质,道德之积,如不得已而后有言,然后其言有物,其言信,久乃传"①。又说:"周秦及汉,名贤辈出,平日立身,各有经济德业,未尝专学为文,而其文无不工者,本领盛而辞自充也。故文之所以不朽天壤万世者,非言之难,有本之难。"(《答叶溥求论古文书》)而"仁义之质,道德之积"或者说"经济德业",就是文章之本。然而,这一根本在八代即已迷茫,"及至宋代,程、朱诸子出,始因其文字以求圣人之心,而有以得于其精微之际,语之无疵,行之无弊,然后周公、孔子之真体大用,如拨云雾而睹日月"(《汉学商兑重序》),因而程、朱理学才是真正的固本之途。这样,他就有力地维护了桐城派以程、朱理学为指导的立场。宋儒不仅关注心性德业,也关注经济时务,因此,方东树也极力主张文以致用。他说:"夫文字之兴,肇始易绳,迹其本用,原以治百官,察万民,岂有空言无因而为一文乎!"(《切问斋文钞书后》)因此,他的文章有许多讲述义理心性和表达修、齐、治、平的内容,如《原静》之论"性"与"欲",《原义》之论"中庸",《化民正俗对》之论禁烟,

---

① 方东树:《姚石甫文集序》,见《中复堂全集》卷首,清同治六年刊本。

《病榻罪言》之论抗战，便体现了这一点。

方东树对自己的文章曾做过这样的评价："昔吾亡友管异之评吾文曰：'无不尽之意，无不达之辞，国朝名家，无此境界。'吾则何敢自谓能然。然所以类是者，亦有故。盖昔人论文章，不关世教，虽工无益。故吾为文，务尽其事之理，而足乎人之心。窃希慕乎曾南丰、朱子论事说理之作，顾不善学之，遂流为滑易好尽，发言平直，措意儒缓，行气柔慢，而失其所能。于古文雄奇、高浑、洁健、深妙、波澜、意度全无。得失自明，固知不足以登作者之箓。"（《仪卫轩文集自序》）这里虽有自谦之辞，但大体符合实际。他的文章明于识而吝于才，多平直往复而少简净含蓄。举《答叶溥求论古文书》一段以见其思想和文风：

吾所论文，每与时人相反。以为文章之道，必师古人而不可袭乎古人，必识古人之所以难，然后可以成吾之是。善因善创，知正知奇，博学之以别其异，研说之以会其同。方其专思一虑也，崇之无与为对，信之无与为惑，务之无与为先；扫群议，遗毁誉，强植不可回也，贪欲不可已也。及乎议论既工，比兴既得，格律音响既肖，而犹若文未足追配古作者而无愧也。于是委蛇放舍，绵绵不勤，舒迟黯会，时忽冥遇，久之乃益得乎古人之精神，而有以周知其变态。是故文章之难，非得之难，为之实难。

道德以为体，圣贤以为宗，经史以为质，兵刑政理以为用，人事之阴阳、善恶、穷通、常变、悲愉、歌泣，凌杂深赜，以为之施；天地、风云、日星、河岳、草木、禽兽、虫鱼、花石之高旷、夷险、清明、黪露、奇丽、诡谲，一切可喜可骇之状，以为之青。及其营之于口，而书之于纸也，创意造言，导气扶理，雄深骏远，瑰奇宏杰，蟠空直达，无一字不自己出，而后吾之心胸、面目、声音、笑貌，若与古人偕；出没隐见于前，而又惧其似也，而力损之。质而不俚,疏而不放,密而不僿。阴阳蔽亏,天机阖开,端倪万变,不可方物。盖自孟、韩、左、马、庄、骚、贾谊、扬雄、韩、欧以来,别有能事,而非艰深险怪,秃削浅俗,与夫饾饤剿袭,所可袭而取之者也。

管同(1780—1831年),字异之,江苏上元(今属南京)人,少年丧父,由母亲抚养成人。家贫,好学不倦。嘉庆初,姚鼐主钟山书院,管同往师之,最受器重。道光五年(1825年)举人。应安徽巡抚邓廷桢之请做他的家庭教师,后随邓之子进京时死于路上。著有《七经纪闻》、《战国地理考》、《因寄轩文集》等。

管同与姚鼐一样,在文章之外留心经史,没有门户之习,而有独到之见。其论文强调独创,反对模拟剽窃,主张"得于己,当于道","无得于己而剽窃古人,是谓无情之辞;无当于道而涂泽古语,是谓无情之作。二者是为伪体而已矣"[①]。认为文章能够"明道"、"纪事"、"陈情",即能传之久远(《方植之文集序》)。在师古问题上,主张合其神而不贩其辞,他说:"后人为文,不能不师古。上者神合之,次者貌肖之,最下者贩其辞。故曰:'惟古于词必己出,降而不能乃剽贼。'"(《答侯念勤书》)在文章风格方面,他提倡阳刚之美而不赞成阴柔,他说:"与其偏于阴也,则无宁偏于阳,何也?贵阳而贱阴,信刚而绌柔者,天地之道,而人之所以为德者也。孔子曰:'吾未见刚者。'曾子曰:'士不可以不宏毅,任重而道远。'圣人论人,重刚而不重柔,取宏毅而不取巽顺。夫为文之道,岂异于此乎?"(《与友人论文书》)因而他的文章偏于刚健一路,时人评为"雄深浩达,简严精邃"[②],可谓切中肯綮。举《宝

---

① 管同:《蕴素阁全集序》,见《因寄轩文初集》卷六,光绪刊本。下引此书只注篇名。
② 刘声木:《桐城文学源流考》卷四,直介堂丛刻初编本。

山记游》一篇以见其文风：

宝山县城临大海，潮汐万态，称为奇观。而予初至县时，顾未尝一出，独夜卧人静，风涛汹汹，直逼枕簟，鱼龙舞啸，其声形时入梦寐间，意洒然快也。

夏四月，荆溪周保绪自吴中来。保绪故好奇，与予善。是月既望，遂相携观月于海塘。海涛山崩，月影银碎，寥阔清寒，相对疑非人世境，予大乐之。不数日，又相携观日出。至则昏暗，咫不辨，第闻涛声若风雷之骤至。须臾天明，日乃出。然不遽出也。一线之光，低昂隐见，久之而后升。《楚词》曰："长太息兮将上。"不至此，乌知其体物之工哉？及其大上，则斑驳激射，大抵与月同。而其光侵眸，可略观而不可注视焉。

后月五日，保绪复邀洒吴淞台上。午晴风休，远波若镜。南望大洋，若有落叶十数浮泛波间者，不食顷，已皆抵台下，视之皆莫大舟也。苏子瞻记登州之境，今乃信之。于是保绪为予言京都及海内事，相对慷慨悲歌，至日暮乃反。

宝山者，嘉定分县，其对岸曰崇明，水之出乎两县间者，实大海之支流，而非即大海也。然对岸东西八十里，其所见已极为奇观。由是而迤南，乡所见落叶浮泛处，乃为大海。而海与天连，不可复辨矣。

姚莹（1785—1858 年），字石甫，一字名叔，号展和，晚号幸翁，安徽桐城人。姚鼐侄孙。少时遍读其曾祖姚范所遗书，从姚鼐学古文法。嘉庆十三年（1808 年）进士，授福建平和知县，后历任福建龙溪、江苏武进、高邮、金坛等州县长官，擢两淮掣同知护盐运使，颇有政声。道光十年（1830 年）特旨擢福建台湾道，加按察使衔。会鸦片战争爆发，与总兵一道积极组织军民抗击英军，受到朝廷嘉奖，进阶二品，后朝廷与英和议，英人谎称台湾战役并非战败,而是遇风触礁船毁,姚莹于是以"冒功"之罪入刑部狱,一时舆论哗然。在京30多名官员和知名文士积极呼吁营救,入狱6天后获释。以同知直肃州知州四川听用,旋入西藏处理两呼图克图之间的争端,后补蓬州,二年后,引疾归。咸丰初"冒功"之罪昭雪,授广西按察使,参加永安围攻太平军,失败后,随军至湖南,任湖南按察使,卒于任所。著有《中复堂全集》《东槎纪略》《康輶纪行》《东溟文集》等。

姚莹平生向慕贾谊、王阳明的道德文章,其一生也以事功为主。对于文学,他主张明体达用。他说:"夫读书不通大义者与不读同,为学不法古人与不学同,二者不可不择也。古之学者,不徒读书,日用事物,出入周旋之地,皆所切究,其读书者,将以正其身心,济其伦品而已。身心之正明其体,伦品之济达其用。总之,要端有四,曰:义理也,经济也,文章也,多闻也。四者明贯,谓之通儒。其次则择一而执之,可以自立矣。"①在姚鼐"义理、考证、文章"的理论中加入"经济",并将"考证"("多闻"有类于考证)放在最次要地位,表明了他的理论趋向。他十分强调文学的社会效用,认为"文章之大者,或发明道义,陈列事情,动关乎人心风俗之盛衰"(《黄香石诗序》)。所以他的文章,大多关乎国计民生,《康輶纪行》考察西藏地理、风土、民情,时人视为奇书。其文风刚健雄直,长于议论,感情充沛。如他在《再与方植之书》中谈到自己获罪经过时说:

> 莹五载台湾,枕戈筹饷,练勇设防,心殚力竭,甫能保守危疆,未至偾败。然举世获罪,独台湾屡邀上赏,已犯独醒之戒;镇、道受赏,督、抚无功,又有以小加大之嫌。况以英夷之强黠,

---

① 姚莹:《与吴岳卿书》,见《中复堂全集》东溟文外集卷二,清同治六年刊本。下引此书只注篇名。

不能得志于台湾,更为肤愬之辞,恫喝诸帅,逐镇、道以逞所欲,江南闽中,弹章相继。大府衔命,渡台逮问,成见早定,不容剖陈。当此之时,夷为原告,大臣靡然从风,断非口舌能争之事,镇、道身为大员,断无哓哓申辩之理,自当委曲以全大局。至于台之兵民,何所恃者,镇、道在也。镇、道得罪,谁敢上抗大府,外结怨于凶夷乎?委员迫取结状,多方恐吓,不得不遵,于是镇、道冒功之案成矣。

然台之人固不谓然也。始见镇、道逮问,精兵千人攘臂呶呼,其势汹汹,达镇军惧激变,亲自循巡,婉曲开譬,众兵乃痛哭投戈而罢。士民复千百为群,日匍伏于大府行署,纷纷佥呈申诉者,凡数十起,亦足见直道自在人间也。复奏已上,天子圣明,令解内审讯寻绎,谕辞严厉中似有矜全之意,或可邀末减也。委员护解启程,当在五月中旬。大局已坏,镇、道又何足言!但愿委身法吏,从此永靖兵革,则大幸耳。

夫君子之心,当为国家宣力分忧,保疆土而安黎庶,不在一身荣辱也。是非之辨,何益于事?古有毁家纾难,杀身成仁者,彼独非丈夫哉?区区私衷,惟鉴察焉。倘追林、邓二公相聚西域,亦不寂寞,或可乘暇读书,补身心未了之事,岂不美哉!

在这里,作者的坦荡胸怀,一腔正气,忧国忧民,无怨无悔,都跃然纸上。这样的文章,与一般学者之文和文士之文,都有明显不同。

梅曾亮(1786—1856年),字伯言,江苏上元(今属南京)人。父亲梅冲为饱学之士,母亲侯芝亲手改订《再生缘》,亦为才女。曾亮幼即好学,习诗与骈文。年二十入钟山书院,师从姚鼐。与管同、方东树结交,听从管同劝导,尽弃前作,立志于古文的写作,同时留心国事。道光二年(1822年)进士,以父母年老,未赴外任。曾入安徽巡抚邓廷桢和江苏巡抚陶澍幕。道光十二年

(1832年)入京,纳资官户部郎中。后一直在京城做官。在此期间,他与林则徐、姚莹等有密切交往,赞成积极禁烟抗英的主张。但更多的是与文人们交往,当时姚鼐已经去世,姚门著名弟子或去世,或不在京城,故"京师士大夫日造门问为文法"(吴汝纶《孔叙仲文集序》),曾亮俨然为一代文宗,对桐城派的传播起到了十分巨大的作用。道光末年辞官返乡,后主讲扬州梅花书院。咸丰六年(1856年)去世。著有《柏枧山房文集》等。

梅曾亮论文主"真",即主张文章要表现作者的真心胸、真性情,反对虚假雷同、矫揉造作。他说:"见其人而知其心,人之真者也。见其文而知其人,文之真者也。人有缓急刚柔之性,而其文有阴阳动静之殊。……失其真,则人虽接膝而不相知;得其真,虽千百世上,其性情之刚柔缓急见于言语行事者,可以坐而得之。盖文之真伪,其轻重于人也固如此。"[1]又说:"夫公(指陈用光)之学固出于姚先生,而文不必同然。前乎先生者,有方望溪侍郎,刘海峰学博,其文亦皆较然不同。盖性情异,故文亦异焉;其异也,乃其所以为真欤!"(《太乙舟山房文集序》)他把文章分为"世禄之文"和"豪杰之文","模山记水,叙述情事,言应《尔雅》,如世家贵人,珍器玩好,皆中度程、应故事,此世禄之文也。开张王霸,指陈要最,前无所袭于古,而言当乎时;论不必稽之于人,而事核其实,如鱼盐版筑之夫,经历险阻,致身遭时,虽居庙堂之上,匹夫匹妇之嗫笑,可得而窥也,此豪杰之文也",他认为:"人情固乐为世家贵人,而不乐为鱼盐版筑也,然文章家未有不豪杰而能成大文者也,此昌黎诸君子所造为不可及欤!"(《送陈作甫叙》)因此,他提倡多接触社会现实了解民间疾苦,这样才能写出好文章,"亲民官非徒习政事,亦所以摩厉其文章也"(同上)。

---

[1] 梅曾亮:《太乙舟山房文集序》,见《柏枧山房文集》卷五,清咸丰六年刊本。下引此书只注篇名。

曾亮的文章与他的理论主张相一致,许多文章体现了他对于现实的关怀,散发着鲜明的时代气息。如《送韩珠船序》谴责英国殖民主义者对我国沿海地区的骚扰,《与陆立夫书》总结与英军作战失败的教训,《上某公书》对林则徐被诬遭贬的安慰和劝勉,《上方尚书书》、《上汪尚书书》对国计民生的关切和建议,以及为悼念抗英牺牲的将士而作的《王刚节公家传》、《正气阁记》等,都表达了作者的真性情、真情感。即使是一些理论性很强的文章,在他的笔下,既有真知灼见,也流露出真情实感,不仅给人以启发,而且给人以感动。例如,《管异之文集书后》就是很有代表性的一篇,全文云:

> 曾亮少好为骈体文。异之曰:"人有哀乐者,面也。今以玉冠之,虽美,失其面矣。此骈体之失也。"余曰:"诚有是。然《哀江南赋》、《报杨遵彦书》,其意固不快耶?而贱之也!"异之曰:"彼其意固有限,使有孟、荀、庄周、司马迁之意,来如云兴,聚如车屯,则虽百徐、庾之词,不足以尽其一意。"余遂稍学为古文词,异之不尽谓善也。曰:"子之文病杂,一篇之中,数体互见。武其冠,儒其衣,非全人也。"余自信不如信异之,深得一言为数日忧喜。呜呼!今异之亡矣!吾得失不自知,人知之不能为吾言之。异之亡,余虽于学日从事焉,茫乎不自知其可忧而可喜也。故益念异之,不能忘也。
>
> 异之卒于道光十一年。其明年,今安徽邓公刊其遗文,命曾亮为之序。乃书畴昔论文语于集后,以志吾悲,且以志良友之益我于不忘也。

文章朴实简净,感情深厚真切,没有丝毫矫揉造作,充分体现了他的文学主张。

此外,他的一些游记随笔也写得峻洁生动,富于情感。他在

《艾方来家传》中说:"归熙甫《先妣事略》皆琐屑无惊人语,失母者读之,痛不可止。"因而,他注意借鉴归有光散文的描写手法,通过日常琐屑的生活情景来表达复杂细腻的亲情,如在《周石生授经图记》中回忆母亲对他的教育和关怀:

> 时曾亮年十三四,家大人方试礼部,留京师。每从塾归,则吾母课诵,必问所习者师讲解否?能记忆否?背师作游弄否?自塾归适他所否?

这样的写法,的确酷似归有光。所以朱琦称"其为文义法一本之桐城,稍参以归太仆"①,应该是知人之论。

他的一些写景记游之作,大都能注意刻画出景物的不同特征,展现它们的独特风貌。如《游小盘谷记》、《游瓜步山记》、《钵山余霞阁记》等,都能写照传神,别有会心。

总之,梅曾亮作为姚鼐的四大弟子之一,在姚鼐逝后实际上成为桐城薪火的传人,其社会影响是很大的,在文学上的成就也是值得充分肯定的。他的文章颇重气势,风格多样,有的雄肆雅健,有的清新澹远。曾国藩认为梅文具有"碧海鳌呿鲸掣候,青山花放水流时"的"两般妙境"②,指出的正是其文章风格多样化的特点。

三 阳湖派的文章理论

桐城派在其传播的过程中,也出现过一些变异,阳湖派就是其衍生的一个文学流派。

---

① 朱琦:《柏枧山房文集书后》,见《怡志堂诗文集·怡志堂文集》,岭西五家诗文集本1935年版。
② 曾国藩:《送梅伯言归金陵二首》,见《曾文正公全集》诗集卷三,传忠书局1910年版。

阳湖派以其代表作家恽敬、张惠言为阳湖（今江苏常州）一带人而得名。《清史列传·文苑传》云："是时常州一郡，多志节卓荦之士，而古文巨手亦出其间，恽敬、张惠言，天下推为阳湖派，与桐城相抗。"①《清史稿·文苑传》亦云："常州自张惠言、恽敬以古文名，继辂与董士锡同时并起，世遂推为阳湖派，与桐城相抗。然继辂选七家古文，以为惠言、敬受文法于钱伯坰，伯坰亲业刘大櫆之门，盖其渊源同出唐、宋大家，以上窥《史》、《汉》，桐城、阳湖皆未尝自标异也。"②据陆继辂《七家文钞序》云，恽敬、张惠言原本精于声韵考订之学，喜为骈文，及闻刘大櫆弟子钱伯坰之说，于是尽弃前学而专攻古文。钱伯坰也是常州人。而恽敬《上曹俪生侍郎书》则说自己与张惠言、吴德旋、王灼等交往，始知有桐城方、刘、姚之文。而王灼为刘大櫆弟子，吴德旋则出自姚鼐之门。张惠言《送钱鲁斯序》说到十六七岁方治科举业，又从钱鲁斯（伯坰）学书、学诗。越十年，学为古辞赋，钱鲁斯劝其为古文，乃尽弃曩时所习诗赋若书不为，而为古文，三年，乃稍稍得之。《文稿自序》又说自己少年学习时文，后又好辞赋，与王灼友善，灼劝其为古文，为之一二年，稍稍得规矩。可见阳湖派的确与桐城派有师承渊源关系。正因为如此，故陆继辂《七家文钞序》云：

> 乾隆间钱伯坰鲁斯，亲受业于海峰之门，时时诵其师说于其友恽子居、张皋文。二子者始尽弃考据骈俪之学，专志以治古文。盖皋文研精经传，其学从源而及流；子居泛滥百家之言，其学由博而返约。二子之效力不同，而其文之澄然而清、秩然

---

① 《清史列传·恽敬传》附陆继辂，第5965页，北京：中华书局1987年版。
② 《清史稿·陆继辂传》，新编《二十五史》影印关外二次本，第10328页，上海古籍出版社、上海书店1986年版。

而有序,则由望溪而上,求之震川、荆川、遵岩,又上而求之庐陵、眉山、南丰、新安,如一辙也。

不过,阳湖派代表作家的文章理论虽然来自于桐城派,但毕竟吸收了阳湖地区特有的文化传统,形成了与桐城派不完全相同的理论特色,而且他们在创作实践中也形成了自己的文章风格,因此,张之洞在《书目答问》中将阳湖派与桐城派分列是有一定道理的。况且恽敬、张惠言之后,阳湖地区有陆继辂、陆耀遹、董祐诚、董士锡、谢士元等工于古文,阳湖古文蔚然成派应是不争的事实。

下面我们就阳湖派的代表作家谈谈阳湖派的文章理论。

恽敬(1757—1817年),字子居,号简堂,阳湖(今江苏常州)人。乾隆四十八年(1783年)举人,以教习官京师。与同州张惠言、桐城王灼等友善,切劘学问,商榷经义,以古文鸣于时。历知富阳、江山、瑞金等县,以振兴文学为务,并著廉名。以卓异擢南昌府同知,改署吴城。为忌者所诬劾,以失察去官。"既罢官,益肆其力于文,深求前史兴坏治乱之故,旁及纵横、名法、兵农、阴阳家言","其文盖出于韩非、李斯,与苏洵为近"[①]。著有《大云山房文稿》等。

张惠言(1761—1802年),字皋文,武进(今江苏常州)人。"少受《易经》,即通大义。年十四,为童子师。修学立行,教礼自守,人皆称敬"。嘉庆四年(1796年)进士,授翰林院庶吉士,充实录馆纂修官,散馆,特授翰林院编修,卒于官。"惠言少为词赋,拟司马相如、扬雄之文,及壮,又学韩愈、欧阳修"[②],著有《茗

[①] 《清史稿·恽敬传》,新编《二十五史》影印关外二次本,第10327页,上海古籍出版社、上海书店1986年版。

[②] 《清史稿·张惠言传》,新编《二十五史》影印关外二次本,第10328页,上海古籍出版社、上海书店1986年版。

柯文编》等。

从学术渊源来看,桐城派恪守程、朱理学,而阳湖派作家则不局限于宋儒门户,程、朱、陆、王,诸子百家,都是他们学习的对象。恽敬"自言其学,非汉非宋,不主故常,故其说经之文,能发前人所未发"[1]。他在《答姚秋农书》中说:"敬三十后遍观先儒之书,陆、王固偏,程、朱亦不无得此遗彼之说。合之《大学》、《中庸》,觉圣贤与程、朱、陆、王,下手有偏、全、大、小之分。"[2]可见他并不像一般桐城弟子仅以程、朱为指归。而张惠言"生平精思绝人,尝从歙金榜问,故其学要归《六经》,而尤深《易》、《礼》"[3],著有《周易虞氏义》等阐发《易》义之书九种和《读仪礼记》等阐释《礼》义之书两种,俨然是一位经学大师,故《清史稿》将其收入《儒林传》而非《文苑传》,其学也不只取径于程、朱一路。

从文章统绪来看,桐城派除了标榜《六经》外,还标榜同《左传》、《史记》和唐宋八大家一脉相承,而摒绝其他一切文学异彩。阳湖派虽然不反对桐城派的文统,但却远比桐城派视野开阔,其取径更为宽广。恽敬在《大云山房文稿二集自序》中说:"是故《六艺》要其中,百家明其际会;《六艺》举其大,百家尽其条流。其失者,孟坚已次第言之;而其得者,穷高极深,析事剖理,各有所属,故曰修《六艺》之文,观九家之言,可以适万方之略。"并且认为,学者文集日替的原因,"盖附会《六艺》,屏绝百家,耳目之用不发,事物之颐不统,故性情之德不能用也",他的结论是:"是故百家之敝,当折之以《六艺》;文集之衰,当起之以百家。其高

---

[1] 吴德旋:《恽子居先生行状》,见《国朝文汇》乙集卷五八,上海:国学扶轮社1909年版。
[2] 恽敬:《答姚秋农书》,见《大云山房文稿》言事卷二,第214页,上海世界书局:1937年版。下引此书只注篇名。
[3] 《清史稿·张惠言传》,新编《二十五史》影印关外二次本,第10328页,上海古籍出版社、上海书店1986年版。

下、远近、华实,是又在乎人之所性焉,不可强也已。"因此,文章可以折中百家,各取所宜。他说:

> 敬观之前世,贾生自名家、纵横家入,故其言浩汗而断制;晁错自法家、兵家入,故其言峭实;董仲舒、刘子政自儒家、道家、阴阳家入,故其言和而多端;韩退之自儒家、法家、名家入,故其言峻而能达;曾子固、苏子由自儒家、杂家入,故其言温而定;柳子厚、欧阳永叔自儒家、杂家、词赋家入,故其言详雅有度;杜牧之、苏明允自兵家、纵横家入,故其言纵厉;苏子瞻自纵横家、道家、小说家入,故其言逍遥而震动。

既然是桐城派所崇敬的古文家们有着各不相同的取径,又能达到各自不同的艺术境界,形成各自不同的文章风格,那么,桐城派所竭力维护的文统也就不是神圣不可侵犯的了。

张惠言也认为,文章不能固定一种模式,运用一个标准,而应该通过学经以求其本原,就其所得而见之于文。他说:

> 已而思古之以文传者,虽于圣人有合有否,要就其所得,莫不足以立身行义,施天下致一切之治。荀卿、贾谊、董仲舒、扬雄,以儒;老聃、庄周、管伊吾,以术;司马迁、班固,以事;韩愈、李翱、欧阳修、曾巩,以学;柳宗元、苏洵、轼、辙、王安石,虽不逮,犹各有所执持,操其一以应于世而不穷。故其言必曰"道",道成而所得之浅深醇杂见乎其文。无其道而有其文者,则未有也。故乃退而考之于经,求天地阴阳消息于《易》虞氏,求古先圣王礼乐制度于《礼》郑氏,庶窥微言奥义,以究本原。①

---

① 张惠言:《文稿自序》,《茗柯文编》茗柯文三编,第117—118页,上海古籍出版社1984年版。下引此书只注篇名。

就其宗经的思想而言,张惠言所论仍然与桐城派相同。然而,就文章统绪而言,张惠言的梳理则显然比桐城派要宽松得多,他对文章内容和风格的理解也要比桐城派开放得多。

正是由于阳湖派作家学宗百家,不主故常,对文章风格也抱多元化的立场,因而他们对"桐城三祖"的思想和文章能够采取实事求是的态度,尊重而不盲从。例如,恽敬在《上曹俪笙侍郎书》中说:

> 古文,文中之一体耳。而其体至正,不可余,余则支;不可尽,尽则敝;不可为容,为容则体下。方望溪先生说:"古文虽小道,失其传者七百年。"望溪之言若是,是名之遵岩、震川,本朝之雪苑、勺庭、尧峰诸君子,世俗推为作者,一不得与乎望溪之所许矣。望溪谨厚,兼学有源本,岂妄为此论耶?盖遵岩、震川常有意为古文者也,有意为古文,而平生之才与学,不能沛然于所为之文之外,则将依附其体而为之;依附其体而为之,则为支,为敝,为体下,不招而至矣。是故遵岩之文瞻,瞻则用力必过,其失也,少支而多敝;震川之文谨,谨则置辞必近,其失也,少敝而多支;而为容之失,二家缓急不同,同出于体下,集中之得者十有六七,失者十而三四焉。此望溪之所以不满也。

恽敬借用方苞之言,批评了桐城派所崇奉的古文家因文体之限而出现的弊端。对于桐城开派之祖方苞,作者同样予以批评,他说:"望溪之于古文,则又有未至者,是故旨近端而有时而歧,辞近醇而有时而窳。"(同上)在《给章澧南》信中,他还批评刘大櫆的文章"句极洁而不免芜近",姚鼐的文章"才短不敢放言高论",这些评价,应该说是较为客观公正的。

张惠言在《书刘海峰文集后》也对刘大櫆的文章提出了批评,他说:

> 余学为古文,受法于执友王明甫,明甫古文法受之其师刘海峰。本朝为古文者十数,然推方望溪、刘海峰。余求海峰文六年,然后得而读之。海峰之文,有学《庄子》《史记》为之者,弗至也。学欧阳、王介甫为之,时至焉。学归熙甫,辄至焉。名取远,迹取迩,其效然耶?后有作者,终不得为庄周、司马之为耶?明甫之言曰:"海峰治经功半于望溪,其文必倍胜于望溪。"然则海峰为之而不至焉者,过系于世之远迩耶?

张惠言对自己所崇拜的对象采取如此冷静客观的态度,进行深入细致的理论分析,这种精神是十分可贵的。任何理论,任何创作,有其长必有其短,有所达必有所不达,这是存在的事实,也是客观规律。阳湖派作家能够指出这一点,应该说是既有理论意义,也有现实意义。从这里也可以看出,阳湖派作家虽不讳言接受桐城派的影响,但他们却较少门户之见。

阳湖派作家之所以没有桐城派那样深刻的门户之见,与阳湖地区的文化环境和这些作家自身的文学修养有密切关系。在恽敬、张惠言之前,阳湖地区即已诞生不少文化名人,如洪亮吉、孙星衍、赵怀玉,或是骈文高手,或是考据大家,对当地学风深有影响。恽、张二人都以学问为根底,年轻时都热衷骈文辞赋,不能不说是地域文化环境使然。与恽、张二人同时并一起被称为"阳湖三家"的李兆洛也是骈文高手,他编辑过很有影响的《骈体文钞》。阳湖派的文章理论比桐城派更开放,实际上是在寻求一种突破。只是这一流派的后继者缺少有影响有成就的大家的推动,故没有能够更进一步发展。

四 阳湖派的文章风格

阳湖派作家并没有完全一致的文章风格。尽管如此,由于他们有比较近似的文章理论,又受到共同的地域文化熏陶,故其为文,仍然有大体相近的文章风格。

阳湖派的文章大都以学问为根底,强调才与学的统一。其代表作家,不仅本身就是学者,而且其所治古文,也颇类秦汉诸子和史家的有得之言,能够给人以思想启迪,与纯治古文者不同。吴德旋《恽子居行状》说恽敬"于阴阳、名、法、儒、墨、道德之书,既无所不读,又兼通禅理,以为心之故,惟圣贤能知之而言之,佛与学佛者亦能知之而言之"①,《清史列传》也说他"研精经训,深求史传兴衰治乱得失之故"②,因而他的文章既有古文家的洗练,也有学问家的深刻。例如他在《读〈货殖列传〉》中云:

> 作史之法有二,太史公皆自发之。其一,《留侯世家》曰:"所与上从容言天下事甚众,非天下所以存亡,故不书。"此作本纪、世家、列传法也。而表、书亦用之。其二,《报任安书》曰:"究天人之际,通古今之变",此作表、书法也,而本纪、世家、列传亦用之。《史记》七十列传,各发一义,皆有明于天人古今之数,而十类传为最著。盖三代之后,仕者惟循吏、酷吏、佞幸三途;其余心力异于人者,不归儒林,则归游侠,归货殖,天下尽于此矣。其旁出者,为刺客,为滑稽,为日者,为龟策,皆畸零之人。是故货殖者,亦天下古今之大会也。钟伯敬谓补《平准书》所未备,可以操治天下之故。其义乃推而得之。其诸太史公之本义欤?

恽敬在这里所说的"作史之法有二,太史公皆自发之",与方苞在《又书〈货殖传〉后》所云"《春秋》之制义法,自太史公发之"

---

① 吴德旋:《恽子居先生行状》,见《国朝文汇》乙集卷五八,上海:国学扶轮社1909年版。
② 《清史列传·恽敬传》,第5963页,北京:中华书局1987年版。

的内涵并不一样,是作者对司马迁作史之法的新认识,也体现了作者不重剿袭而重创新的学风与文风。文章得出的"盖三代之后,仕者惟循吏、酷吏、佞幸三途;其余心力异于人者,不归儒林,则归游侠,归货殖,天下尽于此矣"的结论,也是深刻的历史认识。

张惠言同样对儒学有深刻的研究,"道成而所得之浅深醇杂见乎其文",故其言极有根底。阮元说他"以经术为古文"①,道出了他的文章的基本特点。需要补充的是,张惠言的关心经术,是与经世致用联系在一起的,与那些繁琐注经的乾嘉学者有着不同的价值取向。他的许多文章都能体现这一点。例如,他在《送左仲甫序》中说:

> 阳湖左仲甫,为县令之六年,以催科挂吏议,将谒部。是时天子始亲政事,赫然诛元恶,召安徽巡抚朱公入为冢宰。濒行,仲甫谒公于途次。公赐之食,从容问政要。仲甫以为:方今大患,在天下之才不足以任天下之事。夫上之所取,下之所习,无事之所养,有事之所用。今国家求政事之选,而于时文诗赋取之,其不足以得士也明矣。夫时文诗赋,非一日之功也,士盖有数十年为之,而幸一日之得焉。自非有过人之资,未有能通世务知治乱者也。其有能通世务知治乱者,其见弃于时文诗赋而不获选者,则亦多矣。方今科举即不能改,宜令天下荐举有文武智术之士,朝廷试而用之,庶几于事有属。方今郡县驻防之兵,所得额饷,少者日才白金四分,而上官供亿、公使往来之资,良兵也;桀黠者,无赖于乡曲矣。夫不给其家而求其服练,虽孙、吴不能,而况用其死乎?则以为宜优其给而捐其扰,然后乃

---

① 阮元:《茗柯文编序》,见《茗柯文编》附录,第262页,上海古籍出版社1984年版。

可责其用。朱公难其说。

仲甫至京师,以告其友张惠言。惠言曰:国家养文武士,一百五十年矣,其为泽至深厚。而为士者,日以嗜利而无耻;为兵者,日以怯弱而畏死。是岂无故哉?今朝廷求言如不及,朱公以道辅治,仲甫之言行不行,未可知也。

一篇赠序,不谈离情别绪,而大谈特谈朝政得失,这是文体的创新,也是作者以经术为古文而又注重经世致用的表现。这样的文章,虽与桐城派古文总体上是一致的,但又有自身的特点。

阳湖派代表作家都有过酷爱辞赋并创作辞赋的文学经历,而阳湖地区也是骈体文盛行的地区之一,虽然阳湖派代表作家后来都放弃骈文而改学古文,但他们的文章,仍然难免带有骈文辞赋的某些痕迹,这也成为阳湖派散文的一种风格特色。例如,恽敬《五宗语录删存序》有云:

敬年十五,即读道家书。后于吴山道院翻《道藏》,鄙倍不可训者十之七,凡下者十之二。周秦以来诸子,虽所存古注家,其善者也。若魏伯阳、张端伯所述,亦道之一隅而已。至山右,始读佛氏书,行江东西,时时至佛院读之。为鄙倍,为凡下,有过于《道藏》者。其精博之说,微妙汪洋,神生智出,《道藏》视之,盖瞠乎后矣。中岁喜读禅师语录,于三圣之言,本无差歧;而其从入之门,与从出之径,无辙迹,无依持。盖人心之用,不能无如此一境,非强为者也。惟传授渐远,积习日深,及其末流,几于优伶之辞,驵侩之行,此则不可之大者也。

敬条其可观者,得若干卷。行修力积,其道自至,确然颓然,不容一隙者,为第一集。机微锋迅,一击即解,潜鱼出钩,飞鸟坠缴者,为第二集。发明天人,依附经论,浑融包孕,条理分晰者,为第三集。片辞之设,具见性灵,一目所存,偶涉道要者,为第四集。其余附会之陋,修饰之工,如二十八祖偈言、历代禅师评唱,一概削之,以绝庞杂。

程子曰:"佛氏之书,学者当如淫声美色远之。"夫不涉其藩,不登其堂,不入其室,岂可以断其是非得失之数哉?朱子曰:"佛衰于禅,禅衰于棓喝。"夫曹溪之说法,岂可谓佛之衰?百丈之见大寂,临溪之见大愚,岂可谓禅之衰?后之君子,于此能自得焉而不为所眩夺,则可矣。

文章对于道家和佛家典籍的看法及其分析是很有见地的,突破了桐城三祖的思想。其用语虽为散文,但其中却不难发现骈文辞赋的影子。文中四字句的大量运用,便说明了这一点。这样的语句,可以增强文章的气势,也是韩非、李斯、苏洵在文章中经常使用的,所以吴德旋说他的文章"得力于韩非、李斯,与苏明允相上下,近法家也"(《恽子居行状》),正是看到了其文章的风格特点。

张惠言的文章也与恽敬的文章一样,经常使用具有骈俪风格的语言来记事和说理。例如他在《书左仲甫事》文中记曰:

> 霍邱知县阳湖左君,治霍邱既一载,其冬有年,父老数十人来自下乡,盛米于筐,有稻有粳,豚蹄鸭鸡,伛偻提携,造于县门。君呼之入,曰:"父老良苦,曷为来哉?"顿首曰:"边界之乡,尤扰益偷,自耶之至,吾民无事,得耕种吾田。吾田幸熟,有此新谷,皆耶之赐,以为耶尝。"君曰:"天降吾民丰年,乐与父老食之;且彼家畜,胡以来?"则又顿首曰:"往耶未来,吾民之猪、鸡、鹅、鸭,率用供吏,余者盗又取之。今视吾圈栅,数吾所育,终岁不失一,是耶为吾民畜也。是耶物,非民物也。"君笑而受之,劳以酒食,皆欢舞而去,曰:"本以奉耶,反为耶费焉!"士

民相与谋曰:"吾耶无所取于民,而禄不足以自给,其谓百姓何?请分乡为四,四又为三,各以月入米若薪。"众曰:"善。"则请于君,君笑曰:"百姓所以厚我,以我不妄取也。我资米若薪于百姓,后之人必尔平索之,是我之妄取无穷期也。"不可。亳州之民,有诉于府者曰:"亳旧寡盗,今乃多,其来自霍邱。霍邱左耶不容盗,以祸亳,愿左耶兼治之。"嘉庆四年十二月,霍邱有吴生在京师,为余说如此。

知县与父老的对话,尽管是通俗的语言,然而在作者笔下,既保留了通俗的特点,又使用了不少四言句式,通俗中略见整练,可以看出骈体文的影响。

第五节 桐城派的改良和复兴

鸦片战争之后,帝国主义加紧了对中国的侵略,导致民族危机进一步加深,国内阶级矛盾也日益尖锐,清王朝已是朝不保夕、气息奄奄,亟需一个刚毅果敢的人出来维持局面。同时在姚鼐及其四大弟子相继去世以后,桐城派缺少领袖人物,其影响慢慢减弱,也需要一个文坛领袖来振兴古文。曾国藩正是适应这种要求而登上历史舞台的。曾国藩服膺桐城之学,而又根据形势的发展变化以及他个人的兴趣爱好,对桐城派的理论和风格进行了改造和发展。他的弟子也积极宣传和实践他的理论,形成了桐城派在道光后期至咸丰、同治年间又重新复兴的局面。

一 曾国藩对桐城派的改良

曾国藩(1811—1872年),初名子城,字涤生,号伯涵,湘乡(今属湖南)人。岳麓书院肄业。道光十八年(1838年)进士,选翰林院庶吉士。散馆,授检讨,累官礼部侍郎。咸丰二年(1852

年)奉使典试江西,丁母忧归里。时太平军起,奉命在家乡督办团练,号称"湘军",连复沿江各省。因镇压太平军起义有功,擢兵部尚书,加太子少傅,封毅勇侯,赏双眼翎。一时名士,多入其幕中,各以军功升擢。以武英殿大学士补直隶总督。办天津教案,屈服于洋人淫威,受到舆论谴责。调任两江总督,卒于官。谥文正。著有《曾文正公全集》。

曾国藩任京官多年,与当时在京的桐城派古文家梅曾亮、朱琦、王拯、龙启瑞等交往,受到桐城派思想的影响。他在《致刘孟荣》信中说:"仆早不自立,自庚子以来,稍事学问,涉猎于前明本朝诸大儒之书,而不克辨其得失。闻此间有工为古文诗者,就而审之,乃桐城姚郎中之绪论。其言诚有可取,于是取司马迁、班固、杜甫、韩愈、欧阳修、曾巩、王安石及方苞之作,悉心而读之。"[①]可见其倾心古文、归依桐城是在其任京官之时,引导其进入这一领域的是姚鼐弟子梅曾亮,而使其服膺桐城学说的是姚鼐的理论。他后来在《圣哲画像记》中将姚鼐与周公、孔子等并列为圣哲,承认"国藩之粗解文章,由姚先生启之",说明他在桐城三祖中,实际上是私淑姚鼐的。当然,他对方苞也很推崇,他说:"望溪先生古文辞为国家二百余年之冠,学者久无异辞。即其经术之湛深,八股文之雄厚,亦不愧为一代大儒。虽乾、嘉以来,汉学诸家百方攻击,曾无损于毫末。"(《读书录·望溪文集》)

曾国藩虽然服膺姚鼐之学,又从当时的理学家唐鉴、倭仁等学习义理之学,因而以宋学为立身之本,但是,他对汉学并不排斥,而是取宽容态度。他说:

自朱子表章周子、二程子、张子,以为上接孔、孟之传,后世

[①] 曾国藩:《致刘孟荣》,见《曾文正公全集》书札卷一,传忠书局1910年版。下引此书只注篇名。

君相师儒,笃守其说,莫之或易。乾隆中,闳儒辈起,训诂博辨,度越昔贤,别立徽志,号曰汉学,摈有宋五子之术以谓不得独尊;而笃信五子者,亦屏弃汉学,以为破碎害道,龂龂焉而未有已。吾观五子立言,其大者多合于洙泗,何可议也?其训释诸经,小有不当,固当取近世经说以辅翼之,又可屏弃群言以自隘乎?斯二者亦俱讥焉。(《圣哲画像记》)

按照他自己的说法:"国藩一宗宋儒,不废汉学。"(《复颖州府夏教授书》)正是这一"不废汉学",使得桐城派的理论在他那儿得以发展。他在《圣哲画像记》中又说:

姚姬传氏言:学问之途有三,曰义理,曰词章,曰考据;戴东原氏也以为言。如文、周、孔、孟之圣,左、庄、马、班之才,诚不可以一方体论矣。至若葛、陆、范、马,在圣门则以德行而兼政事也;周、程、张、朱,在圣门则德行之科也;皆义理也。韩、柳、欧、曾、杜、李、苏、黄,在圣门则言语之科也,所谓词章者也。许、郑、杜、马、顾、秦、姚、王,在圣门则文学之科也;顾、秦于杜、马为近,姚、王于许、郑为近,皆考据也。

姚鼐以"义理、考证、文章"为学问"三端"和古文要义,实为桐城派不二法门。曾氏以"德行"、"政事"来释"义理",应该是对桐城派理论的发展。而他所云"词章"包括"杜、李、苏、黄"等人的诗歌艺术,"考据"则包括汉学家所极力推崇的"许、郑、杜、马"等人的音韵训诂,也比早期桐城派堂庑扩大,更利于桐城派的发展。当然,在义理、考证(考据、考核)、文章(词章、辞章)三者之中,义理是最根本的,第一位的。曾氏转述其师唐鉴的话说:"为学只有三门:曰义理,曰考核,曰文章。考核之事,多求粗而遗精,管窥而蠡测;文章之事,非精于义理者不能;至经济之学,即在义理内。"(《日记》"辛丑七月")而经济之学,在曾国藩这里,正是德行和政事,这种取径,与一般古文家有所不同。

曾国藩论文虽然重视义理,但并不忽视词章。在道与文的关系上,他既不像某些道学家重道而轻文,也不像某些文章家重文而轻道,而是赞成道与文的统一。然而,要真正做到道与文的统一很难。因此,他甚至认为,偏重于道和偏重于文在理论和实践上都是应该予以肯定的。他在《与刘霞仙书》中说:

> 自孔、孟以后,惟濂溪《通书》、横渠《正蒙》,道与文可谓兼至交尽,其次如昌黎《原道》、子固《学记》、朱子《大学序》,寥寥数篇而已,此外则道与文竟不能不离而为二。鄙意欲发明义理,则当法《经说理窟》(疑为《经学理窟》——引者)及各语录、札记(《读书录》、《居业录》、《困知记》、《思辨录》之属——原注)。欲学为文,则当扫荡一副旧习,赤地立新,将前此所业,荡然若丧其所有,乃始别有一番文境。望溪所以不得入古人阃奥者,正为两下兼顾,以致无可怡悦。

道与文"兼至交尽"既然不可多得,那么,把发明义理之文与为文之文区别开来,不仅在理论上是成立的,在实践上也是有益的,它能使文章作者在创作中各自达到可以达到的最高境界,如果两者兼顾,反而会影响作者的发挥和作品的效果。连桐城派始祖方苞也因"两下兼顾,以致无可怡悦",他人更可想而知。很显然,曾国藩的"道与文竟不能不离而为二"的观点是对文道合一的传统观念的巨大突破,是对桐城派理论的新发展。

为文强调德行、政事,而又不忽视考据、词章,承认道与文的分离以及各自的存在价值,成为以曾国藩为代表的晚清桐城派的基本理论。与此思想相左的一切理论和创作,都在他们的批评之列,而不管是宋儒所说,还是桐城三祖所为。曾国藩在《与刘孟容》信中说：

周濂溪氏称"文以载道"，而以虚车讥俗儒。夫虚车诚不可，无车又可以行远乎？孔、孟没而道至今存者，赖有此远行之车也。吾辈今日苟有所见，而顾为行远之计，又可不早具坚车乎？

周敦颐重道轻文，反映出道学家的偏执，这不仅是古文家所不能接受的，也是实际上行不通的。对于曾氏所敬仰的宋儒，他也能不留情面地直言批评，可见曾氏对"文章"的重视。而他批评方苞的经世之文"持论太高"(《读书录·望溪文集》)，说姚鼐的《古文辞类纂》"小有疵误"(《读书录·古文辞类纂》)，甚至对桐城三祖极力推崇的明代古文家归有光的文章并不赞许，如说："近世缀文之士，颇称述熙甫，以为可继曾南丰、王半山之为文；自我观之，不同日而语矣。或又与方苞氏并举，抑非其伦也。"(《书归震川文集后》)所有这些，都与他的文章理论相一致。特别是对归有光的评价，显示出曾国藩论文虽文道并重却更注重经世济用的立场，德行、政事成为了他用以评价文章价值的重要标尺。

在文章风格方面，自姚鼐提出阳刚和阴柔两分以来，古文家们无不服膺其说，曾国藩也是如此。他在《圣哲画像记》中说："西汉文章，如子云、相如之雄伟，此天地遒劲之气，得于阳与刚之美者也，此天地之义气也。刘向、匡衡之渊懿，此天地温柔之气，得于阴与柔之美者也，此天地之仁气也。……文章之变，莫可穷诘，要之不出此二途，虽百世可知也。"可见他对文章风格的分类继承的正是姚鼐的学说。他又说："大抵阳刚者气势浩瀚，阴柔者韵味深美；浩瀚者喷薄而出之，深美者含吐而出之。"(《日记》"庚申三月")证明他对这两种风格的整体把握是十分准确的。当然，他也不是简单地继承姚鼐的思想，而是有所发展与创新。首先，他将阳刚之美和阴柔之美各分为四种类型，并对每一种类

型加以描绘,使审美类型更丰富。他在《日记》"乙丑正月"条中说:

> 尝慕古文境之美者,约有八言:阳刚之美,曰雄、直、怪、丽;阴柔之美,曰茹、远、洁、适。蓄之数年,而余未能发为文章,略得八美之一,以副斯志。是夜将此八言者,各作十六字赞之,至次日辰刻作毕,附录如左:
> 雄:划然轩昂,尽弃故常,跌宕顿挫,扪之有芒。
> 直:黄河千曲,其体仍直,山势如龙,转换无迹。
> 怪:奇趣横生,人骇鬼眩,《易》《玄》《山经》,张、韩互见。
> 丽:青春大泽,万卉初葩,《诗》《骚》之韵,班、扬之华。
> 茹:众议辐辏,吞多吐少,幽独咀含,不求共晓。
> 远:九天俯视,下界聚蚊,寤寐周、孔,落落寡群。
> 洁:冗意陈言,类字尽芟,慎尔褒贬,神人共监。
> 适:心境两闲,无营无待,柳记欧跋,得大自在。

曾国藩晚年作《古文四象》,进一步丰富他的"八言"之说。所谓"古文四象",是借用宋代理学家邵雍的"四象"理论[①],加以推演而成。"所谓四象者,识度即太阴之属,气势即太阳之属,情韵少阴之属,趣味少阳之属"(《家书》"同治五年十一月初二日"),而每一象中又可再分:太阳之势中可分喷薄之势和跌宕之势,少阳趣味中可分恢诡之趣和闲适之趣,太阴识度中可分闳括之度和含蓄之度,少阴情韵中可分沉雄之韵和凄恻之韵。这种划分,是否科学暂且不论,但它丰富了人们对于审美风格多样性的认识,无疑是具有理论价值的,对古文创作的影响也是巨大而深远的。

[①] 邵雍在《观物内篇》中以为天地生于动静,天分阴阳,地分柔刚,阴阳柔刚,谓之四象。而阴阳又分为太阳、太阴、少阳、少阴,即日月星辰,为天之四象;柔刚又分为太柔、太刚、少柔、少刚,即水火土石,为地之四象。由此八者产生万物。

其次,在阳刚与阴柔这两种文章风格中,曾国藩更崇尚阳刚之美。他说:"若姚惜抱先生论古文之途,有得于阳与刚之美者,有得于阴与柔之美者,……然柔和渊懿之中,必有坚劲之质,雄直之气运乎其中,乃以自立。"(《与廉卿》)又说:"雄奇者,得之天事,非人力所可强企;惬适者,诗书酝酿,岁月磨炼,皆可日起而有功。惬适未必能兼雄奇之长,雄奇则未有不惬适者。"(《杂著·文》)因此,他认为:"文章之道,以气象光明俊伟为最难能而可贵。"(《鸣原堂论文》)这里也反映出曾国藩对桐城派理论的继承和发展。正因为曾氏崇尚阳刚之美,因而他对归有光文章的雅洁淡远评价不高,他说:"读震川文数首,所谓风尘中读之,一似嚼冰雪者,信为清洁,而波澜意度,犹嫌不足以发挥奇趣。"(《日记》"己未六月")甚至对他所崇拜的姚鼐,也认为其文"不厌人意者,惜少雄直之气,驱迈之势"(《与吴南屏书》)。曾国藩的这种审美趣味,对曾门弟子以及整个文坛都产生了重大影响。

二 曾国藩的文章风格

曾国藩的文章风格与其文章理论相一致。

曾国藩将桐城义理更多地理解为德行与政事,故而为文重视经世致用,强调文章为现实服务,为政治服务。他本人长期是朝廷要员,而其为人又极勤勉谨慎,因而他的文章大都与德行政事相关,或是其政治军事生活的记录。例如他所写的许多奏疏,都是有关朝政军国大事,写来有理有据,要言不烦,很少敷衍塞责的官样文章。他写的一些传记碑铭,如《江忠烈公神道碑铭》、《罗忠节公神道碑铭》、《李勇毅公神道碑铭》、《金陵湘军陆师昭忠祠记》、《湘乡昭忠祠记》、《金陵楚军水师昭忠祠记》等文,记载的就是当时镇压太平天国的将领的个人经历,以及湘军的军事活动和当时的国内政治形势,这些文章不仅可资论史,而且气魄不凡,曾受到当时文人的极力推崇。人们评论这类文章是"经世大文,信史实迹,读之足以开拓豪杰心胸,其光气烛天地、贯日月而不朽"(王先谦《续古文辞类纂》)。当然,这些文章也体现了作者鲜明的阶级立场和维护清王朝统治的政治态度。

修身、齐家,与德行、政事有着密切联系。曾国藩为官谨慎,治家也颇严格,他写的家书不仅情真语切,而且文字洗练严谨,不用僻字涩句,合于桐城义法。例如,同治九年(1870年)天津教案发生,曾国藩奉旨前往办案,临行前,他为书《谕纪泽纪鸿》,书中有云:

> 余即日前赴天津,查办殴毙洋人、焚毁教堂一案。外国性情凶悍,津民习气浮嚣,俱难和叶。将来构怨兴兵,恐致激成大变。余此行反复筹思,殊无良策。余自咸丰三年募勇以来,即自誓效命疆场。今老年病躯,危难之际,断不肯吝于一死,以自负其初心。恐邂逅及难,而尔等诸事无所禀承,兹略示一二,以备不虞。
>
> 余若长逝,灵柩自以由运河搬回江南归湘为便。中间虽有临清至张秋一节须改陆路,较之全行陆路者差易。去年由海船送来之书籍、木器等,过于繁重,断不可全行带回,须细心分别去留。可送者分送,可毁者焚毁。其必不可弃者,乃行带归,毋贪琐物而花途费。其在保定自制之木器全行分送。沿途谢绝一切,概不收礼,但水陆略求兵勇护送而已。
>
> 余历年奏折,令夏吏择要抄录,今已抄一多半,自须全行择钞。抄毕后存之家中,留于子孙观览,不可发刻送人,以其间可存者绝少也。
>
> 余所作古文,黎莼斋抄录颇多,顷渠已照抄一分寄余处存稿。此外黎所未抄之文,寥寥无几,尤不可发刻送人。不特篇帙太少,且少壮不克努力,志亢而才不足以副之,刻出适以彰其陋耳。如有知旧劝刻余集者,婉言谢之可也。切嘱切嘱。

这是一封写给儿子们的家书,作者毫不隐瞒他对这次办案风险的担忧,不仅有大难临头之感,而且对后事做出周到的安排,简直就是一篇遗嘱。作者对自己心迹的剖白,对逝后归葬的安排,对身边财产的处分,对家人子弟的要求,对所遗文稿的处理,等等,不仅可以发见其为人,而且可以看出其治家。其人格风范,已跃然纸上。就文章而言,叙述简洁,语语家常,要言不烦,而又脉络清晰,可以反映其文章风格。曾国藩家书为后人所喜爱,固然与他的勤俭持家、善于应世有关,同时与他文章的明快俊爽、便于阅读也不无关系。

曾国藩的弟子吴汝纶在《与姚仲实》信中评论曾国藩的贡献说:

> 桐城诸老,气清体洁,海内所宗,独雄奇瑰玮之境尚少。盖韩公得扬、马之长,字字造出奇崛。欧阳公变为平易,而奇崛乃在平易之中。后儒但能平易,不能奇崛,则才气薄弱,不能复振,此一失也。曾文正公出而矫之,以汉赋之气运之,而文体一变,故卓然为一代大家。①

这一评价是符合实际的。桐城派学宗宋儒,文章也主要学习欧、曾一派,以平易为主。方苞之文雅洁醇厚,而气势不足。刘大櫆之文才雄气健,但未化模拟之迹。姚鼐理论上向往阳刚之美,而其文风却偏于阴柔。曾国藩以其封疆大吏的气魄和心胸,不仅在理论上提倡文章的阳刚之美,而且在创作中也努力追求雄奇瑰伟之境,对振起桐城派的文风发挥了重要作用。

曾国藩的文章具有奇崛峻伟的风格,这在他的笔札序跋中体现得最为明显。例如他的一些赠序,往往能超越交往酬酢而

---

① 吴汝纶:《与姚仲实》,见《桐城吴先生全书》尺牍,清光绪桐城吴氏刻本。

别有寄托,给人耳目一新之感。如《送唐先生南归序》论儒学之流传,意深词玮;《送周荇农南归序》论学术之变迁,酣畅明晰;《送刘椒云南归序》指摘时下学风之弊,痛快淋漓;《送郭筠仙南归序》揭示造就大才之难,语峻情切。他的一些书序,常常能将论述对象放在广阔的视野下予以审视,议论剀切而精到,给人以思想启迪。如《欧阳生文集序》对桐城派源流的梳理,简洁而清晰;《湖南文征序》对文章发展的认识,独到而深刻。为了进一步了解曾氏的文章风格,举《书归震川文集后》一篇为例,其文云:

> 近世缀文之士,颇称述熙甫,以为可继曾南丰、王半山。自我观之,不同日而语矣。或又与方苞氏并举,抑非其伦也。盖古之知道者,不妄加毁誉于人。非特好直也,内之无以立诚,外之不足以信后世,君子耻焉。自周诗有《崧高》、《烝民》诸篇,汉有河梁之咏,沿袭六朝,饯别之诗,动累卷帙,于是有为之序者。昌黎韩氏为此体特繁。至或无诗而徒有序。骈拇枝指,于义为已侈矣。熙甫则未必饯别而赠人以序,有所谓贺序者、谢序者、寿序者。此何说也?又彼所谓抑扬吞吐情韵不匮者,苟裁之以义,或皆可以不陈。浮芥舟以纵送于蹄涔之水,不复忆天下有曰海涛者也。神乎味乎,徒词费耳。然当时颇崇茁轧之习,假齐、梁之雕琢,号为力追周、秦者,往往而有。熙甫一切弃去,不事涂饰,而选言有序,不刻画而足以昭物情,与古作者合符,而后来者取则焉,不可谓不智已。人能宏道,无如命何。藉熙甫早置身高明之地,闻见广而情志阔,得师友以辅翼,所诣固不竟此哉!

归有光是桐城派开创者们极力推崇的明代作家,而服膺桐城古文的曾氏敢于非议归有光(熙甫),其胆略即与常人不同。他对归氏的批评,有理据,有分析,既肯定了他的文章的风格特点以及在当时的意义,同时也指出这种文章风格毕竟过于孱弱而缺少雄健之气,而这些又与归氏的生活经历有关。作者在这里实际上提出,个人的生活环境、闻见、情志、交游等,是形成文章风格的基本元素。而要使文章有如海涛般的奇崛峻伟之势,就必须置身高明之地,广闻见,阔情志,益师友。这些认识,显然是有一定道理的。而这篇短文,也体现了曾国藩奇崛峻伟的文章风格。

三 曾门弟子的文风

曾国藩是当时的风云人物,在他的周围,麇集了一大批政治、军事人才。他在戎马倥偬之际,从未放弃过对文学的探讨,在他的幕府,也活跃着一批文人学士,他们都自称是曾门弟子。曾国藩弟子众多,而古文成就较大者也有数人,影响所及,形成了桐城派古文中兴的局面。张裕钊、吴汝纶、黎庶昌、薛福成被时人称为曾门四大弟子,他们都秉承曾国藩的思想与文风,进一步扩大了桐城派古文的影响。

《清史稿·张裕钊传》云:"国藩为文,义法取桐城,益闳以汉赋之气体,尤善裕钊之文,尝曰:'吾门人可期有成者,惟张、吴两生。'谓裕钊及吴汝纶也。"[①]张裕钊和吴汝纶,的确很好地继承了曾氏的衣钵,不仅为曾氏所称赏,也为桐城后学所推崇。

张裕钊(1823—1894年),字廉卿(一作濂卿),号濂亭,湖北武昌人。咸丰元年(1851年)恩科举人,曾官内阁中书舍人。得曾国藩赏识,遂从曾氏学古文法。主讲过金陵文正、武昌经心、保定莲池等书院。自称"裕钊自少时治文事,则笃嗜桐城方氏、姚氏之说,常诵习其文,私尝怪雍、乾以来百有余年,天下文章,

---

① 《清史稿·张裕钊传》,新编《二十五史》影印关外二次本,第10331页,上海古籍出版社、上海书店1986年版。

乃罕与桐城俪者"①。著有《濂亭文集》、《左氏服贾注考证》等。

张裕钊虽淡于仕进,但关心时事,主张在维护清王朝统治的前提下改良政治,富国强兵,与洋务派观点接近。论学一遵桐城宗旨。以为"学问之道,义理而已,其次若考据、辞章,皆学者所不可不究心"(《复查翼甫书》)。论文主张"以意为主,而辞欲能副其意,气欲能举其辞;譬之车然,意为之御,辞为之载,而气则所以行也。欲学古人之文,其始在因声以求气,得其气,则意与辞往往因之而益显,而法不外是矣。是故契其一而其余可以绪引也。盖曰意,曰辞,曰气,曰法,之数者,非判然自为一事,常乘乎其机而绲同以凝于一,惟其妙之一出于自然而已"(《答吴挚甫书》)。"因声以求气"而"一出于自然",正是他论文的秘诀。

在文章风格方面,张裕钊秉承曾国藩的审美理想,以"雅健"为追求目标。他说:"文章之道,莫要于雅健。欲为健而厉之已甚,则或近俗;求免于俗而务为自然,又或弱而不能振。"(《答刘先生书》)可见他所谓的雅健是与自然联系在一起的。他的文章,大抵能实践他的理论主张。如《送吴筱轩军门序》揭露朝廷公卿将相大臣的腐败误国,颇为中肯,而勉励吴长庆实心任事保卫国防,极其恳切,文中透露出强烈的爱国热情。《送黎莼斋使英吉利序》用历史发展的眼光,讨论学习西方以变革中国的主张,对朋友的谆告语,情深而意长,忧国之心也跃然纸上。即使是游记随笔之作,作者也能创造一种雅健的气势,如《北山独游记》、《愚园雅集图记》等,都能证明这一点。虽然,张裕钊的文章从总体来说,还未能完全达到雅健而又自然的审美理想要求,但他的努力追求还是值得充分肯定的。

吴汝纶(1840—1903年),字挚甫,安徽桐城人。同治四年

---

① 张裕钊:《吴育泉先生暨马太宜人六十寿序》,见《濂亭文集》卷三,清光绪壬午查氏木渐斋刊本。下引此书只注篇名。

(1865年)进士,授内阁中书,补深州、冀州知府。工古文,深得曾国藩赏识,比为汉代祢衡。先后入曾国藩、李鸿章幕,掌奏议。又受聘主讲保定莲池书院。晚年广收门徒,俨然为一代文宗,在传播和扩大晚期桐城派影响方面发挥了重要作用。光绪二十四年(1898年)充京师大学堂(北京大学前身)总教习,赴日本考察学制,归国后不久即病逝。著有《桐城吴先生全书》。

吴汝纶热心教育,以为"今欧美新学,深微要眇,兵农工商,无一不出于学校;日本得之而强,中国尚阙焉"[①],可见他虽肆力于古文,却不废新学,思想是比较开明的。在政治上,他倾向于洋务派,称赞西方的科学技术,主张变法图存,富国强兵。在学术上,提倡"尽读西书"以"识西国深处"(《答贺松坡》),高度评价严复翻译西学著作,说他"文章学问,奄有东西数万里之长"(《〈天演论〉序》),甚至提出"后日西学盛行,《六经》不必尽读"(《答姚慕庭书》),可谓振聋发聩之论,对传播西方思想起到了积极的作用。

吴汝纶论文的基本倾向与曾国藩一致。他在《与姚仲实》信中认为"桐城诸老"的文章"雄奇瑰伟之境尚少",韩愈"字字造出奇崛",欧阳修虽变为平易,但"奇崛乃在平易之中","后儒但能平易,不能奇崛,则才气薄弱,不能复振,此一失也",他因此盛赞曾国藩矫平易薄弱而为雄奇瑰伟之文体的卓然功勋,并以为"近时张廉卿又独得于《史记》之谲怪,盖文气雄俊不及曾,而意思之恢诡,辞句之廉劲,亦能自成一家。是皆由桐城而推广,以自为开宗之一祖,所谓有所变而后大者也"。他还说:"说道说经,不易成佳文。道贵正,而文者必以奇胜。"可见他是主张文风奇崛的。不过,他所说的奇崛并不等于文字上的绚烂,他在《与

---

① 吴汝纶:《物产后叙》,见《桐城吴先生全书》,清光绪间桐城吴氏刊本。下引此书只注篇名。

杨伯衡论方刘二集书》中说:"夫文章之道,绚烂之后,归于老确。望溪老确矣,海峰犹绚烂也。"显然认为方苞文章的老确要高于刘大櫆文章的绚烂。然而,方苞之文向以清通雅洁著称,刘大櫆文则以雄健高朗见长,吴汝纶拈出老确一格,以补绚烂之不足,无疑是希望奇崛之文能综合雄健高朗和清通雅洁而达到一个更高的艺术境界。

吴汝纶的文章长于议论,雄肆老辣,风格奇崛廉劲。他的文章风格,既是对方苞、刘大櫆文章风格的综合创造,也是对曾国藩、张裕钊文章风格的继承发展。如《读淮南王谏伐闽越疏书后》辨淮南王谋反事为冤狱,《记写本〈尚书〉后》、《再记写本〈尚书〉后》论《尚书》十六篇之所以亡,都如老吏断狱,事清理白,要言不烦;《程忠烈公神道碑》、《左文襄公神道碑》、《弓斐安墓表》等墓表碑文,能够从大处落笔,突出人物特点,与曾国藩的墓表碑文风格接近;《〈天演论〉序》、《矢津昌永〈世界地理〉序》等序跋文,能够站在时代高度,运用世界眼光立论,更发扬出其文风奇崛廉劲的特色。

此外,曾国藩的四大弟子之一的薛福成也是颇有成就的长江古文作家。薛福成(1838—1894年),字叔耘,号庸庵,江苏无锡人。同治六年(1867年)中乡试副贡生,参曾国藩幕,以劳绩历保选用同知,后因平西捻有功,以直隶知州补用,并赏加知府衔。光绪元年(1875年),赴部引见,应诏上《治平六策》万余言,得旨留中,旋下有司议行。在李鸿章幕,以随办洋务出力保举知府,复以军功除浙江宁绍台道,擢湖南按察使。简派出使英、法、意、比诸国,倡设南洋各岛领事,归国后升任左副都御史。卒于官。著有《庸庵文编》等。

薛福成师事曾国藩,学为古文。在政治上,他是当时洋务派的中坚人物,思想敏锐,经历也颇丰富,主张通过变法及学习西方科学技术来富国强民。为学注重经世致用,关注时事要务及当代制度。论文则一遵桐城家法,以为"桐城诸老所讲之义法,虽百世不能易也"①,赞成曾国藩"以理学、经济发为文章",以及从《文选》中汲取营养以使文章"声光骏发"的改良。

薛福成的文章都是其社会实践的产物,内容不离经世要务、掌故得失,黎庶昌《庸庵文编序》说其《文编》所载"策治平者六,筹海防者十,叙练兵者一,论治河者一,论海防总司者一,书僧忠亲王、曾文正、胡文忠、程忠烈遗事者十。虽其言或用或否,其所述或亲见或传闻,而中括机宜,皆所谓经世要务,当代掌故得失之林也",由此可见其为文的基本倾向。其文章风格醇雅、近于方苞而又有所创新。黎庶昌说:"叔耘辞笔醇雅有法度,不规规于桐城论文,而气息与子固、颖滨为近。"②特别是他的那些议论西方文化与制度的文章,如《西法为公共之理说》、《西洋诸国为民理财说》、《白雷登海口避暑记》、《观巴黎油画记》等,由于作者有实际的观察和亲身的体会,故写得切实而深入,给人以耳目一新之感。

第六节 桐城派的衰落

桐城派是清代最具影响力的文学流派,也是最能体现清代长江文风的一个文学流派。然而,这并不等于说,整个清代长江文风就是桐城文风。事实上,在桐城派影响不断扩大的形势下,在桐城文风风靡文坛的同时,就受到过长江流域其他作家的抵制和批评,这种抵制和批评对于长江文学的发展,对于克服桐城派古文的某些弊端,也是具有积极作用的。而桐城派古文的最

---

① 薛福成:《寄龛文存序》,见《庸庵外编》卷二,清光绪戊戌长沙铸新斋校刊本。下引此书只注篇名。
② 黎庶昌:《庸庵文编序》,见《庸庵全集》,清光绪刊本。

后衰落是和封建王朝的寿终正寝相伴随的,这也说明了桐城派的道统和文统只是传统社会的衍生物,现代社会需要现代文学与文风。

一 对桐城派的批评

桐城派本来是一个具有鲜明地方特色和地域文化传统的文学流派,然而,自其诞生以来,它就不断受到来自各个方面的抵制和批评,而这些抵制和批评的代表作家也主要出自长江流域。在桐城三祖创立桐城派的时期,即桐城派发展的前期,桐城派主要受到学问家们的批判;在姚鼐弟子传播桐城学说扩大桐城派影响的时期,即桐城派发展的中期,桐城派主要受到骈文家们的反驳;在曾国藩及其弟子改良并复兴桐城派的时期,即桐城派发展的晚期,桐城派主要受到文学革命家的挑战。这些情况表明,清代的长江文学是异常丰富的,其风格也是多种多样的。

在桐城派发展的前期,不少学者对桐城派的文章理论提出批评,并阐述自己对于文章写作的见解。其中最具代表性的有程廷祚、戴震、段玉裁、钱大昕、章学诚等。他们一般都是汉学家,因而反对桐城派独宗宋儒和程朱理学;他们一般都重视义理、考据而轻视文章,崇尚实学而嘲笑桐城古文家的空疏不学;他们一般都力主表达的自由和详尽,反对桐城古文的拘守法度和片面尚简;他们一般都贬斥时文,揭露桐城古文实与八股时文沆瀣一气。这些批评,应该说都击中了桐城派古文的一些弱点,从相反的方向促进了桐城派理论与实践的发展。然而,由于这些学者们大都不太重视文章的艺术性及其审美价值,因而他们的文论也存在明显的偏颇,加上他们又未能提出便于文章写作的方法和技巧,因而他们的社会影响也就远不如桐城派。

下面对这些学者们的基本情况以及他们对于文章的主要观点做一简要介绍。

程廷祚(1691—1767年),原名默,字启生,号绵庄,又号青溪,江苏上元(今南京)人。著有《青溪文集》。程廷祚是颜(元)李(塨)学派的信徒,深于经学,兼综汉、宋,与桐城派取径迥异。方苞与李塨虽是好友,但学问路径完全不同。因此,程廷祚的文章理论也与方苞很不一致,有时甚至针锋相对。他认为"文之至者,体道而出,根心而生,不烦绳削而自合",因而主张"道充而文见","以诚为本,以达为用",反对"强道以为文"。对于方苞在《古文约选序》中所标榜的"因文见道"说,他不表赞成,在他看来:"因文以见道,非诚也。有意而为之,非达也。不反其本,而惟文之求,于是体制繁兴,篇章盈溢,徒敝览者之精神,而无补于实用。"① 对于方苞所推崇的《左传》及韩愈、欧阳修等人之文,他也颇不以为然,以为《左传》之文已经"近时",唐宋古文亦非真的古文,桐城派所谓古文实际上"以日趋于时之文而自命为古文"。他认为在理充气盛的前提下,不必回避陈言俪偶,不必拘泥文体格式,南朝的骈文也可以学习。这些意见,显然比桐城派理论更为通达。

戴震(1723—1777年),字东原,安徽休宁人,著名学者。著有《原善》和《孟子字义疏证》等,对程朱理学有所批判。他在《与方希原书》中指出:"古今学问之途,其大致有三:或事于义理,或事于制数,或事于文章。事于文章者,等而末者也。"他认为:汉、宋之学各有所偏,"圣人之道在六经,汉儒得其制数,失其义理;宋儒得其义理,失其制数"。至于文章家,如司马迁、班固、韩愈、柳宗元等,虽自云是"道"非"艺",而实际上"诸君子之为道也,譬犹仰观泰山,知群山之卑;临视北海,知众流之小",只能望见"道"而不能掌握"道",与"履泰山之巅,跨北海之涯"者的

---

① 程廷祚:《复家鱼门论古文书》,见《青溪集》卷十,金陵丛书本。

识见相去甚远。因此,在他看来:"如诸君子之文,恶睹其非艺欤!"①

段玉裁(1735—1815年),字若膺,号懋堂,江苏金坛人。著名学者,著有《说文解字注》。段玉裁是戴震的弟子,戴震有"义理者,文章、考核之源"之说,段氏加以发挥,他说:"玉裁窃以谓义理、文章,未有不由考核而得者。自古圣人制作之大,皆精审乎天地民物之理,得其情实,综其始终,举其纲以俟其目,兴其利以防其弊,故能奠安万世,虽有奸暴,不敢自外。"而"后之儒者,画分义理、考核、文章为三,区别不相通,其所为细已甚焉。夫圣人之道在六经,不于六经求之,则无以得圣人所求之义理,以行于家国天下。而文词之不工,又其末也。"因此,他盛赞戴震治经"凡故训、音声、算数、天文、地理、制度、名物、人事之善恶是非,以及阴阳气化,道德性命,莫不究乎其实。盖由考核以通乎性与天道,既通乎性与天道矣,而考核益精,文章益盛,用则施政利民,舍则垂世立教而无弊"。② 这虽然是从学问家和考据家的立场来谈文章的内容和价值,但仍然值得桐城派古文家思考。

钱大昕(1728—1804年),字晓征,一字辛楣,号竹汀,嘉定(今属上海)人。著名学者,著有《十驾斋养新录》、《潜研堂文集》等。他不满于桐城派文论,多有批评。对于方苞的义法,他尤不赞成。他在《与友人书》中说:"夫古文之体,奇正浓淡详略,本无定法,要其为文之旨有四:曰明道,曰经世,曰阐幽,曰正俗。有是四者,而后以法律约之,夫然后可以羽翼经史而传之天下后世。"他还对方苞的许多观点进行了驳斥,他指出:"方氏以世人诵欧公王恭武、杜祁公诸志不若黄梦升、张子野诸志之熟,遂谓

---

① 戴震:《与方希原书》,见《戴震文集》卷九,第143—144页,北京:中华书局1980年版。
② 段玉裁:《戴东原集序》,见《戴震文集》卷首,第1页,北京:中华书局1980年版。

功德之崇,不若情辞之动人心目,然则使方氏援笔而为王、杜之志,亦将舍其勋业之大者,而徒以应酬之空言了之乎?"他认为文章"有繁有简,繁者不可减之使少,犹之简者不可增之使多",不应一味尚简。因而他的结论是:"盖方所谓古文义法者,特世俗选本之古文,未尝博观而求其法也。法且不知,而义于何有!"他甚至还嘲笑方苞不读书云:"昔刘原父讥欧阳公不读书,原父博闻诚胜于欧阳,然其言未免太过。若方氏乃真不读书之甚者。"①这些意见,有学问家对古文家的偏见,但也不能说全无道理。

　　章学诚(1738—1801 年),字实斋,会稽(今浙江绍兴)人。杰出史学家,著有《文史通义》等。他的史学思想具有唯物倾向和进步意义。为学不袭故常,主张兼容并包,对于当时学者"服、郑训诂,韩、欧文辞,周、程义理,出奴入主,不胜纷纷"颇不认同,他认为:"夫考订、辞章、义理,虽曰三门,而大要有二:学与文也。理不虚立,则固行乎二者之中矣。学资博览,须兼阅历;文贵发明,亦期用世,斯可与进于道矣。夫博览而不兼阅历,是发策决科之学也;有所发明而于世无用,是雕龙谈天之文也。然而不求心得而形迹取之,皆伪体矣。"②这一认识,显然超越了汉学和宋学,也超越了桐城派的文学理论。对于归有光的圈识《史记》例意,章氏也不赞成,他认为:"学文之事,可授受者规矩方圆,其不可授受者心营意造。至于纂类摘比之书,标识评点之册,本为文之末务,不可揭以告人,只可用以自志,父不得而与子,师不得以传弟,盖恐以古人无穷之书,而拘于一时有限之心手也。"(《文理》)这实际上也否定了桐城家法的有效性。章氏还针对当时文坛的现状,写成《古文十弊》:一曰"剜肉为疮",二曰"八面求

---

① 钱大昕:《与友人书》,见《潜研堂文集》卷三三,清嘉庆刻本。
② 章学诚:《答沈枫墀论学》,见《章氏遗书》外篇三,嘉业堂本。下引此书只注篇名。

圆",三曰"削趾适履",四曰"私署头衔",五曰"不达时势",六曰"同里旌铭",七曰"画蛇添足",八曰"优伶演剧",九曰"井底天文",十曰"误学邯郸"。毫无疑问,这十弊主要针对的就是桐城派古文。由此可见,章学诚对桐城派从理论到创作都是不表赞同的。他提出的一些问题,也的确是桐城派需要重视的问题。

桐城派作家学宗宋儒,为文则以唐宋八大家古文为楷模,尤其崇尚欧阳修、曾巩的平易简洁的文章风格,而对六朝骈文取拒斥态度。桐城派的这种理论趋向和文体风尚受到了当时的骈文家们的坚决反对。乾隆、嘉庆之际,既是桐城派继续发展影响不断扩大的时期,又是骈文出现中兴气象的时期。除了像汪中(1744—1794年,江苏江都人)这样的专以汉魏六朝为则的骈文中兴的代表作家之外,还有被称为骈文八大家的袁枚、邵齐焘、刘星炜、吴锡麒、孔广森、孙星衍、洪亮吉、曾燠等,他们都是长江流域作家,都对骈文有特别的钟爱和特殊的贡献。此外,李兆洛、阮元也对清代中叶骈文的发展作出了重要的贡献。这些骈文家对于桐城古文都取批判的立场,而在理论上最有代表性的是袁枚、李兆洛和阮元。

袁枚(1716—1798年),字子才,号简斋,浙江钱塘(今杭州)人。著名文学家,诗倡性灵说,为一派宗主。著有《小仓山房诗文集》、《随园诗话》等。他不赞成桐城派独尊散文的主张,认为奇与偶都是合于天地自然的,"古圣人以文明道,而不讳修词。骈俪者,修词之尤工者也。六经滥觞,汉、魏延其绪,六朝畅其流。论者先散行后骈体,似亦尊乾卑坤之义。然散行可蹈空,而骈文必征典,骈文废则悦学者少,为文者多,文乃日敝"①在他看来,"古之文,不知所谓散与骈也"。"然韩、柳琢句,时有六朝余

---

① 袁枚:《胡稚威骈体文序》,见《小仓山房文集》卷十一,清乾隆刻本。下引此书只注篇名。

习,皆宋人之所不屑为也。惟其不屑为,亦复不能为,而古文之道终焉"。对宋人古文的否定,实际上就是对桐城派古文的否定。而对古文家所宣扬的"文以明道"和"经世致用"的理论,袁枚也有不同的理解,他认为,"文之佳恶,实不系乎有用与无用也","盖以理论则语录为精,以文论则庄、屈为妙";"文之与道离也久矣。然文人学士必有所挟持以占地步,故一则曰明道,再则曰明道,直是文章家习气如此。而推究作者之心,都是道其所道,未必果文王、周公、孔子之道也"(《答友人论文第二书》)。这就是说,"无用"的美文自有其存在的价值,文学的艺术性是不容忽视的。而文章家的明道之说,包括桐城派所云义理,只是装潢门面的幌子,兜售的都是作者自己的私货。这一揭露对于桐城派的理论是个沉重打击。袁枚文章的轻灵隽秀,也展示了文章风格多样化的发展前景。

李兆洛(1769—1841年),字绅绮,更字申耆,号养一,江苏阳湖(今常州)人。工古诗文,精考证,尤好舆地之学,与恽敬、张惠言并称"阳湖三家"。著有《养一斋文集》等。编辑《骈体文钞》,采战国至隋骈俪之文,按文体分类,展示骈文的实绩,以与姚鼐《古文辞类纂》相抗衡。他在序言中自称"少读《文选》,颇知步趋齐梁"。在他看来,"天地之道,阴阳而已。奇偶也,方圆也,皆是也。阴阳相并俱生,故奇偶不能相离,方圆必相为用","故《易》六位而成章,相杂而迭用,文章之用,其尽乎此乎?《六经》之文,班班具存,自秦迄隋,其体递变,而文无异名。自唐以来,始有古文之目,而目六朝之文为骈俪;而其为学者,亦自以为与古文殊路",因此,他反对割裂骈散而将古文做片面化的理解,明确表示:"吾甚惜夫歧奇偶而二之者之毗于阴阳也。毗阳则躁剽,毗阴则沉膇,理所必至也,于相杂迭用之旨,均无当也。"①《骈

---

① 李兆洛:《骈体文钞序》,见《骈体文钞》卷首,第4页,长沙:岳麓书社1992年版。

体文钞》虽然以继承《文选》思想和发扬六朝骈俪文风为宗旨,但并不完全否定散体,而是提倡骈散结合,应该说是比古文家的理论更为圆融,对桐城派的文章理论是一个补充。

极力反对桐城古文而提倡骈文的是阮元。阮元(1764—1849年),字伯元,号芸台,江苏仪征人。既是朝廷大员,曾官湖广、两广、云贵总督,又是著名学者,著述宏富,著有《揅经室集》等。他受六朝文笔之分的启发,严申"文笔之辨",以为桐城派所提倡的古文是"笔"而非"文",将古文排斥在文学文章之外。他说:"孔子于《乾》《坤》之言,自名曰'文',此千古文章之祖也。为文章者,不务协音以成韵,修词以达远,使人易诵易记,而惟以单行之语,纵横恣肆,动辄千言万字,不知此乃古人所谓直言之言,论难之语,非言之有文者也,非孔子之所谓文也。"①又说:"综而论之,凡文者,在声为宫商,在色为翰藻。即如孔子《文言》云龙风虎一节,乃千古宫商、翰藻、奇偶之祖;非一朝夕之故一节,乃千古嗟叹成文之祖。子夏《诗序》情文声音一节,乃千古声韵、性情、俳偶之祖。吾固曰:韵者即声音也,声音即文也。然则今人所便单行之文,极其奥折奔放者,乃古之笔,非古之文也。"②因此,他赞成萧统《文选》的文章观,"专名为文,必沉思翰藻而后可"。尽管唐以后四六文体日卑,"然文体不可谓不卑,而文统不得谓之不正","自唐宋韩、苏诸大家以奇偶相生之文为八代之衰而矫之,于是昭明所不选者反皆为诸家所取。故其所著者非经即子、非子即史,求其合于昭明序所谓'文'者鲜矣,合于班孟坚《两都赋序》所谓"文章"者更鲜矣。其不合之处,盖分于奇偶之间"③。应该承认,阮元对"文"和"文章"的理解,也存在偏于一

---

① 阮元:《文言说》,《揅经室三集》卷二,四部丛刊本。
② 阮元:《文韵说》,《揅经室续集》卷三,四部丛刊本。
③ 阮元:《书昭明太子〈文选〉后》,《揅经室三集》卷二,四部丛刊本。

端的毛病,然而,他的理论对于矫正桐城派古文的偏执是有积极意义的。

鸦片战争之后,中国进入近代社会,桐城派古文虽然出现了中兴局面,但社会结构毕竟发生了巨大变化,桐城派古文已经无法满足社会发展变革的需要,因而受到来自各方面的挑战。这种挑战既有理论的,也有实践的。真正对桐城派古文带来威胁的长江流域代表作家是龚自珍和裘廷梁。

龚自珍(1792—1841年),一名鞏祚,字璱人,号定庵,浙江仁和人。著有《定庵文集》等。他虽然于鸦片战争第二年逝世,但对近代思想文化有深刻影响,故梁启超云:"语近世思想自由之向导,必数定庵。吾见并世诸贤,其能为现今思想界放光明者,彼最初率崇拜定庵;当其始读定庵集,其脑识未有不受其刺激者也。"① 龚自珍对封建专制主义的激烈批判,对个性解放的自觉诉求,对创造精神的无比渴望,对"不拘一格降人才"的深情呼唤,以及对狂飙惊雷式的文学的充分肯定,都反映出近代的思想意识和精神风貌,与桐城派所提倡的文章"义法"是完全不同的。他在《述思古子议》里把文风的颓败归咎于封建文化统治与科举功令,他说:"言也者,不得已而有者也。如其胸臆本无所欲言,其才武又未能达于言,强之使言,茫茫然不知将为何等言;不得已,则又使之姑效他人之言;效他人之种种言,实不知其所以言。于是剽掠脱误,模拟颠倒,如醉如寱以言,言毕矣,不知我为何等言。今天下父兄,必使髫卝之子弟执笔学言,曰:功令也。功令实观天下之言。曰:功令观天下说经之言。童子但宜讽经,安知说经?是为侮经。曰:功令兼观天下怀人、赋物、陶写性灵之华言。夫童子未有感慨,何必强之为若言?然则天下之子弟,心术

---

① 梁启超:《论中国学术思想变迁之大势》,见《饮冰室合集》文集之七,第97页,北京:中华书局1989年版。

坏而义理锢者,天下之父兄为之。父兄咎功令,宜变功令。"①这种认识,显然与桐城派所宣扬的道统和文统是格格不入的,由此而带来的对桐城派文风的冲击也是显而易见的。他的文章,情感丰富,特色鲜明,"歌哭无端字字真","亦狂亦侠亦温文",充分体现了他的思想和个性,其风格与桐城派古文迥然不同。

裘廷梁(1857—1943年),字葆良,辛亥革命后,改名可桴,江苏无锡人。著有《可桴文存》。早年学作古文,后留心西学,戊戌变法时,配合梁启超等进行维新宣传,特别致力于提倡白话文,编印《白话丛书》,主办《无锡白话报》(1898年创刊,从第五期起改为《中国官音白话报》)。光绪二十三年(1897年)在《苏报》发表《论白话为维新之本》,在时人已经提出言文分离为"社会进步之一障碍"(狄葆贤《论文学上小说之位置》引梁启超语)的基础上,高举起"崇白话,废文言"的旗帜,指出"因音生话,因话生文字。文字者,天下人公用之留声器也。文字之始,白话而已矣",上古文书皆是白话,孔子所谓"辞达而已矣"也是崇尚白话,后人不懂"文字不变而语变"的道理,以为上古文字佶屈难解,并加以模仿,致使言与文判而为二,不仅害民,而且误国。他不无感慨地说:"呜呼!使古之君天下者,崇白话而废文言,则吾黄人聪明才力无他途以夺之,必且务为有用之学,何至阇没如斯矣?"他认为使用白话有八大好处:一曰省日力,二曰除骄气,三曰免枉读,四曰保圣教,五曰便幼学,六曰炼心力,七曰少弃才,八曰便贫民。他的结论是:"由斯言之,愚天下之具,莫文言若;智天下之具,莫白话若。吾中国而不欲智天下斯已矣,苟欲智之,而犹以文言树天下之的,则吾前所云八益者,以反比例求之,其败坏天下才智之民亦已甚矣。吾今为一言以蔽之曰:文言兴而后实学废,白话行而后实学兴;实学不兴,是谓无民。"裘氏所论虽然不无偏颇,但他的

---

① 龚自珍:《述思古子议》,见《定庵续集》卷二,四部丛刊初编本。

思想倾向却是符合时代要求,也是符合文学发展规律的。而"崇白话,废文言",可谓釜底抽薪,从根本上否定了桐城派古文,同时也为后来的新文学运动准备了思想材料,桐城派的衰落也就势所必然了。至于章太炎、胡适等人对桐城派的批判,已经是新文学运动的组成部分,超出了本书的论述范围,这里就不论列了。

二 桐城余绪

19世纪末20世纪初,晚清政府已是风雨飘摇,传统思想和意识形态也失去了往日的影响力与号召力,桐城派古文的繁荣局面也一去不返。光绪二十九年(1903年)曾门最后一个大弟子吴汝纶去世,桐城派古文也与清王朝的统治一样,在奄奄一息中苟延残喘。那些企图维护古文的道统和文统的桐城派文人,已经很难有出色的表现。倒是一些虽然信奉桐城家法,却能够根据形势的发展变化而变化的文人,还做出了一些成绩。林纾、严复和马其昶、姚永朴、姚永概即是代表。尽管这只是强弩之末,只能算是桐城余绪罢了。

尽管林纾、严复都服膺桐城古文,然而,他们毕竟都生活在封建末世,感受到社会的巨大变迁,特别是西方思想文化对中国传统思想文化的冲击,不得不对桐城派的独宗宋学的学生取向有所调整。他们把眼光转向西方,大量介绍西方的科学思想和文化,对传播西方思想文化发挥了十分重要的作用。

林纾(1852—1924年),一名群玉,字琴南,号畏庐、冷红生,福建闽县(今福州)人。少时嗜读书,悟古文法。光绪二十五年(1899年)翻译法国小仲马小说《巴黎茶花女遗事》,面世后,风靡文坛。二年后入京为中学国文教员,遇吴汝纶,深得吴氏嘉许,文名更盛,译书更勤。先后译出外国小说179部,著名的有美国小说家斯托夫人的《黑奴吁天录》,华盛顿·欧文的《拊掌录》,

英国小说家哈葛德的《迦茵小传》,司各特的《撒克逊劫后英雄略》、《十字军英雄记》,迭更斯的《块肉余生述》、《贼史》、《孝儿耐女传》等。后受聘京师大学堂(北京大学前身),得交桐城马其昶、姚永概等,深受桐城派影响。论文以桐城为归,认为"文字有义法,有意境,推其所至,始得神韵与味;神也,韵也,味也,古文之至境也"①。在《春觉斋论文》一书中,其"应知八则"分论"意境"、"识度"、"气势"、"声调"、"筋脉"、"风趣"、"情韵"、"神味",显然是对姚鼐的"神、理、气、味、格、律、声、色"理论的发展,而"用笔八则"、"用字四法"等讨论文章篇章结构和遣词造句,则使桐城家法更加细密。五四运动爆发,他坚决反对新文化,对白话文体恨之入骨,成为守旧派代表人物之一。著有《畏庐文集》等。他虽不懂外文(由他人口述外文大意,林氏用中文记录),但因文笔雅洁流丽,故其译文颇有韵味,对西方小说在中国的传播发挥了重要作用,对当时的文风也产生了一定影响。

严复(1854—1921年),字又陵,又字几道,福建侯官(今福州)人。少年入船政学堂,后留学英国海军学校。回国后任北洋水师学堂(天津大学前身)总教习,后升任总办。义和团起,南下上海。他反对顽固保守,主张向西方学习,并将许多西方著作翻译介绍到中国。他先后翻译了赫胥黎的《天演论》、亚当斯密的《原富》、斯宾塞的《群学肄言》、穆勒的《群己权界论》、甄克思的《社会通诠》、孟德斯鸠的《法意》、耶芳华的《名学浅说》等,实现了系统介绍西方文化的夙愿。特别是《天演论》中"物竞天择,适者生存"的思想,摧毁了中国人妄自尊大的传统思维,亡国灭种的现实就摆在人们面前,给予当时思想界以巨大的震撼,唤起人们救亡图存的觉悟。他在《天演论序》中指出西方的强大并非只是由于声光电化、船坚炮利,重在其思想文化。这一认识无疑是

---

① 林纾:《桐城派古文说》,见《民权素》第十三辑。

很深刻的。1895年,他在天津《直报》发表的《论世变之亟》、《原强》、《辟韩》、《救亡决论》等鸿文巨论中比较中西文化,宣传革新改良思想,很受时论关注。他认为"中国亲亲,而西人尚贤","中国尊主,而西人隆民","中国理道",而"西法自由"①;"华风之敝,八字尽之:始于作伪,终于无耻",千秋祸首,"六经、五子亦责有难辞",因而他"力主西学"(《救亡决论》),具有一定的现代意识。他还协助张元济在京师创办通艺学堂,与王修植、夏曾佑在天津创办《国闻报》,为宣传维新思想、介绍西方文化、培养新型人才做了不少有益的工作。晚年思想趋于保守,提倡尊孔复古,在其遗嘱中明确表示:"须知中国不灭,旧法可损益,必不可叛。"可见他始终提倡改良,而反对革命,因而他也反对五四新文化运动,成为顽固派营垒中的一员。他的思想和文风,不仅与早期桐城派区别明显,而且也不同于以曾国藩为代表的晚期桐城派。这是与社会的急遽变化相关联的,也反映出桐城派的理论和文风的变异。

如果说林纾、严复还不是桐城派的正宗传人,那么,作为桐城派最后一代的正宗传人,则是马其昶、姚永朴、姚永概等桐城作家。他们不仅出生桐城,深受乡邦文化传统的滋养,而且都亲受桐城派作家的教诲,继承了桐城衣钵。当然,时过境迁,他们已经不可能再有他们的先辈那样的成就和影响,这不是个人的原因,而是时代与环境使然。

马其昶(1855—1930年),字通伯,晚号抱润翁,安徽桐城人。幼好学,从乡先辈方宗诚、吴汝纶学古文,意气豪迈。后谒张裕钊,受古文法,学大进,以继承桐城文法为己任。编辑《桐城古文集略》,文名日高。光绪末诏授学部主事,后任京师大学堂(北京

---

① 严复:《论世变之亟》,见《严复集》第一册诗文上,第1—5页,北京:中华书局1986年版。下引此书只注篇名。

大学前身）教习，与林纾、姚永概等倡桐城古文。辛亥革命后引退，转而治经，兼及子史，晚年学佛，也颇有成，为当时饱学之士。民国五年（1916年）任清史馆修纂，《清史稿》的《儒林传》、《文苑传》稿即出其手。著有《桐城耆旧传》、《抱润轩集》等。马氏早年有改良和维新思想，晚年趋于幻灭，故其作品风格前后不尽一致。他的文章的主要风格不是曾门弟子的雄奇恣肆，而是纡徐哀婉的末世情怀。王树枬比较姚鼐与马氏文风的差异时说："姚氏际国家隆盛之会，上下啴谐，万物条达，故其文体洁而气舒，志和而音雅；君乃不幸身丁丧乱，蒿目瘵心，常炎焉若不克终日，故其思深，其词婉，其言虽简而意有余，往往幽怀微旨，感喟低回，令人读之有不知涕泗之何自者。"①就文风而论，这一比较是符合实际的，也抓住了两人文风的主要特点。

姚永朴和姚永概兄弟是姚莹的孙子，继承家学，可谓桐城嫡派子孙。姚永朴（1860—1937年），字仲实。少年专力古文，从方宗诚、吴汝纶学，又与姐夫马其昶等切磋，有文名。中年后治经，兼采汉、宋。历任国立法政学堂、文科大学教习，与马其昶、姚永概同为京师大学堂（北京大学前身）教授，后受聘东南大学教授。抗日战争爆发，赴云南，卒于昆明。著有《蜕私轩集》、《素园丛稿》、《文学研究法》等。《文学研究法》可以说是对桐城派文法的总结，全书虽仿刘勰《文心雕龙》体式，但阐述的仍是桐城派的文章理论。其《神理》、《气味》、《格律》、《声色》诸篇，一望即知是姚鼐文论的申述，其《刚柔》、《雅俗》、《繁简》也是桐城派文章理论的老调子。不过，书中对于有韵无韵以及骈散奇偶均采取了"顺乎自然"的态度，显得比桐城派的传统观点更为通达。姚永朴自己的文章虽气力不足，也谨重笃实，略有可观。

姚永概（1866—1923年），字叔节，与其兄永朴并称"二姚先

---

① 王树枬：《抱润轩文集序》，见《陶庐文集》卷十一，陶庐丛刻本。

生"。受家庭环境影响,好古文,师事吴汝纶、张裕钊,学大进。清末罢科举,兴学校,曾任安徽高等学堂文科学长。《清史馆》成立,与马其昶等同聘为纂修。论学守乡先辈遗训,主张学问、义理、词章并重。晚年作《辛酉论》六篇,力图维护桐城文统,然终不合时宜。其文"气专而寂,澹宕而有致,不矜奇立异,而言皆衷于名理"①,虽才气过于其兄,终究难脱萧瑟哀婉孤独寂寞之情怀,这是桐城派已经走入末路的征兆。而与此同时,新文学的滚滚浪潮已经如排山倒海般奔涌而至,文学发展新的一页也就打开了。

---

① 林纾:《慎宜轩文集序》,见《畏庐文集》三集,上海:商务印书馆1924年版。

余 论

长江文风的流变尽管蜿蜒曲折,千姿百态,毕竟不是毫无规律可循。总的来说,长江文风具有主流位移的特点,可谓花团锦簇,斗转星移。

一方面,代表某一时期长江文章发展水平的文学流派和文章作者往往集中在某一特定的区域,并且这一区域随着历史的发展呈现出从长江上中游逐步向长江中下游转移的趋势。这一趋势的形成与长江流域的经济重心由上中游向中下游逐步转移相一致。另一方面,这些代表性文学流派和文章作者的文风引导着长江文风的发展,使长江文风从典雅侈丽向通俗平易流变,同样体现出整体推进的态势。这种态势则反映出长江文化由贵族垄断逐步向大众普及的发展规律。

一 长江经济发展与文章主流位移

纵观长江流域文章的发展,各个时期的代表性文体和各种文体的代表性作家都呈现出鲜明的区域化色彩。在先秦,代表性文章为诸子散体古文,而开长江诸子古文文风的鬻子、老莱子、老子等,均生活在长江上中游的过渡地带,即今湖北省中西部的古之荆楚一带。在汉代,文章的代表性体裁是赋,而汉赋的代表作家司马相如、王褒、扬雄等人都是位于长江上游的巴蜀之地的作家。唐宋是长江文章发展的一个重要时期,而真正扭转骈俪文风的,是以欧阳修、苏轼为代表的北宋六大古文作家。这六位代表作家中,有三位是江西作家,三位是四川作家。明代的长江散文以公安派和竟陵派文章最具特点也最有震撼力,公安、竟陵两地今天都在湖北中部地区。而江西、湖北两省在长江中游。清代的长江文章最有代表性的要数桐城派散文,而桐城派的代表作家除了安徽桐城籍的作家之外,主要是长江下游各省区的一些作家。

从以上的描述可以看出,长江文章的发展具有主流位移的特点。这里所说的主流位移,有着两方面的含义。一方面是指代表一定历史时期的文章风格的文章体裁随着时代的发展变化而被另一种更具代表性的文章体裁所代替,发生了文体主流的位移;另一方面也是指反映一个历史时期的文章水平的文章流派及其代表作家从某一区域转移到另一区域,出现了文章主体的位移。这两种位移常常是相互关联相互促进的。

就地域而论,先秦两汉,长江文章的区位优势在长江上中游;六朝时期,长江文章的区位优势向长江中下游转移;唐宋时期,长江中游的文章具有明显的区位优势;元明清时期,长江文章的区位优势则在长江中下游;而愈到后来,长江下游的文化地位愈益重要,其引领长江文风以及全国文风的作用愈益突出。从宏观上看,这种区位优势的转移,正如长江之水,从长江上中游汇聚,向长江中下游奔流,千回百转,终至大海。

长江文章主流位移的原因是多方面的,然而最根本的,还是受制于长江流域经济的发展。

长江流域的开发,是从上中游向中下游逐步推进的。这里且不说长江上游的云南元谋人是长江流域现在所知的最早期的人类,即使从有史可考的长江文明来看,代表先秦长江文化最高水平的楚文化,其最初的发祥地也在长江上中游。尽管楚和吴、越对长江中下游的开发取得了相当可观的成绩,但春秋、战国的诸侯争战仍然对长江中下游经济造成了一定的破坏。而在长江上游被称为天府之国的四川,则一直保持比较稳定的局面,其经济发展也较长江中下游要好,苏秦说秦王连横时称"大王之国,西有巴蜀、汉中之利,北有胡貉、代马之用,南有巫山、黔中之限,东有肴、函之固。田肥美,民殷富,战车万乘,奋击百万,沃野千里,蓄积饶多,此所谓天府,天下之雄国也"①,可见巴蜀当时就以富庶而闻名于世。此后,秦代李冰在四川修建了著名的都江堰,极大地促进了四川经济的发展。张良劝刘邦定都关中时指出,关中"南有巴蜀之饶,北有胡苑之利"②,说明西汉初年的巴蜀是长江流域最为富裕的地区。西汉末年,割据巴蜀的公孙述之所以能够比其他军事集团更有力地抵抗刘秀的进攻,就是依赖了巴蜀的经济实力。而到了东汉时期,尽管长江中下游已经有了很大发展,但巴蜀仍然是长江流域经济最为发达的地区。在古代中国,人口始终是经济发展的晴雨表。据《后汉书·郡国志》记载,巴郡有 310691 户,1086049 人,蜀郡有 300425 户,1350476 人;而长江中游的南郡仅有 162570 户,747540 人,长沙郡也只有 255854 户,1059372 人;长江下游比较富裕的吴郡只有 164164 户,700782 人,会稽郡也只有 123090 户,481196 人,都比巴、蜀两郡为少;由此可见汉代长江上游与长江中下游经济发展的差距。

  六朝时期,北方士族大量南迁,尤以侨居长江中游的荆、襄和长江下游的吴、会为多,大大地促进了长江中下游的经济发展。而隋末大运河的开通,对江南的开发具有极其重要的意义。正如冀朝鼎所说:"大运河起到了连接中国两大主要地区的纽带

---

① 《战国策·秦策一》,第 18 页,长沙:岳麓书社 1988 年版。
② 班固:《汉书·张良传》,新编《二十五史》影印清乾隆武英殿本,第 557 页,上海古籍出版社、上海书店 1986 年版。

作用。有了它,首都才得以能够成功地吸纳肥沃的长江流域的资源。而长江流域一经与首都取得了联系,就出现了一种新的动力,随着长江流域巨大潜力的发掘,这种新的动力就使长江流域得到了迅速的发展,并很快成了供应首都漕粮的主要生产地区,最后取得了基本经济区的地位。"① 从唐代开始,中国的经济中心向南方转移,"大致说来,南方的经济超过北方,约当唐代中叶'安史之乱'(755—763年)以后;而南方文教胜过北方,是在北宋中叶神宗朝(1067—1085年)。"② 中唐以后,政府的财政收入已经开始依赖于长江流域,特别是长江中下游地区。韩愈曾说:"当今赋出于天下,江南居十九。"③ 杜牧则希望做杭州刺史以缓解家庭经济困难,并毫无掩饰地说:"今天下以江淮为国命,杭州户十万,税钱五十万,刺史之重,可以杀生,而有厚禄,朝廷多用名曹正郎有名望而老于为政者而为之。"④ 欧阳修也说:"唐都长安,而关中号称沃野,然其土地狭,所出不足以给京师,备水旱,故常转漕东南之粟。"⑤ 他们所称江南、江淮、东南,实际上主要是指长江中下游一带,即今江苏、浙江、江西、安徽等省。也就是说,中唐以后,长江中下游的经济发展逐渐超过长江上中游的经济发展。

经济的发展必然带动文化的发展。以宋代为例,当时经济

---

① 冀朝鼎:《中国历史上的基本经济区与水利事业的发展》,第100页,北京:中国社会科学出版社1981年版。
② 杨远:《西汉至北宋中国经济文化之向南发展》第6页,台北:台湾商务印书馆1994年版。
③ 韩愈:《送陆歙州诗序》,见《韩昌黎全集》卷十九,影印世界书局本,第275页,北京:中国书店1991年版。
④ 杜牧:《上宰相求杭州启》,见《樊川文集》卷十六,第249页,上海古籍出版社1978年版。
⑤ 欧阳修:《新唐书·食货志》。新编《二十五史》影印清乾隆武英殿本,第4275页,上海古籍出版社、上海书店1986年版。

最为发达的地区应数两浙、四川、福建、江西。北宋刘敞说:"今赋税出东南,二浙为盛。舟车之所走集,余杭居要。"①曾巩说:"(江西)其田宜秔稌,其赋粟输于京师为天下最。"②秦观则说:"今天下之田称沃衍者为吴越闽蜀,其亩所出视他州辄数倍。"③文化教育的发展与经济的发展相一致。以书院为例,在宋代203所书院中,长江流域占70%强,珠江流域占21%强,黄河流域只占3.5%。从各省来说,江西最多,为80所;浙江次之,为34所;湖南又次之,为24所。④以官学为例,宋代官学也是南方远多于北方,长江中下游多于长江上游。江苏、安徽东南部及其附近地区有官学81所,江西76所,浙江74所;而中原大省河南仅设官学33所。印刷业也反映出一个地区的文化状况,而宋元时期的中国印刷业也主要集中在两浙、四川、江西等地。从经济发展来看,两浙大有后来居上之势,但由于文化的积累有一个过程,而四川、江西既有深厚文化传统,又有良好的经济环境,故而占有相当大的文化地域优势。特别是江西,处于连接长江上中游和长江下游的有利位置,因而成为宋代文学的领袖之邦。南宋杨万里便说:"切观国朝文章之士,特盛于江西,如欧阳文忠公、王文公、集贤殿学士刘公兄弟、中书舍人曾公兄弟、李公泰伯、刘公恕、黄公庭坚。其大者古文经术,足以名世;其余则博学多识,见于议论,溢于词章者,亦皆各自名家,求之他方,未有若是其众者。"⑤这一认识是完全符合实际的。

明清时期,"长江流域,尤其是长江中下游的湖广、江南二大

---

① 刘敞:《新差知越州熊本可知杭州制》,见《彭城集》卷二,四库全书本。
② 曾巩:《洪州东门记》,见《元丰类稿》卷一九,四库全书本。
③ 秦观:《财用》,见《淮海集》卷一五,四库全书本。
④ 曹松叶:《宋元明清书院概况》,见《中山大学语言历史研究所周刊》第10辑。
⑤ 陈贵谊、李道传:《谥文节公告议》,见《诚斋集》卷一三三,四库全书本。

经济区获得很大的发展"①,特别是江南纺织业出现了资本主义萌芽,大型商业城市和集镇得以迅速发展,汉口、南京、扬州、苏州、杭州成为盛极一时的商业都会,而长江三角洲一带的市镇更如雨后春笋般涌现,市民阶层迅速扩大,西方文化也通过东南沿海向长江流域传输,因此,湖广、江南地区成为思想最为活跃,创造精神最为强烈的地区。凡此种种,无不表明,这时的长江中下游,不仅是全国的经济中心,而且也是全国的思想文化中心。明清时期的主要文章流派和代表作家诞生于湖广、江南地区也就势所必然。

二 长江文化发展与长江文风流变

就文风而论,汉魏六朝的长江文章典雅侈丽,贵族化倾向明显;唐宋时期的古文运动,终于形成了平易流畅的文章风格,虽然这时的长江文章,仍然是以士大夫文章为主体,但毕竟反映了文章世俗化和大众化的时代要求;而明代的长江文章,则更进一步朝着世俗化、大众化、通俗化、娱乐化的方向发展,强调新奇和趣味;清代的长江文风虽然没有沿着明代文风继续发展,但其清通雅洁的文风也仍然是对宋明以来平易流畅文风的继承与弘扬;而清末开始的对文言文的质疑和对白话文的提倡,则代表了长江文章发展的方向,也预示着新文学运动的必然兴起。

长江文风从贵族化向平民化、由典雅化向通俗化、由精英化向大众化的流变,既与长江流域的经济发展相关联,也与长江流域的文化发展相关联。

在汉代,长江下游"楚越之地,地广人稀,饭稻羹鱼,或火耕而水耨,果随蠃蛤,不待贾而足。地势饶食,无饥馑之患,以故呰窳偷生,无积聚而多贫。是故江淮以南,无冻饿之人,亦无千金

---

① 李学勤、徐吉军:《长江文化史》,第914页,江西教育出版社1996年第2版。

之家"①,平民由于受经济条件的限制,很少有受教育的机会。即使在长江上游的巴蜀,虽然比长江下游相对富庶,但真正能够享受教育的,不是贵族子弟,就是富商子弟。况且,文化由贵族垄断的局面还相当牢固,书籍载于简帛,一般人很难拥有。西汉末年皇室藏书不过13000余卷,汉成帝叔父东平王刘宇曾"上疏求诸子及太史公书",也未获应允②,扬雄在《答刘歆书》中谈到自己曾请求成帝允许他辞去俸禄到皇帝藏书的石室读书三年,由此可见文化垄断之严重。在这样的条件下,书籍还未能揭去其神圣的面纱,文章成为政治工具和皇室贵族的奢侈品也就在情理之中。而文章的制作只是为了满足天子"润色鸿业"的政治需要和"囊括四海,并吞八荒"的审美要求,文风的典雅侈丽也就是必然的了。

随着社会经济的发展,文化也逐渐普及,特别是东汉时期造纸技术的突破,使得接受教育学习文化的成本大大降低,士人阶层不断扩大,文人的文化消费成为时尚,而文学世家也应运而生。文人学士致力于文,泚笔点墨,吟咏遒会,蔚然成风。钟嵘《诗品序》所云"今之士俗,斯风炽矣:才能胜衣,甫就小学,必甘心而驰鹜焉。于是庸音杂体,人各为容,至使膏腴子弟,耻文不逮,终朝点缀,分夜呻吟"③,描绘的就是士族子弟对文学的追逐。而南齐竟陵王萧子良"夏月客至,为设瓜饮及甘果,著之文教,士子文章及朝贵辞翰,皆发教撰录"④,梁昭明太子萧统亲自主持编

---

① 司马迁:《史记·货殖列传》,新编《二十五史》影印清乾隆武英殿本,第356页,上海古籍出版社、上海书店1986年版。
② 班固:《汉书·宣元六王传》,新编《二十五史》影印清乾隆武英殿本。第672页,上海古籍出版社、上海书店1986年版。
③ 钟嵘:《诗品序》,见何文焕辑《历代诗话》,第3页,北京:中华书局1981年版。
④ 萧子显:《南齐书·武十七王传》,新编《二十五史》影印清乾隆武英殿本,第1984页,上海古籍出版社、上海书店1986年版。

纂大型文学选集《文选》,则反映出统治者对士人文章的重视。有了统治者的支持,又有大量创作作为基础,文人文章的结集也就成为可能,六朝时期的大量文人文集也因此产生。当然,这一时期的文章风格和审美趣味是完全士大夫的。

到了北宋,长江流域的经济得到长足的发展,"朝廷用度,如军食、币帛、茶盐、泉货、金、铜、铅、银,以至羽毛、胶漆,尽出九道(指两浙、江东、江西、淮南、湖南、湖北、福建、广东、广西等地——引者)。朝廷所以能安然理天下而不匮者,得此九道供亿使之然尔"[1],真所谓"国家根本,仰给东南"[2]。从文化的层面来说,完善的科举制度促进了教育的发展,"娱宾遣兴"、"用佐清欢"的小词得到了最广泛的传播,从唐代小说、变文发展而来的说话、唱赚、杂剧、诸宫调等通俗文学十分活跃,文化的普及已经达到一个相当高的水平。北宋仁宗朝湖北英山人毕昇发明了活字印刷,为文化的传播和进一步普及提供了强大的技术支持。私人刻书蔚然成风,当时"天下印书以杭州为上,蜀本次之,福建最下"[3]。南宋时期还出现了刊刻通俗文学书籍的书铺,如现存《大唐三藏取经诗话》就是南宋时期临安(今浙江杭州)书铺张家瓦子刻印的。私人藏书也成为时尚,"北宋藏书家多在四川、江西,南宋藏书家多在浙江、福建,此其大略也"[4];有私人藏书多达近60000卷者,是西汉皇室藏书的5倍。苏轼不无感慨地说:"余犹及见老儒先生,自言其少时,欲求《史记》、《汉书》不可得,幸而得之,皆手自书,日夜诵读,惟恐不及。近岁市人转相摹刻诸子百家之书,日传万纸。学者之于书,多且易致如此,其文词学术,

---

[1] 李焘:《续资治通鉴长编》卷一二八引富弼语,四库全书本。
[2] 脱脱等:《宋史·范祖禹传》,新编《二十五史》影印清乾隆武英殿本,第6389页,上海古籍出版社、上海书店1986年版。
[3] 叶梦得:《石林燕语》卷八,四库全书本。
[4] 袁同礼:《宋代私家藏书概略》,载《图书馆学季刊》第2卷第2期。

当倍蓰于昔人。"①文化传播手段的进步促进了文化的普及和繁荣。叶适便谓:"今吴、越、闽、蜀,家能著书,人知挟册。"②即使是较为偏远的地区,也受时风濡染,重视文化知识的学习。例如,福建永福县"家尽弦诵,人识律令,非独士为然,农工商各教子读书,虽牧儿妇,亦能口诵古人语言"③。凡此种种,无不反映出文化面向大众发展的态势。宋代文章平易流畅的风格正体现了文化发展的方向和时代前进的要求。

到了明代,特别是明中期以后,长江中下游尤其是江南一带,成为全国的经济中心和文化中心,这里不仅有了资本主义生产关系的萌芽,而且有了市民文化的勃兴。市民对文化的消费需求刺激着文化产业的发展。以刻书业为例,明代的刻书业基本上集中在长江下游地区,"凡刻书之地有三:吴、越、闽。其精,吴为最,其多,闽为最,越皆次之。其直重,吴为最;其直轻,闽为最;越皆次之"。具体说来,"当今刻本,苏、常为上,金陵次之,杭又次之。近湖刻、歙刻骤精,遂与苏、常争价"④。书坊刻图书除经、史、子、集和日用类书外,戏曲、小说等通俗文学成为它们刊刻的主要品种之一,如常熟毛氏汲古阁刊刻的《元曲选》、《六十种曲》,南京世德堂刊刻的《西游记》,杭州容与堂刊刻的《水浒传》等,就是这类坊刻通俗文学作品的代表。这些图书主要是为了满足市民日益增长的文化需求,正如叶盛所说:"今书坊相传射利之徒,伪为小说杂书,南人喜谈如汉小王、蔡伯喈、杨六使,北人喜谈如继母大贤等事甚多,农工商贾,抄写绘画,家蓄而人

---

① 苏轼:《李氏山房藏书记》,见《苏轼文集》卷十一,第359页,北京:中华书局1986年版。
② 叶适:《汉阳军新修学记》,见《水心文集》卷九,四部备要本。
③ 方大琮:《永福辛卯劝学文》,见《铁庵集》卷三三,四库全书本。
④ 胡应麟:《少室山房笔丛》卷四,四库全书本。

有之,痴骏女妇,尤所酷好。"①市民群众不仅有强烈的文化需求,也积极参与文学创作,民歌成为有明一绝。不仅公安派旗手袁宏道曾指出"吾谓今之诗文不传矣。其万一传者,或今闾阎妇人孺子所唱《擘破玉》、《打草竿》之类,犹是无闻无识,真人所作,故多真声"②,而且连主张复古的"前七子"领袖李梦阳也说:"今真诗乃在民间。"③大众参与文学创造并且使得文人对自已的文学活动产生怀疑,而将民间文学作为学习榜样,这充分反映出文化的主体向人民大众的转移。此外,江南地区的藏书家也为全国之冠,"大抵收藏书籍之家,惟吴中苏郡、虞山、昆山、浙中嘉、湖、杭、宁、绍最多"④,如浙江就有范钦的天一阁、沈节甫的玩易楼、茅坤的白华楼、丰坊的万卷楼、项元汴的天籁阁、吕坤的樾馆等著名藏书场所。江苏常熟毛晋的汲古阁藏书达84000册,浙江胡应麟建二酉山房,藏书也达42000卷。著名通俗小说家冯梦龙、凌濛初既是藏书家,又是刻书家,他们一在苏州,一在湖州,其所编刻的"三言"、"二拍"代表了当时白话短篇小说的最高水平。特别值得注意的是,他们已经明确地将自己的文化服务对象锁定在市民群众这一阶层,如冯梦龙就说:"六经国史而外,凡著述皆小说也。而尚理或病于艰深,修词或伤于藻绘,则不足以触里耳而振恒心。此《醒世恒言》四十种,所以继《明言》、《通言》而刻也。明者,取其可以导愚也;通者,取其可以适俗也;恒则习之而不厌,传之而可久。三刻殊名,其义一耳。"⑤在许多文学家已

---

① 叶盛:《水东日记》卷五,四库全书本。
② 袁宏道:《序小修诗》,见《袁宏道集笺校》卷四,第188页,上海古籍出版社1980年版。
③ 李梦阳:《诗集自序》,见《李空同全集》卷五十,明万历浙江思山堂本。
④ 孙从添:《藏书纪要》,昭代丛书本。
⑤ 可一居士:《醒世恒言序》,见《醒世恒言》附录,第895页,北京:人民文学出版社1956年版。

经意识到文学应该导愚适俗的形势下,明代的长江文风向着更加通俗化、大众化的方向发展是必然的,人们追求文学的自娱和娱人功能也是完全可以理解的。因此,从这个意义上说,公安派、竟陵派的理论和实践多少反映出长江文化发展的基本规律和人的个性解放的时代要求。

清代长江文化尽管在明代长江文化的基础上继续发展,但政治的诉求超过了文学的诉求,而文化专制的高压态势也阻碍了文学对社会的敏锐反映和积极干预,因此,清代长江文风并没有顺着明代后期的长江文风向前发展。桐城派古文实际上是将八股时文的代圣贤立言的宗旨与宋代以来的平易流畅的文风巧妙嫁接,将唐宋以来古文家所提倡的文统与宋代理学家所强调的道统有机结合,同时又汲取了历代文章家尤其是宋明文章家的写作技巧,形成了具有特色而又集古文创作之大成的文章理论体系。尽管桐城派古文是长江古代文学的最后辉煌,也是中国古代文章学的绚丽晚霞,但文章的发展已经开始呼唤近代意识,一场文学文体革命正在旧文学的母体中酝酿。当古文作为传统思想观念的载体和旧制度的衍生物而遭到人们的批判和唾弃时,以面向平民大众为旨归的白话文学也就开始占据文学舞台的中心位置,它所接续的已经不是桐城派的文风,也不是某些作家所声称的晚明公安派与竟陵派的文风,而是由西方现代文学思想、文学观念、文学理论、文学方法所培育的新文学与新文风,这时的文学已经不属于古代文学,而是属于现代文学的范畴。

由于文学思想、文学观念、文学理论、文学方法与中国古代文学不同,中国现代文学的文体分类也与传统文章分类标准迥别,它按照西方现代文学的分类标准,将文学分为诗歌、散文、小说、戏曲四大类,而散文类又分为议论文、说明文、记叙文、杂文、美文等等。本书不打算描述长江流域现代散文的发展,并不是长江流域现代散文成就不高,更不是长江流域现代散文家们对中国现代散文发展的贡献不大。恰恰相反,现代长江散文不仅取得了很高的成就,而且诞生了鲁迅、周作人、瞿秋白、郁达夫、朱自清、聂绀弩、丽尼等引领中国现代散文发展潮流的代表作家。要比较清晰、准确、全面地描述长江流域现代散文的发展,评介上述代表作家,显然需要相当的篇幅。受文库规模的限制,同时也由于笔者对现代长江散文缺少研究,只好把这部分内容留待有兴趣的朋友去探讨了。

参考文献

《十三经注疏》,影印阮元校刊本,北京:中华书局1980年版
《二十二子》,影印浙江书局辑刊本,上海古籍出版社1986年版
《二十五史》,影印《二十四史》清乾隆武英殿本和《清史稿》关外二次本,上海古籍出版社、上海书店1986年版
《清史列传》,北京:中华书局1987年版
《国语》《战国策》,长沙:岳麓书社1988年版
严可均:《全上古三代秦汉三国六朝文》,北京:中华书局1958年版
萧　统:《文选》,影印胡克家重印宋淳熙本,北京:中华书局1977年版
陈元龙:《历代赋汇》,影印双梧书屋俞樾校本,江苏古籍出版社、上海书店1987年版
李兆洛:《骈体文钞》,长沙:岳麓书社1992年版
茅　坤:《唐宋八大家文钞》,四库全书本
姚　鼐:《古文辞类纂》,影印世界书局本,北京市中国书店1986年版
吴楚材、吴调侯:《古文观止》,北京:中华书局1959年版
《国朝文汇》,上海国学扶轮社1909年版
《历代笔记小说集成》,石家庄:河北教育出版社1995年版
郭预衡:《中国散文史》,上海古籍出版社2000年版
陈　柱:《中国散文史》,北京:东方出版社1996年版
马积高:《赋史》,上海古籍出版社1987年版
姜书阁:《骈文史稿》,北京:人民文学出版社1986年版
刘麟生:《中国骈文史》,北京:东方出版社1996年版
鲁　迅:《汉文学史纲要》,北京:人民文学出版社1973年版
鲁　迅:《中国小说史略》,北京:人民文学出版社1976年版
袁行霈:《中国文学史》,北京:高等教育出版社1999年版
郑振铎:《插图本中国文学史》,北京:人民文学出版社1957年版

王齐洲、王泽龙:《湖北文学史》,武汉:华中理工大学出版社1995年版

陶秋英:《汉赋研究》,杭州:浙江古籍出版社1985年版

姜书阁:《先秦辞赋原论》,济南:齐鲁书社1983年版

陈书良,郑宪春:《中国小品文史》,长沙:湖南出版社1991年版

王镇远:《桐城派》,上海古籍出版社1990年版

梁启超:《饮冰室合集》,北京:中华书局1989年版

梁启超:《清代学术概论》,北京:东方出版社1996年版

王国维:《王国维论学集》,北京:中国社会科学出版社1997年版

刘师培:《刘师培中古文学论集》,北京:中国社会科学出版社1997年版

章太炎:《章太炎学术史论集》,北京:中国社会科学出版社1997年版

朱自清:《朱自清古典文学论文集》,上海古籍出版社1981年版

朱自清:《诗言志辨》,上海:华东师范大学出版社1996年版

郭沫若:《郭沫若古典文学论文集》,上海古籍出版社1985年版

钱钟书:《管锥编》,北京:中华书局1979年版

丹　纳:《艺术哲学》,合肥:安徽文艺出版社1991年版

汤因比:《历史研究》,上海人民出版社1966年版

唐长孺:《魏晋南北朝史三论》,武汉大学出版社1992年版

吕思勉:《经子解题》,上海:华东师范大学出版社1995年版

逯钦立:《汉魏六朝文论集》,西安:陕西人民出版社1984年版

王齐洲:《呼唤民主性:中国文学特质的多维透视》,北京:中国社会科学出版社2000年版

[美]包弼德:《斯文:唐宋思想的转型》,南京:江苏人民出版社2001年版

黄　侃:《文心雕龙札记》,中华书局上海编辑所1962年版

范文澜:《文心雕龙注》,北京:人民文学出版社1958年版

萧　绎:《金楼子》,知不足斋本

[日]遍照金刚:《文镜秘府论》,北京:人民文学出版社1980年版

吴　讷:《文章辨体序说》,北京:人民文学出版社1982年版

陈　衍:《石遗室论文》,无锡国学专修学校丛书本1936年版

何文焕:《历代诗话》,北京:中华书局1981年版
钱谦益:《列朝诗集小传》,上海古籍出版社1983年版
王夫之等:《清诗话》,上海古籍出版社1978年版
刘熙载:《艺概》,上海古籍出版社1978年版
王运熙,顾易生:《中国文学批评史》,上海古籍出版社1985年版
王运熙、杨明:《魏晋南北朝文学批评史》,上海古籍出版社1989年版
罗宗强:《魏晋南北朝文学思想史》,北京:中华书局1996年版
安金槐:《中国考古》,上海古籍出版社1992年版
许　慎:《说文解字》,影印陈昌治本,北京:中华书局1963年版
段玉裁:《说文解字注》,影印卫瑜章校刊本,成都古籍书店1981年版
李学勤、徐吉军:《长江文化史》,南京:江苏教育出版社1996年版
朱伯谦、施正康:《中国经济史》,北京:中国社会科学出版社1995年版
杨　远:《西汉至北宋中国经济文化之向南发展》,台北:台湾商务印书馆1991年版
冀朝鼎:《中国历史上的基本经济区与水利事业的发展》,北京:中国社会科学出版社1981年版
顾颉刚:《史林杂识初编》,北京:中华书局1963年版
赵　翼:《廿二史札记》,四部备要本。
顾炎武:《日知录》,长沙:岳麓书社1994年版
袁　珂:《山海经校注》,上海古籍出版社1980年版
鬻　熊:《鬻子》,四库全书本
高　明:《帛书老子校注》,北京:中华书局1996年版
朱谦之:《老子校释》,北京:中华书局1984年版
荆门市博物馆:《郭店楚墓竹简》,北京:文物出版社,1998年版
李　零:《郭店楚简校读记》(增订本),北京:北京大学出版社2002年版
郭庆藩:《庄子集释》,北京:中华书局1961年版
洪兴祖:《楚辞补注》,北京:中华书局1983年版
朱　熹:《楚辞集注》,上海古籍出版社1979年版

王先谦：《荀子集解》，北京：中华书局1988年版
刘　向：《新序》，赵仲邑详注本，北京：中华书局1997年版
扬　雄：《法言》，汪荣宝义疏本，北京：中华书局1987年版
王　充：《论衡》，黄晖校释本，北京：中华书局1990年版
袁　康：《越绝书》，四部丛刊初编本
赵　晔：《吴越春秋》，四库全书本
陆　机：《陆机集》，北京：中华书局1982年版
刘义庆：《世说新语》，徐震堮校笺本，北京：中华书局1984年版
颜之推：《颜氏家训》，王利器集解本，北京：中华书局1993年版
陈子昂：《陈伯玉文集》，四部丛刊初编本
陆　贽：《陆宣公集》，四部备要本
韩　愈：《韩昌黎全集》，影印世界书局本，北京：中国书店1991年版
柳宗元：《柳宗元集》，北京：中华书局1979年版
白居易：《白居易集》，北京：中华书局1979年版
司空图：《司空表圣文集》，四部丛刊初编本
刘禹锡：《刘禹锡集》，北京：中华书局1990年版
李　翱：《李文公集》，四库全书本
杨　亿：《武夷新集》，四库全书本
柳　开：《河东先生集》，四部丛刊初编本
石　介：《石守道先生集》，影印正谊堂全书本，台北：艺文印书馆1965年版
王禹偁：《小畜集》，四部丛刊初编本
欧阳修：《欧阳修集》，影印世界书局本，北京：中国书店1986年版
苏　洵：《嘉祐集》，四部丛刊初编本
曾　巩：《元丰类稿》，四库全书本
王安石：《临川先生文集》，四部备要本
苏　轼：《苏轼文集》，北京：中华书局1986年版
苏　辙：《栾城集》，四部备要本
黄庭坚：《山谷集》，四库全书本
陈师道：《后山居士文集》，影印北京图书馆藏宋刻本，上海古籍出版社1984年版
张　耒：《张右丞文集》，四部丛刊初编本

沈　括：《梦溪笔谈》，丛书集成初编本
陆　游：《老学庵笔记》，四库全书本
叶　适：《习学记言》，四库全书本
朱　熹：《朱子语类》，四库全书本
宋　濂：《文宪集》，四库全书本
方孝孺：《逊志斋集》，四部丛刊初编本
李东阳：《怀麓堂集》，四库全书本
唐顺之：《唐荆川文集》，四部丛刊初编本
王慎中：《遵岩集》，四库全书本
茅　坤：《茅坤集》，杭州：浙江古籍出版社1993年版
王阳明：《王阳明全集》，上海古籍出版社1992年版
归有光：《震川先生集》，上海古籍出版社1981年版
徐　渭：《徐渭集》，北京：中华书局1983年版
祝允明：《怀星堂集》，四库全书本
李　贽：《焚书》，北京：中华书局1974年版
焦　竑：《澹园集》，北京：中华书局1999年版
何心隐：《何心隐集》，北京：中华书局1960年版
江盈科：《江盈科集》，长沙：岳麓书社1997年版
袁宗道：《白苏斋集》，上海杂志公司1935年版
袁宏道：《袁宏道集笺校》，上海古籍出版社1981年版
袁中道：《珂雪斋集》，上海古籍出版社1989年版
钟　惺：《隐秀轩集》，上海古籍出版社1992年版
谭元春：《谭友夏合集》，上海古籍出版社1998年版
张　瀚：《松窗梦语》，北京：中华书局1985年版
王思任：《游唤》，历代笔记小说集成本，石家庄：河北教育出版社1995年版
张　岱：《陶庵梦忆》，杭州：西湖书社1982年版
祁彪佳：《祁彪佳集》，中华书局上海编辑所1960年版
刘侗、于奕正：《帝京景物略》，北京古籍出版社1983年版
钱谦益：《牧斋初学集》，上海古籍出版社1985年版
朱之瑜：《朱舜水集》，北京：中华书局1981年版
黄宗羲：《明儒学案》，北京：中华书局1985年版

黄宗羲：《黄宗羲全集》，杭州：浙江古籍出版社1985年版
李　渔：《李渔全集》，杭州：浙江古籍出版社1990年版
顾炎武：《顾亭林诗文集》，北京：中华书局1983年版
彭绍升：《二林居文录》，瑞州凤仪书院刊国朝文录本1839年版
归　庄：《归庄集》，上海古籍出版社1984年版
尤　侗：《西堂全集》，上海：文瑞楼排印本
魏　禧：《魏叔子文钞》，宋荦、许汝霖选刊本
汪　琬：《尧峰文钞》，四部丛刊初编本
朱彝尊：《曝书亭集》，上海商务印书馆1935年版
唐　甄：《潜书》，成都：四川人民出版社1984年版
戴名世：《戴名世集》，北京：中华书局1986年版
方　苞：《方望溪全集》，影印戴均衡辑本，北京：中国书店1991年版
刘大櫆：《刘海峰文集》，大有堂书局本1888年版
姚　鼐：《惜抱轩全集》，影印梅曾亮、管同校刊本，北京：中国书店1991年版
袁　枚：《小仓山房诗文集》，乾隆刻本
方宗诚：《柏堂遗书》，志学堂家藏版
吴德旋：《初月楼古文绪论》，丛书集成初编本
方东树：《汉学商兑》，万有文库本
管　同：《因寄轩文集》，光绪刊本
姚　莹：《中复堂全集》，同治六年刊本
梅曾亮：《柏枧山房文集》，咸丰六年刊本
恽　敬：《大云山房文稿》，上海：世界书局1937年版
张惠言：《茗柯文编》，上海古籍出版社1984年版
曾国藩：《曾文正公全集》，传忠书局1910年版
张裕钊：《濂亭文集》，查氏木渐斋刊本1882年版
吴汝纶：《桐城吴先生全书》，吴氏家刻本
薛福成：《庸庵全集》，长沙：铸新斋校刊本1898年版
刘声木：《桐城文学源流考》，直介堂丛刻初编本
程廷祚：《青溪集》，金陵丛书本
戴　震：《戴震文集》，北京：中华书局1980年版
钱大昕：《潜研堂文集》，嘉庆刻本

章学诚:《章氏遗书》,嘉业堂本
阮　元:《揅经室集》一集、二集、三集,丛书集成初编本
龚自珍:《定庵文集》、《定庵续集》、《定庵文集补》,四部丛刊初编本
林　纾:《畏庐文集》,上海:商务印书馆1924年版
严　复:《严复集》,北京:中华书局1986年版

后 记

看完校样,觉得有必要再说几句,交代一下这部书稿的来龙去脉,让读者能够有更多的了解。

1998年,湖北省社会科学院长江文化研究中心通过论证,并得到湖北省新闻出版局和湖北教育出版社的积极支持,决定组织国内学者撰著《长江文化研究文库》,约我写《长江散文》一书。我愉快地接受了邀请。在此之前,由我主持并与王泽龙教授合作的《湖北文学史》已经出版,后来获得湖北省社会科学优秀成果奖,有了这个基础,我对完成此项任务还是很有信心的。然而,真正进入研究,却碰到不少麻烦。首先,"散文是什么"便是一个挠头的问题。中国直到南宋才有散文之称,且与西方的现代散文概念并不一致,汉大赋、六朝抒情小赋和骈体文,都是极有地域特色、能够体现长江流域文学风格的文体,它们显然都不是散文,这些内容要不要反映又如何反映?而用传统的文章概念也许能够解决上述矛盾。其次,几千年的长江流域文章有没有自身发展演变的规律?或者说,能不能从总体上把握长江流域文章演进的历史轨迹,使当下读者获得某种启迪,也是这一课题应该解决的问题。而从总体上看,长江流域文章的创作主体确有从长江上中游向中下游位移的历史特点,长江流域文章的主流风格也确有从典雅侈丽向平易流畅即从贵族化向平民化发展的清晰线索,这种发展和流变与长江流域的经济和文化发展的整体趋势是完全一致的。1999年6月15日,《长江文化研究文库》文学艺术系列主编袁行霈教授在武汉东湖听涛宾馆主持召开了作者会议,我在会上交流了对自己所承担的这一课题的认识,得到了袁先生和与会其他专家的一致肯定,袁先生还提出了十分重要的指导性意见。于是,我将课题名称修订为《长江流域文章风格的流变》。

在研究和撰写的过程中,我得到了湖北大学图书馆古籍部周德美副研究馆员的关照和支持。许多积满灰尘的线装书都是他帮我找出并一摞摞摆放在我的阅览桌上供我阅读,有时到了下班时间也不催我离开,而是默默地陪伴着我。直到今天,我仍然心存感激。就这样,三易寒暑,总算如期完成了任务。任务完成的质量究竟如何,只能等待读者诸君评判了。

本书在定稿和出版的过程中,吸收过蔡靖泉教授、徐耀明编审的意见,他们为本书的面世做出了贡献。我和张三夕教授、高华平教授的部分博士生、硕士生参加了本书清样的校对,也付出了辛勤的劳动,我也感谢他们。他们是:李明,张永刚,毕彩霞,桑大鹏,盛莉,金前文。

作者谨记
2004年3月16日于华中师范大学寓所

(鄂)新登字 02 号

图书在版编目(CIP)数据

长江流域文章风格的流变/王齐洲著.—武汉:湖北教育出版社,2004
(长江文化研究文库)
ISBN 7-5351-4161-7

Ⅰ.长… Ⅱ.王… Ⅲ.长江流域-古典散文-文学研究
Ⅳ.I207.62

中国版本图书馆 CIP 数据核字(2004)第 003587 号

出版 发行:湖北教育出版社	武汉市青年路 277 号
网址:http://www.hbedup.com	邮编:430015 电话:027-83619605
	邮购电话:027-83669149
经　销:新 华 书 店	
印　刷:湖北新华印务有限公司	(430034·武汉市汉口解放大道 145 号)
开　本:880mm×1230mm 1/32	3 插页　16.75 印张
版　次:2005 年 7 月第 1 版	2006 年 8 月第 2 次印刷
字　数:384 千字	印数:3 001-5 000

ISBN 7-5351-4161-7/G·3447　　　　　　　　　　定价:35.00 元

如印刷、装订影响阅读,承印厂为你调换